JO NESBØ

LEUR DOMAINE

TRADUIT DU NORVÉGIEN
PAR CÉLINE ROMAND-MONNIER

nrf

GALLIMARD

Titre original :
KONGERIKET

Prologue

C'était le jour où Dog est mort.

J'avais seize ans, Carl quinze.

Quelques jours plus tôt, papa nous avait montré le couteau de chasse, celui avec lequel je l'ai tué. Une lame large qui scintillait au soleil, avec des gouttières de part et d'autre. Pour l'écoulement du sang quand on dépèce la proie, nous avait-il expliqué. Carl pâlissait déjà et papa lui avait demandé s'il allait encore être malade comme dans la voiture. Je crois que c'est pour ça que Carl s'était juré d'abattre quelque chose, n'importe quoi à vrai dire – et de le dépecer – de le découper en putain de cubes, s'il le fallait.

« Je le ferai cuire et on le mangera, avait-il déclaré, devant la grange, alors que j'avais la tête dans le moteur de la Cadillac DeVille paternelle. Lui, maman, toi et moi. D'accord ?

— D'accord, avais-je répondu en cherchant le repère d'allumage.

— Et Dog en aura aussi. Il y en aura assez pour tout le monde.

— Bien sûr. »

Papa prétendait l'avoir appelé Dog parce qu'il n'avait rien trouvé d'autre sur le moment, mais je crois en fait qu'il adorait ce nom. Un nom à son image. Qui ne disait rien de plus que le strict nécessaire et était tellement américain qu'il était forcément norvégien. Il adorait ce nom et il adorait ce clébard. Je le soupçonne d'avoir apprécié sa compagnie plus que celle de n'importe quel être humain.

Notre ferme de montagne n'était peut-être pas immense, mais elle avait une belle vue et du terrain, suffisamment pour que papa en parle comme de son royaume. Jour après jour, de mon poste habituel, penché sur la Cadillac, je voyais Carl cheminer avec le chien de papa, le fusil de papa et le couteau de chasse de papa. Ils rapetissaient sur la montagne jusqu'à devenir des petits points. Jamais je n'entendais de coups de feu. De retour à la ferme, Carl affirmait toujours n'avoir pas aperçu le moindre oiseau et je ne disais rien, malgré les nuées de perdrix des neiges que j'avais vues décoller du coteau les unes après les autres, m'indiquant à peu près leur position, à lui et Dog.

Puis un jour, le coup est enfin parti.

Je me suis cogné la tête contre le capot en sursautant. J'ai essuyé le cambouis de mes doigts et regardé le versant habillé de bruyère alors que le bruit roulait comme le tonnerre vers le bourg, au bord du Budalsvannet, le lac de Budal. Dix minutes plus tard, Carl est arrivé en courant. Quand il a été assez près pour être vu de papa ou maman dans la maison, il a ralenti. Il était sans Dog. Et sans fusil. J'ai dû plus ou moins comprendre ce qui s'était passé et je suis allé à sa rencontre. Quand il m'a aperçu, il a fait demi-tour et est revenu lentement sur ses pas. Ses joues étaient baignées de larmes.

« J'ai essayé, a-t-il hoqueté. Elles se sont envolées devant nous, il y en avait plein et j'ai visé, mais je n'ai pas pu. J'ai voulu que vous entendiez que j'avais essayé, alors j'ai pointé le fusil vers le bas et j'ai tiré. Et quand j'ai baissé les yeux, j'ai vu Dog.

— Mort ?

— Non. » Carl pleurait désormais à chaudes larmes. « Mais il… il est en train de mourir. Il saigne de la gueule, il a les deux yeux bousillés. Il reste étendu par terre, tout tremblant, gémissant.

— Cours. »

Nous avons couru et, quelques minutes plus tard, j'ai perçu un mouvement dans la bruyère. Une queue. La queue de Dog. Il nous avait flairés. Nous nous sommes postés au-dessus de lui. Ses yeux avaient l'air de deux jaunes d'œufs liquéfiés.

« Il est foutu », ai-je déclaré. Non pas parce que je suis le vétérinaire accompli que semblent être tous les cow-boys de tous les westerns, mais parce que si, par miracle, Dog survivait, la vie de chien de chasse aveugle ne me paraissait pas digne d'être vécue. « Il faut que tu l'abattes.

— Moi ? » s'est exclamé Carl, comme s'il refusait de croire que j'aie ne serait-ce que suggéré que lui, Carl, prive un être de ses jours.

Je l'ai observé. Mon petit frère. « Donne-moi le couteau. »

Il m'a tendu le couteau de chasse de papa.

J'ai posé la main sur la tête de Dog, qui m'a léché l'avant-bras. Je l'ai saisi par la peau du cou et lui ai tranché la gorge. Mais mon geste était trop hésitant, il ne s'est rien passé, Dog a juste tressailli. Je n'ai traversé qu'à la troisième tentative, et là, on aurait dit que le bec du carton de jus de fruits avait été coupé trop bas, des flots, comme si le sang n'attendait rien d'autre que d'être libéré.

« Voilà. » J'ai lâché le couteau dans les plantes, vu le sang dans les gouttières, et je me suis demandé si j'avais des éclaboussures sur le visage, parce que je sentais un liquide chaud couler sur ma joue.

« Tu pleures, a remarqué Carl.

— Ne le dis pas à papa.

— Que tu as pleuré ?

— Que tu n'as pas réussi à achever… que tu n'as pas pu finaliser. On dira que c'est moi qui ai pris la décision, mais que c'est toi qui l'as fait. OK ?

— OK. »

J'ai pris le cadavre sur mes épaules. Il était plus lourd que je pensais et n'arrêtait pas de glisser. Carl a proposé de me relayer, mais j'ai lu le soulagement dans son regard quand j'ai décliné.

J'ai déposé Dog sur la rampe d'accès à la grange et suis allé chercher papa dans la maison. En chemin, je lui ai donné l'explication convenue. Il n'a rien dit, s'est juste accroupi à côté de son chien et a hoché la tête, comme si c'était là une situation qu'il avait prévue d'une manière ou d'une autre, comme si, dans un sens, c'était sa faute. Puis il s'est levé, a enlevé le fusil à Carl et pris le cadavre de Dog sous le bras.

« Venez. » Il a remonté la rampe vers le fenil.

Il a déposé Dog sur un lit de foin et cette fois, il s'est agenouillé et a baissé la tête en murmurant, on aurait dit un vers des cantiques américains qu'il connaissait. J'ai regardé mon père. De toute ma courte vie, je n'avais jamais vu cet homme comme ça. Défait.

Quand il s'est retourné vers nous, il était toujours livide, mais sa lèvre avait cessé de trembler et son regard avait retrouvé son calme déterminé.

« À nous, maintenant. »

À nous, oui. Papa avait beau ne nous avoir jamais frappés, Carl s'est ratatiné à côté de moi. Papa a passé la main sur le canon du fusil de chasse.

« Lequel d'entre vous a… » Il cherchait ses mots, caressait inlassablement le fusil. « … tranché la gorge de mon chien ? »

Carl clignait des yeux, tétanisé. Il a ouvert la bouche.

« C'était Carl, ai-je répondu, mais c'est moi qui lui ai dit qu'il fallait le faire et qu'il devait le faire lui-même.

— Ah bon ? » Papa a coulé un regard vers Carl avant de revenir vers moi. « Mon cœur pleure. Il pleure et je n'ai qu'une seule consolation. Vous savez laquelle ? »

Nous avons gardé le silence, parce que quand papa posait ses questions comme ça, nous n'étions pas censés répondre.

« J'ai deux fils qui aujourd'hui se sont comportés comme des hommes. Qui ont pris leurs responsabilités, des décisions. Les affres du choix, vous savez ce que c'est ? C'est quand ce qui étouffe n'est pas le choix en soi, mais le fait de choisir. Quand on sait que, quoi qu'on décide, on passera des nuits de torture à se demander si on a fait ce qu'il fallait. Vous auriez pu fuir cette décision difficile, mais vous l'avez affrontée. Laisser Dog vivre et souffrir ou lui permettre de mourir mais devenir ainsi son assassin. Cela requiert du courage de ne pas se défiler face à un choix pareil. » Il a tendu ses grandes mains. L'une s'est posée tout droit, sur mon épaule, l'autre un peu plus haut, sur Carl. Quand il a repris, sa voix avait un vibrato digne du prédicateur Armand : « Et c'est cette capacité à ne pas opter pour la voie de la moindre résistance, mais celle de la plus haute moralité, qui distingue les hommes des bêtes. » De nouveau, son regard s'est embué de larmes. « Je suis un homme brisé, mais je suis tellement fier de vous, mes garçons. »

C'était non seulement la déclaration la plus forte, mais sans doute aussi la plus longue que j'aie jamais entendu mon père prononcer. Carl a fondu en larmes et, ma foi, j'avais moi aussi une assez grosse boule dans la gorge.

« Maintenant, allons le dire à maman. »

Nous le redoutions. Maman, qui devait faire une longue promenade chaque fois que papa allait abattre une chèvre et en revenait les yeux rougis.

Sur le chemin de la maison, papa m'a retenu un instant pour laisser Carl prendre un peu d'avance.

« Avant qu'elle entende cette version, il vaudrait mieux te laver les mains plus soigneusement. »

Préparé à ce qui allait suivre, j'ai levé les yeux, mais je n'ai vu dans son visage que de la clémence et une résignation lasse. Il m'a caressé l'arrière de la tête. Pour autant que je me souvienne, ça ne lui était jamais arrivé. Et ça ne s'est jamais reproduit.

« Toi et moi, on est pareils, Roy. On est plus solides que maman et Carl. Alors on doit veiller sur eux. Toujours. Tu comprends ?

— Oui.

— On est une famille. Nous n'avons que nous-mêmes et personne d'autre. Les copains, les petites amies, les voisins, les habitants du bourg, l'État, tout cela n'est qu'une illusion, qui ne vaut rien le jour où on en a besoin. Ce jour-là, c'est nous contre eux, Roy. Nous contre tous. D'accord ?

— D'accord. »

PREMIÈRE PARTIE

1

Je l'ai entendu avant de le voir.

Carl était de retour. Je ne sais pas pourquoi j'ai repensé à Dog, cette histoire remontait à près de vingt ans. Je devais sûrement sentir que c'était la même raison qui me valait ce retour inopiné. C'était toujours la même. Il avait besoin de son grand frère.

J'étais dans la cour, j'ai consulté ma montre. Quatorze heures trente. Il m'avait juste envoyé un texto, disant qu'ils arriveraient vers quatorze heures. Mais mon petit frère est un éternel optimiste, il promettait toujours un peu plus qu'il ne pouvait tenir. J'ai regardé le paysage. Le peu qui émergeait de la couverture nuageuse en contrebas. De l'autre côté de la vallée, la montagne avait l'air de flotter sur une mer de gris. Ici, en altitude, la végétation commençait déjà à se teinter du rouge de l'automne. Le ciel était bleu et limpide comme un regard de jeune fille innocente. L'air bien froid piquait les bronches quand j'inspirais trop vite. J'avais le sentiment d'être parfaitement seul, d'avoir le monde entier pour moi. Enfin, le monde… Plutôt un mont Ararat avec une ferme dessus. Parfois, des touristes prenaient cette route sinueuse depuis le bourg pour admirer la vue et, tôt ou tard, ils se retrouvaient dans la cour. Ils me demandaient souvent si ma fermette était toujours en exploitation. Fermette. Les cons. Les vraies fermes, pour eux, étaient probablement comme celles de la plaine, des champs vastes et des granges surdimensionnées, des maisons de maître tapageuses. Ils n'avaient jamais vu ce qu'une tempête de montagne pouvait infliger à un toit un peu trop grand ni tenté de chauffer une pièce un peu trop spacieuse par moins trente et force sept, quand le vent s'infiltrait à travers les murs. Ils ne connaissaient pas la différence entre terres exploitables et non exploitables, ils ignoraient qu'une ferme de montagne, c'étaient des pâturages pour les bêtes et que cela pouvait être un royaume certes désertique, mais bien plus étendu que les champs de blé jaunes chichiteux du paysan de plaine.

Pendant quinze ans, j'avais vécu ici seul, mais c'était donc terminé. Quelque part dans les nuages grondait un moteur V8. La proximité du bruit indiquait qu'il avait dû franchir le virage du Japon, au milieu de la côte. Le conducteur a appuyé sur l'accélérateur, puis levé le pied, il s'est engagé dans l'un des virages en épingle à cheveux, a accéléré de nouveau. Il approchait de plus en plus. Ce n'était pas la première fois qu'il grimpait ces lacets, ça s'entendait. Et maintenant que les nuances du moteur se précisaient, que je percevais les profonds soupirs quand il rétrogradait, la basse sourde que n'a qu'une Cadillac dans les premières vitesses, j'ai su que c'était une DeVille. La même que le gros engin noir de papa. Évidemment.

Et en effet, la gueule agressive d'une DeVille est apparue dans le virage des Chèvres. Noire. Un modèle plus récent, j'aurais dit autour de 1985, mais il avait la même musique.

La voiture a roulé jusqu'à moi, la vitre du conducteur est descendue. J'espérais que ça ne se voyait pas, mais mon cœur battait comme un piston. Combien de lettres, de textos, de mails et de conversations téléphoniques pendant toutes ces années ? Pas beaucoup. Et pourtant, s'était-il écoulé une seule journée sans que je pense à Carl ? Pas une seule. Mais mieux valait regretter Carl qu'avoir à gérer des « histoires de Carl ». Enfin. Mon premier constat a été qu'il avait pris de l'âge.

« Pardon, mon bon monsieur, sommes-nous au domaine des célèbres frères Opgard ? »

Puis il a souri. Il m'a adressé son bon sourire chaleureux irrésistible, et le temps s'est effacé de son visage et du calendrier. Son regard était toutefois vaguement interrogateur, comme s'il testait la température de l'eau. Je n'avais pas envie de rire, pas encore, mais je n'ai pas pu m'en empêcher.

La portière s'est ouverte. Il a écarté les bras, je me suis glissé dans son étreinte. Quelque chose me disait que ç'aurait dû être l'inverse, que c'était moi – le grand frère – qui aurais dû ouvrir mes bras à celui qui rentrait, mais quelque part en chemin, la distribution des rôles était devenue plus floue. Carl m'avait dépassé en taille, en personnalité, et, au moins en société, c'était désormais lui qui menait la barque. J'ai fermé les yeux, frissonné et, d'une respiration haletante humé l'odeur de l'automne, de la Cadillac et de mon petit frère. Parfumé d'une *fragrance masculine*, comme on dit.

La portière passager s'est ouverte.

Carl m'a lâché et guidé de l'autre côté de la voiture, vers elle, qui regardait la vallée.

« C'est vraiment beau ici », a-t-elle déclaré. Silhouette petite et menue, mais voix grave. Son accent était prononcé et il y avait des erreurs d'inflexion, mais c'était en tout cas du norvégien. Je me demandais si c'était une phrase qu'elle avait répétée sur la route, qu'elle avait décidé de dire, qu'elle la pense ou non. Pour que je l'apprécie, que je le veuille ou non. Elle s'est tournée vers moi et m'a souri. Mon premier constat a été que son visage était blanc. Pas pâle, blanc, comme la neige qui réfléchit la lumière, si bien qu'on en voyait difficilement les contours. Le deuxième était qu'elle avait une paupière tombante comme un store à moitié baissé, comme si elle était à moitié épuisée. L'autre moitié, en revanche, paraissait bien réveillée. Un œil marron animé qui me regardait sous des mèches courtes d'un roux flamboyant. Elle portait un manteau noir, droit, simple, ne révélant aucune forme, juste un col roulé noir qui dépassait. Ma première impression était celle d'un jeune garçon fluet photographié en noir et blanc, avec des cheveux roux colorisés après coup. Carl avait toujours eu le ticket avec les filles et, pour être honnête, j'étais légèrement surpris. Ce n'était pas qu'elle n'était pas mignonne, sûrement pas, mais ce n'était pas un *morceau*, comme on dit par ici. Elle continuait de sourire et ses dents ne se distinguant pas sensiblement de sa peau, elles devaient être blanches aussi. Comme celles de Carl, depuis toujours, contrairement aux miennes. Il blaguait en disant qu'elles avaient blanchi au soleil parce qu'il souriait beaucoup plus que moi. C'était peut-être ce qui les avait fait succomber au charme l'un de l'autre : leurs dents blanches. Le reflet. Car Carl avait beau être grand et carré, blond aux yeux bleus, j'ai tout de suite vu leur air de famille. Quelque chose qui disait oui à la vie, comme on dit. Quelque chose d'optimiste, de disposé à voir le meilleur chez les gens. Chez soi-même et chez autrui. Enfin bon, je ne connaissais pas encore la fille.

« Voici…, a commencé Carl.

— Shannon Alleyne, a-t-elle coupé de sa voix d'alto en me tendant une main si petite qu'on avait l'impression de tenir une patte de poule.

— … Opgard », a ajouté Carl avec fierté.

Shannon Alleyne Opgard voulait que nous nous serrions la main plus longtemps que moi. Là aussi, je reconnaissais Carl. Certains sont plus pressés d'être appréciés que d'autres.

« Jetlag ? »

J'ai aussitôt regretté ma question, je me sentais bête de l'avoir posée. Je n'ignorais pas ce qu'était le jetlag, mais Carl savait que je n'avais jamais franchi un fuseau horaire de ma vie et que la réponse aurait forcément une portée limitée pour moi.

Il a secoué la tête. « On a atterri il y a deux jours. On a dû attendre la voiture, qui arrivait par bateau. »

J'ai opiné, regardé la plaque. MC. Monaco. Exotique, mais pas suffisamment pour que je demande à la garder s'ils devaient changer d'immatriculation. Dans mon bureau à la station-service, j'avais des plaques déclassées d'Afrique-Équatoriale française, de Birmanie, du Basutoland, du Honduras britannique et de Johor. J'avais placé la barre haut.

Le regard de Shannon a voyagé de Carl à moi avant de revenir sur lui. Elle a souri. Je ne sais pas pourquoi, elle se réjouissait peut-être simplement de le voir rire avec son grand frère, son seul parent proche. De voir la légère tension se dissiper. De constater qu'il – qu'ils – était le bienvenu à la maison.

« Tu fais visiter Shannon pendant que je rentre les valises ? » a demandé Carl en ouvrant le *trunk*, comme disait papa.

« Ça devrait prendre à peu près le même temps », ai-je marmonné à Shannon qui m'emboîtait le pas.

Nous nous sommes dirigés vers la façade nord, où se trouve l'entrée principale. Pourquoi papa ne l'avait pas installée côté cour et route, je n'en ai pas la moindre idée. Peut-être parce qu'il aimait embrasser du regard l'ensemble de nos terres quand il sortait. Ou alors parce qu'il importait que le soleil réchauffe la cuisine plutôt que l'entrée. Nous avons franchi le seuil et j'ai ouvert l'une des trois portes du vestibule.

« La cuisine », ai-je commenté, relevant soudain l'odeur de graillon. Était-elle là depuis toujours ?

« C'est joli », a menti Shannon. D'accord, j'avais rangé et même lavé, mais ce n'était pas *joli*. Elle a suivi avec de grands yeux – à peine inquiets, peut-être – le tuyau de poêle qui remontait au premier étage par un trou dans le plafond. Lequel était découpé dans un cercle si parfait que papa parlait d'ébénisterie d'art. Si jamais cette dénomination s'appliquait, c'était aussi le seul ouvrage de cette nature dont nous disposions à la ferme – avec bien sûr les deux ouvertures tout aussi circulaires du banc percé des toilettes sèches d'extérieur.

J'ai appuyé sur l'interrupteur pour lui montrer que nous avions tout de même l'électricité.

« Café ? ai-je proposé en ouvrant le robinet.

— Non merci, peut-être plus tard. »

Elle avait en tout cas appris les phrases de politesse.

« Carl en voudra », ai-je affirmé avant de fouiller dans le placard pour retrouver la bouilloire. J'avais acheté du café à bouillir pour la première fois depuis… longtemps. Moi, je me contentais largement du lyophilisé. Je me suis aperçu en plaçant la bouilloire sous le robinet que j'avais ouvert l'eau chaude. J'ai senti la chaleur embraser mes oreilles aussi. Enfin bon, qui a décrété que le café en poudre à l'eau chaude du robinet était forcément triste ? Le café, c'est du café, et l'eau, c'est de l'eau.

J'ai posé la bouilloire sur la plaque, allumé, et franchi ensuite les quelques pas qui me séparaient du salon. Il y en avait deux, qui prenaient la cuisine en sandwich. Donnant sur l'ouest, la salle à manger restait fermée en hiver et servait alors de barrière contre le mauvais temps, tandis que nous prenions tous nos repas dans la cuisine. À l'est, il y avait le petit salon, avec des bibliothèques, une télé et un poêle à bois. Côté sud, papa avait permis la seule extravagance de la maison, une véranda qu'il appelait le *porch* et maman, le « jardin d'hiver », même s'il était bien sûr fermé en hiver, barricadé derrière des panneaux de bois. En été, papa s'y asseyait pour priser son tabac et boire une Budweiser ou deux – des extravagances, là encore. Sa bière américaine incolore, il devait aller en ville pour l'acheter, et ses boîtes argentées de tabac Berry, il se les faisait envoyer par un cousin d'outre-Atlantique. Papa m'avait expliqué tôt la différence entre le *snus* suédois de merde et le savoureux tabac américain qui avait subi un processus de fermentation. « C'est comme le bourbon », disait papa, qui prétendait que les Norvégiens consommaient la saloperie suédoise uniquement à défaut de connaître autre chose. Eh bien, moi je connaissais donc autre chose, et quand je m'étais mis à priser, c'était du Berry. Avec Carl, on avait l'habitude de compter les bouteilles vides que papa posait sur l'appui de fenêtre. Nous savions que s'il en buvait plus de quatre, il risquait de pleurer, et personne ne veut voir son père comme ça. Quand j'y repense, c'était peut-être pour ça que je buvais rarement plus d'une bière ou deux. Je ne voulais pas pleurer. Carl, lui, avait l'alcool joyeux et éprouvait sans doute moins le besoin d'établir ce genre de limites.

Tout cela, je le pensais pour moi-même, mais je n'ai dit rien à Shannon pendant que nous montions l'escalier et que je lui montrais la plus grande chambre à coucher, que papa appelait *the master bedroom*.

« Fabuleux », a-t-elle commenté.

Je lui ai montré ensuite la nouvelle salle de bains, qui n'était plus neuve, néanmoins c'était ce que j'avais de plus neuf dans la maison. Elle ne m'aurait sans doute pas cru si je lui avais dit que nous avions grandi sans. Que nous nous lavions dans la cuisine, avec de l'eau chauffée sur le poêle. Que la salle de bains était venue après la sortie de route. Que si, comme Carl l'avait écrit, Shannon venait de la Barbade, d'une famille qui avait eu les moyens de l'envoyer à l'université au Canada, il lui était bien sûr difficile de concevoir de partager une eau grise avec son frère, en grelottant au-dessus de la bassine en hiver. Alors que, paradoxalement, papa avait une Cadillac DeVille dans la cour, parce qu'une bonne voiture, ça, il lui en fallait une.

La porte de notre chambre d'enfants avait gonflé, j'ai dû forcer pour l'ouvrir, une bouffée de renfermé et de souvenirs s'est échappée, comme d'une penderie de vieux vêtements qu'on aurait oubliés. Contre un mur, un bureau avec deux chaises l'une à côté de l'autre, en face, un lit superposé, au bout, le tuyau du poêle de la cuisine qui émergeait de l'ouverture dans le plancher.

« C'est ici qu'on dormait, avec Carl. »

Shannon a désigné le lit d'un geste du menton. « Qui était au-dessus ?

— Moi. L'aîné. » J'ai passé un doigt dans la couche de poussière sur le dossier d'une des deux chaises. « Je vais m'y installer aujourd'hui et vous deux, vous n'aurez qu'à prendre la grande chambre. »

Elle m'a fixé avec effroi. « Mais enfin, Roy, on ne veut pas… »

Je me suis concentré pour diriger mon regard sur son œil ouvert. Est-ce un peu curieux d'avoir les yeux marron quand on a les cheveux roux et une peau de neige ? « Vous êtes deux, moi je suis seul, et ce n'est pas un problème. D'accord ? »

Son regard a parcouru de nouveau notre chambre d'enfants. « Merci. »

Je l'ai précédée dans la chambre de papa et maman. J'avais bien aéré. En général, je n'aime pas respirer l'odeur des gens. À part celle de Carl. Carl sentait si ce n'est bon, au moins juste. Il sentait moi. *Nous*. Quand Carl tombait malade en hiver – ce qui était systématique – je descendais me glisser contre lui. Et son odeur était comme il fallait, même si sa peau était couverte de sueur séchée ou que son haleine sentait le vomi. J'inhalais Carl et je me collais en frissonnant contre son corps brûlant, j'utilisais la chaleur qu'il perdait pour réchauffer ma propre carcasse. La fièvre des uns est le poêle des autres. Habiter là-haut, ça rend pragmatique.

Shannon est allée regarder par la fenêtre. Elle n'avait pas déboutonné son manteau. Elle devait trouver qu'il faisait froid dans la maison. En septembre. Ça promettait pour l'hiver. J'ai entendu Carl se débattre avec les valises dans l'escalier exigu.

« Carl prétend que vous n'êtes pas riches, a-t-elle dit, mais tout ce que je vois d'ici vous appartient, à toi et lui.

— Exact, mais c'est juste du terrain infertile, tout ça.

— Terrain infertile ?

— De la nature sauvage, a expliqué Carl qui arrivait essoufflé, mais souriant, à la porte. Des pâturages pour les moutons et les chèvres. On ne peut pas cultiver grand-chose dans une exploitation de montagne. Comme tu le vois, il n'y a même pas beaucoup de forêt. Mais nous allons travailler cette ligne d'horizon. Hein, Roy ? »

J'ai hoché la tête. Lentement. Comme j'avais vu le faire des paysans d'un certain âge quand j'étais gamin, me disant qu'il se passait derrière ces fronts plissés tant de choses compliquées qu'il aurait été bien trop long, voire impossible, de les exprimer toutes dans notre langue simple de la campagne. Ils semblaient en outre se comprendre sans parler, ces vieux qui hochaient la tête, puisqu'au lent hochement de l'un répondait souvent celui de l'autre. Et voilà que je la hochais lentement, moi aussi. Sans saisir grand-chose de plus maintenant qu'alors.

J'aurais bien sûr pu interroger Carl, mais je n'aurais sans doute pas eu la réponse. Des réponses, oui, à foison, mais pas *la* réponse. Peut-être n'en avais-je pas non plus besoin, j'étais juste content d'avoir de nouveau Carl et je n'avais pas l'intention de l'embêter avec cette question maintenant. Pourquoi diable était-il rentré ?

« Roy est tellement gentil, a annoncé Shannon. Il nous donne cette chambre.

— Je me suis dit que tu n'étais pas rentré pour dormir dans ta chambre d'enfant », ai-je précisé.

Il a hoché la tête. Lentement. « Alors ceci ne sera qu'une bien maigre compensation. » Il a levé une grosse cartouche. J'ai tout de suite vu ce que c'était. Du Berry.

« Putain, c'est bon de te revoir, frère ! » s'est-il écrié, la gorge nouée, avant de venir refermer encore une fois ses bras sur moi. Il m'étreignait vraiment à présent. Je l'ai serré moi aussi. Son corps était devenu plus moelleux, un peu plus rembourré, sa mâchoire contre la mienne un peu moins dure, sa joue râpeuse malgré le rasage de près. Une veste de costume qui semblait faite d'une belle laine, au tissage dense. Une chemise, il n'en avait jamais porté par le passé. Même sa façon de s'exprimer était différente, il parlait la langue de la grande ville, comme nous le faisions parfois pour imiter maman.

Mais ça ne faisait rien. Il sentait comme avant. Il sentait *Carl*. Il m'a écarté à bout de bras en me regardant. Ses beaux yeux de fille étaient brillants. Merde, les miens devaient l'être aussi.

« Le café bout », ai-je déclaré d'une voix pas trop émue et je suis parti vers l'escalier.

Quand je me suis couché ce soir-là, je suis resté à écouter les bruits. Pour voir si la maison avait un autre son maintenant qu'elle était de nouveau peuplée. Ce n'était pas le cas. Elle grinçait, toussotait et sifflait comme d'habitude. J'écoutais aussi s'il y avait des bruits dans la *master bedroom*. La maison est sonore, alors malgré la salle de bains entre les chambres, j'entendais, à peine, des voix. Parlaient-ils de moi ? Shannon demandait-elle à Carl si Roy avait toujours été si taiseux ? S'il pensait que son grand frère taciturne avait aimé le chili con carne qu'elle avait cuisiné ? S'il avait apprécié le cadeau qu'elle s'était donné beaucoup de mal à lui obtenir par l'intermédiaire de cousins, une plaque d'immatriculation usagée de la Barbade. Et elle, lui avait-elle déplu ? Carl répondait que Roy était comme ça avec tout le monde, il fallait juste lui laisser du temps. Elle suggérait qu'il était peut-être jaloux d'elle, qu'il devait avoir le sentiment qu'elle lui avait pris son frère, qui après tout était le seul qu'il ait. Carl riait, lui caressait la joue en lui disant de ne pas se perdre en conjectures comme ça, après seulement un jour, ça allait se tasser. Elle nichait sa tête au creux de son épaule en lui disant qu'il avait sûrement raison, mais qu'elle se félicitait en tout cas qu'il ne soit pas comme son frère. Que c'était curieux, dans un pays presque sans criminalité, que les gens se regardent en coin comme s'ils avaient en permanence peur de se faire voler.

Ou alors ils étaient peut-être en train de s'envoyer en l'air.

Dans le lit de papa et maman.

« Qui est-ce qui était au-dessus ? » allais-je demander au petit déjeuner le lendemain. « L'aîné ? » Voir leurs visages médusés. Sortir dans l'air vif du matin, m'asseoir dans la voiture, desserrer le frein à main, tourner le contact, voir le virage des Chèvres arriver.

Un long son triste et beau a résonné dehors. Un pluvier doré. L'oiseau solitaire de la montagne, fin et grave. Un oiseau qui vous suit quand vous marchez dehors, veille sur vous, mais toujours à bonne distance. Comme s'il avait peur de se faire un ami, mais avait tout de même besoin que quelqu'un l'écoute chanter sa solitude.

2

Je suis arrivé à la station-service à cinq heures et demie, une demi-heure plus tôt que d'habitude le lundi.

Egil était au comptoir, l'air fatigué.

« B'jour, patron », a-t-il dit d'une voix atone. Egil était comme le pluvier doré, il n'avait qu'une seule note à son registre.

« Bonjour. La nuit a été animée ?

— Non. »

Il ne semblait pas comprendre que c'était une *question rhétorique*, comme on dit. Que je savais qu'il n'y avait jamais beaucoup de travail après le départ des visiteurs venus passer le week-end dans leurs chalets, que je posais la question parce que ce n'était ni rangé ni lavé autour des pompes. Dans d'autres stations ouvertes vingt-quatre heures sur vingt-quatre, la règle est de ne pas sortir de la boutique quand on est seul en service de nuit, mais j'ai horreur du désordre et, avec les tuneurs qui utilisent la station-service comme baraque à hot-dogs, fumoir et baisodrome combinés, il y a beaucoup de papiers et de mégots, voire un ou deux préservatifs usagés. Enfin, dans la mesure où les saucisses, les clopes et les capotes sont achetées à la station-service, je n'ai pas l'intention de chasser mes clients tuneurs, je les laisse rester dans leurs voitures à regarder le monde filer sous leurs yeux. À la place, j'ai donc imposé à quiconque assure le service de nuit de ranger dès que l'occasion se présente. J'ai punaisé une affiche dans les chiottes du personnel, on l'a juste en face de soi quand on est sur le trône : « FAIS CE QU'IL FAUT FAIRE. TOUT DÉPEND DE TOI. FAIS-LE TOUT DE SUITE. » Même si Egil pensait sans doute que ce message parlait de déféquer, je m'étais exprimé assez souvent sur le rangement et la prise de responsabilités pour être en droit de penser qu'il comprendrait mon ironie. Mais en plus d'être fatigué, Egil était aussi un garçon simple, et au cours de ses vingt ans de vie, des réflexions ironiques, il s'en était pris tellement qu'il s'en fichait pas mal. Et c'est clair, dans une stratégie du moindre effort, faire semblant de ne pas tout comprendre n'est pas un mauvais choix. Egil n'était peut-être pas si bête quand même.

« Tu arrives tôt, patron. »

Un peu trop pour que tu aies pu ranger et que je croie que les pompes sont restées impecs toute la nuit, ai-je pensé.

« Je n'arrivais pas à dormir. »

Je suis passé derrière le comptoir, j'ai ouvert le menu « changement de caisse » sur la caisse enregistreuse. Ça a terminé la journée comptable et j'ai entendu l'imprimante du bureau se mettre à ronronner.

« Rentre donc dormir un peu.

— Merci. »

Je me suis rendu dans le bureau et j'ai commencé à lire l'état de caisse alors que le papier sortait encore de l'imprimante. Ça avait l'air bien. Encore un dimanche chargé. La nationale n'était peut-être pas la plus fréquentée du pays, mais étant à trente-cinq kilomètres de la station la plus proche dans les deux directions, nous étions devenus une oasis pour automobilistes, surtout les familles avec enfants rentrant de leur chalet. J'avais installé quelques tables à pique-nique près des bouleaux, avec vue sur le lac de Budal, où ils ingéraient des quantités de burgers, de petits pains et de boissons gazeuses qui leur auraient fait gagner des médailles, comme on dit. La veille, nous avions vendu près de trois cents petits pains. Je m'inquiétais moins pour les émissions de carbone que pour l'intolérance au gluten que j'infligeais à la planète. J'ai parcouru la feuille et vu qu'Egil avait jeté des saucisses. Soit, mais il y en avait – comme d'habitude – un peu trop par rapport au nombre de saucisses vendues.

Egil s'était changé et se dirigeait vers la porte.

« Egil ? »

Il s'est raidi et arrêté. « Oui ?

— On dirait que quelqu'un s'est amusé à répandre du papier absorbant autour de la pompe 2.

— Je m'en occupe, patron. »

Il a souri et est parti. J'ai poussé un soupir. Ce n'est pas facile de trouver de la main-d'œuvre qualifiée dans un si petit patelin. Les intelligents partent faire des études à Oslo ou à Bergen, les entreprenants s'en vont gagner de l'argent à Notodden, Skien ou Kongsberg. Pour ceux qui restent, comme Egil, il n'y a pas pléthore d'emplois. Si je le virais, c'était direct le chômage. Il ne mangerait pas moins de hot-dogs pour autant, il serait juste de l'autre côté du comptoir et les paierait. On dit que le surpoids est avant tout un problème des campagnes, et c'est clair que c'est facile de se tourner vers la nourriture pour se réconforter quand on est à la caisse d'une station-service et qu'on voit tous ces clients qui vont ailleurs, dans des endroits qu'on s'imagine meilleurs, au volant de voitures qu'on ne pourra jamais s'offrir, avec des filles à qui on n'aurait même jamais osé parler, à moins d'être bourré au bal du village. Mais j'allais bientôt devoir avoir une conversation avec Egil. Parce que les Egil n'étaient pas au centre des préoccupations du siège, ce qui comptait, c'était le résultat financier. Rien à redire à ça. En 1969, la Norvège comptait sept cent mille voitures et plus de quatre mille stations-service. Quarante-cinq ans plus tard, le parc automobile était multiplié par près de quatre, alors que le nombre de stations-service était divisé de plus de moitié. C'était dur pour tout le monde. Je lisais les statistiques du secteur et je savais bien qu'en Suède et au Danemark plus de la moitié des stations qui avaient survécu étaient déjà automatisées et sans personnel. C'est notre habitat épars qui fait que la situation est telle qu'elle est en Norvège, mais c'est clair, ici aussi, les pompes à essence sont une espèce en voie de disparition. Enfin, dans un sens, nous avons déjà disparu. À quand remonte la dernière fois qu'on nous a vus faire un plein ? Nous sommes trop occupés à fourguer des saucisses, des cocas, des ballons de plage, du charbon de barbecue, du lave-glace et de l'eau en bouteille qui n'est pas meilleure que celle du robinet, mais a été affrétée par avion et coûte plus cher que nos films en promo. Enfin, je ne me plains pas. Quand la chaîne de stations-service a manifesté de l'intérêt pour le garage dont j'avais pris les rênes à l'âge de vingt-trois ans, ce n'était pas pour ses deux pompes à essence ni pour son succès économique, c'était pour sa localisation. Les gens de la compagnie se sont dits impressionnés que j'aie résisté si longtemps, alors que les garages du coin étaient rayés de la carte depuis belle lurette, et m'ont offert le poste de chef de station et de la mitraille pour mon terrain. J'aurais peut-être pu obtenir un peu plus, mais chez les Opgard, on ne marchande pas. Je n'avais pas trente ans et je me sentais déjà sur le retour. J'ai utilisé la petite monnaie pour construire une salle de bains à la ferme et pouvoir ainsi quitter le studio de célibataire que je m'étais aménagé dans l'atelier de mécanique. Le site étant vaste, la compagnie a laissé l'atelier pour construire un poste d'essence à côté et l'ancien poste de lavage a été modernisé en station automatique.

La porte s'est refermée derrière Egil et je me suis souvenu que le siège avait accédé à ma demande de portes coulissantes automatiques. Elles allaient arriver la semaine suivante. La direction avait fait savoir qu'elle était contente de nous. Le responsable commercial, qui passait tous les quinze jours, était tout sourire et blagues vaseuses, et parfois il me posait la main sur l'épaule en disant, sur le ton de la confidence, que les patrons étaient satisfaits. Évidemment. Ils voyaient le résultat financier, et notre combat lucratif contre l'extinction. Malgré la zone des pompes qui n'était pas toujours nickel quand c'était Egil qui était de service.

Six heures moins le quart. J'ai badigeonné les petits pains qui avaient dégelé et levé pendant la nuit, ça me rappelait le bon vieux temps, quand j'étais dans la fosse en train de graisser des moteurs. J'ai vu un tracteur approcher de la station de lavage. Quand l'agriculteur aurait fini de nettoyer son véhicule, je savais que ce serait mon tour d'aller laver, de passer le sol au jet. J'avais l'entière responsabilité des embauches, de la comptabilité, des entretiens avec le personnel, de la sécurité et tous ces trucs-là, mais devinez à quoi un directeur de station-service consacre le plus de temps ? Au nettoyage. Avec la cuisson de petits pains en bon deuxième.

J'écoutais le silence. C'est-à-dire que ce n'est en fait jamais silencieux, il y a une symphonie constante, régulière, qui ne s'arrête qu'une fois le week-end passé, quand les touristes des chalets rentrent chez eux et que nous recommençons à fermer la boutique la nuit. On entend les machines à café, à hot-dogs, les frigos à boissons gazeuses, les congélateurs. Ils font tous des bruits différents, mais celui qui sort du lot est le four dans lequel on réchauffe les petits pains à hamburgers, son caquetage est plus chaleureux, presque comme un moteur bien huilé si on ferme les yeux et qu'on rêve du passé. La dernière fois que le responsable commercial est passé, il a proposé de mettre de la musique en sourdine dans le magasin. Des études montraient qu'avec les bonnes chansons on agissait sur l'envie d'acheter et sur l'appétit des clients. J'ai hoché la tête lentement, mais je n'ai rien dit. J'aime les ambiances calmes. Bientôt la porte allait s'ouvrir. Sans doute un artisan, c'est surtout eux qui veulent de l'essence ou un café avant sept heures.

J'ai vu que l'agriculteur faisait le plein de GNR. Je savais qu'un ou deux litres finiraient dans le réservoir de son véhicule personnel quand il rentrerait chez lui, mais ça ne me regardait pas, c'était entre lui et la police.

Mon regard a continué au-delà des pompes, traversé la chaussée, la piste cyclable et piétonne, atterri sur une maison en bois typique du bourg, trois niveaux, élevée juste après la guerre, balcon donnant sur le lac de Budal, fenêtres encrassées de poussière de la route, une grande publicité clouée sur la façade, coiffure et solarium, un passant aurait pu croire que la coupe et le bronzage se déroulaient en simultané, comme on dit, et dans le salon des habitants des lieux. Mais il n'y avait que des gens du coin qui entraient dans le salon de coiffure de Grete, et tous les habitants du bourg savaient où elle avait ses quartiers, donc le but du placard publicitaire restait indéterminé.

Je l'ai vue, au bord de la route, grelottant en Crocs et T-shirt, à bien regarder à droite et à gauche avant de traverser pour venir chez nous. Cela ne faisait que six mois qu'un chauffeur d'Oslo qui affirmait n'avoir pas vu le panneau cinquante avait fauché notre prof de norvégien un peu plus loin sur la route.

Avoir une station-service dans une petite ville présente ses avantages et ses inconvénients. Un avantage est que les habitants vont faire leurs courses chez nous et que la limitation à cinquante permet aux voitures venues d'ailleurs de virer vers la station-service sur une inspiration du moment. Quand j'avais le garage, nous contribuions aussi à la vie économique du bourg, puisque les clients d'ailleurs qui avaient besoin de réparations d'une certaine importance allaient souvent manger au café et passer la nuit dans un chalet du camping du lac. L'inconvénient, en revanche, c'est que la situation n'est pas pérenne, ce n'est qu'une question de temps avant que la circulation routière disparaisse. Les automobilistes veulent pouvoir rouler à quatre-vingt-dix sur des lignes droites, pas se traîner à vitesse d'escargot à travers chaque putain de hameau jusqu'à leur destination. Les dessins d'une nouvelle nationale passant hors d'Os sont prêts depuis longtemps mais, jusqu'à présent, la géographie nous a sauvés : c'était trop cher de creuser un tunnel à travers nos montagnes. Mais le tunnel viendra. Aussi sûrement que le soleil pulvérisera notre système solaire dans deux milliards d'années, et bien plus vite que ça. Ensuite, dans ce trou paumé, ce sera bien sûr direct la clef sous la porte ; pour nous tous qui vivions de la circulation de transit, mais aussi pour le reste du bourg, les répercussions seront à peu près les mêmes que quand le soleil tirera sa révérence. Les paysans continueront de traire leurs vaches et de cultiver ce qui pousse ici, en altitude, mais que feront les autres, sans route nationale ? Se couper les cheveux et se faire bronzer jusqu'à la carbonisation ?

La porte s'est ouverte. Quand nous étions ados, Grete était terne avec des cheveux plats éteints, aujourd'hui, elle était terne avec une permanente qui la rendait carrément inquiétante, si vous voulez mon avis. Bien sûr, ce n'est pas un droit de l'homme d'être belle, mais avec Grete, le Créateur n'avait pas été sympa. Son dos, sa nuque, ses genoux, tout était recourbé, même son énorme nez busqué avait l'air d'un élément étranger, d'un appendice plaqué sur son visage fin. Prodigue côté nez, le Créateur avait été d'autant plus pingre sur le reste. Sourcils, cils, seins, hanches, joues, menton, Grete n'avait rien de tout cela. Ses lèvres minces ressemblaient à des vers de terre. Dans son jeune temps, elle recouvrait ses lombrics couleur chair d'épaisses couches d'un rouge écarlate qui, en l'occurrence, était seyant. Puis d'un seul coup, elle avait cessé de se maquiller, ça devait coïncider à près avec le moment où Carl avait quitté le bourg.

D'accord, d'autres voyaient peut-être Grete Smitt autrement, ma perception de ses dehors était peut-être influencée par ce que je pensais de ses dedans. D'ailleurs, je ne prétends pas non plus qu'elle était vraiment mauvaise, je suis sûr que la psychiatrie propose une dénomination plus *flatteuse*, comme on dit.

« Il est mordant aujourd'hui », a-t-elle observé. Par *il*, elle sous-entendait sans doute le vent du nord qui balayait la vallée, apportant cette odeur de glacier qui rappelait la fugacité de l'été. Grete avait grandi dans le bourg, mais elle avait certains tics de langage qui devaient lui venir de ses parents originaires du Nord-Norge. Par exemple, elle partait du principe que tout interlocuteur saurait que ce « il » désignait le vent, en particulier le vent du nord. Ses parents avaient tenu le camping jusqu'à la faillite et étaient en invalidité depuis qu'on leur avait diagnostiqué à tous deux une forme rare de neuropathie périphérique, une complication du diabète, qui donne paraît-il le sentiment de marcher sur des bris de verre. Le voisin de Grete m'avait expliqué que cette neuropathie n'étant absolument pas contagieuse, ce devait être un miracle statistique, mais des miracles statistiques, il s'en produit tous les jours. Les parents habitaient désormais au second, juste au-dessus de l'affiche « Salon de coiffure et de bronzage de Grete », et on les voyait rarement. « Alors Carl est de retour ?

— Oui », ai-je répondu, même si je savais qu'elle attendait autre chose qu'un oui ou un non. Sa question était en fait un constat, et le point d'interrogation qui la concluait, une incitation à développer. Ce que je n'avais aucune intention de faire. Grete avait un rapport malsain à Carl. « Qu'est-ce que ce sera ?

— Je croyais que ça marchait comme sur des roulettes au Canada.

— Parfois, les gens ont envie de rentrer même si tout va bien.

— On dit que le marché immobilier est très imprévisible là-bas.

— Oui, soit ça monte très vite, soit ça monte un peu plus lentement. Café ? Viennoiserie ?

— On se demande ce qui ramène une huile de Toronto dans notre patelin.

— Les gens. »

Elle a scruté mon visage impassible.

« Peut-être bien. Enfin. Il a rapporté une Cubaine, à ce qu'il paraît ? »

On aurait facilement pu avoir pitié de Grete. Parents invalides, une météorite en lieu et place de nez, pas de clients, pas de cils, pas de mari, pas de Carl et apparemment aucun désir de qui que ce soit d'autre. Mais il y avait ce récif de méchanceté qu'on ne repérait qu'après avoir vu des gens racler le fond de leur bateau dessus. C'était peut-être la loi de Newton qui voulait que toute action mène à une réaction équivalente, que toute douleur qui lui était infligée à elle soit infligée à d'autres. Si Carl ne l'avait pas baisée contre un arbre quand il était bourré à une fête de village dans leur jeunesse, elle ne serait peut-être pas devenue comme ça. Quoique.

« Rapporté une *Cubaine*..., ai-je fait en essuyant le comptoir. On croirait un cigare.

— Oui, hein ? » Elle s'est penchée en avant comme si nous échangions des vues politiques interdites. « Sombre, bonne à téter et... et... »

Facile à allumer, a involontairement aidé mon cerveau, même si j'avais surtout envie de lui fourrer un petit pain dans la gueule pour stopper ses saloperies.

« … malodorante », a-t-elle finalement conclu. Sa bouche de lombrics souriait, elle avait l'air contente de sa métaphore, comme on dit.

« Sauf qu'elle n'est pas de Cuba. Elle est de la Barbade.

— Oui, bon. Petite amie thaïlandaise, épouse russe… Elle est sûrement bien obéissante. »

J'avais perdu, je n'arrivais plus à masquer que je me sentais provoqué. « Qu'est-ce que tu viens de dire ?

— Qu'elle est sûrement ravissante », a-t-elle répondu, affichant un large sourire triomphant.

J'ai déplacé le poids de mon corps. « Qu'est-ce que tu veux, Grete ? »

Son regard a scanné l'étagère derrière moi. « Ma mère a besoin de nouvelles piles pour sa télécommande. »

J'en doutais, puisque sa mère était passée en acheter deux jours plus tôt, à petits pas sur ses pieds douloureux, marchant comme sur un sol de lave. Je lui ai tendu les piles, ai tapé l'article sur la caisse.

« Shannon… » Grete a passé lentement sa carte dans le terminal. « J'ai vu des photos sur Instagram. Elle a un problème ?

— Pas que j'aie remarqué.

— Allez. On n'est pas censé être blanc quand on vient de la Barbade. Et cet œil, alors, qu'est-ce qu'il a ?

— La télécommande devrait tourner comme un ouragan maintenant. »

Grete a retiré sa carte, l'a rangée dans son porte-monnaie. « On se voit plus tard, Roy. »

J'ai hoché la tête lentement. Bien sûr qu'on allait se voir plus tard, c'était vrai de tout et tous dans ce bourg. Mais elle cherchait à me dire autre chose, c'est pourquoi j'ai acquiescé comme si j'avais compris, espérant que ça m'éviterait d'entendre la suite.

La porte s'est refermée derrière elle, mais pas complètement, bien que j'aie resserré le mécanisme. Il était grand temps de recevoir les nouvelles portes coulissantes.

À neuf heures, un autre employé est arrivé et j'ai pu aller laver après le passage du tracteur. Comme prévu, il y avait de grandes mottes de terre sur le sol. J'avais du détergent Fritz prémélangé, qui enlève presque tout, j'ai passé le jet en pensant à l'époque où nous étions ados et où nous croyions que notre vie pouvait basculer tous les jours – et d'ailleurs, la vie basculait en effet tous les jours – quand j'ai senti un picotement entre mes omoplates. Comme la chaleur du laser rouge du Swat. C'est pourquoi je n'ai pas sursauté en entendant un toussotement bas derrière moi. Je me suis retourné. « Il y a eu un combat de boue ? s'est enquis le lensmann*, sa cigarette basculant entre ses lèvres fines.

— Un tracteur. »

Il a hoché la tête. « Alors ton frère est de retour ? »

Kurt Olsen était un homme svelte aux joues creuses, avec une moustache en fer à cheval, une roulée constamment au coin de la bouche, un jean serré et une paire de bottes en peau de serpent que son père avait portées autrefois. D'une manière générale, Kurt ressemblait de plus en plus à Sigmund Olsen, l'ancien lensmann, qui, lui aussi, avait eu des cheveux clairs et me faisait penser à Dennis Hopper dans *Easy Rider*. Kurt Olsen avait les jambes arquées comme certains footballeurs. De deux ans mon cadet, il avait jadis été capitaine de l'équipe locale de quatrième division. Technique solide, stratège, capable de courir quatre-vingt-dix minutes sans s'arrêter. Tout le monde

* Fonctionnaire de police exerçant des fonctions de garde champêtre, ainsi que certaines fonctions administratives civiles, avec un grade correspondant à celui de commissaire de police. *(Toutes les notes sont de la traductrice.)*

disait qu'il aurait dû jouer dans une division plus élevée, mais il lui aurait alors fallu partir dans une agglomération plus grande et risquer d'échouer sur le banc de touche. Pourquoi échanger le statut de héros local contre cela ?

« Carl est rentré hier, ai-je confirmé. Comment le sais-tu ?

— À cause de ceci. » Il a déroulé une affiche et l'a levée.

J'ai fermé le jet d'eau. « PARTICIPEZ À L'AVENTURE ! » indiquait le titre, au-dessus de « HÔTEL SPA DE HAUTE MONTAGNE D'OS. » J'ai continué de lire. Le lensmann m'a laissé tout mon temps. Nous étions à l'école à peu près à la même époque, il savait peut-être que mon prof principal avait parlé de *légère dyslexie*. Quand il en avait informé mes parents et en était venu à mentionner du même coup que la dyslexie était un trouble en grande partie héréditaire, mon père s'était emporté : sous-entendait-il que son fils était un enfant naturel ? Maman lui avait alors rappelé qu'il avait un cousin à Oslo, Olav, qui était dyslexique et pour qui ça ne s'était pas trop bien passé. Quand Carl avait su pour le rendez-vous avec le prof principal, il s'était proposé de devenir mon entraîneur de lecture, comme il disait. Je sais qu'il était sincère, qu'il aurait été heureux d'y consacrer du temps et du travail, mais j'ai refusé. Qui voudrait de son petit frère comme prof ? Cet enseignement me serait prodigué par quelqu'un avec qui j'entretiendrais une liaison secrète, dans un chalet d'alpage en guise d'école, plusieurs années plus tard.

L'affiche était une invitation à une réunion d'investissement à la maison communale d'Årtun. Tous étaient les bienvenus, était-il écrit. C'était sans engagement et on servirait du café et des gaufres.

J'ai compris avant d'arriver au nom et à la signature tout en bas. C'était ça, la raison pour laquelle Carl était rentré.

Son nom – Carl Abel Opgard – était suivi de son titre. *Master of Business*. Rien de moins.

Je ne savais qu'en penser, si ce n'est que ça sentait déjà les problèmes.

« Elle est sur tous les arrêts de bus et les réverbères de la nationale », a précisé le lensmann.

Carl s'était manifestement levé tôt, lui aussi.

Le lensmann a enroulé l'affiche. « Il n'a pas demandé l'autorisation, et c'est en infraction avec l'article 33 de la loi sur les routes. Tu pourrais lui demander de les enlever ?

— Pourquoi tu ne lui demandes pas toi-même ?

— Je n'ai pas son numéro et… » Il a glissé l'affiche sous son bras et ses pouces sous la ceinture de son Levi's serré en faisant un signe de tête vers le nord. « Je m'épargnerais bien ce trajet en voiture. Tu le préviens ? »

J'ai hoché la tête lentement en regardant vers là où le lensmann voulait s'épargner d'aller. Depuis la station-service, on ne voyait pas Opgard, on apercevait juste le virage des Chèvres et une zone de couleur grise tout en haut du précipice. La maison, qui se trouvait au-dessus, en retrait, où le terrain s'aplatissait, était hors de vue. Mais aujourd'hui, je voyais quelque chose. Du rouge. Et j'ai compris ce que c'était. Un drapeau norvégien. Putain, Carl avait hissé le drapeau un lundi. N'était-ce pas ce que faisait le roi au palais royal pour indiquer qu'il était à demeure ? Ma parole, j'ai failli rire.

« Il n'a qu'à demander l'autorisation, a précisé le lensmann en consultant sa montre. Et puis on verra.

— Bien sûr.

— Sûr. » Il a porté deux doigts au chapeau de cow-boy qu'il aurait dû avoir.

Nous savions tous deux qu'il faudrait un jour pour que les affiches soient enlevées et que, d'ici là, elles auraient fait leur œuvre. Ceux qui n'auraient pas vu l'invitation en auraient entendu parler.

Je me suis tourné, ai rouvert le jet d'eau.

Elle était toujours là. La chaleur entre mes omoplates. Comme elle l'était depuis toutes ces années. Le soupçon de Kurt Olsen, qui lentement, mais sûrement, brûlait à travers mes vêtements et ma peau pour pénétrer mes chairs. Elle butait toutefois contre mes os. Contre la volonté et la persévérance. Contre le manque de preuves et de faits.

« C'est quoi, ça ? »

Je me suis retourné, ai prétendu être surpris que Kurt Olsen soit toujours là. Il a désigné du menton la grille d'écoulement, les morceaux qui n'avaient pas été délités.

« Eh bien », ai-je dit.

Le lensmann s'est accroupi. « Il y a du sang. C'est de la viande.

— Sûrement. »

Il a levé les yeux vers moi.

« Un élan, ai-je dit. Écrasé. Il s'est coincé dans la calandre. Ensuite ils viennent ici pour laver le merdier.

— Je croyais que tu avais dit que c'était un tracteur, Roy.

— Je parie que c'est une voiture de cette nuit. Je peux demander à Egil si tu veux... » Le lensmann a fait un bond en arrière quand j'ai braqué le jet sur le bout de viande, le dégageant de la grille et le faisant voguer sur le ciment.

« ... *enquêter.* » Les yeux de Kurt Olsen ont lancé des éclairs. Il a essuyé son pantalon, qui n'était pourtant pas mouillé. Je ne sais pas s'il avait consciemment employé le même mot qu'à l'époque. *Enquêter.* Il fallait *enquêter* là-dessus. Je n'avais rien contre lui, c'était sans doute un chouette type qui ne faisait que son boulot. En revanche, j'avais indéniablement eu un problème avec son *enquête.* Et je ne suis pas certain qu'il se serait pointé avec ces affiches si le nom n'avait pas été Opgard.

J'ai regagné la boutique, où se trouvaient deux adolescentes : Julie, qui avait succédé à Egil derrière le comptoir, et une cliente, qui me tournait le dos. Elle attendait, tête baissée, et n'a pas fait mine de se retourner quand elle a entendu la porte s'ouvrir. Il m'a semblé reconnaître la petite Moe, la fille du couvreur-zingueur. Natalie. Je la voyais parfois dehors, avec la bande des tuneurs. Si Julie était ouverte, animée, *nature*, comme on dit, Natalie Moe, elle, avait un visage délicat et pourtant fermé, inexpressif, comme si elle partait du principe que dévoiler tout sentiment l'exposerait au ridicule. C'était de son âge. Quoique, elle devait bien être au lycée, maintenant ? Enfin. Je voyais le tableau, je percevais la honte, ce que Julie m'a confirmé en me désignant du menton l'étagère de pilules du lendemain. Julie a dix-sept ans, elle ne peut vendre ni tabac ni médicaments.

Je suis passé de l'autre côté du comptoir, avec l'intention d'écourter autant que possible le supplice de la fille Moe.

« EllaOne ? ai-je fait en posant la petite boîte blanche devant elle.

— Hein ? a demandé Natalie Moe.

— Ta pilule du lendemain », a précisé Julie, sans pitié.

J'ai tapé la marchandise en passant ma carte pour qu'il apparaisse que c'était bien une personne majeure et supposément responsable qui avait assuré la vente. La fille Moe est partie sans demander son reste.

« Elle couche avec Trond-Bertil. » Julie a fait claquer son chewing-gum. « Il a plus de trente ans, il est marié et il a des gosses.

— Elle est jeune…

— Jeune pour quoi ? » Julie m'a dévisagé. C'était bizarre, même si elle n'était pas grosse, elle en imposait. Ses cheveux frisés, ses mains robustes, ses seins lourds sous ses épaules larges. Sa bouche presque vulgaire. Ses yeux, de grandes mirettes bleues qui plongeaient hardiment dans les miennes. « Pour coucher avec quelqu'un de plus de trente ans ?

— Jeune pour toujours prendre des décisions raisonnables. Peut-être qu'elle apprendra. »

Julie a pouffé. « On n'appelle pas ça la pilule du remords parce que ça t'apprend à avoir des remords. Et ce n'est pas parce qu'une fille est jeune qu'elle ne sait pas ce qu'elle veut.

— Tu n'as sans doute pas tort sur ce point.

— Mais quand on prend des airs innocents, comme elle, là, vous les mecs, vous pensez oh la pauvre petite chose. C'est exactement ce qu'on veut que vous pensiez. » Elle a ri. « Vous êtes tellement naïfs. »

J'ai enfilé mes gants en plastique et entrepris de beurrer les baguettes. « C'est une société secrète ou quoi ?

— Hein ?

— Vous, les femmes qui croyez savoir comment sont tous les autres êtres humains de sexe féminin. Vous vous expliquez les unes aux autres comment vous fonctionnez, pour avoir une vue d'ensemble en interne ? Parce qu'en ce qui concerne les hommes, la seule chose que je sache, c'est que je ne sais rien. Qu'il y a de tout. Qu'au maximum quarante pour cent de ce que je crois savoir sur un homme est exact. » J'ai ajouté du salami et des œufs durs, livrés tranchés. « Et là je parle de nous qui sommes censés être *naïfs*. Alors je ne peux que vous féliciter d'avoir capté à cent pour cent l'autre moitié de l'humanité. »

Julie n'a pas répondu. Je l'ai vue déglutir. Ce devait être le manque de sommeil qui me faisait déployer l'artillerie lourde contre une ado qui avait arrêté l'école. Le genre de fille qui était trop précoce pour toutes les mauvaises choses et qui n'avait pas encore commencé les bonnes. Ça pouvait changer. *She has attitude*, comme disait papa, elle était rebelle, mais à ce stade, elle avait encore besoin d'encouragements plus que de résistance. Des deux, bien sûr, mais surtout d'encouragements.

« Tu commences à bien te débrouiller pour changer les pneus », ai-je observé.

On n'était qu'en septembre, mais il avait neigé sur les chalets d'altitude le week-end précédent. Et nous avions beau ne pas afficher de service de changement ou de vente de pneus, des gens de la ville en SUV venaient parfois nous supplier. Hommes aussi bien que femmes. Ils ne savent pas comment se débrouiller pour les trucs pratiques de base. Quand une tempête solaire mettra hors-jeu tout ce qui marche à l'électricité, ils péricliteront en moins d'une semaine.

Julie a souri. Elle avait l'air presque *trop* contente. Temps changeant par ici.

« Les gens de la ville trouvent que c'est glissant maintenant, a-t-elle commenté, mais imagine quand il fera vraiment froid, moins vingt, moins trente.

— Ce sera moins glissant. »

Elle m'a interrogé du regard.

« C'est près du point de fonte que la glace est la plus glissante. Le pire, c'est exactement moins sept degrés. C'est pour ça qu'on essaie de maintenir les patinoires de hockey à cette température. Autrefois, on pensait glisser sur une couche d'eau invisible, générée par la pression et de la friction, mais c'est en fait un gaz, qui survient quand les molécules se libèrent autour de ces températures. »

Elle m'a observé avec un regard éperdu d'admiration. « Comment sais-tu tous ces trucs-là, Roy ? »

Je me suis bien sûr senti comme ces cons que je ne peux pas blairer, qui se gargarisent en étalant à tout bout de champ leur science approximative.

« C'est le genre d'informations qu'il y a dans ce qu'on vend. » J'ai désigné les présentoirs, où la science vulgarisée de *Populær Vitenskap* avait trouvé place à côté des magazines de voitures, de bateaux, de chasse et pêche, ainsi que de *True Crime* et – sur l'incitation du directeur des ventes – de quelques magazines féminins.

Mais Julie ne me laissait pas redescendre de mon piédestal si facilement : « Je ne trouve pas que trente ans, ce soit si vieux, moi. C'est en tout cas mieux que les garçons puérils de vingt ans qui se croient adultes parce qu'ils ont le permis.

— J'ai plus de trente ans, Julie.

— Ah bon ? Et ton frère, alors ?

— Il a trente-cinq ans.

— Il est venu faire le plein ici, hier.

— Tu ne travaillais pas.

— J'étais avec des copines, dans la voiture de Petit Bonhomme. C'est lui qui a dit que c'était ton frère. Et tu sais ce que mes copines ont dit ? Que ton frangin était Dilf. »

Je n'ai pas répondu.

« Mais tu sais quoi ? Moi, le plus Dilf, je trouve que c'est *toi.* »

Je lui ai lancé un coup d'œil dissuasif. Elle s'est contentée de sourire de toutes ses dents, s'est redressée insensiblement et a rétracté ses épaules larges. « Dilf, ça veut dire *Dad I'd like to fu*...

— Merci, je crois que j'ai compris, Julie. Tu sors réceptionner Asko ? »

Un camion de livraison était arrivé. Bonbons et eau minérale. Julie m'a adressé son regard « Je m'ennuie comme un rat mort », sa bulle de chewing-gum a éclaté. Elle a fait un mouvement de la tête et puis elle est sortie.

3

« Ici ? » Je contemplais nos terres, incrédule.

« Oui, ici », a confirmé Carl.

Des rochers et de la bruyère. De la montagne dénudée battue par les vents. Une vue de dingue, bien sûr, avec des sommets bleus à tous les vents et le lac, en bas, qui scintillait au soleil. Mais tout de même.

« Il faudrait que tu construises une route qui monte jusqu'ici, ai-je dit. Que tu viabilises le terrain.

— Oui. » Il a ri.

« Et que tu entretiennes un bâtiment se trouvant sur… sur un putain de pic montagneux.

— C'est unique, n'est-ce pas ?

— Et beau », a renchéri Shannon, qui grelottait derrière nous dans son manteau noir, les bras croisés. « Ça va être beau. »

J'étais rentré tôt de la station-service et, bien sûr, j'avais tout de suite interpellé Carl au sujet des affiches.

« Putain, sans même m'en parler ? Tu as une idée du nombre de questions j'ai eues dans la journée ou quoi ?

— Combien ? Les gens avaient l'air favorables ? »

L'enthousiasme de Carl suggérait qu'il se foutait pas mal que je me sente ignoré.

« Mais merde, quoi. Pourquoi tu ne m'as pas dit que c'était pour ça que tu étais rentré ? »

Il avait passé son bras autour de mon épaule, avait décoché son putain de sourire chaleureux. « Parce que je ne voulais pas que tu n'aies que la moitié de l'histoire, Roy. Je ne voulais pas que tu ailles imaginer un tas d'objections au projet, puisque tu es un sceptique-né, et tu le sais. Si on dînait, que je te raconte toute l'histoire. D'accord ? »

Et, oui, ça m'avait sans doute mis dans de meilleures dispositions, ne serait-ce que parce que, pour la première fois depuis la mort de papa et maman, il y avait un repas sur la table à mon retour du travail.

Nous avions dîné en quatrième vitesse et Carl m'avait montré les dessins de l'hôtel. On aurait dit un igloo posé sur la lune. Sauf que, sur cette lune, se promenaient deux rennes, qui, avec quelques touffes de mousse, constituaient les seuls ornements ajoutés par l'architecte. Le reste paraissait plutôt dépouillé et moderniste. Le plus drôle, c'est que ça me plaisait, sans doute parce que cela m'évoquait une station-service sur Mars et non un hôtel dans lequel on est censé se prélasser. Je veux dire, dans ce genre d'endroits, les gens recherchent sans doute un peu plus de chaleur, d'apparat ; le romantisme national, la peinture folklorique, un toit d'herbe, un côté ferme royale de contes de fées et tout ça, quoi.

Ensuite, nous avions marché un petit kilomètre pour rejoindre le terrain envisagé, où le soleil d'après-midi embrasait la bruyère et le granit poli des sommets.

« Regarde comme il s'insère dans le paysage. » Carl dessinait dans les airs l'hôtel que nous avions regardé dans la salle à manger. « Ce qui est déterminant, c'est le paysage et la fonction, pas ce que les gens imaginent quand ils pensent hôtel de haute montagne. Cet hôtel va changer l'idée que les gens se font de l'architecture, pas simplement aller dans leur sens.

— D'accord. » Mon ton traduisait sans doute le scepticisme qui me semblait de rigueur.

Carl m'avait expliqué que l'hôtel compterait deux cents chambres, sur une surface de onze mille mètres carrés, et serait prêt deux ans après le premier coup de pelle, ou plutôt le premier dynamitage, parce qu'il n'y avait pas beaucoup de terre à creuser. D'après ses « estimations pessimistes », le coût s'élèverait à quatre cents millions de couronnes.

J'avais attendu avant de poser la question.

« Comment penses-tu te procurer ce fric ?

— À la banque.

— La Os Sparebank ?

— Non, non. » Il a ri. « Ils ne sont pas de taille ! La DnB, en ville.

— Et pourquoi te prêteraient-ils quatre cents millions pour un... » Je n'ai pas *dit* délire, mais au son de ma voix il était évident que je n'avais aucune envie de parler de projet ou d'hôtel.

« Parce que nous n'allons pas fonder une société par actions, mais une SNC.

— Une SNC ?

— Une société en nom collectif, à responsabilité solidaire. Les gens du bourg n'ont pas beaucoup de liquidités, mais ils sont propriétaires de leur maison et de leur terrain. Avec une SNC, ils n'auront rien à débourser pour participer à l'aventure. Et tous les investisseurs, petits ou grands, auront une part et des gains égaux. Il leur suffit de rester dans leur fauteuil et d'hypothéquer ce qu'ils possèdent. C'est pourquoi la banque va baver devant tout ce truc et supplier de le financer. Elle n'aura jamais eu meilleure sécurité. Littéralement une hypothèque sur le bourg entier. »

Je me suis gratté la tête. « Tu veux dire que si ça part en vrille...

— Chaque associé ne grève que sa part. Si nous sommes cent et que la société fait faillite avec une dette de cent mille couronnes, ni toi ni aucun des autres associés n'aurez besoin de cracher plus de mille couronnes chacun. Si jamais certains associés n'arrivaient pas à allonger ces mille couronnes, ce ne serait pas ton problème, mais celui des créanciers.

— Eh ben.

— C'est beau, hein ? Plus il y aura de monde, moins il y aura de risque par personne. Mais moins ils gagneront quand tout cela cassera la baraque, bien entendu. »

Ça faisait beaucoup à absorber. Un modèle de société où on n'avait pas besoin d'avancer la moindre couronne et où on ne faisait que récolter l'argent si tout se passait comme il fallait, et si ça ne marchait pas, on avait juste sa part à payer.

« OK, ai-je dit en essayant d'identifier le hic. Mais pourquoi tu parles de réunion d'investissement s'ils n'ont rien à investir ?

— Parce que ça a plus de gueule d'être investisseur que simple associé, non ? » Carl a accroché ses pouces à sa ceinture et contrefait sa voix : « *"Je ne suis pas seulement paysan, je suis investisseur hôtelier, tu comprends."* » Il a éclaté de rire. « C'est de la pure psychologie. Quand une partie des gens du bourg auront souscrit, les autres n'auront pas la force de penser que leurs voisins vont s'acheter des Audi et se faire appeler propriétaires d'hôtel, alors qu'eux-mêmes restent hors du coup. Si ton voisin le fait, autant risquer de perdre quelques couronnes. »

J'ai hoché la tête lentement. Pour ce qui est de cette partie de la psychologie, il avait peut-être vu juste.

« Le projet est sain, mais la difficulté est de mettre le train en marche. » Carl a donné un coup de pied dans le rocher au-dessous de nous. « Obtenir les premiers *commitments*, les premiers engagements. Avoir des gens qui puissent montrer aux autres qu'ils trouvent le projet attrayant. Si on y arrive, tous les autres grimperont à bord, et l'affaire suivra son cours.

— D'accord. Et comment prévois-tu de convaincre les premiers ?

— Quand je n'arrive même pas à convaincre mon propre frère, tu veux dire ? » Il a souri de son bon sourire franc, les yeux un peu tristes. « Il suffit d'un seul, a-t-il repris, ne me laissant pas le temps de rester sans réponse.

— Qui est ?

— Le chef du troupeau. Aas. »

Évidemment. L'ancien maire. Le père de Mari. Pendant plus de vingt ans, il avait dirigé cette municipalité travailliste d'une main ferme, bon an mal an, jusqu'à ce qu'il décrète lui-même que ça suffisait. Le vieil Aas devait avoir plus de soixante-dix ans maintenant et il ne sortait sans doute pas souvent de chez lui, mais il se fendait parfois d'une chronique dans *Os Blad*, le journal local, et les gens la lisaient. Même ceux qui ne partageaient pas ses vues *a priori*, ils envisageaient l'affaire sous un autre jour, celui de l'éloquence, de la sagesse et de la capacité incontestable à toujours prendre les bonnes décisions. Les gens pensaient très sérieusement que les projets de faire passer la nationale hors du bourg n'auraient jamais été considérés sérieusement si Aas avait toujours été maire, qu'il aurait expliqué aux autorités que ce nouveau tracé allait tout démolir, priver la bourgade des retombées économiques cruciales du transit des voitures, rayer une communauté entière de la carte et la transformer en lieu fantôme où ne s'accrocheraient que quelques paysans subventionnés proches de la retraite. Certains avaient plaidé pour qu'Aas, et non le maire siégeant, mène une délégation dans la capitale afin de ramener le ministre des Transports à la raison.

J'ai craché. Ce qui, pour information, est, chez le pedzouille, le pendant au hochement de tête lent et signifie qu'on n'est *pas* d'accord.

« Donc tu penses qu'Aas rêve de jouer sa propriété sur un

hôtel spa en altitude ? Qu'il mettrait son destin entre les mains du type qui a trompé sa fille et s'est tiré à l'étranger ? »

Carl a secoué la tête. « Tu ne comprends pas. Aas m'aimait bien, Roy. Plus que son futur gendre, j'étais le fils qu'il n'avait pas.

— *Tout le monde* t'aimait bien, Carl. Mais quand tu baises la meilleure copine… »

Il m'a averti du regard, j'ai baissé le ton et vérifié que Shannon – qui s'était accroupie pour regarder dans la bruyère – était hors de portée de voix.

« … eh bien, ta cote de popularité est en baisse.

— Aas n'a jamais su ce qui s'était passé entre Grete et moi. Tout ce qu'il sait, c'est que sa fille m'a largué.

— Ah ? » J'étais incrédule, mais un peu moins en y réfléchissant. Mari – qui avait toujours été soucieuse des apparences – avait évidemment préféré donner comme version officielle de sa rupture avec le beau gosse du bourg qu'elle l'avait largué, sous-entendant qu'elle visait plus haut que le fils d'Opgard, le paysan montagnard.

« Juste après notre rupture, Aas m'a fait venir pour me dire combien il était peiné. Il se demandait si Mari et moi ne pourrions pas recoller les morceaux. Il m'a raconté que sa femme et lui aussi avaient connu des hauts et des bas, mais qu'ils en étaient maintenant à plus de quarante ans de vie commune. J'ai répondu que j'aurais bien voulu, mais qu'à ce moment précis, j'avais besoin de partir quelque temps. Il comprenait et m'a fait une ou deux suggestions. Mes résultats scolaires étaient bons, Mari le lui avait dit, et il pouvait peut-être m'obtenir une bourse dans une université américaine.

— Le Minnesota ? C'était Aas ?

— Il avait des relations à l'association norvégo-américaine là-bas.

— Tu ne me l'as jamais dit. »

Carl a haussé les épaules. « J'avais honte. J'avais trahi sa fille et il m'aidait de bonne foi. Mais je crois qu'il avait ses raisons, il espérait sans doute que je reviendrais avec un diplôme universitaire pour reconquérir la princesse et la moitié du royaume.

— Et maintenant tu espères qu'il va encore t'aider ?

— Pas moi. Le bourg.

— Évidemment. Le bourg. Depuis quand est-ce que ton cœur brûle pour le bourg, au juste ?

— Et depuis quand est-ce que tu es devenu si cynique et froid, au juste ? »

J'ai souri. J'aurais pu lui indiquer la date. Celle que, dans ma tête, j'appelais la nuit Fritz.

Carl a pris sa respiration. « Ça fait quelque chose d'être à l'autre bout du monde à se demander qui on est, *en réalité*. D'où on vient. Dans quel contexte on s'inscrit. Qui est son peuple.

— Et tu as découvert que ton peuple, c'était ça ? » J'ai désigné d'un geste du menton le bourg qui s'étalait mille mètres au-dessous de nous.

« Pour le meilleur et pour le pire, oui. C'est comme un héritage que tu ne peux pas refuser, qui revient vers toi que tu le veuilles ou non.

— C'est pour ça que tu t'es mis à parler comme les gens de la ville ? Tu ne veux pas de notre héritage ?

— Mais si, c'est l'héritage de maman.

— Elle parlait la langue de la ville parce qu'elle avait travaillé longtemps comme gouvernante, pas parce que c'était sa langue.

— Alors disons que son héritage, c'est sa capacité à s'adapter, a tranché Carl. Il y a beaucoup de Norvégiens dans le Minnesota, et on me prenait plus au sérieux, surtout les investisseurs potentiels, quand je parlais une langue soutenue. »

Ce dernier membre de phrase, il l'avait prononcé en parlant du nez, comme maman, exagérant les inflexions des quartiers ouest de la capitale. Nous avons éclaté de rire.

« Je finirai bien par parler comme avant, a-t-il affirmé. Je suis d'Os, mais plus encore d'Opgard. Mon peuple, c'est avant tout toi, Roy. Si la nationale ne passe plus par le bourg et que nous n'avons rien de nouveau pour en faire une destination, ta station-service…

— Ce n'est pas *ma* station, Carl, je ne fais qu'y travailler. Gérant, je peux faire ça n'importe où, la société en a cinq cents en Norvège, donc tu n'as pas besoin de me sauver.

— Je te le dois.

— Je te dis que je n'ai besoin de rien…

— Si. Tu as besoin de quelque chose. Tu as un besoin de fou de posséder ta propre station-service. »

Je me suis tu. Bon, d'accord, il avait tapé dans le mille. Après tout, c'était mon frère et personne ne me connaissait mieux que lui.

« Et avec ce projet, tu vas obtenir le capital nécessaire, Roy. Pour acheter cette station-ci ou une autre, ailleurs. »

J'avais épargné, mis de côté chaque putain de couronne dont je n'avais pas besoin pour payer ma bouffe, l'électricité qui réchauffait mes pizzas Grandiosa quand je ne dînais pas à la station-service, l'essence de ma vieille Volvo et les travaux pour maintenir la maison à peu près en état. J'avais parlé aux gens du siège de racheter la station, de signer un contrat de franchise. Ils n'étaient pas totalement contre, maintenant qu'ils voyaient que la circulation de la nationale allait disparaître, mais le prix n'avait pas baissé autant que je l'espérais, ce qui, paradoxalement, était ma propre faute, on avait de trop bons résultats.

« En admettant que je participe à cette histoire de SNC…

— Oui ! » s'est-il écrié. C'était Carl tout craché de jubiler comme si j'étais déjà dans le coup.

J'ai secoué la tête avec agacement. « Il restera tout de même deux ans avant que ton hôtel soit construit, plus au moins deux de plus avant qu'il rapporte de l'argent. En supposant bien sûr que tout se passe bien. Si au cours de cette période, on me laisse acheter la station-service et que j'ai besoin d'un prêt rapide, la banque me dira "non, vous êtes endetté jusqu'au cou avec cette SNC". »

J'ai vu que Carl n'allait même pas daigner prêter attention à ma comédie. SNC ou non, pas une banque n'accorderait de prêt pour le rachat d'une station-service qui allait bientôt se retrouver si fondamentalement au milieu de nulle part.

« Tu vas participer au projet d'hôtel, Roy, et en plus, tu auras l'argent pour ta station-service avant même qu'on commence à construire. »

Je l'ai regardé. « Qu'est-ce que tu veux dire, putain ?

— La SNC doit acheter le terrain sur lequel se trouvera l'hôtel, et qui en sont les propriétaires ?

— Toi et moi. Et après ? On ne devient pas riche en vendant quelques ares de montagne pelée.

— Tout dépend de qui fixe le prix. »

Je n'ai pas la réputation d'être lent quand il s'agit de penser logique et pratique, mais je dois admettre que quelques secondes se sont écoulées avant que je ne percute.

« Tu veux dire…

— Je veux dire que c'est moi qui m'occupe du descriptif du projet, oui. Ce qui signifie que c'est moi qui définis les postes budgétaires que je vais présenter à la réunion d'investissement. Je ne vais bien sûr pas mentir sur le prix du terrain, mais disons qu'on le fixe à vingt millions…

— Vingt millions ! » J'ai montré la bruyère d'un geste indigné. « Pour ça ?

— … cette somme resterait suffisamment modeste par rapport au total de quatre cents millions pour qu'on puisse facilement ventiler le prix du terrain sur les autres postes. Un poste pour la route et le terrain qui va avec, un poste pour le parking, un pour le terrain du bâtiment…

— Et si quelqu'un demande le prix à l'hectare ?

— Eh bien, nous l'indiquerons bien sûr, nous ne sommes pas des bandits.

— Qu'est-ce que nous… » Je me suis interrompu. Nous ? Comment m'avait-il soudain inclus *moi* dans cette histoire. Enfin, ce n'était pas le moment d'ergoter. « Qu'est-ce que nous sommes, alors ?

— Des hommes d'affaires qui jouent le jeu.

— Jouent ? C'est des campagnards qui n'y connaissent rien, Carl !

— Des ploucs faciles à berner, tu veux dire ? Oui, oui, on est bien placés pour le savoir, nous qui sommes d'ici. » J'ai craché par terre. « Comme quand papa a acheté la Cadillac. Oui, là, les gens étaient bien scandalisés, dis donc. »

Il a esquissé un petit sourire.

« Ce projet va faire monter les prix du terrain pour tout le monde, Roy. Quand l'hôtel sera financé, on passera à la deuxième étape. Le projet de remonte-pente et de chalets et appartements. C'est là que se trouve vraiment l'argent. Alors pourquoi vendrions-nous à bas prix maintenant, quand nous savons qu'à tous les coups ils vont monter en flèche. Surtout quand c'est *nous* qui les aurons fait décoller. Nous ne trompons personne, Roy, c'est juste que nous n'avons pas besoin de crier sur tous les toits que ce sont les frères Opgard qui vont rafler les premiers millions. Alors… » Il m'a regardé. « Tu veux l'argent pour ta station-service ou pas ? »

Je ruminais la question.

« Réfléchis-y pendant que je vais pisser. »

Il est parti vers le sommet du rocher, pensant sûrement qu'il serait à l'abri du vent de l'autre côté.

Carl m'avait donc accordé le temps de vider une vessie pour décider si je voulais vendre un terrain qui était dans la famille depuis quatre générations. Pour un prix qui, en d'autres circonstances, n'aurait pu être considéré que comme du banditisme de grand chemin. Je n'avais pas besoin de réfléchir. Je me fous des générations, en tout cas pour ce qui est de cette famille, et nous parlons ici de terres non exploitables sans la moindre valeur ni affective ni autre, à moins que l'on découvre soudain des gisements de métaux rares. Si Carl avait raison, les millions que nous raflerions ne seraient que la cerise sur le gâteau que tous les associés allaient partager, ça m'allait. Vingt millions. Dix pour moi. Pour ce prix-là, on pouvait avoir une station-service drôlement chouette. Du plus haut standing, bel emplacement, pas un øre de dette. Station de lavage entièrement automatisée. Partie restaurant.

« Roy ? »

Je me suis retourné. Je n'avais pas entendu Shannon arriver à cause du vent. Elle a levé les yeux vers moi. « Malade, je crois », a-t-elle dit.

Un instant, j'ai cru qu'elle parlait d'elle-même, elle avait l'air toute petite, faible, frigorifiée, avec ses grands yeux marron sous le vieux bonnet que je portais quand j'étais gosse. Puis me suis aperçu qu'elle tenait quelque chose dans le creux de ses mains. Elle les a ouvertes.

C'était un petit oiseau. Capuchon noir sur une tête blanche, cou beige. Des couleurs suffisamment ternes pour que ce soit un mâle. Il avait l'air inanimé.

« Un pluvier guignard, ai-je annoncé. Tu as marché sur le nid ?

— Marché ? Non !

— Je te pose la question parce que quand quelqu'un vient, le pluvier guignard ne s'en va pas. Il reste sur ses œufs et se ferait écraser plutôt que de les sacrifier.

— Je croyais que les oiseaux d'ici couvaient au printemps, comme au Canada.

— Oui, mais cet œuf-là n'a jamais éclos. Il n'a pas dû comprendre que son petit était mort, le pauvre.

— *Il ?*

— Oui, c'est le mâle qui couve et s'occupe des petits. » J'ai caressé l'oiseau sur la poitrine, senti son pouls rapide sous la pulpe de mes doigts. « Il fait le mort. Pour détourner l'attention de ses œufs. »

Shannon a regardé autour d'elle. « Où sont-ils ? Et où est la femelle ?

— Elle doit être en train de s'envoyer en l'air avec un autre mâle.

— S'envoyer en l'air ?

— Se reproduire. Avoir un rapport sexuel. »

Elle m'a lancé un coup d'œil dubitatif. « Les oiseaux ont des rapports sexuels en dehors de la saison de reproduction ?

— Je blague, mais on peut l'espérer. Quoi qu'il en soit, ça s'appelle la polyandrie. »

Elle a caressé l'oiseau sur le dos. « Un mâle qui sacrifie tout pour ses enfants, qui rassemble la famille même quand la mère est infidèle. En vérité, c'est rare.

— En fait, la polyandrie, ce n'est pas ça. C'est…

— … une forme de régime matrimonial où une femme a plusieurs maris, a-t-elle complété.

— Ah ?

— Oui. Ça existe dans plusieurs régions du monde, mais surtout en Inde et au Tibet.

— Eh ben. Pourquoi… » J'allais dire « … le sais-tu », mais je l'ai changé en « … le font-elles ?

— Ce sont en général des frères qui épousent la femme, et c'est pour éviter de diviser la ferme familiale.

— Je l'ignorais. »

Elle a penché la tête sur le côté. « Tu en sais peut-être davantage sur les oiseaux que sur les humains ? »

Je n'ai pas répondu. Alors elle a ri et lancé l'oiseau haut dans le ciel. Il a déployé ses ailes et volé tout droit, s'éloignant de nous. Nous l'avons suivi du regard jusqu'à ce que je perçoive un mouvement à la lisière de mon champ de vision. J'ai d'abord pensé à un serpent. Je me suis retourné et j'ai remarqué la bande sombre qui sinuait vers nous sur la pente de granit. Levant les yeux, j'ai vu Carl, au sommet, qui contemplait la vue tel un Christ rédempteur au-dessus de Rio, toujours en train de pisser. Je me suis écarté, ai toussoté. Shannon m'a imité en remarquant le ruisseau d'urine, qui poursuivait son chemin vers le bourg.

« Qu'est-ce que tu penses de la vente de ce terrain pour vingt millions de couronnes ? ai-je demandé.

— Ça paraît beaucoup. Où crois-tu que le nid pourrait être ?

— Ça fait deux millions et demi de dollars américains. On va construire un établissement de deux cents lits. »

Elle a souri et est repartie dans la direction d'où nous étions venus. « C'est beaucoup. Mais le pluvier guignard a construit ici d'abord. »

Il y a eu une coupure de courant juste avant l'heure du coucher.

J'étais dans la cuisine, en train de regarder les derniers rapports comptables. Je calculais comment le siège actualiserait les flux de trésorerie pour fixer le prix de la station-service dans l'éventualité d'une vente. J'étais arrivé à la conclusion que, avec dix millions de couronnes, je parviendrais à acheter non seulement une franchise de dix ans, mais le bâtiment, le terrain et tout. À *vraiment* posséder ma station-service.

Je me suis levé et j'ai regardé le bourg, en bas. Pas de lumière là non plus. Bien, le problème n'était donc pas chez nous. J'ai fait deux pas, ouvert la porte du salon, jeté un œil dans le noir complet.

« Coucou, ai-je tenté.

— Coucou », ont répondu Carl et Shannon en chœur.

J'ai tâtonné jusqu'au fauteuil à bascule de maman, me suis assis. Les patins grinçaient contre le plancher. Shannon a gloussé. Ils avaient bu un digestif.

« Désolé pour la panne, ai-je dit. Ce n'est pas nous, c'est... eux.

— Moi, ça ne me fait rien, a répondu Shannon. Quand j'étais petite, les coupures de courant étaient fréquentes.

— C'est pauvre, la Barbade ? ai-je demandé dans le noir.

— Non. C'est l'une des îles les plus riches des Antilles, mais là où j'ai grandi, un tas de gens faisaient du *cable hooking*... comment on dit en norvégien ?

— En l'occurrence, je ne crois pas que nous ayons de mot pour ça, a répondu Carl.

— Ils volaient l'électricité en se connectant au câble principal, et ça rendait tout le réseau instable. Je me suis habituée. À ce que tout puisse disparaître d'un instant à l'autre, j'entends. »

J'avais le sentiment qu'elle ne parlait pas uniquement de l'électricité. De foyer et de famille, peut-être ? Elle n'avait pas abandonné la partie avant d'avoir repéré le nid du pluvier guignard, et elle avait alors planté un bâton dans le sol pour nous empêcher de marcher dessus accidentellement.

« Raconte », ai-je dit.

Pendant quelques secondes, le silence était total dans le noir.

Elle a ri, doucement, comme pour s'excuser. « Tu ne pourrais pas raconter quelque chose, toi, plutôt, Roy ? »

J'étais surpris que, bien qu'elle ne fasse jamais de fautes de vocabulaire ou de grammaire, son accent la fasse paraître étrangère. À moins que ce n'ait été le plat qu'elle avait cuisiné. Du *mofongo*, cette fois, un truc caribéen.

« Oui, laissons Roy raconter, a renchéri Carl. Il sait bien raconter dans le noir. C'est ce qu'il faisait quand je n'arrivais pas à dormir. »

Quand tu n'arrivais pas à dormir parce que tu *pleurais*, ai-je pensé. Quand j'étais descendu dans ton lit et que je passais mes bras autour de toi, que je sentais ta peau si chaude contre la mienne, et que je te disais de ne pas y penser, que là, il fallait juste penser à l'histoire que je te racontais et laisser le sommeil venir. Au moment où je me faisais cette réflexion, j'ai compris que ce n'était pas l'accent ni le *mofongo*, c'était sa présence ici, dans le noir, avec Carl et moi. Dans l'obscurité de notre maison, l'obscurité qui nous appartenait à lui et moi et personne d'autre.

4

Carl était d'ores et déjà à la porte, prêt à accueillir les invités. Nous entendions les premières voitures lutter dans la côte, vers le virage des Chèvres. Rétrograder. Rétrograder encore. Shannon m'a lancé un regard interrogateur en me voyant rajouter de l'alcool dans son bol de punch.

« Ils aiment sentir l'alcool plus que les fruits », ai-je expliqué en regardant par la fenêtre de la cuisine.

Une Passat s'est garée devant la maison et six personnes sont sorties de ses cinq places. C'était comme d'habitude : ils se mettaient ensemble, remplissaient les voitures et c'étaient les femmes qui prenaient le volant. Je ne sais pas pourquoi les garçons se sentent une priorité pour boire dans ces soirées ou pourquoi les filles se dévouent systématiquement pour conduire avant même qu'on leur demande, mais c'est comme ça. Les mecs qui venaient non accompagnés, parce qu'ils étaient célibataires ou que leur chère et tendre gardait les petits, jouaient la place de conducteur à pierre-papier-ciseaux. Dans notre enfance, les gens conduisaient bourrés, mais plus maintenant. Ils continuent de cogner leur bonne femme, mais putain, ils ne conduisent pas bourrés.

Dans le salon était accrochée une banderole « HOMECOMING ». Je trouvais cela un peu curieux, je croyais pourtant que cette tradition américaine voulait que ce soit la famille ou les amis qui organisent la fête du retour, pas celui qui rentrait. Mais Shannon s'était contentée de rire, arguant que quand personne d'autre ne s'en occupait, il fallait s'en charger soi-même.

« Laisse-moi servir le punch », a dit Shannon, qui était venue me rejoindre alors que je versais le mélange de salade de fruits et de bistouille dans les verres que j'avais sortis. Elle portait la même tenue que le jour de son arrivée, un col roulé noir et un pantalon noir. C'est-à-dire que c'étaient peut-être d'autres vêtements, mais ils étaient semblables à s'y méprendre. Je n'y connais rien, mais quelque chose me dit qu'ils étaient du genre chic discret.

« Merci, mais je peux le faire, tu sais.

— Non, a tranché cette petite femme en me repoussant. Toi, tu vas aller discuter avec tes vieux copains pendant que je me balade avec les verres pour faire un tout petit peu connaissance avec tout le monde.

— D'ac. » J'ai renoncé à l'idée de lui expliquer que c'étaient les amis de Carl, que moi, je n'en avais pas.

De toute façon, c'était sympa de les voir tous serrer Carl dans leurs bras à la porte, lui taper dans le dos comme s'il avait avalé de travers, afficher de grands sourires et dire des trucs virils auxquels ils avaient réfléchi sur le chemin, joyeux, rougissants, un peu gênés, et prêts pour un petit verre.

Moi, ils me serraient la main.

De toutes les différences entre mon frère et moi, c'était sans doute la plus marquée. Il s'agissait là de gens du bourg qu'il n'avait pas vus depuis des années. Moi, je les croisais tous les deux jours à la station-service, année après année. Et pourtant, on aurait dit que c'était lui qu'ils connaissaient, pas moi. Quand je le voyais comme ça, à savourer la chaleur et l'intimité de nos amis, auxquelles je n'avais jamais eu droit, l'enviais-je ? Moui, nous souhaitons sans doute tous être aimés.

Mais aurais-je troqué ma place contre la sienne ? Aurais-je été prêt, comme Carl, à laisser des gens m'approcher si près ? Lui, apparemment, cela ne lui coûtait rien. Moi, j'aurais payé un prix trop fort.

« Salut, Roy. On ne te voit pas souvent avec une bière. » C'était Mari Aas. Elle avait fière allure. Elle avait toujours fière allure, même quand elle sortait promener ses jumeaux qui souffraient de coliques. Je sais que ce point précis agaçait quelques nanas du bourg qui auraient sans doute espéré voir enfin Mademoiselle Parfaite en baver un peu comme nous autres mortels. La fille qui avait tout eu. Car en plus de la cuillère en argent dans la bouche avec laquelle elle était née, de l'esprit vif qui lui avait apporté les meilleurs bulletins de l'école et du respect que lui conférait le patronyme Aas, elle avait bien sûr le physique qui allait avec. Mari Aas avait hérité du teint mat radieux de sa mère et de la blondeur et des yeux de loup bleu polaire de son père. Et c'étaient peut-être ces yeux, sa langue acerbe et son aura de froideur hautaine qui faisaient que les garçons se tenaient davantage à distance respectueuse qu'il ne l'aurait fait avec une autre.

« C'est bizarre qu'on ne se voie pas plus souvent, a-t-elle observé. Comment vas-tu, au juste ? »

Ce *au juste* devait signaler qu'elle ne souhaitait pas de « ça va » standard, mais se souciait vraiment de moi, voulait savoir. Je crois que c'était sincère. En réalité, Mari était gentille et serviable. Pourtant, elle donnait l'impression de vous regarder de haut. On pouvait bien sûr l'imputer au fait qu'elle mesurait un mètre quatre-vingts, mais je me souviens aussi d'un jour où nous étions tous les trois en voiture et rentrions d'un bal de village – moi au volant, Carl ivre mort, Mari en colère et l'engueulant – elle avait déclaré : « Carl, je ne peux pas avoir un petit ami qui me mette au même niveau que les gens d'ici, tu le comprends, non ? »

Toutefois, si le niveau général lui paraissait insuffisant, il n'en restait pas moins que, de toute évidence, c'était ici qu'elle voulait être. Elle avait beau être encore meilleure que Carl à l'école, elle n'avait pas en elle cet élan, ce désir pressant de partir pour *devenir* quelqu'un. Sans doute parce qu'elle était déjà là-haut, qu'elle flottait déjà à la surface au soleil. Il s'agissait donc surtout d'y rester. C'était peut-être pour cela – après sa rupture avec Carl – qu'elle avait suivi un cursus court de sciences politiques – ou de sciences polichic, comme disaient les gens du bourg – pour revenir directement ensuite, une bague de fiançailles au doigt et Dan Krane au bras. Et alors que lui avait pris ses fonctions de rédacteur en chef de l'organe local du Parti travailliste, elle continuait soi-disant de travailler sur son mémoire de fin d'études et n'en finissait jamais de l'écrire.

« Ça va, ai-je répondu. Tu es venue seule ?

— Dan voulait garder les garçons. »

J'ai hoché la tête. Je présumais que les grands-parents de la maison voisine auraient été ravis de jouer les baby-sitters, mais que Dan avait insisté. J'avais vu sa gueule d'ascète inexpressif à la station-service quand il regonflait les pneus du vélo clairement hors de prix qu'il allait chevaucher à la Birkebeiner. Il faisait semblant de ne pas savoir qui j'étais, mais son antipathie était palpable. Du simple fait que je partageais tant d'ADN avec un type qui avait pénétré la femme qui, légalement, était désormais à lui. Non, Dan n'avait pas de désir brûlant de célébrer le retour du fils prodigue du bourg et ex de sa femme.

« Tu as fait connaissance avec Shannon ?

— Non », a dit Mari, balayant du regard le salon déjà bondé où tout le monde se tenait debout entre les meubles que nous avions repoussés contre les murs. « Mais Carl se focalise tellement sur le physique que j'imagine qu'on ne peut pas la louper tellement elle est belle. »

Son intonation trahissait sa piètre opinion de ces histoires de physique. Quand elle allait prononcer un discours de fin de lycée au nom des élèves de terminale, le proviseur l'avait présentée comme « non seulement intelligente, mais d'une beauté renversante ». Elle avait alors ouvert son discours sur les paroles suivantes : « Merci, monsieur le proviseur, j'avais envie de vous complimenter sur le travail que vous avez fait pour nous pendant trois ans, mais je ne savais pas vraiment quels mots choisir, alors disons que vous avez été vraiment gâté côté physique. » Les rires n'avaient été qu'épars, la réplique étant délivrée avec un peu trop de fiel, et comme elle était la fille du maire, on ne savait pas trop si elle tapait vers le haut ou vers le bas.

« Vous devez être Mari. »

Mari a regardé autour d'elle avant de baisser les yeux. Là, trois têtes au-dessous d'elle, rayonnaient le visage blanc et le sourire de Shannon. « Punch ? » a-t-elle proposé, le prononçant à l'anglaise.

Mari a haussé un sourcil, l'air de croire que ce frêle personnage l'avait défiée à la boxe, jusqu'à ce que Shannon lève le plateau.

« Merci, non.

— Oh, non ! Vous avez perdu à pierre-papier-ciseaux ? »

Mari l'a dévisagée sans comprendre.

J'ai toussoté. « J'ai expliqué à Shannon l'usage de la conduite et de…

— Ah, d'accord, a coupé Mari, esquissant un léger sourire. Non, mon mari et moi ne buvons pas.

— Ah ah ! a répondu Shannon. Parce que vous êtes alcooliques ou parce que ce n'est pas bon pour la santé ? »

J'ai vu Mari se crisper. « Nous ne sommes pas alcooliques, mais l'alcool fait chaque année plus de victimes que toutes les guerres, tous les meurtres et toute la drogue du monde réunis.

— Oui, et heureusement, a dit Shannon en souriant. Qu'il

n'y a pas plus de guerres, de meurtres et de drogue, je veux dire.

— Ce que j'essaie d'expliquer, c'est que l'alcool n'est pas indispensable.

— Assurément. Mais ça a en tout cas permis aux langues de se délier un peu ce soir. Vous êtes venue en voiture ?

— Évidemment. Les femmes ne conduisent pas là d'où vous venez ?

— Si, mais uniquement du côté gauche. »

Mari m'a regardé d'un air hésitant, comme pour me demander si c'était une blague qu'elle ne saisissait pas.

J'ai toussoté encore. « On roule à gauche à la Barbade. »

Shannon a éclaté de rire et Mari m'a souri avec indulgence comme si j'étais un enfant qui aurait fait une blague mauvaise.

« Vous avez dû dépenser beaucoup d'énergie et de temps à apprendre la langue de votre mari, Shannon. Vous n'avez jamais envisagé qu'il apprenne plutôt la vôtre ?

— C'est une bonne question, Mari, mais la langue de la Barbade est l'anglais. En plus, je souhaite vraiment comprendre ce que vous dites dans mon dos. » Shannon a ri encore.

J'ai beau ne pas toujours tout saisir quand les femmes parlent, je percevais bien que j'avais affaire à du crêpage de chignons et qu'il fallait rester à l'écart.

« Et puis je préfère le norvégien devant l'anglais. L'anglais est la langue écrite la plus désastreuse du monde.

— Vous voulez dire que vous préférez le norvégien *à* l'anglais ?

— L'idée de l'alphabet latin est d'avoir des symboles imitant le son. Si on écrit par exemple un A en norvégien, en allemand, en espagnol, en italien et ainsi de suite, il doit se prononcer A. Mais, en anglais, un A écrit pourrait se prononcer n'importe comment. *Car, care, cat, call, ABC.* Et l'anarchie continue comme ça. Au dix-huitième siècle déjà, Ephraïm Chambers affirmait que l'orthographe anglaise était plus aléatoire que celle de n'importe quelle autre langue connue. À l'inverse, je me suis aperçue que, sans parler un mot de norvégien, je pouvais lire Sigrid Undset à voix haute et Carl comprenait tout ! »

Shannon a ri et m'a regardé aussi. « C'est le norvégien qui aurait dû être langue internationale, pas l'anglais !

— Moui, a répondu Mari. Mais si vous prenez l'égalité entre les sexes au sérieux, vous ne devriez pas lire Sigrid Undset. C'était une antiféministe réactionnaire.

— Quant à moi, je serais plutôt du côté de ceux qui pensent qu'Undset était une sorte de précurseur des féministes de la deuxième vague, comme Erica Jong. Merci du conseil, mais j'essaie de lire aussi des auteurs dont je ne partage pas les points en vue.

— Les points *de* vue. Vous consacrez sûrement beaucoup de temps à la langue et à la littérature, Shannon. Vous devriez peut-être plutôt fréquenter Rita Willumsen et notre médecin, Stanley Spind.

— Plutôt que... ? »

Mari a souri faiblement. « Ou employer vos connaissances de norvégien à quelque chose d'utile. Comme chercher un emploi ? Apporter votre contribution à la communauté d'Os ?

— Par bonheur, je n'ai pas besoin de chercher un emploi.

— Non, j'imagine que non », a fait Mari et j'ai vu qu'elle était de nouveau sur la défensive. Le mépris, la condescendance qu'elle croyait si bien cacher aux habitants de son bourg brillait dans son regard quand elle a dit : « Vous avez un... mari. »

J'ai regardé Shannon. Des gens étaient venus se servir sur le plateau et elle le rééquilibrait en bougeant les verres restants. « Je n'ai pas besoin de chercher un emploi, parce que j'en ai déjà un. Que je peux faire d'ici. »

Mari a eu l'air d'abord stupéfaite, puis presque déçue. « Et c'est ?

— Je dessine. »

Mari s'est illuminée. « Vous dessinez, a-t-elle répété sur un ton exagérément positif, comme si elle se figurait qu'une personne exerçant une telle profession avait forcément besoin d'encouragements. Vous êtes artiste, a-t-elle constaté, la voix compatissante.

— Je ne suis pas sûre de ça. Les bons jours, peut-être. Et vous, Mari, qu'est-ce que vous faites ? »

Un instant, Mari a eu l'air désorientée, mais elle s'est ressaisie. « Je suis politologue.

— Formidable ! Et les politologues sont très demandés à Os ? »

Mari lui a adressé un de ces sourires furtifs qu'on produit quand on a mal quelque part. « En ce moment précis, je suis mère. De jumeaux. »

Shannon a poussé une exclamation incrédule et enthousiaste. « C'est vrai ?

— Oui. Je ne mens...

— Des photos ! Vous avez des photos ? »

Mari a baissé un regard oblique sur Shannon. Hésitant. L'œil de louve jaugeait peut-être l'adversaire. Quel danger pouvait donc présenter un oisillon à un seul œil ? Elle a sorti son téléphone, pianoté, et levé la photo vers Shannon, qui a produit ce A modulé qui descend lentement et est destiné à exprimer l'enchantement que l'on ressent, avant de me tendre le plateau pour pouvoir prendre le téléphone de façon à mieux voir les jumeaux.

« Qu'est-ce qu'il faut faire pour en avoir deux comme ça, Mari ? »

Je ne sais pas si c'était juste de la flatterie de la part de Shannon, mais si tel était le cas, c'était drôlement bien joué. Suffisamment en tout cas pour que Mari Aas abandonne ses airs va-t-en-guerre.

« Vous en avez d'autres ? a demandé Shannon. Je peux les voir ?

— Euh, je vous en prie.

— Tu peux faire le service, Roy ? » Shannon n'a même pas levé les yeux du téléphone.

J'ai fait un tour avec le plateau, je devais jouer du coude pour me frayer un chemin parmi les invités, mais les verres s'arrachaient sans que j'aie besoin de me livrer au bavardage.

Une fois le plateau vide, je suis retourné dans la cuisine, tout aussi bondée.

« Salut, Roy. J'ai vu que tu avais ta boîte argentée, je peux te taxer un peu de tabac ? »

C'était Erik Nerell, adossé au réfrigérateur, une bière à la main. Erik soulevait de la fonte et avait une tête si petite sur un cou si fort qu'on aurait dit qu'il n'y avait pas de transition de l'un à l'autre, que c'était un tronc qui sortait du col de son T-shirt. Au sommet poussait une brosse jaune, dense comme un bouquet de spaghettis crus, et sur les côtés ses épaules descendaient vers des biceps qui avaient toujours l'air fraîchement travaillés, et peut-être l'étaient-ils. Erik avait en tout cas été parachutiste et dirigeait maintenant le seul réel lieu de sortie du bourg, le Chute Libre. Il avait racheté les locaux du Kaffistova et transformé le café traditionnel en bar avec discothèque, karaoké, bingo le lundi et quiz le mercredi.

J'ai sorti la boîte argentée de ma poche et lui ai tendue. Il a glissé un sachet de tabac sous sa lèvre supérieure.

« Je suis juste curieux de goûter. Je n'ai jamais vu personne d'autre en priser. Où est-ce que tu te fournis ? »

J'ai haussé les épaules. « Ici et là. Je demande aux gens qui vont là-bas de m'en rapporter.

— Chouette emballage, a-t-il commenté en me la rendant. Et toi, tu n'es jamais allé aux States ?

— Nan.

— Un autre truc que je me demandais, c'est pourquoi tu mets ton tabac sous ta lèvre inférieure ?

— *The American way*. C'est ce que faisait papa. Il disait que les Suédois étaient les seuls qui mettent le tabac sous leur lèvre supérieure et que les Suédois, tout le monde savait qu'ils s'étaient débinés pendant la guerre. »

Erik Nerell a ri avec sa lèvre renflée par le sachet de tabac. « Ton frère s'est déniché une sacrée petite meuf... »

Je n'ai pas répondu.

« C'est presque flippant de voir à quel point elle parle bien le norvégien.

— Tu lui as parlé ?

— Je lui ai juste demandé si elle faisait de la danse.

— De la *danse* ? Pourquoi ? »

Erik a haussé les épaules. « Parce qu'elle a l'air d'une ballerine. *Tiny dancer*, hein ? Et puis elle est de la Barbade. Le calypso et... comment ça s'appelle déjà ? La soca ! »

C'était sans doute l'expression de mon visage qui l'a fait rire.

« Détends-toi, Roy, elle l'a bien pris, elle a dit qu'elle allait nous apprendre plus tard dans la soirée. Tu as déjà vu comment on danse la soca ? C'est hyper sexy.

— D'accord. » J'ai songé que c'était sûrement un bon conseil. De me détendre.

Erik a bu une gorgée de bière et discrètement roté dans sa main. C'est sans doute le genre de choses que fait la vie à deux. « Tu crois que ça s'éboule beaucoup à Huken en ce moment ?

— Je sais pas. Pourquoi ?

— Personne ne t'a prévenu ?

— Prévenu de quoi ? »

J'ai senti comme un courant d'air à travers les joints desséchés de la fenêtre.

— Le lensmann prévoit d'inspecter la paroi avec un drone, si elle paraît sûre, on descendra en rappel à l'épave. Il y a quelques années, je l'aurais fait sans hésiter, mais maintenant il y a Gro qui est sur le point de pondre notre premier gamin, et là, tu vois les choses différemment. »

Non, pas un courant d'air. Une injection plutôt, une piqûre d'eau glacée. L'épave. La Cadillac. Elle était là depuis dix-huit ans. J'ai secoué la tête. « La paroi a sûrement l'air bien, mais j'entends des éboulements. Sans arrêt. »

Erik m'a observé. J'ignore s'il évaluait le risque de chutes de pierres ou ma fiabilité, les deux, peut-être. Il connaissait sans doute l'histoire de la remontée des corps de papa et maman. Deux membres de l'équipe de sauvetage étaient descendus dans Huken et, quand on avait hissé les civières, l'une d'elles avait cogné la paroi, mais sans entraîner de chute de pierres. C'étaient quand eux-mêmes grimpaient que l'accident s'était produit. Une pierre libérée par l'homme de tête avait frappé celui qui l'assurait, au-dessous, lui brisant l'épaule. Carl et moi étions dans le virage des Chèvres, derrière l'ambulance, les sauveteurs et le lensmann, et ce dont je me souviens le mieux, ce sont les cris du grimpeur que je ne voyais pas, dans l'air limpide et calme du soir. Ils étaient renvoyés entre les parois rocheuses. Lents, maîtrisés, mesurés par rapport à sa douleur, comme les avertissements tranquilles des corbeaux.

« Ah, bordel, mais il y a un discours ! » s'est exclamé Erik.

J'ai entendu la voix de Carl dans la salle à manger et j'ai vu les gens s'y masser. J'ai trouvé une place dans l'embrasure de la porte. Carl avait beau mesurer une tête de plus que la plupart des gens, il était monté sur une chaise.

« Mes chers, chers amis, a-t-il commencé d'une voix de stentor. C'est tellement génial de vous revoir tous. Quinze ans. » Il nous a laissés méditer sur ce point. « Pour la plupart, vous vous croisez souvent tout le temps, donc vous n'avez pas remarqué les changements progressifs, vous n'avez pas vu qu'effectivement nous avions vieilli. Permettez-moi de l'affirmer tout de suite, en ce qui vous concerne, les mecs… » Il a pris une inspiration, regardé autour de lui d'un air canaille. « Eh bien, je suis nettement mieux conservé que vous. »

Rires et protestations bruyantes.

« Si, si ! a-t-il crié. D'ailleurs, c'est étrange quand on pense que je suis le seul type ici qui avait un physique à perdre. »

Encore des rires, des sifflements et des cris. Certains essayaient de l'arracher de sa chaise.

« Mais, a dit Carl, qu'on avait aidé à rester à son poste. Pour ce qui est des filles, en revanche, c'est le contraire. Vous êtes toutes *nettement* mieux qu'à l'époque. »

Vivats et applaudissements de la part des femmes.

Voix d'homme : « Ne tente pas le coup, Carl ! »

Je me suis retourné pour chercher Mari du regard. C'était un réflexe que je n'avais jamais perdu. Shannon s'était hissée sur le plan de travail pour mieux voir. Dos cambré. À côté du réfrigérateur, Erik Nerell la détaillait. Je suis sorti de la pièce, monté à l'étage, entré dans ma chambre d'enfant, j'ai refermé la porte, je me suis couché sur le lit du dessus. Je n'entendais pas tous les mots, mais je comprenais à peu près de quoi il retournait. J'ai entendu mon nom, suivi d'une pause.

Voix d'homme : « Sûrement aux chiottes. » Rires.

Le nom de Shannon. Puis sa voix grave masculine. Comme un moineau qui hululerait. Quelques mots, suivis d'applaudissements polis, civilisés.

J'ai bu une gorgée de bière, regardé au plafond, fermé les yeux.

Quand je les ai rouverts, il y avait moins de bruit. J'ai compris que j'avais dormi pendant toute la fête, que les derniers invités repartaient. Ronflements de moteurs. Crissements des graviers sous les pneus. Lumière rouge sur mes rideaux quand ils freinaient avant le virage des Chèvres.

Puis c'est devenu presque silencieux. Juste des pas feutrés et des voix basses dans la cuisine. Des voix adultes, en conversation sur des banalités, des sujets de la vie quotidienne. C'étaient les bruits qui me berçaient quand j'étais enfant. Des bruits rassurants. Une sécurité qu'on pense durable parce qu'elle semble si juste, si bonne, si immuable.

J'avais rêvé. D'une voiture qui, pendant une seconde, partait tout droit en l'air, planait, comme si elle se dirigeait vers l'espace, puis était rattrapée par la réalité et la force de gravité et, peu à peu, la partie la plus lourde, l'avant avec le moteur, piquait vers le bas. Vers l'obscurité. Vers Huken. Il y avait un cri. Ce n'était pas le cri de papa. Ni celui de maman. Ou du grimpeur. C'était le mien.

J'ai entendu Shannon pouffer et chuchoter « non ! » devant ma porte, puis les paroles enivrées de Carl : « Mais Roy va trouver ça sympa. Je vais te montrer comment c'était pour nous dans notre chambre. »

Je me suis raidi, même si j'avais bien compris qu'il n'allait pas le faire. Lui montrer comment c'était *réellement* pour nous.

La porte s'est ouverte.

« Tu dors, frérot ? »

J'ai senti l'haleine alcoolisée de Carl sur mon visage.

« Oui, ai-je répondu.

— Allons-nous-en, a chuchoté Shannon, mais j'ai senti le lit secouer quand Carl s'est couché sur la bannette du dessous et l'a attirée à lui.

— Tu nous as manqué pendant la fête, a-t-il dit.

— Désolé. J'avais besoin d'une petite pause et je me suis endormi.

— C'est bien joué de réussir à dormir avec le raffut de cette bande d'étalons.

— Oui, me suis-je contenté de répondre.

— Étalons ? a demandé Shannon.

— Oui, des amateurs de rodéo. Des mecs bruyants avec des

joies simples, a répondu Carl, d'une voix légèrement empâtée. Comme faire des burns en am-car et en sleepers, ou brûler de la gomme en voiture américaine ou en voiture ordinaire tunée, si tu préfères. » Je l'ai entendu boire une gorgée sur le lit du dessous. « Mais ceux qui étaient là ce soir n'ont plus le droit, leurs femmes ne veulent pas. On trouve les jeunes qui maintiennent la tradition devant la station-service de Roy.

— Donc ces étalons, c'est..., demanda Shannon.

— Des mâles, ai-je répondu. En rut et dangereux.

— Ils sont *forcément* dangereux ?

— On peut bien sûr les castrer. On les appelle alors des hongres.

— Ce soir c'était peut-être plutôt une bande de hongres, s'est marré Carl. Mariés, casés, castrés. Même s'ils peuvent tout de même se reproduire.

— Et là, on a affaire à des congres. Castrés, mais qui ne l'ont pas compris. »

Carl a éclaté de rire.

« Des hongres, a répété Shannon, et je soupçonne que le moindre mot que nous prononcions était enregistré dans son cerveau polyglotte. Qui conduisent des am-cars.

— Shannon adore les voitures américaines, a dit Carl. Elle conduisait sa propre Buick à onze ans. Aïe ! »

Shannon a chuchoté une protestation.

« Une Buick, ai-je dit. Pas mal.

— Il ment, je ne *conduisais* pas, a précisé Shannon. Ma grand-mère me laissait tenir le volant, nuance. Et c'était une vieille voiture rouillée qu'elle avait héritée de mon grand-oncle Leo. Il a été tué à Cuba quand il s'est battu avec Castro contre Batista. La voiture et Leo sont arrivés par bateau de La Havane, en pièces détachées, et ma grand-mère a réassemblé la voiture toute seule. »

Carl a ri. « Mais elle n'a pas réussi à réassembler Leo ?

— C'était quoi, comme Buick ? ai-je demandé.

— Une Roadmaster de 1954. Quand je faisais mes études, ma grand-mère m'amenait tous les jours à la fac de Bridgetown dans cette voiture. »

Je devais être fatigué ou encore embrumé par le punch et la bière, parce que j'ai failli dire que les Buick Roadmaster de ces années-là étaient les plus belles voitures que je connaisse.

« Dommage que tu aies dormi pendant toute la fête, a observé Shannon.

— Il s'en fout, a affirmé Carl. Roy n'aime pas tellement les gens, tu comprends. À part moi, quoi.

— C'est vrai que tu lui as sauvé la vie, Roy ? a-t-elle demandé.

— Non.

— Si ! a protesté Carl. La fois où on avait acheté du matériel de plongée d'occase chez Willumsen et qu'on l'avait testé en n'y connaissant que dalle parce qu'on n'avait pas assez d'argent pour se payer un cours.

— C'était ma faute, ai-je dit. C'est moi qui pensais que la plongée, c'était du simple bon sens.

— Dit-il. Lui, bien sûr, il y est arrivé, a expliqué Carl. Alors que quand c'était mon tour, j'ai eu de l'eau dans mon masque, j'ai paniqué et j'ai craché le détendeur. Sans Roy…

— Mais non, je n'ai fait que me pencher du bateau et te remonter à la surface.

— Le soir même, je revendais mon équipement, je ne voulais plus le voir. Combien tu m'avais donné, déjà ? Un billet de cent ? »

J'ai senti mes commissures s'étirer. « Je me souviens seulement que, pour une fois, tu m'avais fait un bon prix.

— C'était un billet de cent de trop ! s'est exclamée Shannon. As-tu jamais rendu la pareille à ton grand frère ?

— Non. Roy est un bien meilleur frère que moi. »

Shannon a éclaté de rire et le lit superposé a vacillé, je crois qu'il la chatouillait.

« C'est vrai ? » a-t-elle hoqueté.

Roy n'a pas répondu, j'ai compris que c'était à moi que s'adressait la question.

« Non, ai-je dit. Il ment.

— Ah bon ? Comment il t'a aidé, alors ?

— Il corrigeait mes dissertations.

— C'est pas vrai ! a protesté Carl.

— Quand j'avais une dissert à rendre le lendemain, il se relevait la nuit, se faufilait jusqu'à mon cartable, emportait mon cahier aux toilettes et corrigeait toutes les fautes. Ensuite, il remettait le cahier à sa place et retournait se coucher. Il ne disait jamais rien.

— C'est arrivé peut-être une fois !

— Chaque fois. Et moi non plus, je ne disais rien.

— Pourquoi ? » Le chuchotement de Shannon était aussi ténébreux que la chambre.

« Je ne pouvais pas admettre que je laissais sciemment mon petit frère régler mes problèmes, mais, d'un autre côté, j'avais besoin d'avoir la moyenne en norvégien.

— Deux fois, a admis Carl. Peut-être trois. »

Nous sommes restés sans rien dire. À partager le silence. J'entendais la respiration de Carl. Si familière que c'était comme entendre la mienne. Maintenant, il y avait en plus celle d'une troisième personne. J'ai ressenti une pointe de jalousie. Que ce ne soit pas moi sur ce lit qui le serre dans mes bras. Il y a eu un cri rauque, dans les bruyères, semblait-il. Ou dans Huken.

J'ai entendu murmurer sur le lit du bas.

« Shannon me demande ce que c'est comme animal, a dit Carl. Un corbeau, non ?

— Oui. » J'ai attendu. Les corbeaux – du moins ceux qui

volaient ici – avaient l'habitude d'appeler deux fois. Mais le second cri semblait se faire attendre.

« Il avertit d'un danger ? a demandé Shannon.

— Ça se peut. Ou alors il répond à un autre corbeau, que nous ne pouvons pas entendre, qui est cinq kilomètres plus loin.

— Il y a des différences entre leurs cris ?

— Oui. Leur cri est différent quand on approche du nid. En général, les femelles crient plus. Parfois, elles font tout un raffut sans raison apparente. »

Carl a rigolé. J'adorais son rire. Il irradiait la chaleur, la bonté. « Roy en sait plus sur les oiseaux que sur quoi que ce soit d'autre. À part les voitures, peut-être. Et les stations-service.

— Mais pas les humains. » On ne pouvait pas déduire du ton de Shannon si c'était une question ou un constat.

« Exactement, a dit Carl. Alors, à la place, il donnait aux gens des noms d'oiseaux. Papa était une alouette hausse-col, maman un traquet motteux, l'oncle Bernard un bruant des roseaux, parce qu'il avait fait des études pour être prêtre avant de devenir mécano et que le bruant des roseaux a un col blanc. »

Shannon a ri. « Et qu'est-ce que tu étais, toi, mon amour ?

— J'étais… qu'est-ce que j'étais déjà ?

— Un pipit farlouse, ai-je dit doucement.

— Alors j'imagine que le pipit farlouse est beau, fort et intelligent, a gloussé Shannon.

— Peut-être bien.

— C'était parce qu'il vole plus haut que tous les autres, a expliqué Carl. Et puis c'est un fanfaron qui pratique la… comment ça s'appelle déjà ?

— La descente en parachute, ai-je dit.

— La descente en parachute, a répété Shannon, voyez-vous ça. En quoi ça consiste ? »

J'ai soupiré, comme épuisé de devoir tout expliquer. « Après avoir volé aussi haut qu'il peut, il se met à chanter pour que tout le monde voie comme il est haut, et puis il se laisse tomber, les ailes raides, en montrant tous les tours et les acrobaties qu'il connaît.

« C'est tout Carl ! s'est enthousiasmée Shannon.

— Moi tout craché, a dit Carl.

— Toi tout craché, a-t-elle répété.

— Mais le pipit farlouse a beau aimer se montrer, ce n'est pas un roublard calculateur, ai-je précisé. Au contraire, il se laisse berner assez facilement. Ce qui en fait le chouchou du coucou qui veut pondre dans les nids d'autres oiseaux.

— Pauvre Carl ! a dit Shannon, et j'ai entendu claquer un baiser mouillé. Et moi, Roy, quel oiseau suis-je, à ton avis ? »

J'ai réfléchi. « Je ne sais pas.

— Allez, a insisté Carl.

— Non, je ne sais pas. Un colibri ? Pour le coup, je ne m'y connais qu'en oiseaux de montagne.

— Je ne veux pas être un colibri ! Ils sont petits, ils aiment les sucreries et c'est tout. Je ne pourrais pas être celui que j'ai trouvé ? Un pluvier guignard ?

— D'accord. Tu es un pluvier guignard.

— Et toi, Roy, qu'est-ce que tu es ?

— Moi ? Je ne suis personne.

— Tout le monde est quelqu'un. Dis-nous. »

Je n'ai pas répondu.

« Roy est le narrateur qui nous dit qui nous sommes, a expliqué Carl. Alors il est personne et tout le monde à la fois. C'est l'oiseau des montagnes sans nom.

— L'oiseau des montagnes sans nom solitaire, a-t-elle renchéri. Quel chant les mâles sans nom comme toi chantent-ils pour attirer leur partenaire ? »

Carl a ri. « Désolé, Roy, mais cette fille-là n'abandonnera pas la partie avant que tu lui aies déballé ton histoire.

— Très bien. En général, c'est que l'oiseau de montagne mâle ne chante pas pour la femelle. Il trouve ça chichiteux et, en plus, à la montagne il n'y a pas d'arbres où se percher pour chanter. Donc à la place, il construit un nid qui puisse l'impressionner.

— Des hôtels ? a-t-elle demandé. Ou des stations-service ?

— J'ai bien l'impression que les hôtels marchent mieux », ai-je dit.

Ils ont tous deux ri sur le lit du dessous.

« Allez, laissons le merle à plastron tranquille. » Carl est sorti du lit. « Bonne nuit », a-t-il fait en me tapotant la tête.

La porte s'est refermée derrière eux et je suis resté à écouter.

Il s'en souvenait. À une époque, lointaine, je lui avais raconté que j'étais le merle à plastron. Un oiseau de montagne farouche et sur ses gardes, qui se cache parmi les pierres. Il avait dit que ce n'était pas la peine, qu'il n'y avait rien à craindre dehors. J'avais répondu que je le savais bien, mais que j'avais peur quand même.

Je me suis endormi. J'ai refait le même rêve, c'était comme s'il avait été mis sur pause pour m'attendre. Quand j'ai été réveillé par le cri du grimpeur qui se faisait briser par la pierre, j'ai entendu que c'était Shannon. Elle a crié encore. Et encore. Carl la baisait bien. Tant mieux. Mais drôlement dur de dormir avec un raffut pareil, bien sûr. J'ai écouté. J'ai cru à un moment qu'elle avait franchi le point culminant mais ils ne s'arrêtaient pas. J'ai mis mon oreiller sur ma tête. Puis j'ai fini par l'enlever. Le silence était revenu dans leur chambre. Ils avaient dû s'assoupir. Mais je n'arrivais pas à me rendormir, bordel. Je me suis retourné et le lit a grincé alors que je pensais aux propos d'Erik Nerell : le lensmann voulait envoyer des grimpeurs dans Huken pour regarder la Cadillac.

Et enfin il est venu.

Le second cri de corbeau.

Et je savais que, cette fois, il avertissait d'un danger. Pas un péril immédiat. Comme si j'avais rendez-vous avec le destin. Depuis longtemps. Patiemment. Sans jamais oublier. Des problèmes.

DEUXIÈME PARTIE

5

Carl. Il est présent dans presque tous mes souvenirs d'enfance. Carl sur le lit du bas. Carl en janvier, que je rejoignais, quand le mercure descendait à moins quinze ou que la situation l'exigeait d'une autre façon. Mon petit frère Carl, avec qui je me disputais jusqu'à ce qu'il se jette sur moi en pleurant de rage, mais avec chaque fois le même résultat : je le plaquais aisément au sol, m'asseyais sur lui, lui verrouillais les bras, lui pinçais le nez et, quand il avait cessé de se débattre et ne faisait plus que pleurer, je me sentais exaspéré par sa faiblesse et sa soumission. Jusqu'à ce qu'il me lance son regard de petit frère humilié, désemparé, et que j'aie soudain la gorge nouée. Je le lâchais, passais un bras autour de lui et lui promettais une chose ou une autre. Mais la gorge nouée et la mauvaise conscience perduraient bien après que Carl avait essuyé ses larmes. Un jour, papa nous avait vus nous battre. Il n'avait pas dit un mot, avait laissé faire, comme nous autres montagnards laissons la nature suivre son cours brutal sans intervenir, à moins qu'il ne s'agisse de nos propres chèvres. Quand nous avions tous deux fini en larmes sur le canapé, moi entourant Carl de mon bras, papa s'était contenté de secouer la tête, l'air indigné, avant de quitter la pièce.

Je me souviens quand j'avais douze ans et Carl onze, et

qu'oncle Bernard avait eu cinquante ans. Il avait fait une chose dont nous avions compris que papa et maman trouvaient qu'elle frisait le grandiloquent : il nous avait tous invités en ville – dans la *grande* ville – pour célébrer l'événement au Grand Hôtel. Maman nous avait dit qu'il y avait une piscine, et Carl et moi étions fébriles. Sur place, il était apparu qu'il n'y en avait pas, il n'y en avait jamais eu, ce qui m'avait rendu plutôt grognon. Carl, lui, n'avait pas semblé troublé et quand il était parti avec un employé qui avait accepté de lui faire visiter l'hôtel, j'avais aperçu une bosse dans son blouson : il avait fourré son slip de bain dans sa poche intérieure. À son retour, il avait longuement disserté sur tout ce qu'il avait vu de fabuleux, cet hôtel était un putain de palais et un jour, il s'en construirait un comme ça, bordel. Disait-il. Les gros mots en moins. Les années suivantes, il avait continué d'affirmer mordicus avoir nagé dans la piscine du Grand Hôtel ce soir-là.

Je pense que c'était le point commun entre Carl et maman, le rêve l'emportait sur la réalité, la façade sur le contenu. Quand les choses ne sont pas tout à fait conformes à nos désirs, il suffit d'inventer ce qu'on veut et d'être plus ou moins aveugle à ce dont on ne veut pas. Par exemple, pour maman notre vestibule qui puait l'étable était le « hall ». À partir de l'âge de quinze ans, elle avait travaillé comme femme de chambre puis gouvernante dans une famille d'armateurs en ville, et elle aimait que les choses aient des consonances anglaises et classe supérieure.

Avec papa, c'était l'inverse, la pelle à fumier était une pelle à merde. Lui, ce qu'il voulait, c'était que ce qui l'entourait soit, sonne et sente américain. Et pas américain urbain, américain Midwest, comme le Minnesota où il avait habité entre l'âge de quatre et douze ans, avec son père, que nous n'avions jamais connu. L'Amérique qui restait et demeurait sa terre promise, avec la Cadillac, l'Église méthodiste et la *pursuit of happiness*. Il voulait m'appeler Calvin, d'après le président américain Calvin

Coolidge. Républicain, bien sûr. Contrairement à son prédécesseur, Warren Harding, qui avait laissé dans son sillage des scandales commençant par un *c* : corruption, cartes, coucheries et cocaïne, Calvin était un homme travailleur, sérieux, lent, taciturne et bourru, qui, d'après papa, avait gravi les échelons de carrière un à un sans précipitation. Maman avait toutefois protesté contre ce choix et ils avaient opté pour Roy, avec Calvin comme deuxième prénom.

Le deuxième prénom de Carl était Abel, d'après le secrétaire d'État des États-Unis Abel Parker Upshur. Un homme charmant et intelligent, selon papa, animé de grands rêves, si grands qu'il avait œuvré pour l'annexion du Texas par les États-Unis en 1845, augmentant nettement la superficie du pays du jour au lendemain. La concession d'Abel d'accepter que le Texas continue l'esclavage était secondaire dans ce contexte, estimait papa.

Il n'est pas exclu que nos personnalités, à Carl et à moi, aient bien correspondu aux deux personnages d'après lesquels nous étions baptisés. Personne dans le bourg – à part l'ancien maire Aas, peut-être – n'avait la moindre idée de qui étaient les Calvin et Abel originaux. Ils disaient juste que j'étais né en tenant presque tout de papa et Carl de maman. Mais les gens d'Os ne savent pas de quoi ils parlent, ils disent des choses en l'air.

J'avais dix ans le jour où papa est rentré à la maison au volant d'une Cadillac DeVille. Chez Willumsen Voitures d'occasion & Casse, Willum Willumsen lui avait vanté les mérites d'un véhicule hors pair, rapporté des États-Unis par un propriétaire qui n'avait pas pu payer les taxes d'importation et s'était vu obligé de le revendre. Autrement dit, la voiture, un modèle de 1979, n'avait connu que de la belle conduite sur les autoroutes tracées au cordeau dans la sécheresse désertique du Nevada, pas de rouille sur ce châssis, non. Papa avait probablement hoché la tête lentement, il ne s'y connaissait pas du tout en bagnoles, et moi, je ne m'y intéressais pas encore. Après avoir conclu le marché sans marchander et été obligé d'emmener la voiture au garage au bout d'à peine quinze jours, il avait constaté qu'elle comptait autant de vices de fabrication et de pièces de contrefaçon que ces épaves qu'on voit sur des piles de briques à La Havane. Les réparations ont fini par coûter plus cher que l'auto. Dans le bourg, les gens se sont moqués en disant que c'était le prix à payer pour ne rien savoir sur les voitures, honneur au maquignon Willumsen. Enfin, j'avais désormais un nouveau jouet. Non, une école, plutôt. Un gadget complexe qui allait m'apprendre qu'en prenant le temps de comprendre la mécanique et d'utiliser sa tête et ses doigts il était possible de réparer des objets.

J'ai commencé à passer plus de temps au garage d'oncle Bernard, qui me laissait « aider », comme il disait, mais au début, j'étais plus dans ses pattes qu'autre chose. Papa m'a appris à boxer. Mes souvenirs de Carl à cette époque sont assez vagues. C'était avant qu'il pousse comme un champignon et je semblais alors parti pour être le plus grand d'entre nous ; pendant un temps, il avait en outre de vilains boutons. Ça marchait bien pour lui à l'école, mais il était discret, n'avait pas tellement d'amis et restait beaucoup à l'écart. Quand il est entré au lycée et que je travaillais de plus en plus au garage, il nous arrivait de nous voir uniquement à l'heure du coucher.

Je me rappelle le soir où j'avais dit à quel point j'avais hâte d'avoir dix-huit ans, d'être majeur, de passer mon permis. Ma mère avait versé une larme en me demandant si tout ce à quoi je pensais, c'était de prendre le volant pour m'en aller d'Os.

Après coup, c'est facile de dire que ç'aurait été la meilleure solution. Mais la situation partait en vrille, je ne pouvais pas m'en aller comme ça, il fallait arranger les choses. Réparer. Et puis pour aller où ?

Ensuite est arrivé le jour de la mort de papa et maman et j'ai plus de souvenirs de Carl. J'avais près de dix-huit ans, lui pas encore dix-sept. Lui et moi sommes assis dans le *porch*, je regarde une Cadillac qui quitte la cour et descend vers le virage des Chèvres. C'est un film qu'aujourd'hui encore je peux me repasser en y découvrant de nouveaux détails.

Deux tonnes de mécanique de l'usine General Motors en mouvement, accélérant petit à petit. La voiture s'est éloignée suffisamment pour que je n'entende plus le crissement du gravier sous les pneus. Silence, silence et feux de freinage rouges. Je sens mon cœur battre, lui aussi de plus en plus vite. Vingt mètres du virage des Chèvres. La Direction des routes devait installer une glissière de sécurité, mais la municipalité était intervenue, affirmant que les derniers cent mètres de route étaient en fait privatifs et relevaient de la responsabilité d'Opgard. Dix mètres. Normalement, c'était à ce moment qu'on voyait s'allumer les feux de freinage, deux barres, deux traits d'union entre le coffre et le pare-chocs. Mais ils ne l'ont pas fait. L'alimentation électrique avait sauté. Ils ont disparu. Tout a disparu.

6

« Voyons voir, Roy, tu étais donc devant la maison le soir de l'accident, à… » Le lensmann Sigmund Olsen fouillait ses papiers du regard. Ses cheveux blonds épais et raides m'évoquaient le balai à franges du gymnase. Même longueur devant, sur les côtés et derrière. Il était également affublé d'une de ces grosses moustaches morses, qu'il devait traîner, ainsi que sa serpillière, depuis les années soixante-dix. Parce qu'il le pouvait. Pas l'ombre d'une calvitie ne se dessinait sur son crâne baissé. « … dix-neuf heures trente. Et tu as vu tes parents sortir de la route ? »

J'ai acquiescé.

« Et tu dis donc avoir vu les feux de freinage s'allumer ?

— Oui.

— Sûr que ce n'était pas juste les feux arrière ? Ils sont rouges aussi, tu sais.

— Les feux de freinage sont plus vifs. »

Il m'a lancé un regard furtif.

« Tu vas bientôt avoir dix-huit ans, n'est-ce pas ? »

J'ai acquiescé encore. C'était peut-être écrit dans ses papiers, ou peut-être qu'il se souvenait qu'au collège j'étais une classe au-dessus de son fils, Kurt.

« Lycéen ?

— Non, je travaille au garage de mon oncle. »

Le lensmann a de nouveau baissé la tête. « Bien, alors tu comprendras que nous trouvions étrange de ne pas avoir trouvé de traces de freinage. Même si les analyses de sang de ton père montrent qu'il avait bu un coup, il était loin d'être saoul au point d'en oublier le virage, de louper la pédale en cherchant à freiner ou de s'endormir au volant. »

Je suis resté silencieux. Il avait anéanti trois explications possibles d'un coup, et je n'en avais pas de quatrième à proposer.

« Carl nous a dit que vous alliez rendre visite à ton oncle Bernard Opgard à l'hôpital. C'est chez lui que tu travailles ?

— Oui.

— Mais nous lui avons parlé et il prétend qu'il n'était pas au courant de cette visite. Tes parents avaient-ils l'habitude de lui rendre des visites impromptues ?

— Non. Ni impromptues ni annoncées. »

Le lensmann a hoché la tête lentement. Son regard est redescendu vers ses papiers. Son endroit de prédilection, apparemment. « Tu penses que ton père était déprimé ?

— Non.

— Sûr ? D'autres ont dit qu'il avait l'air de ne pas trop avoir le moral.

— Vous voulez que je dise qu'il était déprimé ? »

Olsen a levé les yeux. « Qu'est-ce que tu laisses entendre, Roy ?

— Que ça simplifierait peut-être l'affaire. Si vous pouviez dire qu'il s'est suicidé et a tué ma mère.

— Qu'est-ce qui te fait dire que ce serait plus simple ?

— Personne ne l'aimait.

— Ce n'est pas vrai, Roy. »

J'ai haussé les épaules. « D'accord. Il était sûrement déprimé. Il restait dans son coin. Chez lui. Et là non plus, il ne parlait pas beaucoup. Il buvait des bières. C'est sans doute ce que font les gens déprimés.

— Les gens qui souffrent de dépression savent souvent le cacher. » Le regard du lensmann Olsen peinait à croiser le mien, à le soutenir. « Est-ce que ton père t'a déjà parlé de… ne pas aimer vivre ? »

Aimer vivre. En prononçant ces mots, Sigmund Olsen avait franchi un obstacle redouté, il me fixait du regard désormais paisiblement.

« Qui aime vivre, putain ? » ai-je demandé.

Il a paru choqué. Puis il a incliné la tête. Ses longs cheveux de hippie se sont posés sur son épaule. C'était peut-être vraiment une serpillière, en fin de compte. Je savais que derrière son bureau se cachait une grosse boucle de ceinture avec un crâne de buffle blanc. Une paire de santiags en peau de serpent. Nous nous vêtons de mort.

« Pourquoi vivre quand on n'aime pas ça, Roy ?

— C'est évident, non ?

— Ah bon ?

— C'est parce qu'il se pourrait bien que ce soit pire de crever. »

J'allais bientôt avoir dix-huit ans, mais des règles débiles disaient que Carl et moi devions avoir un tuteur. Le lensmann a nommé oncle Bernard. Deux femmes de la Protection de l'enfance de Notodden sont venues inspecter son logement, qu'elles ont manifestement trouvé irréprochable. Bernard leur a montré les chambres qu'il nous avait attribuées et a promis de s'entretenir régulièrement avec l'école pour savoir comment ça se passait pour Carl.

Après le départ de la Protection de l'enfance, j'ai demandé à Bernard si ça ne le dérangeait pas que Carl et moi montions passer une ou deux nuits à Opgard pour rattraper notre manque de sommeil, la nationale qui passait sous nos fenêtres ici, dans le bourg, était sacrément bruyante.

Bernard a répondu qu'il était d'accord et nous sommes repartis avec une grosse portion de ragoût.

Ensuite, nous ne sommes plus jamais redescendus, même si notre adresse officielle restait chez lui. Cela ne signifiait pas pour autant qu'il ne faisait pas attention à nous, et il nous donnait l'argent qu'il recevait en sa qualité de tuteur sans en prélever la moindre couronne.

Deux ans plus tard, un certain temps après ce que j'allais appeler la nuit Fritz, oncle Bernard a été réhospitalisé. Son cancer s'était métastasé. J'ai pleuré à son chevet quand il me l'a annoncé.

« Tu sais que tu es prêt pour le grand voyage et quand les charognards viennent s'installer dans ta maison sans demander », a-t-il déclaré.

Sa fille et son mari.

Mon oncle m'avait dit d'elle qu'elle ne lui avait jamais rien fait, simplement sa personnalité lui déplaisait. Mais je savais à qui il pensait quand il m'avait parlé des naufrageurs. Des gens qui émettaient des signaux lumineux trompeurs la nuit pour piller les navires qui s'échouaient.

Elle lui avait rendu visite à l'hôpital à deux reprises. La première pour savoir combien de temps il lui restait à vivre, la seconde pour chercher les clefs de la maison.

Oncle Bernard a posé la main sur mon épaule et sorti une de ses vieilles blagues idiotes de Volkswagen, probablement pour me faire rire.

« Mais tu vas mourir ! me suis-je récrié, non sans une certaine fureur.

— Toi aussi. Et là, ça se passe dans le bon ordre. Tu n'es pas d'accord ?

— Mais comment tu peux être là à raconter des blagues ?

— Tu sais, quand on est dans la merde jusqu'au cou, mieux vaut relever le menton. »

Et je n'ai pas pu m'empêcher de rire.

« J'ai un dernier souhait, a-t-il ajouté.

— Une clope ?

— Aussi. Mais sinon, je voudrais que tu passes l'examen théorique de validation de tes acquis cet automne.

— Maintenant ? Mais je n'ai pas cinq ans d'expérience.

— Si, tu les as. Avec toutes les heures sup que tu as faites.

— Mais ça ne compte pas dans…

— Pour *moi*, ça compte. Je ne laisserais jamais un mécanicien incompétent se présenter au brevet, tu le sais, et tu es mon meilleur mécanicien. C'est pourquoi il y a sur la table une enveloppe qui contient une attestation disant que tu as travaillé chez moi pendant cinq ans, ne fais pas attention aux dates indiquées. C'est clair ?

— Clair comme le four. »

C'était une plaisanterie entre nous, un mécanicien qui avait travaillé pour lui avait mal compris l'expression, mais l'employait sans cesse, et Bernard ne l'avait jamais repris. C'est la dernière fois que j'ai entendu mon oncle rire.

Quand j'ai réussi l'examen théorique, et quelques mois plus tard les épreuves pratiques, oncle Bernard était déjà dans le coma. Et quand sa fille a dit aux médecins de débrancher les machines qui le maintenaient en vie, c'était en réalité moi, un gamin de vingt ans, qui faisait tourner le garage. Pourtant, ça a été un choc… non, le terme est trop fort, ça a été une *surprise*, à l'ouverture du testament, d'apprendre qu'oncle Bernard me l'avait légué.

Sa fille a protesté, bien entendu, affirmant que j'avais manipulé son pauvre père malade quand j'étais seul avec lui. J'ai répondu que je n'avais pas la force de batailler, qu'il ne m'avait pas donné le garage pour m'enrichir, mais pour garder l'entreprise dans la famille. Alors si elle voulait, je pouvais le lui acheter au prix qu'elle fixerait, afin de respecter pour le moins la volonté d'oncle Bernard. Elle a fixé un prix. J'ai dit que chez les Opgard on ne marchandait pas, mais que c'était au-delà de mes moyens et que ce prix ne se justifiait pas au vu du chiffre d'affaires du garage. Elle l'a mis sur le marché, n'a trouvé aucun acheteur même après avoir baissé et baissé encore le prix, et est finalement revenue vers moi. J'ai payé le montant que je lui avais proposé initialement, elle a signé le contrat et est sortie du garage au pas de charge, furieuse, comme si c'était elle qui s'était fait avoir.

Je dirigeais le garage du mieux que je pouvais. Ce qui n'était pas formidable, vu que je n'avais ni l'expérience ni la tendance du marché de mon côté, mais pas non plus trop mauvais, puisque les autres garages du coin mettaient la clef sous la porte, ce qui m'apportait du travail. Assez pour que je puisse garder Markus à temps partiel. Mais quand je regardais les comptes, le soir avec Carl – qui était en filière économie au lycée et savait la différence entre débit et crédit –, il apparaissait tout de même clairement que les deux pompes à essence devant l'atelier de vidange rapportaient plus que les réparations.

« La Direction des routes est venue faire un contrôle, ai-je annoncé. Si on veut garder notre licence, il faut qu'on modernise l'équipement.

— Combien ? a demandé Carl.

— Deux cent mille. Peut-être plus.

— Je ne vois pas d'argent pour ça ici.

— Je sais. Alors que faisons-nous ? »

J'avais dit « nous » parce que le garage nous nourrissait tous les deux. Je posais la question à Carl même si je connaissais la réponse, parce que je préférais que ce soit lui qui prononce les mots.

« Vends l'atelier de mécanique et garde les pompes », a-t-il tranché.

Je me suis frotté la nuque que Grete Smitt avait tondue et j'ai senti le duvet piquer et glisser sous la pulpe de mes doigts.

Crewcut, avait-elle appelé cette coupe. Précisant que ce n'était pas une coupe à la mode, mais un classique, dont je n'aurais pas honte dans dix ans quand je regarderais des photos prises aujourd'hui. Les gens avaient dit que je ressemblais encore plus à mon père, j'étais son portrait craché, même, et je détestais, parce que je voyais qu'ils avaient raison.

« J'ai bien compris que tu préférais bricoler des moteurs plutôt que remplir des réservoirs, a ajouté Carl après un long silence où je n'avais ni hoché la tête ni craché par terre.

— C'est bon, de toute façon, il y a de moins en moins à bricoler. Les voitures ne sont plus faites comme ça ; globalement, il ne nous reste que des boulots de cons. De nos jours, on n'a plus besoin de *sentir* le moteur. » J'avais vingt ans et je parlais comme un sexagénaire.

Le lendemain, Willum Willumsen venait jeter un œil au garage. Willumsen était d'un naturel gros. D'abord, c'était une affaire de proportions, il fallait un certain ventre, certaines cuisses, un certain menton, pour équilibrer le tout, faire un homme complet. Ensuite, il avait une démarche, une façon de parler, une gestuelle de gros, sans que je sache vraiment comment l'expliquer. Permettez-moi quand même d'essayer : Willumsen marchait en canard, les pieds en dehors, il parlait fort, sans gêne, et illustrait son propos avec force mouvements et de grimaces. Bref, Willumsen prenait naturellement beaucoup de place. Enfin, il fumait le cigare. Or à moins de s'appeler Clint Eastwood, on ne peut pas espérer être pris au sérieux en tant que fumeur de cigare *sans* être gros, Winston Churchill et Orson Welles eux-mêmes auraient eu du mal. Willumsen vendait des voitures d'occasion et cassait celles qu'il n'avait pas réussi à fourguer. Il m'arrivait de lui acheter des pièces détachées. Il vendait aussi d'autres objets d'occasion, d'après la rumeur si on cherchait preneur pour des biens volés, il n'était pas forcément fermé à la négociation. Pareil si on avait besoin d'un prêt rapidement, mais qu'on n'avait pas la confiance de la banque. Mais Dieu nous vienne en aide si on ne remboursait pas dans les délais. Willumsen faisait alors monter du Jutland un chasseur de dettes danois, un torpilleur d'impayés, dont les moyens efficaces et la paire de tenailles faisaient rembourser son ardoise même si on devait pour cela braquer sa propre mère. Personne ne l'avait jamais vu, certes, mais cette rumeur folle avait naturellement enflé et nourri notre imagination le jour où, gamins, nous avions vu une Jaguar type E blanche avec des plaques danoises garée devant chez Willumsen Voitures d'occasion & Casse. Une voiture blanche en forme de torpille immatriculée au Danemark, il ne nous en fallait pas plus.

Willumsen a passé en revue tout notre équipement, nos outils, tout ce qui pouvait se dévisser et se démonter avant de me proposer un prix.

« Ça n'est pas beaucoup, ai-je répondu. Vous connaissez assez le métier pour savoir que, tout ça, c'est de la première qualité.

— Oui, mais tu l'as dit toi-même, Roy. Il faut moderniser le matériel pour conserver la licence.

— Mais vous n'allez pas diriger un atelier de mécanique homologué, Willumsen, vous allez juste bricoler vos épaves pour qu'elles soient en état de rouler pendant la première semaine après la vente. »

Willumsen a éclaté de rire. « Je n'évalue pas le prix d'après ce que le matériel vaut pour moi, mais d'après ce qu'il ne vaut *pas* pour toi, Roy Opgard. »

On en apprenait tous les jours.

« J'accepte à une condition. Que vous preniez Markus.

— Il fait partie du lot ? Comme le lutin qui était venu avec le chargement de foin quand le fermier voulait déménager pour échapper aux tourments qu'il lui infligeait ? Car, entre nous, Markus est sans doute plus lutin que mécano.

— C'est la condition, Willumsen.

— Je ne sais pas si j'ai besoin d'un lutin, Roy. Les charges patronales, tu sais.

— Oui, je sais, mais Markus fera en sorte que les voitures que vous vendez ne soient pas des dangers publics alors que vous, non. »

Pinçant le bas de son double menton, il a fait semblant de se livrer à des calculs, m'a regardé d'un de ses yeux de poulpe et a encore baissé le prix.

Je n'en pouvais plus. J'ai dit d'accord et il a été prompt à me tendre la main, sûrement pour ne pas me laisser le temps de changer d'avis. J'ai regardé s'écarter ses cinq petits doigts grisâtres, comme un gant en latex rempli d'eau. J'ai frissonné en les serrant.

« Je viendrai chercher le tout demain », a-t-il annoncé.

Au bout de trois mois, Willumsen a licencié Markus, au milieu de sa période d'essai, pour ne pas avoir à payer d'indemnité. Le motif invoqué était qu'il était arrivé en retard, avait reçu un avertissement, et était de nouveau arrivé en retard.

« Et c'est vrai ? » ai-je demandé à Markus, qui était venu me demander si je pouvais l'embaucher dans ce qui était désormais une station-service où ne travaillait qu'une seule personne, moi, douze heures par jour.

« Oui, a-t-il répondu. Dix minutes en septembre, et quatre en novembre. »

Nous étions ainsi trois mecs à vivre de deux pompes à essence. J'avais équipé les locaux de l'atelier de mécanique d'un distributeur de boissons gazeuses et je vendais aussi des snacks, mais c'est clair, pour les gens du coin, c'était moins loin d'aller au Coop et il y avait plus de choix.

« Ça ne va pas, a déclaré Carl, le doigt pointé sur le bilan comptable que nous avions rempli ensemble.

— Il y a trois nouveaux lotissements de chalets à vendre plus haut dans la vallée, ai-je répondu. Attends l'hiver, tous les nouveaux propriétaires devront passer devant la station. »

Carl a soupiré. « Ma parole, ce que tu peux être têtu. »

Un jour, un SUV s'est garé devant la station, deux types en sont descendus et ont fait le tour du bâtiment de l'atelier et de la station de lavage comme s'ils cherchaient quelque chose. Je suis sorti.

« Si c'est les toilettes que vous cherchez, c'est par ici », ai-je crié.

Ils m'ont tendu chacun une carte de visite. Ils venaient de ce qui était incontestablement la première chaîne de stations-service du pays et m'ont dit : « Et si on avait cette conversation ? » J'ai demandé « quelle conversation ? », avant de comprendre que c'était Carl qui les avait contactés. Ils se sont dits impressionnés par tout ce que j'avais réussi à faire avec si peu et m'ont expliqué tout ce que je pourrais faire avec un peu plus.

« Contrat de franchise. Dix ans »

La vaste opération de construction de chalets ne leur avait pas échappé, ils avaient vu les prévisions de circulation pour notre nationale.

« Qu'est-ce que tu leur as dit ? m'a demandé Carl, tout excité, à mon retour.

— J'ai dit merci, ai-je répondu en me laissant tomber sur ma chaise à la table de la cuisine, où Carl nous servait des boulettes de viande sous vide de Fjordland.

— *Merci ?* Comme dans… » Il a essayé d'interpréter mon visage pendant que j'engouffrais la nourriture. « … *non* merci ? Mais merde, quoi, Roy !

— Ils voulaient tout racheter. Le bâtiment, le terrain. Plein de fric, bien sûr. Mais apparemment, j'aime bien être propriétaire. Ça doit être mon côté paysan.

— Mais merde, quoi ! C'est tout juste si on réussit à garder la tête hors de l'eau, là.

— Tu aurais dû me prévenir.

— Tu aurais refusé avant même d'avoir entendu ce qu'ils avaient à dire.

— Ce n'est sans doute pas faux. »

Carl a gémi en enfouissant sa tête dans les mains. Il est resté ainsi quelques instants, a soupiré. « Tu as raison. Je ne devrais pas me mêler de tes affaires comme ça. Je suis navré, j'essayais juste d'aider.

— Je sais. Merci. »

Écartant les doigts d'une main, il m'a regardé d'un œil. « Tu n'as vraiment rien retiré de cette visite ?

— Mais si.

— Ah ?

— Ils avaient une longue route à faire pour rentrer chez eux, donc ils ont dû faire le plein. »

7

Papa avait beau m'avoir appris à boxer un peu, je ne suis pas sûr que je savais bien me battre.

C'était soirée dansante à Årtun. Le groupe habituel jouait des tubes suédois, vêtu de costume blanc étriqué. Le chanteur, un type maigre que tout le monde appelait Rod, parce que sa seule ambition était de ressembler à Rod Stewart, de chanter comme lui, et de baiser autant de nanas que lui, chevrotait son norvégo-suédois curieusement accentué et on aurait cru entendre le prédicateur itinérant Armand, qui passait parfois dans le bourg pour expliquer qu'un grand réveil spirituel déferlait sur le pays et que c'était tant mieux, parce que le jour du Jugement dernier était proche. S'il avait été à Årtun ce soir-là, le prédicateur aurait compris qu'il avait encore du pain sur la planche. Des gens de tous âges et des deux sexes traînaient ivres morts sur la pelouse de la maison communale, s'imbibant de l'alcool maison qu'on leur confisquait s'ils l'emportaient à l'intérieur, où les gens se soutenaient dans des danses à deux chancelantes alors que Rod chantait une chanson parlant d'yeux dorés. Jusqu'à ce que ceux-là aussi en aient assez et aillent sur la pelouse pour boire un coup ou dans la forêt de bouleaux pour copuler, vomir ou satisfaire quelque autre besoin. Certains ne prenaient même pas la peine d'aller dans les bois. On racontait que Rod avait invité une fois une fan enthousiaste à venir chanter sur scène l'une des compositions du groupe, « Penses-tu à moi ce soir », qui était si identique au « Wonderful Tonight » d'Eric Clapton que c'était assez admirable d'arriver à la jouer l'air de rien. Au bout de deux couplets, il avait ordonné au guitariste de se lancer dans un solo particulièrement long, avant de disparaître en coulisses avec la fille et le microphone. Quand l'heure du troisième couplet était arrivée, le chant était venu de quelque part sur le côté, légèrement haletant. Ensuite, Rod était revenu seul en roulant des mécaniques. Adressant un clin d'œil à une ou deux filles au bord de la scène, il avait remarqué leurs regards horrifiés et baissé les yeux pour découvrir des traces de sang sur son pantalon blanc. Il avait achevé le dernier couplet, remis le micro sur son pied, souri et, avec un soupir, conclu d'un « enfin, enfin… » avant de lancer la chanson suivante d'un « quatre, trois, deux, un ».

Les longues soirées d'été lumineuses. En règle générale, les bagarres ne commençaient pas avant vingt-deux heures.

Deux hommes, et le déclencheur était presque toujours une fille.

Une fille à qui on avait parlé un peu trop longtemps ou avec qui on avait dansé d'un peu trop près. Il y avait peut-être eu un apéro un jour, bien avant, mais c'était maintenant, ce samedi soir à Årtun, chauffé par l'alcool et les exhortations des spectateurs, que l'heure du règlement de comptes était arrivée. Parfois, la fille n'était qu'un prétexte pour les excités de la baston, et il y en avait plus d'un. Des types qui se croyaient doués pour la castagne et pas grand-chose d'autre, peut-être, et qui avaient Årtun comme terrain de jeu. D'autres fois, c'était de l'authentique jalousie. C'était en général le cas quand Carl était impliqué car, de lui-même, il n'invitait pas à la bagarre.

Trop rassurant, trop charmant, ce n'était pas un adversaire à la mesure des excités de la baston. Ceux qui se déchaînaient sur lui agissaient sous le coup de la colère. Parfois Carl n'avait même rien fait, juste provoqué le rire des filles, montré un peu plus de galanterie que leurs soupirants n'en étaient capables, attiré leurs regards sur ses prunelles bleues, rien de plus. Car il avait une petite amie, la fille du maire. Il n'aurait pas dû être dangereux. Mais on voit les choses différemment à travers le voile de l'alcool, et ils allaient lui donner une leçon, à ce putain de minet efféminé avec son parler bien lisse de la ville. Ils se lâchaient, leur énervement n'étant que ravivé par la stupéfaction sincère, presque condescendante, de Carl quand le premier coup l'atteignait, et leur fureur décuplée face à son absence de désir de se défendre.

C'est là que j'entrais en scène.

Je crois que mon expertise relevait plutôt de la *neutralisation*, empêcher les gens de causer des dommages, désamorcer les bombes. J'ai du bon sens et je comprends la mécanique, c'était peut-être pour ça. J'ai saisi toutes ces histoires de centre de gravité, de masse et de vitesse. Alors je faisais le nécessaire pour arrêter ceux qui avaient entrepris de tabasser mon petit frère. Le *nécessaire*, ni plus ni moins. Mais c'est clair, parfois le *nécessaire*, c'était plus. Quelques arêtes nasales, deux ou trois côtes et au moins une mâchoire y étaient passées. La mâchoire, c'était un type extérieur au bourg qui en avait collé une à Carl, droit dans le pif.

J'étais parti au quart de tour. Je me souviens de mes jointures écorchées, du sang qui remontait haut sur les manches de ma chemise et de quelqu'un qui disait « Ça suffit maintenant, Roy ».

Mais non, ça ne suffisait pas. Encore un coup dans le visage ensanglanté au-dessous de moi. Encore un coup pour résoudre le problème de façon définitive.

« Le lensmann arrive, Roy. »

Je m'étais baissé et avais chuchoté à son oreille, d'où le sang s'écoulait de part et d'autre.

« Tu ne touches plus à mon frère, compris ? »

Un regard éteint, vidé par l'ivresse et la douleur, était posé sur moi, mais il était en fait rentré en lui. J'avais levé le bras. La tête au-dessous de moi opinait. Je m'étais relevé, j'avais épousseté mes vêtements, rejoins la Volvo 240 dont le moteur était allumé et la portière conducteur ouverte. Carl était déjà couché sur la banquette arrière.

« Tu ne saignes pas sur la housse de la banquette, hein, bordel ! » avais-je prévenu, embrayant si brutalement que de la pelouse avait giclé derrière nous.

« Roy, avait-il dit d'une voix pâteuse après les premiers virages de la côte.

— Oui. Je ne dirai rien à Mari.

— C'est pas ça.

— Tu as envie de vomir ?

— Non ! Je vais dire quelque chose.

— Essaie plutôt de…

— Je t'aime, frérot.

— Carl, ne…

— Si ! Je suis bête et je fais le con, mais toi… tu t'en fous, tu viens me tirer d'affaire chaque fois. Toi, Roy… tu es tout ce que j'ai. »

J'avais regardé ma main ensanglantée sur le volant. Je suis complètement réveillé et le sang pulse délicieusement à travers mon corps. J'aurais pu frapper encore une fois. Le mec par terre n'était qu'un pauvre type jaloux, un loser, ce n'était pas nécessaire, mais putain, ce que j'en avais *envie*.

Apparemment, ce gars à qui j'ai cassé la mâchoire avait la réputation d'aller à des soirées où on ne connaissait pas ses talents de castagneur, de choisir quelqu'un et de lui chercher des noises pour pouvoir ensuite lui défoncer la gueule. J'ai pensé qu'il allait porter plainte, mais il ne l'a pas fait. Enfin, il était allé trouver notre lensmann, qui lui avait conseillé de laisser courir, parce que Carl avait une côte cassée, ce qui du reste n'était pas vrai. Après coup, je me suis rendu compte que cette mâchoire fracturée avait été un bon investissement ; avec ma nouvelle réputation, il me suffisait souvent de me pointer les bras croisés quand Carl avait des problèmes, les gars battaient en retraite.

« Merde », avait reniflé Carl, la gorge nouée et ivre, plus tard, quand nous étions couchés. « Je ne fais pourtant qu'être de bonne humeur. Faire rire les filles. Et puis les mecs pètent les plombs. Et toi, tu arrives, tu arranges la situation pour ton frangin, et voilà que je t'ai fourni de nouveaux ennemis. Merde. » Il avait reniflé encore. « Pardon. » Il avait tapé dans mon sommier. « Tu m'entends ? Pardon !

— C'est des abrutis. Dors maintenant.

— Pardon !

— Dors, j'ai dit.

— Oui. Oui, d'accord. Mais, Roy…

— Hm.

— Merci. Merci de… de…

— Maintenant boucle-la, d'accord ?

— … d'être mon frère. Bonne nuit. »

Silence. Voilà. Son souffle régulier sur le lit du dessous. En sécurité. Rien ne valait le bruit d'un petit frère en sécurité.

En revanche, lors du bal de village qui a provoqué le départ de Carl, pas un coup n'a été donné. Carl était bourré, Rod était enroué et Mari était rentrée. Carl et Mari s'étaient-ils disputés ? Peut-être. En tant que fille du maire, il n'y avait sans doute rien d'étonnant à ce qu'elle soit plus soucieuse des apparences que Carl, et d'une manière générale, elle était lasse qu'il boive toujours trop dans les soirées. Ou alors elle devait se lever tôt le lendemain, aller à la messe avec ses parents ou réviser pour un examen. Non, elle n'était pas si vertueuse. Convenable, oui, mais pas irréprochable. C'est juste qu'elle n'avait pas la force de jouer les baby-sitters de Carl quand il était ivre. Elle avait donc laissé ce soin à Grete, sa meilleure amie, qui avait accepté la mission avec un peu trop d'entrain. Il aurait fallu être aveugle pour ne pas voir qu'elle était amoureuse de Carl, mais bien entendu il se peut que Mari ne l'ait pas vu, en tout cas elle n'avait pas prévu ce qui allait se passer. À savoir que Grete – après avoir maintenu Carl debout sur la piste de danse pendant que Rod concluait comme toujours sur « Love Me Tender » – le guiderait dans la forêt de bouleaux. Où, d'après Carl, ils avaient eu un rapport sexuel debout contre un arbre. Après un moment d'absence, il avait été réveillé par le frottement de la doudoune de Grete contre l'écorce. Bruit qui s'était interrompu abruptement quand le tissu s'était déchiré et que le duvet avait volé dans les airs comme une cohorte d'anges miniatures. Il avait employé ces termes. *Des anges miniatures.* Dans le silence qui régnait, il s'était rendu compte que Grete elle-même n'avait pas émis un son, soit qu'elle n'ait pas voulu rompre l'enchantement, soit qu'elle n'ait tiré de leur activité qu'un bénéfice physique limité. Il s'en était donc tenu là.

« Je lui ai proposé de lui racheter un blouson, m'a raconté Carl de son lit le lendemain matin. Mais elle a répondu que c'était bon, qu'elle pouvait le recoudre. Alors je lui ai proposé... » Il a gémi. Son haleine chargée planait dans la pièce. « Je lui ai offert de l'aider à coudre. »

Je riais à en pleurer sur le lit du dessus et je l'ai entendu remonter sa couette sur sa tête. Je me suis penché hors de mon lit.

« Et maintenant, Don Juan, tu fais quoi ?

— Je ne sais pas, a-t-il répondu sous la couette.

— Quelqu'un vous a vus ? »

Personne ne les avait vus. En tout cas, il s'est passé une semaine sans qu'aucun commérage ne parvienne à nos oreilles. Ni à celles de Mari, manifestement. Carl semblait tiré d'affaire.

Jusqu'au jour où Grete nous a rendu visite. Carl et moi étions dans le jardin d'hiver et nous l'avons vue déboucher à vélo du virage des Chèvres.

« Merde…, a-t-il soupiré.

— Elle doit vouloir gagner le maillot à pois. Et la récompense qui vient avec c'est toi, Carl. »

Il m'a supplié et finalement je suis sorti expliquer à Grete qu'il était très enrhumé. Contagieux. Elle m'a dévisagé, elle semblait me viser le long de son nez luisant de sueur. Puis elle est repartie. Sur son vélo, elle a enfilé la doudoune qui était attachée sur son porte-bagages. La couture faisait comme une cicatrice dans son dos.

Elle est revenue le lendemain. Cette fois, Carl a ouvert et elle lui a avoué son amour avant qu'il ait pu ouvrir la bouche. Il a répondu que ce n'était qu'un faux pas. Qu'il avait merdé. Qu'il regrettait.

Le lendemain, Mari l'appelait pour l'informer que Grete lui avait tout dit. Qu'elle ne pouvait pas sortir avec un garçon infidèle. Mari pleurait, mais elle était calme. Il ne comprenait pas. Que Mari ait rompu, ça oui, mais que Grete soit allée lui raconter ce qui s'était passé dans les bois, non. Il comprenait bien qu'elle soit furieuse contre lui, avec la doudoune et tout. Vengeance. D'accord. Mais du même coup, elle avait aussi fait en sorte de se débarrasser de sa seule amie, n'était-ce pas se tirer une balle dans le pied, comme on dit ? Je n'avais pas grand-chose à répondre, mais j'ai repensé à l'histoire des naufrageurs d'oncle Bernard. C'est là que j'ai commencé à voir Grete comme un écueil sous la surface. Invisible, qui n'attend que la première occasion pour fendre les coques des navires. Dans un sens, elle était sans doute à plaindre, elle était prisonnière de ses sentiments, mais elle n'avait pas moins trahi Mari que Carl, et je percevais chez elle quelque chose que lui n'avait pas perçu. Une malfaisance. Celle qui fait que la douleur qu'on s'inflige est inférieure au plaisir d'entraîner autrui dans sa chute. Psychologie du tueur dans les massacres en milieu scolaire. À la différence près que cette massacreuse-ci continuait de vivre. D'exister, en tout cas. De détruire les gens. De leur couper les cheveux.

Quelques semaines plus tard, Mari a soudainement quitté Os pour la grande ville. Comme si c'était prévu depuis le début, qu'elle partait faire ses études.

Et ensuite – de façon tout aussi inattendue –, Carl m'a annoncé qu'il avait reçu une bourse pour étudier la *finance and business administration* aux États-Unis, dans le Minnesota.

« Mais bien sûr que tu ne peux pas refuser un truc pareil, ai-je dit en déglutissant.

— Non, sans doute pas », a-t-il répondu d'un ton faussement hésitant, mais je n'étais pas dupe, j'avais bien compris que sa décision était prise depuis longtemps.

Des journées remplies ont suivi. J'avais largement de quoi m'occuper à la station-service et lui avec ses préparatifs de voyage, nous n'avons donc pas pu en parler tellement plus avant. Je l'ai conduit à l'aéroport, ça a pris quelques heures, mais là non plus, curieusement, nous n'avons pas dit grand-chose. Il pleuvait des cordes et le bruit des essuie-glaces camouflait le silence.

Quand nous nous sommes arrêtés devant la porte des départs et que j'ai éteint le moteur, j'ai dû toussoter pour que ma voix soit audible. « Tu reviendras ?

— Hein ? Évidemment », a-t-il menti avec un sourire radieux avant de me serrer dans ses bras.

Il a continué de pleuvoir sur toute la route du retour.

Il faisait nuit quand je me suis garé dans la cour avant de retrouver mes fantômes dans la maison.

8

Carl était rentré. On était vendredi soir et j'étais seul à la station-service. Seul avec mes pensées, comme on dit.

Quand Carl est parti aux États-Unis, j'ai bien sûr présumé que c'était pour mettre à profit ses bons résultats scolaires et ses aptitudes, devenir quelqu'un, s'en aller de ce trou, élargir son horizon. S'éloigner des souvenirs, aussi, des ombres si lourdes qui pesaient sur Opgard. Ce n'était que maintenant que je songeais qu'il avait pu s'agir de Mari Aas.

Elle l'avait plaqué parce qu'il avait couché avec sa meilleure amie, mais ne pouvait-on pas suspecter que c'était aussi une bonne occasion pour elle de partir ? Elle visait tout de même plus haut qu'un paysan de montagne, qu'un Opgard. D'ailleurs, son choix de mari portait à le croire. Ils s'étaient rencontrés à la fac, à Oslo, ils étaient tous deux militants du Parti travailliste, et lui aussi venait d'une famille prospère, des beaux quartiers de la capitale. Dan Krane avait postulé à l'emploi de rédacteur en chef d'*Os Blad* et l'avait obtenu. Mari et lui avaient eu deux enfants et agrandi leur maison sur le domaine familial, qui était ainsi devenue plus vaste que la maison de maître qu'occupaient les parents de Mari. Elle avait fait taire les médisances du bourg selon lesquelles elle n'aurait pas suffi à Carl Opgard, et largement obtenu sa revanche.

Tandis que Carl, le tuneur éconduit, devait encore se relever du déshonneur, regagner ses éperons perdus. Était-ce ce à quoi se résumait son retour ? Exhiber sa femme trophée, une Cadillac et un projet d'hôtel comme personne n'en avait jamais vu ?

Car c'était dingue, un projet presque désespéré.

Premièrement, cette insistance à bâtir au-dessus de la limite de la végétation, impliquant de construire plusieurs kilomètres de route. Tout pour ne pas faire de publicité mensongère quand on parlerait d'hôtel de « haute montagne », à la différence d'autres établissements qui employaient cette dénomination.

Deuxièmement, qui donc va à la montagne pour se poser dans un hammam et se baigner dans de l'eau chaude comme de la pisse ? N'étaient-ce pas des activités typiques de la ville et de la plaine ?

Troisièmement, il n'allait jamais pouvoir convaincre une poignée de paysans de risquer fermes et terres pour un château en Espagne, il devait donc répartir le risque, faire participer *tout le monde*. Et comment diable y parvenir dans un endroit où le scepticisme à l'égard de toute nouveauté extérieure – à moins que ce soit une Ford ou un film de Schwarzenegger – était inculqué dès le berceau, comme on dit ?

Enfin, il y avait bien sûr la question de ses motivations. Carl disait que c'était placer le bourg sur la carte, le sauver de sa chute muette.

Mais les gens ne verraient-ils pas clair dans son jeu, ne verraient-ils pas que ce qu'il voulait placer, c'était lui-même – Carl Opgard – sur un piédestal ? Parce que c'est pour ça que les gens comme Carl reviennent, des gens qui ont réussi ailleurs, alors qu'ils demeurent au pays le coureur qui s'est tiré à l'étranger après s'être fait larguer par la fille du maire. Nulle part la reconnaissance ne compte autant que chez soi, l'endroit où l'on se considère comme si incompris, tout en étant compris de façon dévorante et libératrice. « Je te connais », comme ils disaient, d'un ton mi-menaçant, mi-rassurant. C'était censé signifier qu'ils savaient qui on était *réellement*, que, sur la durée, il était impossible de se dissimuler derrière les mensonges et les faux-semblants.

Mon regard a suivi la nationale vers la place du centre.

La transparence. C'est ça, la malédiction et la bénédiction des petites localités. Tôt ou tard, tout finit par sortir au grand jour. Tout. Mais Carl était donc prêt à risquer cela pour une potentielle statue sur la place, pour une postérité réservée par ailleurs aux maires, aux prédicateurs et aux chanteurs d'orchestres de bal.

Mes pensées ont été interrompues par la porte qui s'ouvrait. Julie arrivait.

« Tu travailles de nuit, maintenant ? » s'est-elle exclamée en levant les yeux au ciel, surjouant la surprise. Reprenant la mastication énergique de son chewing-gum, elle a basculé le poids de son corps sur son autre pied. Elle s'était un peu apprêtée, blouson court par-dessus son T-shirt serré, bras croisés, plus de maquillage que je n'avais l'habitude de lui voir. Elle ne s'attendait pas à me trouver là, ça l'a gênée que je la voie dans ce rôle de petite meuf qui sortait le vendredi soir avec les tuneurs. Moi, ça ne me dérangeait pas, mais elle manifestement un peu.

« Egil est malade, ai-je expliqué.

— Dans ces cas-là, il faut appeler quelqu'un d'autre. Moi, par exemple. Tu n'es pas censé être celui qui…

— Il m'a prévenu trop tard. Ce n'est pas un problème. Que puis-je te servir, Julie ?

— Rien. » Sa bulle de chewing-gum a conclu sa phrase en éclatant. « Je passais juste dire bonjour à Egil.

— D'accord, je le saluerai de ta part et je lui dirai que tu es passée. »

Toujours en mastiquant, elle m'a regardé. Le regard voilé. Elle avait recouvré cette assurance superficielle qui lui permettait de réendosser le rôle de Julie la cool.

« Qu'est-ce que tu faisais le vendredi soir quand tu étais jeune, Roy ? » Elle ripait légèrement sur les mots et j'ai compris qu'elle avait bu, dehors, dans les voitures.

« J'allais au bal. »

Elle a écarquillé les yeux. « *Toi*, tu dansais ?

— On peut appeler ça comme ça, oui. »

Dehors, un moteur ronflait. Le grondement d'un prédateur nocturne. Ou un chant nuptial. Julie a lancé un regard prétendument agacé par-dessus son épaule, vers la porte. Puis elle s'est tournée, a posé les paumes derrière elle, dans un geste qui a ouvert son blouson, et elle a pris son élan pour poser ses fesses sur le comptoir.

« Tu draguais beaucoup les filles, Roy ?

— Non. » J'ai consulté brièvement le moniteur qui diffusait les images de surveillance des pompes. Quand je dis aux gens que, le week-end, nous avons au moins un automobiliste par jour qui part sans payer son plein, ils sont choqués et trouvent que les gens des chalets sont des bandits. Je leur explique que, bien au contraire, c'est qu'ils ne pensent pas à l'argent, parce qu'ils sont riches. Neuf fois sur dix, un rappel poli envoyé à l'adresse de l'immatriculation sera suivi d'un paiement de l'intégralité de la somme, assorti des plus plates excuses, manifestement sincères, indiquant qu'ils ont tout bêtement oublié de payer. Parce que jamais de la vie, ils ne se sont trouvés, comme papa, Carl et moi, à faire le plein d'une Cadillac en suivant les chiffres du compteur de la pompe, à voir les billets de cent disparaître et les choses qu'ils auraient pu faire avec cet argent se volatiliser, des CD, un nouveau pantalon, cette traversée des États-Unis en voiture dont leur père parlait toujours.

« Pourquoi ? Tu es pourtant vachement sexy. » Julie a pouffé de rire.

« Ben, je ne devais pas l'être à l'époque, alors.

— Et maintenant ? Pourquoi tu n'as pas de copine ?

— J'en avais une », ai-je répondu en finissant de nettoyer la partie cuisine. Il y avait eu du passage ce soir, mais les gens du week-end étaient maintenant tous arrivés à leurs chalets. « On s'est mariés quand on avait dix-neuf ans. Mais elle s'est noyée pendant notre voyage de noces.

— Hein ? a fait Julie, bien qu'elle sache que j'inventais.

— Elle a dégringolé de mon voilier au milieu du Pacifique, probablement un peu trop de champagne. Elle a gargouillé qu'elle m'aimait et elle a disparu.

— Tu n'as pas plongé pour la sauver ?

— Un voilier comme ça, ça ne se rattrape pas à la nage. On se serait noyés tous les deux.

— Mais quand même. Tu l'aimais.

— Oui, alors je lui ai lancé une bouée de sauvetage.

— Encore heureux. » Julie était assise, penchée en arrière, les paumes contre le comptoir. « Mais tu as eu la force de vivre, après l'avoir perdue ?

— C'est incroyable ce dont on arrive à se passer, Julie. Tu verras.

— Non, a-t-elle déclaré d'une voix atone. Je n'ai pas l'intention de voir. Moi, je vais avoir tout ce que je veux.

— D'accord. Et qu'est-ce que tu veux ? »

J'avais posé la question sans réfléchir, je renvoyais juste la balle mollement et machinalement. Mais je m'en serais mordu la langue quand j'ai vu son regard voilé se fixer sur le mien et un grand sourire se déployer comme une tache de sang sur son visage. « Tu dois regarder beaucoup de porno, alors. Comme la fille de tes rêves s'est noyée, je veux dire. Tu fais des recherches sur *nineteen* puisqu'elle avait dix-neuf ans ? *With big boobs* parce qu'elle avait des gros seins ? »

J'ai mis du temps à répondre et, sachant qu'elle allait en

déduire qu'elle avait tapé dans le mille, j'ai encore plus cherché mes mots. La conversation avait déjà déraillé. Elle avait dix-sept ans, j'étais le patron qu'elle s'était convaincue de désirer, et maintenant, enhardie par l'alcool, elle jouait à un jeu qu'elle pensait maîtriser parce que ça marchait avec les mecs qui l'attendaient dans leurs voitures dehors. Tout cela, j'aurais pu lui dire et sauver ainsi ma fierté, mais ç'aurait été décocher un coup de pied à une adolescente ivre de champagne pour la faire tomber de mon voilier. J'ai donc cherché la bouée de secours, la sienne et la mienne.

Qui s'est présentée sous la forme de la porte qui s'ouvrait. Par réflexe, Julie s'est laissée glisser du comptoir.

Il y avait un homme dans l'embrasure de la porte. Je n'ai pas réussi à replacer son visage tout de suite, mais aucune voiture ne venant d'entrer dans la station-service, ce devait être quelqu'un du bourg. Il était voûté, ses joues creuses lui faisaient un visage en forme de sablier, il n'avait plus que quelques mèches sur son crâne luisant.

Il est resté immobile, m'a dévisagé, semblait avoir surtout envie de faire demi-tour. Il faisait peut-être partie de ceux que j'avais tabassés sur la pelouse d'Årtun dans le temps, sur qui j'avais laissé ma marque, un qui n'oubliait pas. Il s'est dirigé d'un pas hésitant vers le présentoir à CD, les a regardés en nous lançant régulièrement des coups d'œil.

« Qui est-ce ? ai-je chuchoté.

— Le père de Natalie Moe », a répondu Julie.

Le couvreur-zingueur. Bien sûr. Il avait changé, pris un coup de vieux, comme on dit. Il était peut-être malade, il me rappelait oncle Bernard à la fin de sa vie.

Moe s'est approché de nous. Il a posé un CD sur le comptoir. Le *Greatest Hits* de Roger Whittaker à prix plancher. Il avait l'air honteux, comme s'il n'assumait pas ses goûts musicaux.

« Trente couronnes, ai-je dit. Par carte ou…

— Espèces, a répondu Moe. Egil ne travaille pas aujourd'hui ?

— Il est malade. Autre chose ? »

Moe a hésité un peu. « Non. » Il a pris sa monnaie, son CD et il est reparti.

« Eh ben, a fait Julie en se hissant de nouveau sur le comptoir.

— Eh ben quoi ?

— Tu n'as pas vu ? Il a fait semblant de ne pas me connaître.

— J'ai remarqué qu'il était stressé. Apparemment, il aurait préféré traiter avec Egil. Quoi qu'il ait bien pu vouloir lui acheter.

— Qu'est-ce que tu veux dire ?

— Personne ne sort de chez soi tard un vendredi soir parce que, d'un seul coup, ça lui est indispensable d'écouter Roger Whittaker. Ce n'était pas son choix de CD, il en avait honte, il a juste pris le moins cher.

— Alors, il devait vouloir des capotes et il s'est débiné, a conclu Julie en riant, l'air d'en être passée par là elle-même. Il doit avoir une maîtresse. C'est de famille.

— Allez, arrête.

— Ou des antidépresseurs parce qu'il a fait faillite. Tu ne l'as pas vu regarder les médicaments derrière toi ?

— Tu penses qu'il s'imagine que nous vendons des produits plus forts que les cachets contre le mal de tête ? Je ne savais pas qu'il avait faillite, d'ailleurs.

— Bon sang, Roy, mais tu ne parles à personne, alors les gens ne te racontent rien.

— Peut-être bien. Tu ne sors pas célébrer ta jeunesse ce soir ?

— *Jeunesse !* » a-t-elle soufflé. Elle était toujours assise, l'air de se creuser les méninges à la recherche d'un prétexte pour rester. Une bulle de chewing-gum gonflait devant son visage. Elle a éclaté, comme un top départ : « Simon dit que l'hôtel ressemble à une usine, que personne ne va investir. »

Simon Nergard était l'oncle de Julie. Lui, en tout cas, je l'avais marqué. C'était un type massif, dans la classe au-dessus de moi à l'école, qui avait pris des cours de boxe, et même participé à un ou deux combats en ville. Carl avait dansé avec une fille qui lui plaisait, c'était suffisant. Les gens s'étaient attroupés autour de Simon, qui le tenait par le col. J'étais venu demander quel était le problème. J'avais une écharpe enroulée autour du poing et, au moment où il ouvrait sa gueule pour répondre, j'avais frappé. J'avais senti la pression douce de dents qui cèdent. Simon avait vacillé, craché du sang en me dévisageant, plus stupéfait qu'effrayé. Ces mecs qui ont fait des sports de combat en salle s'imaginent qu'il y a des règles, et c'est pour ça qu'ils perdent. Reconnaissons toutefois que Simon s'accrochait. Il m'avait sorti son jeu de jambes, les poings serrés en garde devant sa denture désormais lacunaire. Je lui avais balancé un coup de pied dans le genou, et il avait arrêté de danser. Un coup de pied dans la cuisse, et ses pupilles se sont dilatées sous le choc, il n'avait sans doute jamais réfléchi à l'effet produit quand un si grand groupe de muscles saignait de l'intérieur. Ne pouvant plus bouger, il s'était contenté d'attendre le massacre, comme une troupe encerclée qui, par stupide héroïsme, avait décidé de se battre jusqu'au dernier homme. Je ne lui avais toutefois même pas accordé le peu de gloire qu'il y a à se faire tabasser et j'avais tourné le dos, consulté ma montre et – comme si j'avais eu un rendez-vous auquel je pouvais encore arriver à l'heure – j'étais tranquillement parti. Les spectateurs exhortaient Simon à la contre-attaque, ils n'avaient rien compris, à savoir qu'il était hors d'état de faire ne serait-ce qu'un pas. Alors ils s'étaient foutus de lui et c'était *ça*, le stigmate que j'avais laissé sur Simon

Nergard ce soir-là, et non les deux dents bien trop blanches que le dentiste lui avait posées ensuite.

« Donc ton oncle dit qu'il a vu les dessins ?

— Non, mais il connaît quelqu'un à la banque en ville qui les a vus et qui a trouvé que ça ressemblait à une usine. Une usine de cellelose.

— Cel-*lu*-lose. Là où les arbres ne poussent plus ? elle est bonne, celle-là.

— Hein ? »

Dehors, un moteur a rugi, un autre lui a répondu.

« Tes testostéronés t'appellent, ai-je dit. Ça fera moins d'émissions de carbone si tu les rejoins. »

Julie a gémi. « Ils sont tellement *puérils*, Roy.

— Alors tu pourrais rentrer chez toi écouter ce disque. »

Je lui ai tendu l'un des cinq exemplaires du *Naturally* de J. J. Cale que j'avais fini par devoir retirer du présentoir. Je les avais commandés spécialement, persuadé que les gens du bourg comprendraient forcément le blues en demi-teintes de Cale et ses solos de guitare minimalistes. Mais Julie avait raison, je ne parlais pas aux gens, je ne les connaissais pas. Elle a pris le CD, est descendue d'un air boudeur du comptoir, s'est dirigée vers la sortie, et m'a présenté son majeur tout en tortillant du cul d'une façon outrageusement provocante, avec tout le calcul froid et innocent dont peut faire preuve quelqu'un de dix-sept ans. Et l'idée m'a frappé – je ne sais pas pourquoi – que ce calcul était tout de même *un peu* moins innocent que celui de l'adolescente de seize ans qu'elle avait été quand elle avait commencé à travailler chez moi. Qu'est-ce que je foutais ? Je n'avais jamais pensé à Julie de cette façon par le passé, vraiment pas. Si ? Non. Ça avait dû se produire quand elle avait mis ses bras en arrière pour se hisser sur le comptoir et que son blouson s'était ouvert, révélant ses mamelons à travers son soutien-gorge et son T-shirt lorsqu'elle avait avancé le buste.

Mais putain, cette fille a des gros seins depuis l'âge de treize ans et je n'y avais jamais prêté attention, alors qu'est-ce qui se passait ? Je n'étais ni homme à nichons ni amateur d'adolescentes, je ne faisais pas de recherches sur *big boobs* et *nineteen.*

Et ce n'était pas le seul mystère.

Il y avait aussi la honte sur ce visage. Pas celle de Julie surprise arborant son look de sortie du vendredi soir avec la bande des tuneurs. Celle du couvreur-zingueur. Le regard de Moe avait voleté comme un papillon de nuit pour essayer d'échapper au mien. Julie l'avait vu errer sur les rayonnages derrière moi. Je me suis retourné et je les ai parcourus du regard. Cela a éveillé un soupçon. Je l'ai aussitôt balayé. Mais il est revenu, comme cette foutue balle de tennis blanche, du jeu auquel Carl et moi jouions à l'époque où le bourg avait sa seule et unique machine à jeux, au Kaffistova, à côté du changeur de monnaie, et que papa nous y conduisait, et faisait la queue au self, avec la mine de quelqu'un qui nous aurait emmenés à Disneyworld.

Cette honte, je l'avais déjà vue. À la maison. Dans un miroir. Je la reconnaissais. Elle n'aurait pas pu être plus profonde. Pas seulement parce que le péché commis était abject et impardonnable, mais parce qu'il allait se répéter. Le reflet dans le miroir avait beau jurer que c'était la dernière fois, ça se reproduirait, encore et encore. La honte de l'acte, mais plus encore : la honte de sa propre faiblesse, de ne pas pouvoir arrêter, de ne pas pouvoir s'empêcher de faire ce qu'on ne veut pas faire. Si au moins on l'avait voulu, on aurait pu l'imputer à un naturel purement malfaisant.

9

Samedi matin. Markus a pris le relais à la station-service et j'ai gravi les côtes en seconde. Je me suis arrêté devant la maison et j'ai fait gronder le moteur pour m'assurer qu'ils m'avaient entendu arriver.

Carl et Shannon étaient dans la cuisine, ils regardaient les plans de l'hôtel en discutant de la présentation.

« Simon Nergard affirme que personne ne va investir. » Je me suis appuyé contre le montant de la porte en bâillant. « C'est un type de la banque qui le lui a dit, il a vu les dessins.

— Et moi, j'ai parlé avec au moins une douzaine de personnes qui *adorent* les dessins, a rétorqué Carl.

— Ici ?

— À Toronto. Des gens qui s'y connaissent. »

J'ai haussé les épaules. « Les gens que tu dois convaincre n'habitent pas à Toronto et ils n'y connaissent rien. Bonne chance. Je vais dormir.

— Jo Aas a accepté de me recevoir aujourd'hui », a déclaré Carl.

Je me suis arrêté. « Ah oui ?

— Oui. À la soirée de l'autre jour, j'ai demandé à Mari si elle pouvait m'arranger une audience.

— Super. C'est pour ça que tu l'avais invitée ?

— Un peu. Et puis je voulais que Shannon et elle se rencontrent. Si nous devons habiter ici, autant que ces deux-là ne se regardent pas en chiens de faïence. Et tu sais quoi ? » Il a posé une main sur l'épaule de Shannon. « Je crois que ma belle a fait fondre la reine des glaces.

— Fondre ? » Shannon a levé les yeux au ciel. « Cette femme me déteste, mon chéri. Pas vrai, Roy ?

— Moui. »

Pour la première fois depuis mon entrée, j'ai regardé directement Shannon. Elle portait un grand peignoir blanc et ses cheveux étaient encore mouillés, elle avait dû se doucher, pour laver la sueur d'une bruyante nuit de sport en chambre. Elle n'avait jamais révélé tant de peau, je la voyais toujours en pull noir et pantalon, mais je constatais maintenant que ses jambes sveltes et son cou étaient aussi blancs et immaculés que son visage. Ses cheveux mouillés avaient pris une teinte plus foncée, une couleur plus mate, presque rouille, et j'ai découvert qu'elle avait quelques taches de rousseur à la racine du nez. Elle a souri, mais j'ai aperçu une lueur dans son regard, une blessure. Carl avait-il dit quelque chose qu'il ne fallait pas ? Avais-je *moi* dit quelque chose qu'il ne fallait pas ? Bien sûr, j'avais sous-entendu qu'elle avait fait preuve de cynisme en prétendant se pâmer devant les jumeaux, mais ce cynisme, je soupçonnais qu'elle l'aurait admis sans gêne. Une fille comme Shannon faisait ce qu'elle avait à faire et l'assumait.

« Shannon dit qu'elle a envie de nous cuisiner un plat norvégien ce soir, a annoncé Carl. Je pensais que…

— Je travaille ce soir aussi. Employé malade.

— Ah ? » Carl a haussé un sourcil. « Tu n'en as pas cinq autres qui peuvent le remplacer ?

— Personne n'était disponible. Week-end et dernier moment. » J'ai ouvert les bras pour montrer que c'était le lot des patrons de stations-service, resserrer les boulons. J'ai vu que Carl ne me croyait pas une seconde. C'est le problème avec les frères, ils entendent la moindre putain de fausse note. Mais qu'est-ce que j'étais censé dire, hein ? Que je n'arrivais pas à dormir parce qu'ils baisaient ?

« Je monte me coucher un peu. »

J'ai été réveillé par un bruit. Rien de très sonore, mais il n'y a pas tellement de bruits à la montagne et, en plus, il n'avait pas sa place ici, ce qui était sans doute la raison pour laquelle mon cerveau ne l'avait pas filtré.

C'était une sorte de bourdonnement vrombissant, à mi-chemin entre la guêpe et la tondeuse.

Après un coup d'œil par la fenêtre, je me suis levé et habillé en vitesse, et j'ai dévalé l'escalier avant de descendre tranquillement vers le virage des Chèvres.

J'y ai trouvé Kurt Olsen, ainsi qu'Erik Nerell et un type qui tenait une télécommande à antennes. Ils avaient tous le regard braqué sur ce qui m'avait réveillé, un drone blanc grand comme une assiette, qui était en suspens un mètre au-dessus de leurs têtes.

« Alors, tu cherches des affiches pour la réunion d'investissement ? ai-je demandé et ils se sont alors aperçus de ma présence.

— Bonjour, Roy, a répondu le lensmann.

— C'est une route privée, tu sais. » J'ai bouclé ma ceinture, dans le feu de l'action, j'avais oublié de la fermer. « Sur une route privée, on doit bien avoir le droit de coller des affiches, non ?

— Privée, privée…

— Ah ? » Je sentais qu'il fallait que je me calme. Que je risquais vite de m'énerver plus que de raison. « Si ça avait été une route publique, les autorités se seraient fendues d'une glissière de sécurité, tu ne crois pas ?

— Si, si, Roy. Mais ici, c'est des terres non exploitables, et le droit d'accès commun s'applique.

— Je parlais des affiches, pas de ton droit à te trouver ici, lensmann. Je viens de faire le service de nuit, donc tu aurais peut-être pu me prévenir que tu allais me réveiller avec ce drone ?

— J'aurais pu, mais je ne voulais pas vous déranger, Roy. Ce sera vite fait, juste quelques photos. Si on décide que la paroi est sûre et qu'on revient pour descendre des gens en bas, on préviendra évidemment. » Il m'a regardé. Sans froideur, simplement comme s'il observait, prenait quelques clichés, à l'instar du drone qui avait disparu dans Huken et devait photographier le précipice.

J'ai hoché la tête, essayé de faire bonne figure.

« Je suis désolé, a poursuivi Olsen. Je comprends bien que c'est un sujet sensible. » Il étirait ses mots, comme un pasteur. « J'aurais dû te prévenir, je ne me souvenais pas que c'était si près de la maison. Que dire ? Réjouis-toi que l'argent de tes impôts soit employé pour faire la lumière sur cet accident. Nous le voulons tous. »

Tous ? ai-je hurlé intérieurement. *Toi*, tu veux dire ? Toi et ta putain de motivation depuis toujours, Kurt Olsen : régler ce que ton père n'a pas pu régler.

« Soit, ai-je dit à la place. Tu as raison, c'est un sujet sensible. Avec Carl, on sait l'essentiel de ce qui s'est passé, alors on s'est plus concentrés pour oublier que pour élucider le moindre petit détail. » Me calmer. Comme ça, oui. Voilà.

« Naturellement », a répondu Olsen.

Le drone a reparu au-dessus du précipice. Il s'est arrêté, a stationné dans les airs à nous ronger les tympans. Puis il a foncé sur nous et a atterri dans la main du type à la télécommande, comme les faucons dressés qui se posent sur le gant de leur maître, sur YouTube. C'était inquiétant, comme un film de science-fiction où le monde était devenu un État fasciste, *Big Brother vous regarde*, et où on savait que le type du drone avait des faisceaux de câbles électriques sous la peau.

« Ça a été rapide, a commenté le lensmann.

— Il consomme plus de batterie en altitude, a expliqué le gars du drone.

— Mais il a eu le temps de filmer ? »

Le gars a pianoté sur son écran de téléphone et nous nous sommes approchés. Le grain de l'image était grossier à cause du manque de lumière et il n'y avait pas de son. Ou alors il y avait le son, mais le gouffre était très silencieux. L'épave de la Cadillac DeVille de papa avait l'air d'un scarabée qui aurait atterri sur le dos et serait mort comme ça, en gigotant désespérément, avant qu'un passant l'écrase sans le savoir sous son pied. Le châssis partiellement couvert de mousse et les roues en l'air n'étaient pas endommagés, mais l'avant et l'arrière du véhicule semblaient être passés par la presse à voiture de Willumsen. C'était peut-être le silence et l'obscurité en bas qui me rappelaient un documentaire sur une plongée vers le *Titanic*. Ou la vue de la Cadillac, elle aussi une belle épave aux lignes d'un temps révolu, elle aussi un récit de mort brutale, qui était devenu une tragédie si souvent répétée dans mon imagination et celle des autres que, avec les années, on avait développé le sentiment qu'elle *devait* être là, que c'était inscrit dans les étoiles. La théâtralité physique et métaphorique, la chute dans l'abîme de la machine qu'on supposait supérieure. La représentation qu'on se faisait de la scène, la peur des passagers en comprenant qu'elle était là, la mort. Et pas n'importe quelle mort, pas la vie vécue qui s'était progressivement usée, mais la mort abrupte, l'adieu soudain, le hasard meurtrier. J'ai frissonné.

« Il y a pas mal de pierres détachées sur le sol, a commenté Erik Nerell.

— Elles ont pu tomber il y a un siècle ou mille ans, je

n'en vois pas sur la voiture, a rétorqué Kurt Olsen. Pas plus que des marques ou des bosses sur le châssis. Si ça se trouve, il n'est pas tombé une seule putain de pierre depuis celle qui a frappé le grimpeur.

— Il n'est plus grimpeur, a rappelé Nerell à voix basse en fixant l'écran. Son bras pend sur le côté, complètement atrophié. Il est sous antidouleurs depuis des années, des doses qui feraient qu'un cheval…

— Mais il est vivant, au moins », a tranché sèchement Olsen alors que Nerell cherchait encore ce qui arriverait au cheval.

Nous l'avons tous deux regardé. Il était écarlate. Quand il disait « vivant », voulait-il dire contrairement à ceux qui étaient assis dans la Cadillac ? Ça lui avait échappé. Parlait-il de l'ancien lensmann Sigmund Olsen, de son propre père ?

« L'essentiel de ce qui tombe dans ce goulet heurte forcément la voiture, d'accord ? » Olsen a pointé du doigt l'écran. « Et pourtant, elle est couverte de mousse, on ne voit pas une marque. Ça donne un historique. Et l'histoire, on s'en sert pour apprendre. Les lignes que nous traçons vers l'arrière peuvent aussi être tracées vers l'avant.

— Jusqu'au jour où tu te prends une pierre dans l'épaule, ai-je glissé. Ou dans la gueule. »

J'ai vu Erik Nerell hocher la tête lentement en se frottant le menton et Olsen est devenu encore plus rouge.

« Et comme je le disais, on n'arrête pas d'entendre des chutes de pierre dans Huken. » J'avais le regard braqué sur Olsen, mais mes paroles s'adressaient bien sûr à Erik Nerell. C'était lui qui allait bientôt être papa. Lui l'expert qui allait conclure s'il était défendable ou non d'envoyer des hommes dans le gouffre pour examiner l'épave. Et, bien sûr, Olsen ne pouvait pas aller contre son avis sans perdre son travail en cas d'accident. « Les pierres ne tombent peut-être pas sur l'épave, ai-je ajouté, mais alors, elles tombent à côté. Et ça doit être là que vous prévoyez de mettre vos hommes ? »

Je n'avais pas besoin d'entendre la réponse d'Olsen, j'ai vu du coin de l'œil que j'avais remporté la bataille.

Je suis resté dans le virage des Chèvres alors que le bruit de leurs voitures s'évanouissait, j'ai vu un corbeau passer, j'ai attendu que le silence complet revienne.

Quand je suis entré dans la cuisine, Shannon, vêtue de noir comme à l'accoutumée, était appuyée contre le plan de travail devant la fenêtre. Et j'ai de nouveau été frappé par le fait que, bien que sa tenue souligne plutôt un corps de garçon fluet, elle avait un côté résolument féminin. Ses petites mains se réchauffaient sur une tasse de thé fumant, avec le cordon du sachet qui pendait par-dessus bord.

« Qui était-ce ? a-t-elle demandé.

— Le lensmann. Il veut examiner l'épave. Il juge nécessaire de trouver la raison pour laquelle papa est sorti de la route et tombé dans Huken.

— Et ça ne l'est pas ? »

J'ai haussé les épaules.

« Je l'ai vu. Il a freiné trop tard. Il faut freiner à temps.

— Il faut freiner à temps », a-t-elle répété, avec le hochement de tête lent caractéristique du bourg.

Elle semblait déjà apprendre notre langage corporel aussi. Ce qui me ramenait aux films de science-fiction.

« Carl m'a expliqué que ce n'était pas faisable de remonter l'épave. Cela te dérange, qu'elle soit là ?

— Elle pollue, mais à part ça, non.

— Non ? » Elle a levé sa tasse à deux mains, bu une petite gorgée de thé. « Pourquoi ?

— S'ils étaient morts dans le grand lit, on ne l'aurait pas jeté. »

Elle a souri. « Est-ce sentimental ou tout le contraire ? »

J'ai souri aussi. Je ne remarquais presque plus son œil à demi fermé. Ou alors c'était que sa paupière pendait moins bas qu'à son arrivée, avec la fatigue d'un long voyage.

« Je crois que nous n'avons pas conscience du rôle que les circonstances matérielles jouent dans notre vie sentimentale, ai-je dit. Les romans ont beau parler d'amour impossible, neuf personnes sur dix tombent amoureuses de quelqu'un qu'elles savent pouvoir obtenir.

— Sûr ?

— Huit sur dix. »

Je suis venu à côté d'elle et j'ai remarqué qu'elle me regardait pendant que je dosais le café avec la cuillère jaune et le versais dans la bouilloire.

« Pragmatiques dans la mort et en amour, ai-je ajouté. C'est comme ça quand on vit en marge, comme les gens d'ici. Mais c'est probablement inhabituel pour toi.

— Pourquoi serait-ce inhabituel ?

— Tu disais toi-même que la Barbade était une île riche. En plus, tu roulais en Buick, tu as fait des études à l'université, tu es partie à Toronto… »

Elle a eu l'air d'hésiter un instant avant de répondre.

« On appelle ça la mobilité sociale.

— Ah ? Tu as grandi dans un milieu modeste ?

— Oui et non. » Elle a pris son souffle. « Je suis une *redleg*.

— *Redleg* ?

— Tu as dû entendre parler de la sous-classe blanche des dénommés *hillbillies* dans les Appalaches aux États-Unis ?

— *Délivrance*. Le banjo. La consanguinité.

— C'est le stéréotype, oui. Qui hélas prend racine dans la réalité, exactement comme pour les *redlegs*, qui sont la sous-classe blanche de la Barbade. Ils sont les descendants d'Irlandais et d'Écossais venus sur l'île au dix-septième siècle, souvent des détenus déportés, exactement comme en Australie.

Dans les faits, c'étaient des esclaves, qui ont constitué la main-d'œuvre de la Barbade jusqu'à ce qu'on commence à en importer d'Afrique. Mais à l'abolition de l'esclavage, alors que les descendants des Africains se mettaient à gravir l'échelle sociale, la plupart des *redlegs* blancs sont restés scotchés au plancher. Nous vivons en majorité dans des bidonvilles. Des taudis, c'est comme ça qu'on dit ? Nous sommes une société à part, captive des pièges de la pauvreté. Zéro éducation, alcoolisme, consanguinité, maladies. Les *redlegs* de Saint John's sont rarement propriétaires, à part quelques-uns, qui ont des fermes et des petits magasins servant les Noirs plus riches. Les autres vivent du chômage, financé par les Barbadiens d'ascendance africaine ou indienne. Et tu sais comment ils nous reconnaissent ? À nos dents. Quand on en a, elles sont en général marron de… *decay* ?

— Pourriture. Mais les tiennes sont…

— J'ai une mère qui a veillé à ce que nous mangions bien et à ce que nous nous brossions les dents tous les jours. Elle avait décidé que j'aurais une vie meilleure. Quand elle est morte, ma grand-mère a pris le relais.

— Eh ben. » Je n'avais rien trouvé d'autre à dire.

Elle a soufflé sur son thé. « À défaut d'autre chose, nous les *redlegs*, nous sommes un argument à opposer à ceux qui prétendent qu'il n'y a que les Noirs et les Latinos qui ne sortent jamais des filets de la pauvreté.

— Mais toi, en tout cas, tu en es sortie.

— Oui, et je suis suffisamment raciste pour estimer que ce sont mes gènes africains qui m'ont permis d'en sortir.

— Toi ? Africaine ?

— Ma mère et ma grand-mère sont afro-barbadiennes. » Elle a ri en voyant mon expression incrédule. « Mes cheveux et mon teint, je les tiens d'un *redleg* irlandais qui a bu jusqu'à en mourir avant mes trois ans.

— Et ? »

Elle a haussé ses épaules étroites. « Bien que ma grand-mère et ma mère aient vécu à Saint John's et été mariées respectivement avec un Irlandais et un Écossais, je n'ai jamais été considérée comme une vraie *redleg*. En partie parce que nous possédions une petite terre, mais surtout après mon entrée à l'University of the West Indies de Bridgetown. J'étais la première fille de la famille qui faisait des études, mais aussi de tout le quartier. »

J'ai regardé Shannon. Je ne l'avais jamais entendue parler tant d'elle-même depuis son arrivée. La raison en était sans doute simple : je ne lui avais jamais posé de questions. Enfin, pas depuis la fois où Carl et elle étaient sur le lit du dessous et qu'elle avait préféré que ce soit moi qui raconte. Elle voulait peut-être voir d'abord qui j'étais, et maintenant elle savait.

J'ai toussoté. « Ce n'est pas rien de faire un choix pareil. »

Shannon a secoué la tête. « C'est ma grand-mère qui a décidé. Elle a obtenu que toute la famille, mes oncles et mes tantes, se côtoie pour les frais de scolarité.

— Se cotise.

— Se cotise. Pareil pour mes études à Toronto. Si ma grand-mère me conduisait à la fac, c'était parce que nous n'avions pas les moyens de me payer une chambre en ville. Un de mes profs me considérait comme une incarnation de la nouvelle mobilité sociale de la Barbade. Je lui ai répondu qu'au bout de quatre cents ans les *redlegs* continuaient de patauger dans le ciment social et que c'était ma famille que je pouvais remercier, pas les réformes sociales. Je reste et je demeure une *redleg* qui doit tout à sa famille. Alors même si j'ai connu plus raffiné à Toronto, la ferme d'Opgard n'en demeure pas moins luxueuse à mes yeux. Tu comprends ? »

J'ai acquiescé. « Qu'est devenue la Buick ? »

Elle m'a dévisagé comme pour s'assurer que je ne blaguais pas. « Pas "Qu'est devenue ta grand-mère ?" ?

— Ta grand-mère est en vie et elle va bien.

— Ah ? Qu'est-ce que tu en sais ?

— Ta voix quand tu parlais d'elle. Assurée.

— Mécano *et* psychologue.

— Mécano tout court. La Buick n'existe plus, n'est-ce pas ?

— Ma grand-mère a eu une absence et l'a garée en la laissant au point mort. La Buick a roulé dans la pente devant la maison et s'est écrasée dans la décharge à ordures en contrebas. J'ai pleuré des journées entières. Tu l'as entendu à ma voix quand j'en parlais ?

— Ouaip. Une Buick Roadmaster de 1954, je te comprends. »

Elle a penché la tête d'un côté, puis de l'autre, pour me voir sous divers angles, comme si j'étais un putain de Rubik's cube.

« Ah, les voitures et la beauté, a-t-elle observé, pour elle-même. Tu sais, cette nuit j'ai rêvé d'un livre que j'ai lu il y a longtemps. Sûrement à cause de l'épave de Huken. *Crash !* de J. G. Ballard. Ça parle de gens sexuellement excités par les accidents de voiture. Par les épaves, par les blessures. Les leurs, celles des autres. Tu as peut-être vu le film ? »

J'ai réfléchi.

« David Cronenberg », m'a-t-elle aidé.

J'ai secoué la tête.

Elle a hésité encore. Comme si elle regrettait d'avoir commencé à parler d'un sujet qui en aucun cas ne pouvait intéresser un type travaillant dans une station-service.

« Je suis plus bouquins, ai-je dit pour venir à son secours, mais celui-ci, je ne l'ai pas lu.

— D'accord. Le livre décrit un virage sans visibilité de Mulholland Drive, où des voitures sortent de la route la nuit et tombent dans la pente rocheuse. Ça coûte trop cher de les remonter, si bien qu'un cimetière de voitures a fini par se constituer et grandir d'année en année. Avec le temps, il n'y aura plus de ravin, les gens qui font des sorties de route finiront par être sauvés par la montagne d'épaves. »

J'ai hoché la tête lentement. « Sauvé par des épaves, ai-je répété. Je devrais peut-être le lire. Ou voir le film.

— Je préfère le film en l'occurrence. Le livre est à la première personne du singulier et il est donc pervers d'une manière subjective et… » Elle s'est interrompue. « Comment on dit *prying* ?

— Désolé, mais ça, il faut qu'on demande à Carl.

— Il est allé voir Jo Aas. »

J'ai regardé la table de la cuisine. Les dessins y étaient toujours et Carl n'avait pas emporté l'ordinateur non plus. Il devait penser avoir de plus grandes chances de convaincre Aas que le bourg avait besoin d'un hôtel spa en ne montrant pas trop de documentation.

« Intrusif ? ai-je suggéré.

— Merci. Le film est moins *intrusif*. En règle générale, la caméra est plus objective que le stylo. Et Cronenberg a réussi à saisir l'essence du roman.

— Qui est ? »

Une étincelle s'est allumée dans son œil réveillé et sa voix s'est animée maintenant qu'elle comprenait que j'étais réellement intéressé.

« La beauté du défiguré. La sculpture grecque endommagée est particulièrement belle parce que nous voyons sur ce qui n'est pas abîmé combien elle aurait pu, dû être magnifique, combien elle l'a été. Nous lui inventons une beauté à laquelle la réalité n'aurait jamais pu faire concurrence. » Elle a appuyé ses paumes sur le plan de travail derrière elle comme si elle pensait se hisser dessus, s'y asseoir, le dos cambré comme pendant la fête. *Tiny dancer*. Putain…

« Intéressant, ai-je conclu. Il faut que j'essaie de me recoucher. »

L'étincelle de son regard s'est éteinte comme un voyant coloré.

« Et ton café ? » a-t-elle demandé, et j'ai perçu la déception dans sa voix. Maintenant qu'elle avait enfin trouvé quelqu'un à qui parler. Ils devaient passer leur temps à discuter, là-bas, à la Barbade.

« Je sens que j'ai besoin d'une ou deux heures de plus, ai-je répondu avant d'éteindre la plaque et de retirer la bouilloire.

— Bien sûr. » Elle a enlevé ses mains du plan de travail.

Je suis resté au lit pendant une demi-heure. J'essayais de dormir, de ne penser à rien. J'entendais pianoter sur le clavier d'ordinateur par l'ouverture dans le plancher, des bruissements de papier. Pas la moindre chance d'y arriver.

J'ai répété le rituel. Je me suis levé, habillé, précipité dehors. J'ai crié « Au revoir ! » avant que la porte ne claque derrière moi. Je devais avoir l'air de fuir quelque chose.

10

« Ah, bonjour », a fait Egil en ouvrant la porte. Je l'ai regardé. La honte se lisait sur son front – à lui aussi. Sans doute parce qu'il se rendait compte que j'entendais son wargame et les voix excitées, avides de tirs, de ses copains dans le salon. « Je vais mieux maintenant, a-t-il précisé d'un ton furtif. Je peux travailler ce soir.

— Prends le temps de guérir complètement. Ce n'est pas pour ça que je suis venu.

— Non ? » Il a eu l'air de fouiller dans sa conscience pour trouver une raison possible. Il y avait manifestement une ou deux options.

« Moe. Qu'est-ce qu'il achète ? ai-je demandé.

— Moe ? » Egil avait prononcé ce nom comme s'il ne l'avait jamais entendu.

« Le couvreur-zingueur. Il t'a demandé.

— Ah, lui. » Egil souriait, mais ses yeux luisaient de peur. Dans le mille.

« Qu'est-ce qu'il achète ? ai-je répété comme si je pensais qu'il avait pu oublier la question.

— Rien de spécial.

— Dis-moi quand même.

— Difficile de s'en souvenir.

— Mais il règle en espèces ?

— Oui.

— Si tu te souviens de ça, tu te souviens aussi de ce qu'il achète. Allez, balance. »

Egil a cligné des yeux encore et encore. Derrière lui, dans le salon, une guerre faisait rage. J'ai vu le chaos dans son regard désespéré.

« Il… il… »

Je n'avais aucune patience pour ce genre de petits manèges, mais j'ai baissé la voix pour accentuer l'effet : « Ne me raconte pas de craques Egil. »

Sa pomme d'Adam a fait l'ascenseur et il a reculé d'un demi-pas dans le vestibule. On aurait presque dit que, dans sa panique, il allait me claquer la porte au nez, mais il n'a pas bougé. Il avait peut-être vu dans mon regard une lueur que son cerveau associait à des histoires passées de gens laminés à Årtun. Et il a cédé.

« Il me donnait des *pare-boire* sur ce qu'il achetait. »

J'ai acquiescé. Quand il avait commencé à travailler à la station, j'avais bien entendu expliqué à Egil que nous n'acceptions pas les pourboires, que, si le client insistait, on tapait le montant et on laissait la monnaie dans la caisse pour couvrir d'éventuelles erreurs futures. En général, celui qui se trompait et rendait trop d'argent, c'était d'ailleurs Egil lui-même. Mais il avait pu oublier ces instructions, et à cet instant précis, je n'avais l'intention ni de les lui rappeler ni de lui expliquer qu'on ne disait pas pare-boire, mais pourboire, je voulais juste une confirmation de mon soupçon.

« Et il achetait quoi ?

— On n'a rien fait d'illégal », a précisé Egil.

Je n'avais pas non plus l'intention de souligner que son emploi du passé suggérait pour le moins qu'il avait compris que cet arrangement avec Moe prenait fin séance tenante et n'était donc pas franchement d'équerre. J'ai attendu.

« EllaOne », a-t-il dit.

Voilà. La pilule du lendemain.

« À quelle fréquence ?

— Une fois par semaine.

— Et il t'a demandé de n'en parler à personne ? »

Egil a hoché la tête. Il était livide. Oui, il était livide et bête, Egil, mais pas attardé, comme on dit. Enfin, vu qu'on change de mot comme de slip sale, ça doit s'appeler autrement maintenant. Bref, il avait sans doute réussi à faire le rapprochement, même si Moe misait sur le contraire. Je voyais à présent qu'il n'avait pas seulement honte, il était mortifié. Or il n'existe pas de sanction plus sévère. Croyez-moi, c'est quelqu'un qui a bu le calice jusqu'à la lie qui parle. Qui sait qu'aucune condamnation ne surpassera jamais la honte.

« Disons que tu es malade aujourd'hui et que tu seras rétabli demain, ai-je conclu. D'accord ?

— Oui », a-t-il répondu à sa seconde tentative d'émettre un son.

Je n'ai pas entendu la porte se refermer derrière moi en repartant, il devait me regarder. Se demander ce qui allait suivre.

Je suis entré dans le salon de coiffure de Grete Smitt. C'était comme débarquer d'une machine à remonter le temps qui aurait atterri quelque part aux États-Unis, juste après la guerre. Dans un coin se trouvait une imposante chaise de barbier, au cuir rouge rapiécé çà et là, que Grete prétendait avoir été occupée par Louis Armstrong. À l'autre bout, il y avait un sèche-cheveux de vieux film américain, un de ces casques sur pied qu'on voit sur la tête de ménagères qui échangent des commérages en lisant des magazines féminins. Sachant que moi, ça m'évoque plutôt Jonathan Pryce et la scène de lobotomie de *Brazil.* Le casque, Grete l'utilise pour les mises en plis, qu'elle appelle *shampoo and set*, d'abord on fait un shampoing spécial, puis on enroule les cheveux sur des bigoudis et on les sèche lentement tête sous le casque, de préférence avec un filet pour éviter de toucher les éléments qui, sur son modèle des années cinquante, ressemblaient aux résistances rougeoyantes d'un grille-pain. D'après Grete, la mise en plis faisait désormais un gros come-back, elle était vintage. Le truc, c'est qu'à Os elle n'avait jamais complètement disparu. Quoi qu'il en soit, je soupçonne que ce casque servait surtout à Grete elle-même, pour entretenir sa permanente, dont les boucles pendaient autour de sa tête comme des guirlandes couleur rat d'égout.

Aux murs étaient accrochées des photos d'anciennes stars de cinéma américaines. La seule chose non américaine devait être ses célèbres ciseaux de coiffeur, des ciseaux en acier brillant dont elle expliquait à qui voulait l'entendre que c'étaient des Niigata 1000 qui valaient quinze mille balles la paire et étaient garantis à vie.

Grete a levé les yeux, mais les Niigata ont continué de couper.

« Olsen, ai-je demandé.

— Salut, Roy. Il est en train de se faire bronzer.

— Je sais, j'ai vu sa voiture. Où est le soleil ? » Les super ciseaux japonais ont coupé dangereusement près du lobe de la cliente.

« Je crois qu'il ne veut pas être dérangé…

— Là ? » J'ai montré l'autre porte de la pièce, avec l'affiche d'une fille bronzée en bikini, souriant de toutes ses forces.

« Il aura fini dans… » Elle a regardé une télécommande sur une table à côté de la porte. « Quatorze minutes. Tu ne peux pas attendre dehors ?

— Si, si. Mais même un homme doit tout de même être capable de faire deux choses à la fois quand c'est juste se faire bronzer et parler ? » J'ai salué d'un signe de tête la femme sur le fauteuil, qui me dévisageait dans le miroir, et j'ai ouvert la porte.

C'était comme entrer dans un mauvais film d'horreur. La pièce était sombre, à l'exception d'une lumière bleuâtre qui filtrait par la fente latérale du cercueil de Dracula, l'un des deux lits de bronzage d'une pièce qui ne contenait rien d'autre, à part une chaise avec le Levi's de Kurt Olsen et son blouson en peau claire posés sur le dossier. Les lampes émettaient une vibration menaçante qui renforçait le sentiment d'atrocité imminente.

J'ai tiré la chaise vers le banc solaire.

J'entendais de la musique bourdonner dans une paire d'écouteurs et, pendant une seconde, j'ai cru reconnaître Roger Whittaker et être *réellement* dans un film d'horreur avant d'identifier le « Take Me Home, Country Roads » de John Denver.

« Je suis venu donner l'alerte », ai-je annoncé.

J'ai entendu du mouvement, le cercueil a tremblé quand quelque chose a heurté ses parties supérieures, et il y a eu un juron à voix basse. Le bourdonnement de la musique a cessé.

« Il s'agit d'une potentielle affaire d'agression, ai-je ajouté.

— Ah bon ? » La voix d'Olsen résonnait comme s'il parlait dans une boîte en fer-blanc et ne révélait pas s'il avait reconnu ma voix.

« Quelqu'un qui a des relations sexuelles avec un parent proche.

— J'écoute. »

J'ai marqué une pause. Sans doute parce que je m'étais soudain rendu compte que la situation ressemblait singulièrement à une confession catholique. Sauf que ce n'était pas moi le pécheur. Pas cette fois.

« Moe, le couvreur-zingueur, achète des pilules du lendemain une fois par semaine. Comme tu le sais, il a une fille adolescente. Elle aussi a acheté une pilule du lendemain l'autre jour. »

J'ai attendu, le laissant arriver à la conclusion tout seul.

« Pourquoi une fois par semaine et pourquoi ici ? Pourquoi ne pas en acheter une réserve en ville ? Ou mettre la fille sous pilule.

— Parce que, chaque fois, il pense que c'est la dernière. Il pense qu'il va réussir à arrêter. »

J'ai entendu la percussion d'un briquet sur le lit de bronzage. « Comment le sais-tu ? »

Je cherchais la bonne manière de répondre alors que de la fumée de cigarette s'échappait du cercueil de Dracula, s'enroulait dans la lumière bleue et disparaissait dans le noir. Je ressentais la même pulsion qu'Egil : avouer. Rouler au bord du précipice. Tomber.

« On pense tous pouvoir devenir meilleur demain, ai-je dit.

— Sur la durée, ce n'est pas facile de dissimuler ce genre de choses dans le bourg. Et je n'ai jamais entendu qui que soit soupçonner Moe de quoi que ce soit.

— Il a fait faillite. Il reste à traîner chez lui.

— Mais il est toujours abstème, a rappelé Olsen, montrant au moins qu'il suivait mon raisonnement. En plus, ce n'est pas comme si tous ceux dont le monde s'écroule un peu se mettaient à baiser leur fille.

— Ou à acheter la pilule du lendemain une fois par semaine.

— C'est peut-être pour sa femme, il ne veut pas qu'elle retombe enceinte. Ou peut-être que sa fille couche avec un garçon et que Moe n'est qu'un père qui se fait du souci. » J'ai entendu Olsen aspirer la fumée dans son coffre. « Et il ne veut pas la mettre sous des trucs réguliers, parce qu'il a peur qu'elle se mette à coucher à tout va, et avec d'autres partenaires en plus. Moe est pentecôtiste, tu sais.

— Non, je ne savais pas, mais ça ne réduit pas précisément la probabilité d'une petite pointe d'inceste. »

J'ai senti une réaction sous le couvercle du cercueil quand le mot en *in-* a été prononcé.

« Pour proférer des accusations aussi graves contre quelqu'un, il me faut plus que le simple achat de contraceptifs. Tu as quoi d'autre en rayon ? »

Que pouvais-je dire ? Que j'avais vu la honte dans son regard ? Une honte si familière qu'elle constituait pour moi une preuve plus forte que n'importe quoi d'autre ?

« Te voilà prévenu, ai-je dit. Je te suggère d'avoir une conversation avec sa fille. »

J'aurais probablement dû m'abstenir de ce « Je te suggère ». J'aurais dû savoir qu'Olsen le percevrait comme une façon de lui dicter comment faire son travail. Enfin, je le savais sans doute, mais je l'ai fait quand même. Quoi qu'il en soit, sa voix est montée d'un demi-ton et de quelques décibels.

« Et moi, je te suggère de nous laisser nous occuper de ça. Mais, pour être franc, nous mettrons sans doute la priorité sur des affaires plus urgentes. » À en juger par son intonation finale, il avait envisagé de dire mon nom, mais la phrase est restée en suspens. L'idée l'avait sans doute effleuré que si, contre toute attente, il y avait du vrai dans mes propos et que le lensmann était resté sans rien faire, il s'en sortirait plus facilement s'il pouvait dire que le renseignement était anonyme. N'importe comment, je suis tombé dans le piège.

« Et c'est quoi, tes affaires urgentes ? ai-je demandé, et je m'en serais mordu la langue.

— Ça ne te regarde pas. En attendant, je te suggère de garder ces racontars pour toi. On n'a pas besoin de ce genre d'hystérie ici, OK ? »

J'ai dégluti et n'ai pas eu le temps de répondre avant que le bourdonnement de la voix de John Denver résonne de nouveau dans ses écouteurs.

Je me suis levé et ai regagné le salon de coiffure. Grete et la cliente papotaient au bac de rinçage. Je croyais pourtant qu'on lavait toujours les cheveux avant la coupe mais, de toute évidence, il s'agissait ici d'autre chose, d'une forme de guerre chimique livrée au cheveu, il y avait en tout cas quelques tubes au bord du lavabo et elles étaient trop concentrées là-dessus pour faire attention à moi. J'ai pris la télécommande à côté de la porte. Il restait dix minutes à Olsen. J'ai appuyé sur une flèche dirigée vers le haut jusqu'à ce que l'écran indique vingt, puis sur FACIAL TANNER, une échelle avec un point est apparue, j'ai de nouveau appuyé sur la flèche, trois fois, et j'ai obtenu le nombre maximal de points. Quand on travaille dans le secteur du service, on sait combien il est important que les gens aient l'impression d'en avoir pour leur argent, et plus encore.

En passant devant Grete et sa cliente, j'ai saisi quelques mots : « … jaloux maintenant, il était amoureux de son petit frère. »

Le visage de Grete s'est figé quand elle m'a vu, mais je me suis contenté de la saluer en prétendant n'avoir rien entendu.

Dehors au grand air, je me suis dit que c'était une putain de redite. Tout s'était déjà produit. Tout allait se reproduire. Avec le même résultat.

11

Même le spectacle annuel du bourg n'avait pas attiré une foule pareille. Nous avions installé six cents chaises dans la grande salle de la maison communale et pourtant un tas de gens avaient dû rester debout. Je me suis retourné sur ma chaise pour observer la salle, en faisant semblant de chercher quelqu'un. Tout le monde était là. Mari et son époux, Dan Krane, qui lui aussi promenait son regard d'homme de presse. Le marchand de voitures d'occasion Willum Willumsen et Rita, son élégante épouse, qui le dépassait d'une tête même quand ils étaient assis. Le maire Voss Gilbert, qui était également directeur administratif de l'Os FL, le club de foot du bourg, sans que cela semble être d'un très grand secours. Erik Nerell et sa femme, Gro, à la grossesse bien visible. Le lensmann Kurt Olsen, dont la trogne cramée brillait comme une lanterne rouge au milieu des autres visages. Son regard haineux a croisé le mien. Grete Smitt avait fait venir M. et Mme Smitt, je les imaginais traversant le parking pour rejoindre la salle, leurs semelles frottant le sol à une vitesse fulgurante. Natalie Moe était assise entre ses deux parents. J'ai cherché le regard de son père, mais il l'avait déjà baissé. Peut-être parce qu'il se doutait que j'avais compris. Ou parce qu'il savait que tout le monde était au courant de la faillite de son entreprise de couverture et qu'un investissement dans le projet hôtelier serait une insulte à tous ses créanciers du bourg. Mais on allait bien tout de même le laisser faire simple acte de présence, après tout la plupart des gens étaient venus par curiosité, et non par désir d'investir. Non, l'ancien maire Aas n'avait pas vu la salle si comble depuis les visites du prédicateur Armand dans les années soixante-dix. Debout au pupitre, il observait l'assistance. Il était grand, maigre, albâtre comme un mât de pavoisement. Des sourcils blancs comme de l'écorce de bouleau, qui ne faisaient que s'épaissir chaque année.

« Mais c'était à une époque où on se divertissait avec le parler en langues et où les guérisons spontanées attiraient largement autant de monde que notre cinéma de village, a déclaré Jo Aas. En plus, c'était gratuit. »

Il a récolté les rires escomptés.

« Enfin. Ce n'est pas moi que vous êtes venus écouter, mais l'un de nos fils, qui vient de nous revenir : Carl Abel Opgard. Je ne sais pas si son prêche nous apportera salut et vie éternelle, ça, je vous laisse en juger par vous-mêmes, mais si j'ai accepté de présenter ce jeune homme et son projet, c'est que, par les temps qui courent et dans la situation actuelle, notre bourg se doit de saluer toute initiative fraîche. Nous avons *besoin* de pensée neuve, nous avons besoin de miser. Mais nous avons aussi besoin de la pensée ancienne, qui a résisté à l'épreuve du temps et nous a permis de peupler aujourd'hui encore ces communes rurales infertiles, mais si belles. C'est pourquoi je vous demande d'écouter avec un esprit à la fois ouvert et critique un jeune homme qui a su démontrer qu'un paysan d'ici pouvait aussi réussir à l'étranger. Carl, c'est à toi ! »

Un tonnerre d'applaudissements a retenti, avant de s'assourdir quand Carl a gagné le pupitre, visiblement ils étaient réservés à Aas. Carl était en costume-cravate, mais il avait tombé la veste et retroussé ses manches de chemise. Il nous avait montré sa tenue dans le salon, pour avoir notre avis. Shannon avait voulu savoir pourquoi il abandonnait la veste et je lui avais expliqué que c'était parce qu'il avait vu les candidats à la présidentielle américaine qui cherchaient à se donner des airs de Monsieur Tout-le-monde quand ils s'adressaient aux ouvriers des usines.

« Non, eux, ils sont en coupe-vent et casquette, avait rectifié Shannon.

— Tout est question d'équilibre, avait précisé Carl. On ne veut pas paraître suffisants et avoir l'air de nous prendre au sérieux, après tout, on vient du bourg, où les gens ont des bottes en caoutchouc aux pieds et roulent en tracteur. Mais en même temps, il faut qu'on ait l'air sérieux et professionnels. Si tu assistes à une profession de foi ici sans porter de cravate, c'est que tu n'as rien compris. Que *j'aie* une veste, mais que je la laisse, c'est une façon de montrer à la fois que je prends la tâche à cœur et avec sérieux et que je suis enthousiaste, fervent, prêt à mettre les mains dans le cambouis.

— Que tu n'as pas peur de te salir les mains, avais-je renchéri.

— Exactement. »

En allant à la voiture, Shannon m'avait chuchoté en riant : « Je croyais que l'expression était *avoir les ongles en deuil.* C'est n'importe quoi ?

— Tout dépend de ce que tu veux dire. »

« *Avant* de parler de la grande aventure à laquelle je vous invite à participer, a déclaré Carl en posant les deux mains sur le pupitre, je tiens à vous dire que le simple fait de me trouver ici, sur cette scène, devant vous tous, ça représente beaucoup pour moi, et je suis ému. Vraiment ému. »

J'ai senti son expectative. Carl avait été apprécié. Du moins par ceux qui n'avaient pas de petites amies l'appréciant un peu trop, justement, du moins le Carl qu'il était quand il avait quitté le bourg. Mais était-il toujours cette personne ? Ce garçon facétieux et énergique, ce fêtard au sourire étincelant, ce gentil garçon attentionné qui avait une parole aimable pour chacun, hommes comme femmes, enfants comme adultes. Ou était-il devenu ce qu'il s'était auto-intitulé sur l'invitation : un *master of business* ? Un oiseau de montagne qui volait à des altitudes où personne ne pouvait respirer. Le Canada. Un empire immobilier. Une femme caribéenne diplômée, exotique, un peu trop habillée ce soir. Les filles ordinaires du bourg étaient-elles trop ennuyeuses pour lui maintenant ?

« C'est merveilleux et je suis ému, a répété Carl d'un ton grave. Parce que j'ai enfin un aperçu de ce que ça devait être de se trouver sur cette scène en étant… » Pause pendant qu'il observait la salle en rajustant sa cravate. « … Rod. »

Une petite seconde. Et les éclats de rire ont fusé.

Le sourire étincelant de Carl. Sûr maintenant, sûr de les tenir. Il a posé ses avant-bras nus sur le pupitre, comme si ce meuble lui appartenait.

« En général, les récits d'aventures commencent par *il était une fois*. Celui-ci n'est pas encore écrit, mais quand il le sera, il s'ouvrira par *il était une fois un bourg qui s'était réuni à la maison communale d'Årtun pour parler d'un hôtel qu'il voulait construire*. Cet hôtel, le voici… »

Il a appuyé sur la télécommande et le croquis s'est affiché sur le grand écran derrière lui.

Soupir du public. Mais j'ai vu que Carl – je l'ai vu parce que c'est mon frère – s'attendait à un soupir plus gros. Plus positif, pour être exact. Car, je le disais, je crois que d'une manière générale les gens préfèrent le coin du feu et les demeures royales aux igloos sur la lune. D'un autre côté, on ne pouvait pas lui nier une certaine élégance. Des lignes et proportions d'une beauté universelle, comme un cristal de glace, une vague à crête blanche, une paroi rocheuse brillante. Ou, donc, une station-service. Mais Carl se rendait compte qu'il y avait encore du travail pour convaincre l'assistance. J'ai vu qu'il était en plein *regrouping*, comme on dit. Il se remobilisait, rassemblait ses forces pour le prochain assaut. Il a expliqué les dessins. Les salles du spa, la salle de sport, la piscine, la salle de jeu pour les familles avec enfants, les différentes catégories de chambres, la réception et le hall, le restaurant. Soulignant que tout serait de la plus haute qualité, que l'hôtel s'adresserait à une clientèle exigeante. Sous-entendu au portefeuille épais. Le nom de l'hôtel serait celui du bourg. Hôtel Spa de Haute Montagne d'Os. Un nom qui serait dans tous les médias. Qui deviendrait synonyme de qualité, a affirmé Carl. Peut-être même d'une certaine exclusivité. Mais pas d'*exclusion* ! Une famille aux revenus normaux pourrait y passer un week-end, à condition bien sûr d'économiser, de se réjouir à cette perspective. Le nom du bourg allait être associé au plaisir. Carl a souri, leur a montré un peu de ce plaisir. Il m'a semblé remarquer qu'il ralliait progressivement la salle à sa cause. Oui, j'irais jusqu'à dire que l'assistance manifestait des signes d'enthousiasme, ce qu'on ne voit pas tous les jours par ici. Mais le soupir suivant n'est venu que quand il a révélé le coût total.

Quatre cents millions.

La température de la pièce a chuté.

Carl s'attendait à un soupir. Mais, comme je l'ai vu sur son visage, pas un soupir si gros.

Son débit s'est accéléré, il avait peur de les perdre à présent. Il a expliqué que, pour ceux qui possédaient des terres dans cette zone, la hausse des prix du foncier dans le sillage de la construction de l'hôtel et de chalets ensuite rendrait à elle seule l'investissement rentable. Pareil pour ceux qui étaient dans le secteur du commerce et des services, l'hôtel et les chalets allaient générer un afflux de clients qui viendraient dépenser leur argent, or il s'agissait donc de gens qui en avaient beaucoup. Le bourg gagnerait probablement davantage là-dessus que sur l'hôtel lui-même.

Il a marqué une pause. Les gens restaient hébétés, muets. On semblait être à un point de bascule. Et puis, de ma place au cinquième rang, j'ai vu un mouvement. Un mât de pavoisement oscillant par grand vent. C'était Aas, au premier rang, sa tête blanche qui trônait au-dessus des autres. Il la hochait. Il hochait la tête lentement. Tout le monde l'a vu.

Carl a joué son va-tout.

« Mais la condition pour tout cela, c'est que l'hôtel soit construit, que des gens soient disposés à miser dessus, que *quelques-uns* soient prêts à courir un certain risque pour financer ce projet. Pour le bien des autres, de *tous* dans le bourg. »

En moyenne, les gens d'ici n'ont pas fait autant d'études que les gens de la ville. Il leur faut sans doute plus de temps pour saisir certaines blagues de films sophistiqués ou de séries comiques pour gens des grandes villes. Mais les sous-entendus, ils comprennent. L'idéal d'Os étant de ne pas en dire plus que nécessaire, les gens ont développé une bonne compréhension du tacite. En l'espèce, le tacite, c'était que dans ce projet, si on ne se joignait pas aux *quelques-uns* qui allaient investir, on faisait partie du *reste*. De ceux qui allaient profiter des retombées sans avoir apporté de contribution.

J'ai vu encore des hochements de tête lents. Ils se répandaient.

Puis une voix s'est élevée. C'était Willumsen, qui avait vendu sa Cadillac à papa.

« Si c'est un si bon investissement, Carl, pourquoi veux-tu que nous participions tous ? Pourquoi tu ne gardes pas pour toi tout le gâteau ? Ou au moins tout ce que tu peux manger toi-même en t'associant à un ou deux autres cadors ?

— Parce que je ne suis pas un cador, et que vous n'êtes pas très nombreux à l'être non plus. J'aurais pu prendre une plus grosse part, oui, et je prendrai volontiers ce qui reste si la souscription est incomplète. Mais en revenant ici avec ce projet, j'avais en fait cette idée que *tout le monde* aurait l'occasion de participer, pas seulement ceux qui ont de l'argent sur leur compte. C'est pourquoi je pensais à une SNC. Une SNC, ça signifie qu'aucun de nous n'a besoin de débourser quoi que ce soit pour devenir copropriétaire de l'hôtel. Pas un øre ! » Carl a tapé sur le pupitre.

Pause. Silence. Et j'ai senti ce qu'ils pensaient. *Qu'est-ce que c'est que ces charlataneries ? C'est le pasteur Armand qui est de retour ou quoi ?*

Puis Carl leur a lu l'Évangile, la bonne parole de la propriété sans payer. Et ils ont écouté le *master of business.*

« Ça veut dire que plus il y a d'associés, moins il y a de risques pour chacun d'entre nous. Et si tout le monde participe, aucun de nous ne risquera tellement plus que ce que nous payons pour une voiture. Surtout si on l'achète d'occase chez Willumsen. »

Rires. Et même quelques applaudissements au fond de la salle. Tout le monde connaissait l'histoire de la vente de la Cadillac et, à ce moment précis, personne ne semblait penser à ce qui était arrivé à cette voiture par la suite. Sourire aux lèvres, Carl a pointé du doigt une main dressée.

Un homme s'est levé. Aussi grand que Carl. Et j'ai vu que Carl ne le reconnaissait que maintenant. Il regrettait peut-être de lui avoir donné la parole. Simon Nergard a ouvert sa bouche où deux dents étaient plus blanches que les autres. Et il se peut que je me sois trompé mais, quand il a parlé, j'ai cru entendre ses narines siffler à cause de sa cloison nasale déviée.

« Vu que cet hôtel se trouvera sur des terres que ton frère et toi possédez… » Il a pris son temps, a laissé la phrase en suspens.

« Oui ? a fait Carl d'une voix bien forte et assurée, et

j'étais probablement le seul à avoir remarqué qu'elle l'était un peu trop.

— … ça pourrait être intéressant de savoir combien vous en voulez.

— En voulons ? » Carl a balayé l'assistance du regard sans bouger la tête. Le silence était revenu. Car, indéniablement, on aurait dit – et je ne devais désormais plus être le seul à le percevoir – qu'il essayait de gagner du temps.

Simon en tout cas l'avait perçu, parce que son ton était presque triomphant quand il a repris.

« Le *master of business* comprendra peut-être mieux si je parle du *coût.* »

Rires épars. Silence chargé d'expectative. Les gens avaient levé le nez, comme les bêtes au point d'eau qui voient le lion approcher au loin.

Carl a souri, baissé la tête vers ses documents, ses épaules secouées comme s'il riait de la vacherie bon enfant d'un camarade du bourg. Il a reformé sa pile de papiers en faisant semblant de prendre un moment de réflexion pour décider comment il allait formuler les choses. Mais je le sentais. J'ai promené rapidement mon regard autour de moi et vu que les autres le sentaient aussi. C'était ici et maintenant que ceci allait se jouer. Deux rangées devant moi, j'ai vu un dos droit se redresser encore plus. Shannon. Et quand j'ai relevé les yeux sur le pupitre, j'ai vu que le regard de Carl m'avait trouvé. J'y ai lu quelque chose. Des excuses. Il avait perdu. Il avait merdé. Il avait ridiculisé la famille. Nous le savions tous deux maintenant. Il n'aurait pas son hôtel. Et je n'aurais pas cette station-service, du moins pas tout de suite et en tout cas pas avec le bâtiment et le terrain.

« On n'en veut rien, a répondu Carl. Le terrain, Roy et moi l'offrons. »

J'ai d'abord cru que j'avais mal entendu. Et Simon aussi, ai-je vu.

Mais ensuite les murmures ont gagné la salle et j'ai compris qu'ils avaient entendu la même chose que moi. Certains se sont mis à applaudir.

« Allons, allons. » Carl a levé les mains. « Nous sommes loin d'être arrivés au but, les gars. Ce dont nous avons besoin aujourd'hui, c'est que suffisamment de gens signent une déclaration d'intention de participer pour que le conseil municipal voie le sérieux du projet quand nous le soumettrons. Eh !... »

Mais les applaudissements ne faisaient que s'étendre et bientôt tout le monde tapait dans ses mains. À part Simon. Et peut-être Willumsen. Et moi.

« J'étais obligé ! s'est récrié Carl. Tu as bien vu que c'était ça passe ou ça casse, non ? »

Il trottait derrière moi. J'ai ouvert la portière de la voiture et me suis installé au volant. C'était lui qui avait suggéré de prendre ma Volvo 240 grisâtre plutôt que sa belle américaine pour descendre à la réunion. J'avais tourné le contact, appuyé sur l'accélérateur et embrayé avant qu'il ait refermé la portière passager.

« Mais merde, enfin, Roy !

— Merde, enfin, quoi ? » ai-je hurlé en réglant mon rétroviseur. J'ai vu Årtun disparaître derrière nous. J'ai vu le visage muet de Shannon, horrifiée, effrayée, sur la banquette arrière. « Tu m'avais promis ! Tu avais dit que tu leur communiquerais le prix du terrain s'ils posaient la question, espèce de con !

— Allez, Roy ! Tu as senti l'ambiance, toi aussi. Ne mens pas, je l'ai vu sur toi. Tu sais que si j'avais répondu *eh bien, oui, puisque tu poses la question, Simon, Roy et moi voudrions quarante millions de couronnes pour ce rocher*, ç'aurait été la fin de l'histoire. Et là, tu n'aurais sûrement pas eu d'argent pour ta station-service.

— Tu as menti !

— J'ai menti, oui. Et tu as donc toujours la possibilité de t'acheter ta station-service.

— Quelle possibilité, putain ? » J'ai accéléré, senti les pneus protester en s'enfouissant dans le gravier et je me suis engagé sur la nationale dans un beau dérapage. La gomme a gémi avant de trouver de l'adhérence sur l'asphalte et un petit cri a été émis sur la banquette arrière aussi. « Celle que j'aurai dans dix ans quand l'hôtel engrangera quelques bénéfices ? » ai-je craché en mettant le pied au plancher. « Le truc, c'est que tu as menti, Carl ! Tu as menti et tu leur as donné notre terrain – *mon* terrain – pour rien !

— Ta chance ne se présentera pas dans dix ans, mais dans maximum un an, tête de nœud ! »

« Tête de nœud » étant quasiment un terme affectueux entre nous, j'ai compris qu'il demandait une trêve.

« Comment ça, un an ?

— Quand on vendra des terrains pour chalets.

— Des terrains pour chalets ? » J'ai cogné le volant. « Bon sang, mais oublie les terrains pour chalets, Carl ! Tu n'as pas entendu parler du nouveau plan d'urbanisme qui s'oppose à la construction de nouveaux chalets ?

— Ah bon ?

— Oui ! Les chalets, ça ne rapporte rien à la municipalité, ça ne cause que des dépenses.

— Ah oui ?

— Évidemment ! Les occupants des chalets paient leurs impôts dans leur lieu de résidence principale et comme, en moyenne, ils ne passent ici que six week-ends par an, ils ne laissent pas assez de fric pour justifier les dépenses que leurs putains de chalets imposent à la municipalité. L'eau, les égouts, le ramassage des ordures, le déneigement. Les gens des chalets font le plein et m'achètent des burgers, la station-service en profite, certaines autres activités économiques aussi, mais pour la municipalité c'est une goutte d'eau dans la mer.

— Je ne savais vraiment pas. »

Je lui ai lancé un regard. Il m'a rendu un grand sourire ; le con, bien sûr qu'il savait.

« Ce qu'on va faire avec la commune, a-t-il expliqué, c'est qu'on va leur vendre des lits chauds. En échange de lits froids.

— Hein ?

— Les chalets, c'est des lits froids, vides neuf week-ends sur dix. Les hôtels, c'est des lits chauds. Remplis tous les soirs par des gens qui dépensent leur argent sans occasionner de dépenses pour la commune. Les lits chauds, c'est le rêve de tout conseil municipal. Dans ces cas-là, les plans d'urbanisme, on s'en tape, et les permis de construire pleuvent. C'est comme ça au Canada et c'est comme ça ici. Mais là où on va gagner beaucoup d'argent, ce n'est pas avec l'hôtel, c'est quand on pourra vendre les terrains pour chalets. Et on le pourra parce qu'on va offrir à la municipalité un marché trente/soixante-dix.

— Trente/soixante-dix ?

— On leur offre trente pour cent de lit chauds en échange de permis de construire pour soixante-dix pour cent de lits froids. »

J'ai relâché l'accélérateur. « Ah bon ? Et tu penses pouvoir y arriver ?

— D'ordinaire, ils n'acceptent que le marché inverse. Soixante-dix pour cent de lits chauds. Mais imagine le conseil municipal de la semaine prochaine, qui va aussi discuter des conséquences du changement de tracé de la nationale. Je leur présente le projet en leur offrant un hôtel que, ce soir, tout le bourg a décidé vouloir, et les conseillers regardent du côté du banc des spectateurs où Abraham Lincoln hoche la tête en disant que c'est du bon. »

Lincoln était le surnom que papa avait donné à Jo Aas. Et,

oui, en effet, j'imaginais. Ils allaient donner à Carl tout ce qu'il voulait.

J'ai lancé un coup d'œil dans le rétroviseur. « Et toi, qu'en penses-tu ?

— Ce que j'en pense ? » Shannon a haussé un sourcil. « J'en pense que toi au volant, là, on dirait un hongre dans un rodéo. »

Mon regard a croisé le sien. Et nous avons éclaté de rire. Bientôt nous avons ri tous les trois. Moi si vigoureusement que Carl a posé la main sur le volant pour diriger la voiture à ma place. J'ai repris le volant, rétrogradé et tourné vers les lacets en épingle à cheveux qui menaient à notre ferme.

« Regardez », a dit Shannon.

Et nous avons vu.

Au milieu de la chaussée se trouvait une voiture avec un gyrophare. Nous avons ralenti, nos phares ont capturé Kurt Olsen, qui était adossé au capot de sa Land Rover, les bras croisés.

Je ne me suis arrêté complètement que lorsque mon pare-chocs a presque touché ses genoux. Mais il n'a pas remué un muscle. Il s'est approché de la voiture, j'ai baissé ma vitre.

« Contrôle d'alcoolémie, a-t-il annoncé en braquant une torche droit dans mon visage. Sors de la voiture.

— Pourquoi ? ai-je demandé, mettant ma main en visière. Tu ne peux pas juste me tendre l'alcootest ?

— Dehors. » Son ton était dur, calme, froid.

J'ai regardé Carl. Il m'a fait deux signes de tête. Le premier m'indiquait d'obtempérer, le second confirmait qu'il reprenait les rênes.

Je suis descendu.

« Tu vois ce trait ? » Olsen a éclairé un sillon à peu près droit sur le chemin de terre. J'ai compris qu'il l'avait tracé avec le talon de sa santiag. « Je voudrais que tu marches en le suivant.

— Tu déconnes ?

— Non, je ne donne pas dans la déconnade, moi, Roy Calvin Opgard. Commence ici. Allez, marche. »

J'ai obéi. Qu'on en finisse.

« Ah, ah… Attention, il ne faut pas bâcler ! Encore une fois, doucement. Pose systématiquement le pied sur le trait. Imagine que c'est une ligne.

— Quel genre de ligne ? » J'ai recommencé.

« Le genre qu'on tend au-dessus d'un gouffre. Par exemple un gouffre avec des pierres si instables que ceux qui prétendent s'y connaître rédigent un rapport déconseillant d'enquêter là. Un faux pas sur cette ligne, Roy, et tu tombes. »

Je ne sais pas si c'était le fait de devoir marcher comme un putain de mannequin de défilé ou si c'était le papillotement de la torche, mais, en l'occurrence, il m'était devenu foutrement difficile de garder l'équilibre.

« Tu sais que je ne bois pas. Alors c'est quoi, le truc ? ai-je demandé.

— Toi, tu ne bois pas, non. Pour que ton frère puisse boire pour deux. Ce qui me fait penser que c'est de toi qu'il faut se méfier. Est-ce qu'on ne dit pas que les gens toujours sobres cachent quelque chose ? Ils ont peur de révéler leur secret dans l'ivresse. Ils se tiennent aussi à l'écart des gens et des fêtes.

— Si tu cherches à retourner des pierres, Olsen, retourne donc celle du couvreur-zingueur. Tu l'as fait ?

— Ta petite ruse, là, tu peux te torcher avec, Roy. C'était censé me distraire ? » Sa voix perdait de son calme froid.

« Alors maintenant, prévenir une agression, c'est de la distraction ? Tu penses que contrôler l'alcoolémie de gens qui ne boivent pas est un meilleur usage de ton temps ?

— Houpla, tu as mordu, là. »

J'ai baissé les yeux. « Pas du tout.

— Ici, tu vois ? » Il a éclairé une empreinte de botte dans la terre en dehors du trait. Une empreinte de botte de cow-boy.

« Bon, eh bien, viens avec moi.

— Mais bon sang, Olsen, sors donc ton putain d'alcootest !

— Quelqu'un a déconné avec, l'a abîmé. Tu n'as pas réussi le test de l'équilibre, c'est l'élément dont nous disposons. Mais, comme tu le sais, on a une cellule sympa au poste, où tu vas pouvoir attendre que le médecin vienne te faire une prise de sang. »

Je l'ai dévisagé, incrédule. Si incrédule qu'il a collé sa torche sous son menton et émis un « bou-hou ! », suivi d'un ricanement spectral.

« Attention avec la lumière, ai-je dit. Tu m'as l'air de t'être pris suffisamment de rayons pour un certain temps. »

Il n'a pas eu l'air furieux. Il s'est contenté de défaire les menottes qu'il avait à la ceinture alors que son corps restait secoué de rire.

« Tourne-toi, Roy. »

TROISIÈME PARTIE

12

Je l'ai entendu par le trou du tuyau de poêle tard un soir, quand j'avais dix-sept ans. Je m'étais presque endormi bercé par la conversation régulière en bas, dans la cuisine. C'était comme d'habitude maman qui parlait, et il était question de tâches à accomplir, de plans à former. Rien d'important. Des banalités de la vie quotidienne. Papa disait surtout oui et non, sauf les rares fois où il n'était pas d'accord et l'interrompait pour lui expliquer en termes laconiques comment les choses étaient et devaient être faites, ou éventuellement ne pas être faites. Cela se passait presque toujours sans qu'il élève la voix, mais, en général, elle gardait ensuite le silence pendant un certain temps. Avant de changer de sujet comme si de rien n'était. Je sais que ça paraît bizarre, mais je n'ai jamais vraiment su qui était ma mère. Sans doute parce que je ne la comprenais pas, que je n'étais pas suffisamment intéressé ou qu'elle était tellement effacée à côté de papa qu'elle en disparaissait carrément à mes yeux. C'était bien sûr curieux que la personne avec qui on avait été le plus intime, qui nous avait donné la vie, avec qui on avait passé chaque jour de sa vie demeure quelqu'un dont on ne connaissait nullement les pensées et sentiments. Était-elle heureuse ? De quoi rêvait-elle ? Pourquoi parlait-elle avec papa, seulement un peu avec Carl et presque jamais avec moi ? Me comprenait-elle aussi peu que moi, je la comprenais, elle ?

Une seule fois j'ai eu un aperçu de ce qui se cachait derrière maman à la cuisine, maman à l'étable, maman qui rapiéçait des vêtements et qui nous disait d'obéir à papa. C'était le soir du Grand Hôtel, aux cinquante ans d'oncle Bernard. Après le dîner dans la salle rococo, les adultes dansaient sur la musique d'un trio d'hommes corpulents en veste blanche, et alors que Carl visitait l'hôtel, je suis resté à la table et maman observait les danseurs avec une expression que je ne lui connaissais pas ; rêveuse, un demi-sourire aux lèvres, le regard légèrement voilé. Et pour la première fois de ma vie, j'ai songé que ma mère pouvait être belle, *belle*, à fredonner ainsi dans sa robe rouge assortie au cocktail qu'elle avait devant elle. Je n'avais jamais vu maman boire de l'alcool à part le soir de Noël, et même là, seulement un verre d'aquavit, et elle avait une chaleur inhabituelle dans la voix quand elle a demandé à papa s'il voulait danser. Il a secoué la tête, mais en lui souriant, peut-être voyait-il la même chose que moi. Puis un homme s'est approché, un peu plus jeune que papa, et il a invité maman. Papa a trempé les lèvres dans sa bière, a acquiescé d'un signe de tête en souriant, comme avec fierté. Je ne voulais pas, mais mon regard a suivi maman sur la piste. J'espérais seulement que ce ne serait pas trop embarrassant. Je l'ai vue dire quelques mots à l'homme, il a hoché la tête et ils se sont lancés. Maman a d'abord dansé collée à lui, puis très collée à lui, puis loin de lui, vite, puis lentement. Elle savait vraiment danser, ce que j'ignorais, mais ce n'était pas tout. Sa façon de regarder l'étranger, les yeux mi-clos, avec ce demi-sourire scotché sur son visage, comme un chat qui joue avec une souris. Papa commençait à se tortiller sur sa chaise à côté de moi. Et soudain cela m'a frappé : la personne étrangère ici, ce n'était pas l'homme, mais elle, celle que j'appelais maman.

Puis la danse s'est terminée et elle est revenue s'asseoir avec nous. Plus tard dans la soirée, quand Carl s'était endormi à côté de moi dans la chambre que nous partagions, j'ai entendu des voix dans le couloir. J'ai reconnu celle de maman, inhabituellement haute et stridente. Je me suis levé, et j'ai entrebâillé la porte, suffisamment pour les voir devant leur chambre. Papa a dit quelque chose, mais maman a levé la main et la claque est partie. Il a touché sa joue, a parlé, doucement et calmement. Elle a levé l'autre main et l'a encore giflé. Puis elle lui a arraché la clef, a ouvert et disparu dans la chambre. Papa est resté planté là, légèrement voûté, à se frotter la joue en regardant la porte derrière laquelle je me trouvais, dans le noir. Il avait l'air triste et seul, comme un gamin qui a perdu son nounours. Je ne sais pas s'il a vu que c'était entrouvert, je sais juste que, ce soir-là, j'ai eu un aperçu d'une histoire qui concernait papa et maman. Que je ne comprenais pas tout à fait. Que je n'étais pas sûr de vouloir comprendre davantage. Et le lendemain, quand nous sommes rentrés à Os, tout était comme avant. Maman parlait à papa, un flux régulier d'informations pratiques, tandis qu'il disait oui, parfois non, ou toussotait un peu fort et elle se taisait alors pendant un certain temps.

Si j'ai tendu l'oreille, ce soir-là, c'est parce que, cette fois c'est mon père qui s'est mis à parler. Il semblait avoir préparé son discours. Et il parlait plus bas que d'habitude. Il chuchotait presque. Maintenant, mes parents savaient bien sûr qu'on pouvait les entendre par le trou dans notre plancher, mais pas qu'on les entendait aussi bien. Car en plus de l'ouverture, il y avait le tuyau de poêle qui guidait et amplifiait les sons, si bien que c'était comme d'être assis entre eux, chose que Carl et moi avions jugé inutile de mentionner.

« Sigmund Olsen est passé à la scierie aujourd'hui, a-t-il dit.

— Ah ?

— Il avait reçu ce qu'il appelait un signalement de la part d'une prof de Carl.

— Ah bon ?

— Elle lui a expliqué qu'elle avait vu à deux reprises que Carl avait saigné à travers la culotte de son pantalon. Elle lui a demandé ce qui s'était passé et il lui aurait donné une explication qu'elle a jugée "peu crédible".

— Qui était ? » Maman aussi avait baissé la voix.

« Olsen n'a pas voulu le préciser, il voulait juste m'informer qu'il souhaitait parler à Carl. Apparemment, c'est obligatoire de prévenir les parents quand on interroge un mineur de moins de seize ans. »

J'ai eu le sentiment de me prendre un seau d'eau glacée sur la tête.

« Olsen a précisé qu'on pouvait être présents si Carl le souhaitait et que, juridiquement, il n'était pas obligé de s'expliquer, simplement pour qu'on le sache.

— Et qu'est-ce que tu as dit ? a chuchoté ma mère.

— Que, bien sûr, mon fils n'allait pas refuser de s'expliquer auprès de la police, mais que nous aimerions lui parler d'abord, et qu'il serait donc bien de savoir quel genre d'explication peu crédible il avait donné à sa prof.

— Et qu'a répondu le lensmann ?

— Pas grand-chose. Il a dit qu'il connaissait Carl puisqu'il est dans la même classe que son gamin, comment il s'appelle, déjà ?

— Kurt.

— Kurt, oui. Et qu'il savait donc que Carl est un garçon franc et courageux et que, personnellement, il le croyait. Il a dit que la prof était fraîchement émoulue de l'école et que, en ce moment, on martèle aux futurs enseignants de faire attention à ces trucs-là, du coup ils croient en voir partout.

— Bien sûr, tu parles. Mais il t'a dit ce que Carl avait dit à sa prof ?

— Il a expliqué qu'il s'était assis sur la pile de planches derrière l'étable, droit sur un clou. »

J'attendais la question suivante de maman. *Deux fois ?* Mais la question n'est pas venue. Savait-elle, comprenait-elle ? J'ai dégluti.

« Mais enfin, Raymond, s'est-elle contentée de dire.

— Oui. Ça fait longtemps qu'on aurait dû enlever ce tas de planches. Je pense que je vais m'en occuper demain. Et puis on aura une petite conversation avec Carl. Il ne peut pas se blesser comme ça sans rien dire. Des clous rouillés, ça peut entraîner des septicémies et pire encore.

— Oui, il faut qu'on lui parle. Et qu'on dise à Roy de veiller un peu sur son petit frère.

— Ce n'est pas nécessaire, Roy ne fait que ça. D'ailleurs, je me suis dit que ça pouvait être un peu malsain, de veiller sur lui autant.

— Malsain ?

— On les croirait mariés », a déclaré papa.

Pause. Voilà, maintenant ça va venir, me suis-je dit.

« Il faut que Carl apprenne à être plus indépendant, a poursuivi papa. Je pense qu'il serait temps que les garçons aient chacun leur chambre.

— Mais on n'a pas la place…

— Allons, Margit, cette salle de bains que tu voulais entre les deux chambres, tu sais bien qu'on n'a pas les moyens de la construire. Alors que simplement déplacer quelques cloisons pour une chambre supplémentaire, ça ne coûte pas grand-chose. Je pourrais arranger ça en deux, trois semaines.

— Vraiment ?

— Ouaip. Je commencerai après le week-end. »

Sa décision avait évidemment été prise bien avant qu'il expose ce plan de séparation à maman. Et ce que Carl et moi en pensions était sans importance. J'ai serré le poing et ravalé mes jurons. Je le détestais, je le détestais. Je comptais sur Carl pour la boucler, mais ça n'allait pas suffire. Le lensmann. L'école. Maman. Papa. C'était hors de contrôle, trop de gens qui en savaient un peu, voyaient quelque chose, et ne tarderaient pas à tout comprendre. Et bientôt un raz-de-marée de honte déferlerait sur nous, nous emportant tous sur son passage. La honte, la honte, la honte. C'était insupportable. *Aucun* d'entre nous ne la supporterait.

13

La nuit Fritz.

Carl et moi n'en avons plus jamais reparlé, pas un mot, mais c'est le nom que je lui donnais dans ma tête. J'avais vingt ans et cela faisait plus de deux ans que la Cadillac avait plongé avec papa et maman dans Huken.

« Ça va mieux ? » a demandé Sigmund Olsen, manœuvrant sa canne au-dessus de sa tête. La ligne a filé, le moulinet crépitait en *decrescendo*, comme un oiseau d'une espèce que je n'avais jamais entendue.

Je n'ai pas répondu, je me suis contenté de suivre l'hameçon des yeux, alors qu'il scintillait au soleil avant de disparaître sous la surface, si loin de la barque dans laquelle nous nous trouvions que le plouf était inaudible. J'avais envie de lui demander pourquoi il fallait expédier l'hameçon si loin quand on pouvait très bien conduire le bateau là où on voulait qu'il descende. C'était sans doute qu'il avait l'air plus vivant si sa nage était à peu près à l'horizontale quand on moulinait. Je ne connais rien à la pêche. Et je n'ai pas l'intention de m'y connaître, donc je l'ai bouclée.

« Parce que même si ça n'en a pas l'air, c'est vrai ce qu'on dit, que le temps guérit toutes les blessures. » Le lensmann a écarté sa serpillière blonde de ses lunettes de soleil. « En tout cas pas mal d'entre elles. »

Je n'avais rien à répondre.

« Comment va Bernard ?

— Bien, ai-je dit, comme j'ignorais qu'il ne lui restait que quelques mois à vivre.

— Il paraît que ton frère et toi avez vécu surtout à Opgard et pas tellement chez Bernard, comme la Protection de l'enfance vous l'avait imposé. »

Je n'avais rien à répondre à cela non plus.

« Mais maintenant, de toute façon, vous êtes assez vieux pour que ce ne soit plus un problème, donc je ne vais pas vous embêter avec ça. Carl est au lycée, n'est-ce pas ?

— Oui.

— Et ça marche bien ?

— Oui. »

Que pouvais-je répondre d'autre ? Ce n'était pas un mensonge. Carl disait qu'il continuait de penser beaucoup à maman et il pouvait passer des journées entières et des soirées seul dans le jardin d'hiver à faire ses devoirs et lire et relire les deux romans que papa avait rapportés des États-Unis, *An American Tragedy* et *The Great Gatsby*. Je ne l'ai jamais vu en lire d'autres, mais ceux-là, il les adorait, surtout *An American Tragedy*. Certains soirs, je m'asseyais avec lui et il lui arrivait alors de me faire la lecture à voix haute en me traduisant les mots difficiles.

Pendant quelque temps, il avait affirmé entendre papa et maman crier dans Huken, mais je lui avais répondu que c'étaient les corbeaux. Je m'étais inquiété quand il m'avait parlé de cauchemars où nous finissions tous deux en prison. Mais tout cela s'était calmé. Il était toujours maigre et pâle, mais il mangeait, dormait et poussait comme un champignon, mesurait bientôt une tête de plus que moi.

Si incroyable que cela puisse paraître, les choses étaient donc rentrées dans l'ordre. Le calme était revenu. J'avais peine à y croire, mais la fin du monde était arrivée et passée, nous avions survécu. Un certain nombre d'entre nous en tout cas. Ceux qui étaient tombés étaient-ils ce que papa avait l'habitude de qualifier de dommages collatéraux, des morts non intentionnelles mais auxquelles il fallait s'attendre quand on avait une guerre à gagner ? Je ne sais pas. Je ne sais même pas si la guerre était gagnée, mais il y avait en tout cas un cessez-le-feu. Et un cessez-le-feu qu'on fait durer assez longtemps peut se confondre avec la paix. Tel était le cas ce jour qui allait être suivi de la nuit Fritz.

« Avant, je pêchais avec Kurt, a observé Olsen, mais je crois que la pêche ne l'intéresse plus tellement.

— Eh ben ! ai-je répondu, comme si cette idée me paraissait incroyable.

— Oui. À vrai dire, je crois qu'il ne s'intéresse à rien de ce que je fais. Et toi, Roy ? Tu vas devenir mécanicien ? »

Je ne savais pas pourquoi il m'avait embarqué sur son youyou, il pensait sûrement que ça me détendrait. Que ça me ferait raconter ce que je n'avais pas raconté en interrogatoire. À moins qu'il ne se soit effectivement senti une certaine responsabilité en tant que lensmann, et ait juste voulu bavarder, savoir si tout allait bien.

« Oui, pourquoi pas ?

— Tu as toujours bien aimé bricoler, toi. Kurt ne s'intéresse qu'aux filles en ce moment. Toujours une nouvelle à aller voir. Toi et Carl ? Vous avez des filles en vue ? »

J'ai guetté l'hameçon dans le noir sous la surface de l'eau alors qu'il laissait sa phrase en suspens.

« Tu n'es jamais sorti avec quelqu'un, si ? »

J'ai haussé les épaules. Il y a une différence entre demander à un adolescent de vingt ans s'il sort avec quelqu'un et s'il est *jamais* sorti avec quelqu'un. Et Sigmund Olsen le savait, bien sûr. Allez savoir à quel âge il avait adopté cette coupe serpillière. Enfin, de toute évidence, ça l'avait fait pour lui.

« Je n'ai rien dû voir qui en vaille la peine, ai-je dit. Pas envie d'être avec quelqu'un juste pour être avec quelqu'un.

— Bien sûr. Et puis il y en a aussi qui ne veulent pas être avec une fille. À chacun de faire ce qui lui convient.

— Oui. » S'il avait su. Mais personne ne savait, sauf Carl.

« Tant que ça ne cause de tort à personne, a poursuivi Olsen.

— Bien sûr. » Je me demandais de quoi nous parlions réellement. Et combien de temps il fallait que dure cette partie de pêche. J'avais une voiture à réparer pour le lendemain. Et nous étions un peu trop loin du bord à mon goût. Car le lac de Budal est vaste et profond, papa plaisantait en l'appelant *the great unknown*, parce que c'était ce que nous avions de plus approchant d'une mer. À l'école, on nous avait appris que le vent et les trois affluents de ce lac créaient des courants horizontaux, mais que le phénomène vraiment inquiétant, c'était la différence de température des couches d'eau, qui – surtout au printemps – occasionnait de puissants courants verticaux. Étaient-ils suffisants pour entraîner au fond un baigneur enthousiaste qui se serait lancé dès le mois de mars, je ne sais pas, mais c'est ce que nous nous étions imaginé et nous étions restés les yeux écarquillés dans la salle de classe. C'était peut-être la raison pour laquelle je ne m'étais jamais plu ni dans ni sur le lac. Si bien que quand Carl et moi avions testé la plongée, ça s'était passé dans un lac de montagne plus petit, sans courants, où nous pouvions rejoindre le bord à la nage si jamais la barque chavirait.

« Tu te souviens quand nous avions parlé juste après la mort de tes parents, je t'avais dit que, souvent, les gens dissimulaient leur dépression ? » Olsen a remonté sa ligne ruisselante.

« Oui.

— Tu t'en souviens ? Bonne mémoire. Eh bien, j'ai moi-même goûté à ce que c'était d'être déprimé.

— Ah bon ? ai-je fait, partant du principe que c'était ce qu'il attendait de moi.

— Eh oui, je suis allé jusqu'à prendre des médicaments. » Il m'a observé en souriant. « Si même un de nos Premiers ministres a admis qu'il était en dépression, je dois bien pouvoir le reconnaître, moi aussi. Et puis c'était il y a longtemps.

— Eh ben.

— Mais je n'ai jamais pensé à me supprimer. Tu sais ce qu'il aurait fallu pour que je le fasse ? Pour que je m'en aille en laissant une femme et deux enfants ? »

J'ai dégluti. Je sentais la trêve menacée.

« La honte, a-t-il déclaré. Qu'en penses-tu, Roy ?

— Je ne sais pas.

— Non ?

— Non. » J'ai reniflé à sec. « Qu'est-ce que vous pêchez, au juste ? »

J'ai soutenu son regard une ou deux secondes avant de désigner le lac du menton.

« Cabillaud, carrelet, lieu noir et saumon ? »

Il a manipulé son moulinet, l'a bloqué je crois, avant de caler la canne contre un des machins sur lesquels on s'assied. Il a ôté ses lunettes de soleil, remonté son jean par la ceinture, où était accroché l'étui d'un téléphone portable qu'il consultait à intervalles réguliers, et a plongé son regard dans le mien.

« Tes parents étaient des gens traditionalistes. Des chrétiens stricts.

— Je n'en suis pas si sûr.

— Ils étaient membres de l'Église méthodiste.

— Ça, c'était surtout une coutume que mon père avait rapportée des États-Unis.

— Tes parents n'étaient pas précisément fanas des homos.

— Ma mère, ça ne la dérangeait pas, et mon père n'était fana de personne. À moins que ce ne soit un Américain se présentant aux élections pour les républicains. » Je ne blaguais pas, je ne faisais que répéter *verbatim* ce que papa avait lui-même dit. Mais je n'ai pas mentionné qu'il avait plus tard ajouté les soldats japonais à cette courte liste, puisqu'ils étaient – selon ses termes – de dignes adversaires. Papa le disait comme s'il avait lui-même participé à la guerre. Ce qu'il admirait, c'était la tradition du hara-kiri, il s'imaginait manifestement que tous les soldats japonais y recouraient quand la situation l'exigeait. « Regarde à quoi un petit peuple peut arriver quand il a compris que l'échec n'était pas possible », avait-il déclaré un jour que je le regardais astiquer ses couteaux de chasse. « Quand il a compris que celui qui échoue doit procéder à sa propre ablation de la société, comme une tumeur cancéreuse. » J'aurais pu en parler à Olsen, mais à quoi bon ?

Olsen a toussoté. « Et toi, que penses-tu des homos ?

— Ce que j'en pense ? Qu'est-ce qu'on est censé en penser ? Qu'est-ce qu'on pense des gens qui ont les cheveux bruns ? »

Il a repris sa canne et continué de mouliner. Ce qui m'a frappé, c'est qu'on faisait le même geste quand on tournait la main pour signifier à quelqu'un de continuer de parler, d'*approfondir*, comme on dit. Mais je suis resté silencieux.

« Permets-moi d'aller droit au but, Roy. Es-tu homosexuel ? »

J'ignore pourquoi il avait changé de terme et était passé d'homo à homosexuel, c'était peut-être qu'homosexuel paraissait un poil moins heurtant. J'ai vu comme un scintillement de métal dans les profondeurs du lac, un peu mat et étiré, comme si la lumière allait moins vite dans l'eau. « Vous me faites du gringue, Olsen ? »

Celle-là, il ne l'avait sans doute pas vue venir. Il a cessé de mouliner et a basculé sa canne en m'observant d'un air horrifié. « Hein ? Non, bon sang, je… »

Au même instant, l'hameçon a rompu la surface, plané comme un poisson volant au-dessus du plat-bord, et tournoyé autour de nos têtes avant de retourner à la canne et d'atterrir mollement à l'arrière de la tête d'Olsen. Mais manifestement, sa serpillière était encore plus épaisse qu'elle n'en avait l'air, il ne l'a même pas senti.

« Si je suis gay, ai-je dit, je n'ai pas encore fait mon coming-out, parce que si je l'avais fait, vous et tout le bourg en auriez entendu parler dans le quart d'heure suivant. Donc, ça doit vouloir dire que je préfère le secret. Ou que je ne suis pas gay. »

Olsen a d'abord eu l'air soufflé, puis il a semblé méditer un peu sur cette logique.

« Je suis lensmann, Roy. Je connaissais ton père et pour moi, ce suicide ne cadre pas. Et encore moins le fait qu'il ait emmené ta mère.

— C'est parce que ce n'était pas un suicide, ai-je répondu doucement tout en me criant intérieurement les mêmes mots. Il a raté le virage, je vous l'ai dit.

— Peut-être. » Olsen s'est frotté le menton.

Il avait quelque chose, cette espèce de con.

« Il y a deux jours, j'ai parlé à Anna Olaussen. L'ancienne infirmière du cabinet médical, tu sais. Elle est en maison de retraite maintenant, elle a Alzheimer. Et comme c'est la cousine issue de germain de ma femme, on est passés la voir. Pendant que ma femme allait chercher de l'eau pour un bouquet, Anna m'a dit qu'elle avait toujours eu un regret. C'était de n'avoir jamais brisé le secret médical pour venir me trouver quand ton frère Carl est venu au cabinet et qu'elle a constaté qu'il avait une ecchymose à l'anus. Une plaie, autrement dit. Ton frère a refusé de lui expliquer comment c'était arrivé, mais il n'y a pas dix mille possibilités. D'un autre côté, quand elle lui a demandé s'il avait eu des relations sexuelles avec un homme, il a répondu non, d'un air calme, et elle en a déduit qu'il ne s'agissait peut-être pas d'un viol. Que c'était peut-être consenti. Carl avait... » Olsen a regardé le lac. L'hameçon pendait à l'arrière de sa tête. « … une beauté si féminine. »

Il s'est retourné vers moi.

« En revanche, Anna m'a dit que si elle ne m'avait pas prévenu moi, elle avait au moins averti ton père et ta mère. Deux jours après, ton père plongeait la voiture dans Huken. »

Je me suis détourné de son regard pénétrant. J'ai vu un goéland qui rasait la surface du lac, en quête d'une proie.

« Comme je le disais, Anna est sénile, il faut prendre tout ce qu'elle dit avec circonspection, mais j'ai fait le lien avec un signalement d'il y a quelques années, une enseignante qui avait observé à deux reprises que Carl avait saigné à travers son pantalon.

— Un clou, ai-je murmuré.

— Je n'ai pas entendu.

— Un clou ! »

Ma voix a survolé l'eau étrangement calme en direction du bord, heurté le coteau et été renvoyée deux fois… *ou*… *ou*. Tout revient, me suis-je dit.

« J'espérais que tu m'aiderais à faire la lumière sur la raison pour laquelle ton père et ta mère ne voulaient plus vivre, Roy.

— C'était un accident. On peut rentrer maintenant ?

— Roy, il faut que tu comprennes que je ne peux pas passer outre. Tout va refaire surface, donc le mieux pour toi serait de m'expliquer ce qui se passait exactement entre Carl et toi. Ne va pas penser que ça pourrait être utilisé contre toi, parce que cette partie de pêche n'a pas valeur d'interrogatoire au sens juridique. Ça, c'est juste toi et moi à la pêche, d'accord ? J'aimerais ménager autant que possible toutes les personnes impliquées, et si tu coopères, je demanderai une réduction de peine en cas de poursuites. Car tels que se présentent les indices, les faits se déroulaient déjà quand Carl était mineur et dans ce cas, toi qui avais un an de plus, tu pourrais risquer…

— Écoutez, lensmann, l'ai-je interrompu, la gorge si nouée que ma voix semblait sortir d'un tuyau de poêle. J'ai une voiture à réparer et on dirait bien que vous n'allez pas prendre de poisson aujourd'hui. »

Olsen m'a longuement observé, comme s'il cherchait à me faire croire qu'il lisait en moi comme dans un livre ouvert, comme on dit. Puis il a hoché la tête. Il s'apprêtait à reposer sa canne au fond du bateau et a lâché un juron quand l'hameçon a accroché sa nuque bronzée sous sa serpillière blonde. Il l'a retiré avec deux doigts et j'ai vu une unique goutte de sang vibrer sur sa peau, sans couler nulle part. Il a démarré le moteur et, cinq minutes plus tard, nous remontions le bateau dans la remise en contrebas de leur chalet. Ensuite, nous avons roulé dans la Peugeot d'Olsen jusqu'au garage. Ça a été un quart d'heure sacrément silencieux.

Je travaillais sur la Corolla depuis à peine une demi-heure et j'allais changer la boîte de direction quand j'ai entendu le téléphone du centre de lavage sonner, et aussitôt après, la voix d'oncle Bernard :

« Roy, c'est pour toi ! C'est Carl. »

J'ai lâché ce que j'avais entre les mains. Carl ne m'appelait pas au garage. Chez nous, on n'appelait nulle part sauf en cas de crise.

« Qu'est-ce qui se passe ? ai-je crié par-dessus le chuintement du jet d'eau de Bernard, dont les inflexions montaient ou descendaient suivant le point de contact avec la voiture.

— C'est le lensmann Olsen », a répondu Carl d'une voix chevrotante.

Comprenant qu'il s'agissait bel et bien d'une situation de crise, je me suis armé de courage. Ce salaud avait-il déjà fait état publiquement de son soupçon que c'était moi, son grand frère, qui me tapait Carl ?

« Il a disparu.

— Disparu ? » J'ai ri. « N'importe quoi. Je l'ai vu il y a trois quarts d'heure.

— Je ne plaisante pas. Et je crois qu'il est mort. »

J'ai serré le téléphone dans ma main. « Comment ça, tu *crois* qu'il est mort ?

— Je ne sais pas, comme je le disais, il a disparu. Mais je le sens, Roy. Je suis passablement sûr qu'il est mort. »

Trois pensées se sont rapidement succédé. La première était que Carl avait disjoncté, il ne paraissait pas le moins du monde éméché et, s'il était sensible, il ne l'était pas au point de *voir* des choses. La deuxième, que ç'aurait été une drôle de coïncidence que le lensmann Sigmund Olsen disparaisse de la surface de la terre au moment précis où j'en avais le plus besoin. La troisième, que c'était là une redite, c'était Dog qui recommençait. Je n'avais pas le choix. En trahissant mon petit frère, j'avais contracté une dette qu'il me faudrait rembourser jusqu'à ma mort. Ceci n'était qu'une nouvelle traite qui venait d'échoir.

14

« Les choses ont changé quand papa a disparu, a observé Kurt Olsen, posant une tasse de café sur la table devant moi. Ce n'était pas écrit que je deviendrais policier. » Il s'est assis, a écarté la mèche blonde de son front et a entrepris de rouler une cigarette. Nous étions dans ce qui faisait office de cellule, mais servait manifestement aussi d'entrepôt ; des classeurs et des papiers étaient empilés par terre le long des murs. Sans doute pour que d'éventuelles personnes mises en garde à vue puissent passer le temps en consultant leur casier judiciaire et celui d'autres personnes.

« Mais on ne voit pas les choses de la même façon quand on perd son père, pas vrai ? » a-t-il poursuivi.

J'ai bu une gorgée de café. Il m'avait traîné ici pour une prise de sang dont il savait aussi bien que moi qu'elle n'indiquerait aucune alcoolémie et, maintenant, il me proposait une trêve. Ça m'allait.

« Du jour au lendemain, tu deviens adulte. Parce que tu es obligé. Tu comprends un peu la responsabilité que ton père avait et tu te rends compte que tu faisais tout pour lui compliquer la tâche. Tu te foutais de tous ses conseils, tu rejetais tout ce qu'il pensait et disait, tu faisais tout ton possible pour ne pas être comme lui. Sans doute parce que quelque chose en toi te disait que c'était ce que tu finirais par devenir. Sa copie conforme. On avance en cercle. Notre seule destination, c'est notre point d'origine. Tous autant que nous sommes. Je sais que tu t'intéressais aux oiseaux de montagne. Carl apportait des plumes en classe, que tu lui avais données, et on le charriait. » Kurt a souri comme si cela ravivait des souvenirs chers. « Prends tes oiseaux, Roy, ils voyagent, voyagent et voyagent encore. Enfin, on parle plutôt de migration, non ? Mais ils ne vont jamais nulle part où eux-mêmes ou leurs parents ne soient pas allés, ce sont les mêmes habitats, les mêmes lieux de nidification, aux mêmes foutus moments. On dit être libre comme un oiseau. Mon cul, oui ! C'est un truc qu'on se figure parce que ça nous plaît de le croire. Nous évoluons dans les mêmes foutus cercles, nous sommes des oiseaux en cage, c'est juste que la cage est si grande et les barreaux si fins que nous ne les voyons pas. »

Il a lancé un coup d'œil dans ma direction pour voir si son monologue m'avait fait de l'effet. J'ai envisagé de hocher la tête lentement, mais j'ai laissé tomber.

« C'est pareil pour toi et moi, Roy. De grands cercles et de petits cercles. Le grand cercle, c'est que j'ai repris ce poste de lensmann que mon père avait occupé. Le petit, c'est que tout comme il avait cette affaire non résolue à laquelle il revenait toujours, j'ai la mienne. La sienne était la sortie de route de tes parents. La mienne, c'est sa disparition à lui. Il y a des similitudes, tu ne trouves pas ? Deux hommes désespérés et déprimés qui se suppriment. »

J'ai haussé les épaules en essayant d'adopter un air indifférent. Merde, c'était pour ça, toute cette histoire, il s'agissait de la disparition du lensmann Sigmund Olsen ?

« Sauf que, dans le cas de mon père, il n'y a pas de corps, pas de lieu exact. Juste le lac.

— *The great unknown* », ai-je dit en hochant la tête lentement.

Kurt m'a fusillé du regard. Avant de lui aussi se mettre à hocher la tête lentement, au même rythme que moi, et, un instant, nous avons été comme deux putains de pompes de vidange synchronisées.

« Et comme tu as été l'avant-dernier et ton frère le dernier à avoir vu mon père en vie, j'ai quelques questions.

— J'imagine que nous en avons tous. » J'ai bu une autre gorgée de café. « Mais j'ai raconté en détail la partie de pêche que j'avais faite avec ton père ce jour-là, et tu dois avoir le procès-verbal ici. » J'ai désigné d'un signe de tête les papiers contre le mur. « Et puis je suis ici pour une prise de sang, non ?

— Absolument. Donc ceci n'est pas officiellement un interrogatoire, je ne prendrai pas de notes et il n'y aura aucun témoin de ce qui se dira. »

Exactement comme pendant la partie de pêche, ai-je pensé.

« Ce que je me demande très concrètement, c'est ce qui s'est passé après dix-huit heures, quand mon père t'a déposé au garage. »

J'ai inspiré profondément. « Très concrètement ? J'ai changé des roulements de roue et le levier de vitesse d'une Toyota Corolla, un modèle de 1989, je crois. »

Le regard de Kurt s'est durci, la trêve était menacée. J'ai opéré une retraite stratégique.

« Ton père est monté à la ferme, où il a parlé à Carl. Après son départ, Carl m'a appelé parce que les plombs avaient sauté et qu'il ne comprenait pas pourquoi. L'installation est vieille, on a eu pas mal de défauts d'isolement. Carl n'est pas franchement bon bricoleur, je suis donc monté régler le problème. Ça a pris quelques heures parce qu'il faisait sombre, donc il était tard quand je suis retourné au garage.

— Oui, dans le procès-verbal de l'interrogatoire, il est écrit que tu es revenu à vingt-trois heures.

— C'est possible. C'était il y a longtemps.

— Et un témoin pense avoir vu la voiture de mon père traverser le bourg à vingt et une heures, mais il faisait déjà noir, donc le témoin en question n'était pas sûr.

— Ah bon.

— La question est de savoir ce que mon père a fait entre dix-huit heures trente, heure à laquelle Carl dit qu'il a quitté la ferme, et vingt et une heures.

— Ça, c'est un mystère. »

Il a levé les yeux sur moi. « Des hypothèses ? »

J'ai pris un air stupéfait. « Moi ? Non. »

J'ai entendu une voiture se garer dehors. Ce devait être le médecin. Kurt a consulté sa montre. Je parie qu'il lui avait demandé de prendre son temps.

« Et comment ça s'est passé pour la voiture, au fait ? a demandé Kurt d'un ton léger.

— La voiture ?

— La Toyota Corolla.

— Bien, pourquoi ?

— Ah oui ? J'ai vérifié les interrogatoires et regardé qui possédait la vieille Toyota. C'était effectivement un modèle de 89. Il se trouve que c'était Willumsen qui voulait la faire réparer avant de la revendre. Juste assez pour qu'elle démarre, je pense.

— Ça me paraît correct.

— Sauf qu'elle ne marchait pas.

— Hein ? ai-je laissé échapper.

— J'ai parlé avec Willumsen hier. Il se souvenait que Bernard lui avait promis de remettre la Toyota en état de rouler. Il s'en souvenait distinctement parce que le client avait fait cent kilomètres pour l'essayer et que vous n'aviez pas fini les réparations comme promis.

— Ah bon ? » J'ai plissé les yeux pour illustrer que j'essayais de traverser les ténèbres du passé. « Alors j'avais dû perdre trop de temps à chercher la panne à la maison.

— En tout cas, tu avais passé longtemps sur la voiture.

— Ah oui ?

— J'ai parlé avec Grete Smitt avant-hier. C'est incroyable, les bagatelles dont les gens se souviennent quand elles peuvent être reliées à un événement particulier, comme l'annonce de la disparition de leur lensmann. Elle se souvient de s'être réveillée à cinq heures du matin et d'avoir regardé par la fenêtre. Il y avait de la lumière dans le garage, et ta voiture était là.

— Quand on a fait une promesse à un client, on fait tout pour la tenir. Même si on n'y arrive pas, c'est une règle de vie, en tout cas. »

Kurt Olsen m'a observé en grimaçant comme si je venais de lui servir une blague particulièrement répugnante.

« Bon, bon, ai-je dit d'un ton léger. Et, au fait, ça donne quoi finalement ce projet de faire descendre des gens dans Huken ?

— On verra.

— Nerell l'a déconseillé ?

— On verra », a-t-il répété.

La porte s'est ouverte. C'était Stanley Spind, le médecin, un gars de la ceinture biblique* qui avait fait son internat ici et postulé ensuite pour s'y installer à titre permanent. Il avait la trentaine aimable et extravertie, s'habillait à la j'ai-mis-ce-qui-me-tombait-sous-la-main-et-puis-pouf-tout-était-assorti et se coiffait à la je-ne-me-suis-pas-coiffé-mes-cheveux-se-sont-juste-mis-comme-ça, le tout avec un hasard savamment étudié. Il présentait un étrange mélange de mollesse et de muscles travaillés qu'on aurait dits achetés dans le commerce et plaqués sur son corps mou. Les gens disaient qu'il était homo, qu'il avait un amant avec femme et enfants à Kongsberg.

* Région où la présence de protestants évangéliques est plus forte qu'ailleurs. En Norvège, il s'agit essentiellement du sud et de l'ouest du pays.

« Prêt pour une prise de sang ? a-t-il demandé en gargarisant les *r* comme un Hollandais.

— On dirait bien », a répondu Kurt Olsen sans me lâcher du regard.

La prise de sang terminée, j'ai suivi Stanley dehors.

Kurt Olsen ayant cessé de parler de son affaire dès l'instant où il était entré dans les locaux, je présumais que cette soi-disant enquête restait pour l'heure privée. À notre départ, il s'était contenté d'un signe de tête pour me saluer.

« J'étais à Årtun, a déclaré Stanley quand nous avons respiré le bon air vif du soir devant le poste, qui se trouvait dans le même bâtiment sans personnalité des années quatre-vingt que l'administration municipale. Je dois dire que ton frère a bien mis le feu à l'assistance. Alors comme ça, on va peut-être avoir un hôtel spa ?

— Il faut d'abord soumettre le projet au conseil municipal.

— Eh bien, si ça passe, moi, j'en serai, en tout cas. »

J'ai acquiescé.

« Je te dépose quelque part ? a-t-il proposé.

— Non merci, je vais appeler Carl.

— Sûr ? Ce n'est pas un gros détour. » Il est possible qu'il ait soutenu mon regard une fraction de seconde de trop et tout aussi possible que je sois simplement un poil paranoïaque.

J'ai secoué la tête.

« Une autre fois, alors », a-t-il conclu, ouvrant sa portière. Visiblement, il avait arrêté de verrouiller sa voiture en s'installant dans le bourg, comme le font souvent les gens de la ville. Ils ont cette image romantique que ça ne se fait pas à la campagne. C'est faux. Nous verrouillons nos maisons, nos remises à bateaux, nos bateaux, et encore plus nos voitures. J'ai vu ses feux arrière disparaître alors que je sortais mon téléphone et commençais à marcher à la rencontre de Carl. Mais quand la

Cadillac s'est rangée sur le bas-côté devant moi, vingt minutes plus tard, c'était Shannon qui conduisait. Carl avait débouché le champagne en rentrant et, comme il avait bu la majeure partie de la bouteille et elle seulement une gorgée, elle l'avait convaincu de ne pas prendre le volant.

« Vous fêtiez mon incarcération ? ai-je demandé.

— Il savait que tu réagirais comme ça et tenais à ce que je précise qu'il fêtait ta très probable libération. Il n'a jamais de mal à trouver des motifs de célébration.

— C'est vrai. Et c'est aussi quelque chose que je lui envie. » Percevant que cet *aussi* pouvait être mal interprété, je voulais m'expliquer. Dire qu'il signifiait à la fois que c'était vrai et que je lui enviais cette capacité à compartimenter, comme on dit. Que ce n'était pas un *aussi* impliquant que je lui enviais également d'autres choses. Mais j'ai toujours eu l'art de tout compliquer.

« Tu réfléchis, a observé Shannon.

— Pas beaucoup. »

Elle a souri. Le volant paraissait énorme dans ses petites mains.

« Tu vois bien ? lui ai-je demandé avec un signe de tête vers les faisceaux lumineux qui fendaient l'obscurité devant nous.

— Ça s'appelle le *ptosis*. C'est un mot grec qui signifie "chute". Dans mon cas, c'est congénital. Il faut exercer l'œil pour diminuer les risques de développer une amblyopie, ce qu'on appelle un œil paresseux. Je ne suis pas paresseuse. Je vois tout.

— Bien. »

Elle a rétrogradé dans le premier lacet. « Je vois par exemple que tu souffres, du sentiment que je t'ai pris Carl. » Elle a accéléré et une grêle de graviers a douché le logement de la roue. J'ai pensé un instant prétendre n'avoir pas entendu ces derniers mots, mais mon intuition me disait qu'elle ne ferait que les répéter.

Je me suis tourné vers elle. Elle m'a devancé.

« Merci.

— Merci ?

— Merci pour tout ce à quoi tu renonces. Merci d'être un homme sage et bon. Je sais combien Carl et toi comptez l'un pour l'autre. Et en plus d'être une étrangère à tous points de vue qui s'est mariée avec ton frère, je me suis imposée sur ton territoire physique. J'ai littéralement pris la chambre où tu dormais. Tu devrais me détester.

— Eh bien », ai-je répondu en soufflant. Ça avait été une très longue journée. « Je ne passe pas précisément pour être un homme bon. Le problème, c'est plutôt qu'il y a extrêmement peu de choses à détester chez toi.

— J'ai parlé avec quelques-uns de tes employés.

— Ah bon ? ai-je fait, sincèrement stupéfait.

— C'est une petite ville ici, et je parle sans doute plus aux gens que toi. Tu te trompes. Tu es bel et bien considéré comme un homme bon. »

J'ai renâclé. « Alors il faudrait que tu parles à ceux à qui j'ai brisé des dents.

— Peut-être. Mais même ça, tu l'as fait pour protéger ton frère.

— Je crois que tu devrais te garder de placer la barre trop haut en ce qui me concerne, je vais te décevoir.

— Ah ? Je crois savoir où se trouve cette barre. L'avantage d'avoir un œil endormi, c'est que les gens se mettent à nu parce qu'ils s'imaginent que tu ne vois pas tout.

— Ah bon ? Alors tu penses avoir levé le voile sur tous les aspects de Carl ? »

Elle a souri.

« L'amour est aveugle, tu veux dire ?

— En norvégien, on dit l'amour *rend* aveugle.

— Tiens donc. » Elle a ri doucement. « C'est bien plus

exact que l'amour est aveugle, en effet, d'autant plus que l'expression est employée à mauvais escient.

— Ah ?

— On dit que l'amour est aveugle pour dire qu'on ne voit que les bons côtés de celui qu'on aime, mais en fait, ça fait référence au fait que Cupidon a les yeux bandés quand il tire ses flèches et qu'elles atteignent leur cible au hasard. On ne choisit pas de qui on tombe amoureux.

— Mais l'est-ce vraiment ? Aléatoire ?

— On est toujours en train de parler de Carl et moi ?

— Par exemple.

— Voui. Peut-être pas aléatoire. Mais en tout cas, tomber amoureux, ce n'est pas toujours volontaire. Je ne suis pas si sûre que nous soyons si pragmatiques dans la mort et en amour que tu prétends que vous l'êtes, vous autres montagnards. »

Dans la dernière côte, les phares ont pointé sur la façade de la maison, colorant d'un blanc fantomatique un visage percé de deux trous noirs, des yeux qui nous fixaient à la fenêtre du salon.

Shannon s'est garée, a passé le levier sur le cran parking, éteint les phares et coupé le moteur.

Quand on éteint la seule source de bruit ici, sur les hauteurs, le silence est particulièrement brusque, comme un hurlement soudain. Je n'ai pas bougé de mon siège, Shannon non plus.

« Qu'est-ce que tu sais ? ai-je demandé. Sur nous. Sur cette famille.

— La majeure partie, je crois. Ma condition pour me marier avec lui et venir ici était qu'il me raconte tout. Y compris ce qui était douloureux. Surtout ce qui était douloureux. Ce qu'il n'a pas raconté, j'ai fini par le voir et le comprendre. » Shannon a pointé le doigt sur sa paupière à demi baissée.

— Et tu... » J'ai dégluti. « ... tu sens que tu peux vivre avec ce que tu sais ?

— J'ai grandi parmi les *redlegs*, Roy. Le frère couchait avec sa sœur. Le père violait sa fille. Les fils répétaient les péchés de leurs pères et devenaient parricides. La vie continue. »

J'ai sorti ma boîte de tabac tout en hochant la tête lentement et sans ironie. « Oui, la vie continue, mais ça doit tout de même faire beaucoup à accepter.

— Oui. Ça fait beaucoup, mais nous avons tous notre lot de problèmes. C'était il y a longtemps. Les gens changent, j'en suis convaincue. »

Je me demandais pourquoi ce que je m'étais représenté comme la pire chose qui puisse arriver – que quelqu'un d'extérieur sache – ne me faisait finalement pas cet effet. La réponse s'est imposée comme une évidence. Shannon Alleyne Opgard n'était pas extérieure.

« La famille compte beaucoup pour toi, non ? » J'ai glissé un sachet de tabac sous ma lèvre.

« La famille, c'est tout, a-t-elle affirmé sans hésitation.

— L'amour familial rend-il aveugle aussi ?

— Comment ça ?

— Quand tu parlais de la Barbade, dans la cuisine, j'ai cru comprendre que tu considérais que la loyauté des gens relevait plus des liens familiaux et de l'affectif que des principes, des opinions politiques ou des idées générales sur le bien et le mal. J'ai bien compris ?

— Oui. La famille est le seul principe. Le bien et le mal en découlent, tout le reste est secondaire.

— Oui ? »

Elle a regardé par le pare-brise, notre petite maison. « J'avais un prof d'éthique à Bridgetown, qui nous a expliqué que, comme Cupidon, Justitia, qui symbolise l'État de droit, et tient la balance et le glaive de la justice et de la sanction, avait un bandeau sur les yeux. Et qu'on l'interprétait souvent comme l'égalité devant la loi, comme la justice ne prenant pas parti, ne tenant compte ni de la famille ni de l'amour, uniquement de la loi. »

Elle s'est tournée vers moi et m'a observé. Son visage de neige brillait dans l'obscurité de la voiture. « Mais avec ce bandeau sur les yeux, on ne voit ni la balance ni l'endroit où le glaive tombe. Mon prof nous disait que, dans la mythologie grecque, quiconque ne se servait que de son œil intérieur et trouvait la réponse en soi avait les yeux bandés. En lui, le sage aveugle ne voit que ce qu'il aime, ce qui est en dehors n'a aucune importance. »

J'ai hoché la tête lentement. « Et nous, toi, moi et Carl, nous sommes une famille ?

— Pas de sang, mais nous sommes une famille.

— Bien. Alors, en tant que membre de la famille, tu vas pouvoir participer à notre conseil de guerre avec Carl au lieu d'écouter par le tuyau du poêle.

— Le tuyau du poêle ?

— Façon de parler. »

Carl était sorti de la maison et marchait à notre rencontre.

« Et pourquoi un conseil de guerre ? a demandé Shannon.

— Parce que c'est la guerre. »

Je l'ai regardée dans les yeux. Ses prunelles scintillaient comme celles d'une Athéna prête au combat. Bon sang ce qu'elle était belle.

Et puis je lui ai raconté la nuit Fritz.

15

Je parlais au téléphone en espérant que le bruit du jet empêcherait oncle Bernard de m'entendre.

« Carl, comment ça, tu crois qu'il est mort ?

— Il a dû tomber assez loin. Et je n'entends pas un bruit en bas. Mais je n'ai pas de certitude, il a disparu de ma vue.

— Disparu dans… ?

— Huken, évidemment. Il n'est plus là, même en me penchant je ne le vois pas.

— Carl, reste exactement là où tu es. Ne parle à personne, ne touche à rien, ne fais rien. D'accord ?

— Oui. Dans combien de…

— Quinze minutes, OK ? »

J'ai raccroché, suis allé dans la station de lavage et ai regardé vers le virage des Chèvres. On ne voit pas la route proprement dite, qui est taillée dans la montagne, mais si quelqu'un passe en voiture, on aperçoit le haut du véhicule. Par temps dégagé, on peut aussi voir quelqu'un qui s'avance au bord du précipice, si cette personne porte des vêtements colorés. Là, le soleil était trop bas.

« Il faut que je rentre à la maison faire une réparation », ai-je annoncé bien fort.

Oncle Bernard a revissé la lance de son tuyau pour étouffer le jet.

« Quoi donc ?

— Un défaut d'isolement.

— Ah bon ? Et ça urge à ce point ?

— Carl a besoin d'électricité ce soir. Des trucs à finir pour l'école. Je reviendrai après.

— D'accord. Je vais filer dans une demi-heure, mais tu as les clefs. »

Je suis monté dans ma Volvo et j'ai démarré. Je respectais la limitation de vitesse. Même si les risques de se faire prendre étaient très limités quand le seul policier du bourg était au fond d'un précipice.

Carl était dans le virage des Chèvres. Je me suis garé devant la maison, ai coupé le moteur, tiré le frein à main.

« Tu as entendu quelque chose ? » ai-je demandé en désignant Huken d'un geste du menton.

Il a secoué la tête. Il était muet, le regard dément, je ne l'avais jamais vu comme ça. Les cheveux en bataille comme s'il s'était frotté la tête avec les mains. Les pupilles dilatées comme s'il était sous le choc. Ce qu'il devait être, d'ailleurs, le pauvre.

« Qu'est-ce qui s'est passé ? »

Carl s'est assis au milieu du virage, comme les chèvres avaient eu l'habitude de le faire. Malgré sa tête baissée et son visage enfoui dans les mains, il projetait sur le sol une longue ombre fantasmagorique.

« Il est venu ici, a-t-il bredouillé. Il m'a expliqué que toi et lui, vous aviez fait une partie de pêche et il s'est mis à me poser un tas de questions, et je… » Il se fermait déjà comme une huître.

« Sigmund Olsen est venu, ai-je récapitulé en m'asseyant à côté de lui. Il a dû te dire que je lui avais raconté des choses et te demander si tu pouvais confirmer que je t'avais agressé quand tu étais mineur.

— Oui ! s'est écrié Carl.

— Chut !

— Il a dit que le mieux serait qu'on avoue tous les deux pour que ce soit plus rapide. Sans quoi il devrait se servir des preuves disponibles dans un procès long, douloureux et très public. J'ai dit que tu ne m'avais jamais touché, pas comme ça, pas… » Carl parlait et gesticulait comme si je n'étais pas là. « Mais il m'a répondu que, dans des situations pareilles, il n'était pas inhabituel que la victime compatisse avec son agresseur et endosse une part de responsabilité, *a fortiori* quand la situation avait duré. »

Je me suis fait la réflexion que, sur ce point précis, le lensmann Olsen avait foutrement raison.

Un sanglot a franchi les lèvres de Carl. « Et puis il m'a dit que seulement deux jours avant qu'ils tombent dans le précipice, Anna du cabinet médical avait prévenu papa et maman de ce que nous fabriquions. Il m'a expliqué que papa savait que ça sortirait et que le chrétien traditionaliste qu'il était ne pouvait pas vivre avec cette honte. »

Et il a emmené maman dans la mort, ai-je songé. À la place des deux sodomites de la chambre d'enfants.

« J'ai essayé de lui répondre que ce n'était pas le cas, que c'était un accident. Un pur accident. Mais il refusait de m'écouter, il continuait. Il a dit que d'après les analyses, papa avait très peu d'alcool dans le sang et que personne ne sortait de la route dans un virage facile comme celui-ci en étant sobre. J'étais désespéré parce que je comprenais qu'il allait vraiment poursuivre cette…

— Ouaip. » J'ai ôté un caillou pointu de sous ma cuisse. « Olsen veut uniquement *élucider* sa putain de grosse affaire.

— Et nous, alors, Roy ? On ne va pas finir en prison ? »

J'ai rigolé. En prison ? Peut-être bien, oui, je n'y avais même pas vraiment songé. Car je savais que, si toute la vérité sortait, ce ne serait pas l'incarcération, mais la *honte*, avec laquelle je ne pourrais pas vivre. Parce que s'ils apprenaient – les autres, le bourg –, je n'aurais pas seulement la honte avec laquelle je m'étais débattu dans le noir pendant tant d'années, mais toute la saloperie, la trahison, qui seraient révélées au grand jour, à tous les regards, condamnées, raillées. Nous les Opgard, nous serions humiliés. C'est peut-être un trouble de la personnalité, comme on dit, mais papa avait compris la logique du hara-kiri et moi aussi. Quand on est frappé par la honte, la seule issue est la mort. D'un autre côté, qui veut crever s'il n'y est pas obligé ?

« On n'a pas tout notre temps, ai-je rappelé. Qu'est-ce qui s'est passé ?

— J'étais désespéré. » Carl m'a lancé son regard d'aveu. « J'ai dit que c'était un accident, que j'avais des preuves.

— Tu as dit *quoi* ?

— Il fallait bien que je trouve une réponse, Roy ! Alors j'ai dit qu'un des pneus avait crevé, ça avait provoqué la sortie de route. Que personne n'avait vérifié quoi que ce soit sur la voiture, qu'ils avaient juste remonté les corps, que le grimpeur s'était pris cette pierre dans l'épaule et qu'ensuite personne n'avait osé redescendre. J'ai dit que ce n'était pas étonnant qu'ils n'aient pas vu le pneu crevé, ça ne se voit pas quand les roues sont en l'air, mais qu'il y a une quinzaine de jours, j'avais pris une paire de jumelles et j'étais allé jusque-là où on peut se pencher en s'accrochant à deux grosses pierres et que j'avais constaté que la roue avant gauche s'était clairement ratatinée. J'ai précisé que la crevaison avait dû se produire *avant* la sortie de route, parce que le châssis était parfaitement intact, la voiture avait fait un demi-salto en l'air et atterri sur le toit, point final.

— Et Olsen a marché ?

— Non. Il a voulu voir de ses propres yeux. »

Je pressentais la suite. « Tu es allé chercher les jumelles et…

— Et il est allé au bord du précipice et… » Carl a relâché l'air de ses poumons et continué les yeux fermés. « J'ai entendu des pierres se détacher, des cris, et il avait disparu. »

Disparu. Mais pas complètement.

« Tu ne me crois pas ? » a-t-il demandé.

J'ai fixé le gouffre. Un souvenir de quand j'avais douze ans, l'anniversaire d'oncle Bernard au Grand Hôtel m'a traversé le cerveau. « Tu sais à quoi ça va ressembler ? Le lensmann qui vient t'interroger dans le cadre d'une affaire criminelle grave et finit mort dans le ravin ? S'il est bien mort. »

Carl a hoché la tête lentement. Bien sûr qu'il savait. C'était pour ça qu'il m'avait appelé moi plutôt que les secours ou le médecin.

Je me suis levé, ai épousseté mon pantalon. « Va chercher la corde dans la grange. La longue. »

J'en ai noué une extrémité autour du bras d'attelage de ma voiture, l'autre autour de ma taille. Puis j'ai entrepris de redescendre vers le virage des Chèvres alors que la corde se déroulait. J'ai compté cent pas avant qu'elle ne se tende. J'étais à dix mètres du précipice.

« Maintenant ! ai-je crié. Et doucement, hein ! »

Carl a levé le pouce par la vitre de ma Volvo et commencé à reculer.

Tout le truc était de maintenir la corde tendue, lui avais-je expliqué, et maintenant je n'avais pas le choix, j'ai basculé le poids de mon corps sur la corde et tiré comme si j'étais pressé de nous entraîner tous deux dans le précipice. Le pire, c'était le bord. Mon corps résistait, il n'était pas aussi convaincu que mon cerveau que ça allait bien se passer. Ce qui m'a fait avoir un temps d'hésitation. La corde s'est relâchée puisque Carl n'avait pas vu que je m'étais arrêté. Je lui ai crié de repartir un peu en avant, mais il ne m'a pas entendu. Alors je me suis mis dos à Huken, j'ai fait un pas en arrière et je suis tombé. Ce n'était sûrement que d'un mètre, mais quand la corde a serré ma taille, j'en ai eu le souffle coupé, j'ai oublié de tendre les jambes et j'ai été projeté contre la paroi, que j'ai heurtée de mes genoux et de mon front. Après quelques jurons, j'ai pu coller mes semelles sur ce plancher de pierre vertical et je me suis mis à descendre à reculons. J'ai levé les yeux vers le ciel devenu bleu pâle et transparent, il se désintégrait, je voyais déjà quelques étoiles. Je n'entendais plus la voiture, il régnait un silence complet. C'était peut-être ce silence, les étoiles, l'apesanteur, tout en étant relié à un véhicule, qui me donnait le sentiment d'être un astronaute qui planait dans l'espace, raccordé à une capsule spatiale. J'ai pensé au Major Tom de la chanson de Bowie. Et un instant, j'aurais voulu que ça puisse continuer comme ça, voire se finir ainsi, j'aurais voulu pouvoir disparaître en planant.

Mais le mur a pris fin, mes pieds ont touché le sol, j'ai vu la corde s'enrouler comme un serpent à lunettes. Après seulement deux ou trois tours, elle s'est arrêtée. Je l'ai suivie du regard jusqu'au sommet. J'ai aperçu un petit nuage de gaz d'échappement. Carl avait dû s'arrêter tout au bord, la corde était juste assez longue.

Je me suis retourné. J'étais sur un éboulis de grosses et petites pierres que le temps avait érodées sur les falaises qui m'entouraient de toutes parts. Celle qui descendait du virage des Chèvres était verticale, mais les piliers acérés, plus bas, étaient légèrement en pente, si bien que le carré de ciel vespéral au-dessus de moi était plus grand que le pierrier sur lequel je me tenais et qui s'étendait sur environ cent mètres carrés. Rien ne poussait à cet endroit qui ne recevait jamais le moindre rayon de soleil, ça ne sentait rien non plus. Juste la pierre. La pierre et l'espace intersidéral.

L'engin spatial, la Cadillac DeVille noire de papa, était tel que je me l'étais représenté d'après la description des sauveteurs.

Sur le toit, les roues en l'air. L'arrière était compressé, mais l'avant un tout petit moins, il permettait d'imaginer que le conducteur et la passagère auraient pu survivre. On les avait retrouvés hors de la voiture. Papa et maman avaient été projetés à travers le pare-brise quand l'avant du véhicule avait heurté le sol. Le fait qu'ils ne soient pas attachés avait corroboré la thèse du suicide, même si j'avais expliqué que papa était contre la ceinture de sécurité par principe. Non pas parce qu'il n'en voyait pas l'intérêt, mais parce que son port était imposé par ce qu'il appelait l'État tutélaire. La seule raison pour laquelle le lensmann Olsen pensait pourtant l'avoir observé plusieurs fois avec était que papa la mettait quand il flairait la police, parce qu'il détestait les P.V. encore plus que l'État tutélaire.

Sur le ventre du lensmann Olsen, un corbeau me fixait d'un air méfiant. Ses serres entouraient le gros crâne de buffle de la ceinture. Olsen était tombé sur la voiture, le bas du corps à l'arrière du châssis, le haut hors de vue. La tête du corbeau m'a suivi alors que je me déplaçais autour de l'épave. Des bris de verre crissaient sous mes semelles, j'ai dû m'aider de mes mains pour franchir deux rocs détachés. Le haut du corps d'Olsen pendait devant le coffre et la plaque d'immatriculation. Son dos plié à quatre-vingt-dix degrés dans un angle contre-nature lui donnait l'air d'un épouvantail, d'un personnage désarticulé avec de la paille fourrée dans des vêtements, la tête coiffée d'une serpillière dégoulinante de sang, dont les gouttes atteignaient les pierres dans un claquement doux. Il avait les mains en l'air, c'est-à-dire vers le sol, comme pour signifier qu'il avait capitulé. Car, selon les termes de papa, « celui qui est mort a perdu ». Et Olsen était aussi mort qu'un hareng. Et sentait encore pire.

Je me suis avancé d'un pas, le corbeau a criaillé sans bouger. Il devait me voir comme un labbe parasite, un oiseau marin retors, qui se nourrit de nourritures dérobées à ses congénères d'autres espèces. J'ai attrapé une pierre, la lui ai lancée, il s'est envolé et a quitté les lieux du crime en poussant deux cris, l'un haineux, qui m'était adressé, l'autre plein de regret.

L'obscurité naissait déjà des falaises, il fallait que je travaille rapidement.

J'ai dû réfléchir un peu à la façon de remonter Olsen avec seulement une corde, en limitant les risques que le cadavre s'en échappe ou s'accroche à la paroi. Car le corps est un putain de Houdini. Avec la boucle autour de la poitrine, les bras et les épaules se compressent et zou ! le corps peut s'échapper. Si l'on opte pour la taille, afin de hisser le mort comme une crevette repliée, le centre de gravité finit tôt ou tard par se déplacer, le corps bascule et il glisse hors de la corde ou du pantalon. L'option la plus simple restait le nœud coulant autour du cou. Le centre de gravité très bas empêcherait tout basculement et, la tête et les épaules ouvrant la voie, il y aurait moins de risque que le corps s'accroche quelque part. Maintenant, on pourra bien sûr se demander comment il se pouvait que je sache faire un nœud que n'apprennent, globalement, que les gens qui veulent se pendre.

J'ai procédé avec méthode, en me concentrant exclusivement sur les modalités pratiques. Je savais que ces images referaient surface – Olsen en figure de poupe grotesque, un personnage à la bouche béante monté à l'arrière d'un engin spatial noir – mais ce serait ailleurs, une autre fois.

La nuit était tombée quand j'ai averti Carl que le colis était prêt. J'ai dû crier trois fois, il avait mis le CD de Whitney Houston dans le lecteur de la Volvo et elle braillait « I will always love you » dans les montagnes. Il a démarré et j'ai entendu qu'il maintenait l'embrayage au point de patinage pour adopter une allure suffisamment lente. La corde s'est tendue, je tenais le cadavre, l'ai assisté jusqu'à la falaise avant de le lâcher. Je l'ai vu monter au ciel comme un ange au cou étiré. La nuit l'a lentement englouti et je n'entendais que son frottement contre le rocher. Puis il y a eu un bref sifflement dans le noir, le choc d'un objet dur sur le sol quelques mètres derrière moi. Merde, le cadavre avait dû entraîner des pierres et d'autres risquaient de suivre. Je me suis réfugié dans le seul abri possible. La Cadillac. Entré par le pare-brise, je suis resté à regarder les instruments, à essayer de les lire à l'envers. À réfléchir à la suite. Comment nous allions résoudre la prochaine étape. Les détails pratiques, tout ce qu'il fallait faire correctement, les solutions alternatives au cas où un imprévu empêcherait la réalisation du plan A. Ce devait être cette réflexion simple qui me faisait me sentir plus calme. C'était complètement dément, j'étais en train de dissimuler la mort d'un homme et ça m'apaisait. Enfin, l'apaisement ne venait peut-être pas de cette planification très concrète, mais de l'odeur. L'odeur des sièges en cuir, imprégnés de la sueur de papa, des cigarettes et du parfum de maman, et du dégueulis de Carl la fois où nous étions allés en ville dans la nouvelle Cadillac et où il avait eu le mal des transports et vomi sur les sièges avant même que nous soyons arrivés au bas des lacets qui descendaient au bourg. Maman avait écrasé sa cigarette, baissé sa vitre et pris un sachet de tabac à priser dans la boîte argentée de papa. Mais Carl avait recommencé à dégobiller à la sortie du bourg, de façon si brusque et inopinée qu'il n'avait pas eu le temps d'attraper le sac à vomi et, même toutes vitres ouvertes, la voiture schlinguait comme une putain de chambre à gaz. Il s'était allongé sur la banquette arrière, la tête sur mes genoux, avait fermé les yeux et c'était passé. Après avoir essuyé le vomi, maman nous avait tendu le paquet de biscuits en souriant et papa avait chanté « Love Me Tender » au ralenti et avec double vibrato. Je m'en souviens comme de la plus belle sortie que nous ayons jamais faite.

Le reste est allé vite.

Carl m'a relancé la corde, je me suis attaché, j'ai crié que j'étais prêt et j'ai remonté la paroi rocheuse en rappel, par le chemin d'où j'étais descendu, comme dans un film en marche arrière. Je ne voyais pas sur quoi je posais les pieds, mais rien ne s'est détaché. Si je n'avais pas manqué de me prendre un caillou sur la tête quelques minutes plus tôt, j'aurais dit que la paroi était solide.

Olsen était couché dans le virage des Chèvres, dans la lumière des phares de la Volvo. Peu de blessures étaient apparentes. Sa serpillière était imprégnée de sang, il avait une main qui semblait brisée et le nœud coulant lui avait laissé des marques noir bleuté autour de son cou. Je ne sais pas si c'est la corde qui avait déteint ou s'il peut y avoir des épanchements de sang sur un cadavre frais. Enfin, c'est clair, à l'intérieur, il y avait une colonne vertébrale brisée en deux et suffisamment de blessures pour qu'un médecin légiste puisse déterminer que la cause de la mort n'était pas franchement la pendaison. Ni la noyade.

J'ai glissé la main dans une poche du pantalon d'Olsen, j'en ai ressorti ses clefs de voiture et un autre trousseau, qu'il avait utilisé pour verrouiller la remise à bateaux.

« Va chercher le couteau de chasse de papa, ai-je dit.

— Hein ?

— Il est accroché dans le sas d'entrée, à côté de son fusil. Allez, magne-toi. »

Carl a trotté vers la maison. J'ai sorti la pelle à neige qu'un montagnard garde dans son coffre trois cent soixante-cinq jours sur trois cent soixante-cinq et pelleté la terre du chemin sur lequel nous avions traîné Olsen, puis l'ai jetée dans Huken, où elle a disparu sans un bruit.

« Tiens. »

Essoufflé, Carl m'a tendu le couteau, celui avec les gouttières pour l'écoulement du sang, celui avec lequel j'avais supprimé Dog.

Il se tenait derrière moi, maintenant comme alors, et il a détourné le regard pendant que je maniais l'instrument. Saisissant la serpillière d'Olsen du geste que j'avais employé avec Dog, j'ai placé la pointe sur son front, je l'ai enfoncée à travers la peau jusqu'à ce qu'elle bute sur de l'os et j'ai découpé un cercle qui descendait en biais et passait juste au-dessus des oreilles et de la boule noueuse en haut de la nuque, sans jamais quitter le crâne. Papa m'avait montré comment écorcher un renard, mais ce n'était pas la même chose. Je n'écorchais pas, je scalpais.

« Bouge-toi, Carl, tu me caches la lumière. »

Je l'ai entendu se tourner vers moi, avoir un haut-le-cœur et aller de l'autre côté de la voiture.

Pendant que j'œuvrais pour détacher le cuir chevelu en le gardant à peu près entier, j'ai entendu Whitney Houston se remettre à chanter que merde, non, *vraiment*, elle n'allait pas cesser de t'aimer.

Nous avons tapissé le fond de mon coffre de sacs-poubelles, ôté les bottes en peau de serpent de Sigmund Olsen et chargé le corps malmené. Je me suis installé au volant de la Peugeot d'Olsen, j'ai rajusté mon scalp en regardant dans le rétroviseur. Même avec sa serpillière blonde sur la tête, je ne lui ressemblais pas, mais quand j'ai chaussé ses lunettes de soleil, l'illusion était suffisante pour éviter que des gens me voyant de l'extérieur, dans le noir, se disent que ce n'était *pas* le lensmann qui était au volant de son propre véhicule.

Je roulais doucement, mais pas trop. Je n'ai pas eu besoin de klaxonner ou d'attirer l'attention d'une quelconque autre manière, quelques personnes marchaient dans le bourg et j'ai vu leurs têtes se tourner machinalement. Je savais que leurs cerveaux campagnards à demi assoupis enregistraient le passage de la voiture du lensmann et se demandaient plus ou moins consciemment où il pouvait bien aller, concluaient qu'il partait en tout cas vers le lac. S'ils savaient où se trouvait son chalet, ils déduisaient peut-être que c'était là qu'il se rendait.

Une fois arrivé, je me suis garé derrière la remise à bateaux, j'ai coupé le moteur, mais j'ai laissé la clef dans le contact. J'ai éteint les phares. Même si personne n'habitait à portée de vue, on ne savait jamais. Si quelqu'un qui connaissait Sigmund Olsen passait en voiture et voyait de la lumière, il pourrait avoir l'idée de venir taper la discute. Après avoir essuyé le volant, le levier de vitesse, la poignée de la portière, j'ai consulté ma montre. J'avais donné mes instructions à Carl. Conduire ma Volvo au garage, la garer bien en évidence devant, ouvrir l'atelier de mécanique avec les clefs que je lui avais confiées et allumer la lumière pour que j'aie l'air d'être au boulot. Laisser le corps d'Olsen dans le coffre. Attendre une vingtaine de minutes, vérifier que personne ne marchait au bord de la route avant de s'engager sur la nationale, et me rejoindre au chalet.

J'ai sorti la barque de la remise à bateaux, l'ai roulée sur des rondins jusqu'au lac, qui l'a accueillie avec ce qui ressemblait à un soupir de soulagement. J'ai essuyé les santiags avec un chiffon, les ai balancées à bord après avoir mis le trousseau de clefs dans la botte droite, et ai poussé le bateau sur l'eau. Je l'ai regardé s'en aller vers *the great unknown* plutôt fier de moi. Ce truc des bottes, c'était tout de même un petit trait de génie. C'est vrai, quoi, quand on trouve un bateau vide, avec des clefs de voiture dans des bottes qui étaient aux pieds du propriétaire, on sait à quoi s'en tenir. Où pourrait-il être allé si ce n'est par-dessus bord, hein ? Et les bottes mêmes n'étaient-elles pas une espèce de lettre de suicide, un message indiquant qu'on mettait ici un terme à son séjour sur terre. Signé lensmann déprimé. Ma parole, ç'aurait presque été beau si ce n'avait pas été si con. Tomber d'une falaise de cent mètres de haut sous le nez de quelqu'un sur qui on enquête. À ne pas y croire, putain ! D'ailleurs, je ne savais pas si j'y croyais complètement. Alors que je me faisais ces réflexions, la connerie a continué, puisque le bateau est revenu vers le bord. Je l'ai poussé plus fort, mais cela s'est reproduit. Une minute plus tard, la coque frottait contre les pierres du rivage. J'étais surpris. D'après mes souvenirs d'école, la direction du vent et les émissaires du lac de Budal, la barque aurait plutôt dû s'éloigner de moi. Nous étions peut-être dans des remous, où tout tournait en cercle et revenait en un putain d'éternel recommencement. Sûrement. Il fallait éloigner le bateau pour qu'il puisse dériver vers l'exutoire du lac, la rivière Kjetterelva, au sud, et que la zone où Olsen avait pu sauter soit si étendue qu'il n'y aurait rien d'étonnant à ce qu'on ne retrouve pas le corps. J'ai embarqué, réussi à démarrer, teuf-teufé quelque temps, puis coupé le moteur alors que la barque continuait d'avancer, j'ai essuyé la barre de direction, mais c'est tout. S'ils avaient l'idée de relever les empreintes sur le bateau, il serait plus suspect qu'on ne trouve aucune de mes empreintes, après tout, j'avais été à bord plus tôt dans la journée. J'ai lancé un regard vers le rivage. Deux cents mètres. C'était faisable. J'ai envisagé de me laisser glisser dans l'eau en me tenant au bateau, mais je me suis dit que ça le ralentirait alors je suis monté sur le plat-bord et j'ai pris mon élan. Curieusement, le choc de l'eau froide m'a fait un effet libérateur, comme si mon cerveau surchauffé était refroidi en quelques secondes. Puis je me suis mis à nager. Nager tout habillé était plus difficile que je le croyais, les habits entravaient mes mouvements, et je pensais aux courants verticaux de mon prof, j'avais l'impression de les sentir m'attirer au fond, j'ai dû me rappeler à moi-même qu'on était en automne, pas au printemps, et je me suis servi de mes bras pour repousser l'eau en longues brasses maladroites. Je ne disposais d'aucun point de repère à terre, j'aurais dû laisser les phares allumés. Songeant à ce que j'avais appris sur leur force supérieure à celle des bras, j'ai travaillé vigoureusement des jambes.

Et puis – soudain, et sans signe avant-coureur – je me suis retrouvé prisonnier.

J'ai bu la tasse, je suis remonté à la surface et je me suis débattu sauvagement pour me libérer de ce qui m'avait attaqué. Ce n'était pas un courant, c'était… autre chose. Qui refusait de relâcher ma main, je sentais des dents, à tout le moins des mâchoires, autour de mon poignet. J'ai replongé sous l'eau, mais cette fois au moins, j'avais la bouche fermée. J'ai serré les doigts, fait ma main toute petite et l'ai tirée d'un coup sec. J'étais libre. Je suis remonté en haletant. Et là, à un mètre de moi dans l'obscurité, j'ai vu quelque chose de clair flotter sur l'eau. Du liège. J'avais nagé dans un putain de filet de pêche.

J'ai retrouvé mon souffle et quand une voiture est passée sur la nationale avec ses pleins phares, j'ai vu la silhouette de la remise à bateaux d'Olsen. Le reste de ma promenade à la nage s'est déroulé sans coup de théâtre, comme on dit. À part qu'en rampant à terre, je me suis rendu compte que ce n'était pas du tout la remise à bateaux d'Olsen, mais très probablement celle du propriétaire du filet de pêche. Je n'étais pas allé loin, ça montre à quel point on peut perdre son cap. Au son du flic-floc de mes chaussures trempées, j'ai traversé un sous-bois vers la nationale pour regagner le chalet d'Olsen.

J'étais assis derrière un arbre quand Carl et la Volvo sont enfin arrivés.

« Tu es mouillé ! » s'est-il exclamé, comme si c'était l'événement le plus remarquable de la soirée.

Je voulais lui répondre que j'avais de quoi me changer au garage, mais je claquais des dents comme le deux-temps d'une Wartburg 353 est-allemande.

« Roule ! » ai-je donc dit à la place.

Un quart d'heure plus tard, j'étais sec et vêtu de deux combinaisons de travail superposées, mais je grelottais toujours. Nous avons reculé la Volvo dans l'atelier, fermé la porte, sorti le corps du coffre pour le poser par terre, en croix sur le dos. Je l'ai observé. On aurait dit qu'il lui manquait quelque chose, quelque chose qu'il avait eu quand nous pêchions. Sa serpillière, peut-être. Ses bottes. Non ? Je ne crois pas à l'âme, mais il s'agissait en tout cas de quelque chose qui avait fait d'Olsen Olsen.

J'ai ressorti la Volvo, l'ai garée bien en évidence devant le garage. Encore une fois, la mission qui nous attendait était de nature purement pratique et artisanale, et nous n'avions besoin ni de chance ni d'inspiration artistique, uniquement de bons outils. Or s'il était une chose dont nous ne manquions pas ici, c'étaient des outils. Sans entrer dans les détails de ce que nous avons utilisé je dirai simplement que nous avons d'abord ôté la ceinture d'Olsen avant de découper tous ses vêtements, puis tous ses membres. C'est-à-dire que c'est moi qui l'ai fait, Carl, lui, avait de nouveau le mal des transports. J'ai fouillé les poches d'Olsen, rassemblé tous les objets métalliques, les pièces de monnaie, la ceinture, le Zippo. Je n'aurais qu'à les jeter dans le lac à l'occasion. Puis j'ai balancé son corps en morceaux et sa tignasse dans la pelle du tracteur que Bernard utilisait en hiver pour le déneigement des voies publiques et privées. Ensuite, je suis allé chercher six bidons de détergent Fritz.

« C'est quoi ? a demandé Carl.

— Un produit qu'on utilise pour nettoyer la station de

lavage. Ça enlève tout, le diesel, l'asphalte, même le calcaire. Et ça, c'est en le diluant, cinq litres d'eau par décilitre de produit. Ce qui signifie que non dilué, ça enlève *absolument* tout.

— Tu le *sais* ?

— Oncle Bernard me l'a dit. Pour le citer mot pour mot, "Si tu t'en mets sur l'index et que tu ne rinces pas tout de suite, tu perds ton doigt". »

Je l'avais dit pour détendre l'atmosphère, mais Carl n'a même pas esquissé un sourire. Comme si tout cela était *ma* faute. Je n'ai pas poursuivi cette pensée, parce que je savais que, justement, elle conduirait au fait que c'était effectivement ma faute et que ça l'avait toujours été.

« Enfin, ai-je conclu. Je suppose que ce n'est pas sans raison que ces trucs-là sont vendus dans des bidons en fer et pas en plastique. »

Nous nous sommes scotché des chiffons sur le nez et la bouche, avons dévissé les bouchons et vidé les bidons dans la pelle, un à un, jusqu'à ce que le liquide grisâtre recouvre notre Sigmund Olsen découpé en morceaux.

Ensuite, nous avons attendu.

Il ne s'est rien passé.

« On ne devrait pas éteindre la lumière ? a demandé Carl derrière son chiffon. Quelqu'un pourrait avoir envie de passer dire bonjour.

— Nan. Ils verront que c'est ma voiture et pas celle d'oncle Bernard qui est garée devant. Et je ne suis pas précisément…

— Oui, oui », a coupé Carl, pour m'éviter de finir ma phrase. *Pas précisément quelqu'un à qui les gens s'arrêtent dire bonjour.*

Quelques minutes de plus se sont écoulées. J'essayais de rester immobile pour minimiser le frottement de la combinaison contre mes parties intimes, comme on dit. Je ne sais pas exactement ce que je m'étais figuré qu'il se passerait dans la pelle, mais ça ne s'est pas passé. Fritz n'était-il pas à la hauteur de tout le flan qu'on en faisait ?

« On devrait peut-être plutôt l'enterrer ? » a suggéré Carl en toussant.

J'ai secoué la tête. « Trop de chiens, de blaireaux et de renards dans les parages, ils le déterreraient. »

C'était vrai, au cimetière, les renards avaient creusé des galeries droit dans le caveau familial des Bonaker.

« Dis, Roy ?

— Hmm.

— Si Olsen avait été en vie quand tu es arrivé en bas de Huken… »

Je savais qu'il voulait m'interroger là-dessus et j'aurais préféré qu'il s'en abstienne.

« … qu'est-ce que tu aurais fait ?

— Eh ben, ça dépend, ai-je répondu, résistant à la tentation de me gratter les couilles, parce que je m'étais souvenu que c'était la combinaison d'oncle Bernard qui était au-dessous.

— Comme pour Dog ? »

J'ai réfléchi.

« S'il avait survécu, on aurait au moins eu un témoin que c'était un accident. »

Carl a hoché la tête, basculé le poids de son corps sur son autre pied. « Quand j'ai dit qu'Olsen était juste tombé, ce n'était pas tout à fait…

— Chut. »

Il y avait un grésillement, comme des œufs au plat dans une poêle à frire. Nous avons regardé dans la pelle. Le grisâtre avait blanchi, on ne voyait plus le corps dépecé et des bulles remontaient à la surface.

« Eh hé, ai-je fait. Il joue là, le Fritz. »

« Et qu'est-ce qui s'est passé ensuite ? » a voulu savoir Shannon. « Tout le corps s'est dissous ?

— Ouaip, ai-je répondu.

— Mais pas cette nuit-là, a précisé Carl. Pas les os.

— Alors qu'est-ce que vous avez fait ? »

J'ai respiré profondément. La lune était montée au-dessus de la crête, elle nous regardait tous les trois, assis sur le capot de la Cadillac dans le virage des Chèvres. Une rare brise chaude soufflait du sud-est, un foehn que je m'imaginais provenir de Thaïlande et de ces pays-là, où je n'étais jamais allé et n'irais jamais.

« On a attendu jusqu'au point du jour, ai-je expliqué. Ensuite on a conduit le tracteur dans la station de lavage et vidé la pelle. Quand on a vu qu'il restait des os et des lambeaux de chair sur la grille d'écoulement, on les a remis dans la pelle et on a rajouté du Fritz. On a garé le tracteur derrière l'atelier de mécanique, la pelle en position haute. » J'ai illustré la scène de mes deux mains au-dessus de ma tête. « Pour éviter qu'un passant n'aille regarder à l'intérieur. Deux jours plus tard, je l'ai vidée dans la station de lavage.

— Et oncle Bernard ? Il n'a pas posé de questions ? »

J'ai haussé les épaules. « Il se demandait pourquoi j'avais déplacé le tracteur et j'ai dit que j'avais eu trois appels de gens des chalets qui voulaient faire réparer leurs voitures au même moment, donc on avait besoin de la place. Qu'aucune des trois ne soit venue était certes étrange, mais ça arrive, que voulez-vous. En revanche, il tiquait plus sur le fait que je n'aie pas terminé la Toyota de Willumsen à temps.

— Tiquait ?

— Il était surpris, a expliqué Carl. Et puis, comme les autres, il se préoccupait surtout de la noyade du lensmann. On avait retrouvé son bateau avec ses bottes dedans et des plongeurs cherchaient le corps. Mais tout ça, je te l'ai raconté.

— Oui, mais pas avec autant de détails, a noté Shannon.

— Non, Roy a manifestement meilleure mémoire que moi.

— Et c'est tout ? Vous êtes les derniers à l'avoir vu en vie, vous n'avez pas été interrogés ?

— Si, si, ai-je répondu. On a eu une petite conversation avec le lensmann de la commune voisine. On lui a dit la vérité, qu'Olsen avait quelques questions sur comment ça s'était passé pour nous après l'accident, que c'était un homme attentionné. J'ai employé le présent, comme si je partais du principe qu'il était toujours en vie même si tout le monde avait compris qu'il s'était noyé. Un témoin qui a un chalet au bord du lac pensait avoir entendu sa voiture arriver après la tombée de la nuit, le bateau démarrer et, aussitôt après, ce qui pouvait être un plouf. Il n'était pas sûr, mais il a plongé pour chercher Olsen devant la remise à bateaux. Sans… euh… en vain.

— Et ils n'ont pas *tiqué* sur le fait qu'ils n'ont jamais trouvé le corps ? »

J'ai secoué la tête. « Les gens semblent croire que, dans un lac, les corps finissent toujours par reparaître tôt ou tard. Remonter à la surface, dériver au bord, être repêchés par quelqu'un. Mais c'est l'exception, la règle est qu'ils disparaissent pour toujours.

— Alors qu'est-ce que son fils peut bien savoir que nous ne savons pas qu'il sait ? » Shannon, qui était assise entre nous deux sur le capot, s'est d'abord tournée vers moi, puis vers Carl.

« Probablement rien, a-t-il dit. Il n'y a pas de détails inexpliqués. Du moins aucun qui n'ait pas été chassé par la pluie, le gel et le temps. Je crois simplement qu'il est comme son père, il n'a qu'une seule affaire non résolue et il n'arrive pas à la lâcher. Pour Sigmund, c'était la Cadillac qui est dans le précipice, pour Kurt, c'est la disparition de son père. Alors il commence à chercher des réponses qui n'existent pas. Qu'en dis-tu, Roy ?

— C'est possible, mais je ne l'ai pas vu fouiner autour de cette affaire par le passé, alors pourquoi maintenant ?

— Parce que je suis rentré, peut-être. Moi, la dernière personne qui ait vu son père en vie. Son ancien camarade de classe, autrefois un *nobody* de la ferme Opgard, mais qui, d'après le journal local, a réussi au Canada, et s'imagine maintenant devenir le sauveur du bourg. Bref, je suis la proie et lui, il est le chasseur. Mais il n'a pas de munitions, juste l'intuition que quelque chose cloche dans le fait que son père a disparu tout de suite après sa conversation avec moi. Mon retour a fait resurgir ces réflexions. Les années ont passé, il a pris du recul, il pense plus clairement, avec plus de lucidité. Il suppute, il imagine, il extrapole. Si ce n'était pas dans le lac, où son père a-t-il pu finir ? Dans Huken, se dit-il.

— Peut-être. Mais il a des informations. Il a une raison pour être si déterminé à y descendre. Et il va le faire.

— Tu ne disais pas qu'Erik Nerell allait le lui déconseiller à cause du risque de chutes de pierres ? m'a demandé Carl.

— Si, mais quand j'ai posé la question à Olsen, il m'a répondu “On verra” sur un ton un peu trop sûr de lui. À mon avis, il a trouvé un moyen de le contourner. Mais, plus important, que cherche-t-il ?

— Il pense que le cadavre est dans la cachette parfaite, a glissé Shannon, les paupières closes, le visage levé vers la lune comme si elle se faisait bronzer. Il s'imagine que nous l'avons mis dans le *trunk* de l'épave, en bas. »

J'ai examiné son profil. Sous l'effet du clair de lune, son visage exerçait une attraction irrésistible, on ne pouvait en détacher le regard. Était-ce ce qui avait incité Erik Nerell à la dévorer des yeux pendant la soirée de leur retour ? Non, merde, lui voyait simplement une nana qu'il se serait bien tapée, alors que moi, je voyais… oui, que voyais-je donc ? Un oiseau différent de tous ceux que j'avais pu voir dans nos montagnes. Shannon Alleyne Opgard appartenait à la famille des sylviidés. Comme Shannon, ils sont petits, certains encore plus que les colibris, et ils apprennent rapidement le chant des autres oiseaux, qu'ils imitent aussitôt. Ils ont une grande faculté d'adaptation, certaines espèces changent même de plumage et de couleur pour se fondre dans leur environnement à l'approche du dangereux hiver. Quand Shannon utilisait déjà *tiquer* et le *trunk* et s'incluait naturellement dans ce « nous y avons mis le cadavre », cela semblait tellement évident. Elle s'était adaptée à l'endroit où elle était arrivée sans avoir le sentiment d'en avoir perdu un autre. Elle m'avait qualifié de frère sans même hésiter ou se questionner sur ce que cela signifiait. Parce que nous étions désormais sa famille.

« Précisément ! » s'est exclamé Carl. Il s'était manifestement amouraché de ce mot pendant son séjour à l'étranger. « Et si c'est ce que Kurt s'imagine, nous devrions faire en sorte qu'il descende et puisse constater qu'il se trompe, pour qu'on en finisse. On a un projet à financer et on a vraiment besoin du soutien de tout le bourg, ce n'est pas le moment que les gens apprennent qu'un vague soupçon plane sur nous.

— Peut-être. » Je me suis gratté la joue. Elle ne me démangeait pas, mais parfois ce genre de diversion permet de penser à quelque chose à quoi on n'avait pas pensé, et c'était le sentiment que j'avais. De n'avoir pas pensé à quelque chose. « Mais j'aurais bien voulu savoir ce qu'il veut faire en bas.

— Pose-lui la question », a suggéré Carl.

J'ai secoué la tête. « Quand il est venu, avec Erik Nerell, Kurt a menti en prétendant qu'il s'agissait de la sortie de route et non de son père. Il ne va probablement pas jouer cartes sur table. »

Nous sommes restés sans rien dire. Le capot s'était refroidi sous nous.

« Mais ces cartes, le Erik en question les a peut-être vues, lui, a dit Shannon. Il pourrait peut-être nous raconter. »

Nous l'avons regardée. Elle avait toujours les paupières closes.

« Pourquoi le ferait-il ? ai-je demandé.

— Parce que le contraire ne serait pas dans son intérêt.

— Ah ? »

Elle s'est tournée vers moi, a ouvert les yeux et souri. Ses dents humides luisaient au clair de lune. Je ne savais pas à quoi elle pensait, bien sûr, mais j'avais saisi que, à l'instar de mon père, elle vivait selon cette loi naturelle qui place la famille en premier. Avant le bien et le mal. Avant le reste de l'humanité. Cette loi qui dit que c'est toujours nous envers et contre tous.

16

Le lendemain, le vent avait tourné.

Quand je me suis levé et que je suis descendu dans la cuisine, elle se tenait les bras croisés à côté du poêle, dans un de mes vieux pulls. Trop grand, évidemment, et je me suis dit qu'elle devait être à court de cols roulés noirs.

« Bonjour. » Ses lèvres étaient pâles.

« Tu es matinale. Comment va le dessin ? » J'ai désigné d'un signe de tête les feuilles sur la table de la cuisine.

« Sans plus. » Elle s'est avancée pour les rassembler avant que j'aie le temps d'y jeter un œil. « Mais mieux vaut réaliser un travail médiocre que rester au lit sans arriver à dormir. » Elle a glissé les feuilles dans une chemise et est retournée auprès du poêle. « Dis-moi, c'est normal, ça ?

— Normal ?

— À cette époque de l'année.

— La température ? Oui, c'est normal.

— Mais hier…

— … c'était normal aussi. » Je suis allé à la fenêtre pour regarder le ciel. « Enfin, c'est normal que ça change vite. En montagne. »

Elle a hoché la tête. Elle avait dû s'habituer à ce que ce seul mot, *montagne*, soit l'explication de toute chose ou presque. J'ai vu que la cafetière était à cheval sur la plaque.

« Tout chaud », a-t-elle précisé.

J'en ai versé dans une tasse et l'ai regardée, mais elle a secoué la tête.

« J'ai réfléchi à Erik Nerell, a-t-elle dit. Sa petite amie est enceinte, n'est-ce pas ?

— Oui. » J'ai goûté le café. Bon. Enfin, je sais que, objectivement, il n'était pas bon, mais c'était exactement comme ça que je l'aimais. À moins que nous n'ayons le même goût en café, elle avait dû observer comment je préparais le mien. « Mais je pense qu'il n'y a pas d'urgence pour lui soutirer des infos.

— Ah bon, pourquoi ?

— Parce qu'il semblerait que la neige arrive.

— La neige ? En septembre ?!

— Si on a de la chance. »

Elle a hoché la tête lentement. Une fille intelligente qui n'avait pas besoin de poser de questions. Quelles que soient les intentions de Kurt Olsen, descendre dans Huken en toute sécurité serait singulièrement plus ardu si la neige était de la partie.

« Mais elle peut disparaître de nouveau, a-t-elle répondu. Ça change si vite ici… » Elle m'a adressé un sourire endormi. « En montagne »

J'ai gloussé. « Je croyais qu'à Toronto aussi il faisait froid.

— Oui. Mais on habitait dans une maison où on ne s'en apercevait pas avant de sortir.

— Ça va s'arranger. Le pire, c'est les jours comme aujourd'hui, avec le vent du nord et les premières gelées. Quand l'hiver vient, il y a davantage de neige et il fait plus doux. Et puis quand on commence à chauffer, il faut quelques jours pour que la chaleur s'installe dans les murs.

— Et en attendant, a-t-elle conclu, et je voyais maintenant qu'elle grelottait, on va se geler comme ça ? »

J'ai souri et posé ma tasse sur le plan de travail. « Je vais t'aider à te réchauffer », ai-je déclaré en avançant vers elle. Mon regard a croisé le sien, elle a tressailli et resserré encore ses bras sur sa poitrine menue alors que le rouge jaillissait comme des langues de feu sur ses joues blanches. Je me suis baissé devant elle et j'ai ouvert le poêle, constatant que le feu était bel et bien en train de s'éteindre, parce que les bûches étaient trop nombreuses et trop volumineuses. J'ai sorti la plus grosse à mains nues, je l'ai déposée par terre, la laissant fumer sur la plaque de sol devant le poêle, et j'ai actionné le soufflet ; quand j'ai refermé la porte, le feu crépitait allègrement.

Carl est entré au moment où je me relevais. À moitié habillé, les cheveux en bataille, il tenait son téléphone à la main et affichait un grand sourire.

« Le conseil municipal a communiqué son ordre du jour. On passe en premier. »

À la station-service, j'ai demandé à Markus de sortir les pelles à neige légères, les raclettes à givre et les bidons d'antigel que j'avais commandés quinze jours plus tôt.

J'ai lu *Os Blad*, qui titrait sur les municipales de l'année suivante, mais avait tout de même un appel en une sur la réunion d'investissement d'Årtun. À l'intérieur du journal, nous avions une pleine page avec un peu de texte et deux grandes photos. L'une de la salle comble et l'autre de Carl, qui posait l'air radieux et le bras autour des épaules de l'ancien maire. Jo Aas semblait légèrement surpris, comme s'il s'était fait embarquer de force dans cette photo. L'éditorial de Dan Krane commentait le nouvel hôtel spa, mais on n'aurait su dire s'il y était favorable. Enfin, il n'était pas difficile de lire que, en son for intérieur, il avait envie de massacrer tout le truc, comme quand il faisait référence à une source anonyme qui trouvait que ces histoires d'hôtel spa étaient surtout des histoires de « spanique » collective d'un bourg qui essayait de sauver sa peau. J'aurais parié que cette source était Dan Krane lui-même. Mais bien sûr, il était en plein dilemme. S'il se montrait trop positif, on pouvait avoir l'impression qu'il se servait du journal pour soutenir son beau-père, s'il était trop négatif, on pouvait l'accuser de chercher à s'en prendre à l'ex de sa femme. Je suppose que le journalisme local est un difficile exercice de funambulisme.

À neuf heures est venue une légère bruine, que je voyais tomber sous forme de neige en haut, au virage des Chèvres.

À onze heures, il neigeait sur le bourg aussi.

À midi, le responsable commercial a franchi la porte.

« Et comme d'habitude, tu es préparé à tout ! » a-t-il observé en souriant de toutes ses dents alors qu'un client repartait avec une pelle à neige.

« On vit en Norvège, ai-je répondu.

— Nous avons une proposition à te faire », a-t-il déclaré et j'ai pensé qu'il avait encore une campagne promotionnelle à nous refourguer. Je ne trouve rien à redire à ces campagnes, huit fois sur dix, elles fonctionnent, donc les gens du siège connaissent leur boulot, mais parfois ces promos sur le parasol avec ballon de volley ou le menu Pepsi Max et saucisse espagnole trendy sont un petit peu trop génériques. Il y a du bon à connaître les habitudes de consommation et les besoins locaux.

« Tu vas recevoir un coup de fil d'un des patrons, a-t-il poursuivi.

— Ah bon ?

— Ils ont un peu de mal avec une des grandes stations du Sørlandet. Bon emplacement, équipements modernes, mais le directeur n'arrive pas à lui donner de l'élan. Il ne suit pas les campagnes, n'envoie pas les rapports qu'il est censé envoyer, son équipe n'est pas très motivée et… enfin, tu vois le tableau, quoi. Ils ont besoin d'un boss qui puisse inverser la tendance.

Ce n'est pas mon domaine, hein, je te préviens simplement parce que c'est moi qui leur ai suggéré de te demander ce que tu en pensais. » Il a ouvert les bras comme pour dire que ce n'était rien, ce qui m'a fait comprendre qu'il attendait une démonstration de gratitude.

« Merci. »

Il a souri, attendait. Il jugeait peut-être que je me devais de l'informer de ce que j'allais répondre.

« C'est inattendu. Je vais voir ce qu'ils ont à dire et réfléchir un peu.

— Réfléchir *un peu* ? a fait le responsable commercial en riant. Je trouve que tu devrais y réfléchir *sérieusement*, moi. Une offre pareille, ce n'est pas seulement un salaire plus élevé, mais une occasion de te retrouver sur la grande scène, Roy. »

S'il cherchait à me convaincre de prendre le boulot pour apparaître comme un petit faiseur de rois, il avait choisi une mauvaise métaphore, comme on dit. Mais il ne pouvait pas savoir que j'avais les mains moites à la seule idée de monter sur scène, qu'elle soit grande ou petite.

« Réflexion, il y aura, ai-je conclu. On pourrait bien avoir besoin d'une campagne de promo sur les cheeseburgers, non ? »

À treize heures, Julie est arrivée.

Il n'y avait personne dans la boutique, et elle est venue droit vers moi, m'a pris par les épaules et m'a embrassé sur les deux joues. Un doux baiser, ses lèvres moelleuses s'attardant intentionnellement. Je ne sais pas quel parfum elle portait, je sais seulement qu'il y en avait trop.

« Ah d'accord ? ai-je dit quand elle m'a relâché et regardé.

— Il fallait juste que je teste mon nouveau rouge à lèvres, a-t-elle expliqué en m'essuyant la joue. Je vais voir Alex après mon service.

— Granada-Alex ? Et tu voulais voir combien de rouge laisse un baiser ?

— Non, combien de sensation on perd sur les lèvres. C'est un peu comme vous et les capotes, tu vois ? »

Je n'ai pas répondu, il s'agissait là d'une conversation à laquelle je n'entendais pas participer.

« Au fond, Alex est drôlement mignon. » Julie a penché la tête sur le côté. « On ne se contentera peut-être pas de s'embrasser.

— Tu t'en sortiras toute seule ?

— Seule ? » J'ai vu la déception sur son visage. « On ne devait pas…

— Si, si, et je serai de retour dans maximum une heure. OK ? »

Sa déception s'est volatilisée puis elle a plissé le front. « Les magasins sont fermés. C'est une fille ? »

J'ai souri. « Appelle-moi s'il y a un problème. »

J'ai roulé à travers le bourg, longé le lac de Budal. Ici, la neige fondait dès qu'elle atteignait la chaussée et les terres, mais je voyais qu'elle se déposait en hauteur. J'ai consulté ma montre. La probabilité de trouver un couvreur-zingueur au chômage seul chez lui à treize heures un jour de semaine devait être relativement élevée. J'ai bâillé. J'avais mal dormi. J'étais resté à l'affût de bruits dans leur chambre. Il n'y en avait pas eu, mais c'était presque pire, parce que ça me faisait écouter encore plus attentivement et me crisper.

En me garant devant chez le couvreur-zingueur, j'ai noté qu'il y avait au moins deux cents, trois cents mètres de champs cultivés entre sa maison blanche et le voisin le plus proche.

J'ai appuyé sur la sonnette et Anton Moe a ouvert dans la seconde, il avait dû entendre et voir ma voiture. Les rares cheveux qu'il lui restait sur la tête se sont soulevés dans le courant d'air de la porte, son regard était interrogateur.

« Je peux entrer ? »

Moe a hésité, cherchant un prétexte pour refuser, puis il s'est écarté pour me laisser passer.

« Vous n'avez qu'à garder vos chaussures », a-t-il dit.

Nous nous sommes assis chacun d'un côté de la table de la cuisine. Sur le mur étaient accrochés une croix et des versets de la Bible brodés. Il a vu que je regardais la cafetière pleine sur le plan de travail.

« Un peu de café ?

— Non merci.

— Si vous cherchez des gens pour investir dans l'hôtel de votre frère, vous pouvez vous épargner cette peine. Ici, en ce moment, ça ne va pas très fort côté capital. » Il a eu un sourire penaud.

« Il s'agit de votre fille.

— Ah bon ? »

J'ai regardé un petit marteau sur l'appui de fenêtre. « Elle a seize ans et est au lycée d'Årtun, c'est ça ?

— Oui. »

Il y avait une inscription sur le marteau. « Couvreur-zingueur de l'année 2017 ».

« Je voudrais qu'elle déménage pour aller au lycée de Notodden », ai-je déclaré.

Moe m'a regardé en tombant des nues. « Pourquoi ça ?

— Ils ont plus de matières d'avenir. »

Il m'a observé. « Qu'est-ce que vous voulez dire, là, Opgard ?

— Je veux dire que c'est peut-être comme ça que vous expliquerez à Natalie pourquoi vous l'y envoyez.

— Notodden ? C'est à deux heures de route.

— Précisément. En plus, ce n'est pas difficile de trouver une chambre à Notodden. »

Son visage demeurait relativement impassible, mais je parie qu'il commençait à comprendre. « C'est gentil de vous préoccuper de Natalie, Opgard, mais je crois qu'Årtun c'est bien. Elle est déjà en première. Notodden, c'est grand, dans les villes, il se passe des choses douteuses, vous savez. »

J'ai toussoté. « Ce que je veux dire, c'est que Notodden, ce serait mieux pour toutes les parties.

— Toutes les parties ? »

J'ai inspiré profondément. « Votre fille pourrait se coucher le soir sans se demander si son père va venir la baiser. Et vous, vous pourriez vous coucher le soir sans avoir avili votre fille, votre famille et vous-même, nuit après nuit. Comme ça, vous pourriez peut-être un jour oublier et faire comme si tout cela n'était jamais arrivé. »

Anton Moe m'a fixé avec des yeux exorbités, qui semblaient vouloir bondir de son visage cramoisi. « De quoi parlez-vous, Opgard ? Vous êtes saoul ?

— Je parle de la honte. La somme de honte dans votre famille. Tout le monde sait, mais personne n'agit, chacun pense porter une part de culpabilité, se dit que, de toute façon, tout est perdu et qu'il n'y a donc rien à perdre à laisser les choses continuer. Parce que quand tout est perdu, il nous reste quand même une chose. La famille. On se soutient les uns les autres.

— Vous êtes malade ! » Il avait haussé le ton, mais sa voix paraissait néanmoins moins assurée, fluette. Il s'est levé. « Je crois que vous devriez partir Opgard. »

Je suis resté assis. « Je peux toujours aller dans la chambre de votre fille, arracher le drap et l'apporter au lensmann qui fera vérifier s'il y a des taches de sperme et si c'est le vôtre. Vous ne pourrez pas m'arrêter. Mais je parie que ça ne changera rien, parce que votre fille n'aidera pas la police en témoignant contre vous, elle aidera son père. Toujours et quoi qu'il advienne. C'est pourquoi la seule façon de mettre un frein à tout cela… » J'ai marqué une pause, levé les yeux, capturé son regard. « Car nous voulons tous y mettre un frein, n'est-ce pas ? »

Il n'a pas répondu, est juste resté voûté au-dessus de moi à me fixer de son regard froid et mort.

« L'autre façon d'y mettre un terme est que si Natalie ne déménage pas à Notodden, je vous tuerai. Elle va y passer aussi ses week-ends et vous ne lui rendrez pas visite. Sa mère, oui, mais pas vous. Pas une seule fois. Quand Natalie rentrera pour Noël, vous inviterez vos parents ou vos beaux-parents, qui logeront chez vous. » J'ai lissé de la main la nappe à petits carreaux. « Des questions ? »

Une mouche cognait inlassablement contre la vitre.

« Comment pensez-vous me tuer ?

— Coups entraînant la mort, je me disais. Ça me paraît assez… » J'ai fait claquer ma langue. Jeux psychologiques. « … biblique, non ?

— Voui. Vous avez la réputation de savoir taper.

— On est d'accord, Moe ?

— Vous voyez ce verset de la Bible, Opgard ? » Il a pointé du doigt les broderies au-dessus de nous et j'ai déchiffré les lettres tarabiscotées. *Le Seigneur est mon berger. Je ne manque de rien.*

J'ai entendu un claquement mou et crié sous la douleur qui fusait dans ma main droite. J'ai vu Moe brandir le marteau de couvreur-zingueur de l'année pour frapper de nouveau et j'ai tout juste eu le temps de retirer ma main gauche avant qu'il ne heurte la table. La droite me faisait tellement souffrir que j'ai été pris de vertige en me levant, mais j'ai employé mon élan pour lui asséner un uppercut du gauche. J'ai heurté son menton. Hélas, avec la table qui nous séparait, l'angle de frappe était devenu trop grand, si bien que je n'avais pas pu mettre assez de poids dans le coup. Moe a actionné le marteau en direction de ma tête, je l'ai esquivé, ai reculé. Il s'est rué sur moi, des pieds de table ont crissé, des chaises ont été renversées. Une feinte simple m'a permis de lui planter mon gauche dans le nez. Il a rugi, a manié de nouveau son marteau. Il avait peut-être été couvreur-zingueur de l'année en 2017, mais là, il a raté son coup. J'ai porté mon assaut pendant qu'il était encore en déséquilibre et lui ai asséné rapidement trois gauches dans le rein droit. Il suffoquait de douleur quand j'ai enchaîné en lui écrasant le genou d'un coup de pied. Ayant senti quelque chose céder et craquer, j'étais sûr qu'il était fini, mais après s'être effondré sur le lino gris, il a pivoté sur son axe et refermé ses bras autour de mes jambes. J'ai essayé de rester debout en m'appuyant sur la cuisinière, mais le prix du couvreur de l'année avait dû faire des dégâts, parce que ma main droite refusait l'appui. J'ai dégringolé par terre et l'instant suivant, il était à califourchon sur moi, ses genoux sur mes bras, le manche du marteau contre mon larynx. J'ai vainement essayé d'aspirer de l'air, je sentais déjà ma vue s'obscurcir. Sa tête contre la mienne, il a feulé dans mon oreille.

« Pour qui vous vous prenez, à venir comme ça dans ma maison pour nous menacer, moi et ma famille ? Je sais qui vous êtes. Un sale mécréant de la montagne. »

Il a rigolé tout bas, s'est penché en avant, si bien que le poids de son corps a expulsé le dernier souffle d'air que j'avais dans les poumons et j'ai senti venir un vertige exquis, comme l'instant avant de s'assoupir sur la banquette arrière, enchevêtré dans le corps endormi et chaud de son petit frère, quand on voit des étoiles dans le ciel au-dessus du pare-brise arrière et que ses parents parlent et rient doucement à l'avant. On lâche prise, on se laisse chuter en soi. J'ai senti une haleine chargée de café et de tabac, de la salive sur mon visage. « Un homo aux jambes arquées, dyslexique, enculeur de chèvres », a sifflé Moe.

C'est comme ça, me suis-je dit. C'est comme ça qu'il lui parle.

J'ai bandé mes abdominaux, cambrée légèrement les reins avant d'arrondir de nouveau le bas du dos pour lui balancer un coup de tête. J'ai touché quelque chose ; en général, c'est le nez, évidemment ; quoi qu'il en soit, l'impact avait suffi pour que la pression contre ma gorge s'allège un instant et que j'aie assez d'air pour oxygéner mes muscles. J'ai arraché ma main de sous son genou et l'ai frappé durement sur l'oreille. Encore. Et encore.

À la fin, un petit ruisseau de sang s'écoulait sous son corps en position fœtale sur le lino. Le sang s'arrêtait à l'assise d'une des chaises renversées.

Je me suis baissé sur lui et je ne sais pas s'il m'entendait encore, mais j'ai en tout cas chuchoté à son oreille sanglante.

« J'ai pas les jambes arquées, putain. »

« La mauvaise nouvelle, c'est que la phalange proximale est probablement cassée, m'a annoncé Stanley Spind avec ses *r* gutturaux. La bonne, c'est que ton analyse de sang de l'autre jour n'indique aucune alcoolémie.

— Cassée ? » J'ai observé l'angle étrange de mon majeur, qui avait doublé de volume. La peau était fendue et, là où elle ne l'était pas, elle avait pris une teinte bleu-noir menaçante qui m'évoquait la peste. « Sûr ?

— Oui, mais je vais te faire une ordonnance pour une radio à l'hôpital, en ville.

— Pourquoi, si tu es sûr de toi ? »

Stanley a haussé les épaules. « Il va sans doute falloir t'opérer.

— Parce que sans opération… ?

— Tu ne pourras à coup sûr plus jamais plier le doigt.

— Et avec ?

— Tu ne pourras probablement plus jamais plier le doigt. »

J'ai contemplé mon majeur. Pas bon. Mais c'est clair, ç'aurait été pire si j'étais encore mécanicien.

« Merci. » Je me suis levé.

« Attends, on n'a pas fini. » Stanley a fait rouler sa chaise de bureau jusqu'à une table d'examen recouverte d'une protection en papier. « Assieds-toi là. Ce doigt est légèrement déplacé alors il faut qu'on le repositionne un peu.

— Mais encore ?

— Qu'on le redresse.

— Ça paraît douloureux.

— Je vais te faire une anesthésie locale.

— Ça paraît douloureux quand même. »

Stanley a eu un petit sourire.

« Sur une échelle d'un à dix ?

— Un bon huit », a-t-il répondu.

Je lui ai rendu son sourire.

Après l'injection, il m'a expliqué qu'il fallait quelques minutes pour que l'anesthésiant agisse. Nous sommes restés en silence, ce qui semblait le mettre moins mal à l'aise que moi. Le silence est devenu rugissement et j'ai fini par désigner le casque sur son bureau et lui demander ce qu'il écoutait.

« Des audiolivres. Tout ce qu'a écrit Chuck Palahniuk. Tu as peut-être vu *Fight Club* ?

— Non. Qu'est-ce ça a de génial ?

— Je n'ai pas dit que c'était génial, a précisé Stanley en souriant, mais il pense comme moi et il parvient à exprimer ce que je ressens. Tu es prêt ?

— Palahniuk », ai-je répété en tendant la main. Son regard a croisé le mien.

« Que les choses soient claires entre nous, je ne gobe pas ton histoire de t'être rattrapé avec ta main en tombant sur la neige fraîche.

— D'accord. »

Je l'ai senti poser sa main chaude autour de mon doigt. Et

moi qui avais espéré que ma main serait entièrement anesthésiée.

« À propos de *Fight Club*, a-t-il dit en tirant, on dirait que tu es allé à une réunion du club. »

Un bon huit, ce n'était pas exagéré.

En sortant de son cabinet, j'ai vu Mari Aas dans la salle d'attente.

« Salut, Roy. » Elle affichait son sourire altier mais, même avec son teint mat, j'ai vu qu'elle rougissait. Quand ils sortaient ensemble, Carl et elle avaient adopté cet usage de préciser le nom de la personne qu'ils saluaient. Carl avait lu une étude indiquant que, par un processus inconscient, le sentiment positif des gens augmentait de 40 % quand les chercheurs s'adressaient à eux en employant leur prénom. Je ne faisais pas partie des personnes interrogées.

« Salut, ai-je répondu, gardant la main dans mon dos. La neige est venue tôt cette année. » Voilà, c'était comme ça qu'on se saluait entre habitants d'un bourg.

Alors que j'avais regagné ma voiture et que je cherchais comment m'y prendre pour tourner le contact sans effleurer mon doigt bandé douloureux, je me suis demandé un instant pourquoi Mari avait rougi. Avait-elle un problème dont elle avait honte ? Ou avait-elle honte d'avoir un problème ? Car Mari n'était pas une rougisseuse ; à l'époque où elle sortait avec Carl, c'était moi qui rougissais quand elle arrivait alors que je ne m'attendais pas à la voir. Enfin si, d'ailleurs, je l'avais vue rougir quelques fois. Par exemple quand Carl lui avait offert un collier pour son anniversaire. Rien de sophistiqué, mais Mari savait qu'il était totalement fauché et elle l'avait poussé à avouer qu'il avait chipé deux cents couronnes dans le tiroir du bureau d'oncle Bernard. J'étais bien sûr au courant, et quand Bernard avait complimenté Mari sur son joli collier, je l'avais vue rougir si profondément que je croyais que des vaisseaux allaient éclater. Peut-être était-elle comme moi, certains épisodes – un larcin, un rejet anodin – étaient des choses dont on ne pouvait jamais se défaire. Des tumeurs, qui étaient enfermées dans le corps, mais lançaient les jours de froid et se mettaient soudain à bouger certaines nuits. On peut avoir cent ans et sentir malgré tout le rouge de la honte lessiver les joues.

Julie m'a trouvé à plaindre, elle a décrété que le docteur Spind aurait dû m'administrer des drogues plus fortes, avant de m'assurer que cette histoire d'Alex était une pure invention, qu'elle n'avait de rendez-vous avec strictement personne et n'allait en tout cas pas se laisser embrasser. J'écoutais d'une oreille distraite. Ma main me faisait mal et je savais que j'aurais dû rentrer. Mais chez moi ne m'attendait que davantage de douleur.

Julie s'est penchée pour examiner mon doigt bandé d'une mine experte teintée d'inquiétude. J'ai senti sa poitrine moelleuse contre mon bras et son haleine sucrée au chewing-gum sur mon visage. Sa bouche était si près de mon oreille que les bruits de mastication m'évoquaient une vache dans un marécage.

« Ça ne t'a pas rendu jaloux, dis ? m'a-t-elle chuchoté avec toute l'innocence calculatrice qu'est capable de produire une ado de dix-sept ans.

— *Rendu ?* Non, je n'ai pas été jaloux depuis que j'avais cinq ans. »

Elle a ri comme si c'était une plaisanterie, ce que j'ai confirmé d'un sourire forcé.

17

J'ai sans doute été jaloux de Carl dès le jour de sa naissance. Ou même avant, quand j'ai vu ma mère caresser tendrement son gros ventre en m'annonçant que j'allais avoir un frère. Mais c'est à l'âge de cinq ans que j'ai le souvenir d'avoir été confronté pour la première fois à la jalousie, le jour où quelqu'un a mis un mot sur ce sentiment douloureux et lancinant. « Ne sois pas jaloux de ton petit frère. » Je crois que c'était maman et qu'elle avait Carl sur les genoux. Il y était depuis longtemps. Plus tard dans nos vies, maman a déclaré que si Carl recevait plus d'amour, c'était parce qu'il avait besoin de plus d'amour. Peut-être bien, mais elle ne disait pas cette autre chose tout aussi vraie : Carl était plus facile à aimer.

Et j'étais celui qui l'aimait le plus fort de tous.

C'est pourquoi j'étais jaloux de Carl non seulement à cause de tout l'amour inconditionnel que les gens lui témoignaient, mais encore de ceux à qui il témoignait de l'amour. Comme Dog.

Comme ce garçon venu passer un été en famille dans les chalets, beau comme Carl, qui passait ses journées avec lui pendant que je me morfondais en attendant la fin des vacances.

Comme Mari.

Les premiers mois où ils sortaient ensemble, je fantasmais sur des accidents dont elle était victime et c'était moi qui devais consoler Carl. Je ne sais pas exactement quand la jalousie s'est muée en sentiment amoureux. Ni d'ailleurs s'il était question d'une mutation, les deux sentiments coexistaient peut-être, mais en tout cas, le sentiment amoureux assourdissait le reste. C'était une foutue maladie, je ne pouvais ni manger ni dormir.

J'étais impatient et je redoutais à la fois qu'elle vienne voir Carl, je rougissais quand elle me saluait d'une accolade, s'adressait à moi ou me regardait inopinément. J'étais bien sûr mort de honte de ressentir ce que je ressentais, de ne pas être en mesure de laisser tomber, mais de me satisfaire des miettes, de rester dans la même pièce qu'eux en faisant des choses que je ne sais pas faire, comme être drôle ou intéressant, pour justifier ma présence. Finalement, j'ai trouvé mon rôle, j'étais le silencieux, celui qui écoutait, riait des plaisanteries de Carl ou hochait lentement la tête quand Mari avait lu quelque chose d'intelligent ou entendu une remarque perçante de son père, le maire. Je les conduisais aux soirées où Carl se bourrait la gueule et où Mari essayait de le maintenir à peu près d'équerre. Quand elle m'a demandé si je ne trouvais pas lassant de toujours rester sobre, j'ai répondu que ça allait, que j'aimais mieux conduire que boire, et qu'on n'était parfois pas trop de deux pour veiller sur lui, non ? Ça l'a fait sourire et elle n'a pas posé d'autres questions. Je crois qu'elle avait compris. Je crois que tout le monde avait compris. Sauf Carl.

« Évidemment que Roy doit venir avec nous ! » s'exclamait-il en riant quand il était question d'une promenade à ski, d'un week-end en ville à faire la fête, ou de monter les chevaux de Døle de la famille Aas. Il ne donnait aucune raison, son visage ouvert, content, était un argument suffisant. Le monde était un bon endroit, peuplé exclusivement de bonnes gens, dont on ne pouvait qu'apprécier la bonne compagnie.

Bien sûr je n'ai jamais tenté ma chance, comme on dit. Je n'étais pas assez bête pour croire que Mari voyait en moi autre chose qu'un grand frère un peu mutique, avec toutefois l'esprit d'abnégation et un réel dévouement à leur égard. Mais un samedi soir à la maison communale, Grete est venue me dire que Mari était amoureuse de moi. Carl était alité, avec la grippe que j'avais eue la semaine précédente, je n'avais aucune obligation de conduite et j'avais bu quelques gorgées de l'alcool maison qu'apportait toujours Erik Nerell. Grete était ivre, elle aussi, et je voyais dans ses prunelles une putain de danse de sorcières. Je savais qu'elle ne cherchait qu'à foutre la merde, qu'elle voulait un peu d'action, un peu de destruction, je la connaissais, et j'avais vu comment elle regardait Carl. Cependant, c'était comme quand le prédicateur Armand clamait l'existence du salut et de la vie après la mort dans son suédois d'orchestre de bal. Si quelqu'un énonce un postulat improbable mais qu'on a très envie de croire, une petite partie de nous – la faible – choisit de le croire. J'ai regardé Mari à la porte d'entrée. Elle parlait avec un garçon, qui n'était pas du village, parce que les garçons d'ici avaient trop peur d'elle pour l'aborder. Non pas parce que c'était la petite amie de Carl, mais parce qu'ils la savaient plus intelligente qu'eux, il savait qu'elle les regardait de haut, et qu'elle les éconduirait, sans ambiguïté, au vu et au su de tous, puisque tout le monde à Årtun gardait un œil sur ce que faisait la fille du maire.

Que moi, le frère de Carl, j'aille la trouver, c'était sans danger. Pour elle et moi, en tout cas.

« Salut, Roy, a-t-elle dit en souriant. Je te présente Otto. Il étudie les sciences politiques à Oslo et il trouve que je devrais faire pareil. »

J'ai regardé Otto, qui avait porté sa bouteille de bière à sa bouche et regardait ailleurs, peu désireux sans doute de m'inviter dans la conversation, souhaitant que je disparaisse aussi vite que possible. J'ai dû me contenir pour ne pas donner un coup dans sa bouteille. Je me suis concentré sur Mari, j'ai humecté ma bouche.

« On danse ? »

Elle m'a regardé d'un air mi-amusé, mi-stupéfait. « Mais tu ne danses pas, Roy ? »

J'ai haussé les épaules. « Je pourrais apprendre. » De toute évidence, j'étais plus saoul que je ne pensais.

Elle a éclaté de rire en secouant la tête. « Mais pas avec moi. J'aurais moi-même bien besoin d'un prof de danse.

— Ça, je peux faire, si tu veux, a glissé Otto. Il se trouve que je suis prof de rock pendant mon temps libre.

— Ah oui, merci ! » Mari s'est retournée, l'a regardé, lui a adressé son sourire radieux qu'elle affichait parfois, soudainement, et qui donnait le sentiment d'être la seule autre personne au monde. « Si tu n'as pas peur que les gens se mettent à rire. »

Otto a souri. « Oh, je ne pense pas que ça aurait l'air si ridicule que ça », a-t-il déclaré en posant sa bière sur la marche de perron, et j'ai regretté de ne pas lui avoir enfoncé cette bouteille dans la gueule quand j'en avais l'occasion.

« C'est ce que j'appelle un homme courageux, a dit Mari en posant la main sur son épaule. Ça te va, Roy ?

— Bien sûr, ai-je affirmé, cherchant du regard un mur dans lequel me taper la tête.

— Alors *deux* hommes courageux. » Mari a posé son autre main sur mon épaule. « Prof et élève, j'ai hâte de vous voir sur la piste ensemble. »

Sur quoi, elle est partie et il m'a fallu deux ou trois secondes pour comprendre ce qui s'était passé. L'Otto en question et moi sommes restés à nous regarder.

« Tu préfères te battre ? ai-je proposé.

— Évidemment », a-t-il répondu, levant les yeux au ciel avant de prendre sa bouteille et de s'en aller.

Bien, de toute façon, j'étais trop ivre, mais le mal de tête et l'angoisse avec lesquels je me suis réveillé le lendemain étaient pires que n'importe quelle rossée qu'Otto aurait pu m'administrer.

Quand je lui ai raconté ce qui s'était passé, moins ce que m'avait dit Grete, Carl a toussé, ri et toussé encore. « Ma parole, t'es le meilleur ! Prêt à *danser* pour tenir des mecs déplaisants à l'écart de la copine de ton frère. »

J'ai grogné. « Juste avec Mari, pas avec ce type.

— Même. Laisse-moi t'embrasser ! »

Je l'ai repoussé. « Pas la grippe une deuxième fois, merci. »

Je n'avais pas spécialement mauvaise conscience de ne pas lui dire ce que je ressentais pour Mari. Au fond, j'étais sidéré qu'il ne l'ait pas compris tout seul. J'aurais pu tout lui dire. J'aurais pu et il aurait compris. Il aurait en tout cas *dit* qu'il comprenait. Il aurait incliné la tête sur le côté, m'aurait regardé pensivement et aurait déclaré que ces choses-là arrivaient, et passaient. Et j'étais d'accord. C'est pourquoi je me taisais. J'attendais que ça passe. Je n'ai jamais redemandé à Mari si elle voulait danser, ni littéralement ni métaphoriquement.

Mais Mari l'a fait, elle.

C'était quelques mois après que Grete lui avait révélé sa partie de jambes en l'air avec Carl et qu'elle l'avait largué. Il était parti faire des études dans le Minnesota et je vivais seul à la ferme. Un jour, on a tapé à la porte. C'était Mari. Elle m'a pris dans ses bras, sa joue contre la mienne, a appuyé ses seins sur mon torse, ne m'a pas relâché et m'a demandé si je voulais coucher avec elle. Ce sont exactement les mots qu'elle a chuchotés à mon oreille. « Tu veux coucher avec moi ? » Et elle a ajouté « Roy ». Sûrement pas pour attirer mes bonnes grâces, bien que cet effet ait été démontré dans les études sur l'emploi du prénom de son interlocuteur, mais pour souligner que c'était bel et bien de moi, Roy, qu'elle parlait.

« Je sais que tu en as envie, a-t-elle dit, sentant mon hésitation. Je le sais depuis le début, Roy.

— Non. Tu te trompes.

— Ne mens pas », a-t-elle dit, glissant une main entre nous.

Je me suis libéré. J'avais bien sûr compris pourquoi elle était là. Oui, c'était elle qui avait largué Carl, mais c'était aussi elle, la bafouée. Elle n'avait peut-être même pas envie de rompre, mais elle n'avait pas le choix. Mari Aas, la fille du maire, ne pouvait pas assumer que le fils du paysan montagnard l'ait trompée, à plus forte raison quand Grete avait fait en sorte d'informer la moitié du bourg. Mais il ne suffisait pas de mettre Carl sur un paquebot, comme on dit. Il fallait rétablir l'équilibre. Les deux mois écoulés depuis lors suggéraient qu'elle avait gambergé avant de prendre cette décision. Autrement dit, si nous couchions ensemble maintenant, ce ne serait pas moi qui exploitais une femme en situation vulnérable après une rupture. Ce serait elle qui exploitait un frère qui venait d'être abandonné par la personne qu'il aimait le plus au monde.

« Allez, viens, a-t-elle dit en se redressant. Laisse-moi te faire du bien. »

J'ai secoué la tête. « Ce n'est pas toi, Mari. »

Elle s'est arrêtée au milieu du salon, m'a dévisagé d'un air incrédule. « Alors c'est vrai ?

— Quoi ?

— Ce qu'on dit.

— J'en sais rien, moi, ce qu'on dit.

— Que tu ne t'intéresses pas aux filles. Que tu ne penses à rien d'autre qu'aux… » Elle s'est interrompue, comme si elle ne trouvait pas ses mots, mais Mari Aas trouvait toujours ses mots. « … aux voitures et aux oiseaux.

— Je voulais dire que le problème, ce n'est pas toi, Mari, c'est Carl. Ça ne serait pas bien, tout simplement.

— Ça ne serait pas bien, tu as raison. » Et maintenant moi aussi, je le voyais, ce mépris condescendant que les gens du bourg décelaient dans son regard. Mais il y avait aussi autre chose, comme si elle savait un truc qu'elle n'était pas censée savoir. Carl avait-il parlé ?

« Cherche donc une autre façon de te venger, ai-je dit. Demande conseil à Grete, elle en connaît un rayon. »

Et là, Mari a rougi. Et cette fois elle n'a pas su quoi répondre, pour de vrai. Elle est sortie au pas de charge et le gravier a giclé quand elle a roulé dans le virage des Chèvres. Quand je l'ai croisée dans le bourg quelques jours plus tard, elle a rougi encore en faisant semblant de ne pas me voir. Ça s'est reproduit quelques fois, on ne peut pas ne jamais se croiser dans un bourg comme le nôtre. Mais le temps est passé, elle est partie à Oslo faire ses études de sciences politiques, et, quand elle est revenue, nous parlions presque comme avant. Presque. Parce que nous nous étions perdus. Elle savait que je savais qu'une gangrène rongeait son corps : non pas que je l'aie éconduite, mais que je l'aie vue. Nue et vilaine.

Pour ce qui est de mes propres gangrènes, il en restait sans doute une du nom de Mari, mais elle n'évoluait plus. J'avais attendu que mon sentiment amoureux passe. Chose curieuse, cela s'était produit à peu près au moment de sa rupture avec Carl.

18

Deux jours après ma visite chez Moe le couvreur-zingueur, le siège a appelé pour me proposer la station-service du Sørlandet. La direction a eu l'air déçue que je décline et m'a prié de motiver mon refus, ce que j'ai fait. J'ai expliqué que, avec le changement de tracé de la nationale, ma station actuelle allait faire face à d'intéressantes difficultés auxquelles j'avais envie de me frotter. Les gens du siège ont paru impressionnés et m'ont dit que c'était dommage, ils pensaient vraiment que j'étais l'homme de la situation, là-bas, dans le Sud.

Plus tard dans la journée, Kurt Olsen est venu à la station-service.

Les jambes bien campées, il s'est posté devant le comptoir, a passé son index et son pouce sur sa moustache d'*Easy Rider* et a attendu que j'aie servi mon client et que la boutique se vide.

« Anton Moe a porté plainte contre toi pour atteinte à l'intégrité physique.

— Marrant qu'il choisisse précisément cette expression.

— Peut-être bien. Il m'a parlé des accusations que tu avais formulées et j'ai eu une conversation avec Natalie. Elle affirme que son père ne l'a jamais touchée.

— À quoi tu t'attendais ? À ce qu'elle dise oui, puisque vous m'en parlez, je fornique avec mon père ?

— S'il s'agit de viols, je pense…

— Bordel, mais je n'ai jamais prétendu qu'il s'agissait de viols ! Techniquement, ce n'est pas des viols, mais c'est des viols quand même, tu le comprends, non ?

— Non.

— Elle se dit peut-être qu'elle n'a pas assez résisté, qu'elle aurait dû comprendre que c'était mal même si elle n'était qu'une gamine quand ça a commencé.

— Attends, du calme, tu ne sais pas si…

— Écoute ! Un enfant croit que tout ce que font ses parents est juste, non ? Mais elle se souvient aussi qu'on lui a dit qu'il fallait garder le secret, alors une part d'elle-même a dû comprendre que ce n'était pas bien, non ? Et comme elle a participé à garder le secret, puisque la loyauté envers la famille compte encore plus que celle envers Dieu et le lensmann, elle assume sa part de responsabilité. Et à seize ans, le fardeau est peut-être moins dur à porter si elle se convainc qu'elle y a mis du sien. »

Olsen a frotté sa moustache. « À croire que tu as fait une formation d'assistant social et que, en plus, tu as vécu chez les Moe. »

Je n'ai pas répondu.

Il a soupiré. « Je ne peux pas forcer quelqu'un de seize ans à témoigner contre son père, tu t'en doutes, non ? Et puis elle est assez grande pour devoir prendre la responsabilité de ses propos.

— Tu es en train de me dire que tu choisis de regarder ailleurs parce que ça pourrait être consenti et que la fille a maintenant atteint la majorité sexuelle ?

— Non ! » Kurt Olsen a regardé autour de lui pour s'assurer que nous étions toujours seuls, il a baissé la voix. « L'inceste en ligne descendante est une infraction pénale dans tous les cas de figure. Moe risquerait six ans de prison quand bien même sa fille aurait trente ans et ce serait cent pour cent consenti. Mais comment prouver quoi que ce soit quand personne ne veut parler ? Si j'arrête le père, on risque de n'avoir rien d'autre qu'un scandale détruisant la vie de toutes les personnes concernées. On ne fera qu'employer un tas de ressources pour n'aboutir à aucune condamnation et Os verra son nom sali dans la presse de la capitale. »

Tu oublies de dire que cela écornerait ta réputation, ai-je pensé en regardant Olsen, mais il y avait un authentique désespoir dans son visage et sa voix.

« Alors, que faire ? a-t-il soupiré en battant des bras.

— Œuvrer pour que la fille s'éloigne de son père. En déménageant à Notodden, par exemple. »

Il a détourné le regard, l'a posé sur le présentoir à journaux, comme s'il y voyait un titre intéressant. Il a hoché la tête lentement.

« N'importe comment, je suis obligé de tenir compte de la plainte qu'il a déposée contre toi, tu en es conscient ? C'est passible de quatre ans de prison.

— Quatre ans ?

— Sa mâchoire est fracturée à deux endroits et il risque une perte d'audition sur une oreille.

— Bon, ben, alors il lui en reste au moins une qui entend : chuchote-lui que, s'il laisse tomber sa plainte, il évitera au moins que cette histoire avec sa fille devienne publique. Toi, moi et lui, nous savons tous les trois que, s'il porte plainte, c'est uniquement parce que s'il ne l'avait pas fait, on aurait pensé qu'il y avait du vrai dans mes accusations.

— Je comprends ta logique, Roy, mais, en tant que lensmann, je ne peux pas fermer les yeux sur le fait que tu rends un homme invalide. »

J'ai haussé les épaules. « Légitime défense. Il m'a frappé avec son marteau avant que je le touche. »

Olsen a eu un rire sans joie. « Et comment tu vas me faire avaler ça ? Un pentecôtiste n'ayant jamais fait de problèmes attaque Roy Calvin Opgard, qui, de notoriété publique, était le type le plus bagarreur du bourg.

— En te servant de tes yeux et de ta tête. » J'ai plaqué mes paumes sur le comptoir.

Il m'a dévisagé. « Et ?

— Je suis droitier. Tous ceux avec qui je me suis battu pourront te dire que je les ai frappés du droit. Comment se peut-il qu'il ne reste pas un lambeau de peau sur ma main gauche alors que la droite est parfaitement bien à part ce doigt ? Explique à Moe à quoi toute cette affaire ressemblera, à la fois sa fille et l'atteinte à l'intégrité physique, quand il apparaîtra que c'est lui qui m'a agressé. »

Olsen a lissé sa moustache intensément, puis il a fait un bref signe de tête. « Je vais aller lui parler.

— Merci. »

Il a levé le menton et plongé son regard dans le mien. J'y ai vu une étincelle de fureur. Comme s'il prenait ce remerciement pour une moquerie et ne le faisait pas pour moi, mais pour lui. Peut-être aussi pour Natalie et pour le bourg, mais en tout cas pas pour moi.

« La neige ne va pas tenir, a-t-il déclaré.

— Ah ? ai-je fait d'un ton léger.

— On annonce un redoux la semaine prochaine. »

Le conseil municipal commençait à dix-sept heures et, avant le départ de Carl, je nous ai servi de la truite avec des pommes de terre, une salade de concombre et du *rømme**.

« Tu cuisines bien, a observé Shannon en débarrassant la table de la salle à manger.

---

* Crème fermentée.

— Merci, mais on ne pourrait pas faire plus simple, tu sais », ai-je répondu en écoutant la Cadillac qui s'éloignait.

Nous nous sommes installés dans le petit salon où j'avais apporté le café.

« L'hôtel est le premier point de l'ordre du jour, ai-je dit en regardant l'heure. Il ne va pas tarder à entrer en action. Croisons les doigts et espérons qu'il assure.

— Assure, a répété Shannon.

— Qu'il joue la gagne, qu'il tienne son rang, qu'il veille au grain.

— Au grain ?

— C'est une expression maritime, pas mon truc.

— Il nous faut du vin. » Elle est partie dans la cuisine et en est revenue avec deux verres et le mousseux que Carl avait mis au frais. « Et c'est quoi, au juste, ton truc ?

— Mon truc ? ai-je fait en la regardant ouvrir la bouteille. Je voudrais avoir ma propre station-service. Et puis… ben, c'est tout, en fait.

— Femme, enfants ?

— Ça viendra en son temps.

— Pourquoi tu n'as jamais eu de petite amie ? »

J'ai haussé les épaules. « Je ne dois pas avoir la cote.

— La cote ? Tu n'es pas séduisant, c'est ce que tu prétends ?

— Je blaguais plus ou moins, mais c'est vrai.

— Alors je peux te dire que non, Roy, c'est faux. Je ne le dis pas parce que j'ai pitié de toi, mais parce que c'est un fait.

— Un fait ? » J'ai pris le verre qu'elle m'avait servi. « Ce n'est pas subjectif, ça ?

— Il y a une part de subjectivité, oui, et c'est vrai que le pouvoir d'attraction d'un homme réside sans doute beaucoup dans le regard de la femme. Plus que l'inverse.

— Tu trouves ça injuste ?

— Moui. L'homme est peut-être plus libre parce qu'on

accorde moins d'importance à son apparence, mais on insiste d'autant plus sur son statut social. Quand les femmes se plaignent de la pression pour être belle, les hommes devraient pouvoir se plaindre de la pression pour avoir un statut social élevé.

— Et quand on n'a ni la beauté ni le statut social ? »

Shannon a enlevé ses chaussures et remonté ses pieds sur le fauteuil. Elle a bu une gorgée de vin. Elle avait l'air de prendre du bon temps.

« Tout comme la beauté, le statut social se mesure de différentes manières et selon différentes échelles, a-t-elle dit. Un peintre de génie peut avoir tout un harem même s'il est pauvre comme Job. Les femmes sont attirées par des hommes qui ont de la ressource, qui sortent du lot. Si on n'a ni la beauté ni le statut social, il faut compenser par le charme, la force de caractère, l'humour et d'autres qualités. »

J'ai ri. « Et c'est là que je me rattrape, tu veux dire ?

— Oui, a-t-elle répondu simplement. Santé !

— Santé et… euh… merci bien ! » J'ai levé mon verre. Les petites bulles chuchotaient, mais je n'entendais pas quoi.

« Je t'en prie, a-t-elle dit en souriant.

— C'est plus simple pour les gens comme Carl, ai-je observé, m'apercevant que j'avais presque vidé mon verre. Qu'est-ce qui t'a fait craquer chez lui ? Son physique, son statut social ou son charme ?

— Son manque d'assurance. Sa bonté. C'est ça, la beauté de Carl. »

J'ai levé la main droite pour remuer mon index, mais je ne pouvais pas plier mon majeur bandé, et j'ai dû me recourir à ma main gauche. « Non, non, non. Tu ne peux pas présenter une thèse de reproduction darwinienne tout en invoquant être une exception. Le manque d'assurance et la bonté, ça ne tient pas. »

Elle a souri, rempli à nouveau nos verres. « Tu as raison, bien sûr. Mais c'est le sentiment que j'avais. Je sais que mon cerveau d'animal rationnel devait chercher quelqu'un qui puisse être le père de ma progéniture, mais ce que mon humanité écervelée a vu et dont elle s'est éprise était la beauté fragile de cet homme. »

J'ai secoué la tête. « Physique, statut social ou qualités compensatrices ?

— Voyons voir. » Shannon a levé son verre à la lumière de la lampe du salon. « Le physique. »

J'ai hoché la tête. Sans rien dire. Mais je pensais à Carl et à Grete dans les bois. Le douloureux crissement de l'anorak avant qu'il ne se déchire. Un autre bruit aussi. Un bruit de succion. Comme une vache dans un marécage. Un sein moelleux. Julie. J'ai chassé cette pensée.

« La beauté n'est pas un absolu, bien sûr, a-t-elle poursuivi. C'est ce que chacun d'entre nous y met. La beauté se situe toujours dans un contexte, elle est toujours en rapport avec d'anciennes expériences, tout ce que nous avons perçu, appris, assemblé. Partout dans le monde, les gens ont tendance à trouver que, comme par hasard, leur hymne national est le plus beau de tous, leur mère fait la meilleure cuisine, les plus belles filles du village sont aussi les plus belles de la planète. Et ainsi de suite. La première fois qu'on est exposé à une musique nouvelle et étrangère, on ne l'aime pas. Enfin pas si elle est *vraiment* étrangère. Quand on prétend aimer, voire *adorer* une musique qui nous est entièrement nouvelle, c'est qu'on aime l'idée de l'exotisme, qui est stimulante et procure le sentiment d'être doué d'une sensibilité et d'une compréhension cosmique, qui outrepasse celle de son prochain. Alors que ce qu'on aime en fait, c'est ce qu'on reconnaît inconsciemment. Notre base d'expériences finit par intégrer la nouveauté, et le conditionnement, l'instruction de ce qui est joli et beau, vient s'inclure dans notre sens esthétique. À partir du début du vingtième siècle, le cinéma américain a appris aux gens du monde entier à voir la beauté de ses stars blanches. Puis noires. Ces cinquante dernières années, le cinéma asiatique a fait pareil avec les siennes. Étant entendu que c'est comme pour la musique, leur beauté doit être reconnaissable par le public, un Asiatique ne doit pas être trop asiatique, mais avoir quelque ressemblance avec un idéal de beauté installé, qui reste blanc. À cet égard, employer le mot *sens* à propos d'esthétique est, au mieux, inexact. Nous naissons avec la vue et l'ouïe, mais quand il s'agit d'esthétique, nous sommes tous des pages vierges. Nous... »

Elle s'est interrompue, a souri furtivement, porté son verre à ses lèvres, comme si elle s'était rendu compte qu'elle pérorait devant un public sans doute indifférent.

Nous sommes restés quelques instants sans rien dire. J'ai toussoté. « J'ai lu que tout le monde, même les tribus isolées, aimait la symétrie d'un visage. Cela n'indique-t-il pas une part d'inné ? »

Shannon m'a observé. Un sourire traversant son visage, elle s'est avancée sur son fauteuil.

« Peut-être. D'un autre côté, les règles de la symétrie sont si strictes et élémentaires qu'il n'est pas étonnant que nous partagions ce goût partout dans le monde. Tout comme la croyance en des puissances supérieures est aisée et donc universelle aussi, mais elle n'est pas innée pour autant.

— Donc si je te dis que je te trouve belle ? » Les mots m'avaient échappé.

Elle a d'abord eu l'air stupéfaite. Puis elle a pointé du doigt son œil tombant et, quand elle a parlé, ce n'était pas de son timbre grave, mais d'une voix métallique. « Eh bien, c'est soit un mensonge, soit un défaut d'intégration des principes les plus élémentaires de la beauté. »

J'ai compris que j'avais franchi la ligne. « Il y a donc des principes ? » ai-je demandé pour revenir dans le droit chemin.

Elle m'a jaugé du regard, comme pour décider si elle allait me laisser en réchapper ou pas. « La symétrie, a-t-elle finalement dit. Le nombre d'or. L'imitation des formes de la nature. La complémentarité des couleurs. L'harmonie des notes. »

J'ai acquiescé, soulagé que la conversation soit revenue sur les rails, mais je savais que je me reprocherais longtemps cette gaffe.

« Ou, en architecture, la fonctionnalité des formes, a-t-elle continué. Qui revient au biomimétisme, d'ailleurs. Les cellules hexagonales de la ruche. Le barrage du castor. Le réseau de terriers du renard. La cavité dans laquelle niche le pic qui devient un logement pour d'autres oiseaux. Ni les uns ni les autres ne sont construits pour être beaux, et pourtant, ils le sont. Une maison dans laquelle il fait bon vivre est belle. Au fond, c'est aussi simple que ça.

— Et une station-service ?

— Peut être belle, elle aussi, si elle sert un objectif que nous considérons comme louable.

— Alors une potence… ? »

Shannon a souri. « … peut être belle si la condamnation à mort paraît nécessaire.

— Ne faut-il pas haïr le condamné pour avoir cette conviction ? »

Elle a fait claquer sa langue, comme si elle examinait le goût de cette question. « Non, je pense qu'il est suffisant de juger la condamnation nécessaire.

— Mais une Cadillac, c'est beau, ai-je déclaré en nous resservant de vin, même si sa forme est peu fonctionnelle en comparaison de voitures modernes.

— Eh bien, elle a des formes imitant la nature, elle semble conçue pour voler comme un aigle, découvrir ses crocs comme une hyène, fendre l'eau comme un requin. Elle paraît aérodynamique aussi, on croirait qu'elle peut abriter un moteur de fusée pour nous envoyer dans l'espace.

— Mais la forme ment sur la fonction et nous le savons. Et pourtant, nous trouvons cela beau.

— Eh bien. Même des athées peuvent trouver des églises belles, mais les croyants les jugent sans doute plus belles encore parce qu'ils les associent à la vie éternelle, un effet comparable à celui qu'exerce le corps féminin sur l'homme qui veut transmettre ses gènes. Inconsciemment, un homme ressentira un peu moins de désir pour un corps féminin qu'il sait infertile.

— Tu crois ?

— On peut faire le test.

— Comment ? »

Elle a eu un vague sourire. « Je souffre d'endométriose.

— C'est quoi ?

— Un développement de l'endomètre hors de l'utérus, ce qui signifie que je ne pourrai jamais avoir d'enfant. Tu conviens que savoir que le contenu est vide rend le contenant moins beau ? »

Je l'ai regardée. « Non. »

Elle a souri. « Là, c'est ton moi conscient superficiel qui répond. Laisse donc ton inconscient digérer l'information pendant quelque temps. »

C'était peut-être le vin qui avait donné de la couleur à ses joues par ailleurs blanches comme la neige. J'allais répondre, mais elle m'a devancé en riant. « En plus, tu es mon beau-frère, donc tu ne fais évidemment pas un bon cobaye. »

J'ai hoché la tête. Puis je me suis levé pour aller au lecteur de CD. J'ai mis *Naturally* de J. J. Cale.

Nous avons écouté l'album entier en silence, et à la fin, Shannon m'a demandé de le remettre.

Pendant « Don't Go to Strangers », la porte s'est ouverte.

Carl est apparu. La mine grave, résignée. Il a pointé le menton vers la bouteille de mousseux.

« Pourquoi vous l'avez ouverte ? a-t-il demandé d'une voix blanche.

— Parce qu'on savait que tu allais convaincre le conseil municipal que cet endroit a besoin d'un hôtel. » Shannon a levé son verre. « Et qu'on te donnerait le droit de bâtir autant de chalets que tu veux. Nous avons tout simplement célébré en avance.

— Est-ce que j'ai l'air d'avoir obtenu cette décision ? a-t-il fait d'un air sombre.

— Tu as juste l'air d'un très mauvais comédien, chéri, a-t-elle répondu en buvant une gorgée de vin. Va donc te chercher un verre. »

Le masque de Carl est tombé, il a éclaté de rire et nous a rejoints les bras ouverts. « Adopté à une voix contre. Ils ont adoré ! »

Tout auréolé d'enthousiasme, il nous a raconté la réunion avec force gesticulations tout en descendant la majeure partie du vin.

« Ils buvaient mes paroles. Vous savez ce que l'un d'eux a dit ? “Au Parti libéral, notre devise est qu'on peut toujours mieux faire. Mais aujourd'hui, rien n'aurait pu être mieux fait.” Ils ont adopté les modifications du plan urbain séance tenante, donc maintenant, nous avons nos chalets. » Il a pointé du doigt la fenêtre. « Après, Willumsen est venu me trouver, il m'a expliqué qu'il avait assisté à la séance sur les bancs du public et m'a félicité de transformer les terres de tous les habitants du bourg en purs champs de pétrole. Il regrettait de ne pas en posséder davantage et m'a d'emblée offert trois millions de couronnes pour les nôtres.

— Et qu'est-ce que tu lui as répondu ?

— Que c'était sans doute le double de ce que nos terres valaient hier, mais qu'elles valaient désormais dix fois plus. Non, cinquante ! Santé ! »

Shannon et moi avons levé nos verres vides.

« Et l'hôtel ? s'est-elle enquise.

— Ils ont adoré. A-do-ré. Ils n'ont demandé que des ajustements mineurs.

— Des ajustements ? » Au-dessus de son œil droit, son sourcil clair s'était haussé.

« Ils trouvaient ça un peu… aride, je crois que c'était le terme. Ils voulaient que ça fasse plus couleur locale. Pas de quoi s'inquiéter.

— Couleur locale ?

— Des détails. La façade. De l'herbe sur le toit, un ou deux rondins par-ci par-là. Deux gros trolls en bois de part et d'autre de l'entrée. Des conneries comme ça.

— Et ? »

Carl a haussé les épaules. « Et je leur ai donné. *No big deal.*

— Tu *quoi* ?

— Écoute, darling, c'est de la psychologie. Ils ont besoin d'avoir le sentiment de diriger les opérations, de ne pas simplement être une bande de paysans qui se font mener en bateau par une grande gueule qui vient de rentrer au pays, tu vois ? Donc il faut leur donner quelque chose. J'ai fait comme si c'étaient de sacrées concessions. Maintenant ils ont l'impression d'avoir déjà bien tiré sur la corde et ils ne demanderont rien d'autre.

— Aucune concession. Tu m'avais promis. » L'œil de Shannon lançait des éclairs.

« Du calme, darling. Quand on plantera la pelle dans la terre dans un mois, c'est nous qui serons aux commandes et on trouvera une raison pratique pour expliquer pourquoi on n'a pas pu ajouter ces kitscheries. D'ici là, laissons-les croire qu'ils vont obtenir ce qu'ils veulent.

— Comme tu le fais avec tout le monde ? » a-t-elle demandé. Je n'avais jamais entendu cette froideur dans sa voix.

Il se tortillait sur son fauteuil. « Darling, l'heure est à la célébration, pas… »

Elle s'est levée brusquement, est sortie précipitamment.

« Qu'est-ce qui se passe, là ? ai-je demandé quand la porte d'entrée a claqué.

Carl a soupiré. « C'est son hôtel à elle.

— À elle ?

— C'est elle qui l'a dessiné.

— Elle ? Pas un architecte ?

— Shannon est architecte, Roy.

— Ah bon ?

— La meilleure de Toronto, si tu veux mon avis. Mais elle a son style et ses opinions, et malheureusement, c'est un peu une Howard Roark.

— Une quoi ?

— C'est l'architecte qui fait sauter sa propre œuvre parce que le bâtiment n'a pas été construit en parfaite conformité avec ses dessins. Shannon va faire des histoires pour le moindre détail. Si elle avait été un peu plus souple, elle n'aurait pas seulement été la meilleure architecte de Toronto, mais aussi la plus demandée.

— Non que ce soit capital, mais pourquoi tu ne m'as pas dit que c'était elle qui avait dessiné l'hôtel, bordel ? »

Carl a soupiré. « Les croquis étaient signés du nom de son cabinet d'architecture. Ça me paraissait suffisant. On m'aurait accusé de manque de professionnalisme si en tant que chef de projet j'avais confié les dessins à ma jeune épouse étrangère. Ça se serait bien sûr tassé quand ils auraient vu son CV, mais je me suis dit qu'on n'avait pas besoin de ça avant d'avoir nos investisseurs et le conseil municipal de notre côté. Shannon était d'accord.

— OK, mais pourquoi personne ne me l'a dit à moi ? »

Il a battu des bras. « Pour que tu n'aies pas à mentir, toi aussi. Enfin, ce n'est pas un mensonge, le nom de la société y est, mais… enfin, tu vois le tableau.

— Moins d'électrons libres, c'est ça ?

— Mais merde, quoi, Roy ! » Il a plongé ses beaux yeux pleins de chagrin dans les miens. « J'ai un million de casseroles sur le feu et j'essaie de limiter autant que possible ce qui pourrait détourner l'attention. D'accord ? »

Je me suis sucé les dents. Ce devait être un nouveau tic. Papa se suçait les dents et ça m'agaçait. « D'accord, ai-je dit.

— Bien.

— À propos de casseroles sur le feu et de distraction, je suis tombé sur Mari chez le médecin l'autre jour. Elle a rougi en me voyant.

— Ah bon ?

— Comme si elle avait honte.

— Honte de quoi ?

— Je sais pas. Mais quand tu es parti aux États-Unis après tes histoires avec Grete, elle a essayé de se venger de toi.

— Comment ? »

J'ai pris mon souffle. « Elle a essayé de me séduire.

— Toi ? » Carl a ri de bon cœur. « Et c'est toi qui te plains que je ne tienne pas la famille au courant ?

— C'était ce qu'elle voulait, que tu sois informé. Et blessé. »

Il a secoué la tête et basculé dans notre dialecte. « Putain, il ne faut jamais sous-estimer une femme bafouée. Tu as saisi l'occasion ?

— Non. Quand je l'ai vue rouge de honte, je me suis dit que Mari Aas n'avait jamais obtenu sa revanche, et qu'elle n'était pas du genre à oublier, que c'était en elle, comme une gangrène. Alors je crois que tu devrais la garder à l'œil.

— Tu penses qu'elle mijote quelque chose ?

— Ou qu'elle a déjà entrepris quelque chose, un truc si gonflé qu'elle a honte quand elle voit un membre de notre famille. »

Il s'est frotté le menton. « Quelque chose qui toucherait notre projet, par exemple ?

— Elle pourrait avoir manigancé un truc qui te serait nuisible. Enfin, je dis ça comme ça.

— Et toutes tes conclusions, tu les fondes sur le fait que tu l'as vue rougir ?

— Je sais que ça paraît idiot, mais Mari n'est pas quelqu'un qui rougit, tu le sais aussi bien que moi. C'est une fille sûre d'elle, que presque rien ne gêne. Mais c'est aussi une moraliste. Tu te souviens du collier que tu lui avais acheté avec l'argent que tu avais volé à oncle Bernard ? »

Il a acquiescé.

« Elle avait le même air. Comme si elle avait participé à un truc pas bien et que c'était trop tard pour faire marche arrière.

— Je vois. Je vais garder un œil sur elle. »

Je me suis couché tôt. À travers le plancher, j'entendais Carl et Shannon dans le petit salon. Je n'entendais pas les mots, juste qu'ils se disputaient. Puis le silence. Des pas dans l'escalier, la porte de la chambre s'est refermée. Ils ont baisé.

J'ai enfoncé mon oreiller sur ma tête et je me suis chanté intérieurement le « Don't Go to Strangers » de J. J. Cale.

19

La neige avait fondu.

Je regardais dehors, à la fenêtre de la cuisine.

« Où est Carl ? ai-je demandé.

— Il voit des entrepreneurs, a répondu Shannon, qui était assise à la table derrière moi et lisait *Os Blad*. Ils doivent être sur le terrain de l'hôtel.

— Tu ne devrais pas y être, toi aussi, en tant qu'architecte ? »

Elle a haussé les épaules. « Il voulait y aller seul, m'a-t-il dit.

— Qu'écrit le journal ?

— Que le conseil municipal a ouvert les vannes de l'écluse, qu'Os va maintenant devenir une colonie de vacances pour riches citadins et que nous allons être leurs serviteurs. Que nous aurions mieux fait de construire un asile de réfugiés pour des gens qui ont vraiment besoin de nous.

— Eh ben, c'est Dan Krane qui écrit ça ?

— Non, c'est un courrier de lecteur, mais une bonne place lui est consacrée et on y fait référence en une.

— En une. Qu'écrit Krane dans son édito ?

— Une histoire sur le pasteur Armand. Des réveils spirituels et des guérisons, mais une semaine après qu'il avait quitté Os avec la collecte, les malades retrouvaient leurs fauteuils roulants. »

J'ai ri en scrutant le ciel au-dessus de l'Ottertind, la montagne au sud du lac de Budal. Tout en signes contradictoires, il révélait bien peu de la météo qui nous attendait. « Donc Krane n'ose pas critiquer Carl ouvertement, mais il accorde une bonne place à ceux qui osent.

— De toute façon, je n'ai pas l'impression qu'il y ait grand-chose à craindre de ce côté-là.

— De ce côté-là, peut-être pas. » Je me suis tourné vers elle. « Mais si tu penses toujours pouvoir découvrir ce que recherche Kurt Olsen, je pense que c'est le bon moment. »

Le Chute Libre était de ces lieux de sortie dont la nature est dictée par le marché. Ce qui en l'espèce impliquait de satisfaire un peu tous les besoins. Un long comptoir avec des tabourets pour ceux qui avaient soif, de petites tables rondes pour ceux qui avaient faim, une mini-piste de danse avec des boules à facettes pour ceux qui étaient en quête, un billard au feutre troué pour ceux qui s'ennuyaient et des bulletins de paris devant un téléviseur diffusant les courses pour ceux qui espéraient. J'ignore quel public était visé par le coq noir qui déambulait parfois entre les tables, mais il ne faisait de mal à personne et, inversement, n'obéissait ni aux commandes de bière ni à son nom, Giovanni. Toujours est-il que Giovanni serait regretté le jour où il disparaîtrait et où – d'après Erik Nerell – on le servirait aux habitués sous la forme d'un coq au vin un peu lourd, mais bien intentionné.

Il était quinze heures quand Shannon et moi sommes entrés dans le bar. Aucun signe de Giovanni, uniquement deux hommes rivés à l'écran où un peloton de chevaux crinières au vent galopait autour d'une piste. Nous nous sommes installés près de la fenêtre et, comme convenu, j'ai sorti l'ordinateur de Shannon, l'ai posé sur la table entre nous, avant de me lever et de me diriger vers le bar, d'où Erik Nerell nous observait depuis notre arrivée en faisant semblant de lire *Os Blad*.

« Deux cafés, ai-je commandé.

— OK. » Il a placé une tasse sous le bec d'un grand thermos et appuyé sur le couvercle.

« Du nouveau ? »

Il m'a lancé un regard suspicieux. J'ai désigné le journal d'un signe de tête.

« Ah, là. Non. Enfin... » Il a changé de tasse. « Non. »

En posant la tasse devant Shannon, j'ai vu qu'elle avait allumé l'ordinateur. Je me suis assis à ses côtés. Son fond d'écran était un gratte-ciel plutôt sombre et rectangulaire et, à mes yeux, tout à fait ordinaire, qu'elle m'avait expliqué être un *chef-d'œuvre*, la tour IBM de Chicago, dessinée par quelqu'un qu'elle appelait Mies.

J'ai regardé autour de moi. « Comment veux-tu procéder ?

— Toi et moi, on papote un peu en finissant notre café. Qui au passage est infect, mais je ne vais pas faire de grimaces parce qu'il nous regarde.

— Erik ?

— Oui. Et les deux là-bas, devant la télé, aussi. Ensuite, tu prendras l'ordinateur et tu feras semblant d'être très occupé, n'hésite pas à écrire un peu. Ne lève pas le nez et laisse-moi me charger du reste.

— D'accord. » J'ai bu une gorgée de café. Elle avait raison, il avait un goût chimique terrible, de l'eau chaude nature aurait été préférable. « J'ai googlisé l'endométriose. C'était écrit que si la méthode à l'ancienne ne marchait pas, on pouvait essayer la fivete. Vous l'envisagez ? »

Elle a écarquillé un œil, l'air furieux.

« C'est toi qui m'as dit de papoter.

— C'est pas papoter, ça, a-t-elle sifflé tout bas. C'est avoir une conversation sérieuse.

— Je peux parler de stations-service, si tu veux, ai-je répondu en haussant les épaules. Ou des problèmes comiques et humiliants qui surviennent quand tu ne peux pas replier le majeur de ta meilleure main. »

Elle a souri. Son humeur était changeante comme la météo à deux mille mètres d'altitude, mais être enveloppé dans ce sourire, c'était comme se glisser dans un bain chaud.

« Je voudrais un enfant, a-t-elle dit. C'est mon vœu le plus cher. Pas celui de la raison, bien sûr, mais celui du cœur. »

Elle a regardé par-dessus mon épaule, en direction d'Erik, a souri comme si son regard lui avait été rendu. Et si Erik ne savait pas ce que Kurt recherchait ? Je n'étais plus si sûr que tout cela soit une bonne idée.

« Et toi ? a-t-elle demandé.

— Moi ?

— Des enfants ?

— Ah. Oui, bien sûr. Avec plaisir. C'est juste que...

— Oui ?

— Je ne sais pas si je vaudrais grand-chose comme père.

— Moi, je sais que si, Roy.

— Alors il faudrait que la mère puisse être tout ce que je ne suis pas, et comprenne que c'est chronophage de faire tourner une station-service.

— Le jour où tu deviendras papa, tu trouveras peut-être que le monde n'est plus seulement fait de stations-service.

— Ou de gratte-ciel en aluminium anodisé. »

Elle a souri. « C'est temps.

— Il est temps.

— Il est temps. »

Nos regards se sont croisés, puis j'ai tiré l'ordinateur vers moi, ouvert un logiciel de traitement de texte et commencé à écrire. Je laissais les mots venir en prenant juste garde à les orthographier correctement. Au bout d'un moment, je l'ai entendue se lever et traverser la salle. Je n'avais pas besoin de regarder pour savoir que sa démarche était particulièrement chaloupée. Putain de soca. Je tournais le dos au bar, mais les pieds de tabouret qui raclaient le sol m'ont indiqué qu'elle s'était assise et parlait avec Erik Nerell, dont le regard était scotché à elle, comme lors de la soirée de *homecoming*. Alors que j'étais absorbé dans mes exercices d'orthographe, quelqu'un s'est laissé choir sur la chaise en face de moi, j'ai cru que c'était Shannon qui revenait déjà, bredouille, et paradoxalement, j'ai ressenti du soulagement. Mais ce n'était pas elle.

« Salut. »

La première chose que j'ai remarquée, c'est que les boucles permanentées de Grete étaient devenues blondes.

« Salut », ai-je répondu en essayant d'accentuer ces deux seules syllabes de façon à lui faire comprendre que j'étais terriblement occupé.

« Oui, oui, oui, c'est une belle allumeuse », a-t-elle observé.

Par réflexe, j'ai orienté mon regard dans la même direction qu'elle.

Shannon et Erik s'étaient rapprochés l'un de l'autre au-dessus du comptoir. Ils étaient de profil. Shannon riait, souriait, et j'ai vu Erik baigner dans la même chaleur que moi quelques minutes plus tôt. Peut-être était-ce parce que Grete avait semé ce *belle*, mais maintenant je le voyais. Shannon Alleyne Opgard n'était pas seulement jolie, elle était belle. Elle avait une façon d'absorber la lumière tout en la réfléchissant. Et putain, j'étais incapable de la quitter des yeux. Jusqu'à ce que j'entende de nouveau la voix de Grete.

« Ouh là là. »

Je me suis tourné vers elle. Ce n'était plus Shannon qu'elle regardait, mais moi.

« Quoi ?

— Rien, a-t-elle dit, un petit sourire aigrelet recourbant

les lombrics qui lui tenaient lieu de lèvres. Où est Carl aujourd'hui ?

— Sur le site de l'hôtel, je pense. »

Grete a secoué la tête et je me suis efforcé de ne pas me demander d'où elle pouvait tenir qu'il n'y était pas.

« Alors je ne sais pas. Il voit peut-être des associés.

— C'est sans doute plus exact, a-t-elle répondu, l'air de soupeser si elle allait m'en dire davantage.

— Je ne savais pas que tu traînais au Chute Libre », ai-je observé pour changer de sujet.

Elle a levé des bulletins de paris qu'elle avait dû ramasser sur la table sous la télé en entrant. « Pour papa. Même s'il dit qu'il ne serait pas contre miser sur les hôtels plutôt que les chevaux. Il pense que c'est le même principe. Investissement minimal avec possibilité de gros gains. A-t-il bien compris ?

— Aucun investissement. Possibilité d'un certain gain, oui. Mais aussi d'une grosse facture. Il devrait d'abord vérifier s'il a les moyens d'un *worst case* scénario.

— Oueurst quoi ?

— Scénario catastrophe.

— Ah, dans ce sens-là. » Elle a glissé les bulletins dans son sac. « Carl vend ça mieux que toi, Roy. » Elle a levé les yeux sur moi en souriant. « Mais ça a toujours été le cas. Salue-le de ma part. Et veille sur sa poupée Barbie. On dirait bien qu'elle a l'intention de l'égaler. »

Je me suis retourné et j'ai vu Shannon et Erik qui pianotaient sur leurs téléphones. Quand je suis revenu vers elle, Grete se dirigeait vers la sortie.

J'ai regardé l'écran, commencé à lire ce que j'avais écrit. Putain ! J'étais devenu complètement dingue ou quoi ? De nouveau, j'ai entendu un pied de chaise racler et je me suis dépêché de déplacer le document dans la corbeille.

« Fini ? s'est enquise Shannon.

— Ouaip. » J'ai refermé l'ordinateur et je me suis levé.
« Alors ? ai-je demandé une fois dans la Volvo.
— Je parie qu'il y aura du neuf dans le courant de la soirée. »

Après avoir conduit Shannon à la ferme, je suis redescendu à la station-service pour remplacer Markus, qui avait besoin de partir tôt ce soir-là.

« Du nouveau ? ai-je demandé à Julie.

— Nan. » Elle a produit une bulle de chewing-gum. « Alex est fâché. Il dit que je suis une allumeuse. Et Natalie va déménager.

— Où ça ?

— À Notodden. Je la comprends, il se passe rien ici.

— Absolument rien. » J'ai sorti une clef d'un tiroir sous la caisse enregistreuse. « Je vais jeter un œil dans l'atelier, d'accord ? »

Au lieu d'ouvrir les portes du garage, je suis entré par le bureau. J'ai senti à l'odeur de renfermé que je n'étais pas venu depuis longtemps. Nous y changions des pneus quand il faisait trop froid dehors, mais la fosse de graissage n'avait quasiment pas servi depuis la fin de l'activité de réparation d'automobiles. Quand je m'étais retrouvé seul à la ferme, après le départ de Carl, je m'étais aménagé une chambre au fond de l'atelier, avec un lit, une télé et une kitchenette. J'y habitais les mois d'hiver les plus froids, quand la route de la ferme était enneigée et qu'il me paraissait dénué de sens d'avoir à réchauffer la maison pour les quelques heures que j'y passais. J'ai fermé les portes de la station de lavage et je me suis douché. Jamais je n'ai été plus propre. De retour dans l'atelier, j'ai vérifié le matelas. Sec. La plaque de cuisson marchait. Même la télé s'est allumée après une petite hésitation initiale.

Je suis allé dans l'atelier.

Je suis resté là où nous avions coupé les bras, les jambes et la tête d'Olsen le vieux. Où *j*'avais coupé les bras, les jambes et la tête d'Olsen le vieux. Carl n'avait pas eu la force de regarder, et ça m'allait, à quoi bon regarder ? Le tracteur était resté dehors, pelle levée, pendant deux jours, puis je l'avais rentré dans la station de lavage. Tout s'était écoulé par la grille d'égout. J'avais ensuite rincé soigneusement la pelle au jet, et voilà. Ce que je ressentais en me trouvant dans cet endroit ? Y avait-il des fantômes ? Ça remontait à seize ans, tout ça. Et à l'époque non plus, cet après-midi, cette nuit ne m'avaient pas marqué plus que ça. Il n'y avait pas eu de place pour les émotions et les sentiments, tout bêtement. Et puis c'était à Huken que résidaient les éventuels fantômes, pas ici.

« Roy », a dit Julie quand je suis revenu dans la boutique, étirant les voyelles comme si j'avais un nom foutrement long. « As-tu un endroit où tu rêves d'aller ? » Elle feuilletait un magazine de voyage et m'a montré une plage où un jeune couple peu vêtu était allongé au soleil.

« Ben, ce serait Notodden. »

Elle m'a tiré la langue. « Quel est l'endroit le plus lointain où tu sois allé ?

— Je ne suis allé nulle part.

— Allez.

— Je suis allé dans le Sud. Dans le Nord, aussi. Mais jamais à l'étranger.

— Mais non ! » Elle a penché la tête sur le côté, m'a observé avant d'ajouter d'un ton moins catégorique : « Tout le monde est allé à l'étranger, non ?

— Je suis allé dans certains endroits lointains, mais c'était ici. » J'ai posé délicatement mon doigt bandé sur mon front.

« Comment ça ? » Elle a souri vaguement. « Genre tu as été fou ?

— J'ai découpé des gens en morceaux et j'ai abattu des chiens sans défense.

— Oui, et tu as lancé une bouée de sauvetage à ta femme qui se noyait, bourrée au champagne, a rappelé Julie en riant. Pourquoi les garçons de mon âge ne sont-ils pas marrants comme toi ?

— Ça prend du temps de devenir marrant. Du temps et des efforts. »

Quand je suis arrivé à la ferme ce soir-là, Shannon était assise dans le noir, dans le jardin d'hiver, vêtue de la vieille doudoune de Carl, d'un bonnet à moi, une couverture en laine sur les genoux.

« Il fait froid, mais c'est tellement beau ici, juste après le coucher du soleil, a-t-elle commenté. À la Barbade, la nuit arrive d'un seul coup. Et Toronto est une ville si plate avec tant de bâtiments hauts qu'à un moment donné on ne voit plus le soleil, point final. Mais ici on voit tout en *slow motion*.

— Au ralenti.

— Il y a tant de jeux de lumière. Sur le lac, sur les montagnes, derrière les montagnes. C'est comme un photographe qui se lâche sur les réglages lumineux. J'adore la nature norvégienne. » Et d'ajouter, avec emphase. « La nature sauvage et nue de Norvège. »

Je me suis assis à côté d'elle avec le café que je m'étais servi sur la cuisinière. « Carl ?

— Il devait baratiner quelqu'un d'important pour le projet. Un vendeur de voitures d'occasion.

— Willumsen. Et à part ça ?

— À part ça ?

— Rien de neuf ?

— Comme quoi ? »

La lune a pointé sa face pâle à travers une fissure dans la

couverture nuageuse. Comme un comédien avant le spectacle, qui jette un regard discret sur son public derrière le rideau. Et au soleil qui se réfléchissait sur son visage, j'ai pu voir que c'était exactement ce qu'elle était : une comédienne au bord d'éclater.

« Il n'a pas réussi à attendre au-delà de vingt heures », a-t-elle déclaré en sortant sa main de sous la couverture pour me tendre le téléphone. « Je lui ai dit qu'il me plaisait, que je m'ennuyais ici et je lui ai demandé de m'envoyer des photos. Il a voulu savoir quel genre. J'ai dit que je voulais de la nature norvégienne. De la nature norvégienne sauvage et nue. Volontiers en pleine floraison.

— Et il t'a envoyé ça ? » J'ai regardé le selfie élaboré d'Erik Nerell. Un *nude*, et c'était peu de le dire. Il était allongé à poil devant une cheminée, sur ce qui ressemblait à une peau de renne. Enduit d'une substance qui conférait une luisance mate à ses muscles bandés. Et au centre de la photo : une impeccable érection.

Certes, son visage était hors cadre, mais il y avait là largement de quoi être reconnu par une compagne enceinte.

« Il prétendra sans doute m'avoir mal comprise, a dit Shannon, mais je me sens incroyablement offensée par cette photo, et je pense que ce sera pareil pour son beau-père.

— Son beau-père ? Pas sa compagne ?

— J'y ai un peu réfléchi. Erik trouvait un peu trop bien ses mots. À mon avis, il sait qu'il est capable de baratiner sa petite amie enceinte, en faisant acte de contrition, demandant pardon et patati et patata. Mais un beau-père, en revanche...

— Putain, ce que tu es mauvaise, me suis-je marré.

— Non, a-t-elle répondu d'un ton grave. Je suis une bonne personne. Je fais ce qu'il faut pour protéger ceux que j'aime. Y compris de mauvaises actions. »

J'ai acquiescé. Quelque chose me disait que ce n'était pas

forcément la première fois. J'allais parler quand j'ai entendu le splendide bruit d'une huit cylindres américaine. D'abord les faisceaux lumineux puis la Cadillac elle-même ont débouché du virage des Chèvres. Carl s'est garé, est sorti. Il est resté debout à côté de la voiture, a levé son téléphone à son oreille. Il parlait à voix basse en marchant vers la maison. Je me suis calé dans mon dossier, ai basculé l'interrupteur sur le mur derrière nous. J'ai vu que Carl sursautait en nous apercevant dans le jardin d'hiver juste devant lui. Comme pris en flagrant délit. Alors que c'était moi qui ne voulais pas me faire prendre en flagrant délit de me cacher dans le noir avec Shannon. J'ai éteint de nouveau pour indiquer que nous préférions être dans le noir, c'était tout. Et j'ai alors su que j'avais pris la bonne décision.

« Je vais déménager à l'atelier, ai-je annoncé doucement.

— Quoi ? a répondu Shannon tout aussi bas. Pourquoi ?

— Pour vous laisser un peu de place.

— De place ? Mais on n'a que ça, de la place. Toute une maison et toute une montagne pour seulement trois personnes. Tu ne peux pas rester, Roy ? Pour moi ? »

J'ai essayé de distinguer son visage dans le noir. Le pensait-elle ou était-ce juste des paroles en l'air ? Mais la lune s'était recachée et elle n'a rien dit d'autre.

Carl est venu nous rejoindre par le petit salon.

« Bon, eh bien, la date limite pour entrer dans la SNC de l'Hôtel Spa de Haute Montagne d'Os est maintenant dépassée, a-t-il annoncé en se laissant choir dans un fauteuil en osier, une bière ouverte à la main. « Nous sommes quatre cent vingt associés, soit tous ceux qui ont du bien dans le bourg. La banque est prête et j'ai parlé aux entrepreneurs. Sur le papier, nous pouvons faire venir les pelleteuses après l'assemblée générale de demain.

— Pour creuser quoi ? ai-je demandé. Il faut d'abord dynamiter, non ?

— Oui, oui, c'était une image. Je vois les pelleteuses comme des tanks à la conquête de ce sommet.

— Tu n'as qu'à faire comme les Américains et bombarder d'abord. Éliminer toute vie. *Ensuite* tu pourras conquérir. »

J'ai entendu sa joue frotter contre son col de chemise quand il a tourné la tête vers moi dans l'obscurité. Il se demandait sans doute si je sous-entendais quelque chose.

« Willum Willumsen et Jo Aas ont accepté d'être membres du conseil d'administration, a-t-il poursuivi. À condition que l'assemblée générale m'élise comme PDG.

— Tu m'as l'air d'avoir tout sous contrôle.

— On peut le dire. L'avantage de la SNC, contrairement à la société anonyme, c'est que la loi n'exige pas de conseil d'administration, d'expert-comptable et tous ces machins de contrôle. On aura un conseil d'administration et un expert-comptable parce que la banque le demande mais, dans les faits, un PDG peut diriger la société en despote éclairé et ça rend tout tellement plus fluide. » Il y a eu un glouglou dans sa bouteille de bière.

« Roy dit qu'il veut déménager, a glissé Shannon. Au garage.

— N'importe quoi, a-t-il tranché.

— Il dit qu'on a besoin de place.

— D'accord, ai-je dit. C'est peut-être moi qui ai besoin de place. Je suis peut-être devenu un peu sauvage.

— Alors ça devrait être à Shannon et à moi de déménager, a-t-il protesté.

— Non. Je suis content qu'il y ait plus d'une personne qui habite ici. La *maison* est contente d'abriter plus de monde.

— Alors trois, ce doit être mieux que deux, a-t-il objecté, et j'ai eu l'impression qu'il posait sa main sur les genoux de Shannon. Et qui sait, un jour, on sera peut-être quatre. » Il y a eu un grand silence pendant deux secondes, et il s'est repris. « Ou pas. J'ai dit ça parce que je viens de voir Erik et Gro qui faisaient une petite promenade du soir. Elle a un bon ventre maintenant. »

Toujours pas de réaction. Glouglou de la bouteille. Rot de Carl. « Pourquoi est-ce qu'on discute si souvent dans le noir, tous les trois ? »

Pour ne pas avoir à garder des visages impavides, ai-je pensé. « Je parlerai à Erik demain, ai-je déclaré. Je déménagerai dans la soirée. »

Carl a soupiré. « Roy… »

Je me suis levé. « Je vais me coucher maintenant. Je vous adore, mais j'ai hâte de ne pas avoir à voir d'autres trognes quand je me lève le matin. »

Cette nuit-là, j'ai dormi comme une souche.

20

Erik Nerell habitait sur l'extérieur. J'avais expliqué à Shannon qu'en disant « sur l'extérieur » on voulait dire en direction de la rivière Kjetterelva, l'affluent du lac de Budal. Le lac avait une forme de V renversé, avec le bourg situé pile au coude. La nationale longeait le rivage de part et d'autre du V et servait de repère. Aas, Moe le couvreur-zingueur et Willumsen habitaient « sur l'intérieur », ce qui passait pour être un poil plus chic, avec des terres plus plates et plus ensoleillées, alors que le chalet d'Olsen et la ferme de Nerell étaient donc « sur l'extérieur », côté ombre. Sur l'extérieur se trouvait aussi le sentier qui menait au chalet des Aas, où, dans notre jeune temps, Carl, Mari et moi, et toute une bande de gens de notre âge, nous rendions en douce pour faire la fête jusqu'au petit matin.

J'y repensais un peu en conduisant.

Je me suis garé devant la grange, derrière un sleeper Ford Cortina. Gro, la compagne d'Erik, m'a ouvert. Comment des bras si courts avaient-ils pu dépasser ce ventre rebondi pour atteindre la poignée de porte ? Elle avait dû attaquer le problème latéralement. Stratégie que j'avais moi-même prévu d'adopter. Je lui ai demandé si Erik était là.

« Il fait sa muscu. » Elle a pointé du doigt la grange.

« Merci. Ça sent la fin, là, non ?

— Oui, a-t-elle répondu en souriant.

— Mais vous faites toujours votre promenade du soir, Erik et toi, il paraît ?

— Il faut bien sortir le chien et la gonzesse, a fait Gro en riant, mais on ne s'éloigne jamais de plus de trois cents mètres de la maison maintenant. »

Erik ne m'a ni vu ni entendu quand je suis entré. Il était allongé sur un banc et soulevait de la fonte. La barre sur la poitrine, il a soufflé avant de rugir en la hissant. J'ai attendu qu'il l'ait remise sur le support avant de pénétrer dans son champ de vision, il a sorti les écouteurs de ses oreilles et j'ai entendu les aigus de « Start Me Up ».

« Roy. Tu es matinal.

— Tu as l'air drôlement musclé et fort.

— Merci. » Il s'est levé et a enfilé une veste en polaire par-dessus son T-shirt mouillé. Un T-shirt des Hollywood Brats. Son cousin au troisième degré, Casino Steel, avait joué du synthé dans ce groupe, et Erik affirmait mordicus que si le moment avait été un peu plus propice, les Hollywood Brats auraient pu dépasser les Sex Pistols et les New York Dolls. Il nous avait fait écouter un ou deux de leurs morceaux et je m'étais dit que ce n'était sans doute pas seulement le moment qui n'était pas bon. Mais j'aimais bien son engagement passionnel. D'ailleurs, je l'aimais bien lui, ce n'était pas ça.

« On a un problème. Cette photo que tu as envoyée à Shannon n'a pas été très bien reçue. »

Erik a pâli et cligné des yeux trois fois.

« Elle est venue me voir en me disant qu'elle ne la montrerait pas à Carl parce qu'il allait péter les plombs, mais qu'elle voulait aller chez le lensmann. D'après la loi, c'est de l'exhibitionnisme, ça.

— Non, non, non, écoute, elle m'avait dit…

— Elle avait parlé de photos de nature. Quoi qu'il en soit, je l'ai dissuadée de porter plainte, je lui ai expliqué que ça causerait un tas de problèmes pour tout le monde et que ce serait hyper traumatisant pour Gro. »

J'ai vu ses maxillaires se contracter au son du prénom de sa compagne.

« Quand elle a su que tu allais avoir un bébé, elle a dit qu'elle voulait montrer la photo à ton beau-père, qui n'aurait qu'à décider ce qu'il fallait faire. J'ai bien peur que Shannon soit une fille très déterminée. »

Erik avait toujours la bouche ouverte, mais plus rien n'en sortait.

« Je suis venu pour t'aider. Voir si je pouvais l'arrêter. Je n'aime pas les histoires, tu le sais.

— Oui, a répondu Erik avec un point d'interrogation presque inaudible à la fin.

— Par exemple, je n'aime pas quand les gens traînent sur notre propriété, là où papa et maman sont morts. En tout cas, ça me donne envie de savoir ce qui se passe. »

Erik a encore cligné des yeux. Comme pour me signifier du regard qu'il avait compris, qu'il saisissait que je voulais faire un échange.

« Olsen va envoyer des gens en bas quoi qu'il advienne, n'est-ce pas ?

— Oui. Il a commandé une tenue de protection en Allemagne. Ça ressemble un peu à ce qu'utilisent les démineurs et, apparemment, avec ça, tu es en sécurité sauf si tu te prends carrément un gros rocher. En plus, tu restes libre de tes mouvements.

— Qu'est-ce qu'il cherche ?

— Tout ce que je sais, c'est qu'il veut y descendre, Roy.

— Non. Ce n'est pas lui qui va y descendre, c'est toi. Alors il a dû t'expliquer ce que tu devais chercher.

— Si je le savais, je n'aurais pas le droit de le dire, Roy, tu le comprends bien.

— Bien sûr. Et toi, tu dois bien comprendre que je ne me sens pas le droit d'arrêter une fille qui a été si clairement offensée. »

Erik Nerell me fixait avec des yeux de chien battu. Les épaules tombantes, les mains sur les genoux. Dans les écouteurs sur le banc, entre ses cuisses, tournait toujours « Start Me Up ».

« Vous m'avez piégé. Toi et cette poufiasse. Il est bien en bas, non ?

— Qu'est-ce qui est bien en bas ?

— Le portable de l'ancien lensmann. »

Je conduisais la Volvo d'une main, en tenant mon téléphone de l'autre. « Le portable de Sigmund Olsen a borné jusqu'à vingt-deux heures le soir de sa disparition.

— De quoi tu parles ? » a grogné Carl d'une voix pâteuse. Il semblait avoir la gueule de bois.

« Toutes les demi-heures, un portable allumé émet un signal enregistré par les antennes-relais qui lui donnent du réseau. Autrement dit, les données enregistrées par ces antennes indiquent où le téléphone s'est trouvé et à quel moment.

— Et ?

— Récemment, Kurt Olsen est allé parler avec le téléopérateur en ville, et il a obtenu les données du jour de la disparition de son père.

— Elles sont conservées pendant si longtemps ?

— Manifestement. Le portable a borné dans deux antennes-relais qui montrent que Sigmund Olsen – ou du moins son portable – n'a pas pu être à son chalet à l'heure où le témoin dit avoir entendu une voiture s'arrêter et un moteur de bateau démarrer. C'était après la tombée de la nuit et le portable se trouvait alors dans une zone qui ne couvre que notre ferme,

Huken, la ferme de Simon Nergard et la forêt qui descend au bourg. Ce qui cadre mal avec l'information que tu as donnée à la police selon laquelle Sigmund Olsen aurait quitté notre ferme à dix-huit heures trente.

— Je n'ai pas dit où le lensmann était parti, juste qu'il avait quitté la ferme. » Carl semblait désormais réveillé et lucide. « À tous les coups, il s'est arrêté quelque part entre chez nous et le bourg. Cette voiture et ce bateau que le témoin a entendus après la tombée de la nuit appartenaient peut-être à quelqu'un d'autre, après tout, il n'y a pas que le chalet d'Olsen là-bas. Ou alors le témoin se souvient mal de l'horaire, ce n'était pas précisément des événements très notables.

— Je suis d'accord. » J'ai noté que je me rapprochais d'un tracteur. « Mais au-delà des questions de chronologie, ce qui m'inquiète le plus, c'est l'idée que Kurt trouve le téléphone dans Huken. Parce que, d'après Erik Nerell, c'est *ça* qu'il cherche.

— Oh, merde ! Mais est-ce qu'il pourrait y être ? Tu n'avais pas rangé derrière lui ?

— Si. Il ne restait rien. Mais tu te souviens qu'il commençait à faire nuit quand on a remonté le corps et que je me suis réfugié dans la voiture en entendant une pierre tomber ?

— Oui ? »

J'ai déboîté sur l'autre voie. Je voyais bien que nous étions trop près du virage, mais je l'ai fait quand même. J'ai appuyé sur l'accélérateur et je me suis rabattu prestement devant le tracteur au début du virage, j'ai pu voir le conducteur secouer la tête dans mon rétro.

« Ce n'était pas une pierre qui tombait, c'était son portable. Il l'avait dans un étui en cuir clippé à la ceinture. Quand on l'a remonté, l'étui a frotté contre la paroi et été arraché, mais dans le noir, je ne l'ai pas vu.

— Qu'est-ce qui te rend si sûr de ton fait ?

— C'est que ça m'a rappelé un truc. Il manquait quelque chose quand j'ai regardé le cadavre. Et ensuite, quand on était au garage et qu'on allait le mettre en pièces, j'ai enlevé la ceinture et découpé les vêtements. J'ai fait les poches pour enlever tout ce qui était métallique avant qu'on laisse Fritz s'occuper du reste. Il y avait des pièces de monnaie, la boucle de ceinture et un briquet. Mais pas de portable. Putain, je n'y ai même pas pensé, je *savais* pourtant qu'il le gardait dans cet étui en cuir ringard. »

Le silence a duré quelque temps au bout du fil. « Alors qu'est-ce qu'on fait ? a finalement demandé Carl.

— Il faut qu'on redescende dans Huken. Avant Kurt.

— Et quand est-ce qu'il va y aller ?

— Kurt a reçu la combinaison hier. Erik va le retrouver pour l'essayer maintenant, à dix heures, ensuite ils montent directement à Huken. »

Le souffle de Carl a grésillé dans l'appareil. « Oh ! merde ! »

21

C'était comme si la redite, la seconde descente, allait plus lentement et pourtant plus vite. Plus vite, parce que nous avions résolu les problèmes pratiques et que nous nous souvenions des solutions. Plus lentement parce que nous devions faire vite, puisque nous ne savions pas quand Kurt et son équipe de grimpeurs arriveraient, et cela me donnait ce sentiment qu'on a dans les cauchemars quand on est poursuivi et qu'on veut s'enfuir, mais que c'est comme si on courait dans l'eau. Shannon s'était positionnée au bout du virage des Chèvres, d'où elle pouvait voir les voitures quitter la route principale. Nous avons utilisé la même corde que la dernière fois, ce qui signifiait que Carl savait exactement jusqu'où reculer la Volvo pour me permettre d'arriver en bas.

Quand j'ai enfin atteint le sol, je me suis détaché avant de me tourner lentement. Seize ans. Mais on aurait dit que le temps s'était arrêté ici. Au sud, une paroi basse, partiellement en surplomb, empêchait la pluie de tomber directement, mais l'eau ruisselait lentement le long de la falaise plus haute, avant d'être déviée entre les pierres. Ce qui expliquait probablement le peu de corrosion de l'épave et l'état quasi intact des pneus, bien que la gomme semble légèrement endommagée par le temps. Aucun animal n'étant venu s'installer dans la Cadillac de papa, les housses des sièges et les panneaux de garniture étaient en bon état aussi.

J'ai regardé l'heure. Dix heures et demie. Putain ! J'ai fermé les yeux et essayé de me souvenir où j'avais entendu le bruit de la chute sur le sol à l'époque. Non, ça faisait trop longtemps. Mais sans autres forces en jeu que la gravité, le téléphone avait dû tomber à l'aplomb du corps. L'aplomb. Je m'étais fait la réflexion quand j'étais descendu chercher Olsen. Une simple loi de la physique qui veut que la chute d'un solide sans élan horizontal suive la direction du fil à plomb, la verticale, mais j'avais sciemment chassé cette idée à l'époque et autant la chasser maintenant aussi. J'avais une lampe de poche et j'ai entrepris de chercher entre les blocs de pierre contre la paroi. La situation étant identique à la dernière fois, où nous avions reculé en voiture sur ce même chemin étroit là-haut, je savais que le téléphone avait dû tomber à peu près ici, mais il avait pu se glisser parmi cent pierres. Ou, bien sûr, ricocher et atterrir ailleurs. Au moins, il était protégé par son étui en cuir, et n'était sans doute pas en miettes réparties aux quatre vents. Tant mieux. Enfin, si jamais je retrouvais cette saloperie.

Je savais qu'il me fallait être systématique, ne pas céder aux lubies, à l'impression de savoir où il était, et courir partout comme les poules sans tête que maman n'avait pas la force de retenir quand papa les avait décapitées. J'ai défini un carré où on pouvait raisonnablement penser trouver le téléphone et j'ai commencé par le coin en haut à gauche. Agenouillé, je regardais, soulevais les pierres, éclairais les interstices. Dans les creux où je ne pouvais ni voir ni glisser la main, je me servais du smartphone de Carl et de sa perche à selfie et passais en mode vidéo, torche allumée.

Il s'était écoulé quinze minutes, j'étais vers le milieu du carré et j'avais introduit la perche entre deux rocs de la taille d'un frigo, quand j'ai entendu la voix de Carl là-haut.

« Roy… »

J'ai compris.

« Shannon les voit !

— Où ça ? ai-je crié.

— Ils prennent la montée ! »

Nous avions maximum trois minutes devant nous. J'ai retiré la perche et regardé l'enregistrement vidéo. J'ai sursauté en apercevant une paire d'yeux dans le noir. Une putain de souris. Elle se tournait, présentait sa queue luisante et disparaissait. Et c'est là que je l'ai aperçu. Un trou avait été rongé dans l'étui noir, mais cela ne faisait pas l'ombre d'un doute, c'était le téléphone de l'ancien lensmann Olsen.

Je me suis couché à plat ventre et j'ai plongé la main entre les pierres, mais je n'avais pas le bras assez long, mes doigts ne faisaient que gratter le granit ou le vide. Merde ! Si j'avais réussi à repérer le téléphone, ils allaient y arriver aussi. Il fallait que je déplace ce putain de roc. Je me suis arc-bouté en prenant appui sur la falaise et j'ai tendu les jambes. Il n'a pas bougé.

« Ils sont dans le virage du Japon ! »

J'ai essayé encore une fois. Je sentais la sueur perler sur mon front, mes muscles et mes tendons frôler le point de rupture. Y avait-il eu un léger mouvement ? J'ai répété la manœuvre. Oui, un mouvement. Dans mon dos. J'ai crié de douleur. Ooh ! merde ! Je suis tombé. Pouvais-je bouger ? Oui, bordel, c'est juste que ça faisait foutrement mal.

« Maintenant, ils sont…

— Quand je te dis accélère, tu accélères et tu avances de deux mètres ! »

J'ai tiré sur la corde. Je n'ai pu faire qu'un tour autour du roc avant d'opter pour ce que papa appelait un *bow line*. Je me suis positionné derrière le roc, prêt à pousser si la Volvo parvenait à le soulever un tant soit peu.

« Accélère ! »

J'ai entendu le moteur rugir, une grêle de cailloux s'est abattue sur moi et je m'en suis pris un en pleine poire, mais j'ai senti le roc se lever et je me suis rué dessus comme un linebacker américain. Le roc a semblé déséquilibré, puis il a basculé. Le sol a exhalé une odeur d'eau croupie et j'ai eu le temps d'apercevoir un fourmillement de bestioles qui cherchaient à échapper à la soudaine lumière alors que je tombais à genoux pour saisir le téléphone. Au même instant, j'ai entendu un bruit sourd. J'ai levé le nez pour voir le bout de corde usée filer le long de la paroi et le roc revenir vers moi. J'ai bondi en arrière. Je suis resté sur le cul, tremblant, à bout de souffle, à fixer le roc qui s'était remis à sa place, telle une mâchoire à laquelle je venais d'échapper.

La Volvo s'est arrêtée, Carl avait dû sentir qu'il n'avait plus de résistance. J'entendais à la place un autre moteur, le bruit de tracteur d'un Land Rover qui peinait dans la côte. Le son portait sans doute encore un ou deux virages de distance, mais la corde était sept ou huit mètres au-dessus de moi.

« Recule ! » ai-je crié, détachant le morceau arraché autour de la pierre pour l'enrouler et le fourrer dans ma poche de veste, par-dessus l'ancien téléphone portable d'Olsen.

La corde était redescendue, mais restait à trois mètres de moi et j'ai compris que Carl était arrivé au bord. Agrippant une pierre de ma bonne main, la gauche, pour me hisser, j'ai senti le bloc entier bouger. Moi qui croyais mentir en évoquant toutes les pierres que nous entendions tomber, c'était bien vrai qu'elles ne tenaient pas, mais je n'avais pas le choix. J'ai posé la main droite sur une saillie et, par chance, mon dos me faisait tellement souffrir que je n'ai pas senti mon majeur. J'ai réussi à placer mes pieds en haut du bloc, mes mains encore plus haut, et j'ai ensuite remonté mes pieds jusqu'à ce que j'aie l'air d'une chenille repliée sur elle-même avant de m'étirer pour attraper l'extrémité de la corde de la main droite. Et ensuite ? Je devais me servir de mon autre main pour me retenir et je ne pouvais pas faire un nœud avec une seule main.

« Roy ! » C'était la voix de Shannon. « Ils approchent du dernier virage.

— Mets les gaz ! ai-je crié en saisissant la corde cinquante centimètres plus haut et parvenant à l'enrouler une fois et demie autour de ma main. « À fond ! »

Il a reçu le message cinq sur cinq, je me suis senti hissé et j'ai passé ma main gauche sur la corde tout en contractant les abdos et levant les jambes pour plaquer les pieds contre la falaise. Sur quoi j'ai couru droit au ciel. J'avais demandé à Carl d'accélérer fortement non pas parce que Olsen et compagnie approchaient, mais parce qu'il y a des limites au nombre de secondes où on a la force d'être pendu à une corde par les mains. J'aime à penser que, ce matin-là, j'ai établi une forme de record du monde du cent mètres vertical. Je crois aussi que, à l'instar des meilleurs sprinteurs, je n'ai pas respiré une seule fois. Je ne pensais qu'au précipice qui grandissait sous moi, à la mort de plus en plus certaine à chaque seconde, chaque dizaine de mètres. Et quand j'ai franchi le bord du virage des Chèvres, j'ai continué de m'accrocher, je me suis étalé et laissé traîner sur plusieurs mètres dans la terre et les graviers, avant de sentir que je pouvais lâcher en toute sécurité. Shannon m'a aidé à me relever et nous nous sommes engouffrés dans la voiture.

« Va à l'arrière de la grange ! » ai-je ordonné.

Nous arrivions sur la terre boueuse quand j'ai vu le Land Rover d'Olsen franchir le virage des Chèvres. J'espérais qu'il ne nous avait pas vus, ni nous ni la corde qui serpentait comme un anaconda dans l'herbe derrière la Volvo.

Je suis resté à reprendre mon souffle sur le siège avant pendant que Carl sortait enrouler la corde. Shannon s'est élancée au coin de la grange pour observer le virage.

« Ils se sont arrêtés là-bas, a-t-elle annoncé. On dirait qu'ils ont amené un… comment on dit *beekeeper* ?

— Apiculteur, a répondu Carl. Ils doivent avoir peur qu'il y ait des abeilles au fond du précipice. »

J'ai éclaté de rire mais à chaque secousse c'était comme si des poignards me transperçaient le dos.

« Carl, ai-je demandé tout bas. Pourquoi tu as dit que tu étais chez Willumsen hier soir ?

— Quoi ?

— Willumsen habite sur l'intérieur. Tu as vu Erik et sa femme alors qu'ils habitent sur l'extérieur. »

Carl n'a pas répondu. « À ton avis ? a-t-il fini par demander.

— Tu voudrais que je le devine. Pour n'avoir qu'à le confirmer plutôt que devoir dire la vérité ?

— D'accord, a dit Carl en vérifiant dans le rétroviseur que Shannon était toujours au coin de la grange, en train d'espionner Olsen et compagnie. J'aurais pu dire que j'avais besoin de faire un tour pour réfléchir. Ce qui aurait été vrai. Le maître d'œuvre a revu son devis à la hausse de quinze pour cent hier.

— Ah ?

— Il repousse le début des travaux parce qu'il considère que notre étude de sol est insuffisante et que nous n'avons pas expliqué clairement à quel point le terrain était exposé aux intempéries.

— Et que dit la banque ?

— La banque n'est pas au courant. Et maintenant que j'ai vendu le projet aux associés pour quatre cents millions de couronnes, je ne peux pas leur présenter un écart budgétaire de soixante bâtons alors qu'on n'a même pas commencé.

— Qu'est-ce que tu vas faire ?

— Je vais dire au maître d'œuvre d'aller se faire voir et je vais signer les contrats avec les sous-traitants moi-même. C'est plus de boulot, je vais devoir traiter avec l'entreprise de charpenterie, les maçons, les électriciens, tout ça, et assurer le suivi, mais ce sera bien moins cher qu'avoir un maître d'œuvre qui prend dix ou vingt pour cent de commission sur la simple location des services d'une entreprise d'électricité.

— Mais ce n'est pas pour ça que tu es sorti hier ? »

Carl a secoué la tête. « Je… »

Il s'est interrompu quand la portière arrière s'est ouverte et que Shannon s'est assise sur la banquette.

« Ils préparent la descente. Ça pourrait prendre du temps. De quoi parlez-vous ?

— Roy me demandait où j'étais hier et j'allais lui dire que j'étais allé au chalet d'Olsen. Je suis descendu à la remise à bateaux. J'ai essayé d'imaginer tout ce que Roy avait traversé ce soir-là. » Carl a inspiré profondément. « Tu as mis en scène un suicide et failli te noyer. Tout ça pour sauver ma peau. Tu n'en as jamais marre, Roy ?

— Marre ?

— De faire le ménage derrière moi.

— Ce n'est pas ta faute si Olsen est tombé dans Huken. »

Il m'a regardé. Je ne sais pas s'il a vu à quoi je pensais. La direction du fil à plomb. Sigmund Olsen qui avait atterri à l'extrémité de la voiture, à cinq mètres de la falaise. Je ne sais pas si c'est ce qui l'a fait inspirer profondément et dire : « Roy, il y a une chose qu'il faut que tu saches à propos de ce jour-là…

— Je sais ce que j'ai besoin de savoir, ai-je coupé. Et c'est que je suis ton grand frère. »

Carl a hoché la tête, souri, mais il avait l'air au bord des larmes. « C'est si simple que ça, Roy ?

— Oui. Au fond, c'est si simple que ça. »

22

Nous étions dans la cuisine en train de boire un café quand ils ont fini ce qu'ils avaient à faire au virage des Chèvres. J'avais pris mes jumelles et j'ai réglé la focale sur leurs visages. Il était quinze heures, ils y avaient passé près de quatre heures. J'ai entrouvert la fenêtre pour essayer d'entendre ce que criait Kurt Olsen. Sa bouche, sans cigarette pour une fois, formait des mots clairs et nets et le cramoisi de son teint ne relevait plus uniquement de l'abus d'UV. Le langage corporel d'Erik, en revanche, trahissait davantage d'indifférence et probablement le souhait de partir de là. Peut-être sentait-il que le lensmann nourrissait des soupçons. Les deux personnes qui les assistaient semblaient légèrement perplexes, elles ne savaient sans doute rien du but de l'opération, puisque Olsen connaissait suffisamment le fonctionnement d'une rumeur pour limiter la diffusion de l'information au « strict nécessaire », comme on dit.

Erik a quitté sa tenue comique de démineur, puis il est monté dans le Land Rover de Kurt avec les deux autres, tandis que Kurt lui-même restait la tête tournée vers la maison. Je comprenais bien qu'avec le soleil droit sur la fenêtre il ne pouvait pas nous voir, mais le verre des jumelles avait pu scintiller. Peut-être avait-il remarqué les traces fraîches de patinage et l'empreinte de la corde dans la terre. Ou alors j'étais juste parano. Quoi qu'il en soit, il a craché par terre avant de se mettre au volant et de partir.

Je suis allé de pièce en pièce pour emballer mes affaires. Du moins celles que je pensais pouvoir m'être utiles. Même si je ne partais pas loin, je ne négligeais aucun détail. Je faisais mes bagages comme si je n'allais plus jamais revenir.

J'étais dans notre chambre d'enfants en train de fourrer ma couette et mon oreiller dans un grand sac Ikea bleu, quand j'ai entendu la voix de Shannon derrière moi.

« C'est si simple que ça ?

— De déménager ? ai-je demandé sans me retourner.

— Tu es son grand frère. C'est pour ça que tu l'aides toujours ?

— Oui, quelle autre raison est-ce que je pourrais avoir ? »

Elle est entrée, a refermé la porte, s'est adossée au mur, les bras croisés. « Un jour, en *second grade* à l'école primaire, j'ai poussé une copine. Elle s'est cogné la tête contre l'asphalte. Juste après, elle s'est mise à porter des lunettes. Elle ne s'était jamais plainte de sa vue par le passé et j'étais persuadée que c'était ma faute. Je ne l'ai pas dit, mais j'espérais qu'elle me pousserait aussi pour pouvoir me cogner la tête sur l'asphalte. Trois ans plus tard, quand elle a imputé le fait de ne pas avoir d'amoureux à ses lunettes, j'ai silencieusement endossé cette responsabilité aussi, et je me suis efforcée de passer plus de temps avec elle que j'en avais envie. Elle avait toujours eu des difficultés d'apprentissage, mais quand elle a dû redoubler sa sixième, je me suis persuadée que c'était à cause de son coup sur la tête. Alors moi aussi, j'ai redoublé ma sixième. »

J'ai suspendu mon geste. « Tu as quoi ?

— J'ai séché l'école, je ne faisais jamais mes devoirs et quand on avait un contrôle, je faisais exprès de répondre faux aux questions les plus évidentes. »

J'ai ouvert la penderie et entrepris de ranger mes T-shirts pliés, mes chaussettes et mes sous-vêtements dans un sac. « Elle s'en est bien sortie ?

— Oui. Elle a arrêté de porter des lunettes. Et un jour, je l'ai surprise avec mon petit copain. Elle a dit qu'elle était désolée et qu'elle espérait que j'aurais un jour l'occasion de lui briser le cœur comme elle m'avait brisé le mien. »

J'ai souri en glissant la plaque d'immatriculation de la Barbade dans le sac. « Quelle est la morale de l'histoire ?

— Que, parfois, le sentiment de culpabilité est vain et ne sert aucune des personnes concernées.

— Tu penses que je me sens coupable de quelque chose ? »

Elle a penché la tête sur le côté. « Est-ce le cas ?

— Coupable de quoi ?

— Je ne sais pas.

— Moi non plus. » J'ai tiré la fermeture Éclair.

J'allais ouvrir la porte quand elle a posé une main légère sur ma poitrine. Le contact m'a fait ressentir un chaud-froid intérieur.

« Carl ne m'a pas tout dit, n'est-ce pas ?

— Tout sur quoi ?

— Sur vous deux.

— On ne peut jamais tout raconter. Sur qui que ce soit. »

Puis j'ai franchi la porte.

Carl m'attendait dans le « haaall » de maman, il m'a étreint chaleureusement sans un mot.

Et c'est ainsi que j'ai quitté la maison.

J'ai balancé mes affaires sur la banquette arrière, suis monté à l'avant, me suis frappé le front contre le volant, ai tourné le contact, accéléré vers le virage des Chèvres. L'espace d'un instant, cette possibilité m'a traversé. La solution définitive. Un tas d'épaves et de cadavres qui ne faisait que grandir et grandir.

Trois jours plus tard, j'étais sur le terrain du Os FK, et je regrettais presque de ne pas être allé tout droit au lieu de tourner le volant dans le virage des Chèvres. Il faisait cinq degrés, il pleuvait des cordes, et on était à 0-3. Ce n'était pas que ça me préoccupait, je n'en ai rien à foutre du foot, mais je venais de comprendre que l'autre match, celui contre Olsen et le passé, celui que je pensais gagné, n'en était qu'à peine à la mi-temps.

23

Carl était venu me chercher dans sa Cadillac.

« Merci de m'accompagner, avait-il dit alors qu'il se promenait dans l'atelier de mécanique.

— On joue contre qui ? avais-je demandé en enfilant mes bottes.

— Je ne me souviens plus. » Il s'est arrêté devant le tour de haute précision. « Mais apparemment, c'est un match que nous devons gagner pour éviter la relégation.

— Dans quelle division ?

— Qu'est-ce qui te fait croire que je m'y connais plus en foot que toi ? » Il avait passé la main sur les outils accrochés au mur, ceux que Willumsen n'avait pas emportés. « Putain, j'en ai fait quelques-uns, des cauchemars sur cet endroit. » Il reconnaissait peut-être certains de ceux que j'avais utilisés pour le dépeçage. « Ce soir-là… J'avais vomi, non ?

— Un peu. »

Il s'était marré. Je me suis souvenu d'une chose que disait oncle Bernard. Qu'avec le temps tous les souvenirs devenaient bons.

Carl avait descendu une bouteille en plastique de l'étagère. « Tu utilises toujours ce détergent ?

— Le Fritz ? Bien sûr. Mais il faut le diluer davantage maintenant. Directives européennes. Je suis prêt.

— Alors on y va. » Il avait souri, tourné sa casquette six pence. « “Allez, Os*, faites-en de la mousse, crachez-leur un pamplemousse !” Tu t'en souviens de celle-là ? »

Moi, je m'en souvenais, mais le reste des supporters, à savoir environ cent cinquante âmes frigorifiées, semblaient avoir oublié le cri de ralliement d'antan. Ou alors ils ne voyaient aucune raison d'y recourir vu qu'on était déjà à 0-2 au bout de dix minutes.

« Rappelle-moi ce qu'on fait ici », ai-je dit à Carl. Nous étions en bas de la tribune en bois qui mesurait à peu près sept mètres de large, au centre du côté ouest. Elle était sponsorisée par Os Sparebank, ce qui était clairement affiché sur des pancartes, tandis qu'il était de notoriété publique que le gazon synthétique était un cadeau de Willumsen. Il prétendait l'avoir acheté légèrement usagé à un grand club de l'Est mais, en vérité, c'était un vieux revêtement datant des tout débuts de l'ère du gazon synthétique, du temps où les joueurs sortaient rarement du terrain sans brûlures, chevilles tordues et au moins une rupture du ligament croisé. Willumsen l'avait obtenu gratuitement à condition de l'enlever lui-même avant que le club en question ne pose un gazon moderne moins dangereux.

La tribune offrait une certaine hauteur de vue, mais maintenant que l'automne était là, elle faisait avant tout office d'abri contre le vent d'ouest et de loge VIP officieuse pour les protecteurs du club, autrement dit les gens les plus aisés du bourg, qui occupaient la plus élevée des sept rangées. Le directeur administratif du club, à savoir le maire Voss Gilbert, était là. De même que le directeur d'Os Sparebank, dont le logo d'entreprise était imprimé sur la poitrine des maillots bleus de l'OS FK, et Willum Willumsen, qui avait réussi à caser *Willumsen Voitures d'occasion & Casse* dans le dos, au-dessus du numéro.

* Os se prononce Ousse (avec un « ou » long).

« Nous sommes ici parce que nous voulons témoigner notre soutien au club du bourg, a expliqué Carl.

— Eh ben, encourage-les, alors. On se fait rétamer, là.

— Aujourd'hui, on va simplement montrer qu'on s'intéresse, et quand on apportera un soutien financier l'an prochain, le club saura que ça vient de deux vrais supporters qui l'ont suivi dans les bons jours comme dans les mauvais. »

J'ai soufflé par le nez. « Ça fait deux ans que je n'ai pas vu un match et toi, quinze.

— Mais nous allons assister aux trois matchs à domicile restants de cette saison.

— Même s'ils sont déjà rétrogradés.

— *Parce qu'*ils sont déjà rétrogradés. Nous ne les aurons pas lâchés à l'heure de la défaite, ces choses-là se remarquent. Quand on leur donnera de l'argent, tous les matchs qu'on n'a pas vus seront oubliés. Au fait, dorénavant, on ne dit pas "eux", mais "nous". Le club et Opgard ne font qu'un.

— Pourquoi ?

— Parce que l'hôtel a besoin de toute la bonne volonté qu'il peut obtenir. Nous devons être perçus comme des appuis. L'an prochain, le club va acheter un avant-centre du Nigéria et sur le maillot où il est maintenant écrit "Os Sparebank", il y aura "Hôtel Spa de Haute Montagne d'Os".

— Tu veux dire un joueur professionnel ?

— Non, ça va pas ou quoi ? Mais je connais quelqu'un qui connaît un Nigérian qui travaille à l'hôtel Radisson d'Oslo et qui a joué au foot. Je ne sais pas quel est son niveau, mais on va lui proposer le même job dans notre hôtel, en mieux payé. Peut-être que ça l'intéressera.

— Moui, pourquoi pas ? De toute façon, il ne pourra pas jouer plus mal que ça. »

Sur le terrain, l'arrière latéral gauche venait de tenter un tackle glissé sous la pluie, mais les brins en plastique vert vif offraient encore beaucoup de friction et il avait fait un vol plané avant d'atterrir sur le ventre cinq mètres devant le joueur qui contrôlait le ballon.

« Et puis je voudrais que toi et moi, on soit là-haut », a ajouté Carl en désignant d'un mouvement de tête la rangée supérieure. J'ai pivoté à demi vers le directeur de la banque, Willumsen et Voss Gilbert. Le nouveau maire avait accepté de donner le premier coup de pelle à l'inauguration officielle des travaux. Carl avait déjà signé des contrats avec les entrepreneurs principaux et il fallait maintenant commencer sans tarder, avant les gelées. L'ouverture du chantier avait donc été avancée.

Quand je me suis retourné vers le terrain, j'ai aperçu Kurt Olsen en bas, qui discutait avec l'entraîneur devant le banc de touche. L'entraîneur avait l'air ennuyé, mais il ne pouvait pas ouvertement refuser d'écouter les conseils de l'ancien meilleur buteur d'Os. Kurt Olsen m'a vu, a posé la main sur l'épaule de l'entraîneur, lui a donné quelques derniers conseils et, d'un grand pas sur ses jambes arquées, est venu nous rejoindre.

« Je ne savais pas que les frères Opgard s'intéressaient au foot. »

Carl a souri. « Oh, je me souviens bien du match de coupe où tu as marqué contre Odd lui-même.

— Voui, a répondu Olsen. Ce match, on l'a perdu 9-1.

— Kurt ! a appelé une voix derrière nous. Tu aurais dû être sur le terrain, Kurt ! »

Rires. Kurt Olsen a adressé un petit sourire à la personne qui l'interpellait, a hoché la tête, avant de revenir à nous. « Quoi qu'il en soit, ça tombe bien que vous soyez là, parce que j'ai une question à te poser, Carl. Enfin, tu peux écouter, toi aussi, Roy. On va se prendre une saucisse à la buvette ? »

Carl a hésité. « Une saucisse, bonne idée. »

Nous avons traversé les rafales pluvieuses vers la baraque

à hot-dogs qui se trouvait derrière l'une des cages de buts. Je suppose que les regards des autres spectateurs nous suivaient ; à cet instant précis, entre ce 0-2 et la récente décision du conseil municipal, Carl Opgard présentait sans doute plus d'intérêt que l'OS FK.

« C'est à propos du déroulé des événements le jour de la disparition de mon père, a expliqué Kurt Olsen. Tu as dit qu'il avait quitté Opgard à dix-huit heures trente. C'est ça ?

— Ça fait longtemps, a répondu Carl, mais oui, si c'est ce qui est écrit dans le rapport.

— C'est ça. Pourtant les signaux captés par l'antenne-relais montrent que le téléphone de mon père se trouvait autour de votre ferme jusqu'à vingt-deux heures ce soir-là. Après, il n'y a plus rien. Ça pourrait être la batterie qui s'est vidée, la carte SIM qui a été retirée ou le téléphone qui a été détruit. Ou enterré si profond que les signaux ne parvenaient plus à l'antenne. De toute façon, ça signifie qu'on doit passer la zone au détecteur de métaux, et que rien ne pourra être touché, donc ce début des travaux dont j'ai entendu parler doit être repoussé jusqu'à nouvel ordre.

— Q-quoi ? a bredouillé Carl. Mais…

— Mais quoi ? » Olsen s'est arrêté devant la buvette et l'a regardé paisiblement en caressant sa moustache.

— De combien de temps parlons-nous ?

— Voyons voir. » Olsen a avancé sa lèvre inférieure, l'air de calculer. « C'est une zone étendue. Trois semaines. Peut-être quatre. »

Carl a gémi. « Bon sang, Kurt, ça va nous coûter un fric fou, on a des périodes de construction fixées par contrat avec les entrepreneurs. Et les gelées…

— Je suis navré, mais l'enquête sur une mort suspecte ne peut pas tenir compte de tes désirs de profits.

— On ne parle pas seulement de mes profits à moi, a

répondu Carl, et sa voix chevrotait légèrement, mais de ceux du bourg. Je pense que tu t'apercevras que c'est aussi l'opinion de Jo Aas.

— L'ancien maire, tu veux dire ? » Kurt a pointé en l'air son index à l'intention de la femme de la buvette, geste qui avait manifestement du sens pour elle, puisqu'elle a pris sa pince à saucisse et l'a plongée dans la casserole. « Aujourd'hui, j'ai parlé au nouveau maire, à savoir donc celui qui *décide*. Voss Gilbert, qui est là-haut. » Il a désigné du front la tribune en bois. « Quand il a su ce que j'avais à dire sur le sujet, il s'est surtout montré inquiet à l'idée que l'initiateur de ce nouveau projet d'hôtel puisse être impliqué dans une potentielle affaire de meurtre. » Il a pris la saucisse viennoise enveloppée de papier alimentaire brillant que lui tendait la vendeuse. « Mais il a précisé que, bien sûr, il ne pouvait pas m'en empêcher.

— Et qu'est-ce qu'on va dire à la presse ? ai-je demandé. Quand on annoncera que les travaux sont reportés. »

Kurt Olsen a vissé son regard au mien. Il a croqué sa saucisse, qui s'est déchirée dans un bruit de chair flasque. « Ça, honnêtement, je n'en sais rien, a-t-il dit, la bouche remplie d'intestins de cochon, mais il se pourrait bien que Dan Krane trouve l'affaire intéressante, en effet. Bon, voilà, j'ai eu ma réponse sur la chronologie, et toi, tu es informé que tu ne peux pas commencer à construire, Carl. Bonne chance pour la seconde mi-temps. »

Kurt Olsen a porté deux doigts à son Stetson imaginaire et il est parti.

Carl m'a regardé.

Bien sûr qu'il me regardait.

Nous avons quitté le match un quart d'heure avant la fin, à 0-4.

Nous sommes allés directement au garage.

J'avais réfléchi.

Nous avions des choses à faire.

« Comme ça ? » a demandé Carl. Sa voix résonnait dans l'atelier de mécanique vide.

Je me suis penché au-dessus du tour pour voir le résultat. Il s'était servi d'un stylet pour graver les lettres capitales dans le métal du portable d'Olsen. SIGMUND OLSEN était clairement lisible. Un peu trop, peut-être.

« On n'aura qu'à frotter des algues dessus. » J'ai rangé le téléphone dans son étui en cuir, l'ai clippé sur une ficelle relativement épaisse que j'ai fait tourner entre mes mains pour m'assurer que le téléphone restait accroché. « Viens. »

J'ai ouvert la porte du casier en métal dans le passage entre l'atelier et le bureau. Tout était là.

« Eh ben, a fait Carl. Tu as gardé ça ici tout ce temps ?

— Ça n'a jamais été servi. » J'ai basculé un peu la bouteille d'air jaune, pincé la combinaison de plongée légèrement vermoulue. Sur l'étagère se trouvaient le masque et le tuba.

« Bon, alors, je vais appeler Shannon pour la prévenir que je rentrerai tard. »

24

Quand je suis rentré au garage, j'étais transi au point de ne pas pouvoir m'arrêter de trembler. Dans la voiture, Carl m'avait tendu sa flasque, un petit antigel, comme on dit. Je l'ai gardée quand il est parti retrouver Shannon, qui devait l'attendre dans le grand lit chaud. J'étais jaloux, bien sûr, j'avais renoncé à prétendre le contraire. Mais à quoi bon ? Je ne pouvais pas avoir ce que je voulais. Je ne *souhaitais* pas avoir ce que je voulais. J'étais comme Moe le couvreur-zingueur, je livrais un combat désespéré contre mon propre désir. C'était une putain de maladie dont je croyais m'être débarrassé, mais qui était maintenant de retour. Je savais que le seul remède était la distance et l'oubli mais, dans mon cas, personne n'allait intervenir pour envoyer l'autre à Notodden, je devais fuir moi-même.

Je me suis rendu dans la station de lavage, j'ai fixé le tuyau sur un support et ouvert le robinet avant de me déshabiller et de me placer face au jet bouillant. Était-ce la hausse soudaine de température, qui entraînait une réaction physiologique comparable à celle des pendus sous la potence ? Ou la chaleur de l'eau qui me faisait imaginer celle du grand lit, sauf que c'était moi qui me trouvais sous la couette ? Je ne sais pas mais là, les yeux fermés, j'ai en tout cas senti deux choses. Un, j'avais la gorge nouée. Deux, je bandais comme un taureau.

Le chuintement de l'eau avait dû couvrir le bruit de la clef dans la serrure. J'ai seulement entendu la porte qui s'ouvrait. J'ai aussitôt relevé les paupières et, apercevant sa silhouette dans l'obscurité, je me suis détourné aussi vite que j'ai pu.

« Oh, désolée ! ai-je entendu crier Julie par-dessus le bruit de l'eau. J'ai vu de la lumière et comme la station de lavage est censée être fermée…

— D'accord ! » ai-je coupé, le timbre voilé par l'alcool, les larmes retenues et la honte.

La porte s'est refermée et je suis resté là, tête baissée. Je me suis regardé. L'excitation avait disparu, mon érection s'évanouissait. Ne restait qu'un cœur affolé, comme si je venais d'être démasqué. Comme si tout le monde savait désormais qui il était et ce qu'il avait fait, ce maudit traître, ce poltron, cet assassin, ce coureur de jupons. Nu, si foutrement nu. Mon rythme cardiaque s'est apaisé. « L'avantage de tout perdre, c'est qu'on n'a plus rien à perdre », m'avait dit oncle Bernard quand je lui avais rendu visite à l'hôpital après qu'il s'était su condamné. « Et dans un sens, c'est un soulagement, Roy. Parce qu'on n'a plus rien dont avoir peur. »

Alors, je n'avais peut-être pas tout perdu. Parce que j'avais encore peur.

Je me suis essuyé, j'ai enfilé mon pantalon, je me suis tourné pour chercher mes chaussures.

Julie s'était assise sur une chaise à l'entrée du garage.

« Tout va bien ? a-t-elle demandé.

— Non, je me suis détruit le doigt.

— Blague à part. Je t'ai vu.

— Eh bien, ai-je dit en me chaussant. Pour ce qui est de ça, c'est un peu blessant que tu me demandes si tout va bien.

— Arrête de blaguer, je t'ai dit. Tu pleurais.

— Non. Quand on se douche, il n'est pas inhabituel d'avoir

de l'eau sur le visage, tu sais. Je croyais que tu ne travaillais pas ce soir.

— Je ne travaille pas. J'étais dans les voitures et j'allais faire pipi dans les bois. Je peux utiliser tes toilettes ? »

J'ai hésité. J'aurais pu lui suggérer d'aller à ceux de la station-service, mais nous avions prévenu la bande des tuneurs que, déjà qu'ils se servaient de notre parking comme point de ralliement, ils n'allaient pas en plus passer leur temps à utiliser nos chiottes. Et puisqu'elle me demandait la permission, je ne pouvais pas franchement la renvoyer dans les bois.

Je me suis rhabillé et elle m'a suivi d'un pas traînant vers l'atelier de mécanique.

« C'est sympa ici, a-t-elle commenté après être allée aux toilettes. Elle a observé les murs de ma chambre. « Pourquoi il y a une combinaison de plongée mouillée dans l'entrée ?

— Pour qu'elle sèche. »

Elle m'a tiré la langue. « Je peux en avoir une tasse ? » Elle s'est dirigée sans y être conviée vers la cafetière, a pris une tasse propre sur l'égouttoir et s'est servie.

« On t'attend. Ils ne vont pas tarder à te chercher dans les bois.

— Mais non, a-t-elle affirmé en se laissant tomber sur le lit à côté de moi. Je me suis disputée avec Alex, alors ils pensent que je suis rentrée à la maison. Qu'est-ce que tu fais, ici ? Tu regardes la télé ?

— Des trucs comme ça.

— C'est quoi, ça ? »

Elle montrait la plaque d'immatriculation que j'avais clouée au mur au-dessus de la kitchenette. J'avais consulté mon ouvrage de référence, *Vehicle Registration Plates Around The World*, et lu que le *J* représentait la paroisse de Saint John's. Après cette unique lettre ne suivaient que quatre chiffres. Il n'y avait pas de drapeau ou autre indicateur de nationalité comme sur les plaques monégasques de la Cadillac. C'était peut-être parce que, sur une île comme la Barbade, il y a peu de chance pour que les voitures qui y sont immatriculées traversent jamais de frontière nationale. J'avais aussi googlisé *redlegs* et découvert que Saint John's était la paroisse où ils étaient les plus nombreux.

« C'est une plaque de Johor. » Je me sentais enfin réchauffé. Réchauffé et détendu. « Un ancien sultanat en Malaisie.

— La vache ! » s'est-elle exclamée, la voix empreinte d'un respect dont je ne sais pas si on le devait à la plaque, au sultan ou à moi. Elle était assise si près que son bras frôlait le mien, elle a tourné son visage vers moi, attendant que je l'imite. Je commençais à réfléchir à une possibilité de repli quand elle a balancé son téléphone au bout du lit, côté pieds, m'a enlacé et a niché la tête au creux de mon cou. « On ne pourrait pas s'allonger un peu ?

— Tu sais bien qu'on ne peut pas, Julie. » Je n'ai ni bougé ni répondu à son étreinte.

Elle a levé le visage vers moi. « Tu sens l'alcool, Roy. Tu as bu ?

— Un peu. Et toi aussi, si je ne m'abuse.

— Mais alors on a une excuse tous les deux. » Elle a ri.

Je n'ai pas répondu.

Elle m'a renversé sur le lit et enfourché, plantant ses talons dans mes hanches, comme si elle éperonnait un cheval. J'aurais bien sûr pu la dégager facilement, mais je ne l'ai pas fait. Elle me regardait.

« Je t'ai, maintenant », a-t-elle murmuré.

Je ne répondais toujours pas. Mais j'ai senti que je bandais de nouveau, et je savais qu'elle le sentait aussi. Elle a commencé à bouger, doucement. Je ne l'ai pas arrêtée, je l'ai juste regardée alors que son regard se voilait et que son souffle se faisait plus court. Puis j'ai fermé les yeux et je me suis imaginé l'autre. J'ai senti les mains de Julie appuyer mes poignets contre le matelas, son haleine au chewing-gum sur mon visage.

Je l'ai basculée contre le mur. Je me suis levé.

« Quoi ? » m'a lancé Julie alors que je retournais à la kitchenette. J'ai rempli un verre d'eau du robinet, l'ai bu, rempli de nouveau.

« Il faut que tu t'en ailles.

— Mais tu as envie ! a-t-elle protesté.

— Oui. C'est pourquoi tu dois t'en aller.

— Mais personne n'a besoin de savoir. Ils pensent que je suis rentrée chez moi et mes parents croient que je suis chez Alex.

— Je ne peux pas, Julie.

— Pourquoi ?

— Tu as dix-sept ans…

— Dix-huit ! Je vais avoir dix-huit ans dans deux jours.

— … je suis ton patron…

— Je peux démissionner demain !

— … et… » Je me suis arrêté.

« Et ? a-t-elle crié. Et ?

— Et j'aime bien quelqu'un d'autre.

— Aime bien ?

— Je suis amoureux. »

Dans le silence qui a suivi, j'ai écouté l'écho mourant de mes paroles. Car c'était à moi-même que je les avais dites. Tout haut pour entendre si elles sonnaient vrai. Et c'était le cas. Bien sûr que oui.

« Qui ça ? a hoqueté Julie. Le médecin ?

— Quoi ?

— Le docteur Spind ? »

Je n'ai pas réussi à répondre, je suis simplement resté planté là, mon verre à la main alors qu'elle s'extrayait du lit et remettait sa veste.

« Je le savais ! » a-t-elle craché en forçant le passage devant moi.

Je l'ai suivie, me suis arrêté à la porte et l'ai vue traverser la place au pas de charge, comme si elle cherchait à briser l'asphalte. Puis j'ai fermé, suis retourné dans ma chambre et me suis allongé sur le lit. J'ai mis mes écouteurs et appuyé sur play. J. J. Cale. « Crying Eyes ».

25

Le lendemain matin, une Porsche Cayenne est entrée dans la station-service. Deux hommes et une femme en sont sortis. L'un des deux hommes a fait le plein pendant que les autres passagers se dégourdissaient les jambes. La femme était blonde, habillée sans chichis à la norvégienne, en vêtements de saison basiques, mais elle ne donnait pas l'impression d'être quelqu'un des chalets. L'homme portait, lui, un manteau en laine impeccable avec une écharpe et des lunettes de soleil qui lui décoraient le visage à un point comique, du genre que les femmes arborent quand elles veulent montrer qu'elles ont du chien. Langage corporel animé, grands gestes. Il expliquait, montrait, même si j'étais prêt à parier qu'il n'avait jamais foutu les pieds ici. J'aurais aussi pu parier qu'il n'était pas norvégien.

C'était calme, je m'ennuyais et parfois les voyageurs ont des histoires intéressantes à raconter. Je suis allé les trouver, j'ai lavé le pare-brise de la Porsche en leur demandant où ils allaient.

« Dans le Vestlandet, a dit la femme.

— Oui, là, vous ne pouvez pas le rater », ai-je répondu.

La femme a rigolé et a traduit en anglais pour le type à lunettes, qui a rigolé aussi.

« On fait du repérage pour mon nouveau film, a-t-il dit. Cet endroit aussi a l'air intéressant.

— Vous êtes metteur en scène ? ai-je demandé.

— Metteur en scène et comédien. » Il a ôté ses lunettes de soleil. Les yeux très bleus, le visage soigné. J'ai vu qu'il attendait une réaction.

« C'est Dennis Quarry, m'a discrètement soufflé la femme.

— Roy Calvin Opgard », ai-je fait en souriant. J'ai essuyé le pare-brise et les ai laissés pour passer un coup de chiffon sur les autres pompes dans ma lancée. Bon d'accord, *parfois* ils ont des histoires intéressantes à raconter.

Sur ce est arrivée la Cadillac. Carl en est sorti d'un bond, a décroché un des pistolets à essence, m'a vu, a haussé deux sourcils en une question. Cette question qu'il m'avait posée dix fois au cours des deux jours écoulés depuis le match de foot et la plongée. Ça a mordu ? J'ai secoué la tête tandis que mon cœur faisait un bond à la vue de Shannon sur le siège passager. Et son cœur à elle a peut-être fait un bond à la vue de l'Américain aux yeux bleus, en tout cas, elle a mis la main devant sa bouche, tâtonné dans son sac pour trouver un stylo et du papier, et est allée droit vers lui. Il lui a signé un autographe en souriant. L'assistante est remontée dans le SUV, mais lui est resté à discuter avec Shannon. Elle s'apprêtait à partir quand il l'a arrêtée, a repris le stylo et le papier et a écrit encore.

Je suis allé voir Carl. Il avait le teint gris.

« Inquiet ? lui ai-je demandé.

— Un peu.

— C'est un acteur de cinéma. »

Carl a eu un petit sourire. « Pas ça. » Il savait que je plaisantais. Carl n'avait jamais eu le bon sens d'être jaloux, c'était sans doute pourquoi il n'avait jamais été capable de décrypter la situation avant qu'il soit trop tard aux soirées d'Årtun. « C'est l'ouverture des travaux, a-t-il soupiré. Gilbert a appelé pour dire que, finalement, il ne pouvait pas donner le premier coup de pelle, qu'il avait un empêchement. Il ne voulait pas dire lequel, mais c'est Kurt Olsen, évidemment. Quel con, celui-là !

— Du calme.

— Du calme ? On a invité des journalistes de tout le pays. C'est un désastre. » Il s'est essuyé le visage de sa main libre, sans pour autant manquer d'adresser un « bonjour » assorti d'un sourire à un type qui, me semble-t-il, travaillait à la banque.

« T'imagines le titre ? a-t-il repris quand le type a été hors de portée. *Construction de l'hôtel reportée en raison de l'enquête sur un meurtre. L'initiateur du projet suspecté.*

— D'abord, ils n'ont pas d'éléments pour parler ni de meurtre ni de suspect, ensuite, il nous reste deux jours avant l'inauguration des travaux. Tout peut encore changer d'ici là.

— Il faut que ça se passe *maintenant*, Roy. Si on doit annuler la cérémonie, il faut le faire cet après-midi.

— En règle générale, les filets qu'on pose le soir sont relevés le lendemain matin.

— Tu es en train de dire que quelque chose a mal tourné ?

— Je suis en train de dire qu'il se *pourrait* que le propriétaire ait laissé ce filet dans l'eau un peu plus longtemps.

— Mais tu m'avais pourtant expliqué que, si on laissait le filet trop longtemps, les poissons se faisaient dévorer au fond.

— Précisément, ai-je dit en me demandant quand je m'étais mis à dire *précisément*. Ce filet a peut-être été relevé ce matin, mais le propriétaire met du temps pour prévenir. Allez, un peu de sang-froid. »

Le SUV de l'équipe de cinéma est reparti sur la nationale et Shannon s'est approchée, radieuse, une main sur la poitrine comme pour maintenir son cœur en place.

« Amoureuse ? a demandé Carl.

— Pas le moins du monde », a-t-elle répondu, et il a ri

de bon cœur comme s'il était déjà parvenu à zapper notre conversation.

Une heure plus tard, une autre voiture familière se garait à la pompe à diesel et j'ai songé que cette journée devenait de plus en plus palpitante. Je suis sorti de la boutique au moment où Kurt Olsen descendait de son Land Rover et, quand j'ai vu son air torve, j'ai compris que cette fois, enfin, on allait avoir une histoire intéressante.

J'ai trempé l'éponge dans le seau, écarté ses essuie-glaces.

« Pas la peine, a-t-il commencé, mais j'avais déjà arrosé son pare-brise d'eau savonneuse.

— On n'a jamais trop de visibilité, ai-je déclaré. Surtout avec les jours d'automne sombres qui arrivent.

— Oh, je pense que je vois suffisamment clair sans ton aide, Roy.

— Ne dis pas ça, ai-je répondu en étalant l'eau sale sur son pare-brise. Au fait, Carl est passé. Il va devoir annuler l'ouverture officielle des travaux dans le courant de la journée.

— Aujourd'hui ? » Il a levé les yeux.

« Oui. C'est bien dommage. Ils vont être sacrément déçus, à la fanfare de l'école, les gamins ont répété et tout. Et sur les cinquante drapeaux qu'on avait commandés, il ne nous en reste plus un seul. Tu es sûr que tu n'aurais pas une grâce de dernière minute à tirer de ton chapeau ? »

Kurt Olsen a baissé les yeux. Il a craché par terre.

« Tu n'as qu'à dire à ton frère de faire son inauguration.

— Ah bon ?

— Oui, a-t-il répondu à voix basse.

— Il y a du nouveau dans l'affaire ? » Si ce n'est par le choix de mes mots, je m'efforçais de ne pas paraître ironique. J'ai ajouté de l'eau savonneuse.

Olsen s'est redressé. Il a toussoté. « J'ai reçu un coup de

fil d'Åge Fredriksen ce matin. Il habite près de notre chalet et il pose son filet juste devant notre remise à bateaux. Il l'a toujours fait.

— Tu m'en diras tant. » J'ai relâché l'éponge dans le seau et pris la raclette, prétendant ne pas voir le regard insistant de Kurt.

« Et ce matin, il a eu un poisson rare. Le portable de mon père.

— Eh ben ! » Le caoutchouc a gémi doucement quand j'ai tiré la raclette sur le verre.

« Fredriksen pense que le téléphone y était depuis seize ans, caché dans la vase, puisque les plongeurs qui avaient cherché papa à l'époque n'ont rien trouvé, et que chaque fois son filet est passé juste au-dessus, mais quand il l'a relevé ce matin, la dernière maille du bas s'est accidentellement prise dans le clip de l'étui et le téléphone est remonté à la surface.

— Incroyable, ai-je commenté, arrachant un bout de papier absorbant pour essuyer la raclette.

— C'est peu de le dire. Seize ans à poser le filet et puis il s'accroche au téléphone juste maintenant.

— C'est l'essence de ce qu'on appelle la théorie du chaos, non ? Tôt ou tard, tout arrive, y compris ce qu'il y a de plus invraisemblable.

— Là où je ne marche pas, Roy, ce n'est pas sur l'événement en soi, c'est sur le moment. C'est un peu trop beau pour être vrai. »

Il aurait aussi bien pu le dire tout haut. *Trop beau pour Carl et toi.*

« Et ça ne colle pas avec la chronologie des événements de l'époque. » Il a attendu en m'observant.

J'avais compris ce qu'il voulait. Il voulait que je présente une contre-argumentation, que je dise qu'on ne pouvait pas toujours se fier aux témoins, ou que les déplacements d'un homme désespéré au point de se supprimer n'étaient peut-être pas toujours très logiques, ou même que les antennes-relais pouvaient parfois se tromper, elles aussi. Je ne me suis pas laissé tenter. J'ai tenu mon menton entre mon pouce et mon index. J'ai hoché la tête lentement. Très lentement. Avant de déclarer : « Je ne te le fais pas dire. Du diesel ? »

Il semblait à deux doigts de me frapper.

« Bon, ai-je conclu. Maintenant, au moins, tu verras la route. »

Il a claqué sa portière et son moteur a rugi, mais il a ensuite relâché l'accélérateur, fait demi-tour tranquillement et s'est engagé sur la nationale en roulant au pas. Sachant qu'il m'observait dans son rétroviseur, c'est tout juste si j'ai réussi à me retenir d'agiter la main.

26

C'était un curieux spectacle.

Il ventait, un nord-est désagréable, et il tombait des baïonnettes, comme on dit. Sur notre bout de montagne ne s'en trouvaient pas moins une bonne centaine de personnes, en vêtement de pluie, transies de froid, qui regardaient un Carl en costume poser avec Voss Gilbert, le collier de cérémonie autour du cou et le sourire de politicien aux lèvres, tous deux la pelle à la main. Le quotidien local et d'autres organes de presse prenaient des photos et, en bruit de fond, entre les rafales, on entendait tout juste la fanfare scolaire d'Årtun jouer « Entre pentes et montagnes ». Avec une pointe d'humour on a présenté Gilbert comme le « nouveau maire », il l'avait bien pris, puisque ce titre avait été donné à l'ensemble des maires qui avaient tenu le marteau après Jo Aas. Je n'avais rien contre Voss Gilbert, mais tout de même, une tonsure à *l'avant* de la tête et un prénom comme nom de famille, ça avait un je-ne-sais-quoi de douteux. Rien de suffisamment suspect toutefois pour l'empêcher de devenir maire d'Os. Enfin, c'est clair, dans le cadre d'un éventuel regroupement de communes, où la concurrence serait plus rude, Gilbert aurait du mal, avec cette coiffure.

Carl lui a fait signe d'enfoncer sa pelle le premier, après

tout, c'était lui qui avait celle qui était décorée de fleurs et de rubans. Il s'est exécuté, a souri au photographe, manifestement inconscient que sa mèche mouillée s'était mise en travers de sa tonsure, dans une espèce de cache-misère involontaire. Il a lancé une plaisanterie que personne n'a entendue, mais à laquelle ceux qui l'entouraient ont obligeamment ri. Tout le monde a applaudi, il s'est hâté de rejoindre l'assistant qui tenait son parapluie retourné par le vent, et puis nous avons tous marché en cortège vers le car garé en contrebas, au bord de la route, pour descendre célébrer l'événement au Chute Libre.

Giovanni et son plumage noir évoluait de sa démarche nerveuse et saccadée entre convives et pieds de table quand je suis allé chercher mon verre de bienvenue au bar où Erik me regardait de travers. J'ai envisagé de rejoindre Carl, qui bavardait avec Willumsen, Jo Aas et Dan Krane, mais finalement, je suis allé voir Shannon, qui était devant la table des bulletins de pari avec Stanley, Gilbert et Simon Nergard. J'ai compris qu'ils étaient plongés dans une discussion sur Bowie et Ziggy Stardust, probablement parce que « Starman » résonnait dans les haut-parleurs.

« C'était un pervers, il n'y a pas de doute, il s'habillait comme une bonne femme, a décrété Simon, déjà éméché et agressif.

— Si, par pervers, tu veux dire homosexuel, sache qu'il y a aussi des hommes hétérosexuels qui préfèrent ressembler à des femmes, a souligné Stanley.

— C'est complètement dérangé ! a déclaré Simon en observant le nouveau maire. C'est contre-nature.

— Pas nécessairement, a poursuivi Stanley. Les animaux aussi se travestissent. Toi, Roy, qui t'intéresses aux oiseaux, tu sais sûrement que, chez certaines espèces, le mâle imite la femelle. Il se camoufle en femelle en prenant son plumage. »

Les autres m'ont regardé et je me suis senti rougir.

« Et pas seulement dans les occasions festives, a-t-il continué. Ils portent ce phénotype féminin pendant toute leur vie, pas vrai ?

— Aucun oiseau de montagne que je connaisse, ai-je dit.

— Voilà, a fait Simon et Stanley m'a lancé un petit regard comme si je l'avais trahi. Parce que la nature est pragmatique et quel serait le but de se déguiser en gonzesse, putain ?

— C'est très simple, est intervenue Shannon. Le mâle déguisé se soustrait ainsi à l'attention des mâles dominants qui luttent contre toute concurrence potentielle sur le marché sexuel et, pendant qu'ils se battent, les travestis peuvent se reproduire ni vu ni connu. »

Le maire Gilbert a ri avec bonhomie. « Ce n'est pas une mauvaise stratégie. »

Stanley a posé la main sur le bras de Shannon. « Shannon ! Enfin quelqu'un qui comprend les complexités des jeux de l'amour.

— Oh, ce n'est pas sorcier, a-t-elle répondu en souriant. Nous recherchons tous la stratégie de survie la plus agréable. Si notre situation, personnelle ou sociale, fait que cette stratégie ne fonctionne pas, nous en essayons une autre.

— Qu'est-ce que vous entendez par stratégie la plus agréable ? a demandé Voss Gilbert.

— Celle qui respecte les règles sociales, permettant de ne pas risquer de sanctions. Appelée aussi morale, monsieur le maire. Si ça ne marche pas, on enfreint les règles du jeu. »

Gilbert a haussé l'un de ses sourcils épais.

« Pourtant, beaucoup de gens adoptent un comportement moral même si ce n'est pas le plus agréable.

— C'est simplement que, pour certains, il est tellement désagréable d'être perçu comme immoral que cela pèse lourd dans la balance. Mais si on était invisibles et qu'on n'avait rien à perdre, on s'en ficherait car, au fond, nous sommes tous des opportunistes dont l'objectif premier est la survie et la transmission de nos gènes. C'est pour ça que nous sommes tous prêts à vendre notre âme. C'est juste que nous ne la vendons pas tous au même prix.

— Amen », a approuvé Stanley.

Gilbert a secoué la tête en se marrant.

« Ça, c'est du discours de grande ville qui nous passe par-dessus la tête. Hein, Simon ?

— Connu aussi sous le nom de foutaises. »

Simon a vidé son verre et cherché du regard de quoi le remplir.

« Allons, allons, Simon, a dit le maire. N'oubliez pas, madame Opgard, que nous venons d'une région où, pendant la Seconde Guerre mondiale, les gens ont sacrifié leur vie pour des valeurs morales.

— Il parle des douze clampins qui ont participé à l'opération de sabotage sur laquelle nous avons déjà fait trois ou quatre films, a glissé Stanley. Globalement, le reste de la population a laissé les nazis faire ce qu'ils voulaient.

— Ferme ta gueule ! »

Les paupières de Simon couvraient la moitié de sa pupille.

« Ces douze-là n'ont pas sacrifié leur vie pour des valeurs morales, a objecté Shannon, mais pour leur pays. Leur bourg. Leur famille. Si Hitler était né dans une Norvège connaissant la même situation économique et politique que celle de l'Allemagne, c'est ici qu'il aurait accédé au pouvoir. Et vos saboteurs se seraient battus pour lui à la place.

— C'est quoi, ce tissu de conneries ! » a craché Simon, et j'ai avancé d'un pas pour le cas où il faudrait l'arrêter.

Shannon, elle, ne s'arrêtait plus. « Ou alors pensez-vous que les Allemands qui vivaient dans les années trente et quarante étaient une génération résolument immorale tandis que les Norvégiens avaient la chance d'être des individus moraux ?

— Vos affirmations vont un peu loin, madame Opgard.

— Loin ? Je comprends qu'elles puissent choquer et qu'elles puissent heurter les gens qui habitent ici et entretiennent un lien émotionnel avec leur histoire. Ce que j'essaie de dire, c'est juste qu'on surévalue la morale comme motif d'action et qu'on sous-évalue la loyauté envers notre groupe. Quand nous sentons notre groupe menacé, nous étirons les limites de la morale pour qu'elle serve nos objectifs. Les vendettas et génocides de l'histoire n'ont pas été menés par des monstres, mais par des gens comme nous qui estimaient leur action moralement juste. Nous sommes loyaux d'abord envers les nôtres et ensuite envers la morale changeante, qui à tout moment sert notre groupe. Mon grand-oncle a participé à la révolution cubaine et, à ce jour, il existe deux visions de Castro diamétralement opposées, mais tout aussi catégoriques l'une que l'autre. Et ce qui détermine votre opinion, ce n'est pas la question de savoir si vous êtes de droite ou de gauche, mais si vos parents ont fait partie du régime de La Havane ou été réfugiés à Miami. L'élément clef, c'est l'influence que Castro a eue sur votre histoire familiale. Tout le reste est secondaire. »

Percevant un tiraillement sur la manche de ma veste, je me suis retourné.

Grete.

« Je peux te dire deux mots ? a-t-elle chuchoté.

— Salut, Grete. On est au milieu d'une conversation sur...

— S'accoupler discrétos. J'ai entendu. »

Quelque chose dans son ton m'a incité à la regarder plus attentivement. Ses paroles résonnaient en moi comme si elles me confirmaient une vague intuition.

« Deux mots », ai-je dit et nous nous sommes dirigés vers le bar alors que je sentais les regards de Stanley et Shannon dans mon dos.

« Il y a un truc que je voudrais que tu rapportes à la femme de Carl, a expliqué Grete quand nous avons été hors d'écoute.

— Pourquoi ? » J'ai sans doute demandé « pourquoi » au lieu de « quoi » parce que je savais déjà « quoi », je lisais dans ses yeux troubles.

« Parce que toi, elle te croira.

— Pourquoi me croirait-elle si c'est une chose que je ne fais que répéter.

— Parce que tu vas le raconter comme si ça venait de toi.

— Et pourquoi le ferais-je ?

— Parce que tu veux la même chose que moi, Roy.

— Et c'est ?

— Qu'ils se séparent. »

Je n'étais pas choqué, même pas surpris. Juste fasciné.

« Allez, Roy, on sait tous les deux que Carl et cette fille des pays chauds ne vont pas ensemble. On ne fait que faire ce qui est mieux pour eux. Comme ça, on lui épargnera la lente torture de le découvrir par elle-même, la pauvre. »

J'ai essayé de m'humecter la bouche. J'avais envie de tourner les talons, mais je n'ai pas pu. « Découvrir quoi ?

— Que Carl couche de nouveau avec Mari. »

Je l'ai regardée. Sa permanente formait une auréole autour de son visage pâle. Je suis toujours étonné de voir les gens croire aux publicités qui prétendent qu'un shampoing revitalise le cheveu. Les cheveux n'ont jamais rien eu à revitaliser. Le cheveu, c'est du matériau mort, une tige de kératine qui sort d'un follicule. Il y a dedans autant de vie que dans nos excréments. Le cheveu, c'est notre histoire, c'est ce qu'on a été, ce qu'on a mangé, ce qu'on a fait. Et on ne peut pas revenir en arrière. La permanente de Grete était un passé momifié, du permafrost, elle était aussi effrayante que la mort elle-même.

« Ils font ça au chalet des Aas. »

Je n'ai pas répondu.

« Je l'ai vu de mes propres yeux. Ils se garent dans la forêt pour que les voitures ne soient pas visibles de la route et puis ils se rejoignent là-bas. »

J'avais envie de lui demander quelle part de son temps elle consacrait à filer Carl, mais je me suis retenu.

« Ce n'est pas très étonnant que Carl baise à droite à gauche », a-t-elle ajouté.

Elle voulait que je lui demande ce qu'elle entendait par là, mais quelque chose m'en a empêché – l'expression de son visage, une certitude, le souvenir de maman qui nous lisait *Le Petit Chaperon Rouge*. Car quand j'étais petit, je n'avais jamais compris pourquoi le Petit Chaperon Rouge devait poser au loup déguisé cette dernière question – pourquoi as-tu une si grande bouche ? – alors qu'elle le soupçonnait déjà d'être le loup. N'avait-elle pas saisi que, s'il se savait démasqué, il se jetterait sur elle pour la dévorer ? J'en avais retiré qu'il fallait s'arrêter après « Pourquoi as-tu de si grandes oreilles ? » et dire qu'on allait chercher du bois dans le bûcher avant de déguerpir. Mais je n'ai pas bougé. Comme ce putain de Petit Chaperon Rouge, j'ai demandé : « Qu'est-ce que tu veux dire par là ?

— Baiser à droite à gauche ? Tu n'as pas lu que c'était souvent des gens qui ont été victimes d'abus sexuels quand ils étaient gamins ? »

J'avais cessé de respirer. Je ne pouvais plus bouger. Quand j'ai parlé, ma voix était rauque. « Qu'est-ce qui te fait croire que Carl a été victime d'abus, bordel ?

— Il me l'a dit lui-même. Bourré. Après m'avoir baisée dans les bois à Årtun. Il a pleuré, dit qu'il regrettait, mais qu'il n'y pouvait rien, il avait lu que les gens comme lui tombaient dans la sexualité compalsive. »

J'ai tourné ma langue dans ma bouche, en quête de salive, mais elle était sèche comme un grenier à foin.

« Sexualité compulsive », a été la seule chose que je suis parvenu à chuchoter, mais elle n'a pas semblé m'entendre.

« Et il a dit que tu te le reprochais, que c'était pour ça que tu veillais toujours sur lui. Que tu le lui devais, en quelque sorte. »

J'ai réussi à produire encore un peu de son avec mes cordes vocales. « Tu mens tellement que tu y crois toi-même. »

Grete a souri en secouant la tête d'un geste censé exprimer le regret. « Carl était complètement bourré et il a sûrement oublié qu'il me l'avait dit, mais c'est vrai. Je lui ai demandé pourquoi tu te le reprochais, alors que ce n'était pas toi qui l'avais abusé, mais ton père. Il a répondu qu'il pensait que c'était parce que tu étais son grand frère, que tu te faisais une mission de veiller sur lui. Que c'était pour ça que tu avais fini par le sauver.

— Donc tu crois te souvenir qu'il a dit ça ? » ai-je tenté, mais je voyais bien que ça lui glissait dessus. Que j'étais à sa merci.

« C'est ce qu'il a dit, que tu l'avais sauvé, mais il n'a pas voulu me dire *comment.* »

J'étais fini. J'ai vu remuer sa bouche en lombrics. « Alors je te pose la question à toi : qu'est-ce que tu as fait pour le sauver, Roy ? »

J'ai levé le regard sur ses yeux pleins d'attente, réjouis. J'ai senti un bouillonnement dans ma poitrine, un sourire qui fendait mon visage, foutrement impossible à arrêter.

« Hein ? » L'expression de Grete s'est muée en stupéfaction quand j'ai éclaté de rire.

J'étais… oui, qu'étais-je ? Content ? Soulagé ? Comme les tueurs démasqués qui ressentent une libération parce que l'attente est terminée et que, enfin, ils ne sont plus les seuls à connaître leur terrible secret. Ou étais-je juste taré ? Parce qu'il faut être sacrément taré pour préférer que les gens s'imaginent qu'on a abusé sexuellement son petit frère plutôt qu'ils apprennent qu'on a laissé faire son père sans même lever le petit doigt. À moins qu'il ne s'agisse pas de folie. On supporte peut-être plus facilement la révulsion de tout un bourg quand elle repose sur des mensonges et de fausses rumeurs, mais pas quand elle contient la moindre trace de vérité. Et la vérité sur ce qui s'était passé à Opgard n'était pas seulement celle d'un père agresseur, mais celle d'un grand frère faible, lâche qui n'avait pas osé intervenir, qui savait, qui la bouclait, qui avait honte, mais gardait la tête baissée si bas qu'il pouvait à peine voir sa tronche dans un miroir. Maintenant, le pire des scénarios s'était produit. Quand Grete Smitt savait quelque chose, tout le salon de coiffure était mis au courant et donc le bourg entier, c'était aussi simple que ça. Alors pourquoi riais-je ? Parce que le pire des scénarios s'était produit, c'était déjà quelques secondes derrière moi. Maintenant, tout pouvait partir à vau-l'eau, j'étais libre.

« Eh bien ? a dit Carl d'un ton enjoué. Qu'y a-t-il donc de si tordant par ici ? »

Il a passé un bras autour de mon épaule, l'autre autour de Grete, m'a soufflé son haleine au champagne dans le visage.

« Hum, ai-je répondu. Qu'y a-t-il donc de si tordant, Grete ?

— Le trot, a-t-elle répondu.

— Le trot ? » Carl a éclaté de rire en prenant un verre de champagne sur le comptoir. Encore une fois, il commençait à être sérieusement bourré, aucun doute là-dessus. « Je ne savais pas que Roy s'y intéressait.

— J'essaie de l'intéresser, a précisé Grete.

— Et quel est ton pitch ?

— Mon pitch ?

— Ton argument de vente.

— Qui ne tente rien n'a rien. Je crois que Roy est d'accord. »

Il s'est tourné vers moi. « Oui ? »

J'ai haussé les épaules.

« Roy est sans doute plutôt du genre à penser que qui ne tente rien ne perd rien, a-t-il conclu.

— Il faut simplement trouver un jeu où tout le monde puisse gagner, a ajouté Grete. Comme ton hôtel, Carl. Pas de perdant, rien que des gagnants et un happy end.

— Buvons à ça ! » s'est-il exclamé.

Grete et lui ont trinqué puis il s'est tourné vers moi avec un regard interrogateur.

Je sentais que j'affichais encore ce sourire idiot.

« J'ai laissé mon verre là-bas. »

J'ai fait un signe de tête en direction du colloque Bowie et les ai quittés sans intention de revenir.

Mon cœur chantait. Paradoxalement, avec insouciance, presque moquerie, comme le traquet motteux qui était perché sur une pierre tombale et sifflait son chant en « flèche et cible » quand le pasteur a jeté la terre sur les cercueils de mes parents. Les happy ends n'existent pas, mais il y a des instants de bonheur absurde, et chacun de ces instants pourrait être le dernier, alors pourquoi ne pas chanter à pleine voix ? Le faire savoir au monde. Et puis laisser la vie – le cas échéant, la mort – nous terrasser un autre jour.

Alors que je me dirigeais vers eux, Stanley a tourné la tête comme s'il m'avait senti approcher. Il n'a pas souri, a simplement recherché mon regard. La chaleur a irradié en moi. Je ne savais pas pourquoi, je savais uniquement que l'heure était venue. L'heure où j'allais rouler vers le virage des Chèvres et ne pas tourner. J'allais sortir de la route, en chute libre, avec la certitude rassurante que ma seule récompense serait ces secondes précises de liberté, de connaissance, de vérité et tout ça. Et puis je connaîtrais ma fin, je m'écraserais sur le sol, quelque part où on ne pourrait pas remonter l'épave et où je pourrirais dans une solitude bénie, dans le calme et la paix.

Pourquoi ai-je choisi précisément cet instant ? Peut-être

parce que cette unique flûte de champagne m'avait donné juste assez de courage. Peut-être parce que je savais qu'il me fallait étouffer immédiatement ce maigre espoir que Grete avait fait naître en moi, avant que je ne commence à le nourrir, à le laisser grandir. Car je ne voulais pas de ce gain qu'elle proposait, qui était pire que toute la solitude qu'une vie avait à offrir.

Je suis passé devant Stanley, j'ai pris ma flûte à côté des bulletins de pari et je me suis posté derrière Shannon, qui écoutait le nouveau maire parler avec ferveur de ce que l'hôtel allait signifier pour le bourg, mais il voulait sans doute dire les élections municipales. Je lui ai effleuré l'épaule, me suis penché vers son oreille, si près que je sentais son odeur, si différente de l'odeur de femmes que j'avais connues ou avec qui j'avais fait l'amour, et pourtant si familière, comme si c'était la mienne.

« J'en suis désolé, ai-je chuchoté, mais je n'y peux pas grand-chose. Je t'aime. »

Shannon ne s'est pas retournée. Elle ne m'a pas demandé de répéter. Elle a juste continué de regarder Gilbert avec une expression inchangée, comme si je lui avais traduit tout bas ce qu'il disait. Mais j'ai senti son odeur s'accentuer une seconde, comme si la chaleur qui irradiait en moi brûlait en elle aussi et que des molécules odorantes de sa peau s'élevaient vers moi.

J'ai poursuivi mon chemin vers la sortie, me suis arrêté devant l'ancien changeur de monnaie, ai fini mon champagne et posé le verre sur le cadre en bois. Je me suis rendu compte que Giovanni y était perché. Il m'a observé de son regard perçant et réprobateur avant de se détourner – avec dédain – d'un coup sec de la tête, qui a fait tressauter sa mèche de Hitler rouge.

Je suis sorti. J'ai fermé les yeux et j'ai respiré, purifié par une pluie aiguë comme une lame de rasoir. Oui, l'hiver allait venir tôt cette année.

Quand je suis arrivé à la station-service, j'ai appelé le siège et on m'a transféré vers la direction du personnel.

« Roy Opgard à l'appareil. Je me demandais si le poste de directeur de station-service dans le Sørlandet était toujours disponible. »

QUATRIÈME PARTIE

27

On dit que c'est moi qui ressemble le plus à papa.

Taciturne, solide, gentil, plein de bon sens. Un bourrin fini, sans véritable talent manifeste, mais qui s'en sortira toujours, peut-être surtout parce qu'il n'attend pas trop de la vie. Un ermite facile à vivre, avec suffisamment d'empathie pour percevoir les problèmes des gens et assez de retenue pour ne pas se mêler de ce qui ne le regarde pas. Tout comme papa ne laissait pas non plus les autres se mêler de sa vie. On disait qu'il était fier sans être arrogant et que le respect qu'il témoignait aux autres était réciproque, même s'il n'a jamais d'aucune manière été le chef de meute. Ce rôle, il le laissait aux plus éloquents, aux plus habiles de leur plume, aux plus loquaces, aux plus charismatiques et visionnaires. Aux Aas et aux Carl. Aux moins honteux.

Car il avait honte. Qualité dont j'ai indéniablement hérité.

Lui avait honte de ce qu'il était et de ce qu'il faisait. Moi, de celui que j'étais et de ce que je ne faisais pas.

Papa m'aimait bien. Moi, je l'adorais. Et lui, adorait Carl.

En tant qu'aîné, j'avais été soigneusement initié à tout ce qu'il faut savoir pour diriger une ferme comptant trente chèvres. En Norvège, le cheptel caprin avait été cinq fois plus important du vivant de mon grand-père et mon père avait vu le nombre d'éleveurs diminuer de moitié en dix ans, il devait donc bien se douter qu'à une échelle aussi limitée qu'Opgard la chèvre ne permettrait pas de faire vivre son homme à long terme. Mais, comme il disait, il existait toujours cette possibilité qu'un jour il n'y ait plus d'électricité, que le monde soit projeté dans le chaos et que ce soit chacun pour soi. Là, les gens comme moi s'en sortiraient.

Et les gens comme Carl sombreraient.

Et c'était peut-être pour cela qu'il aimait Carl plus fort.

Ou parce que Carl ne le vénérait pas comme moi.

Je ne sais pas si c'était ça, un mélange d'instinct de protection et de besoin d'être aimé par son fils. Ou si c'était que Carl ressemblait tellement à maman quand il l'avait rencontrée. À la fois dans la façon de parler, de rire, de penser, de bouger et physiquement, quand on regardait les photos de maman de l'époque. Carl était beau comme Elvis, disait toujours papa. C'était peut-être ça qui l'avait fait craquer chez maman aussi. Sa beauté elvisienne. Une Elvis blonde, certes, mais avec les mêmes traits latino-indiens : des yeux en amande, une peau lisse rayonnante, des sourcils marqués. Un sourire et un rire qui semblaient toujours affleurer. Mon père était peut-être retombé amoureux de maman. Puis de nouveau de Carl.

Je ne sais pas.

Je sais seulement que papa assurait la lecture du soir dans notre chambre d'enfants et qu'il y consacrait de plus en plus de temps. Qu'il continuait bien après que je m'étais endormi sur le lit du dessus et que je n'en ai rien su jusqu'à une nuit où j'ai été réveillé par Carl qui pleurait et papa qui lui disait chut. J'ai regardé par-dessus mon garde-corps et vu que la chaise de papa était vide, qu'il avait dû aller dans le lit de Carl.

« Qu'est-ce qui se passe ? »

Aucune réponse ne venant d'en bas, j'ai répété ma question.

« Carl a juste fait un mauvais rêve, a dit papa. Dors maintenant, Roy. »

Et j'ai dormi. J'ai dormi du sommeil coupable des innocents. Et j'ai continué de le faire jusqu'à la nuit où Carl a pleuré de nouveau, et cette fois papa était reparti, alors mon petit frère était seul et n'avait personne pour le consoler. Je suis descendu, l'ai entouré de mes bras et lui ai dit que s'il me racontait son rêve, les monstres disparaîtraient à coup sûr.

Et Carl a reniflé en disant que les monstres lui avaient dit qu'il n'avait pas le droit de raconter, parce qu'ils reviendraient nous prendre aussi, maman et moi, et ils iraient nous dévorer dans Huken.

« Mais pas papa ? » ai-je demandé.

Il n'a pas répondu et je ne sais pas si j'ai compris, mais refoulé sur-le-champ, ou si c'est seulement plus tard que j'ai compris, que j'ai *voulu* comprendre : le monstre, c'était notre père. Papa. Et je ne suis pas sûr que maman ait voulu comprendre, si tant est que ce soit une question de volonté, parce que ça se passait sous nos yeux, à côté de nos oreilles. Elle était donc aussi coupable que moi de regarder ailleurs et de ne pas l'arrêter.

Quand j'ai finalement tenté de le faire, j'avais dix-sept ans et papa et moi étions seuls dans la grange. Je lui tenais l'échelle pendant qu'il changeait la lampe sous le faîte. Les granges ne sont pas très hautes de plafond à la montagne, mais j'avais peut-être quand même le sentiment de constituer un risque, là, plusieurs mètres sous lui.

« Tu n'as pas le droit de faire ce que tu fais avec Carl.

— Ah bon », a-t-il répondu calmement en finissant de changer la lampe.

Ensuite, il est descendu de l'échelle que je tenais aussi fermement que possible. Il a posé les ampoules grillées avant de me frapper. Pas au visage, mais dans le corps, à tous les endroits mous qui faisaient le plus mal. Quand je me suis retrouvé dans le foin, le souffle coupé, il s'est penché au-dessus de moi et m'a chuchoté d'une voix rauque et pâteuse : « Tu n'accuses pas ton père de choses pareilles, sinon il te tuera, Roy. Il n'y a qu'une seule façon d'arrêter un père, c'est de la boucler, d'attendre l'occasion et de le tuer. Tu comprends ? »

Bien sûr que je comprenais. C'est ce que le Petit Chaperon rouge aurait dû faire. Mais je n'arrivais pas à parler, pas même à acquiescer, j'ai juste levé à peine la tête et vu qu'il avait les larmes aux yeux.

Papa m'a aidé à me remettre debout, nous avons mangé notre en-cas du soir et, cette nuit-là, il est revenu dans le lit de Carl.

Le lendemain, il m'a emmené dans la grange où il avait suspendu le grand sac de boxe qu'il avait rapporté du Minnesota. Pendant un temps, il avait eu très envie que Carl et moi boxions, mais nous n'étions pas intéressés, même quand il nous avait parlé des célèbres frères boxeurs Mike et Tommy Gibbons du Minnesota. Tommy Gibbons était le préféré de papa et il nous avait montré des photos de lui, disant que Carl lui ressemblait, à ce grand poids lourd blond. Alors que moi, je ressemblais à Mike, le grand frère, qui était plus petit, et dont la carrière avait été moins flamboyante. Quoi qu'il en soit, ni l'un ni l'autre n'étaient devenus champions, le plus approchant était Tommy qui, en 1923, avait fait quinze rounds face au grand maître Jack Dempsey pour finalement perdre aux points. Ça s'était passé dans la bourgade de Shelby, une croix sur The Great Northern Railway que le directeur des chemins de fer, Peter Shelby – dont le nom avait été donné au bourg –, avait qualifié de « bourbier abandonné des dieux ». Les habitants avaient investi tout ce qu'ils avaient et plus encore dans le match de boxe qui, leur avait-on promis, allait placer le bourg sur la carte des États-Unis. On avait construit un stade exprès, mais seuls sept mille spectateurs étaient venus, plus ceux qui s'étaient glissés à l'intérieur sans payer, et tout le bourg – y compris quatre banques – avait fait faillite. Tommy Gibbons avait quitté une localité en ruine, sans titre, sans un rond, riche seulement de savoir qu'il avait au moins essayé.

« Tu te sens comment, physiquement ? m'a demandé papa.

— Ça va », ai-je dit, même si j'avais encore mal partout.

Papa m'a montré la position des pieds et les techniques de base, avant de lacer ses gants de boxe fatigués sur mes poings.

« Et la garde ? ai-je demandé en pensant au petit extrait que j'avais vu du match Dempsey-Gibbons.

« Tu vas taper fort et en premier, donc tu n'en as pas besoin. » Il s'est positionné derrière le sac. « Ça, c'est l'ennemi. Dis-toi qu'il faut que tu le tues avant qu'il te tue, toi. »

Et j'ai tué. Il retenait le sac pour l'empêcher de balancer trop, mais, de temps à autre, il avançait la tête. Comme pour me montrer qui je m'entraînais à démolir.

« Pas mal », a-t-il déclaré quand j'étais plié en deux, les mains sur les genoux, ruisselant de sueur. « Et maintenant, on va te mettre du sparadrap et tu vas recommencer sans gants. »

Au bout de trois semaines, j'avais fait un trou dans le sac et il a fallu recoudre la housse avec du gros fil. Je m'ensanglantais les poings, je laissais cicatriser deux jours et je les ensanglantais encore. C'était mieux comme ça, la douleur atténuait la douleur, atténuait ma honte de ne faire que cogner dans le sac, d'être incapable d'entreprendre autre chose.

Parce que ça continuait.

Moins souvent, peut-être, je ne m'en souviens pas.

Je me souviens juste qu'il ne se souciait plus de savoir si je dormais, il ne se souciait pas de savoir si maman dormait, il se souciait seulement d'établir qu'il était seigneur en sa maison et qu'un seigneur agissait comme bon lui semblait. Il avait fait de moi un adversaire physiquement digne de lui pour me rappeler que ce avec quoi il nous dominait, c'était l'esprit, pas la matière. Parce que la matière est périssable, elle vieillit, alors que l'esprit est éternel.

Et j'avais honte. J'avais honte quand mes pensées tentaient d'échapper aux bruits au-dessous, au lit superposé qui bougeait et qui grinçait, à cette maison. Une fois qu'il était parti, je descendais trouver Carl, je le tenais dans mes bras jusqu'à ce qu'il arrête de pleurer, je lui chuchotais à l'oreille qu'un jour, un jour, on partirait loin. Je l'arrêterais. J'arrêterais ma putain d'image dans le miroir. Mots vides qui ne faisaient que décupler ma honte.

Nous sommes devenus assez grands pour aller à des soirées. Carl buvait et se retrouvait dans des embrouilles plus souvent que de raison. J'étais content, parce que je me voyais ainsi offrir une arène où je pouvais faire ce que je ne réussissais pas à la maison : protéger mon petit frère. C'était simple, j'appliquais juste ce que papa m'avait appris, je tapais fort et en premier. Je frappais des visages comme des sacs de sable avec la gueule de papa dessus.

J'attendais que le jour vienne. Et le jour est venu.

Carl m'a dit qu'il était allé chez le médecin. Qu'on l'avait examiné et qu'on lui avait posé un tas de questions. Qu'ils avaient des soupçons. Je lui ai demandé ce qui n'allait pas. Il a baissé son pantalon, m'a montré et ma fureur était telle que je me suis mis à pleurer.

Avant de me coucher ce soir-là, je suis allé chercher le couteau de chasse dans le sas d'entrée de la maison. Je l'ai placé sous mon oreiller et j'ai attendu.

Il est venu le quatrième soir. Comme d'habitude, j'ai été réveillé par le léger grincement des gonds. Il avait éteint la lumière dans le couloir, donc je ne pouvais que deviner les contours de sa silhouette dans l'embrasure. J'ai glissé ma main sous l'oreiller, l'ai serrée autour du manche du couteau. Oncle

Bernard, qui avait tout lu sur l'opération de sabotage à Os pendant la guerre, m'avait expliqué que le *silent killing* consistait à planter le couteau dans le dos de l'ennemi, à la hauteur des reins. Que trancher la gorge était bien plus difficile qu'il n'y paraissait dans les films, que souvent, on se coupait le pouce de la main qui tenait l'ennemi. Je ne savais pas exactement à quel niveau se trouvaient les reins, mais j'avais de toute façon l'intention de m'y reprendre à plusieurs fois et je finirais bien par toucher juste à un moment ou à un autre. Sans quoi je n'aurais qu'à lui couper la gorge et mon pouce avec, rien à foutre.

La silhouette a vacillé légèrement, il avait peut-être bu quelques bières de plus que d'habitude, mais il est resté là, comme s'il se demandait s'il s'était trompé de chambre. Et c'était le cas. Pendant des années. Mais cette fois-ci serait la dernière.

J'ai entendu un bruit, comme s'il prenait son souffle, ou humait l'air.

La porte s'est refermée, il faisait noir comme dans un four, je me suis préparé. Mon cœur battait si fort que je le sentais, physiquement, appuyer contre ma cage thoracique. Puis j'ai entendu ses pas dans l'escalier et j'ai compris qu'il avait changé d'avis.

La porte d'entrée de la maison s'est ouverte.

L'avait-il flairé ? J'avais lu que l'adrénaline dégageait une odeur caractéristique que notre cerveau percevait – consciemment ou non – et qui nous mettait automatiquement sur nos gardes. Ou avait-il pris une décision, là, dans l'embrasure ? Non seulement de s'en aller d'ici maintenant, ce soir, mais que ceci était terminé. Que ça ne se reproduirait plus jamais.

Je tremblais, et quand ma gorge a produit un son éraillé au moment où j'inspirais, j'ai compris que j'avais retenu mon souffle depuis que j'avais entendu la porte grincer.

Au bout de quelque temps, j'ai entendu des pleurs assourdis. J'ai de nouveau retenu mon souffle, mais ce n'était pas Carl, sa respiration était redevenue régulière. Ça venait du tuyau de poêle.

Je me suis glissé hors de mon lit et rhabillé avant de descendre.

Maman était à la table de la cuisine, dans la pénombre. Vêtue de sa robe de chambre rouge aux allures de longue doudoune, elle regardait par la fenêtre, vers la grange, où la lumière était allumée. Elle tenait un verre et, devant elle, sur la table, se trouvait la bouteille de bourbon qui restait intacte dans le vaisselier de la salle à manger depuis des années.

Je me suis assis.

J'ai regardé dans la même direction qu'elle, vers la grange.

Elle a vidé son verre, s'est resservie. C'était la première fois depuis le soir au Grand Hotel que je la voyais boire en dehors du réveillon de Noël.

Quand elle a enfin parlé, sa voix était rugueuse et chevrotante.

« Tu sais, Roy, j'aime tellement ton père que je ne peux pas vivre sans lui. »

Cela sonnait comme la conclusion d'une longue conversation muette qu'elle avait eue avec elle-même.

Je n'ai rien dit, je me suis contenté de fixer la grange. J'attendais un bruit là-bas.

« Mais lui, il peut vivre sans moi, a-t-elle ajouté. Tu sais, à la naissance de Carl, il y a eu des complications. J'avais perdu beaucoup de sang et j'étais inconsciente, alors le médecin a dû laisser ton père prendre la décision. Il y avait deux interventions possibles, l'une risquée pour le bébé, l'autre pour la mère. Ton père a choisi celle qui était risquée pour moi, Roy. Ensuite, il m'a dit que j'aurais fait pareil, et il avait raison. Mais ce n'est pas moi qui ai choisi, Roy, c'est lui. »

Quel bruit attendais-je ? Je le savais. Une détonation. La porte d'entrée était ouverte quand j'étais descendu. Le fusil habituellement accroché en haut du mur n'y était pas.

« Mais si j'avais dû choisir entre sauver ta vie ou la vie de Carl et la sienne à lui, je l'aurais choisi lui, Roy. Sache-le. C'est tout ce que je vaux, comme mère. » Elle a porté son verre à ses lèvres.

C'était la première fois qu'elle me parlait comme ça, et pourtant je m'en moquais. Je ne pensais qu'à ce qui se passait dans la grange.

Je me suis levé et je suis sorti. C'était la fin de l'été, l'air de la nuit était rafraîchissant sur mes joues chaudes. Je ne me suis pas hâté. Je marchais d'un pas mesuré, presque comme un homme adulte. À la lumière de la porte ouverte, j'ai vu le fusil, appuyé contre le chambranle, et en approchant, l'échelle contre une poutre, et une corde passée par-dessus.

Mais avant tout, j'ai entendu les claquements éteints des coups contre le plastique du sac de sable.

Je me suis arrêté avant d'arriver à la porte, mais j'étais si près qu'il entrait dans mon champ de vision. Il cognait le sac. Savait-il que la face que j'avais dessinée dessus était la sienne ? Probablement.

Le fusil était-il là parce qu'il n'avait pas réussi à mener à bien le processus ? Ou était-ce une invitation pour moi ?

Mes joues n'étaient plus chaudes, elles et mon corps entier se sont soudain glacés et la petite brise nocturne a traversé mon corps comme si j'étais un putain de fantôme.

Je suis resté à regarder mon père. Je me doutais qu'il voulait que je l'arrête, que j'arrête ce qu'il faisait, que j'arrête son cœur. C'était plié, il avait tout organisé pour qu'on pense qu'il l'avait fait lui-même, même la corde parlait une langue claire. Je n'avais besoin que de tirer à bout portant et de poser le fusil à côté du cadavre. Je tremblais. Je ne contrôlais plus mon corps, rien n'obéissait, mes membres n'étaient que secousses et tressaillements. Je ne ressentais plus aucune peur ni colère, seulement de l'impuissance et de la honte. Parce que je n'y arrivais pas. Il voulait mourir, je voulais qu'il meure, et pourtant je n'y arrivais pas, bordel. Parce qu'il était moi. Je le détestais et j'avais besoin de lui, comme je me détestais et j'avais besoin de moi-même. J'ai tourné les talons et suis reparti vers la maison alors que je l'entendais gémir, cogner, jurer, cogner, sangloter, cogner.

Le lendemain au petit déjeuner, c'était comme si rien ne s'était passé. Papa a lancé un regard vers la fenêtre de la cuisine en faisant une remarque sur le temps, alors que maman enjoignait à Carl de se dépêcher pour arriver à l'heure à l'école. Comme si j'avais rêvé.

28

Quelques mois après l'épisode de la grange, Mme Willumsen est venue au garage. Elle souhaitait une révision de sa Saab Sonett, un roadster de 1958, le seul cabriolet du bourg.

Les gens disaient que la femme de Willumsen nourrissait une obsession maladive pour une diva de la pop des années soixante-dix et qu'elle la copiait en tout : voiture, vêtements, coiffure, maquillage, comportement. Elle cherchait même à adopter sa célèbre voix très grave. J'étais trop jeune pour me souvenir de la chanteuse, mais Mme Willumsen était une diva, pas de doute là-dessus.

Oncle Bernard avait un examen médical, alors j'ai dû regarder moi-même si la caisse présentait des vices apparents.

« Plutôt élégante, cette carrosserie », ai-je remarqué en passant la main sur les rondeurs de l'avant. Plastique à renfort de verre. Oncle Bernard disait que Saab avait produit moins de dix exemplaires de ce modèle et que Willumsen avait dû débourser plus qu'il ne lui plaisait.

« Merci », a-t-elle répondu.

J'ai ouvert le capot, observé brièvement le moteur, vérifié que les câbles et les bouchons étaient bien mis, imitant là aussi les gestes d'un autre, oncle Bernard, en l'occurrence.

« Tu m'as l'air de savoir comment manipuler l'intérieur aussi, pour quelqu'un de si jeune. »

C'était mon tour de remercier.

Il faisait chaud, je travaillais sur un camion, et j'avais baissé ma combinaison et j'étais donc torse nu. Je boxais beaucoup dans la grange à présent, et là où je n'avais auparavant eu que la peau sur les os, j'avais désormais des muscles, son regard a glissé sur mon corps pendant qu'elle m'exposait sa requête. Quand j'ai enfilé un T-shirt avant de regarder sa voiture de plus près, elle a eu l'air presque déçue.

J'ai claqué le capot et me suis tourné vers elle. Avec ses talons hauts, elle n'était pas seulement plus grande que moi, elle me dominait.

« Alors ? a-t-elle fait d'une voix d'alto vibrante. Tu aimes ce que tu vois ?

— C'est pas mal, mais il va falloir que j'examine de plus près », ai-je répondu, l'assurance affectée, comme si c'était moi, et pas oncle Bernard, qui allais examiner de plus près.

Je la soupçonnais d'être plus âgée qu'elle n'en avait l'air. Ses sourcils semblaient avoir été rasés et redessinés. Elle avait des ridules au-dessus de la lèvre supérieure. Mais Mme Willumsen n'en restait pas moins ce qu'oncle Bernard appelait un beau gréement.

« Et après… » Elle a incliné la tête sur le côté en me dévorant du regard comme si elle était chez le boucher et que j'étais un morceau de viande de l'étal. « … l'examen ?

— On change ce qu'il y a à changer dans le moteur. Dans les limites du raisonnable et de la décence, bien sûr. » Cette réplique aussi, c'était du oncle Bernard, sauf que j'avais dégluti au milieu de la phrase.

« Les limites de la décence », a-t-elle fait en souriant, comme si j'avais produit un trait d'esprit à la Oscar Wilde, à part qu'à cette époque je n'avais jamais entendu parler de lui. J'ai en tout cas compris que je ne me faisais pas forcément d'idées en voyant dans cette conversation des sous-entendus érotiques. Sans nul doute, Mme Willumsen flirtait avec moi. Je ne m'imaginais pas qu'elle voulait davantage, mais elle prenait en tout cas le temps de jouer un peu avec un adolescent de dix-sept ans, comme un chat donne un ou deux coups de patte dans une pelote de laine avant de passer son chemin. Et rien que ça, ça me rendait fier et arrogant.

« Mais ce que je peux d'ores et déjà affirmer, c'est qu'il n'y a pas grand-chose à arranger. » J'ai tiré ma boîte de tabac argentée de ma poche avant de me pencher sur le capot. « Cette voiture a l'air d'être en super état. Pour un modèle si vieux. »

Mme Willumsen a ri.

« Rita. » Elle m'a tendu une main de porcelaine aux ongles rouge sang.

Si j'avais eu plus d'expérience, je l'aurais sans doute baisée, cette main, au lieu de quoi j'ai reposé ma boîte de tabac, je me suis essuyé sur les chiffons qui pendaient de ma poche arrière et je lui ai tendu la mienne dans une franche poignée. « Roy. »

Elle m'a observé pensivement. « Bien, Roy. Mais tu n'as pas besoin de serrer si fort.

— Hein ?

— On ne dit pas “hein”, mais “pardon”. Et essaie encore une fois. » Elle m'a retendu la main.

Je l'ai serrée encore. Doucement cette fois. Elle l'a retirée.

« Je n'ai pas dit qu'il fallait la prendre comme si c'était un objet volé, Roy. Je te donne ma main, et, pendant un temps limité, elle est à toi. Alors utilise-la, sois bon avec elle, traite-la de façon qu'on te la prête encore. »

Elle m'a tendu la main une troisième fois.

Je l'ai entourée des deux miennes.

Je l'ai caressée. Je l'ai collée contre ma joue. Aucune idée d'où me venait ce courage. Je sais simplement qu'à ce moment précis je le possédais tout ce courage qui m'avait manqué devant la grange, quand je regardais le fusil dans l'embrasure de la porte.

Rita Willumsen a ri, regardé furtivement alentour pour vérifier qu'il n'y avait toujours personne pour nous voir, m'a laissé sa main quelques instants avant de la retirer lentement.

« Tu apprends vite. Très vite. Et demain, tu seras un homme. Tu feras sans doute le bonheur de quelqu'un, Roy. »

Une Mercedes s'est arrêtée à notre hauteur, Willumsen en a bondi et a à peine eu le temps de me dire bonjour tant il était pressé d'aller ouvrir la portière de madame. Qui était donc désormais pour moi *Rita* Willumsen. Il lui a tenu la main pendant qu'elle manœuvrait pour entrer dans la voiture, talons hauts, cheveux hauts, et longue jupe serrée. Quand ils sont repartis, j'ai éprouvé un mélange d'excitation et de perplexité face à ce qui m'attendait soudain. Excitation à cause de la main de Mme Willumsen dans la mienne, de ses ongles longs qui avaient raclé ma paume, et du fait que, de toute évidence, elle était une épouse fort appréciée de Willumsen, l'homme qui avait roulé papa en lui vendant la Cadillac et s'en était vanté. Perplexité à cause du moteur où tout semblait être à l'envers. La boîte de vitesses était placée *devant* le moteur. Oncle Bernard m'a expliqué que c'était dû à l'équilibrage particulier de la Sonett, les constructeurs avaient même tourné le vilebrequin, si bien que le moteur de cette voiture était dans le sens inverse de toutes les autres. La Saab Sonett. Quelle voiture ! Quel exemplaire merveilleux et futile de beauté vénérable !

J'ai travaillé sur la Saab jusque tard dans la nuit, vérifiant, vissant, changeant. Je débordais d'une énergie nouvelle dont la provenance m'était inconnue. Enfin, si, je savais. C'était Rita Willumsen. Elle m'avait touché. Je l'avais touchée. Elle m'avait vu comme un homme. Ou du moins comme l'homme que je *pouvais* devenir. Et ça avait changé quelque chose. À un moment donné, alors que j'étais dans la fosse de graissage et que je passais la main sur le châssis de la voiture, j'ai senti que je bandais. J'ai fermé les yeux et imaginé la scène. *Essayé* d'imaginer la scène. Rita Willumsen à moitié nue sur le capot de sa Saab, me faisant signe de venir en remuant l'index. Le vernis rouge. Putain.

J'ai tendu l'oreille pour m'assurer que j'étais seul dans l'atelier avant de baisser la fermeture Éclair de ma combinaison.

« Roy ? » a chuchoté Carl dans le noir quand j'allais me glisser sur le lit du dessus.

J'allais lui dire que j'avais fait des heures sup au garage, que, maintenant, il fallait qu'on dorme, mais quelque chose dans sa voix m'en a empêché. J'ai allumé la lampe au-dessus de son lit. Ses yeux étaient rougis par les larmes et il avait une joue enflée. Mon ventre s'est noué. Depuis le soir du fusil dans la grange, papa s'était tenu à l'écart.

« Il est revenu ? » ai-je chuchoté.

Carl s'est contenté de hocher la tête.

« Et il t'a… il t'a *frappé* en plus ?

— Oui. J'ai cru qu'il allait m'étrangler. Il était furieux. Il m'a demandé où tu étais.

— Merde.

— Il faut que tu sois là, Roy. Quand tu es là, il ne vient pas.

— Je ne peux pas toujours être là, Carl.

— Alors il faut que je m'en aille. Je n'en peux plus… je ne veux plus vivre avec l'homme qui… »

Je l'ai serré dans mes bras, et j'ai pressé sa tête contre ma poitrine pour éviter que ses sanglots ne réveillent papa et maman.

« Je vais m'en occuper, Carl, ai-je chuchoté dans ses cheveux blonds. Je te le jure. Tu n'auras pas besoin de le fuir. Je vais m'en occuper, tu entends ? »

Quand les premières lueurs du matin ont délavé la nuit, mon plan était prêt.

Une pensée comme ça n'engageait à rien, bien sûr, mais je savais que j'étais prêt. J'ai pensé à ce que Rita Willumsen avait dit, que demain je serais un homme. Eh bien, le jour était venu. Cette fois-ci, je n'allais pas battre en retraite devant le fusil.

29

Pendant les heures où j'avais réparé la Saab Sonett, j'avais appris une ou deux choses. Non seulement le moteur était à l'envers, mais les freins étaient plus simples. Les voitures modernes avaient des systèmes de freinage doubles, même avec un flexible coupé, les freins continuaient de fonctionner, au moins sur deux roues. Sur la Sonett, en revanche, il suffisait de couper une seule durite et, hop là, on avait une caisse à savon, un canon détaché sur le pont. J'ai songé que c'était vrai de la plupart des vieilles voitures. Comme la Cadillac DeVille de 1979 de papa, même si elle avait deux flexibles de frein.

Quand les hommes de nos contrées ne meurent pas des maladies habituelles, ils meurent dans une voiture sur une route de campagne ou au bout d'une corde ou d'une balle de fusil dans une grange. J'avais laissé passer ma chance et je savais sans doute que papa ne m'offrirait pas d'autre occasion. C'était à moi de réfléchir à une autre solution. Et quand je l'ai trouvée, j'ai su que c'était la bonne. Ce n'était pas une question du capitaine qui doit sombrer sur son propre navire ni rien, c'était purement pratique. Un accident de voiture ne ferait pas l'objet de la même enquête qu'un homme retrouvé mort d'une balle dans le crâne, du moins c'était ce que je me figurais. En plus, je n'avais aucune idée de la façon d'abattre papa dans la grange sans que maman au moins comprenne. Et allez savoir si elle mentirait à la police quand l'homme sans qui elle ne pouvait vivre aurait été tué. C'est tout ce que je vaux, *comme mère*. Saboter les freins de la Cadillac, en revanche, c'était simple. Et les conséquences faciles à prévoir. Tous les matins, papa se levait, sortait s'occuper des chèvres, rentrait préparer son café et nous regardait sans un mot prendre notre petit déjeuner. Une fois que nous avions enfourché nos vélos – Carl pour l'école, moi pour le garage –, papa prenait le volant de sa Cadillac et descendait au bourg pour acheter le journal et chercher le courrier.

La Cadillac était au sec dans la grange, je l'avais vu faire la manœuvre d'innombrables fois. Démarrer le moteur, appuyer sur l'accélérateur et – sauf en cas de neige ou de verglas – ne pas toucher les freins ni tourner le volant avant d'y être obligé, juste avant le virage des Chèvres.

Nous étions en train de dîner dans la salle à manger quand j'ai annoncé que j'allais dans la grange pour taper dans le sac de frappe.

Personne n'a rien dit, maman et Carl ont raclé les derniers restes de leur assiette. Papa, lui, m'a lancé un regard inquisiteur. Peut-être parce que lui et moi n'avions pas l'habitude de prévenir, nous agissions, un point c'est tout.

J'ai pris mon sac de sport, qui contenait les outils que j'avais choisis au garage. L'opération était un peu plus complexe que prévu, mais une demi-heure plus tard, j'avais découplé la colonne de direction et la crémaillère, percé chaque flexible et vidé le liquide de frein dans un seau. J'ai enfilé mon survêtement et cogné dans le sac de sable pendant une demi-heure, assez pour revenir trempé de sueur quand je suis entré dans le petit salon, où papa lisait le journal et maman tricotait, comme un couple modèle dans une pub des années soixante.

« Tu es rentré tard hier, a remarqué papa sans lever le nez.

— Heures sup, ai-je répondu.

— Ce n'est pas interdit de nous le dire si tu as rencontré une fille », a ajouté maman. En souriant. Comme si c'était exactement ce que nous étions, une famille normale dans une putain de pub.

« Juste des heures sup.

— Bon, a fait papa, pliant son journal. Il se pourrait que tu en aies d'autres qui t'attendent, des heures sup, parce que l'hôpital de Notodden vient de nous appeler. Bernard est hospitalisé. Apparemment, les médecins ont trouvé quelque chose qui ne leur plaît pas lors de son examen. Il va peut-être falloir l'opérer.

— Ah ? ai-je simplement dit, en sentant mon sang se glacer.

— Oui, et sa fille est à Majorque avec sa famille, elle ne pouvait pas interrompre ses vacances, alors l'hôpital voudrait qu'on vienne. »

Carl est entré dans le salon. « Qu'est-ce qui se passe ? » a-t-il demandé. Sa voix résonnait encore comme s'il se réveillait d'une anesthésie et il avait un vilain bleu sur la joue, mais elle avait désenflé.

« On va à Notodden, a annoncé papa, se levant de son fauteuil. Habillez-vous. »

La panique m'a gagné, comme un matin où on sort de la maison par moins trente sans être préparé à ce que la température ait chuté, une paralysie soudaine et totale. J'ai ouvert la bouche, l'ai refermée. Car mon cerveau aussi était engourdi.

« J'ai un contrôle important demain, a déclaré Carl en me fixant du regard. Roy avait promis de me faire réciter. »

Je n'avais entendu parler d'aucun contrôle. Je ne sais pas exactement ce que Carl avait compris ou pas, je sais juste qu'il avait vu que je recherchais désespérément une échappatoire pour ne pas aller à Notodden.

« Eh bien, a conclu maman en regardant papa. Ils n'ont qu'à...

— Pas question ! a-t-il clamé d'un ton sec. La famille passe avant tout.

— Carl et moi, on prendra le bus pour Notodden demain après l'école », ai-je glissé.

Tout le monde m'a observé avec une légère surprise. Car je crois que nous l'avions tous entendu : on aurait dit lui, papa. J'avais tranché et tout le monde se taisait parce qu'on savait qu'il n'y avait pas à discuter.

« Bien », a répondu maman, comme soulagée.

Papa n'a rien dit, mais ne m'a pas quitté des yeux.

Quand ils ont été prêts à partir, Carl et moi les avons accompagnés dans la cour.

Nous étions là, devant la voiture, au crépuscule, une famille de quatre qui allait être coupée en deux. « Soyez prudents sur la route », ai-je dit.

Papa a hoché la tête. Lentement. Il est bien sûr possible qu'*a posteriori* j'aie surinterprété ces dernières paroles. Ou dans le cas de papa : ce dernier hochement de tête muet. Toujours est-il que j'ai vu quelque chose, quelque chose qui ressemblait à de l'estime. Ou peut-être plutôt un constat. Le constat que son fils devenait adulte.

Maman et lui se sont installés, la Cadillac a démarré dans un grognement, qui s'est mué en ronronnement doux. Ils ont roulé vers le virage des Chèvres.

Nous avons vu les feux de freinage s'allumer. Ils sont reliés à la pédale et s'allument même si les freins ne fonctionnent pas. La vitesse a augmenté. Carl a émis un bruit. J'imaginais papa tournant le volant, entendant un raclement de la colonne de direction, sentant le volant glisser sans résistance et sans effet sur les roues. Je suis passablement certain qu'à ce moment-là il a compris. Je l'espère. Compris et accepté. Et accepté aussi le fait que ça incluait maman, que, malgré tout, le compte y était. Elle pouvait vivre avec ce qu'il faisait, mais pas sans lui.

Tout s'est passé en silence, dans une singulière absence de drame. Aucun klaxon désespéré, aucune gomme qui couine, aucun cri. Il n'y a eu que le crissement des pneus sur les graviers du chemin, puis la voiture a disparu, et j'ai entendu un pluvier doré chanter sa solitude.

Le fracas dans Huken était comme un tonnerre à retardement. Je n'ai pas entendu ce que Carl disait ou criait, je me suis juste dit que, dans ce monde, Carl et moi étions désormais seuls. Que la route devant nous était déserte, que tout ce que nous voyions à ce moment précis, c'étaient les montagnes qui se découpaient en ombres chinoises sur un ciel coloré d'orange à l'ouest et de rose au nord et au sud. Je me suis dit que je n'avais jamais rien vu de plus beau, comme un soleil qui se couchait et se levait en même temps.

30

Je me souviens seulement des funérailles par fragments.

Oncle Bernard était de nouveau sur pied, les médecins avaient décidé de ne pas l'opérer, et Carl et lui ont été les seuls que j'aie vus pleurer. L'église était pleine de gens à qui papa et maman n'avaient – à ma connaissance – jamais eu à faire au-delà du strict nécessaire dans une localité comme Os. Bernard a dit quelques mots et lu à voix haute les messages des couronnes de fleurs. La plus grosse venait de Willumsen Voitures d'occasion & Casse, ce qui signifiait sans doute qu'il avait pu la faire passer en dépense de service après-vente pour la déduire de ses impôts. Ni Carl ni moi n'avions exprimé le souhait de prendre la parole et le pasteur ne nous avait pas poussés, je crois qu'il appréciait de disposer d'une certaine liberté de manœuvre pour une fois qu'il avait un public si large. Mais je ne me souviens pas de ce qu'il a dit, je crois en fait que je n'écoutais pas. Après, il y a eu les condoléances et une file interminable de visages pâles et affligés, c'était comme être dans la voiture au passage à niveau et voir le train rouler, des visages qui regardent dehors, qui nous regardent apparemment nous, mais qui vont tout ailleurs.

Beaucoup ont dit qu'ils compatissaient, je ne pouvais pas leur dire que je n'allais pas si mal que ça.

Je me souviens en revanche de Carl et moi, debout dans la salle à manger la veille de notre déménagement chez oncle Bernard. Nous ne savions pas qu'il ne s'écoulerait que quelques jours avant que nous revenions nous installer à Opgard. C'était sacrément silencieux dans la maison.

« Tout ça, c'est à nous, maintenant, a observé Carl.

— Oui. Mais est-ce qu'il y a quelque chose que tu voudrais ?

— Ça. »

Il a montré le placard où papa gardait ses caisses de Budweiser et sa bouteille de bourbon. Moi, j'ai pris la cartouche de tabac Berry, et c'est comme ça que je me suis mis à priser. Pas beaucoup, parce qu'on ne sait jamais combien de temps on va mettre pour dénicher du Berry et une fois qu'on a goûté au tabac fermenté comme il faut, on ne veut pas de *snus* suédois. De *snus* de merde suédois.

Avant l'enterrement, nous avions été chacun convoqués par le lensmann pour un interrogatoire, même s'il avait bien sûr parlé de « simple conversation ». Sigmund Olsen était préoccupé par l'absence de traces de freinage dans le virage des Chèvres et se demandait si mon père était déprimé. Mais Carl et moi nous en étions tenus au scénario de l'accident apparent. Peut-être légèrement trop de vitesse, une seconde d'inattention quand il regardait dans le rétroviseur. Quelque chose comme ça. À la fin, on aurait dit que le lensmann en avait pris son parti. Mais je m'étais fait la réflexion que c'était un coup de chance pour nous que ce soit ses deux seules hypothèses : l'accident ou le suicide. En perçant deux trous dans les flexibles de frein et vidant assez de liquide pour réduire la puissance de freinage, je savais qu'il n'y aurait pas de soupçons si jamais c'était découvert ; un peu d'air dans le circuit de freinage, ça arrive sans arrêt avec les vieilles voitures. Les choses seraient moins faciles, en revanche, si on s'apercevait que le raccord entre la colonne de direction et la crémaillère était dévissé, rendant la direction inopérante. La voiture avait atterri sur le toit et n'était pas tout à fait aussi cassée que je l'imaginais. S'ils avaient examiné la voiture, ils auraient peut-être pu conclure que tout ce qui est fixé peut se défaire, y compris des raccords. Mais un raccord dévissé en plus de trous dans les flexibles de frein ? Et pourquoi n'y avait-il pas de traces de fuite de liquide de frein sur le sol sous la voiture ? Je le disais, nous avions eu de la chance. Ou plus exactement, j'avais eu de la chance. Bien sûr, je savais que Carl n'ignorait pas que, d'une manière ou d'une autre, j'avais orchestré cet accident. D'instinct, il avait compris que lui et moi ne devions en aucun cas monter dans la Cadillac ce soir-là. C'était la promesse que je lui avais faite : j'allais m'en occuper. Mais il ne m'a jamais demandé comment. Il avait probablement perçu que c'était le frein, il avait bien vu les feux de freinage s'allumer sans que la Cadillac ralentisse pour autant. Et pourquoi le lui aurais-je dit quand il ne me posait pas la question ? On ne peut pas être sanctionné pour une chose qu'on ignore, et si je me faisais prendre pour l'assassinat de nos parents, c'était suffisant que je tombe seul, je n'avais pas besoin d'avoir Carl à mes côtés, comme papa avait eu maman. Car contrairement à eux, Carl pourrait très bien vivre sans moi. Pensais-je, en tout cas.

31

Carl est né au début de l'automne, moi en pleines grandes vacances. Ce qui signifiait que, pour son anniversaire, il recevait des cadeaux de ses camarades de classe et les conviait même à une fête, alors que le mien passait en toute discrétion. Sans que je m'en plaigne. C'est pourquoi il m'a fallu quelques secondes pour comprendre que ces mots chantonnés s'adressaient à moi.

« Dix-huit ans aujourd'hui ! Bon anniversaire ! »

Assis au soleil sur des palettes à l'arrière de l'atelier, je faisais ma pause, les yeux fermés, Cream dans les oreilles. J'ai levé les yeux et retiré mes écouteurs. J'ai dû mettre ma main en visière. Même si je n'avais pas oublié cette voix. Rita Willumsen.

« Merci, ai-je dit, sentant mon visage et mes oreilles brûler, comme si je m'étais fait prendre en flagrant délit. Qui vous l'a dit ?

— La majorité… Le droit de vote. Le permis de conduire. Et puis on peut être mis en prison. »

Derrière elle se trouvait la Saab Sonett, exactement comme quelques mois plus tôt. Mais je pressentais que c'était différent, elle m'avait fait une promesse à l'époque qu'elle venait honorer. J'ai senti ma main trembler légèrement quand j'ai enfoncé mes écouteurs dans la poche de mon pantalon. Ma bouche n'était désormais plus tout à fait vierge de tout baiser et j'avais tripoté un peu sous un soutien-gorge derrière un coin de maison à Årtun, mais je restais incontestablement puceau.

« La Sonett fait de drôles de bruits.

— De quel genre ?

— On devrait peut-être faire un tour pour que tu entendes.

— Bien sûr. Un instant. » Je suis entré dans le bureau. « Je m'absente un moment.

— D'accord, a répondu Bernard sans lever le nez de sa *foutue paperasse*, comme il disait. Quand est-ce que tu reviens ?

— Je ne sais pas. »

Il a ôté ses lunettes de lecture et m'a regardé. « D'accord. » Le ton était interrogatif. Voulais-je lui en dire plus ? Si je ne voulais pas, ça lui allait aussi, il me faisait confiance.

J'ai hoché la tête et suis ressorti au soleil.

« Par ce temps, on devrait baisser la capote », a observé Rita Willumsen en engageant la Sonett sur la nationale.

Je ne lui ai pas demandé pourquoi nous ne le faisions pas.

« À quel genre de bruits pensiez-vous ?

— Les gens d'ici me demandent si j'ai acheté cette voiture parce qu'elle est décapotable. Ici, où l'été dure un mois et demi, pensent-ils sans doute. Mais tu sais quelle était ma raison, Roy ?

— La couleur ?

— Là, tu es sexiste, a-t-elle remarqué en riant. Le nom. Sonett. Tu sais ce que c'est ?

— Une Saab ?

— C'est un poème. Un poème d'amour de deux quatrains et deux tercets, quatorze vers au total. Le maître du sonnet était un Italien dénommé Francesco Petrarca, Pétrarque, fou amoureux d'une femme prénommée Laure, qui était mariée à un comte. Au cours de sa vie, il lui a écrit trois cent dix-sept sonnets. Pas mal, non ?

— Dommage qu'elle ait été mariée.

— Pas du tout. La clef de la passion est de ne pas pouvoir obtenir pleinement ce qu'on adore. Nous autres humains, nous sommes conçus sans grand sens pratique à cet égard.

— Ah bon ?

— Tu as beaucoup à apprendre, je vois.

— Peut-être bien, mais en tout cas, je n'entends pas de bruits bizarres de la voiture. »

Elle a regardé dans les rétroviseurs. « C'est quand je démarre le matin, mais ça disparaît quand la voiture est chaude. On n'a qu'à se garer un peu plus loin pour que le moteur puisse refroidir convenablement. »

Elle a allumé son clignotant et pris un chemin forestier. De toute évidence, elle connaissait les lieux et, peu après, elle a emprunté un sentier avant de se garer sous des branches basses d'épicéas.

Je n'étais pas préparé au soudain silence quand elle a coupé le moteur. Un silence dont j'ai su d'instinct qu'il fallait le meubler, car il était plus chargé que n'importe quelle réflexion que je puisse faire. Mais – moi, qui étais déjà un assassin – je n'osais ni bouger ni la regarder.

« Alors dis-moi, Roy. Tu as rencontré des filles depuis la dernière fois ?

— Quelques-unes.

— Une en particulier ? »

J'ai brièvement secoué la tête, coulé un regard en coin. Elle portait un foulard en soie rouge et un chemisier ample, mais je voyais clairement le contour de ses seins. Sa jupe un peu remontée révélait ses genoux nus.

« Certaines avec qui tu... l'as fait, Roy ? »

J'ai senti un doux frémissement dans mon ventre. J'ai envisagé de mentir, mais à quoi bon ?

« Pas tout, non.

— Bien. » Elle a lentement retiré son foulard en soie. Les trois premiers boutons de son chemisier étaient ouverts.

J'étais dur, je sentais mon pantalon tendu et j'ai posé les mains sur mes genoux pour le cacher, car je me rendais tout de même compte que mes hormones me travaillaient tellement que je ne pouvais pas exclure une méprise totale sur la situation.

« Laisse-moi voir si tu sais mieux tenir la main d'une femme. » Elle a posé sa main droite par-dessus la mienne sur mes genoux. On aurait dit que sa chaleur traversait ma main pour irradier vers mon sexe et, une seconde, j'ai eu peur de jouir sur-le-champ.

Je l'ai laissée me prendre la main, la guider vers elle. Elle a légèrement écarté son chemisier et posé ma main à l'intérieur, sur son soutien-gorge, au-dessus de son sein gauche.

« Tu l'as attendu longtemps, ce moment, Roy. » Elle a roucoulé de rire. « Tu sais bien me toucher. Pince un peu le mamelon, Roy. Nous qui ne sommes pas de toutes jeunes filles, nous aimons cela *à peine* plus fort. Tout doux, là, c'est un peu trop. Comme ça, oui. Je crois que tu es doué, Roy. »

Elle s'est penchée vers moi, a saisi mon menton entre son pouce et son index et m'a embrassé. Tout chez Rita Willumsen était grand, sa langue aussi, râpeuse et forte, qui s'enroulait comme une anguille autour de la mienne. Elle avait tellement plus de goût que les deux filles à qui j'avais roulé des pelles. Pas meilleur goût, mais plus. Peut-être un peu trop, même, mes sens exacerbés étaient en surtension. Elle a conclu notre baiser.

« Mais de ce côté-là, on a encore quelques progrès à faire. » Elle a souri, glissé la main sous mon T-shirt, caressé ma poitrine. Bien qu'excité à rompre de la pierre, j'ai senti que je me calmais. Car ceci n'exigeait pas beaucoup de moi, c'était elle qui était au volant, qui décidait de la vitesse et de notre destination.

« Allons faire un tour », a-t-elle proposé.

J'ai ouvert la portière et suis sorti, dans l'air vibrant, la température cuisante, le chant ardent des oiseaux. C'est alors seulement que je me suis aperçu qu'elle portait des baskets bleues.

Nous avons emprunté un sentier qui serpentait sur le coteau. C'étaient les vacances, il y avait moins de monde dans le bourg et sur les routes, et ici, les chances de tomber sur quelqu'un étaient minimes. Elle m'a néanmoins demandé de marcher cinquante mètres derrière elle pour que je puisse bondir dans les fourrés si elle me faisait signe.

Vers le sommet de la colline, elle s'est arrêtée et m'a indiqué de la rejoindre.

Elle a désigné un chalet rouge en contrebas.

« C'est celui du maire. Et là, c'est… » Elle a pointé l'index sur ce qui ressemblait à un chalet d'alpage. « … le nôtre. »

Je n'étais pas sûr de ce qu'elle entendait par « nôtre » – elle et moi ou elle et son mari ? – mais j'ai compris que c'était là que nous allions.

Elle a ouvert et nous sommes entrés, dans un chalet chauffé par le soleil qui sentait le renfermé. Elle a refermé la porte derrière moi, ôté ses baskets et posé les mains sur mes épaules. Même pieds nus, elle était plus grande que moi. Nous avions marché vite dans le dernier tronçon et nous avions tous deux le souffle court, si court que nous haletions dans la bouche l'un de l'autre quand nous nous sommes embrassés.

Ses doigts ont défait ma ceinture comme s'ils n'avaient jamais rien fait d'autre, alors que je redoutais de dégrafer son soutien-gorge, ce que je présumais être de mon devoir. Ce n'était pas le cas, puisqu'elle m'a entraîné dans ce qui devait être la chambre des maîtres, aux rideaux fermés, m'a poussé sur le lit et laissé regarder pendant qu'elle se déshabillait. Puis elle est venue sur moi, la peau rafraîchie par la sueur séchée. Elle m'a embrassé, s'est frottée contre mon corps nu, et bientôt nous étions de nouveau en sueur, deux phoques mouillés qui glissaient l'un autour de l'autre. Elle sentait fort et bon et a chassé mes mains quand je suis devenu trop inquisiteur. J'oscillais entre trop actif et insupportablement passif, et à la fin, elle a pris les choses en main et m'a guidé en elle.

« Ne bouge pas, a-t-elle dit, restant immobile sur moi. Sens, juste. »

J'ai senti. Et je me suis dit que maintenant, c'était officiel. Roy Opgard n'était plus puceau.

« Je croyais que c'était demain, a commenté oncle Bernard à mon retour l'après-midi.

— Quoi ?

— Que tu allais passer ton permis.

— C'*est* demain.

— Ah oui ? Parce que avec ce sourire on croirait que tu viens de l'avoir. »

32

Pour mes dix-huit ans, oncle Bernard m'a offert une Volvo 240.

J'étais sans voix.

« Ne me regarde pas comme ça, mon garçon, a-t-il dit, gêné. C'est une occase, pas de quoi en faire tout un plat. Carl et toi, vous avez besoin d'une voiture là-haut, vous ne pouvez pas circuler à vélo tout l'hiver. »

Ce qu'il y a, avec la Volvo 240, c'est que c'est la parfaite bagnole à bricoler, les pièces restent faciles à trouver malgré l'arrêt de la production en 93, et si on s'en occupe bien, on peut la garder toute une vie. La mienne avait des rotules de suspension usées sur le train avant et des joints de cardan fatigués, mais le reste était impeccable, pas la moindre trace de rouille.

Je me suis installé au volant, ai rangé mon permis de conduire tout frais dans la boîte à gants, tourné le contact et, sur la nationale, quand j'ai dépassé le panneau de sortie d'Os, quelque chose m'est apparu. La route continuait. Encore et encore. Tout un monde se déployait devant mon capot rouge.

L'été a été long et chaud.

Tous les matins, je déposais Carl au Coop, où il avait un job d'été, avant d'aller au garage.

Au fil des semaines et des mois, je suis devenu non seulement un conducteur potable, mais aussi un amant, sinon accompli, du moins satisfaisant d'après Rita Willumsen.

Nous nous retrouvions de préférence dans la matinée. Nous venions chacun dans notre voiture et je garais la mienne sur un autre sentier afin que personne ne fasse le lien.

Rita Willumsen ne m'imposait qu'une seule exigence.

« Tant que tu fricotes avec moi, tu ne fricotes pas avec d'autres filles. »

Il y avait trois raisons à cela.

Un, elle ne souhaitait pas contracter l'une des maladies sexuellement transmissibles qui, lui avait-on dit au cabinet médical, regorgeaient dans le bourg. Or les filles avec qui les types comme moi couchaient étaient toujours des traînées. Elle n'avait pas peur d'une pauvre chlamydia ou des morpions, ce genre de choses pouvaient vite s'arranger chez un médecin à Notodden, mais il arrivait encore à Willumsen de réclamer son dû.

Deux, même les traînées avaient l'art de tomber amoureuses et interprétaient alors la moindre déclaration, relevaient la moindre hésitation, examinaient de plus près chaque promenade en forêt non justifiée jusqu'à ce qu'elles sachent ce qu'elles ne devaient pas savoir et fassent un scandale retentissant.

Trois, elle voulait me garder. Non que je sois exceptionnel en quoi que ce soit, mais c'était trop risqué de changer d'amant dans une localité aussi petite qu'Os.

Bref, sa seule condition était que Willumsen ne l'apprenne pas. Car, en homme d'affaires prévoyant qu'il était, il avait insisté pour la séparation des biens, et madame n'avait d'attributs que ses attributs personnels, comme on disait. Elle dépendait tout simplement de son mari pour pouvoir mener la vie qu'elle souhaitait. Ça m'allait, moi aussi, j'avais d'un seul coup une vie vivable.

Ce que Mme Willumsen avait, c'était de l'éducation, selon ses propres termes. Elle était de bonne famille, de la campagne de l'Østlandet, mais son père avait dilapidé la fortune familiale, la sécurité était devenue insécurité, et elle avait épousé ce vendeur de voitures d'occasion nanti et industrieux. Vingt ans durant, elle l'avait persuadé qu'elle ne prenait pas de contraception et que ce devait être ses spermatos à lui qui étaient problématiques. Et tous ces mots sophistiqués, ces belles manières, ces talents de peintre sans utilité et cette littérature peu exploitable qu'elle n'avait pas réussi à lui fourguer, elle me les apprenait maintenant. Elle me montrait des tableaux de Cézanne et Van Gogh. Elle me lisait *Hamlet* et *Brand.* Et en anglais *The Steppenwolf* et *The Doors of Perception* que j'avais jusqu'ici pris pour des groupes de rock et pas des romans. Mais, avant tout, elle me lisait les sonnets à Laure de Pétrarque. Souvent en néo-norvégien, avec un léger trémolo. Nous fumions du haschich, dont Rita refusait de m'indiquer la provenance, tout en écoutant Glenn Gould jouer les *Variations Goldberg*. J'aurais pu affirmer que l'école où je me suis formé à l'époque de nos rendez-vous galants au chalet d'alpage valait plus que n'importe quelle université, mais ce serait sans doute une grossière exagération. Quoi qu'il en soit, l'effet produit sur moi était le même que celui de la Volvo 240 quand j'avais conduit hors du bourg. Cela m'ouvrait les yeux sur l'existence d'un tout autre monde. Un monde que je pouvais rêver comme mien si j'apprenais les codes des initiés. Mais cela ne m'arriverait pas. Pas à moi, le frère dyslexique.

Non que Carl semblât, lui, nourrir des désirs d'exil.

Au contraire, plutôt. L'été est devenu automne, puis hiver, et il s'isolait de plus en plus. Quand je lui demandais à quoi il réfléchissait, s'il voulait faire un tour en Volvo, il se contentait de me regarder, un sourire doux et absent aux lèvres, un peu comme si je n'étais pas là.

« Je fais des rêves bizarres, a-t-il déclaré sans préambule un soir dans le jardin d'hiver. Je rêve que tu es un tueur. Que tu es dangereux. Et je t'envie d'être dangereux. »

J'étais bien conscient que Carl savait que, d'une manière ou d'une autre, j'avais orchestré la sortie de route de la Cadillac dans le virage des Chèvres, mais il n'avait jamais prononcé un mot sur le sujet, et je ne voyais aucune raison de lui expliquer et de le rendre ainsi coupable de complicité. Je n'ai donc pas répondu, je lui ai juste dit bonne nuit et l'ai laissé là.

C'est ce que j'ai connu de plus approchant du bonheur. J'avais un travail que j'adorais, une voiture qui m'emmenait là où je voulais et je vivais le fantasme sexuel de tout adolescent. Chose dont je ne pouvais certes me vanter auprès de personne, même pas Carl, parce que Rita avait dit « pas âme qui vive » et j'avais juré sur la sienne, justement.

Et puis un soir a eu lieu l'inévitable. Comme d'ordinaire, Rita avait quitté le chalet d'alpage avant moi pour éviter qu'on nous voie ensemble. En général, je partais vingt minutes après elle, mais ce soir-là, il était tard, j'avais travaillé dur au garage la nuit précédente et toute la journée, et couché ainsi dans le lit, j'étais bien détendu. Car si c'était avec son argent que le chalet d'alpage avait été acheté et agrandi, M. Willumsen n'allait, d'après Rita, plus jamais y mettre les pieds, il était trop gras et sédentaire, le chemin trop raide et long. Elle m'avait expliqué qu'il avait acquis ce chalet en partie parce qu'il était plus grand que celui du maire Aas et situé de façon qu'il puisse le regarder de haut ; en partie comme pur investissement spéculatif dans les terres à une époque où la Norvège était en train de devenir une riche nation pétrolière. Il flairait déjà l'essor des chalets qui allait se produire des années plus tard. S'il s'est produit plus haut, à un autre niveau de la nationale, c'est le fait de coïncidences et de conseils municipaux qui ont été moins longs à la détente, mais c'était en tout cas un bon calcul de la part de Willumsen. Quoi qu'il en soit, pendant que j'attendais de pouvoir partir, je me suis endormi. Quand je me suis réveillé, il était quatre heures du matin.

Trois quarts d'heure plus tard, j'étais à Opgard.

Ni Carl ni moi n'avions envie de dormir dans la chambre des parents, et je me suis faufilé sans bruit dans notre chambre d'enfants pour ne pas le réveiller. Mais quand j'allais grimper dans le lit du dessus, il a tressailli et j'ai vu ses yeux grands ouverts luire dans le noir.

« On va aller en prison, a-t-il murmuré d'un ton groggy.

— Hein ? »

Il a cligné des yeux deux fois, puis a semblé se dégager de tout cela et j'ai compris qu'il avait rêvé.

« Où t'étais ? a-t-il demandé.

— Je bricolais une voiture, ai-je répondu en passant par-dessus la rambarde.

— Non.

— Non ?

— Oncle Bernard est passé apporter du ragoût. Il m'a demandé où tu étais. »

J'ai pris ma respiration. « J'étais avec une femme.

— Une femme ? Pas une fille ?

— On en parlera demain, Carl. On doit se lever dans deux heures. »

Je suis resté à écouter si son souffle s'apaisait. Ce n'était pas le cas.

« C'était quoi, cette histoire de prison ? ai-je finalement demandé.

— J'ai rêvé qu'on voulait nous mettre en prison pour meurtre. »

J'ai inspiré. « Meurtre de qui ?

— C'est ça qui est dingue, a-t-il répondu. Le meurtre l'un de l'autre. »

33

On était tôt le matin. Je me réjouissais à la perspective d'une journée de voitures et de problématiques mécaniques simples. Si j'avais su, comme on dit.

J'étais dans l'atelier de réparation, comme à peu près tous les jours ces deux dernières années, et j'avais commencé une voiture quand oncle Bernard est venu me prévenir qu'on me demandait au téléphone. Je l'ai suivi dans le bureau.

C'était le lensmann. Il voulait qu'on discute un peu, a-t-il dit. Savoir comment ça allait. M'emmener faire une petite partie de pêche à son chalet, qui n'était qu'à quelques kilomètres du garage par la nationale. Il pouvait passer me prendre dans quelques heures. Sigmund Olsen avait beau avoir une voix mielleuse au téléphone, ce n'était pas une invitation mais un ordre.

Ce qui m'a bien sûr rendu songeur. Pourquoi cette urgence si c'était juste une banale conversation ?

J'ai continué de travailler sur le moteur et après le déjeuner, je me suis allongé sur le chariot de visite et me suis retiré sous le châssis, loin de ce monde. Il n'est rien de plus apaisant que de bricoler une voiture quand on a le cerveau en ébullition. Je ne sais pas combien de temps j'avais passé sous mon châssis quand j'ai entendu toussoter. J'ai eu un affreux pressentiment, c'est peut-être pour ça que j'ai attendu un peu avant de ressortir.

« Tu es Roy, a dit l'homme qui me regardait. Tu as quelque chose qui m'appartenait. »

L'homme était Willum Willumsen. *Appartenait.* Passé.

J'étais entièrement sans défense au-dessous de lui. « Et qu'est-ce que c'est, Willumsen ?

— Tu le sais bien. »

J'ai dégluti. Je n'aurais pas le temps de faire quoi que ce soit avant qu'il m'écrase et expulse ainsi tout air, toute vie, de mon corps. J'avais vu cela à Årtun, j'avais une certaine idée de comment on procédait, mais je ne savais pas en revanche comment on pouvait esquiver. Moi, j'avais appris à frapper d'abord et fort, pas à maintenir une garde. J'ai secoué la tête.

« Une combinaison de plongée. Palmes, masque, bouteille, détendeur, tuba. Huit mille cinq cent soixante couronnes. »

Il a éclaté de rire en voyant mon visage soulagé, qu'il a manifestement interprété comme de l'émerveillement. « Je n'oublie jamais une transaction, Roy !

— Ah bon ? » Je me suis relevé et essuyé sur un chiffon. « Alors vous n'avez pas non plus oublié la fois où mon père a acheté la Cadillac ?

— Non. » Willumsen s'est marré, les yeux dans le vide, comme si c'était un souvenir cher. « Il n'aimait pas tellement marchander, ton père. Si j'avais su à quel point, j'aurais peut-être démarré un peu plus bas.

— Ah ? Vous avez mauvaise conscience ? » Peut-être le précéderais-je si jamais c'était cette question qu'il était venu me poser. L'attaque est la meilleure défense, comme on dit. Même si je ne ressentais pas de nécessité de me défendre, je n'avais pas honte. Pas de ça. Après tout, je n'étais qu'un jeune garçon qui s'était fait draguer par une femme mariée, et alors ? Ils n'avaient qu'à régler ça entre eux, je n'allais pas entrer dans un conflit de territoire. J'avais néanmoins enroulé le chiffon autour de ma main droite.

« Toujours, a-t-il répondu dans un sourire. Mais si j'ai un don de naissance, c'est de savoir gérer la mauvaise conscience.

— Ah ? Que faites-vous ? »

Il a affiché un grand sourire, sa face de lard engloutissant ses yeux et a désigné son épaule. « Quand le diable à ma droite discute avec l'ange à ma gauche, je le laisse présenter ses arguments d'abord. Et puis j'arrête la discussion là. » Willumsen a éclaté de rire. Le rire s'est transformé en raclement, comme une voiture qui passe en marche en arrière pendant qu'elle roule. Le bruit d'un homme qui va mourir dans un avenir pas si indéterminé que ça.

« Je viens à cause de Rita. »

J'ai évalué la situation. Willumsen était plus imposant et plus lourd que moi mais, à moins d'être armé, il ne présentait aucun danger physique. Avec quoi d'autre pouvait-il me menacer ? Je n'étais dépendant de lui ni financièrement ni autrement, et il ne pouvait pas non plus s'en prendre à Carl ou à oncle Bernard, pour autant que je sache.

Mais il y avait bien sûr quelqu'un qu'il pouvait menacer. Rita.

« Elle dit qu'elle est très contente de toi. »

Je n'ai pas répondu. Une voiture passait doucement sur la route, mais nous étions seuls au garage.

« Elle dit que sa Sonett n'a jamais aussi bien marché. Alors j'ai apporté une voiture que j'aimerais que tu révises en réparant ce qui a besoin de l'être. Mais rien de plus. »

Jetant un œil par-dessus son épaule du diable, j'ai vu la Toyota Corolla bleue qui était garée devant, et je me suis efforcé de ne pas montrer mon soulagement.

« Le problème, c'est qu'elle doit être prête pour demain, a-t-il poursuivi. J'ai un client qui vient de loin et qui l'a plus ou moins achetée au téléphone. Ce serait dommage et pour lui et pour moi qu'il soit déçu. Tu comprends ?

— Je comprends. J'ai l'impression que je vais devoir faire des heures sup.

— Oh, Bernard prendra bien le travail qu'il peut pour le tarif horaire normal.

— Je vous laisse voir ça avec lui. »

Willumsen a fait un signe de tête. « Vu son état de santé, ce n'est sans doute qu'une question de temps avant que ce soit toi et moi qui négociions le tarif horaire, Roy, donc je voudrais juste que tu comprennes d'emblée qui est le client principal de ce garage. » Il m'a tendu les clefs de voiture, a fait une remarque sur la pluie annoncée qui ne se décidait pas à tomber, et il est parti.

J'ai conduit la voiture dans l'atelier, ouvert le capot et poussé un gémissement. J'allais devoir y passer la nuit. Je ne pouvais même pas commencer tout de suite, Sigmund Olsen venait me prendre une demi-heure plus tard. J'avais soudain une ou deux choses à penser. Ça allait, c'étaient toujours les jours heureux. Mais le dernier.

La plus longue nuit de ma vie m'attendait. La nuit Fritz.

34

« Willumsen était furieux que tu n'aies pas fini sa voiture pour ce matin, a observé oncle Bernard quand je suis arrivé à l'atelier dans la matinée, le lendemain de la nuit Fritz.

— Il y avait plus à faire que je pensais. »

Oncle Bernard a penché sa grande tête rectangulaire sur le côté. Elle surmontait un petit corps tout aussi rectangulaire. Avec Carl, on l'appelait Legoman pour le taquiner. Nous l'aimions beaucoup. « Comme quoi ? a demandé Legoman.

— De la baise, ai-je répondu en ouvrant le capot de la Corolla.

— Hein ?

— J'étais un poil surbooké hier soir, j'avais aussi de la baise dans mon agenda. »

Oncle Bernard a eu un petit rire involontaire. Il s'est efforcé de retrouver son air bourru. « Le boulot avant la baise, Roy. Compris ?

— Compris.

— Qu'est-ce que le tracteur fait dehors ?

— On n'avait pas de place pour le garder ici, on a trois voitures qui vont venir dans la journée. Des gens des chalets.

— D'accord. Et pourquoi la pelle est levée ?

— Pour prendre moins de place.

— Tu trouves que c'est serré sur le parking, là ?

— OK, c'est un hommage au travail que j'ai fait cette nuit. Pas la Corolla, hein. »

Oncle Bernard a observé le tracteur aux bras dressés. Il a secoué la tête et m'a laissé. Mais je l'ai entendu se remettre à rire dans le bureau.

J'ai repris le travail sur la Corolla. Ce n'est que dans la soirée que la rumeur de la disparition du lensmann a commencé à circuler, comme on dit.

Quand on a trouvé le bateau avec les bottes de Sigmund Olsen, personne n'a douté qu'il s'était noyé, ça n'a même pas été discuté. Au contraire, chacun y est allé de son commentaire, disant qu'il l'avait senti venir.

« Derrière tous ses sourires et ses blagues, Sigmund a toujours eu ce côté sombre, mais les gens ne le voyaient pas, parce qu'ils sont aveugles à ces choses-là. »

« La veille, il m'a dit que ça avait l'air de s'obscurcir, mais je croyais qu'il parlait du temps, moi. »

« Les gens du cabinet médical sont soumis au secret professionnel, mais j'ai entendu dire qu'on lui avait prescrit ces pilules du bonheur, là. Oui, oui, c'était il y a quelques années, quand il avait de si bonnes joues, tu te rappelles ? Mais là, il avait les joues creuses. Il ne prenait pas ses cachets. »

« Ça se voyait sur lui. Il ruminait. Quelque chose le travaillait et il ne trouvait pas de réponse. Et quand on ne trouve pas de réponse, quand on ne trouve pas de sens, quand on ne trouve pas Jésus, eh bien, oui, ça se finit souvent comme ça. »

Le lensmann, ou, plutôt, la lenskvinne de la municipalité voisine est venue, et elle avait bien dû entendre parler de tout cela, mais elle a tout de même voulu s'entretenir avec les gens qui avaient vu Sigmund le jour de sa disparition. Carl et moi avions discuté de ce qu'il devait dire. Je lui avais expliqué que mieux valait que nous restions tous deux aussi près de la vérité que possible, que nous n'omettions que le strict nécessaire. Expliquer pourquoi Sigmund Olsen lui avait rendu visite à la ferme, indiquer l'heure approximative de son départ. Non, il n'avait rien remarqué de spécial. Carl avait suggéré de répondre plutôt qu'Olsen avait l'air déprimé, mais je lui avais opposé que d'autres personnes allaient affirmer qu'il avait eu l'air tout à fait normal ce jour-là, et que si ensuite elle soupçonnait que quelqu'un était impliqué dans cette disparition, qu'essaierait donc de lui faire croire ce quelqu'un ?

« Si tu mets trop de zèle à les convaincre qu'Olsen s'est suicidé, ça paraîtra suspect. »

Carl avait hoché la tête. « Bien sûr. Merci, Roy. »

Deux semaines plus tard, et pour la première fois après la nuit Fritz, j'étais de nouveau dans le lit du chalet d'alpage.

Je n'avais rien fait de différent, mais Rita Willumsen semblait avoir apprécié plus qu'à l'accoutumée ce qui était devenu notre rituel érotique habituel.

Allongée, la tête appuyée sur sa main, elle fumait à présent une menthol en m'étudiant.

« Tu as changé, a-t-elle observé.

— Ah bon ? ai-je demandé, un sachet de Berry sous la lèvre inférieure.

— Tu es plus adulte.

— Est-ce très surprenant ? Ça commence à faire un moment que tu m'as dérobé ma vertu, tu sais. »

Elle a tressailli légèrement, je n'avais pas l'habitude de lui parler comme ça.

« Je veux dire, depuis notre dernier rendez-vous. Tu es un quelqu'un d'autre.

— Meilleur ou moins bon que l'ancien moi ? » J'ai attrapé mon sachet de tabac avec mon index, l'ai mis dans le cendrier sur la table basse et me suis tourné vers elle. J'ai posé la main sur sa hanche. Elle l'a regardée d'un air éloquent. Une règle tacite voulait que ce soit elle qui décide quand on faisait l'amour et quand on se reposait, pas moi.

« Tu sais, Roy. » Elle a tiré une bouffée de sa cigarette. « Aujourd'hui, j'avais décidé de te dire qu'il était temps de mettre un terme à notre petite affaire.

— Ah bon ?

— Une amie m'a dit que cette fille, Grete Smitt, avait répandu la rumeur que j'avais eu des rendez-vous galants avec un jeune garçon. »

J'ai acquiescé d'un signe de tête, sans admettre que l'idée m'avait effleuré aussi. J'étais tout bêtement las de l'aspect répétitif de la chose. Monter au chalet d'alpage, baiser, manger les petits plats maison qu'elle avait apportés, baiser, rentrer chez moi. Mais formulé ainsi, je ne voyais en fait pas ce qu'il y avait là de lassant. En plus, ce n'était pas comme si j'avais d'autres options, je ne renonçais à rien, nada, niente, zéro.

« Mais après ce que tu m'as fait aujourd'hui, je pense que nous pourrions attendre un peu avant d'arrêter. » Elle a écrasé sa cigarette dans le cendrier et s'est tournée vers moi.

« Pourquoi ? ai-je demandé.

— Pourquoi ? » Elle m'a regardé pensivement, comme si elle n'avait pas la réponse. « C'est peut-être la noyade de Sigmund Olsen. L'idée qu'on va un jour se réveiller en étant mort. On ne peut pas reporter au lendemain le fait de vivre, si ? »

Elle m'a caressé la poitrine, le ventre.

« Olsen s'est suicidé, ai-je observé. Il voulait mourir.

— Précisément. » Elle a promené sa propre main aux ongles rouges vers le bas en la suivant du regard. « Et ça peut nous arriver à tous.

— Peut-être bien. » J'ai ramassé ma montre sur la table de chevet. « Mais là, il faut que j'y aille. J'espère que ça ne te pose pas de problème que je parte le premier pour une fois. »

L'air d'abord un peu stupéfaite, elle a repris ses esprits, m'a adressé un petit sourire et demandé d'un ton taquin si j'avais rendez-vous avec une autre demoiselle.

Je lui ai répondu par un sourire tout aussi taquin, me suis levé et ai entrepris de me rhabiller.

« Il ne sera pas là ce week-end », a-t-elle annoncé en m'observant du lit, la mine légèrement boudeuse.

Le nom de Willum Willumsen n'était jamais prononcé.

« Tu peux venir me rendre visite. »

Je me suis interrompu dans mon habillement. « *Chez toi ?* »

Elle a tendu le bras hors du lit, glissé la main dans son sac et a ressorti un trousseau de clefs. Elle en a libéré une.

« Viens à la nuit tombée, entre par le bas du jardin, les voisins ne te verront pas. Ça, c'est la porte du sous-sol. »

Elle m'a tendu la clef. J'étais tellement pris de court que je me suis contenté de la dévisager sans rien dire.

« Prends-la, espèce d'idiot ! » a-t-elle sifflé.

Et je l'ai prise. Je l'ai glissée dans ma poche en sachant que je ne l'utiliserais pas. Je l'avais prise parce que, pour la première fois, j'avais vu quelque chose qui ressemblait à de la vulnérabilité dans le regard de Rita Willumsen. Et sa voix fâchée essayait de couvrir ce qui jusqu'alors ne m'avait même pas effleuré. Qu'elle puisse avoir peur d'être éconduite.

En repartant sur le sentier, je savais que l'équilibre entre Rita Willumsen et moi avait changé.

Carl aussi avait changé.

Dans un sens, il marchait le dos plus droit. Il ne restait plus seul dans son coin, mais avait commencé à fréquenter du monde. C'était arrivé plus ou moins du jour au lendemain, en une nuit. La nuit Fritz. Peut-être avait-il senti – comme moi – que cette expérience nous avait élevés au-dessus du lot. Quand papa et maman avaient plongé dans Huken, Carl avait été un spectateur passif, la victime qui était sauvée. Cette fois, il avait participé, fait ce qu'il fallait faire, des choses inimaginables pour notre entourage. Nous avions traversé une frontière et nous étions revenus ; on ne pouvait pas se rendre là où nous nous étions rendus sans être changés. Ou plus exactement, c'était peut-être maintenant seulement que Carl pouvait être celui qu'il avait toujours été, la nuit Fritz n'avait peut-être fait que percer la chrysalide pour permettre au papillon de sortir. Il me dépassait déjà en taille auparavant, mais dans le courant de l'hiver, le jeune garçon timide et délicat s'était mué en un jeune homme qui comprenait qu'il n'avait pas de quoi rougir. Apprécié depuis toujours, il était à présent populaire. Quand il traînait avec des copains, je commençais à voir que c'était désormais lui le meneur, ses commentaires à lui qui étaient écoutés, ses idées qui faisaient rire les autres, lui qu'ils regardaient en premier quand ils essayaient d'impressionner ou de faire rire la bande. Lui à qui ils voulaient ressembler. Les filles s'en étaient sans doute aperçues aussi. Non seulement l'ancien mignon efféminé avait mûri en beau mec viril, mais il se conduisait autrement. Je le remarquais aux fêtes de village à Årtun, sa façon de parler et de bouger était désormais empreinte d'une assurance flagrante. Il pouvait se montrer badin comme si rien n'était vraiment sérieux, pour ensuite s'asseoir avec un camarade qui avait des problèmes de filles ou une copine souffrant d'une peine de cœur, écouter attentivement ce qu'ils avaient à dire et leur prodiguer des conseils comme s'il détenait une expérience ou une sagesse qu'eux n'avaient pas encore.

Quant à moi, je ne faisais sans doute qu'être davantage ce que j'étais autrefois. Plus sûr de moi, oui, certes. Je savais ce dont j'étais capable.

« Toi, en train de lire ? » s'est exclamé Carl un samedi soir. Il était plus de minuit, il venait de rentrer, clairement éméché, et moi, j'étais dans le jardin d'hiver, *An American Tragedy* ouvert sur les genoux.

Et l'espace d'une seconde, je nous ai vus tous les deux de l'extérieur. J'avais pris sa place à présent. Seul dans une pièce, sans compagnie. Sauf que ce n'était pas sa place à lui, mais la mienne, qu'il avait empruntée pendant quelque temps.

« Où étais-tu ? ai-je demandé.

— À une soirée.

— Tu n'avais pas promis à oncle Bernard de ne pas boire avant d'avoir dix-huit ans ?

— Si. » Il y avait du rire, mais aussi des regrets dans sa voix. « J'ai rompu ma promesse. »

Nous avons rigolé.

C'était bon de rire avec Carl.

« Tu t'es bien amusé ? » J'ai refermé mon livre.

« J'ai dansé avec Mari Aas.

— Ah oui ?

— Oui. Je crois que je suis un peu amoureux. »

Je ne sais pas pourquoi, mais ces mots ont transpercé mon cœur.

« Mari Aas, la fille du maire, et un Opgard ?

— Pourquoi pas ?

— Je t'en prie, c'est pas interdit de rêver. »

J'ai entendu les vilains échos méchants de mon rire.

« Tu dois avoir raison, a-t-il répondu en souriant. Je monte rêver un peu. »

Quelques semaines plus tard, j'ai vu Mari Aas au Kaffistova.

Elle était très belle. Et, paraît-il, « dangereusement intelligente », comme l'avait formulé quelqu'un, elle maîtrisait en tout cas le verbe et, d'après le quotidien local, cette membre des jeunesses travaillistes avait mouché des représentants d'autres mouvements bien plus âgés lors d'un débat des municipales à Notodden. Mari Aas était là, avec sa chute de reins, ses épaisses nattes blondes, ses seins qui se collaient contre le Che Guevara de son T-shirt et ses yeux de louve bleus et froids. Elle m'a balayé du regard comme si elle cherchait une proie qui vaille la peine d'être chassée et que je n'en étais pas une. Un regard sans peur, me suis-je dit. Le regard de l'être qui est au sommet de la chaîne alimentaire.

L'été est revenu et Rita Willumsen – qui avait fait un voyage en Amérique avec *lui*, son mari – m'a envoyé un texto pour qu'on se retrouve au chalet. Elle écrivait que je lui avais manqué. Elle – qui m'avait toujours fait comprendre que c'était elle qui décidait – s'était mise à m'écrire des choses comme ça, surtout depuis que je n'étais pas venu par la porte du sous-sol le week-end où elle était seule chez elle.

Quand je suis arrivé au chalet, elle paraissait inhabituellement exaltée. Elle avait des cadeaux pour moi et j'ai déballé un caleçon en soie et un flacon de parfum, l'un et l'autre achetés à New York City soi-même, m'a-t-elle expliqué. Mais le mieux, c'étaient les deux cartouches de tabac Berry, même si je n'avais le droit de rapporter rien de tout cela chez moi, ça appartenait à notre monde d'ici, a-t-elle précisé. Alors le tabac a été stocké dans le réfrigérateur du chalet d'alpage. J'ai alors compris qu'elle l'avait envisagé comme un appât supplémentaire quand je n'en aurais plus à la maison.

« Déshabille-toi », ai-je ordonné.

Elle m'a dévisagé un instant, très surprise. Puis elle s'est exécutée.

Ensuite nous sommes restés au lit, suintants de liquides corporels. On se serait cru dans un four, le soleil cuisait le toit et je me suis retiré de l'étreinte littéralement étouffante de Rita.

J'ai pris la traduction suédoise des sonnets de Pétrarque sur la table de chevet, ai ouvert une page au hasard et lu à voix haute :

« *Claires, fraîches et douces ondes, où reposa son beau corps, celle qui seule me paraît une dame** ».

J'ai refermé le livre d'un coup sec.

Rita Willumsen a cligné des yeux sans comprendre. « L'eau, a-t-elle dit. L'eau. Allons nous baigner. J'emporte du vin. »

Nous nous sommes habillés, elle avec un maillot de bain au-dessous, et je l'ai suivie jusqu'au lac de montagne qui s'étirait derrière quelques rochers au-dessus du chalet. Là, sous des bouleaux nains courbés par le vent, se trouvait un petit youyou rouge qui appartenait de toute évidence aux Willumsen. En quelques instants, le ciel s'était couvert et le vent levé, mais nous étions encore tout chauds et moites, d'amour et de cette marche rapide sur un sentier escarpé, alors nous avons soulevé le bateau sur l'eau et ramé jusqu'à ce que nous soyons assez loin du bord pour nous sentir sûrs qu'aucun passant ne pourrait nous identifier.

« Baignons-nous, a dit Rita quand nous avions bu plus de la moitié de la bouteille de mousseux.

— Trop froid.

— Mauviette. » Mme Willumsen a ôté les vêtements recouvrant son maillot de bain qui contenait ce qu'il fallait et se soulevait là où il fallait, comme on dit. Et je me suis souvenu que pour expliquer son corps athlétique et ses épaules larges, elle m'avait parlé d'une carrière prometteuse de nageuse de

* « Canzone 126 », *Sonnets et Canzones après la mort de Madame Laure*, traduction de Francisque Reynard (https://fr.wikisource.org/wiki/Les_Rimes_de_François_Pétrarque).

compétition dans sa jeunesse. Elle est montée sur le plat-bord et j'ai dû faire contrepoids de l'autre côté pour nous éviter de chavirer. Le vent avait forci et la surface brillante du lac s'était teintée de grisâtre, comme une membrane d'œil aveugle. Les vaguelettes rapides étaient rapprochées, plutôt des friselis d'ailleurs, et ce constat m'a frappé alors qu'elle prenait son élan en pliant les genoux.

« Attends ! ai-je crié.

— Ha ha ! »

Elle a donné une impulsion. Son corps a dessiné une élégante parabole en l'air. Comme tant de nageurs, Rita Willumsen maîtrisait l'art de plonger ; elle ne maîtrisait pas en revanche celui d'estimer la profondeur de l'eau à partir de la forme que le vent donnait à la surface. Son corps a fendu les flots sans bruit avant de s'arrêter brusquement. Un instant, on aurait dit le plongeur de la pochette de Pink Floyd qu'oncle Bernard m'avait montrée, avec le type sur les mains sous la surface, son corps semblant pousser dans le miroir d'eau. Oncle Bernard m'avait expliqué que le photographe avait mis plusieurs jours pour parvenir à prendre cette seule photo et que le plus gros problème était les bulles qui abîmaient la surface quand le plongeur expirait l'air. Ce qui a ruiné la photo dans le cas présent a été que les jambes tendues de Mme Willumsen et le bas de son torse se sont effondrés, ça rappelait les explosions contrôlées de tours sur YouTube, la maîtrise en moins.

Et quand elle s'est redressée, l'air furibond, des algues sur le front, l'eau lui arrivant au nombril, je me suis renversé en arrière et j'ai ri au point que la barque a failli chavirer malgré tout.

« Imbécile ! » a-t-elle craché.

J'aurais pu m'arrêter là. J'aurais dû m'arrêter là. Je peux peut-être le mettre sur le compte du vin, du fait que je n'étais pas habitué à gérer l'ivresse. Quoi qu'il en soit, j'ai attrapé le gilet de sauvetage orange sous le banc de nage et je le lui ai lancé. Il est arrivé dans l'eau à côté d'elle, est resté à flotter et c'est là seulement que j'ai compris qu'il était trop tard. Rita Willumsen, la femme qui m'avait dominé de toute sa hauteur la première fois au garage, qui avait commandé et guidé chacun de mes pas sur le chemin que nous avions suivi, avait à cet instant l'air complètement perdue, comme une gamine abandonnée déguisée en femme plus âgée. Car maintenant, sous le jour impitoyable, son maquillage lessivé, je voyais les années qui nous séparaient. Sa peau blanche hérissée par le froid, flasque. J'ai cessé de rire et elle a peut-être lu sur mon visage ce que je voyais, toujours est-il qu'elle a croisé les bras devant elle, comme pour se protéger de mon regard.

« Pardon », ai-je dit. Peut-être était-ce la seule chose juste à dire, ou peut-être la pire. Ou peut-être cela ne faisait plus aucune différence.

« Je vais nager », a-t-elle annoncé en glissant sous la surface.

Je n'ai pas revu Rita Willumsen avant longtemps.

Elle nageait plus vite que je ne ramais, et quand je suis arrivé au bord, je n'ai vu que l'empreinte mouillée de ses pas nus. J'ai remonté la barque, vidé le reste de la bouteille par terre et pris ses vêtements. Mais quand je suis arrivé au chalet, elle était déjà repartie. Je me suis couché sur le lit, ai sorti un sachet de Berry de la boîte gris argent sur la table de chevet et consulté ma montre pour voir combien il restait de la demi-heure prescrite. J'ai senti le tabac fermenté brûler l'intérieur de ma lèvre inférieure et la honte l'intérieur de mon cœur. La honte de lui avoir donné honte. Pourquoi était-elle à ce point pire que ma propre insuffisance ? Pourquoi était-ce pire d'avoir ri un peu trop gaiement de la femme qui ramassait quelqu'un, un gamin, pour en faire son amant, que d'avoir tué sa propre mère et dépecé un policier ? Je l'ignore. C'était comme ça, c'est tout.

J'ai attendu vingt minutes. Puis je suis reparti chez moi. J'avais beau savoir que je ne reviendrais pas, j'ai résisté à la tentation de prendre le tabac Berry.

35

C'était un dimanche de la fin de l'été. Comme convenu, oncle Bernard était venu à Opgard avec du ragoût que je réchauffais alors qu'il était assis à la table de la cuisine et parlait de tout sauf de sa santé. Il avait tellement maigri que nous évitions le sujet l'un comme l'autre.

« Carl ?

— Il ne devrait pas tarder.

— Comment va-t-il ?

— Bien, ai-je répondu. Il a de bonnes notes.

— Il boit ? »

J'ai réfléchi un peu avant de secouer la tête. Je savais qu'oncle Bernard pensait à la soif de papa.

« Ton père aurait été fier de vous.

— Ah ?

— Il ne l'aurait pas clamé tout haut, bien sûr, mais crois-moi.

— Si tu le dis. »

Oncle Bernard a soupiré en regardant par la fenêtre. « *Moi*, en tout cas, je suis fier de vous. Tiens, voilà ton petit frère. Accompagné. »

Je n'ai pas eu le temps de regarder par la fenêtre avant que Carl et la personne qui soi-disant l'accompagnait passent du côté nord de la maison. Mais j'ai ensuite entendu des pas dans l'entrée et des voix basses, intimes, l'une d'elles étant une voix de jeune femme. Puis la porte de la cuisine s'est ouverte.

« Voici Mari, a annoncé Carl. Il y a assez de potée pour tout le monde ? »

Je suis resté planté à regarder mon désormais grand petit frère au dos bien droit et la grande blonde aux yeux de louve alors que ma main tournait machinalement la louche dans le ragoût qui mijotait.

L'avais-je vu venir ou pas ?

D'un côté, on rejouait le fils de paysans orphelin qui avait conquis la princesse que personne ne pouvait faire taire*. D'un autre côté, c'était d'une évidence presque imparable, c'était tout simplement le couple logique, la lune et les étoiles qui brillaient au-dessus d'Os à cette saison. Pourtant, j'ai dévisagé Carl. Dire que lui, mon petit frère, celui que j'avais serré dans mes bras, celui qui n'avait pas eu le courage de donner le coup de grâce à Dog, celui qui avait paniqué et m'avait appelé à l'aide la nuit Fritz, osait une chose que je n'aurais jamais osée. Aller trouver une fille comme Mari Aas, lui parler, se présenter. Se considérer comme digne de son attention.

Je l'ai dévisagée, elle. Elle semblait complètement différente de la dernière fois, au Kaffistova. Elle me souriait, et son regard froid de prédatrice était désormais ouvertement une invitation, presque chaleureuse, même. Bien sûr, je me rendais compte que c'était le contexte, pas moi personnellement, qui faisait qu'elle souriait, mais, sur le coup, j'ai presque eu l'impression

---

* Conte folklorique qui raconte l'histoire d'un roi dont la fille était si insolente que personne ne parvenait à la faire taire. Le roi promit la princesse et la moitié de son royaume à quiconque y parviendrait. Les uns après les autres, les prétendants tentèrent leur chance, en vain, la princesse ayant un sens aigu de la repartie. Puis vint le fils de paysan Askeladden, dont un jeu de mots la laissa sans réponse.

que moi aussi, le grand frère qui vivait dans la petite ferme, elle me hissait jusqu'à sa sphère.

« Alors ? a demandé oncle Bernard. Petits amis ou grands amoureux ? »

Mari a éclaté d'un rire haut, tout en trilles, peut-être un brin forcé. « Oh, je pense qu'on va dire...

— Grands amoureux », a coupé Carl.

Elle s'est penchée légèrement en avant et l'a regardé, le sourcil haussé, avant de glisser la main sous son bras.

« Alors disons ça », a-t-elle conclu.

L'été s'est achevé, l'automne a été long et pluvieux.

Rita m'a téléphoné une fois en octobre et une fois en novembre. J'ai vu le *R* sur l'écran, mais je n'ai pas décroché.

Oncle Bernard a été réhospitalisé. À chaque semaine qui passait, il était un peu plus malade et un peu moins épais. Je travaillais beaucoup, mangeais peu. J'allais à l'hôpital de Notodden deux ou trois fois par semaine. Pas par devoir, mais parce que j'aimais les conversations minimalistes que j'avais avec lui, et aussi les longs trajets en voiture sur la nationale en écoutant J. J. Cale, que je venais de découvrir.

Carl m'a accompagné quelques fois, mais il était très occupé cet automne-là. Mari et lui étaient plus ou moins devenus le couple glamour du bourg. Ils avaient une vie sociale trépidante et, quand j'avais le temps, je m'incrustais. Pour une raison X ou Y, Carl souhaitait ma présence, et puis je m'étais rendu compte que je n'avais pas d'amis à moi. Ce n'était pas que j'étais seul ou que je n'avais personne à qui parler, simplement je ne m'étais pas fait d'amis. Ça ne m'embêtait pas, je préférais déchiffrer laborieusement l'un des romans que Rita m'avait recommandés et que je trouvais en général à la bibliothèque de Notodden. Lisant très lentement, je ne pouvais pas en emprunter trop à la fois, mais ceux que je lisais, je les lisais soigneusement. *Sur la route. Sa Majesté des mouches. Virgin Suicides. Le soleil se lève aussi. Le seigneur des guêpes.* J'en ai lu un intitulé *Le postier* de Charles Bukowski à voix haute à oncle Bernard, qui avait beau n'avoir jamais terminé un livre de sa vie n'en était pas moins tellement hilare que ses fous rires dégénéraient en quintes de toux. Ensuite, il a eu l'air fatigué et m'a remercié de ma visite, mais, ce serait bien que je le laisse.

Puis un jour il m'a annoncé qu'il allait mourir. En enchaînant sur une blague de Volkswagen.

Et sa fille est venue chercher les clefs de la maison.

Je m'attendais à ce que Carl pleure quand je lui en ai fait part, mais il devait y être préparé, en tout cas il s'est contenté de secouer tristement la tête pendant quelque temps, comme si c'était une nouvelle dont on pouvait se dégager d'un ébrouement. Tout comme il semblait s'être dégagé de la nuit Fritz. Parfois, on aurait presque dit qu'il avait oublié. Nous n'en parlions jamais, comme si nous comprenions tous les deux qu'avec un empaquetage solide de silence et de temps il pourrait un jour n'en subsister qu'un écho, à l'image de ces flash-back qui nous font croire une fraction de seconde que d'anciens cauchemars se sont réellement produits, et puis on se souvient et on retrouve un pouls normal.

J'ai dit à Carl que je trouvais qu'il devrait prendre la chambre de papa et maman, ce que j'ai justifié en disant qu'il mesurait maintenant huit centimètres de plus que moi et avait besoin d'un lit plus long. Mais la raison pour laquelle moi, je dormais mal dans notre chambre d'enfants n'était pas que je ne pouvais pas m'étirer de tout mon long. Carl n'entendait plus les cris de Huken, c'était moi qui les entendais à présent.

À l'enterrement, Carl a tenu un long discours formidable. Sur tout ce qu'oncle Bernard avait de bien, de vrai, et aussi de drôle. Certains trouvent peut-être un peu étrange que ce soit lui et pas moi, l'aîné, qui ait parlé en notre nom, mais je lui avais demandé de le faire, j'avais peur de fondre en larmes. Il avait accepté et je lui avais donné les éléments, les anecdotes, les idées, j'avais toujours été plus proche de Bernard que lui. Il avait noté, écrit, reformulé, ajouté ses propres répliques, il s'était exercé devant le miroir et vraiment investi dans sa mission. Je n'avais jamais su qu'il avait en lui tant de pensées raffinées, mais c'est ainsi : on croit connaître quelqu'un comme sa poche et soudain se révèlent des aspects dont on ignorait tout. Mais il est vrai que les poches – y compris les siennes à soi – sont souvent obscures. Parfois en tâtonnant on trouve une pièce de dix øre, un bulletin de pari ou un comprimé contre le mal de tête dans la pliure. Ou alors on peut tomber si désespérément amoureux d'une fille qu'on est au bord du suicide, et ce même si, en réalité, on ne la connaît pas. Nous parlons là d'une poche dans laquelle on a fouillé toute une vie. On commence donc à se demander si cette pièce de dix øre a pu y atterrir la veille, si cet amour n'est pas une fabrication, si la fille n'est pas qu'un prétexte, une raison de partir là où on a envie : loin d'ici. Mais jamais je ne dépassais les frontières de la commune quand c'était seulement pour réfléchir ou de Notodden pour emprunter des livres. Je n'ai jamais envisagé de rentrer dans la falaise à côté du tunnel au bout de la longue ligne droite ou de faire une redite dans Huken. Je faisais toujours demi-tour. Je tirais un trait sur la journée et j'attendais la suivante. Une où je verrais Mari ou une où je ne verrais pas Mari.

C'est à cette époque que j'ai commencé à cogner.

36

Les temps suivant la mort d'oncle Bernard ont été sombres. J'avais pris en charge le garage et je travaillais jour et nuit, je crois que c'est ce qui m'a sauvé. Ça et les bagarres à Årtun.

Mes seules pauses étaient les samedis de bal à Årtun, Carl était ivre et enjôleur et j'attendais qu'un pauvre jaloux perde son sang-froid pour pouvoir planter le poing dans mon vilain reflet pathétique, le terrasser encore et encore, semaine après semaine.

À l'issue de ces samedis soir, il arrivait que Carl vienne se coucher sur le lit du dessous au petit matin. La tête à l'envers. Des gaz dans les intestins. Le rire facile. Et quand nous avions fini de récapituler les événements de la nuit, il lui arrivait de s'exclamer :

« Putain, ce que c'est bon d'avoir un grand frère ! »

Ce qui me faisait chaud au cœur, même si c'étaient des mensonges. Car nous savions tous deux que c'était lui le grand frère désormais.

Pas une seule fois je n'ai envisagé de lui dire que j'étais amoureux de sa petite amie. Je ne l'avais pas dit à oncle Bernard non plus, ni fait comprendre à Mari, bien sûr. Ma honte devant ce que je ressentais resterait mienne seule. Je supportais à peine mon propre reflet. Était-ce ce que papa avait ressenti aussi ? S'était-il dit qu'un homme qui désirait son propre fils ne méritait pas de vivre, plaçant le fusil devant la grange dans l'espoir que je ferais le boulot à sa place ? Je crois que je le comprenais mieux à présent, et ça me foutait une trouille monstre et n'atténuait pas précisément mon mépris de moi.

Je ne me souviens pas vraiment de ce que j'ai pensé ou dit quand Carl m'a informé de son désir de faire des études. C'était tout de même assez évident, non seulement du fait qu'il avait de bonnes notes et n'était pas particulièrement manuel, mais parce que Mari Aas aussi semblait destinée à être étudiante. Ils allaient bien sûr étudier dans la même ville. Je les imaginais, tous les deux, partageant un studio à Oslo ou à Bergen, rentrant ensemble au bourg pour toutes les vacances et les jours fériés. Leurs amis autour d'eux. Moi qui m'incrustais.

Et puis il y a eu l'histoire de Grete et Carl à Årtun, Grete a vendu la mèche à Mari et soudain, tout était sens dessus dessous.

Quand Carl est parti au Minnesota, je suis resté avec le sentiment qu'il fuyait tout cela. Le petit scandale campagnard et Mari Aas. La responsabilité de la ferme. Moi qui étais devenu plus dépendant de lui que lui de moi. Et je n'en sais rien, mais peut-être qu'il s'était remis à entendre les cris de Huken.

En tout cas, après son départ, ça a été calme.

Foutrement calme.

La compagnie pétrolière a racheté le garage et le terrain et, d'un seul coup – moi, un gamin d'une vingtaine d'années, – je dirigeais une station-service. Je ne sais pas si la compagnie voyait en moi quelque chose que je n'avais pas vu moi-même, mais en tout cas je travaillais jour et nuit. Je n'étais pas particulièrement ambitieux, c'est venu plus tard, mais je supportais moins bien que prévu de rester à la ferme à écouter Huken et la complainte du pluvier doré, son chant de la solitude. Un oiseau qui recherchait de la compagnie. Pas nécessairement un ami, juste de la compagnie. Tout cela, je pouvais en trouver un succédané au boulot, entouré de gens, de bruit, de tâches à accomplir, l'esprit quelque part où il pouvait être utile au lieu de simplement ressasser le même vieux merdier.

Mari m'était sortie de la tête, comme une tumeur après une opération réussie. J'avais évidemment compris que ce n'était pas une coïncidence si cela correspondait à sa rupture avec Carl, mais j'essayais de ne pas trop y penser. L'affaire était sans doute complexe et ma récente lecture de *La métamorphose* de Kafka – sur un type qui un jour se réveille dans la peau d'un insecte répugnant – m'avait permis de me rendre compte que si je commençais à fouiller dans mon inconscient et ces recoins-là, il y avait de grandes chances que je n'aime pas ce que j'y découvre.

Il m'arrivait bien sûr de croiser Rita Willumsen. Elle avait l'air en forme, les années ne semblaient pas avoir prise sur elle. Mais chaque fois, elle était accompagnée ou il y avait du monde autour de nous, donc tout ce que j'obtenais, c'était un aimable sourire de politesse et une question à propos de la station-service ou de Carl, là-bas, aux États-Unis.

Un jour, je l'ai aperçue aux pompes, en conversation avec Markus, qui faisait le plein de sa Sonett. D'habitude, c'était Willumsen qui venait prendre l'essence. Markus est un beau garçon, calme et gentil, et une seconde je me suis dit qu'il était peut-être son nouveau projet. Curieusement, ça ne m'a nullement ému, je le leur souhaitais à tous les deux. Quand il a revissé le bouchon du réservoir, elle est remontée dans sa voiture en regardant vers la boutique. Je doute qu'elle ait pu me voir, mais elle a en tout cas levé la main comme pour me saluer. J'ai agité la mienne en retour. Quand Markus est revenu, il m'a dit que Willum Willumsen avait eu un cancer, mais il était en voie de complète guérison.

La fois suivante, c'était aux célébrations du 17 Mai à Årtun.

Rita était exquise en costume traditionnel. Elle marchait main dans la main avec son mari. Je ne l'avais jamais vue le faire auparavant. Willumsen était devenu mince, ou moins gros, ce qui, selon moi, ne lui seyait pas. La peau de son menton pendait comme celle d'un putain de lézard. Quand Rita et lui se parlaient, celui qui écoutait se penchait vers l'autre, comme s'il buvait la moindre de ses paroles, souriait, acquiesçait, les yeux dans les yeux. Le cancer avait peut-être été une révélation, un réveil. Elle s'était peut-être aperçue qu'elle avait développé de l'amour pour cet homme qui la vénérait. Qui sait, Willumsen n'avait peut-être pas non plus été si aveugle que je le croyais. Quoi qu'il en soit, j'ai compris que cette main qu'elle avait agitée à la station-service était un adieu. Ça m'allait, notre relation avait signifié quelque chose quand nous en avions eu besoin. Mon constat est que les liaisons se terminent très rarement sur un happy end, mais en voyant ces deux-là ensemble j'ai conclu que, dans un sens, Rita Willumsen et moi avions eu la rare chance d'en connaître un. Et peut-être Willum Willumsen aussi.

Ainsi suis-je redevenu un pluvier doré.

Seulement un an plus tard, j'ai rencontré une femme avec qui j'allais secrètement entretenir une liaison pendant cinq années. Lors d'une conférence suivie d'un dîner organisés par le siège d'Oslo, j'ai fait la connaissance de Pia Syse. Elle était directrice du personnel, j'étais assis à sa droite, donc, protocolairement, ce n'était pas à moi de lui faire la conversation mais, au milieu du repas, elle s'est tournée vers moi en me demandant si je ne pouvais pas la sauver de son « cavalier », il lui parlait d'essence depuis une heure, et l'essence n'était pas un sujet inépuisable. J'avais bu un ou deux verres de vin et je lui ai demandé si ce n'était pas sexiste – dans un sens ou dans l'autre – d'imposer à l'homme ce rôle de distraire une femme. Elle a acquiescé, alors je lui ai laissé trois minutes pour dire quelque chose d'intéressant, de drôle ou de provocant, sans quoi je m'en tiendrais à la voisine de table qu'on m'avait attribuée, une brune à lunettes de Kongsberg, qui m'avait dit s'appeler Unni et c'était à peu près tout. Reconnaissons-le à Pia Syse, elle a relevé ces trois défis en bien moins de trois minutes.

Ensuite, nous avons dansé, et elle a déclaré qu'elle n'avait jamais eu pire partenaire.

Nous nous sommes embrassés dans l'ascenseur qui menait aux chambres et elle m'a dit que je ne savais pas embrasser non plus.

Quand nous nous sommes réveillés dans son lit d'hôtel – puisque, en tant que directrice du personnel, elle avait obtenu une suite – elle a dit tout de go que le cul avait été largement au-dessous de médiocre.

Mais qu'elle avait rarement autant ri qu'au cours de ces douze dernières heures.

Je lui ai répondu que ça faisait un sur quatre pour lequel j'avais un meilleur score que d'habitude. Elle a ri encore. J'ai passé l'heure suivante à rectifier un peu sa première impression. Enfin, j'espère. Toujours est-il qu'elle a déclaré qu'elle allait me convoquer au siège dans la quinzaine qui suivait et que l'ordre du jour serait « dissolu ».

Je faisais la queue à la réception pour rendre ma clef quand Unni, ma voisine de table, est venue me demander si j'allais à Os et si, le cas échéant, elle pouvait profiter de ma voiture jusqu'à Kongsberg.

Nous n'avons pas beaucoup parlé sur la route.

Elle m'a interrogé sur ma voiture et je lui ai répondu que c'était mon oncle qui me l'avait offerte et qu'elle avait une valeur sentimentale. J'aurais pu lui expliquer que même si chaque putain de pièce avait été changée au moins une fois, la 240 était un chef-d'œuvre de mécanique. Qu'elle n'avait par exemple aucun des problèmes de la plus chic V70, dont les rotules axiales et les biellettes pouvaient parfois jouer. Que j'espérais un jour être enterré dans la carrosserie de ma 240. Mais au lieu de jacasser sur des sujets inintéressants, je l'ai questionnée sur des sujets inintéressants, et elle m'a dit qu'elle travaillait comme comptable, avait deux enfants et un mari proviseur dans un collège de Kongsberg. Elle travaillait chez elle deux jours par semaine, se rendait à Oslo deux jours et le vendredi, elle était libre.

« Et qu'est-ce que tu fais le vendredi ?

— Rien.

— Ce n'est pas dur, de ne rien faire ?

— Non. »

Voilà donc toute la conversation que nous avons eue.

J'ai mis J. J. Cale et senti une grande paix me gagner. C'était sans doute le manque de sommeil, le minimalisme décontracté de J. J. et le fait que j'avais compris que le « mode par défaut » d'Unni – comme le mien – était le silence.

Quand je me suis réveillé, en sursaut, les yeux écarquillés sur les voitures d'en face, dont les phares s'étalaient dans la pluie de mon pare-brise, mon cerveau a conclu que, un, je m'étais endormi au volant, deux, j'avais dû dormir plus de quelques secondes puisque je n'avais pas souvenir qu'il ait plu et que je n'avais pas allumé les essuie-glaces et, trois, ça faisait longtemps que j'aurais dû partir dans le décor sur ce tronçon sinueux. J'ai levé la main par réflexe et l'ai posée sur le volant. Mais au lieu du volant, elle s'est refermée sur une autre main chaude qui assurait déjà la direction.

« Tu t'étais endormi, a dit Unni.

— C'est gentil de ta part de ne pas m'avoir réveillé. »

Elle n'a pas ri. Je l'ai regardée furtivement. Il y avait peut-être un soupçon de sourire au coin de ses lèvres. J'allais apprendre que c'était à peu près la seule mimique que faisait ce visage.

À cet instant précis, j'ai vu pour la première fois qu'elle était belle. Pas une beauté classique comme Mari Aas ou éblouissante comme Rita Willumsen sur les photos de jeunesse qu'elle aimait montrer. À vrai dire, je ne sais pas si Unni Holm-Jensen était belle selon un autre canon que le sien propre. Ce que je cherche à dire, c'est que, à cet instant, sous cette lumière, sous cet angle, elle était plus belle que je ne l'avais vue jusqu'à présent. Pas belle à me faire tomber amoureux – je n'ai jamais été amoureux d'Unni Holm-Jensen et pendant ces cinq années, elle non plus n'a pas été amoureuse de moi – mais à cet instant précis, elle était belle d'une façon qui donnait envie de continuer de la regarder. D'ailleurs j'aurais pu, elle avait les yeux sur la route, n'avait pas lâché le volant, et j'ai compris que c'était là quelqu'un sur qui on pouvait compter.

Ce n'est qu'après nous être vus quelques fois à mi-chemin, soit à Notodden, pour prendre un café, puis, la troisième fois, une chambre au Brattrein, qu'elle m'a raconté qu'elle s'était décidée dès le dîner à Oslo.

« Toi et Pia, vous vous plaisiez.

— Oui.

— Mais tu me plaisais plus à moi qu'à elle. Et je savais que je te plairais plus aussi.

— Pourquoi ?

— Parce que toi et moi, on est pareils, alors que Pia et toi, non. Et parce que c'est moins loin d'aller à Notodden. »

J'ai ri. « Tu penses que je te préfère parce que c'est plus court d'aller à Notodden qu'à Oslo ?

— En général, nos sympathies sont pragmatiques. »

J'ai ri encore et elle a souri. À peine.

Unni n'était pas à proprement parler malheureuse en ménage, disait-elle.

« C'est un bon mari et un bon père, mais il ne me touche pas. » Son corps était mince et dur, comme celui d'un garçon maigre. Elle faisait un peu de sport, courait, soulevait. « On a tous besoin d'être touchés. »

Elle ne se faisait pas beaucoup de souci à l'idée qu'il découvre qu'elle avait une liaison. Elle pensait qu'il comprendrait. C'était les enfants qui l'inquiétaient.

« Ils ont un bon foyer rassurant. Je ne peux pas ruiner ça. Mes enfants passeront toujours en premier, devant ce genre de bonheur. J'aimerais avoir ces heures avec toi, mais j'y renoncerai à la seconde si elles impliquent la moindre incertitude ou déstabilisation pour mes enfants. Tu comprends ? »

La question avait surgi avec intensité, comme quand on télécharge une appli rigolote et qu'apparaît brusquement un formulaire à remplir profondément sérieux, presque menaçant, avec des conditions qu'il faut accepter pour que la rigolade puisse continuer.

Un jour, je lui ai demandé si, confrontée à une situation de crise, elle serait prête à nous abattre, moi et son mari, si cela augmentait les chances de survie de ses enfants de quarante pour cent. Peut-être était-ce son cerveau de comptable qui a eu besoin de quelques secondes pour donner sa réponse.

« Oui.

— Trente pour cent.

— Oui.

— Vingt ?

— Non. »

Ce que j'aimais avec Unni, c'était que je savais à quoi m'en tenir.

37

Carl m'envoyait des mails et des photos de la fac. Il semblait aller bien. Sourires étincelants et amis étudiants qui avaient l'air de le connaître depuis toujours. Il avait toujours su s'adapter. « Si on balançait ce garçon à la mer, il aurait des branchies avant même de toucher l'eau », avait l'habitude de dire maman. Je me souviens qu'à la fin de cet été où il traînait avec le beau vacancier dont j'étais jaloux, Carl avait appris le dialecte d'Oslo. Maintenant, les expressions américaines essaimaient de plus en plus ses mails, il en employait plus que papa. On aurait dit que, lentement mais sûrement, son norvégien s'étiolait. D'ailleurs, c'était peut-être ce qu'il voulait. Mettre des couches d'oubli et de distance autour de tout ce qui s'était passé ici. M'entendant appeler le coffre de la voiture le *trunk*, Stanley Spind, le nouveau médecin, m'avait parlé de l'oubli.

« Dans le Vest-Agder, où j'ai grandi, des villages presque entiers ont émigré en Amérique. Un certain nombre de villageois sont revenus et il est alors apparu que ceux d'entre eux qui avaient oublié leur norvégien avaient aussi presque tout oublié de leur vieux pays. C'est comme si la langue retenait les souvenirs. »

Les jours suivants, j'ai envisagé d'apprendre une nouvelle langue, de ne plus jamais parler le norvégien, de voir si ça aidait. Car désormais, ce n'étaient plus seulement des cris qui s'élevaient de Huken. Quand le silence venait, j'entendais un murmure bas, comme si les morts conversaient au fond du précipice, planifiaient quelque chose. Une putain de conspiration.

Carl m'a écrit qu'il manquait d'argent. Il avait raté des examens et perdu sa bourse. Je lui ai envoyé de l'argent. C'était bon, j'avais mon salaire, un minimum de frais, j'avais même un peu économisé.

L'année suivante, les frais de scolarité avaient augmenté et il a eu besoin de plus. Cet hiver-là, je me suis aménagé une chambre dans l'atelier de mécanique désaffecté, ce qui me permettait d'économiser aussi de l'électricité et de l'essence. J'ai essayé de louer la ferme, mais sans succès. Quand j'ai suggéré à Unni d'avoir nos rendez-vous dans un hôtel moins cher que le Brattrein, elle m'a demandé si j'étais juste, m'a proposé de partager le prix de la chambre, elle insistait pour le faire depuis un certain temps. J'ai refusé et, pour finir, nous avons continué de nous voir au Brattrein. À notre rendez-vous suivant, elle m'a dit qu'elle avait vérifié la comptabilité et s'était rendu compte que j'étais moins bien payé que des chefs de stations plus petites.

J'ai appelé le siège et, après quelques difficultés, on m'a transféré vers la personne qui décidait des augmentations de salaire.

La voix qui a répondu était enjouée : « Pia Syse, j'écoute. »

J'ai raccroché.

Avant le dernier semestre – Carl prétendait en tout cas que c'était le dernier –, il m'a appelé au milieu de la nuit en me disant qu'il lui manquait une somme en dollars qui correspondait à deux cent mille couronnes norvégiennes. Il s'était cru certain d'obtenir ce jour-là une bourse de la Société norvégienne de Minneapolis, mais elle lui avait été refusée et les frais de scolarité devaient être versés avant neuf heures le lendemain, sans quoi il serait exclu sans avoir passé ses examens finaux. Toutes ses études auraient alors été peine perdue, a-t-il précisé.

« Ce qui compte en *business administration*, ce n'est pas ce que tu sais, mais ce que les gens pensent que tu sais, Roy. Et ce en quoi ils croient, c'est les diplômes.

— Les frais de scolarité ont vraiment doublé depuis le début de tes études ?

— C'est très… *unfortunate*. Je suis désolé de devoir te demander ça, mais le président de la Société norvégienne m'avait dit il y a deux mois que ça devrait être bon. »

J'étais devant la banque avant l'ouverture. Le directeur, un homme avec un nœud papillon et des yeux de saint-bernard, m'a écouté lui demander un prêt de deux cent mille couronnes en mettant la ferme en garantie.

« Vous êtes copropriétaire de la ferme et des terres avec Carl, donc j'ai besoin à la fois de votre signature et de celle de votre frère, a-t-il répondu. L'examen du dossier et la paperasserie prennent deux jours, mais j'ai compris qu'il vous fallait l'argent aujourd'hui et j'ai l'autorisation du siège de vous donner cent mille couronnes parce que je vous fais confiance.

— Sans garantie ?

— On fait confiance aux gens ici, Roy.

— J'ai besoin de deux cent mille.

— Mais je ne peux pas vous prêter une somme pareille sans autre forme de procès, a-t-il rétorqué en souriant, ses yeux devenant encore plus tristes.

— Carl pourrait se faire exclure à neuf heures. Seize heures, heure norvégienne.

— Je n'ai jamais entendu parler d'universités opérant avec des règles si strictes. » Il s'est gratté la main. « Mais si vous le dites… » Il se grattait la main encore et encore.

« Alors… ? » ai-je demandé avec impatience. Il restait encore six heures et demie.

« Alors je ne vous ai rien dit, mais vous devriez peut-être avoir une discussion avec Willumsen. »

Je l'ai regardé. Elles étaient donc vraies, ces rumeurs que Willumsen prêtait de l'argent. Sans garantie et à taux usuraire. C'est-à-dire en fait sans autre garantie que le fait que tout le monde savait que, d'une manière ou d'une autre, Willumsen récupérerait son argent. Si ça coinçait, on disait qu'il faisait venir ce chasseur de dettes du Danemark. Je savais certes qu'Erik Nerell avait emprunté un peu d'argent à Willumsen pour acheter les locaux du Chute Libre, mais il n'avait pas du tout été question de recouvrement de dettes à la dure. Au contraire, Erik avait décrit Willumsen comme très patient, répondant à sa demande de report : « Tant que les intérêts courent, je ne bouge pas, Nerell. Parce que les intérêts d'intérêts, c'est le paradis sur terre. »

Je suis descendu chez Willumsen Voitures d'occasion & Casse. Je savais que Rita n'y serait pas, elle détestait cet endroit. Willumsen m'a reçu dans son bureau. Le mur était orné d'une tête de cerf, qui paraissait avoir traversé la cloison et contempler désormais d'un air surpris le spectacle qui s'offrait à lui. Au-dessous, Willumsen était renversé sur son fauteuil, son double menton répandu sur son col de chemise et ses petits doigts boudinés joints sur sa poitrine. Il ne levait qu'épisodiquement sa main droite pour taper la cendre de son cigare. Il a penché la tête sur le côté et m'a jaugé. J'ai cru comprendre que c'était ce qu'on appelait l'évaluation de la cote de crédit.

« Deux pour cent d'intérêt », a-t-il déclaré une fois que j'avais exposé mon problème et mon échéance. « Par mois. Je peux appeler ma banque et te transférer l'argent maintenant. »

J'ai sorti ma boîte de tabac, en ai glissé un sachet sous ma lèvre pendant que je faisais mentalement le calcul.

« Ça fait plus de vingt-cinq pour cent par an, ça. »

Willumsen a sorti son cigare de sa bouche. « Voilà un garçon qui sait calculer. Tu tiens ça de ton père.

— Et cette fois, vous avez tenu compte du fait que moi non plus, je ne marchande pas ? »

Il a ri. « Affirmatif, c'est le plus bas que je puisse offrir. À prendre ou à laisser. L'heure tourne.

— Où est-ce que je signe ?

— Oh, on va faire ça juste comme ça. » Willumsen m'a tendu la main au-dessus de son bureau. On aurait dit un bouquet de saucisses grasses. J'ai réprimé un frisson et je l'ai serrée.

« Tu as déjà été amoureux ? » Nous marchions dans le grand jardin du Brattrein. Les nuages se précipitaient dans le ciel, au-dessus du lac de Heddal, les couleurs changeaient au gré de la lumière. Il paraît que la plupart des couples parlent moins au fil des ans. Nous, c'était l'inverse. Aucun de nous n'était du genre bavard, et les premières fois, c'était moi qui avais dû assurer la parlote. Ça faisait maintenant cinq ans que nous nous voyions environ une fois par mois, et même si Unni répondait aux questions de façon plus exhaustive qu'au début, cela ne lui ressemblait pas d'aborder un sujet pareil sans raison.

« Une fois. Et toi ?

— Jamais. Qu'en penses-tu ?

— D'être amoureux ?

— Oui.

— Eh ben… » J'ai relevé mon col contre les rafales de vent. « Ce n'est rien de désirable. »

Je lui ai lancé un coup d'œil, j'ai vu le recourbement imperceptible d'un sourire. Je me demandais où elle voulait en venir.

« J'ai lu qu'on ne pouvait tomber vraiment amoureux que deux fois dans sa vie. La première est une action et la seconde, une réaction. Ce sont les deux séismes, le reste n'est que tremblements émotionnels moindres.

— D'accord. Alors tu as encore l'occasion.
— Mais je ne veux pas de séisme. J'ai des enfants.
— Je comprends. Mais les séismes, ça arrive qu'on le veuille ou non.
— Oui. Quand tu dis que ce n'est rien de désirable, c'est parce que ce n'était pas réciproque, n'est-ce pas ?
— Sans doute.
— Donc le plus sûr est de s'éloigner de la zone sismique. »
J'ai hoché la tête lentement. Je commençais à saisir de quoi elle parlait.
« Je crois que je suis en train de tomber amoureuse de toi, Roy. » Elle a arrêté de marcher. « Et je crois que ma maison ne supporterait pas un tel séisme.
— Alors… »
Elle a soupiré. « Alors il faut que je sorte de…
— … la zone sismique, ai-je achevé pour elle.
— Oui.
— À titre permanent ?
— Oui. »
Nous sommes restés sans rien dire.
« Tu ne vas pas… ?
— Non. Tu as pris ta décision. Et je dois être comme mon père.
— Ton père ?
— Mauvais marchandeur. »
Nous avons passé nos dernières heures ensemble dans la chambre, j'avais réservé la suite, et du lit, nous avions vue sur le lac. Au coucher du soleil, le temps s'est dégagé, et Unni a déclaré que je lui évoquais cette chanson de Deep Purple, celle avec l'hôtel au bord du lac Léman, en Suisse. J'ai répondu que, dans la chanson, l'hôtel brûlait.
« Oui », a dit Unni.
Nous avons rendu la clef avant minuit, baiser d'adieu sur le

parking, et nous avons quitté Notodden, chacun dans notre direction. Nous ne nous sommes plus jamais revus.

Cette même année, Carl m'a appelé le soir de Noël. J'entendais des voix festives et Mariah Carey qui chantait « All I Want for Christmas is You » en fond sonore. Moi-même j'étais seul dans ma chambre au garage, avec de l'aquavit et un plat de Noël sous vide de Fjordland : *pinnekjøtt**, saucisse de Voss et purée de rutabaga.

« Tu te sens seul ? » a-t-il demandé.

J'ai réfléchi. « Un peu.

— Un peu ?

— Plutôt. Et toi ?

— C'est le déjeuner de Noël du bureau, là. Il y a du punch. On a fermé le standard et… »

« *Carl ! Carl, come dance !* » La voix mi-stridente, mi-voilée par l'alcool qui nous avait interrompus est arrivée jusqu'au micro. La femme semblait s'être assise sur ses genoux.

« Écoute, Roy, il faut que j'y aille, mais je t'ai envoyé un petit cadeau de Noël.

— Ah ?

— Oui. Regarde ton compte en banque. »

Il a raccroché.

J'ai fait ce qu'il disait. Je suis allé sur Internet et j'ai vu un virement d'une banque américaine. Dans la case commentaire, il était écrit *Merci pour le prêt, mon cher frère, et joyeux Noël !* Le montant était de six cent mille couronnes, bien plus que ce que je lui avais envoyé pour les frais de scolarité, même avec les intérêts et les intérêts des intérêts.

J'étais tellement content que je me suis mis à pleurer. Pas

---

* Travers d'agneau ou de mouton séchés, cuits sur des brindilles ou de petites branches de bouleau. *Pinne* : « bâton », *kjøtt* : « viande ».

à cause de l'argent, je m'en sortais, mais à cause de Carl, du fait que lui s'en sortait. Oui, bien sûr, j'aurais pu m'interroger davantage sur comment il était parvenu à gagner une somme pareille en quelques mois, avec un salaire de débutant dans une entreprise d'immobilier. Enfin. Je savais à quoi j'allais employer l'argent. Isoler convenablement la salle de bains de la ferme. Putain, je n'allais pas passer un réveillon de Noël de plus au garage !

Ici, au bourg, les mécréants comme moi font leur unique visite annuelle à l'église à Noël. Pas le 24 décembre, comme c'est l'usage dans les villes, mais le 25.

En sortant de la messe, Stanley Spind est venu me trouver pour m'inviter à son petit déjeuner du 26 décembre, d'autres gens allaient venir. C'était un peu surprenant ; vu qu'il m'en parlait au dernier moment, je me doutais bien que quelqu'un venait de lui dire que Roy Opgard passait Noël seul dans son garage, le pauvre. Un mec bien, Stanley, mais j'ai répondu la vérité, à savoir que je travaillais pendant toute la période des fêtes pour que les autres employés puissent prendre leurs jours. Il a posé la main sur mon épaule et a dit que *moi*, j'étais un mec bien. Stanley Spind n'est donc pas un fin connaisseur des hommes. Car je me suis alors excusé et dépêché de rattraper Willumsen et Rita qui se dirigeaient vers le parking. Willumsen avait donc repris du volume et retrouvé sa corpulence naturelle et juste. Rita avait l'air en forme, elle aussi, les joues roses, sûrement bien au chaud dans sa fourrure. Et moi, le coureur de jupons qu'on venait de qualifier de mec bien, j'ai serré le bouquet de saucisses de Willumsen – qui par bonheur était ganté – en leur souhaitant un très bon Noël.

« Joyeux Noël », a répondu Rita.

Je me souvenais naturellement qu'elle m'avait appris que, dans les bonnes familles, on disait « bon Noël » jusqu'au

24 décembre, mais donc « joyeux Noël » à partir du 25 et jusqu'au 31 décembre. Mais si Willumsen avait entendu un bouseux comme moi maîtriser ce genre de subtilités, ça aurait pu éveiller ses soupçons, donc j'ai souri en hochant la tête comme si je n'avais pas noté la correction. Mec bien, mon œil.

« Je voulais juste vous remercier pour le prêt. » J'ai tendu une enveloppe blanche simple à Willumsen.

« Ah ? » Il l'a soupesée dans sa main en me regardant.

« J'ai transféré le montant sur votre compte la nuit dernière. C'est le reçu.

— Les intérêts courent jusqu'au prochain jour ouvré. Ça fait encore trois jours, Roy.

— J'en ai tenu compte, oui. Et puis un peu plus que ça. »

Il a hoché la tête lentement. « Ça fait du bien, hein ? De rembourser une dette. »

J'ai compris sans comprendre ce qu'il voulait dire. Je comprenais les mots, mais pas sa façon de les prononcer.

J'allais comprendre avant la fin de l'année.

38

Quand j'avais vu Willumsen et madame le 25 décembre devant l'église, le langage corporel, le regard, les mimiques de Rita n'avaient rien révélé. Elle était bonne comédienne. Mais cette entrevue avait manifestement déclenché quelque chose en elle. Assez pour qu'elle oublie ce qui devait l'être et se souvienne de ce qui méritait qu'on s'en souvienne. Son SMS est venu trois jours plus tard, le premier jour ouvré.

« Chalet, après-demain, midi. »

Tellement concis et impersonnel que j'ai senti comme un tremblement dans mon corps et je me suis mis à saliver comme un chien de Pavlov. *Réponse conditionnelle*, comme on dit.

J'ai eu avec moi-même une discussion brève et houleuse sur la question de savoir si je devais y aller ou non. Roy le raisonnable a perdu avec pertes et fracas. Il est vrai que j'avais oublié pourquoi je m'étais senti libéré quand nous avions cessé de nous voir, alors que je me souvenais du reste dans toute sa richesse sensorielle. À midi moins cinq, je suis arrivé à cette clairière d'où on voit le chalet. J'ai remonté tout le sentier avec l'érection que m'a provoquée la vue de la Saab Sonett garée sur le chemin. La neige s'était fait attendre cette année, mais il y avait du givre, le soleil faisait une incursion et l'air vif était agréable à respirer. De la fumée s'élevait de la cheminée et les rideaux du chalet étaient fermés. Ce n'était pas habituel et l'idée qu'elle m'avait peut-être préparé une surprise, qu'elle était peut-être devant la cheminée, disposée d'une manière qui requérait un éclairage tamisé, m'a donné des frissons partout. J'ai traversé la clairière devant le chalet. La porte était entrebâillée. Avant, elle était fermée quand j'arrivais, parfois même verrouillée et je devais m'étirer pour attraper la clef au-dessus du montant de la porte. Je suspecte qu'elle aimait le sentiment de pénétration, au sens propre, du voleur dans la nuit. Je sais que c'était pour ça qu'elle m'avait donné la clef du sous-sol à l'époque. Je l'avais toujours, d'ailleurs, et je nourrissais parfois le fantasme de m'en servir. J'ai ouvert la porte en grand et je suis entré dans la pénombre.

J'ai tout de suite perçu une fausse note.

Ça *sentait* faux.

À moins que Rita Willumsen ne se soit mise à fumer le cigare.

Avant même que mes yeux se soient accoutumés à l'obscurité, j'ai su à qui appartenait la silhouette dans le fauteuil au milieu du salon.

« C'est bien que tu aies pu venir », a dit Willumsen d'une voix si aimable que j'en ai eu l'échine glacée.

Vêtu d'un manteau et d'un bonnet de fourrure, il avait l'air d'un ours. Dans ses mains il tenait une carabine pointée sur moi.

« Ferme la porte », a-t-il ordonné.

J'ai obtempéré.

« Avance de trois pas, lentement. Et agenouille-toi. »

J'ai avancé de trois pas.

« Agenouille-toi. »

J'ai hésité.

Il a soupiré. « Écoute. Chaque année, je dépense beaucoup d'argent pour me rendre dans un pays où je peux abattre un animal sur lequel je n'ai jamais tiré. » Il a levé la main et fait le geste de cocher une case. « J'ai la plupart d'entre eux, mais il me manque un spécimen de ton espèce, Roy Opgard. Alors *à genoux* ! »

Je me suis agenouillé. C'est alors seulement que j'ai constaté qu'il y avait entre la porte d'entrée et le fauteuil une bâche en plastique, du genre utilisé pour les travaux de rénovation.

« Où es-tu garé ? »

J'ai répondu. Il a fait un signe de tête satisfait.

« La boîte de tabac. »

Je n'ai pas répondu. Ma tête regorgeait de questions, pas de réponses.

« Tu te demandes comment je t'ai démasqué, Opgard. La réponse est la boîte de tabac. J'ai fait un petit infarctus et le médecin m'a dit de manger plus sainement et de faire de l'exercice si je voulais éviter que ça se reproduise. Alors j'ai fait des promenades. Notamment ici, où je n'étais pas venu depuis des années. Et j'ai découvert deux de ces boîtes dans le frigo. »

Il a lancé une boîte de Berry sur la bâche devant moi.

« On n'en trouve pas en Norvège. Encore moins ici. J'ai interrogé Rita et elle m'a répondu que c'était probablement un des artisans polonais venus rénover le chalet l'année dernière qui les avait oubliées. Je l'ai crue. Jusqu'à ce que je te voie sortir la même boîte quand tu es passé à mon bureau pour me demander un prêt. J'ai fait le rapprochement. Le tabac à priser. La réparation de la Sonett. Le chalet. Et une Rita qui, du jour au lendemain, était devenue joyeuse et facile à vivre comme les Rita ne le sont jamais à moins que ça ne cache quelque chose. Alors j'ai regardé son téléphone. Là, sous le nom Agnete, j'ai trouvé un ancien message qu'elle n'avait pas effacé. Chalet, jour et heure, c'était tout. J'ai consulté les renseignements téléphoniques, où le numéro d'Agnete était bel et bien enregistré à ton nom, Roy Opgard. Alors avant-hier, j'ai emprunté encore le téléphone de Rita et je t'ai envoyé le même message, en changeant juste l'horaire. »

Étant agenouillé, j'avais été obligé de lever les yeux vers lui, mais j'avais maintenant la nuque fatiguée et j'ai baissé la tête. « Si vous avez découvert tout cela l'an dernier, pourquoi avoir attendu jusqu'à maintenant pour le révéler ?

— Ça devrait être évident pour quelqu'un d'aussi fortiche que toi en calcul mental, Roy. »

J'ai secoué la tête.

« Tu m'avais emprunté de l'argent. Si je t'avais tiré une balle dans le crâne à ce moment-là, qui m'aurait remboursé ? »

Mon cœur ne battait pas plus vite, mais plus lentement. Ce n'était pas croyable, bordel ! Patient comme le chasseur qu'il était, il avait attendu que je règle mon dû, que les intérêts d'intérêts soient payés. Qu'il n'y ait plus rien à traire de la vache. Maintenant il allait régler ses comptes. C'était ce qu'il avait voulu dire avec sa question devant l'église, si ça faisait du bien de solder sa dette. Il avait l'intention de m'abattre. C'était de cela qu'il s'agissait. Pas de me faire peur ou de me menacer, mais de me dézinguer. Il savait que je n'avais parlé à personne de mes projets du jour, que j'avais veillé à ce qu'il n'y ait pas de témoins de ma venue, que personne ne m'avait vu me garer si loin du chalet, que personne n'aurait l'idée de me chercher par ici. Il voulait tout simplement me coller une balle dans le front et m'enterrer dans les parages. C'était un plan si pur et simple que je n'ai pu que sourire.

« Efface donc ce sourire.

— Ça fait des années que je n'ai pas vu votre femme. Vous n'avez pas regardé la date du message ?

— Il aurait dû être effacé, mais il ne l'a pas été. Ce qui signifie que vous deux, vous vous êtes fréquentés pendant longtemps. Mais cessons là. Fais ta dernière prière. » Willumsen a mis en joue.

« Oh, celle-là, je l'ai déjà faite. » Mon cœur continuait de ralentir. Pouls de repos. Pouls de psychopathe, comme on dit.

« Ah oui ? » a soufflé Willumsen, la peau de sa joue débordant au-dessus du canon de son arme.

J'ai acquiescé et baissé de nouveau la tête. « Alors allez-y, vous me rendez service, Willumsen. »

Rire sec. « Tu cherches à me faire gober que tu veux mourir, Opgard ?

— Non. Mais je vais mourir.

— Nous allons tous mourir.

— Oui, mais pas tous dans les deux mois. »

Je l'ai entendu triturer la queue de détente. « Dixit qui ?

— Dixit Stanley Spind. Vous nous avez peut-être vus discuter à l'église. Il a reçu les dernières images de ma tumeur au cerveau. Ça fait plus d'un an que je l'ai, mais maintenant elle grossit vite. Si vous visez exactement ici… » J'ai posé mon index sur le côté droit de mon front, juste au-dessus de l'implantation des cheveux. « … j'en serai peut-être débarrassé par la même occasion. »

J'ai cru entendre le pianotage et le murmure de la calculatrice du vendeur de voitures d'occasion.

« Tu es désespéré et tu mens.

— Si vous en êtes si sûr que ça, vous n'avez qu'à tirer. » Je savais ce que lui disait son cerveau. Que si c'était vrai, le problème Roy Opgard disparaîtrait bientôt de lui-même et sans le moindre risque pour lui. Si je mentais, en revanche, il laisserait passer là une excellente occasion qui n'allait pas se représenter. Enfin, l'occasion se représenterait, mais je serais alors préparé, ce serait plus difficile. Risques contre gains. Coûts contre revenus. Débit et crédit.

« Vous pouvez appeler Stanley. Il faut juste que je l'autorise d'abord à lever le secret médical. »

Dans la pause qui a suivi, on n'entendait que le souffle court de Willumsen. Ce dilemme réclamait une meilleure oxygénation du cerveau. J'ai fait une prière, non pas pour mon âme, mais pour que l'épreuve lui inflige séance tenante un nouvel infarctus.

« Deux mois, a-t-il soudain déclaré. Si tu n'es pas mort d'ici deux mois à partir d'aujourd'hui, je reviendrai. Tu ne sauras pas où, quand, comment. Ni qui. Mais il n'est pas impossible que les derniers mots que tu entendras soient danois. Ce n'est pas une menace, mais une promesse. D'accord ? »

Je me suis levé. « Deux mois maximum. Cette tumeur est une puissante saloperie, Willumsen, elle ne vous trahira pas. Au fait… »

Willumsen avait toujours sa carabine braquée sur moi, mais il l'a baissée et a levé les paupières pour m'indiquer de finir ma phrase.

« Ça vous va si je prends les boîtes de tabac qui sont dans le frigo ? »

Bien sûr que je tirais sur la corde, mais j'étais censé être un homme mourant, indifférent à la façon dont la mort interviendrait.

« Je ne prise pas, donc fais ce que tu veux. »

J'ai attrapé les boîtes et je suis parti. Je suis redescendu au trot dans la forêt, où la lumière du jour était déjà en train de disparaître. J'ai marché en courbe vers l'ouest et, caché du chalet derrière les rochers, j'ai revu le lac, Rita la dernière fois : nue, humiliée, vieillie par la lumière du jour et le regard d'un jeune homme.

Je suis redescendu vers le chalet par le nord. Cette façade-ci était sans fenêtres, il n'y avait que d'épais murs en rondins, les retranchements de l'être humain, car l'attaque venait toujours du nord.

J'ai avancé tout contre, je me suis faufilé jusqu'à la porte, côté ouest, j'ai enroulé mon écharpe autour de mon poing droit et j'ai attendu. Quand Willumsen est sorti, j'ai fait les choses simplement. Un coup juste derrière l'oreille, là où le crâne n'offre pas tellement de protection, et deux dans les reins, ce qui, au-delà de faire si mal qu'on n'arrive pas à crier, rend coopératif. Il est tombé à genoux, je lui ai retiré la carabine qu'il portait en bandoulière, et après lui avoir asséné un coup dans la tempe, je l'ai entraîné à l'intérieur.

Il avait rangé le rouleau de plastique et repoussé le fauteuil à sa place contre le mur à côté de la cheminée.

Je l'ai laissé reprendre son souffle, lever les yeux, plonger le regard dans la bouche de canon de sa propre carabine avant de commencer à parler.

« Vous l'avez compris, j'ai menti. Mais seulement sur la tumeur. C'est vrai, en revanche, que je n'ai pas vu Rita depuis des années. S'il n'a fallu qu'un seul message pour que je me ramène tout frétillant, vous comprenez aussi que c'est elle qui y a mis un terme, pas moi. Restez couché ! »

Willumsen a juré à voix basse, mais il a obéi.

« Autrement dit, la morale de l'histoire aurait pu être que ce qu'on ne sait pas ne nous fait pas de mal et il y aurait eu un happy end, mais comme vous ne me croyez pas et que vous avez l'intention de me buter, je n'ai pas d'autres choix que de vous buter vous. Croyez-moi, cela ne me procure aucune joie, et je n'ai pas l'intention d'en profiter pour reprendre ma liaison avec celle qui sera bientôt votre veuve. Bref, ça paraît sacrément inutile de vous tuer, mais c'est hélas la seule solution si on réfléchit d'un point de vue pratique.

— Je n'ai aucune idée de ce dont tu parles, a gémi Willumsen, mais tu ne pourras jamais en réchapper avec un meurtre, Opgard. Ces choses-là se planifient.

— Oui. Et j'ai eu les minutes dont j'avais besoin pour comprendre que votre plan de me tuer m'a fourni la meilleure occasion du monde de vous tuer *vous*. Nous sommes seuls quelque part où personne ne nous a vus arriver, et vous savez quelle est la cause de mortalité la plus fréquente chez les hommes entre trente et soixante ans, Willumsen ? »

Il a hoché la tête. « Le cancer.

— Non.

— Si.

— Ce n'est pas le cancer, ai-je dit.

— Les accidents de la route, alors.

— Non. » Je me suis fait une note mentale de le googliser en rentrant. « C'est le suicide.

— N'importe quoi.

— Notre bourg aura en tout cas contribué aux statistiques si on compte mon père en plus du lensmann Olsen et de vous.

— Moi ?

— Fêtes de fin d'année, l'homme prend sa carabine et part seul à son chalet sans avoir prévenu qui que ce soit, on le retrouve l'arme à côté de lui. On ne fait pas tellement plus classique, Willumsen. Ah oui, et puis il y a du givre. Donc aucune trace allant ou partant du chalet. »

J'ai levé la carabine, vu qu'il déglutissait.

« J'ai un cancer, a-t-il articulé d'une voix encombrée.

— Vous avez eu un cancer. Désolé, mais vous êtes guéri.

— Merde », a-t-il conclu, des larmes dans la voix.

J'ai posé le doigt sur la queue de détente. La sueur a jailli sur son front, il a été saisi de tremblements incontrôlés.

« Faites votre prière », ai-je chuchoté. J'ai attendu. Il a hoqueté. Une flaque s'est formée sous sa fourrure d'ours.

« Mais il y a bien sûr une autre option », ai-je précisé.

Willumsen a ouvert puis fermé la bouche.

J'ai baissé la carabine. « C'est que nous convenions de ne pas nous tuer et courions le risque de nous faire confiance.

— Qu-quoi ?

— Je viens de démontrer que j'étais tellement sûr que vous

vous rendriez compte que vous n'avez aucune raison de me tuer que je renonce à la meilleure occasion du monde de vous tuer vous. C'est ce qu'on appelle un acte de confiance. La confiance est une maladie bénigne contagieuse, vous comprenez. Alors si vous ne me tuez pas, je ne vous tuerai pas. Qu'en dites-vous, Willumsen ? Cet acte de confiance ? Marché conclu ? »

Il a plissé le front, hoché la tête d'un geste apparemment hésitant.

« Bien. Merci de me l'avoir prêtée. » Je lui ai tendu la carabine.

Il a cligné des yeux, m'a dévisagé d'un air incrédule, n'a pas pris l'arme, comme s'il flairait un piège. Alors je l'ai calée contre le mur à la place.

« Tu comprends bien que j-je… » Il a raclé la morve, les larmes, le mucus de sa gorge. « … qu'à cet instant, j'accepterais n'importe quoi. Il n'y a que toi qui aies fait cet acte de confiance, pas moi. Alors comment vais-je m'y prendre pour que tu me fasses confiance ? »

J'ai réfléchi.

« Oh, on va faire ça juste comme ça », ai-je dit en lui tendant la main.

39

La neige est arrivée le 1er janvier et elle a tenu jusqu'à la fin avril. À Pâques, il y a eu plus de circulation que jamais vers les chalets et la station-service a fait un chiffre d'affaires record, donc il y avait une bonne ambiance à la boutique.

Puis est venu le rapport sur la construction de la nationale concluant qu'il fallait creuser un tunnel et la faire passer en dehors d'Os.

« C'est dans longtemps », a consolé Voss Gilbert, l'héritier d'Aas au parti. Peut-être bien, mais les élections municipales n'étaient pas dans longtemps, elles, et son parti a perdu. Parce que c'est clair, quand un bourg peut être rayé de la carte de Norvège d'un trait de crayon, c'est que quelqu'un de la municipalité n'a pas fait son boulot de lobbying.

J'ai eu des réunions au siège et nous sommes convenus de traire la vache tant que nous l'avions. Ensuite, restructurations, réductions d'échelle, traduction : licenciements. On a besoin de petites stations-service aussi. Si ça ne marchait pas, je n'avais pas de souci à me faire, m'a-t-on dit.

« Ma porte te sera toujours ouverte, Roy, a déclaré Pia Syse. Si tu as envie d'essayer quelque chose de nouveau, il suffit d'appeler, tu as mon numéro. »

J'ai passé la vitesse supérieure. Je travaillais plus que jamais.

Ça m'allait, j'aime travailler. Et je m'étais fixé un objectif. Avoir ma propre station-service.

Un jour, Dan Krane est entré dans la boutique. Il est venu me trouver au distributeur de café, que j'étais en train de nettoyer. Il m'a demandé s'il pouvait me poser quelques questions pour un article sur Carl.

« On a entendu dire qu'il s'en sort très bien là-bas, a-t-il dit.

— Ah bon ? ai-je répondu en continuant mon nettoyage. Alors tu vas écrire un article élogieux ?

— Oh, notre devoir est tout de même d'apporter un éclairage sur les deux côtés.

— Et pas *tous* les côtés ?

— Voyez-vous ça, tu formules ça mieux qu'un rédacteur en chef », a-t-il commenté, un léger sourire aux lèvres.

Je ne l'aimais pas. En même temps je n'aime pas grand monde, alors ça ne change rien. À son arrivée dans le bourg, il m'a fait penser à ces setters anglais que les gens des chalets emmènent dans leur SUV : maigres, impatients, mais aimables. C'était toutefois une amabilité froide, un comportement acquis utilisé comme un moyen d'atteindre un objectif à plus long terme, et j'ai commencé à comprendre ce que Dan Krane était réellement : un marathonien. Un stratège qui ne perdait jamais patience sur le terrain, trimait patiemment sans jamais faire d'avancée brutale, parce qu'il savait qu'à la fin son endurance le conduirait au podium. Cette certitude se voyait dans son langage corporel, s'entendait dans sa façon de s'exprimer, oui, elle brillait dans son regard. Il avait beau n'être aujourd'hui qu'un pauvre rédacteur de petit journal, il se dirigeait vers de plus hauts sommets. Il était taillé pour accomplir de grandes choses, comme on dit. Il avait sa carte au parti d'Aas, mais même si *Os Blad* était un journal ouvertement travailliste, le règlement intérieur précisait que le rédacteur en chef ne pouvait pas avoir de mandats politiques, ce qui pouvait remettre en cause son intégrité. Père d'enfants en bas âge, Dan Krane était en outre bien occupé, et n'allait donc pas se présenter aux prochaines élections municipales, en revanche, aux suivantes ou à celles d'après, la situation serait différente. Oui, ce n'était qu'une question de temps avant que Dan Krane ne serre ses maigres phalanges autour du marteau du maire.

« Ton frère a pris des risques et il a gagné beaucoup d'argent avec cet investissement dans un centre commercial quand il était encore étudiant. » Krane a tiré un calepin et un stylo de la poche de sa veste Jack Wolfskin. « Tu y as participé aussi ?

— Je ne sais pas de quoi tu parles.

— Non ? J'ai pourtant cru comprendre que tu avais contribué à financer l'achat d'actions en apportant les dernières deux cent mille couronnes. »

J'espérais qu'il ne m'avait pas vu tressaillir.

« Qui t'a raconté ça ? »

De nouveau, ce petit sourire, comme si sourire de toutes ses dents lui était physiquement douloureux. « Même dans la presse locale, nous devons protéger nos sources, tu sais. »

Était-ce le directeur de la banque ? Willumsen ? Un autre employé de la banque ? Quelqu'un qui avait suivi la piste de l'argent, comme on dit ?

« Sans commentaires », ai-je répondu.

Krane a ri doucement en prenant note. « Tu veux vraiment qu'on écrive ça, Roy ?

— Écrire quoi ?

— Sans commentaires. C'est ce que répondent les politiques et les célébrités de la capitale. Quand ils sont en difficulté. Ça pourrait créer une impression un peu étrange.

— L'impression, je pense que c'est toi qui la crées, non ? »

Krane a souri en secouant la tête. Une tête étroite, dure, aux cheveux raides. « J'écris seulement ce qui est dit, Roy.

— Alors fais-le. Écris cette conversation, mot pour mot.

Y compris ton conseil intéressé de ne pas dire "sans commentaires".

— L'interview doit être rédigée, tu sais. Pour mettre en avant l'essentiel.

— Et c'est toi qui décides ce qui est essentiel. Donc l'impression, c'est toi qui la crées. »

Krane a soupiré. « Je déduis de ton attitude de rejet que tu ne souhaites pas de publicité autour de ta participation avec Carl à ce projet à risque.

— Pose la question à Carl. » J'ai refermé la devanture du distributeur et appuyé sur le bouton. « Café ?

— Oui, merci. Tu n'as sans doute aucun commentaire non plus sur le fait que Carl vient de déplacer son activité au Canada après que sa société a fait l'objet d'une enquête sur ce que l'autorité américaine de surveillance de la Bourse considère comme de la manipulation des cours.

— Là où j'ai un commentaire, en revanche… » Je lui ai tendu le gobelet de café. « … c'est sur le fait que tu écrives un papier sur l'ex-petit copain de ta femme. Tu le veux, ce commentaire ? »

Krane a poussé un gros soupir, rangé son calepin dans sa poche et trempé les lèvres dans son café. « Si les journalistes du quotidien local d'un bourg comme celui-ci ne devaient écrire sur personne avec qui ils ont un quelconque lien, nous ne pourrions pas écrire un seul article.

— Je comprends, mais tu vas en informer les lecteurs au-dessous de l'article, n'est-ce pas ? Que l'article a été écrit par quelqu'un qui s'est fait servir après Carl Opgard. »

Je voyais des éclairs dans les yeux du marathonien à présent. Sa stratégie au long cours était sous pression, et il était sur le point de dire ou de faire quelque chose qui n'allait pas servir l'objectif final.

Et après que son frère, Roy, avait refusé de se faire servir.

Je ne l'ai pas dit. Bien sûr que je ne l'ai pas dit. Je me suis juste amusé à me demander si ça lui ferait perdre le rythme.

« Merci pour ton temps. » Il a remonté la fermeture Éclair de sa veste déperlante.

« C'est moi qui te remercie. Ça fera vingt couronnes. »

Il a regardé son gobelet puis moi. J'ai essayé d'imiter son sourire infime.

Le journal a publié un papier sur Carl Abel Opgard, un garçon de notre bourg qui avait réussi outre-Atlantique. Signé par un pigiste.

Quand je suis rentré à la ferme après ma conversation avec Krane, je suis allé courir. J'ai délicatement inspecté deux nids que j'avais trouvés, j'ai tapé dans le vieux sac de sable dans la grange pendant une demi-heure. Puis je suis monté dans la nouvelle salle de bains et j'ai pris une douche. Du shampoing dans les cheveux, j'ai pensé à l'argent qui avait suffi non seulement pour refaire l'isolation de la salle de bains, mais encore pour remplacer les fenêtres. J'ai levé le visage, ai laissé le jet chaud laver cette journée. Une autre m'attendait. J'avais pris le rythme. J'avais un objectif et une stratégie. Je n'allais pas devenir maire, juste m'acheter cette putain de station-service. Mais je n'en étais pas moins en train de devenir un marathonien.

Et puis Carl a téléphoné pour m'annoncer qu'il rentrait.

CINQUIÈME PARTIE

40

Masse par vitesse. Le véhicule est en mouvement vers l'abîme. L'amas noir de tôle, de chrome, de cuir, de plastique, de caoutchouc, d'odeurs, de goûts, de souvenirs qu'on portera toujours en soi, de personnes qu'on aimait et pensait ne jamais pouvoir perdre, s'éloigne en roulant. C'était moi qui avais lancé le mouvement, moi qui avais déclenché les événements de ce récit. Mais à un moment donné – et il est foutrement difficile de déterminer exactement quand et où – le récit se met à décider de lui-même, le centre de gravité est dans le siège du conducteur, l'engin accélère, devient autonome et peu importe si j'ai changé d'avis. Masse par vitesse.

Aurais-je voulu que ce qui s'est passé ne se soit jamais passé ? Oui, bordel !

En même temps, il y a quelque chose de fascinant à regarder les avalanches d'Ottertind en mars, les masses de neige brisant la glace du lac de Budal, un feu de forêt en juillet, quand on sait que le vieux camion de pompier GMC ne peut pas gravir les côtes. C'*est* haletant de voir la première tempête d'automne au mois de novembre mettre une fois de plus à rude épreuve les toits des granges en bas, dans le bourg, en se disant que, cette année, elle va réussir à en arracher un et qu'on le verra se dresser sur le côté et rouler comme une gigantesque scie circulaire sur les terres avant de partir en morceaux. Et puis c'est exactement ce qui se passe. Le réflexe suivant est de se demander ce qui se serait passé s'il y avait eu quelqu'un dans les champs au moment où le toit-scie a débouché. On ne le souhaite pas, bien sûr, mais on ne parvient pas tout à fait à rejeter l'idée : ç'aurait été un sacré spectacle. Non, on ne le souhaite pas, donc si j'avais su à quel enchaînement d'événements je donnais l'impulsion, j'aurais sans doute agi autrement. Mais je ne l'ai pas fait, donc je ne peux pas prétendre que j'aurais agi autrement si j'avais eu une nouvelle occasion sans nouvelle information.

Et quand bien même on pourrait diriger la tempête vers le toit de la grange, la suite ne serait pas entre nos mains. Le toit, désormais roue tranchante comme une lame de rasoir, met le cap sur la personne seule dans le champ, et on ne peut qu'observer la scène avec un mélange d'effroi, de curiosité et de colère qu'une partie de soi ait espéré cela. Ensuite vient une pensée à laquelle on n'était peut-être pas préparé : on aurait voulu soi-même être cette personne dans le champ.

41

Pia Syse et moi avons signé un contrat indiquant que je serais libre de reprendre mon poste à Os après deux ans dans le Sørlandet.

La station-service se trouvait aux abords de Kristiansand, au bord de l'E18, en face du parc animalier. Elle était évidemment bien plus grande que celle d'Os, avec plus d'employés, plus de pompes, des locaux plus vastes, un plus grand choix de produits, et un chiffre d'affaires plus important. Mais la véritable différence était que, le directeur précédent ayant traité les employés comme des gouffres financiers décérébrés, j'ai été accueilli par une bande de geignards démotivés, allergiques, qui ne faisaient que le strict minimum, et encore.

« Les stations-service sont toutes différentes, avait déclaré Gus Myre, le directeur commercial du siège, à une conférence. Même si l'enseigne est la même, l'essence est la même, la logistique est la même, nos stations-service ne tournent pas autour des bagnoles, du pétrole et des Krisprolls, mais des *gens*. Ceux qui sont derrière le comptoir, ceux qui sont devant, et leur rencontre. »

Il chantait son message comme une ritournelle dont il se lassait de plus en plus, mais qui restait tout de même son tube. Entre la rythmique enjouée à outrance du *bagnoles, pétrole et*

Krisprolls qu'il avait forcément composée lui-même, et la ferveur qu'il mettait dans *gens*, tout aussi exagérée et devenue légèrement plus forcée au fil des années, cela me rappelait les séances de réveil spirituel d'Årtun. À l'instar du prédicateur, Myre avait pour mission de faire avaler aux gens qui l'écoutaient ce que, en leur for intérieur, ils savaient tous être des conneries, mais à quoi ils auraient bien voulu croire. Parce que la foi rend la vie – et dans le cas du prédicateur, la mort – plus facile à gérer. Si l'on croit vraiment qu'on est unique, et que chaque rencontre l'est aussi, on peut sans doute s'automanipuler et croire à une certaine pureté, une innocence virginale éternelle, qui empêche de cracher à la gueule du client et de gerber d'ennui.

Mais je ne me sentais pas unique. Hormis les différences susmentionnées, la station-service non plus n'était pas unique. La chaîne opérait avec des principes de franchise stricts, faisant qu'on pouvait passer d'une petite station dans un coin du pays à une grande dans un autre, et c'était comme d'avoir changé les draps d'un même lit. Il m'a fallu deux jours pour apprendre les détails qui distinguaient ce poste d'essence du mien à Os, quatre pour parler à tous les employés de leurs ambitions personnelles et des changements qu'ils auraient envisagés pour améliorer leur lieu de travail et rendre l'endroit plus agréable pour les clients. En trois semaines, j'avais mis en place quatre-vingt-dix pour cent de ces changements.

J'ai confié une enveloppe à la déléguée du personnel en lui disant de ne l'ouvrir que huit semaines plus tard, le jour où tous les employés allaient se réunir pour un bilan. Nous avions loué un café du coin. J'ai souhaité la bienvenue à tout le monde avant de céder la parole aux employés. Un premier a présenté le chiffre d'affaires et les revenus, un deuxième les statistiques d'absentéisme et un troisième une petite enquête de satisfaction de la clientèle, ainsi qu'une évaluation plus informelle auprès de ses collègues. Je me suis contenté d'écouter pendant que le personnel, après s'être bien disputé, votait de supprimer quatre-vingts pour cent des changements proposés. Ensuite, j'ai repris la parole et récapitulé les changements que tout le monde estimait efficaces et que nous allions conserver, puis j'ai annoncé que l'heure était maintenant au dîner et à l'open bar. Un employé, un vieux grincheux, a levé la main pour me demander si c'était tout ce dont j'étais le patron, le bar.

« Non. Je suis le patron qui vous a permis d'être vos propres patrons pendant huit semaines. Lotte, tu peux ouvrir cette enveloppe que je t'ai donnée avant que nous mettions en place les changements ? »

Elle l'a fait et a lu la liste des propositions que je pensais capables de fonctionner et de celles que je pensais vouées à l'échec. Un murmure a parcouru les membres de l'assistance qui découvraient que mes prédictions – à deux exceptions près – coïncidaient avec ce qu'ils avaient eux-mêmes déduit après coup.

« Le but n'est pas de vous convaincre que je suis un Monsieur Je-sais-tout. Regardez, je me suis planté sur deux changements, la carte de fidélité pour les cafés, que je pensais pouvoir marcher, et le coup des cinq petits pains de la veille pour le prix d'un, auquel je ne croyais pas. Mais dans la mesure où j'ai vu juste sur les douze autres, dont huit – comme les vacations longues – n'ont donc pas marché, il pourrait sembler que j'en sais *un peu* sur la gestion d'une station-service. Vous êtes d'accord ? »

J'ai vu quelques hochements de tête. On hoche la tête différemment ici, dans le Sud. Encore plus lentement, en l'occurrence. Il y a eu des chuchotements épars alors que le geste se généralisait. À la fin, il avait même gagné le grincheux.

« Nous sommes avant-derniers du palmarès des stations-service du comté. Alors j'ai passé un marché avec le siège. Si on est dans les dix premières aux prochains résultats, le siège nous offrira à tous une virée sur le ferry du Danemark. Si on est dans les cinq premiers, un voyage à Londres. Et si on est les premiers, vous aurez une enveloppe pour choisir la récompense vous-mêmes.

Ils m'ont regardé fixement. Puis les vivats ont éclaté.

« Mais…, ai-je crié, et le bruit s'est aussitôt tu. Ce soir, nous sommes les avant-derniers du comté, donc ce bar n'est ouvert que pendant une heure. Après ça, vous allez devoir rentrer chez vous recharger les batteries pour demain, parce que c'est là – et pas après-demain – que nous allons commencer à grimper dans le palmarès. »

J'habitais à Søm, un quartier résidentiel tranquille à l'est de la ville, avant les ponts qui mènent au centre-ville. Je louais un trois-pièces spacieux, que je n'avais pas réussi à meubler complètement.

Je présumais que la rumeur à propos des abus sexuels dont Carl avait été victime se répandait désormais comme une traînée de poudre à Os. Qu'il n'y avait que lui qui ne l'ait pas entendue. Et moi. Une fois qu'elle avait décidé de révéler les confidences de Carl, Grete avait donc commencé par moi et ensuite les jours fastes avaient dû s'enchaîner au salon de coiffure. Si Carl l'apprenait, il encaisserait sans doute. S'il n'en entendait pas parler, c'était aussi bien. De toute façon, la responsabilité et la honte étaient avant tout les miennes. Je n'en avais pas la force. J'étais faible. Mais la raison principale pour laquelle j'avais dû partir d'Os, ce n'était pas ça. C'était elle.

La nuit, je rêvais de Shannon.

Le jour, je rêvais de Shannon.

Que je sois en train de manger, de faire le trajet entre mon appartement et le boulot, de servir des clients, de faire du sport, de me soulager, de me masturber, d'écouter des audio-livres ou de regarder la télé, je rêvais de Shannon.

Je rêvais de son œil endormi sensuel. Un œil qui exprimait plus de sentiments, chaleureux et froids, que les deux réunis d'autres personnes. Ou de sa voix presque aussi grave que celle de Rita, mais totalement différente, si douce qu'on avait envie de s'y lover comme dans un lit chaud. Je rêvais de l'embrasser, de la baiser, de la laver, de la tenir, de la lâcher. De ses cheveux roux qui brillaient au soleil, de l'arc tendu de son dos, du poids et de la promesse de ses seins, de ses petites mains qui dessinaient dans le vide avec tant d'assurance, de son rire qui recelait cet imperceptible grognement de prédateur, une promesse, là encore.

J'ai essayé de me dire que c'était la même histoire qui se répétait, Mari, tomber amoureux de la petite amie de son frère. Une putain de maladie, un court-circuit dans mon cerveau. Désirer follement ce qu'on ne pouvait ou ne devait avoir. Si, par miracle, Shannon voulait de moi aussi, ce ne serait qu'une redite de Mari. Comme l'arc-en-ciel qui s'efface au-dessus de la montagne, l'amour s'évaporerait. Non pas parce que l'amour était une illusion, mais parce que pour voir les arcs-en-ciel, il faut un certain angle de vue – extérieur – et une certaine distance, pas trop proche. Et si l'arc-en-ciel était malgré tout présent quand on arrivait au sommet de la montagne, on s'apercevrait qu'au bout il n'y a pas de chaudron d'or, mais une tragédie et des vies détruites.

Tout cela, je me le racontais, en vain. C'était comme un putain de paludisme. Je me disais que c'était vrai ce qu'on disait, c'était la deuxième crise qui vous brisait. J'ai essayé de chasser la maladie en transpirant, mais elle refusait. J'ai essayé de la chasser en travaillant, mais elle revenait. J'ai essayé de dormir pour oublier, mais j'étais réveillé par les cris du parc animalier, même si c'était impossible, il était à près de dix kilomètres de là.

J'ai essayé de sortir, on m'a recommandé deux ou trois bars de Kristiansand, mais je me retrouvais seul au comptoir. Je n'avais aucune idée de comment on s'adresse aux gens, et je n'en avais pas envie non plus, c'était plutôt que je sentais que je *devrais*. Car je n'ai pas de sentiment de solitude. Enfin si, mais ça ne me gêne pas, pas notablement en tout cas. C'était simplement que je me disais qu'une femme pourrait aider, offrir peut-être un remède à la fièvre. Mais personne ne me regardait plus d'une seconde. Au Chute Libre, j'aurais au moins eu quelqu'un pour me demander, au bout d'une ou deux bières, qui j'étais. Mais cette unique seconde suffisait sans doute pour voir que j'étais un bouseux venu faire un tour en ville, que je n'avais rien d'intéressant à mettre sur la table, comme on dit. On remarquait peut-être mon majeur qui pointait tout droit quand je tenais mon verre. Alors je me dépêchais de basculer ma bière – une *pale lager*, Miller, de la pisse américaine – et je prenais le bus pour rentrer chez moi. Dans mon lit, je restais à écouter les cris des singes et des girafes.

C'est quand Julie m'a appelé pour me poser des questions techniques sur l'inventaire de marchandises que j'ai compris que Grete la bouclait sur les agressions de papa. Après lui avoir donné les explications qu'elle me demandait, je l'ai priée de me raconter les derniers ragots du bourg. Ce qu'elle a fait, un peu stupéfaite, sentais-je, je n'avais jamais manifesté d'intérêt pour ces choses-là par le passé. Comme il n'y avait visiblement rien d'intéressant, je lui ai demandé carrément s'il y avait des rumeurs sur notre famille, des histoires impliquant Carl et papa.

« Non, quoi comme histoires ? »

J'entendais que Julie n'avait sincèrement aucune idée de ce dont je parlais.

« N'hésite pas si tu as d'autres questions sur l'inventaire », ai-je conclu.

Nous avons raccroché.

Je me suis gratté la tête.

Que Grete ne divulgue pas ce qu'elle savait n'était peut-être pas très étonnant. Ne l'avait-elle pas bouclée pendant toutes ces années ? Car toute sa folie était avant tout une folie d'amour, comme chez moi. Ne voulant pas blesser Carl, elle allait continuer de garder le silence. Mais pourquoi m'avoir dit ce qu'elle savait ? Je me souvenais de sa question quand elle m'avait demandé comment j'avais sauvé Carl. *Qu'est-ce que tu as fait, Roy ?* Était-ce une menace, cherchait-elle à me dire qu'elle avait compris qui était à l'origine de la chute de papa et maman dans Huken ? Que je ne devais pas faire obstacle à ses plans pour Carl ?

Si tel était le cas, c'était tellement dément que je frissonnais à cette seule évocation.

Quoi qu'il en soit, tout cela signifiait que j'avais une raison de plus de me tenir à l'écart d'Os.

Je ne suis pas rentré à Noël.

Ni à Pâques.

Carl m'appelait, me tenait au courant pour l'hôtel.

L'hiver était arrivé plus tôt que prévu et la neige avait tenu longtemps, ils avaient pris du retard. Ils avaient aussi dû faire des ajustements sur les dessins parce que le conseil municipal avait fixé des lignes directrices exigeant plus de bois et moins de béton.

« Shannon est fâchée, elle ne comprend pas que, si le conseil municipal n'avait pas eu ses putains de murs en rondins, le service de l'urbanisme ne nous aurait jamais accordé l'autorisation de commencer les travaux. Elle essaie d'arguer que le bois n'est pas assez solide, mais c'est n'importe quoi, bien sûr, sa seule préoccupation, c'est l'esthétique, il faut que ça porte sa signature, quoi. Enfin, on a toujours ce genre de discussions avec les architectes. »

Peut-être bien, mais j'entendais à sa voix que la discussion avait probablement été plus âpre que celles qu'on a toujours avec les architectes.

« Elle est… » Je me suis interrompu en toussotant quand j'ai entendu que je ne parviendrais pas à finir ma question sur un ton naturel. Assez naturel pour les oreilles de Carl, en tout cas. Quoi qu'il en soit, j'avais compris qu'elle ne lui avait pas parlé de cette déclaration d'amour idiote que je lui avais faite à la soirée d'inauguration du chantier, je l'aurais su au ton de Carl, cette porte-là battait dans les deux sens. Par exemple, j'entendais qu'il avait bu quelques Budweiser.

« Elle trouve ses marques ?

— Oui, oui. C'est long de s'habituer à quelque chose d'aussi différent. Juste après ton départ, par exemple, elle a eu une période où elle était mutique et renfermée sur elle-même. Elle voudrait un enfant, mais ce n'est pas si simple, elle a des problèmes, alors il semblerait que la FIV soit la seule solution. »

J'ai senti mon ventre se nouer.

« Ça ne me pose pas de problème, hein, mais c'est juste que ça fait un peu beaucoup là tout de suite. Elle va d'ailleurs aller à Toronto cet été pour finir un ou deux projets là-bas. »

Entendais-je une fausse note ? Ou était-ce simplement que je voulais l'entendre. Je ne pouvais plus compter sur ma propre faculté de jugement.

« Tu pourrais peut-être te prendre des petites vacances et venir à ce moment-là ? a suggéré Carl. On aura toute la maison pour nous. Qu'est-ce que t'en dis ? *Party time*, comme au bon vieux temps ? Yes ! »

Son enthousiasme continuait d'opérer, et j'étais à deux doigts d'accepter.

« Il faut que je voie. L'été, c'est un peu la haute saison, avec tous les vacanciers qui viennent dans le Sørlandet.

— Allez. Toi aussi, tu as besoin de vacances. As-tu seulement eu un jour de libre avant de descendre dans le Sud ?

— Mais oui, ai-je dit, en comptant. Quand est-ce qu'elle part ?

— Shannon ? La première semaine de juin. »

Je suis rentré la deuxième semaine de juin.

42

J'ai franchi Banehaugen, le lac de Budal est apparu comme un miroir dans le paysage, et il s'est passé une chose étrange quand j'ai vu le panneau « Os ». Ma gorge s'est nouée et la route a commencé à devenir floue, m'obligeant à cligner des yeux. C'est comme quand, dans un moment de pur ennui, on tombe sur un tire-larmes de troisième ordre à la télé et que, étant complètement détendu et pas préparé, on se met soudain à déglutir péniblement.

J'avais pris quatre jours.

Pendant quatre jours, Carl et moi sommes restés dans le jardin d'hiver à contempler l'été, dehors. Le soleil qui semblait ne jamais vouloir se coucher. À boire bière sur bière. À parler des jours anciens. De l'école, des amis, des soirées à Årtun et au chalet des Aas. Il m'a raconté les États-Unis et Toronto. L'argent qui coulait à flots dans un marché immobilier de braise. Le projet pour lequel ils avaient finalement eu les yeux plus gros que le ventre.

« Ce qui laisse un arrière-goût amer, c'est que ça aurait *pu* marcher », a dit Carl, ajoutant une bouteille vide à celles qui s'alignaient sur l'appui de fenêtre. Sa rangée était trois fois plus longue que la mienne. « C'était juste une question de timing. Si on avait réussi à maintenir le projet à flot pendant trois mois de plus, on aurait été richissimes. »

Quand c'était parti à la dérive, ses deux partenaires l'avaient menacé de poursuites judiciaires.

« J'étais le seul qui n'ait pas perdu absolument tout, alors ils pensaient pouvoir me secouer pour faire tomber quelques billets. » Il a ri en ouvrant une autre bouteille.

« Tu n'es pas débordé de boulot ? » ai-je demandé.

Nous nous sommes rendus sur le chantier de l'hôtel. On y travaillait, mais ce n'était pas précisément la grande effervescence. Beaucoup d'engins et peu de monde. Si on m'avait posé la question, j'aurais dit qu'il ne semblait pas s'être passé grand-chose au cours des neuf mois depuis l'ouverture des travaux. Carl m'a expliqué qu'ils travaillaient encore au niveau du sous-sol, que construire la route et viabiliser le terrain avait pris du temps, mais qu'une fois qu'on commencerait l'hôtel lui-même, les travaux progresseraient très rapidement.

« L'hôtel se construit ailleurs pendant que nous sommes ici. On appelle ça la construction modulaire. Ou par éléments. Plus de la moitié de l'hôtel va arriver toute prête, sous forme de grands caissons que nous monterons ensuite sur des socles.

— Sur les fondations ? »

Carl a dodeliné de la tête. « Dans un sens. » Il parlait comme les gens qui veulent épargner les détails trop compliqués à leur interlocuteur ou cacher qu'ils ne sont eux-mêmes pas complètement renseignés. Il est allé voir les ouvriers pendant que je me promenais dans la bruyère à la recherche de nids. Je n'en ai trouvé aucun. Le bruit et le passage des engins avaient peut-être effrayé les oiseaux, mais ils nidifiaient sans doute dans les parages.

Carl est revenu. Il a épongé la sueur de son front. « Si on allait plonger ? »

J'ai ri.

« Quoi ? s'est récrié Carl.

— Cet équipement est tellement vieux que ça friserait le suicide.

— Se baigner, alors ?

— D'accord. »

Mais bien sûr, nous avons encore fini dans le jardin d'hiver. Sa cinquième ou sixième bouteille bien entamée, Carl a soudain demandé. « Tu sais comment Abel est mort ?

— Il a été assassiné par son frère.

— Je parle de l'Abel d'après qui papa m'a baptisé, le secrétaire d'État Abel Parker Upshur. Il naviguait sur le Potomac, à bord de l'USS *Princeton*. On allait lui faire une démonstration de la puissance de feu d'un canon, qui a explosé, le tuant, ainsi que cinq autres personnes. C'était en 1844. Il n'a donc pas vu la réalisation du grand œuvre de sa vie, l'annexion du Texas, en 1845. Qu'en dis-tu ? »

J'ai haussé les épaules. « Triste ? »

Carl a éclaté de rire. « Toi, en tout cas, tu es à la hauteur de ton deuxième prénom. Tu savais qu'une voisine de table de Calvin Coolidge… »

Je n'écoutais qu'à moitié, parce que je connaissais bien sûr l'anecdote, papa adorait la raconter. La voisine de table avait fait le pari qu'elle parviendrait à tirer plus de deux mots du président Coolidge, dont le mutisme était légendaire. Vers la fin du dîner, le président s'était adressé à elle en disant : « *You lose.* »

« Lequel d'entre nous ressemble le plus à papa et lequel à maman ? a demandé Carl.

— Tu déconnes ? ai-je fait en buvant par devoir une gorgée de Budweiser. Tu es maman, je suis papa.

— Je bois comme papa. Toi, comme maman.

— C'est le seul élément qui ne corresponde pas.

— Alors c'est *toi,* le vicelard ? »

Je n'ai pas répondu. Je ne savais pas quoi dire. Même à

l'époque, nous n'en avions pas parlé, pas vraiment, je l'avais juste réconforté comme si papa venait de lui mettre une raclée ordinaire, normale. J'avais promis vengeance sans employer de mots traitant directement du sujet. Je me suis souvent demandé si les choses auraient pu être différentes si jamais j'en avais parlé tout haut, si j'avais libéré les mots, si j'en avais fait un élément audible, réel, et pas une simple abstraction qui pouvait être niée, balayée comme une invention. Aucune idée.

« Tu y penses ? ai-je demandé.

— Oui. Et non. D'après ce que j'ai lu, ça me travaille moins que beaucoup d'autres.

— Ce que tu as lu ?

— Sur d'autres victimes de maltraitance. Mais c'est sans doute aussi surtout les gens gravement atteints qui communiquent sur le sujet. Je parie qu'il y a beaucoup de gens comme moi, qui mettent ça derrière eux. C'est surtout une question de contexte.

— De contexte ?

— C'est surtout parce qu'elle est entourée de honte et de réprobation sociale que la maltraitance sexuelle est nocive. On apprend qu'il *faut* être traumatisé et, du coup, on accroche tout ce qui ne va pas dans sa vie sur ce crochet. Prends la circoncision des garçons juifs. C'est une mutilation. De la torture. Bien pire que de se faire tripoter un peu. Pourtant, peu d'éléments suggèrent une forte prévalence des troubles de la santé mentale entraînés par la circoncision, parce qu'elle se produit dans un contexte indiquant que tout va bien, que c'est quelque chose qu'il faut supporter, que ça fait partie de la culture. Le pire dommage n'intervient peut-être pas au moment de l'agression, mais quand nous comprenons que ça ne se fait pas. »

Je l'ai regardé. Le pensait-il ? Était-ce sa façon de rationaliser les choses pour les faire disparaître ? Si oui, pourquoi pas ?

Whatever gets you through the night, it's alright. Chacun fait comme il peut pour tenir le coup.

« Que sait Shannon ?

— Tout. » Il a porté la bouteille à ses lèvres et l'a inclinée au lieu de pencher la tête en arrière. Il y a eu un glou-glou. Pas comme un rire, mais comme un pleur.

« Elle sait que nous avons couvert la chute d'Olsen dans Huken, mais sait-elle aussi que j'avais touché aux freins et à la direction de la Cadillac quand papa et maman sont morts ? »

Il a secoué la tête. « Je ne lui raconte que ce qui me concerne *moi*.

— Tout ? » J'ai regardé dehors, laissant le soleil du soir m'éblouir. J'ai vu du coin de l'œil qu'il m'observait d'un air interrogateur.

« Grete est venue me trouver à la soirée du premier coup de pelle l'an dernier. Elle m'a raconté que Mari et toi aviez des cinq à sept au chalet des Aas. »

Pendant un certain temps, Carl est resté silencieux. « Merde, a-t-il dit doucement.

— Oui. »

J'ai entendu deux cris de corbeaux dans le silence extérieur. Des avertissements. Puis la question :

« Pourquoi Grete te l'a dit à *toi* ? »

Je m'y attendais. C'était la raison pour laquelle je ne lui en avais pas parlé plus tôt. Pour esquiver cette question et ne pas avoir à mentir, pour ne pas révéler ce que Grete pensait avoir vu : que je voulais Shannon. Car si je faisais ne serait-ce que prononcer les mots, si fou qu'ils paraissent, et même si nous savions tous deux combien Grete était barrée, j'aurais planté cette possibilité dans l'esprit de Carl. Il serait trop tard, la vérité se verrait comme le nez au milieu de la figure.

« Aucune idée », ai-je dit d'un ton léger. Probablement trop. « Elle doit toujours te désirer. Et quand on veut semer la zizanie sans en subir les conséquences, on fait ça discrètement au bord du champ en espérant qu'elle se répandra. Un truc dans ce genre. »

J'ai levé ma bouteille pour boire, j'entendais bien que mon explication avait été un peu trop verbeuse, la métaphore un peu trop construite pour paraître spontanée. Il me fallait renvoyer la balle dans son camp. « Mais c'est vrai, cette histoire avec Mari ?

— Manifestement, tu ne le crois pas, a-t-il déclaré en posant sa bouteille vide sur l'appui de fenêtre.

— Non ?

— Sans quoi tu me l'aurais raconté avant. Tu m'aurais mis en garde, quoi. Ou questionné franchement en tout cas.

— Bien sûr que je ne l'ai pas cru. Grete avait bu et elle était encore plus dingue que d'habitude, j'ai oublié toute l'histoire.

— Alors qu'est-ce qui t'a fait t'en souvenir maintenant ? »

J'ai haussé les épaules, désigné la grange du menton. « Un petit coup de peinture, ce ne serait pas du luxe. Tu pourrais peut-être demander aux gens qui peignent l'hôtel de te faire un devis ?

— Oui, a répondu Carl.

— On fera moitié-moitié, alors ?

— Je voulais dire oui à ton autre question. »

Je l'ai regardé.

« Savoir si on se voyait, avec Mari, a-t-il précisé avant de roter.

— Ce n'est pas mes oignons, ai-je déclaré, buvant une gorgée de ma bière qui s'était éventée.

— C'est Mari qui a pris l'initiative. À la soirée de *homecoming*, elle m'a proposé qu'on se voie en tête à tête pour parler, assainir l'atmosphère, mais tous les regards étant sur nous, il valait mieux se rencontrer dans un endroit discret pour éviter de faire jaser. Elle a proposé le chalet. Qu'on prenne chacun notre voiture, qu'on ne se gare pas au même endroit, que j'arrive un peu plus tard qu'elle. Malin, non ?

— Malin.

— Mari a eu l'idée parce que Grete lui avait raconté que, à un moment donné, Rita Willumsen avait un arrangement de ce genre à son chalet, avec un jeune amant.

— Eh ben. Une femme bien informée, Grete Smitt. » Je sentais que j'avais la gorge desséchée. Je n'avais pas demandé à Carl s'il se souvenait d'avoir parlé de papa à Grete quand il était bourré à Årtun.

« Un problème, Roy ?

— Non. Pourquoi ?

— Tu es tout pâle. »

J'ai haussé les épaules. « Je ne peux pas le dire. J'ai juré sur ton âme.

— *Mon* âme, tu dis ?

— Oui.

— Oh, ça fait longtemps qu'elle est perdue. Vas-y, envoie. »

J'ai haussé les épaules. Je n'arrivais pas à me souvenir si j'avais juré le silence pour l'éternité à l'époque, je n'étais qu'un adolescent, ou si la vérité pouvait sortir maintenant. « Le jeune amant de Rita Willumsen, c'était moi.

— Toi ? » Carl m'a fixé avec des yeux ronds comme des billes. « Tu déconnes ? » Il a éclaté de rire en se tapant les cuisses, a choqué sa bouteille contre la mienne. « Raconte ! »

Et j'ai raconté. Les grands traits, en tout cas. Il alternait entre rire et sérieux.

— Et tu as gardé le secret toutes ces années, a-t-il dit en secouant la tête.

— On est entraînés, dans la famille, ai-je répondu. À toi de raconter pour Mari. »

Et il a raconté. Lors de leur premier rendez-vous au chalet, ils s'étaient retrouvés au plumard, comme on dit. « Elle a de l'expérience pour ce qui est de me séduire, a-t-il observé en souriant, l'air mélancolique. Elle sait ce que j'aime.

— Tu veux dire que tu n'avais aucune chance ? ai-je dit, entendant mon ton plus accusateur que je ne voulais.

— J'assume ma part de responsabilité, mais clairement, c'était son objectif.

— Te séduire ?

— Se démontrer à elle-même et me démontrer à moi qu'elle serait toujours mon premier choix. Que j'étais prêt à tout risquer. Que Shannon et consorts restaient et demeuraient des succédanés de Mari Aas.

— Tout *trahir*, ai-je rectifié en sortant ma boîte de tabac.

— Hein ?

— Tu as dit tout risquer. » Cette fois, je n'avais pas la force de cacher l'accusation, je n'ai même pas essayé.

« Quoi qu'il en soit, nous avons continué de nous voir. »

J'ai hoché la tête. « Tous les soirs où tu disais que tu avais des réunions et où on t'attendait à la maison, avec Shannon.

— Oui. Je ne vaux pas mieux que ça.

— Et la fois où tu avais dit être allé chez Willumsen, mais où tu avais vu Erik Nerell et sa femme faire leur promenade du soir ?

— Oui, j'ai sans doute failli être démasqué, cette fois-là. J'arrivais du chalet, bien sûr. Peut-être que je *voulais* être démasqué. C'est sacrément pesant d'avoir mauvaise conscience en permanence.

— Mais tu as tenu bon. »

Il a encaissé ma pique, s'est contenté de baisser la tête. « Une fois qu'on s'était vus un certain nombre de fois, Mari a dû croire qu'elle avait obtenu ce qu'elle désirait et elle m'a largué. Encore. Mais ça m'allait aussi. C'était juste de la… nostalgie. Depuis, on ne s'est pas revus.

— Vous devez bien vous croiser dans le bourg.

— Ça arrive bien sûr, mais alors elle sourit simplement comme si elle avait remporté quelque chose. » Carl a eu un rire dédaigneux. « Elle montre à Shannon ses gamins dans la poussette, poussée bien sûr par son plumitif qui lui court après comme un putain de sherpa. « Le pire, c'est que je pense qu'il a des soupçons. Sous sa petite gueule lisse et supérieure, je vois un gars qui a envie de me buter.

— Ah bon ?

— Oui. À mon avis, il a sûrement interrogé Mari, et puis, tout à fait sciemment, elle lui a donné une réponse qui laisse la place au doute.

— Pourquoi aurait-elle fait une chose pareille ?

— Pour qu'il reste sur le qui-vive. Elles sont comme ça.

— Qui ça ?

— Oh, tu sais. Les Mari Aas et les Rita Willumsen. Elles souffrent du syndrome de la reine des abeilles. Enfin, c'est nous, les faux bourdons, qui *souffrons*. Même les reines veulent bien sûr satisfaire leurs désirs physiques, mais elles doivent avant tout être aimées et vénérées de leurs sujets. Alors elles nous manipulent comme des marionnettes dans leurs sempiternelles intrigues. Putain, ce que c'est fatigant.

— Tu ne forces pas un peu le trait, là ?

— Non ! » Carl a posé sa bière d'un geste brutal sur l'appui de fenêtre, et deux des bouteilles vides se sont renversées et sont tombées par terre. « L'amour vrai n'existe pas entre un homme et une femme qui ne sont pas apparentés, Roy. Il faut du sang. Le même sang. Le véritable amour inconditionnel n'existe qu'au sein de la famille. Entre des frères et sœurs et entre des parents et leurs enfants. Au-delà de ça… » Il a balayé l'air de sa main et renversé encore une bouteille, j'en ai déduit qu'il était ivre. « Oublie. C'est la loi de la jungle. On n'a pas de meilleur ami ou parent que soi-même, charité bien ordonnée… » Voilà qu'il avait aussi la voix pâteuse. « Toi et moi, Roy, on a que l'un pour l'autre. Et personne d'autre. »

Je me demandais s'il parlait de Shannon, mais je ne lui ai pas posé la question.

Deux jours plus tard, je suis reparti dans le Sørlandet.

J'ai regardé dans mon rétroviseur en dépassant le panneau de sortie d'Os. On aurait dit qu'il était écrit OZ.

43

En août, j'ai reçu un texto.

Mon cœur a failli s'arrêter de battre quand j'ai lu que c'était Shannon.

J'ai dû le relire à de nombreuses reprises les jours suivants avant de réussir à déterminer ce qu'il signifiait.

Elle voulait me voir.

> Salut Roy. Ça fait longtemps. Je vais à Notodden, rencontrer un client potentiel, le 3 septembre. Pourrais-tu me recommander un hôtel ? Bise, Shannon.

La première fois, j'ai cru que le message signifiait qu'elle était au courant pour Unni, mais je ne lui en avais pas parlé et, à la réflexion, je n'avais pas souvenir d'en avoir parlé à Carl non plus. Pourquoi n'en avais-je rien dit à Carl ? Je ne sais pas. Ce n'était pas que j'avais honte de coucher avec une femme mariée. Et ce n'était pas non plus le Caïn taciturne en moi qui se taisait. Jusqu'à présent, Carl avait su l'essentiel. Peut-être était-ce simplement qu'à un moment donné j'avais compris qu'il ne me racontait pas tout, lui non plus.

Shannon devait tout bêtement penser que j'avais une certaine vue d'ensemble des hébergements aux alentours d'Os. Me suis-je dit. En relisant le texto – même si je le connaissais bien sûr par cœur. Je me suis expliqué à moi-même qu'il ne fallait pas surinterpréter un texte qui ne faisait que trois putains de phrases banales.

Et pourtant.

Pourquoi me contacter après un an de silence en m'interrogeant sur les *hôtels* de Notodden ? Dans les faits, il n'y en avait que deux, maximum trois, parmi lesquels choisir et Tripadvisor disposait évidemment d'informations plus pertinentes et plus récentes que celles que j'étais en mesure d'offrir. Cela, je le savais parce que j'avais regardé sur Internet le lendemain du jour où j'avais reçu le texto. Et pourquoi indiquer la date où elle devait s'y rendre ? Et préciser qu'elle allait rencontrer un client potentiel, m'expliquant ainsi indirectement qu'elle y allait seule. Et comme on dit : *last but not least*, pourquoi y passer la nuit quand ce n'était qu'à deux heures de route de la maison ?

D'accord, elle n'avait peut-être pas envie de rouler sur ces routes par une nuit opaque. Elle allait peut-être dîner avec son client et voulait avoir la possibilité de boire un verre de vin. Ou peut-être simplement qu'elle se faisait une joie de dormir à l'hôtel pour changer de la ferme. Peut-être même qu'elle souhaitait faire un petit break avec Carl. C'était peut-être cela qu'elle cherchait à me dire avec ce texto étudié. Non, non, non ! Ceci était un message banal, juste un prétexte médiocre pour reprendre une communication normale avec son beau-frère après qu'il avait tout foutu en l'air en lui disant qu'il l'aimait.

Je lui ai répondu le soir où j'avais reçu le SMS.

Salut ! Un bail, oui. Le Brattrein, plutôt bien. Belle vue. Bise, Roy.

Naturellement, la moindre putain de syllabe était pensée. J'avais dû me forcer à ne pas écrire de phrase interrogative, du type *comment ça va ?*, ou une quelconque autre supplique de communication supplémentaire. Un écho de son SMS, ni plus ni moins, c'est ce que ça devait être. J'ai reçu une réponse une heure plus tard.

Merci bien, Roy. Bise d'ici.

Celui-là, on ne pouvait rien y lire, mais de toute façon, elle avait dû prendre ma réponse laconique, réservée pour modèle. Je suis donc retourné à son premier SMS. Était-ce une invitation à venir à Notodden ?

J'ai passé les deux jours suivants à me torturer. J'ai même compté le nombre de mots qu'elle m'avait envoyés. Vingt-quatre. J'en avais répondu douze. Elle, ensuite, six. Cette division par deux était-elle le fruit du hasard, devais-je maintenant lui envoyer trois mots pour voir si elle m'en répondait un et demi ? Ha ha.

J'étais en train de perdre la raison.

J'ai écrit :

Bon voyage alors.

La réponse est arrivée alors que j'essayais de m'endormir.

Merci. X.

Un mot et demi. Je savais bien sûr que le X était un symbole de « baiser », mais quel genre de baiser ? J'ai passé la journée à chercher sur Internet. Personne ne savait, mais certains estimaient que le X venait de l'époque où on scellait les lettres d'un X, augmenté d'un baiser par-dessus. D'autres que le X, symbole ancestral du Christ, en faisait un baiser religieux, une bénédiction. Mais j'aimais mieux l'explication selon laquelle le X désignait la rencontre de deux paires de lèvres.

Deux paires de lèvres qui se rencontraient.

Était-ce ce qu'elle avait voulu dire ?

Non, c'était impossible, bordel !

J'ai consulté le calendrier et commencé à compter les jours jusqu'au 3 septembre avant de comprendre ce que je fabriquais.

Lotte, qui passait la tête par la porte pour m'annoncer que l'écran de la pompe 4 s'était éteint, m'a demandé ce que mon calendrier faisait par terre.

Un soir que j'étais allé faire un tour dans un bar de Kristiansand et que je me levais pour repartir, une femme est venue me trouver.

« Tu rentres déjà ?

— Peut-être bien », ai-je répondu en la regardant.

Ce serait exagéré de dire qu'elle était belle. Elle l'avait peut-être été un jour. Non, pas belle, mais c'était sûrement une de ces filles qui avaient été les premières à attirer l'attention des garçons. Parce qu'elle était assez rentre-dedans, gonflée, grande gueule. Prometteuse, comme on disait. Elle avait peut-être tenu ses promesses un peu trop tôt, leur avait donné ce qu'ils voulaient avant qu'ils le méritent. Elle pensait obtenir une contrepartie. Il s'était passé beaucoup de choses depuis, en grande partie des choses dont elle aurait préféré qu'elles n'aient pas eu lieu, que ce soit ce qu'elle avait fait ou ce qu'on lui avait fait.

À présent, elle était éméchée et cherchait pleine d'espoir ce qui, savait-elle en son for intérieur, allait encore la décevoir. Mais que reste-t-il quand on renonce à l'espoir ?

Alors je lui ai offert une bière, je lui ai dit comment je

m'appelais, quel était mon statut civil, où je travaillais et habitais, et ensuite je lui ai posé des questions et je l'ai laissée parler. Déverser sa bile sur tous les hommes qui avaient croisé son chemin et détruit sa vie. Elle s'appelait Vigdis, travaillait dans une jardinerie, mais était actuellement en congé maladie. Deux enfants. Chez leurs pères respectifs cette semaine. Un mois auparavant, elle avait mis un troisième homme à la porte de chez elle. J'ai songé que c'était peut-être en le jetant dehors qu'elle avait récolté son bleu au front. Elle m'a expliqué qu'il venait en voiture devant chez elle la nuit, pour s'assurer qu'elle n'avait ramené personne chez elle, mieux valait aller chez moi.

Je l'ai envisagé. Mais sa peau n'était pas assez blanche, son corps était trop massif. Même si je fermais les yeux, sa voix métallique – je comprenais d'ores et déjà qu'elle ne s'arrêterait jamais très longtemps – ruinerait l'illusion.

« Merci, mais je dois travailler demain. Une autre fois. »

Sa bouche s'est tordue en une vilaine grimace. « Tu n'es pas une bonne prise non plus, si jamais c'est ce que tu te figurais.

— Je ne me le figurais pas. » J'ai fini mon verre et je suis parti.

Dans la rue, j'ai entendu le claquement de talons sur l'asphalte derrière moi, je savais que c'était elle. Vigdis a glissé son bras sous le mien, me soufflant dans le visage la fumée d'une cigarette qu'elle venait d'allumer.

« Dépose-moi chez moi en taxi, au moins, a-t-elle dit. J'habite dans ta direction. »

J'ai hélé un taxi et l'ai déposée après le premier pont, devant une maison de Lund.

J'avais remarqué une silhouette dans une voiture garée contre le trottoir et, quand le taxi est reparti, je me suis retourné. Un homme est sorti du véhicule et a marché rapidement vers elle.

« Stop », ai-je dit.

Le taxi a ralenti et, dans le rétroviseur, j'ai vu Vigdis tomber sur le trottoir.

« Faites marche arrière. »

Si le chauffeur avait vu la même scène que moi, il ne se serait probablement pas exécuté. J'ai bondi dehors et cherché dans mes poches quelque chose à enrouler autour de ma main droite tout en me dirigeant vers l'homme qui se tenait au-dessus de Vigdis et lui gueulait quelque chose qui se noyait dans l'écho des façades sans yeux ni bouches. J'ai imaginé que c'étaient des malédictions et c'est seulement en approchant que j'ai entendu les mots.

« Je t'aime ! Je t'aime ! Je t'aime ! »

Je suis allé le trouver et l'ai frappé alors qu'il levait son visage baigné de larmes vers le mien. J'ai senti la peau de mes jointures se déchirer. Et merde. J'ai frappé encore, dans le nez, qui est plus souple, sans savoir si le sang qui jaillissait était le sien ou le mien. J'ai frappé une troisième fois. Le con est resté à chanceler juste devant moi sans essayer ni de se défendre ni d'esquiver, il se forçait juste à rester debout pour pouvoir essuyer plus de coups, comme s'il se félicitait de cette rossée.

Je frappais vite et méthodiquement, comme dans le sac de boxe. Pas si fort que mes jointures se blessaient davantage, mais assez pour que du sang et autres liquides s'épanchent sous sa peau et que toute sa face enfle bientôt comme un putain de matelas gonflable.

« Je t'aime », a-t-il répété entre deux séries de coups, pas à moi, mais chuchotant, comme pour lui-même.

Ses genoux se sont pliés, puis encore un peu plus, j'ai progressivement dû taper plus bas, il était comme le chevalier noir dans le sketch des Monty Python, celui qui se fait couper les jambes, mais qui ne rend pas les armes, jusqu'à n'être plus qu'un torse sautillant sur le sol.

Je reculais la hanche et l'épaule pour lui asséner mon dernier coup, quand mon bras s'est accroché à quelque chose. C'était Vigdis. Elle était suspendue à mon dos.

« Non ! criait sa voix métallique dans mon oreille. Non ! Ne lui fais pas mal, espèce de Satan ! »

J'ai essayé de me dégager en m'ébrouant, mais elle ne lâchait pas. J'ai vu un sourire malade s'étirer sur la gueule inondée de larmes qui se tuméfiait devant moi.

« C'est mon homme ! a-t-elle crié. C'est mon homme, espèce de Satan ! »

J'ai regardé l'homme. Il m'a regardé. J'ai fait un signe de tête. Je me suis retourné, le taxi était reparti et j'ai commencé à marcher vers Søm. Vigdis est restée suspendue à mon dos sur dix, quinze mètres avant de lâcher et j'ai entendu le claquement de ses talons alors qu'elle repartait en courant, ses paroles consolatrices, les sanglots de l'homme.

J'ai poursuivi ma route vers l'est. Dans des rues endormies, vers l'E18. Il s'est mis à pleuvoir. Pour une fois, c'était de la vraie pluie. Mes chaussures faisaient flic-floc quand j'ai entamé les cinq cents mètres de l'ancien pont de Varodd. Au milieu du pont, je me suis rendu compte qu'il existait une autre solution. En plus, j'étais déjà mouillé. J'ai regardé par-dessus bord, l'eau noir verdâtre en bas. Trente mètres ? Mais je devais déjà douter, parce que mon cerveau s'est mis à arguer que je survivrais probablement à la chute et que mon instinct de survie entrerait alors en scène et je nagerais péniblement jusqu'au bord, sûrement avec des lésions permanentes du squelette et des organes, qui conduiraient à une vie non pas plus courte, mais encore moins drôle. Et quand bien même j'aurais du bol et je passerais l'arme à gauche dans les vagues, que pouvais-je gagner à mourir, au juste ? Un souvenir m'était en effet revenu. La réponse que j'avais adressée à l'ancien lensmann quand il m'avait demandé pourquoi continuer de vivre quand on n'aimait pas ça. « Parce que c'est peut-être encore pire de mourir. »

Et avec ces mots, je me suis aussi rappelé la réflexion d'oncle Bernard quand il s'était fait diagnostiquer son cancer. « Quand tu es dans la merde jusqu'au cou, mieux vaut relever le menton. »

J'ai ri. Oui, j'étais comme un aliéné, seul sur le pont, à rire tout haut.

J'ai continué de marcher vers Søm d'un pas plus léger, et je me suis même pris à siffler cette chanson des Monty Python quand Eric Idle est crucifié. Si des Vigdis arrivaient à espérer, à espérer des miracles, pourquoi pas moi ?

Le 3 septembre, à quatorze heures, j'entrais dans Notodden.

44

Grand ciel bleu laiteux. La chaleur de l'été subsistait, l'air embaumait les aiguilles de pin et l'herbe coupée, mais le vent avait aussi un certain mordant, un tranchant totalement absent là-bas, dans les suaves contrées du Sørlandet.

Le trajet de Kristiansand avait pris trois heures et demie. J'avais roulé doucement et changé d'avis plusieurs fois en cours de route. Mais, pour finir, j'avais conclu qu'une seule chose pourrait être plus pathétique que l'entreprise dans laquelle je m'étais lancé : faire demi-tour à mi-chemin de Notodden.

Je me suis garé en centre-ville et j'ai écumé les rues à l'affût de Shannon. Dans notre enfance, Notodden incarnait pour nous quelque chose de grand, d'étranger, de menaçant, presque. Maintenant – sans doute parce que j'avais passé si longtemps à Kristiansand –, la ville me paraissait singulièrement petite et provinciale.

Je guettais la Cadillac, même si je supposais qu'elle avait loué une voiture chez Willumsen. Je regardais par les fenêtres des bars et restaurants. Je suis allé au bord du lac, passé devant le cinéma. À la fin, je suis entré dans un petit café, j'ai commandé un expresso, et je me suis assis de façon à voir la porte pendant que je feuilletais la presse locale.

Les restaurants, bars et cafés n'étaient pas nombreux à

Notodden, et dans le scénario parfait, c'était bien sûr Shannon qui me trouvait, et non l'inverse. Elle entrait, je levais les yeux, nos regards se croisaient, le sien m'indiquait que je n'aurais pas besoin du prétexte que j'avais préparé, qui disait que j'étais venu visiter une station-service à vendre. Je n'avais pas oublié qu'elle allait à Notodden, non, mais je ne me souvenais pas que c'était aujourd'hui ! Si son rendez-vous avec son client ne l'occupait pas toute la journée, nous pourrions peut-être nous retrouver pour boire un verre après le dîner, non ? Ou même pour dîner si elle n'avait pas d'autres projets ?

La porte s'est ouverte et j'ai levé les yeux. C'était une bande de jeunes à la conversation animée. Aussitôt après, la porte s'est ouverte encore, un autre groupe d'adolescents, je me suis rendu compte que c'était la sortie de l'école. La troisième fois, j'ai vu son visage. Changé, pas du tout comme dans mon souvenir. Ce visage-ci avait l'air ouvert. Elle ne m'a pas vu et j'ai pu l'observer à ma guise derrière mon journal. Elle s'est assise et écoutait le garçon avec qui elle était entrée. Elle ne souriait pas, ne riait pas, et on décelait encore une certaine méfiance, on sentait qu'elle protégeait une sensibilité écorchée. Mais il me semblait aussi voir qu'il y avait quelque chose entre ce garçon et elle, ce lien qui existe seulement quand on permet à l'autre d'accéder à soi. Son regard a glissé dans la salle et s'est figé un instant en croisant le mien.

Je ne sais pas quelles raisons Moe le couvreur-zingueur avait invoquées pour l'envoyer au lycée à Notodden. Ni comment il lui avait expliqué les blessures dont il était couvert. Elle ignorait probablement le rôle que j'avais joué et si jamais elle venait ici, s'asseyait à ma table et me demandait pourquoi j'avais agi ainsi, que répondrais-je ? Que c'était ma propre honte de n'avoir pas réussi à faire la même chose pour mon propre frère qui m'avait poussé à intervenir. Que j'avais rendu son père presque invalide parce qu'il était pour moi un sac de sable avec la tête de mon père dessus ? Qu'il s'agissait en fait de moi et ma famille, pas de la sienne à elle ?

Son regard ne s'est pas arrêté. Elle ne m'avait certainement pas reconnu. Si, elle m'avait reconnu, bien sûr. Mais même si elle ne savait pas que j'avais menacé son père de mort, elle pouvait vouloir faire semblant de ne pas reconnaître le type qui lui avait vendu des pilules du lendemain, surtout maintenant qu'elle avait l'occasion de ne plus être la fille renfermée, à la nuque basse, qu'elle était à Os.

J'ai vu qu'elle se déconcentrait, n'écoutait plus vraiment le garçon, elle s'est tournée vers la vitre, détournée de moi.

Je me suis levé et j'ai quitté le café. En partie pour la laisser tranquille, en partie parce que je ne souhaitais pas de témoins d'Os si jamais Shannon faisait son apparition.

À dix-sept heures, j'étais allé partout sauf au restaurant du Brattrein, dont je présumais qu'il ouvrait toujours à dix-huit heures.

Quand je suis sorti de ma voiture et que j'ai traversé le parking, j'ai ressenti un instant les mêmes frétillements intérieurs que j'avais eus les fois où j'allais retrouver Unni. Mais c'était sans doute les chiens de Pavlov qui salivaient en reconnaissant les lieux, parce qu'à l'instant suivant, cette expectative a été refoulée par l'anxiété. Qu'est-ce que je foutais là ? C'était comme dans un des putains de romans de Hamsun conseillés par Rita, où le personnage principal comprenait à quelle humiliation il allait s'exposer, mais ne parvenait pas à renoncer. Le suicide sur le pont eût mieux valu, si je me jetais dans la voiture tout de suite, je pouvais encore y arriver pour le coucher du soleil. Mais j'ai continué d'avancer. Je suis entré dans l'hôtel, la réception ne semblait pas avoir changé depuis le jour où j'en étais sorti pour la dernière fois, près de dix ans auparavant.

Elle était installée dans le restaurant vide, écrivait sur son ordinateur. Elle portait un tailleur bleu marine et un chemisier blanc. Ses cheveux courts roux étaient coiffés sur le côté et retenus par des barrettes. Ses genoux en collants et ses chaussures à talons noirs étaient serrés sous la table.

« Salut, Shannon. »

Elle a levé les yeux sur moi, a souri sans signe de surprise, comme si je me présentais enfin à un rendez-vous convenu. Elle a ôté les lunettes que je ne l'avais jamais vue utiliser. Son œil grand ouvert exprimait la joie des retrouvailles, joie qui pouvait très bien être celle d'une sœur. Vraie et dépourvue de sous-entendus. Son œil tombant me racontait une tout autre histoire. Il m'évoquait une femme qui venait de se tourner vers moi dans le lit, l'iris tout scintillant, jetant des reflets de lumière matinale, mais le regard encore ivre de sommeil et de l'amour de la nuit précédente. J'ai eu un coup au cœur, du lourd, comme un chagrin. J'ai dû déglutir et me suis laissé choir sur la chaise en face d'elle.

« Tu es ici, a-t-elle dit. À Notodden.

Son ton était interrogatif. Bon, d'accord, il fallait qu'on tourne un peu autour du pot quand même.

« Sur Notodden. Je suis venu voir une station-service.

— Elle te plaît ?

— Beaucoup, ai-je répondu sans la quitter des yeux. C'est bien là, le problème.

— Pourquoi est-ce un problème ?

— Elle n'est pas à vendre.

— Alors tu peux bien t'en trouver une autre. »

J'ai secoué la tête. « C'est celle-ci que je veux.

— Comment vas-tu y arriver ?

— En faisant comprendre au propriétaire que sa station-service étant déficitaire, il finira par la perdre tôt ou tard.

— Il prévoit peut-être de la gérer autrement.

— Il le prévoit sûrement, il le promet, il le croit peut-être lui-même, mais au bout d'un moment, tout redeviendra comme avant. Les employés l'abandonneront, la station-service fera faillite et il risquera d'avoir gâché encore plus d'années sur un projet sans espoir.

— Donc en lui enlevant, tu lui rends service, c'est ce que tu es en train de dire ?

— Je nous rends service à tous. »

Elle m'a regardé. Voyais-je de l'hésitation dans son visage ?

« À quelle heure est ton rendez-vous ? lui ai-je demandé.

— C'était à midi. On a fini avant quinze heures.

— Tu pensais que ça durerait plus longtemps ?

— Non.

— Alors pourquoi tu as réservé une chambre d'hôtel ? »

Elle m'a regardé en haussant les épaules. J'ai cessé de respirer et senti l'érection venir.

« Tu as mangé ? »

Elle a secoué la tête.

« Ça n'ouvre pas avant une heure. Tu as envie d'aller faire un tour ? »

Elle a désigné d'un geste du menton ses chaussures à talons.

« On est bien ici aussi, ai-je dit.

— Tu sais qui j'ai vu ici ?

— Moi.

— Dennis Quarry. L'acteur. Celui qui faisait le plein et qui allait faire du repérage, tu te souviens ? Je crois qu'il loge ici. J'ai lu qu'ils étaient en train de tourner le film.

— Je t'aime, ai-je chuchoté, mais, au même instant, elle a refermé son PC avec une brusquerie inutile pour pouvoir faire semblant de n'avoir pas entendu.

— Raconte-moi ce que tu as fait ces derniers temps.

— J'ai pensé à toi.

— J'aurais voulu que ce ne soit pas le cas.

— Moi aussi. »

Silence.

Elle a poussé un gros soupir. « Ceci était peut-être une erreur. »

Était. Imparfait. Si elle avait dit *est* une erreur, ç'aurait signifié qu'il restait une marge de manœuvre, mais *était* signifiait qu'elle avait déjà pris sa décision.

« Probablement. » J'ai fait un signe dissuasif à un serveur que je reconnaissais et qui s'apprêtait à coup sûr à proposer de nous préparer un petit truc même si la cuisine n'était pas ouverte.

« *Faddah-head*, a craché Shannon en claquant sa paume contre son front. Roy ?

— Oui ? »

Elle s'est penchée en avant au-dessus de la table. Elle a posé sa petite main sur la mienne et m'a regardé droit dans les yeux. « Est-ce qu'on peut s'entendre sur le fait que ceci n'est jamais arrivé ?

— Bien entendu.

— Au revoir. » Elle m'a fait un petit sourire, comme si elle avait mal quelque part, a attrapé son ordinateur, s'est levée et est partie. J'ai fermé les yeux. Le claquement de ses talons sur le parquet derrière moi me rappelait la soirée avec Vigdis à Kristiansand, si ce n'est que les pas de cette dernière ne s'étaient pas éloignés, mais rapprochés. J'ai rouvert les yeux. Je n'avais pas bougé ma main, qui était toujours sur la table. La sensation de notre seul contact physique depuis que j'étais entré dans la pièce perdurait, tels les picotements de la peau après une douche brûlante.

Je suis allé à la réception où un grand homme maigre en blazer rouge m'a souri. « Bonjour, monsieur Opgard, ça fait plaisir de vous revoir.

— Salut, Ralf, ai-je dit en rejoignant le comptoir.

— Je vous ai vu arriver, monsieur Opgard, alors j'ai pris

la liberté de vous réserver notre dernière chambre libre. » Il a montré son écran d'un signe de tête. « Ce serait dommage que quelqu'un d'autre la prenne sous votre nez à la dernière minute, n'est-ce pas ?

— Merci, Ralf, mais ce que je me demandais, c'est quel est le numéro de chambre de Shannon Opgard ? Ou Shannon Alleyne.

— La 333, a répondu l'homme maigre, soulignant clairement qu'il n'avait même pas besoin de consulter son ordinateur.

— Merci. »

Shannon avait fini de faire son sac, qui était sur son lit, et elle essayait de refermer la fermeture Éclair quand j'ai ouvert la porte de la chambre 333. Elle a lâché quelques jurons que je supposais être de l'anglais bajan, a comprimé son sac, réessayé. Laissant la porte entrouverte, je suis entré, me suis posté derrière elle. Elle a renoncé, a porté ses mains à son visage, et ses épaules se sont mises à trembler. Je l'ai enlacée et j'ai senti ses pleurs silencieux se propager dans mon corps.

Nous sommes restés ainsi quelque temps.

Puis je l'ai retournée délicatement, ai essuyé ses larmes avec deux doigts et l'ai embrassée.

Et elle m'a embrassé en pleurant toujours, ses sanglots l'ont fait enfoncer ses dents dans ma lèvre inférieure et j'ai senti mon propre sang sucré et métallique se mêler à la force épicée de sa salive et de sa langue. Je me contenais, je restais prêt à me retirer au premier signe qu'elle ne voulait plus. Mais elle ne l'a pas fait, et j'ai lentement lâché prise sur ce qui me retenait, la raison, la perspective de ce qui pourrait advenir, ou pas. L'image de moi sur le lit du dessous, serrant Carl dans mes bras, la seule personne qu'il ait, la seule personne qui ne l'ait pas encore trahi. Mais cette image s'éloigne, s'en va, et tout ce qui reste ici, ce sont les mains de Shannon qui arrachent ma chemise, ses ongles qui pressent mon corps contre le sien, sa langue comme un anaconda autour de la mienne, ses larmes qui roulent sur ma joue. Même avec des talons hauts, elle est tellement petite que je dois plier les genoux pour remonter sa jupe serrée.

« Non ! » gémit-elle en se dégageant, et ma première réaction est le soulagement. Elle nous a sauvés. Je fais un pas en arrière, mal assuré, encore légèrement tremblant, je renfonce un pan de chemise sous ma ceinture.

Nous haletons en cadence et j'entends des pas et la voix de quelqu'un qui parle au téléphone dans le couloir. Les pas et la voix s'éloignent, nous restons à nous observer avec méfiance. Pas comme un homme et une femme, mais comme des boxeurs, deux béliers furibonds, prêts au combat. Car le combat n'est pas terminé, bien sûr, il commence à peine.

« Ferme cette putain de porte ! » siffle Shannon.

45

« Je frappe des hommes, ai-je répondu, tendant un sachet de tabac à Shannon et en glissant un sous ma propre lèvre inférieure.

— C'est ce que tu *fais* ? a-t-elle demandé en relevant la tête pour me laisser replacer mon bras sur l'oreiller.

— Pas tout le temps, mais j'ai beaucoup cogné, oui.

— C'est dans les gènes, tu crois ? »

J'ai examiné le plafond de la chambre 333. Ce n'était pas la chambre où Unni et moi avions passé nos heures ensemble, mais elle avait l'air parfaitement identique, sentait la même chose, sans doute un détergent au parfum doux. « Mon père tapait surtout dans un sac de sable, mais oui, je dois tenir ça de lui.

— Nous répétons les erreurs de nos ancêtres.

— Et les nôtres. »

Elle a ressorti son sachet de tabac en grimaçant, l'a reposé sur la table de chevet.

« C'est une question d'habitude », ai-je dit, pensant au sachet de tabac.

Elle s'est collée contre moi. Son petit corps était plus souple que je ne l'avais imaginé, sa peau encore plus lisse. Ses seins s'élevaient faiblement des neiges de sa peau et les mamelons s'y dressaient comme deux cairns enflammés. Elle avait une odeur particulière, une épice suave et robuste, sa peau était nuancée d'une teinte plus foncée sous ses bras et autour de son sexe, et elle était chaude comme la braise.

« Tu as parfois le sentiment de tourner en rond ? »

J'ai hoché la tête.

« Et marcher dans ses propres pas, c'est un signe qu'on s'est perdu, non ?

— Peut-être », ai-je répondu, mais je me suis fait la réflexion que ce n'était pas l'impression que j'avais à cet instant précis. Nous nous étions certes accouplés plus que nous n'avions fait l'amour, ç'avait été une bagarre plus que de la tendresse, de la colère et de la peur plus que de la joie et du plaisir. À un moment donné, elle s'était libérée et m'avait giflé en me disant d'arrêter. Alors j'avais arrêté. Jusqu'à ce qu'elle me gifle encore une fois en me demandant pourquoi j'arrêtais, bordel. Quand je m'étais mis à rire, elle avait enfoui son visage dans l'oreiller, en pleurant, et j'avais caressé ses cheveux, les muscles noués de son dos, sa chute de reins cambrée, je lui avais embrassé la nuque. Elle avait cessé de pleurer, le souffle court. Alors j'avais glissé la main entre ses fesses et je l'avais mordue. Elle avait crié quelque chose en bajan, m'avait rejeté vers le bout du lit, s'était allongée sur le ventre, les fesses en l'air, comme une putain de chenille. J'étais tellement excité que je ne m'étais pas attardé sur le fait que les cris qu'elle poussait quand je la prenais étaient les mêmes que ceux que j'avais entendus dans la chambre quand elle était avec Carl. Enfin, qui sait, c'était peut-être ce qui m'a distrait quand j'ai joui, si bien que je me suis retiré légèrement tard, mais à temps pour voir le reste de ma charge explosive gicler sur son dos, comme un collier de nacre, blanchâtre et iridescent à la lumière du lampadaire allumé sur le parking. Je suis allé chercher une serviette de toilette pour l'essuyer, et j'ai aussi cherché à éponger deux taches foncées avant de comprendre que ces ombres étaient indélébiles. Et je me suis dit que ceci, ce que nous avions fait, c'en était aussi, des taches sombres qui ne partiraient pas.

Mais ça ne serait pas la dernière fois. Et ce serait différent, je le savais. De l'amour qui ne serait pas de la bagarre, qui ne serait pas une simple rencontre entre deux corps, mais entre deux âmes. Je sais que ça paraît cliché, mais je ne trouve pas d'autre façon de le formuler. Deux putains d'âmes, c'est ce que nous étions, et j'étais chez moi maintenant. Elle était l'empreinte de mon pas et je l'avais trouvée. Tout ce que je voulais, c'était être ici et tourner en rond, être égaré, perdu, tant que c'était avec elle.

« On va regretter ? a-t-elle demandé.

— Je ne sais pas », ai-je répondu, mais je mentais. Simplement, je ne voulais pas l'effrayer, ce qui serait arrivé à tous les coups si elle avait compris que je l'aimais tant que je me contrefoutais du reste.

« On a juste cette seule nuit », a-t-elle précisé.

Nous avons fermé les rideaux occultants pour la prolonger et profiter des heures dont nous disposions.

J'ai été tiré de mon sommeil par une exclamation de Shannon.

« Je ne me suis pas réveillée ! »

Elle s'est élancée hors du lit avant que j'aie pu la saisir et le bras que j'avais lancé derrière elle a heurté son portable sur la table de chevet, il a atterri un peu plus loin par terre dans un claquement. J'ai tiré les rideaux d'un coup sec pour voir le corps nu de Shannon, un dernier aperçu avant longtemps, je le savais.

J'ai regardé le téléphone à l'ombre du lit. L'écran s'était allumé. Le verre était fracturé. Et dans cette cage de fissures me regardait un Carl tout sourire. J'ai dégluti.

Un aperçu de son dos.

Mais c'était assez.

Je me suis recouché. La dernière fois que j'avais vu une femme si nue, si dénudée, à la lumière du jour, c'était quand Rita Willumsen s'était retrouvée humiliée dans un lac de montagne, en maillot de bain, la peau bleuie de froid. Si j'avais eu des doutes, je voyais maintenant le tableau, comme on dit.

J'ai compris ce que Shannon avait voulu dire quand elle m'avait demandé si cogner était dans mes gènes.

46

Carl était mon frère. C'était le problème.

Ou les problèmes.

Soyons plus précis : l'un des problèmes était que je l'aimais, l'autre, qu'il avait hérité des mêmes gènes que moi. Je ne sais pas comment j'avais pu avoir la naïveté de croire que Carl n'avait pas la même capacité à être violent que papa et moi. Peut-être parce qu'on n'avait cessé de répéter que Carl ressemblait à maman. Maman et Carl, qui ne pouvaient pas faire de mal à une mouche. Uniquement aux gens.

Je me suis levé ; à la fenêtre, j'ai vu Shannon traverser le parking en courant vers la Cadillac.

Elle devait avoir des remords. Elle n'avait probablement aucun horaire à respecter, elle s'était juste réveillée en sachant que c'était mal, qu'il fallait qu'elle s'en aille.

Elle s'était douchée, habillée dans la salle de bains, probablement maquillée, et, en ressortant, avait déposé un baiser de grande sœur sur mon front, marmonné une histoire de réunion à Os pour l'hôtel, pris son sac et couru dehors. Ses feux de freinage se sont allumés quand elle a failli couper la route à un camion-poubelles en s'engageant dans la rue.

L'air de la chambre était saturé de cul, de parfum et de sommeil. J'ai ouvert la fenêtre que j'avais fini par fermer parce qu'elle criait tellement fort que je craignais qu'on ne vienne frapper à la porte et parce que je savais que nous n'en avions pas terminé pour la nuit. J'avais raison, chaque fois que l'un de nous s'était réveillé, le moindre effleurement innocent avait déclenché une nouvelle séance, c'était comme une putain de faim qui ne se laissait pas assouvir.

Ce que j'avais vu en ouvrant le rideau était que ces ombres que j'avais prises pour des nuances plus foncées de sa peau étaient en fait des bleus. Il ne s'agissait pas des rougeurs et traces dont sa peau blanche s'était marquée pendant notre nuit d'amour et qui, espérons-le, partiraient au bout d'un jour ou deux. C'étaient les marques qui se voient pendant des jours et des semaines après des coups violents. Si Carl l'avait aussi frappée au visage, il l'avait fait assez intelligemment, sachant qu'elle pourrait cacher les coups avec un peu de maquillage.

Il l'avait frappée, comme j'avais vu maman frapper papa dans le couloir du Grand Hôtel à l'époque. C'était ce souvenir qui m'avait traversé quand Carl essayait de me convaincre que la chute de Sigmund Olsen dans Huken était accidentelle. Maman. Et Carl. On vit avec quelqu'un et on pense tout savoir de cette personne, mais que sait-on, au juste ? Carl se doutait-il que je serais capable de coucher avec sa femme dans son dos ? Guère. J'avais compris depuis longtemps que nous étions des étrangers les uns pour les autres et, bien sûr, ce n'étaient pas les bleus de Shannon qui me révélaient que Carl était un homme violent. Que mon petit frère était un assassin. C'étaient les simples faits. Les bleus et la direction du fil à plomb.

47

Les jours suivant mon retour dans le Sørlandet, j'ai attendu un appel de Shannon, un texto, un mail, n'importe quoi. Il allait de soi que c'était à elle de prendre l'initiative, c'était elle qui avait le plus à perdre, croyais-je, en tout cas.

Mais je n'ai pas eu de nouvelles.

Et je n'avais plus de doute. Elle avait des remords. Bien sûr, qu'elle avait des remords. C'était l'attrait de l'aventure, un fantasme que j'avais semé dans son esprit en lui disant que je l'aimais avant de m'en aller et, à défaut d'autres stimuli dans un bourg ennuyeux, elle avait peu à peu idéalisé ce fantasme. Idéalisé au point que le véritable moi n'avait évidemment pas pu être à la hauteur, mais maintenant, elle avait évacué tout cela de son organisme et pouvait reprendre sa vie ordinaire.

Et moi, quand allais-je l'évacuer de mon organisme ? Je me suis raconté que cette nuit ensemble était mon objectif, qu'elle était rayée de ma *to do list* et qu'il me fallait désormais avancer. Pourtant, mon premier geste le matin était de vérifier mon téléphone pour voir s'il y avait des messages de Shannon.

Rien.

Alors j'ai commencé à coucher avec d'autres femmes.

Je ne sais pas pourquoi, mais on aurait dit qu'elles ouvraient soudain les yeux sur moi, comme si au sein de la société secrète des femmes avait circulé la nouvelle que j'avais mis la femme de mon frère dans mon plumard et que ça signifiait que j'étais un sacré bon coup. La mauvaise réputation est une bonne réputation, comme on dit. Ou alors c'était simplement écrit sur mon front que je me foutais de tout. Peut-être bien. Peut-être que j'étais devenu cet homme taciturne aux yeux tristes au bar, dont elles avaient entendu dire qu'il pouvait les avoir toutes sauf celle qu'il voulait, et se foutait donc de tout. Cet homme que toutes désiraient donc convaincre qu'il se trompait, qu'il y avait de l'espoir, du salut, qu'il en existait une autre, et, que cette autre, c'était elles.

Et, oui, j'en profitais. Je jouais le rôle qu'on m'avait assigné, je leur racontais l'histoire, j'omettais simplement son nom et le fait qu'il s'agissait de mon frère, je rentrais avec elles, chez elles si elles vivaient seules ou chez moi à Søm en dernier recours. Je me réveillais à côté d'une inconnue et je me tournais pour voir si j'avais des messages sur mon téléphone.

Mais ça allait de mieux en mieux. Certains jours, il pouvait s'écouler des heures entières sans que je pense à elle. Le paludisme est une parasitose dont on ne se débarrasse jamais complètement, mais on peut le neutraliser. Si je me tenais à l'écart et que je ne la voyais pas, j'estimais que le plus dur pourrait passer en deux, trois ans maximum.

En décembre, Pia Syse m'a appelé pour m'informer que nous étions sixièmes dans le Sørlandet. Je savais bien sûr que c'était au directeur commercial, Gus Myre, de téléphoner pour ce genre de choses, pas à la directrice du personnel. Qu'elle avait sans doute autre chose en tête.

« Nous voudrions que tu renouvelles ton contrat l'an prochain. Les conditions refléteraient bien sûr notre grande satisfaction. Et nous pensons que tu peux atteindre une place encore meilleure dans le palmarès. »

Ça tombait à pic. J'ai regardé par la fenêtre de mon bureau. Paysage plat, hangars commerciaux, autoroute aux bretelles circulaires qui rappelaient le circuit de petites voitures dans l'arrière-boutique de Willumsen Voitures d'occasion & Casse, où les enfants avaient le droit de jouer quand ils accompagnaient des parents venus en acheter des grandes. Je parie que plus d'une vente s'est faite à cause de gamins qui avaient réclamé d'y aller.

« Je vais y réfléchir », ai-je conclu.

Je suis resté à contempler la brume au-dessus des bois à côté du parc animalier. Les arbres étaient encore verts, putain. Je n'avais pas vu un flocon de neige depuis mon arrivée quatorze mois plus tôt. On dit qu'il n'y a jamais de véritable hiver dans le Sørlandet, uniquement cette pluie de merde qui n'est pas de la pluie, mais une humidité de l'air, qui n'arrive pas à décider si elle veut monter, descendre ou rester couchée à l'horizontale. De même, le mercure demeurait à six degrés jour après jour. J'ai vrillé mon regard sur le lourd duvet de brouillard, qui rendait le paysage encore plus bas, encore moins défini. Le Sørlandet en hiver était une averse figée dans le temps, qui se contentait d'*être* là. Alors quand le téléphone a sonné de nouveau et que j'ai entendu la voix de Carl, j'ai eu deux secondes de nostalgie – de nostalgie, oui ! – des bouffées de froid paralysant et des flocons durcis par le vent qui fouettaient le visage comme des grains de sable tranchants.

« Comment ça va ? a-t-il demandé.

— On fait aller. »

Parfois, Carl appelait juste pour savoir comment j'allais, mais j'entendais que ce n'était pas la raison aujourd'hui.

« On fait aller, c'est tout ?

— Désolé, c'est une de ces expressions du Sørlandet. » Je détestais leur « on fait aller ». C'était comme le temps en hiver, ni chair ni poisson. Quand les gens du Sørlandet tombent sur une connaissance dans la rue, ils disent « d'accord », ce qui, je crois, est un mélange de question et de salutation, un *how are you*, mais qui sonne comme s'ils avaient pris ladite personne en flagrant délit.

« Et toi ?

— Bien », a répondu Carl.

J'entendais que ça n'allait pas bien. J'attendais le *mais*.

« À part un petit dépassement de budget pour l'hôtel, a-t-il ajouté.

— Petit comment ?

— Tout petit. En fait, c'est juste un léger décalage dans les flux de trésorerie, les factures des constructeurs arrivent plus tôt que prévu. On n'a pas besoin de plus de liquidités, mais on en a besoin un peu plus tôt. J'ai expliqué à la banque qu'on était un peu en avance sur le planning maintenant.

— Et vous l'êtes ?

— Nous, Roy. *Nous*. Tu n'as pas oublié que tu étais copropriétaire ? Non, nous ne sommes pas en avance. Bonjour le bordel de coordonner autant de jean-foutre. Le bâtiment, c'est le repêchage des traîne-savates qui étaient nuls en classe et qui se retrouvent avec le boulot dont personne ne voulait, mais comme ils ne sont pas nombreux, ils sont demandés, et ils peuvent maintenant se venger en arrivant et en repartant aux horaires qui leur conviennent.

— Les derniers seront les premiers.

— Ils disent ça aussi, dans le Sørlandet ?

— Sans arrêt. Ils cultivent la lenteur. Os, c'est de l'accéléré par rapport à ici. »

Carl a ri de son rire chaleureux et je me suis senti content et réchauffé. Réchauffé d'entendre rire l'assassin.

« Le directeur de la banque s'est référé au contrat de prêt, qui indique qu'il faut atteindre certaines étapes pour débloquer davantage de facilité de caisse. Il m'a expliqué qu'il était monté au chantier et qu'il estimait que mes affirmations sur l'avancement des travaux étaient inexactes. Alors il y a eu une petite crise de confiance, pourrait-on dire. J'ai pu recoller les morceaux, hein, mais maintenant la banque a décrété qu'elle ne pouvait rien verser tant que je n'aurais pas informé les associés des dépassements de budget. Dans la mesure où les associés ont une responsabilité illimitée, les statuts stipulent une décision du conseil d'administration pour augmenter le capital du projet.

— Alors convoque le conseil d'administration.

— Oui. Oui, je vais le faire. C'est juste qu'il pourrait y avoir une mauvaise ambiance et, sur le papier, le conseil peut convoquer une assemblée générale et tout arrêter. Surtout maintenant que Dan a commencé à fouiner.

— Dan Krane ?

— Il a passé tout l'automne à chercher des saloperies sur moi, il veut ma peau. Il a téléphoné aux entrepreneurs pour se renseigner sur l'avancement des travaux et les budgets. Il veut des infos de ce genre à monter en épingle, mais il ne peut rien mettre sous presse tant qu'il ne dispose d'aucun élément concret.

— Et qu'un quart de ses abonnés et son beau-père sont des associés de l'hôtel.

— Tout juste. On ne chie pas dans son propre nid.

— À moins d'être un manchot papou et de chier dans son nid pour pouvoir en faire un nid justement.

— Ah oui ?

— En absorbant le soleil, la merde fait fondre la neige, ça forme un creux, et hop ! voilà ton nid. C'est la méthode des journalistes pour se procurer un lectorat. Les médias vivent du pouvoir d'attraction de la merde.

— Une image intéressante, a observé Carl.

— Oui.

— Mais tu comprends bien que, là, c'est une affaire personnelle pour Krane ?

— Et comment prévois-tu d'arrêter cela ?

— J'ai parlé aux entrepreneurs et je leur ai fait promettre de la boucler. Heureusement, ils comprennent où est leur intérêt. Mais hier, j'ai su par un copain du Canada que Krane avait commencé à farfouiller dans cette histoire de Toronto.

— Qu'est-ce qu'il va trouver ?

— Pas grand-chose. C'est la parole des uns contre celle des autres et tout ce truc est trop compliqué pour qu'un petit joueur comme lui parvienne à dégager une vue d'ensemble.

— À moins d'être très motivé.

— Putain, Roy, je t'appelle pour que tu me remontes le moral, là.

— Ça va sûrement bien se passer. Sinon tu n'auras qu'à demander à Willumsen d'envoyer un de ses chasseurs de dettes chez Krane. »

Nous avons ri. Il semblait se détendre un peu.

« Comment ça va, à la maison ? » Ma question était suffisamment générale pour éviter le chevrotement de la fausseté.

« Ça va, ça va, la maison tient debout. Et Shannon s'est calmée. Pas sur l'hôtel, mais elle a en tout cas arrêté de me soûler pour qu'on ait un gamin. Elle a dû comprendre que, avec ces histoires, ce n'était pas le moment. »

J'ai émis quelques sons censés signifier que c'était là une information intéressante, mais rien de plus.

« Mais ce pour quoi je t'appelle en réalité, c'est que la Cadillac a besoin de quelques réparations.

— Définis-moi *quelques*.

— C'est ton domaine, tu sais que je n'y connais rien. C'est Shannon qui a entendu des bruits bizarres en la conduisant. Comme elle a grandi dans une Buick cubaine, elle affirme avoir l'oreille pour les vieilles américaines. Elle a suggéré que tu jettes un œil dessus au garage quand tu rentreras pour Noël. »

Je n'ai pas répondu.

« Parce que tu vas rentrer pour Noël, hein ?

— Il y a beaucoup de monde à la station-service qui voudrait prendre des jours…

— Non ! a coupé Carl. Il y a beaucoup de monde qui voudrait être payé en heures sup. En plus, eux, ils habitent sur place, pas toi. Tu rentres pour Noël ! Tu l'as promis, tu te souviens ? Tu as une famille. Pas beaucoup de famille, mais celle que tu as t'attend grave.

— Carl, je…

— *Pinnekjøtt*. Elle a appris à faire la *pinnekjøtt*. Et la purée de rutabaga. Je ne plaisante pas. Elle adore la cuisine de Noël norvégienne. »

J'ai fermé les yeux, mais comme je la voyais là aussi, je les ai rouverts. Putain ! Pas question. Merde ! Et pourquoi n'avais-je pas réfléchi à une vraie excuse, je savais pourtant que la question de Noël serait posée !

« Je vais voir ce que je peux faire, Carl. »

Voilà. Ça me laissait le temps de trouver une excuse. Une excuse qu'il accepterait. Espérons-le.

« Bien sûr que tu y arriveras, s'est réjoui Carl. On va préparer un vrai Noël en famille, tu n'auras besoin de penser à strictement rien ! Tu n'auras qu'à te garer dans la cour, humer l'odeur des travers d'agneau et prendre le verre d'aquavit que ton petit frère te tendra sur le perron. Ce n'est pas pareil sans toi. Tu es *obligé*. Tu m'entends ? Obligé ! »

48

23 décembre. La Volvo ronronnait gentiment et la neige dégagée s'étirait au bord de la nationale comme d'énormes rails de cocaïne. « Driving Home for Christmas » passait à la radio, ce qui n'était pas faux, mais j'ai enfoncé le CD de J. J. Cale. *Cocaine.*

Aiguille sous la vitesse limite. Pouls de repos.

Je chantais, même si je ne sniffe pas de ces trucs-là. À part cette unique fois où Carl m'en avait envoyé dans une de ses rarissimes lettres du Canada. J'étais déjà relativement survolté avant de l'aspirer dans mes narines, et c'est sans doute pour ça que je n'ai pas senti de grosse différence. Ou peut-être parce que j'étais seul. Surexcité et seul, comme maintenant. De nouveau, le panneau d'agglomération. Surexcité avec un pouls de repos. C'est sans doute ce qu'on appelle être joyeux.

Je n'avais pas réussi à trouver de prétexte pour ne pas rentrer pour les fêtes. Et je ne pouvais pas non plus ne *jamais* revoir ma famille, si ? Alors trois jours à Noël, je devais tout de même en être capable. Trois jours dans la même maison que Shannon. Ensuite, ce serait retour direct à l'isolement.

Je me suis garé devant la maison, à côté d'une Subaru Outback marron. Cette nuance porte sûrement un nom, mais je ne suis pas très fort en couleurs. Il y avait un mètre de neige, le soleil se couchait, et derrière la colline à l'ouest apparaissait la silhouette d'une grue de chantier.

Quand j'ai contourné la maison, Carl était déjà à la porte. Il avait le visage enflé, comme la fois où il avait eu les oreillons.

« Nouvelle voiture ? lui ai-je lancé dès que je l'ai vu.

— Vieille. On avait besoin d'un quatre-quatre maintenant que l'hiver est là, mais Shannon a refusé que j'en achète un neuf. C'est un modèle de 2007, je l'ai eu pour quelques billets de cinquante chez Willumsen, une affaire en or d'après l'un de nos charpentiers, qui a la même.

— Eh ben, tu as marchandé ?

— Les Opgard ne marchandent pas. » Il a affiché un grand sourire. « Mais les filles de la Barbade, si. »

Carl m'a longuement et chaleureusement étreint sur le perron. Son corps aussi paraissait plus imposant que la dernière fois. Et il sentait l'alcool. Il m'a expliqué qu'il avait déjà commencé les festivités. Il avait besoin de redescendre après une semaine fatigante. Ça allait faire du bien de penser à autre chose pendant ces quelques jours fériés. Jours *fais rien*, comme il disait quand il était petit.

Nous nous sommes dirigés vers la cuisine pendant qu'il parlait de l'hôtel qui commençait à prendre forme. Il avait aiguillonné les entrepreneurs pour qu'ils montent les murs et le toit afin de pouvoir démarrer les travaux intérieurs au lieu d'attendre le printemps.

Il n'y avait personne dans la cuisine.

« Les artisans proposent des devis moins élevés quand ils peuvent travailler à l'intérieur en hiver », a-t-il précisé. Du moins, je crois. Mon oreille guettait tout autre bruit. Mais je n'entendais que la voix de Carl et les battements de mon cœur. Fini, le pouls de repos.

« Shannon est sur le chantier, a-t-il observé et là, j'ai écouté.

Elle est tellement tatillonne sur le fait que tout doit être exactement comme sur ses dessins.

— Ben, c'est bien ça.

— Oui et non. Les architectes se fichent des coûts, ils pensent uniquement à se refléter dans l'éclat de leur chef-d'œuvre. » Le rire de Carl se voulait bon enfant, mais j'entendais la colère qui bouillonnait.

— Tu as faim ? »

J'ai secoué la tête. « Je devrais peut-être descendre la Cadillac au garage pour que ce soit fait. »

Carl a secoué la tête. « C'est Shannon qui l'a.

— Sur le chantier ?

— Ouaip. La route n'est pas tout à fait finie, mais maintenant, elle monte jusqu'au chantier. » Il l'a dit avec un étrange mélange de fierté et de douleur. Comme si cette route avait coûté cher. Si tel était le cas, ça ne m'étonnait pas, la pente était raide et il y avait beaucoup de rocher à dynamiter.

« Avec cette neige ? Pourquoi elle ne prend pas la Subaru ? »

Il a haussé les épaules. « Elle n'aime pas les manuelles. Elle préfère les grosses américaines, c'est ce avec quoi elle a grandi. »

J'ai posé mon sac dans notre chambre d'enfant avant de redescendre au rez-de-chaussée.

« Bière ? » a proposé Carl, qui en avait une à la main.

J'ai secoué la tête. « Je vais passer dire bonjour à la station-service et me chercher une chemise de costume au garage.

— Alors j'appelle Shannon pour qu'elle t'amène la Cadillac et puis elle n'aura qu'à remonter avec toi. Ça te paraît bien ?

— Ouais, bien sûr. »

Carl m'a regardé. Du moins je crois, j'examinais une couture défaite sur mon gant.

Julie était de service avec Egil. Son visage s'est illuminé et elle a poussé un cri de joie en m'apercevant. Il y avait des clients à la caisse, mais elle est passée de l'autre côté du comptoir et s'est jetée à mon cou comme si j'étais un membre de sa famille. C'était ainsi, désormais. Il n'était plus là, ce sous-entendu suintant d'autre chose, de désir et d'attirance. Et une brève seconde j'ai ressenti comme de la déception, en constatant que je l'avais perdue, du moins que je n'étais plus l'objet de son béguin d'adolescente. Et même si je n'avais jamais voulu d'elle, n'avais jamais eu l'intention de répondre à ses attentes, je savais que, dans les moments où je me sentais seul, je penserais à ce que ç'aurait pu être, ce à quoi j'avais dit non.

« Alors, c'est tout le tralala, je vois ? » ai-je demandé en regardant autour de moi quand elle m'a enfin lâché. Markus avait manifestement opté pour les décorations de Noël et l'assortiment de marchandises qui avaient si bien marché l'année précédente. Un garçon futé.

« Oui ! » Julie était aux anges. « Alex et moi, on est fiancés. »

Elle m'a montré sa main. Elle avait une bague au doigt.

« Le veinard, ai-je commenté en souriant, avant de passer derrière le comptoir et de retourner un burger qui brûlait. Et toi Egil, comment tu vas ?

— Bien, a-t-il répondu en enregistrant sur la caisse une gerbe de blé de Noël et un rasoir électrique. Bon Noël, Roy !

— À toi aussi. »

J'ai brièvement contemplé le monde de mon ancien point de vue. Du comptoir de ce qui aurait dû être ma propre station-service.

Puis je suis ressorti dans le froid et l'obscurité hivernale, j'ai salué les gens, qui marchaient d'un pas vif, soufflant des nuages gris. J'ai aperçu un type en costume fin qui fumait à l'une des pompes. Je suis allé le trouver.

« Vous ne pouvez pas fumer ici.

— Si, je peux », a-t-il répondu d'une voix basse râpeuse qui m'a fait penser qu'il s'était abîmé les cordes vocales. Ces trois mots n'étaient pas suffisants pour me permettre d'identifier son dialecte, mais il me semblait qu'il ressemblait à celui qu'on parle dans le Sørlandet.

« Non. »

Possible qu'il ait souri, ses yeux se sont en tout cas plissés dans son visage acnéique. « *Watch me.* »

Et c'est ce que j'ai fait. Je l'ai regardé. Il n'était pas grand, moins que moi, la cinquantaine, son visage rouge, bouffi, couvert de boutons. De loin, il avait eu l'air grassouillet dans son costume d'expert-comptable, mais je voyais maintenant que c'était autre chose. Des épaules. Un torse. Un dos. Des biceps. Une masse musculaire qu'on ne peut probablement maintenir à son âge qu'en se dopant aux anabolisants. Il a levé sa cigarette, tiré une profonde bouffée. La braise a rougeoyé. Mon majeur m'a soudain lancé.

« Vous êtes aux pompes d'un putain de poste d'essence », ai-je rappelé en désignant le grand écriteau d'interdiction de fumer.

Je ne l'ai pas vu bouger, mais d'un seul coup, il était tout contre moi, si près que je n'aurais aucune force de frappe si jamais je cognais.

« Qu'est-ce que vous avez l'intention de faire ? » a-t-il demandé, encore plus bas.

Pas du Sørlandet, non. Danois. Sa rapidité m'inquiétait plus que ses muscles. Ça, et l'agressivité, la volonté, non, *l'envie* de faire du mal qui brillaient dans ses petits yeux. C'était comme regarder dans la gueule d'un putain de pitbull. Tout comme la cocaïne, je n'avais essayé qu'une fois, et je n'avais pas envie de recommencer. J'avais peur. Oui, peur. J'ai songé que ça avait dû leur faire cet effet-là, aux garçons et aux hommes d'Årtun, les secondes avant de se faire amocher. Ils avaient su, tout comme moi, à cet instant ; l'homme devant moi était plus fort, plus rapide, et disposé à franchir quelques limites d'une brutalité que je n'avais pas en moi. C'est plonger les yeux dans cet infini et cette folie qui m'a fait reculer.

« Je n'ai pas l'intention de quoi que ce soit, ai-je répondu aussi bas que lui. Bon Noël en enfer. »

Il a découvert ses dents dans un grand sourire. Sans me quitter des yeux. Ayant sans doute vu en moi un peu de ce que je voyais en lui, il m'a témoigné le respect de ne pas me tourner le dos avant de se couler dans sa voiture de sport blanche, basse, en forme de torpille. Une Jaguar type E, un modèle de la fin des années 1970. Des plaques danoises. Des pneus d'été larges.

« Roy ! » La voix venait de derrière moi. « Roy ! »

Je me suis retourné. C'était Stanley. Il sortait de la boutique, chargé de sacs dont je voyais dépasser du papier cadeau. Il s'est dandiné jusqu'à moi. « Ça fait plaisir de te voir de retour ! » Il m'a tendu la joue puisque ses mains étaient occupées et je l'ai embrassé furtivement.

« Ah, les hommes qui achètent leurs cadeaux le 23 décembre à la station-service…

— Classique, hein ? a répondu Stanley en riant. Je suis venu ici parce qu'il y avait la queue dans tous les autres magasins. Dan Krane écrit aujourd'hui qu'on fait un chiffre d'affaires record à Os, jamais les gens n'ont dépensé tant d'argent pour leurs cadeaux de Noël. » Il a plissé le front. « Tu es pâlot, tout va bien, j'espère ?

— Oui, oui. » J'ai entendu la Jaguar gronder doucement, puis grogner alors qu'elle se dirigeait vers la nationale. « Tu as déjà vu cette voiture ?

— Oui, je l'ai vue qui repartait quand je suis arrivé au bureau de Dan ce matin. Bel engin. D'ailleurs, pas mal de gens se sont acheté de beaux engins ces derniers temps. Mais pas toi. Ni Dan. Il était du reste bien pâle, lui aussi. J'espère que ce n'est pas la grippe qui arrive, parce que j'ai prévu de passer un Noël tranquille, tu entends ? »

Le félin blanc a disparu dans l'obscurité de décembre. Vers le sud. Vers son Amazonie natale.

« Comment va ton doigt ? »

J'ai levé ma main droite au majeur figé. « Il marche encore pour l'usage qu'on en fait. »

Stanley a ri obligeamment de cette blague stupide. « Bien. Comment va Carl ?

— Pas mal, je crois. Je viens seulement de rentrer. »

Il a semblé sur le point d'ajouter quelque chose, mais s'est ravisé. « On s'appelle, Roy. Au fait, j'organise mon petit déjeuner annuel du 26 décembre, tu as envie de venir ?

— Merci, mais je vais repartir tôt ce jour-là, je dois rentrer travailler.

— Et le 31 ? Je fais une soirée. Surtout des célibataires que tu connais. »

J'ai souri. « *Lonely hearts club ?*

— Dans un sens, a-t-il répondu, souriant à son tour. Tu viendras ? »

J'ai secoué la tête. « Comme j'ai eu mon Noël, je dois travailler le 31 en contrepartie. Mais merci. »

Nous nous sommes souhaité un bon Noël et je me suis dirigé vers le garage. J'ai ouvert la porte dans un afflux de vieilles odeurs familières. L'huile moteur, le shampoing auto, le métal brûlé, les vieux chiffons. Même la *pinnekjøtt*, le poêle à bois et le sapin n'embaumaient pas autant que ce cocktail-là. J'ai allumé la lumière. Tout était comme je l'avais laissé.

J'ai sorti une chemise de la penderie de ma chambre, puis je me suis rendu dans le bureau, la pièce la plus petite et la plus rapide à chauffer, et j'ai allumé le radiateur soufflant à fond. J'ai consulté ma montre. Elle pouvait arriver d'une minute à l'autre. Ce n'était plus le vieux boutonneux aux pompes à essence qui faisait battre la chamade à mon cœur. Boum boum. Je me suis regardé dans le reflet de la vitre, ai arrangé mes cheveux. J'avais la bouche sèche. Comme quand j'allais passer mon certificat professionnel. J'ai redressé la plaque d'immatriculation du Basutoland, elle avait tendance à glisser sur le clou quand le froid s'installait dans les murs, même chose en été, mais dans l'autre sens.

J'ai sursauté à faire gémir ma chaise de bureau quand on a soudain frappé au carreau.

J'ai regardé dans l'obscurité, n'ai d'abord vu que mon propre reflet, puis son visage aussi. Dans le mien, comme si nous étions une seule et même personne.

Je me suis levé pour lui ouvrir.

« Brr, a-t-elle fait en se glissant à l'intérieur. Quel froid ! Heureusement que je commence à être endurcie par mes bains dans la glace.

— Bains dans la glace », ai-je répété, la voix confuse tout en air et en rocaille. Je restais planté là, les bras ballants, aussi décontracté qu'un épouvantail.

« Oui, figure-toi ! Rita Willumsen est une adepte du bain dans la glace et elle m'a convaincue de l'accompagner, trois fois par semaine, avec quelques autres femmes, mais maintenant il n'y a plus que nous deux, elle perce la glace, et plouf, on y va. » Elle parlait vite, le souffle court, et j'étais content de ne pas être le seul en proie à l'émotion.

Puis elle s'est tue et a levé les yeux vers moi. Elle avait troqué son manteau d'architecte simple et élégant contre une doudoune, noire, elle aussi, tout comme le bonnet qu'elle s'était enfoncé sur les oreilles. Mais c'était elle. C'était vraiment Shannon. Une femme avec qui j'avais été d'une façon très concrète, physique, et qui maintenant semblait pourtant sortir d'un rêve. Un rêve sur *repeat* depuis le 3 septembre. Elle était là, les yeux brillants de joie, une bouche riante sur laquelle j'avais déposé cent dix baisers de bonne nuit depuis ce jour.

« Je n'ai pas entendu la Cadillac. Euh, enfin, ça me fait très plaisir de te voir. »

Elle a renversé la tête en arrière en riant. Ce rire a libéré quelque chose en moi, comme un amas de neige si lourd qu'il se transformait en avalanche au premier redoux.

« Je l'ai garée à la lumière devant la station-service.

— Et moi, je t'aime toujours. »

Elle a ouvert la bouche pour parler, mais l'a refermée. J'ai vu qu'elle déglutissait, ses yeux sont devenus humides et je n'ai pas eu de certitude que ce soient des larmes avant que l'une d'elles tombe un peu plus bas sur sa joue et roule, roule, roule.

Puis nous nous sommes retrouvés dans les bras l'un de l'autre.

Quand nous sommes retournés à la ferme deux heures plus tard, Carl ronflait dans le fauteuil de papa.

J'ai dit que je montais me coucher et j'ai entendu Shannon le réveiller quand j'étais dans l'escalier.

Cette nuit-là a été la première depuis plus d'un an où je n'ai pas rêvé d'elle.

À la place, j'ai rêvé que je tombais.

49

Réveillon de Noël pour trois.

J'ai dormi jusqu'à midi. Ayant pas mal travaillé pendant les dernières semaines, j'avais beaucoup de sommeil en retard. Je suis descendu, je leur ai souhaité bon Noël, j'ai préparé du café, j'ai feuilleté une vieille revue de Noël en expliquant à Shannon les étranges traditions festives norvégiennes, j'ai donné un coup de main à Carl pour la purée de rutabaga. Carl et Shannon ont à peine échangé un mot. Je suis allé pelleter la neige, même s'il n'en était manifestement pas tombé depuis quelques jours, j'ai remplacé la gerbe de blé de Noël dehors, j'ai préparé le riz au lait, j'en ai apporté un bol dans la grange pour le père Noël, j'ai cogné un peu dans le sac de sable. J'ai chaussé mes skis dans la cour et j'ai fait les premiers mètres dans une ornière particulièrement large. Des pneus d'été, donc. J'ai franchi le tas de neige dégagée sur le bas-côté et créé ensuite ma propre trace en direction du site de l'hôtel.

Pour une raison que j'ignore, le spectacle du chantier sur la montagne dénudée m'a évoqué les premiers pas sur la lune. Le vide, le silence, l'impression d'une fabrication humaine qui n'avait pas sa place dans le paysage. Les grands modules préfabriqués en bois dont Carl m'avait parlé étaient provisoirement arrimés aux fondations avec du câble d'acier qui, d'après les ingénieurs, maintiendraient tout en place même par des rafales de la force d'un ouragan. Il n'y avait pas de lumière dans les baraques, les ouvriers étaient en vacances pour les fêtes. Le soir tombait.

En rentrant, j'ai entendu un son prolongé, triste et familier, mais je n'ai vu aucun oiseau.

Je ne sais pas combien de temps nous sommes restés à table, sûrement pas plus d'une heure, mais ça m'a fait l'effet de quatre. La *pinnekjøtt* était sûrement exquise, Carl en a chanté les louanges et Shannon a baissé les yeux sur son assiette, en le remerciant poliment. La bouteille d'aquavit était à côté de Carl, mais il n'arrêtait pas de me resservir, ce qui voulait sans doute dire que je la descendais aussi. Il a parlé du grand défilé de Santa Claus à Toronto où Shannon et lui s'étaient rencontrés, ils y participaient avec des amis communs, qui avaient fabriqué et décoré un traîneau. Il faisait moins vingt-cinq et Carl s'était proposé de lui réchauffer les mains sous les peaux de mouton.

« Elle tremblait comme une feuille, mais elle a refusé, racontait-il en riant.

— Je ne te connaissais pas, a protesté Shannon. Et tu portais un masque.

— Un masque de père Noël, a-t-il précisé à mon attention. En qui peux-tu avoir confiance si tu te méfies même du père Noël ?

— C'est bon, maintenant tu as enlevé ton masque », a-t-elle conclu.

Après le dîner, j'ai aidé Shannon à débarrasser. Dans la cuisine, elle a rincé les assiettes à l'eau chaude et j'ai passé la main sur ses reins.

« Non, a-t-elle dit doucement.

— Shannon…

— Non ! » Elle s'est tournée vers moi. Les larmes aux yeux. « On ne peut pas faire comme si de rien n'était.

— Il le faut.

— Pourquoi ?

— Tu ne comprends pas. On est obligés, crois-moi. Fais ce que je te dis.

— Qui est ?

— De faire comme si de rien n'était. Bon sang, ce n'*est* rien. C'était… c'était simplement…

— Non, ai-je dit. C'est tout. Je le sais. Et tu le sais.

— S'il te plaît, Roy. Je te le demande.

— D'accord. Mais qu'est-ce qui te fait peur ? Qu'il te frappe encore ? Parce que s'il te touche… »

Elle a émis un bruit, mi-éclat de rire, mi-sanglot. « Ce n'est pas moi qui suis en danger, Roy.

— C'est moi ? Tu as peur que Carl me tabasse ? » J'ai souri. Je ne voulais pas, mais je l'ai fait.

« Pas qu'il te tabasse. » Elle avait les bras croisés sur sa poitrine comme si elle avait froid, ce qui était sûrement le cas, parce que dehors la température chutait, les murs craquaient.

« Des cadeaux ! s'est exclamé Carl dans le petit salon. Quelqu'un a mis des cadeaux sous un putain de sapin ! »

Se plaignant d'un mal de tête, Shannon est montée se coucher tôt. Carl voulait fumer et il a insisté pour que nous nous habillions chaudement et allions nous installer dans le jardin d'hiver, dénomination sacrément trompeuse quand le mercure plonge au-dessous de moins quinze.

Carl a tiré deux cigares de sa poche de veste, m'en a tendu un. J'ai secoué la tête en levant ma boîte de tabac à priser.

« Allez, a-t-il insisté. Tu sais, il faut qu'on s'entraîne pour quand on fumera les cigares de la victoire, toi et moi.

— De nouveau optimiste ?

— Toujours.

— La dernière fois que je t'ai eu au téléphone, il y avait quelques soucis.

— Ah oui ?

— Le flux de trésorerie. Et Dan Krane qui fouinait.

— Les problèmes sont faits pour être résolus. » Il a soufflé un mélange d'haleine condensée et de fumée de cigare.

« Et comment les as-tu résolus ?

— L'essentiel est qu'ils le soient, peu importe comment.

— La solution des deux problèmes a peut-être un rapport avec Willumsen ?

— Willumsen ? Qu'est-ce qui te fait penser ça ?

— Juste que ton cigare est de la même marque que ceux qu'il offre aux gens avec qui il fait des affaires. »

Carl a sorti son cigare de sa bouche en contemplant sa ceinture de smoking rouge. « Ah bon ?

— Oui. Donc ce n'est pas un tabac très sélect.

— Non ? J'aurais pu m'y tromper.

— Quel genre de transaction as-tu fait avec Willumsen ? »

Il a tiré une bouffée. « Qu'est-ce que tu crois ?

— Que tu lui as emprunté de l'argent.

— Eh ben, a fait Carl en souriant. Et dire qu'il y en a qui pensent que de nous deux c'est moi le cerveau.

— C'est ce que tu as fait ? Tu as vendu ton âme à Willumsen, Carl ?

— Mon âme ? » Carl a vidé les dernières gouttes d'aquavit de son verre si petit que c'en était cocasse. « Je ne savais pas que tu croyais à l'âme, Roy.

— Allez.

— Le marché des âmes est un marché d'acheteurs, Roy, et de ce point de vue, il a payé un bon prix pour la mienne. Son commerce aussi est tributaire de ce que le bourg ne tombe pas en ruine. Et maintenant, il a investi si lourdement dans l'hôtel que si je tombe, il tombera aussi. Quand tu empruntes, il faut emprunter *beaucoup*, Roy, parce que ça te donne autant prise sur eux qu'eux sur toi. » Il a levé son verre vers moi.

Je n'avais ni verre ni réponse. « Qu'est-ce qu'il a obtenu en gage ?

— Qu'est-ce que Willumsen a l'habitude de demander en gage ? »

J'ai hoché la tête. Simplement sa parole. Son âme. Mais alors, cet emprunt ne devait donc pas être si énorme que ça.

« Bref. Parlons d'autre chose, c'est tellement ennuyeux, l'argent. Willumsen nous a invités, Shannon et moi, à sa soirée du nouvel an.

— Félicitations », ai-je tranché d'un ton sec. Le nouvel an de Willumsen était la soirée où se pressait tout le gratin du bourg. Anciens et nouveaux maires, propriétaires de terrains pour chalets, ceux qui avaient de l'argent et ceux qui possédaient des fermes assez grandes pour pouvoir faire semblant d'en avoir. Tous ceux qui étaient de l'autre côté de la barrière invisible dont ils niaient bien sûr l'existence.

« Enfin. Quel était le problème de ma délicieuse petite Cadillac ? »

J'ai toussoté. « Des bricoles. Pas étonnant, elle a beaucoup roulé et elle a été menée à la dure. Les côtes sont raides à Os.

— Donc rien qui ne puisse être réparé ? »

J'ai haussé les épaules. « Ça peut être réparé temporairement, mais tu devrais peut-être songer à te débarrasser de cette bagnole. T'en acheter une autre. »

Carl m'a regardé. « Pourquoi ?

— Les Cadillac, c'est compliqué. Quand des bricoles

commencent à lâcher, ça annonce des pannes plus graves. Et tu ne sais pas trop bricoler un moteur, si ? »

Il a plissé le front. « Peut-être pas, mais c'est la seule voiture que je veuille avoir. Tu peux la réparer ou pas ? »

J'ai haussé les épaules. « C'est toi le patron, je fais comme tu veux.

— Bien. » Il a tété son cigare, l'a observé. « Dans un sens, c'est dommage qu'ils n'aient jamais pu voir ce que toi et moi, on fait dans la vie, Roy.

— Papa et maman, tu veux dire ?

— Oui. Qu'est-ce que papa ferait maintenant s'il était en vie, tu crois ?

— Il gratterait l'intérieur du couvercle de son cercueil. »

Carl m'a regardé. Il s'est mis à rire. J'ai frissonné. Puis j'ai consulté ma montre en forçant un bâillement.

Cette nuit-là, j'ai encore rêvé que je tombais. J'étais au bord de Huken et j'entendais mes parents appeler en bas, m'appeler pour que je les rejoigne. Je me penchais, comme Carl m'avait décrit que l'ancien lensmann l'avait fait avant de faire tomber cette pierre et de chuter à son tour. L'avant de la voiture était trop proche de la falaise pour entrer dans mon champ de vision, mais je voyais en revanche le capot du coffre, où étaient perchés deux énormes corbeaux. Ils volaient vers moi et quand ils approchaient, je voyais qu'ils avaient les visages de Carl et Shannon ; au moment où ils passaient devant moi, Shannon criait deux fois et je me suis réveillé en sursaut, j'ai braqué les yeux dans l'obscurité, retenu mon souffle, mais pas un bruit ne venait de la chambre à coucher.

Le 25 décembre, je suis resté au lit jusqu'à ce que je n'en puisse plus. Quand je me suis levé, Carl et Shannon étaient partis à la messe. Je les avais vus par la fenêtre, discrètement pomponnés, bourgeoisement. Ils ont pris la Subaru. J'ai traîné dans la maison et la grange, fait une ou deux réparations. J'ai entendu le son sec des cloches. Ensuite, je suis descendu au garage et j'ai commencé à travailler sur la Cadillac. J'avais de quoi m'occuper jusqu'au soir. À vingt et une heures, j'ai appelé Carl pour lui annoncer que la voiture était prête et lui suggérer de venir la chercher.

« Je ne suis pas en état de prendre le volant. » Quelle surprise.

« Envoie Shannon, alors. »

J'ai entendu son hésitation. « Dans ce cas, la Subaru devra rester chez toi. » Et une pensée absurde a traversé mon cerveau. Que, par *chez toi*, il voulait dire le garage. Ce qui voulait sans doute dire que la ferme, c'était chez lui.

« Je conduirai la Subaru et Shannon la Cadillac, ai-je dit.

— Alors c'est la Volvo qui restera.

— D'accord. Alors je n'ai qu'à monter la Cadillac à la ferme et Shannon me redescendra ici pour chercher la Volvo.

— Ça, c'est la chèvre et le chou. »

J'ai retenu mon souffle. Venait-il vraiment de dire cela ? Que Shannon et moi seuls au même endroit, c'était un bouc chargé de surveiller un sac d'avoine ? Depuis combien de temps le savait-il ? Qu'allait-il se passer maintenant ?

« Tu es là ? a-t-il demandé.

— Oui », ai-je répondu d'un ton étonnamment calme. Et j'ai senti que j'étais soulagé. Oui, soulagé. Ç'allait être brutal, mais au moins, je n'aurais plus à rôder comme un putain d'escroc. « Allez, Carl. Qu'est-ce que tu voulais dire en parlant de chèvre et de chou ?

— La chèvre. » Carl a affecté un ton patient. « Tu sais bien, la chèvre qui doit être sur la barque à l'aller comme au retour. C'est compliqué. Gare plutôt la Cadillac devant le garage et rentre. Avec Shannon, on ira la chercher quand on pourra.

Merci pour ton travail, frérot, et maintenant, viens boire un verre avec moi. »

Je me suis rendu compte que je serrais le téléphone tellement fort que mon majeur endommagé me faisait souffrir. Carl parlait de logistique, de la solution de la putain d'énigme de la chèvre et du chou. J'ai recommencé à respirer.

« D'accord », ai-je conclu.

Nous avons raccroché. C'était bien de logistique qu'il avait parlé, non ? Évidemment. Nous, les hommes d'Opgard, nous ne disions peut-être pas tout ce que nous pensions, mais ce que nous disions, nous le pensions. Nous ne parlions pas en énigmes.

Quand je suis arrivé à la ferme, Carl était dans le petit salon, il m'a proposé un verre. Shannon était montée se coucher. J'ai répondu que je n'étais pas trop tenté, que j'étais moi aussi fatigué et que j'allais me rendre directement au boulot en arrivant à Kristiansand.

Je me suis tourné et retourné dans un état de rêve sans sommeil jusqu'à sept heures du matin.

Il n'y avait pas de lumière dans la cuisine et j'ai sursauté en entendant chuchoter à la fenêtre. « N'allume pas. »

Connaissant la cuisine les yeux fermés, j'ai sorti une tasse du placard et l'ai remplie de café chaud de la bouilloire. Ce n'est qu'en la rejoignant à la fenêtre que j'ai vu le côté de son visage éclairé par la réverbération de la neige dehors, l'œdème.

« Qu'est-ce qui s'est passé ? »

Elle a haussé les épaules. « C'était ma faute.

— Ah oui ? Tu l'as contredit ? »

Elle a soupiré. « Maintenant, tu vas rentrer chez toi et ne plus y penser, Roy.

— Chez moi, c'est ici », ai-je murmuré. J'ai levé la main,

l'ai posée délicatement sur la tuméfaction. Elle ne m'a pas arrêté. « Je ne peux pas m'empêcher de penser. Je pense à toi tout le temps, Shannon. C'est impossible à arrêter. Nous ne pouvons pas arrêter. Les freins foutus, c'est irréparable. »

En parlant, j'avais haussé le ton et, par réflexe, elle avait levé les yeux vers le tuyau de poêle et la découpe dans le plafond.

« La route sur laquelle nous sommes en ce moment précis mène à un précipice, a-t-elle chuchoté. Tu as raison, les freins ne fonctionnent pas, alors il faut prendre une autre route, une qui ne mène pas au précipice. Tu *dois* prendre une autre route, Roy. » Elle m'a pris la main et l'a pressée contre ses lèvres. « Roy, Roy. Va-t'en pendant qu'il en est encore temps.

— Mon amour.

— Ne dis pas ça.

— Mais c'est vrai.

— Je sais, mais ça me fait mal de l'entendre.

— Pourquoi ça ? »

Elle a fait une grimace, une grimace qui a soudain privé son visage de toute beauté et m'a donné envie d'embrasser ce visage, de l'embrasser elle, j'étais obligé.

« Parce que je ne t'aime pas, Roy. Je te désire, oui, mais j'aime Carl.

— Tu mens.

— Nous mentons tous. Même quand nous croyons dire la vérité. Ce que nous appelons la vérité, c'est juste le mensonge qui nous sert le mieux. Et nous avons une capacité illimitée à croire aux mensonges nécessaires.

— Mais tu sais pourtant que ce n'est pas vrai ! »

Elle a posé un doigt sur mes lèvres.

« Il *faut* que ce soit vrai, Roy. Alors pars maintenant. »

Quand la Volvo et moi avons dépassé le panneau de sortie du bourg, il faisait toujours nuit noire.

Trois jours plus tard, j'ai appelé Stanley pour lui demander si l'invitation du nouvel an tenait toujours.

50

« C'est vraiment sympa que tu aies pu venir. » Stanley m'a serré la main et tendu un verre contenant une bouillasse verdâtre.

« Joyeux Noël.

— Ah, enfin quelqu'un qui ne dit pas bon Noël après le réveillon ! » Il m'a fait un clin d'œil et je l'ai suivi dans le salon, où les autres convives étaient déjà arrivés.

Il serait exagéré de qualifier la maison de Stanley de somptueuse, puisqu'il n'existe rien de tel à Os, à l'exception peut-être de celles des Willumsen et des Aas, mais en tout cas, là où la maison de maître des Aas était aménagée avec un bon goût campagnard qui se mêlait à la sobriété du vieil argent, la villa de Stanley offrait, elle, un mélange troublant de rococo et d'Art moderne.

Au-dessus de la table du salon et de fauteuils ronds aux pieds galbés était accroché un grand tableau au coup de pinceau brut : une couverture de livre avec le texte *Death, what's in it for me ?*

« Harland Miller, a indiqué Stanley, qui avait suivi mon regard. Ça m'a coûté une fortune.

— Il te plaisait tant que ça ?

— Je crois, mais d'accord, c'était peut-être du désir mimétique. Tout le monde veut un Miller.

— Du désir mimétique ?

— Pardon. René Girard, philosophe. C'est l'expression qu'il employait pour désigner le réflexe de désirer ce que les gens autour de nous admirent. Si ton héros tombe amoureux d'une femme, ton objectif inconscient devient de conquérir la même femme.

— D'accord. Alors duquel d'entre eux es-tu réellement amoureux, l'homme ou la femme ?

— Va savoir. »

J'ai regardé autour de moi. « Dan Krane ici, pas chez Willumsen ? Je croyais qu'il faisait partie des meubles à ses soirées du nouvel an.

— Il doit avoir de meilleurs amis ici en ce moment précis, a répondu Stanley. Excuse-moi, Roy, j'ai une ou deux choses à faire en cuisine. »

J'ai fait ma tournée de salutations. Douze visages et noms connus. Simon Nergard, Kurt Olsen. Gerd Smitt. Je m'arrêtais là où il le fallait, me calais sur mes pieds et écoutais les conversations. Je faisais tourner mon verre dans ma main en essayant de ne pas regarder ma montre. Ils parlaient de Noël, de la nationale, du temps, des changements climatiques, de la tempête annoncée qui soufflait déjà la neige en congères dehors.

« Temps extrême, a dit quelqu'un.

— L'habituelle tempête du nouvel an, a dit un autre. Il n'y a qu'à regarder le calendrier, elle vient tous les cinq ans. »

J'ai réprimé un bâillement.

Dan Krane se tenait seul à la fenêtre, avec son breuvage verdâtre. Je n'avais jamais vu cet homme de presse pondéré et affable se conduire comme ça. Il ne parlait à personne, se contentait d'enchaîner les verres en nous observant, le regard empreint d'une étrange sauvagerie.

Malgré ma réticence je suis allé le trouver.

« Comment ça va ? »

Il m'a regardé, comme surpris qu'on s'adresse à lui.

« Bonsoir, Opgard. Tu connais les dragons de Komodo ?

— Les gros varans, tu veux dire ?

— Précisément. On ne les trouve que sur quelques toutes petites îles d'Asie, l'une d'elles étant Komodo. De la taille de la commune d'Os, d'accord ? Et ils ne sont pas si gros que ça, moins qu'on se l'imagine, en tout cas. Ils pèsent à peu près le poids d'un homme adulte. Ils se déplacent lentement ; toi et moi, on les distancerait en courant. C'est pourquoi ils doivent recourir à l'attaque par-derrière, oui, l'attaque lâche par-derrière. Mais on n'est pas tué sur le coup, oh ! que non ! Ils se contentent de mordre. N'importe où, peut-être une simple morsure innocente à la jambe. Alors on s'éloigne en se pensant sauvé, tu vois ? Mais la vérité, c'est que le varan a injecté son venin. Un venin faible et lent. Je reviendrai sur la raison de sa faiblesse, là, je vais juste mentionner que la production de venin requiert beaucoup d'énergie. Plus le venin est fort, plus il coûte d'énergie. Celui du dragon de Komodo agit contre la coagulation du sang. D'un seul coup, on devient hémophile, la blessure à la jambe refuse de cicatriser et les hémorragies internes causées par la morsure sont intarissables. Donc où qu'on fuie sur la petite île asiatique, la longue langue du varan de Komodo capte l'odeur de sang et il se dandine lentement en suivant sa proie. Les jours passent, on est de plus en plus faible, et bientôt on ne court pas plus vite que le varan, qui parvient à mordre encore, encore, encore. On saigne de partout, on se vide, décilitre après décilitre. Et on ne peut pas lui échapper, parce qu'il nous sent partout sur cet îlot dont on est prisonnier.

— Comment ça se termine ? »

Dan Krane s'est tu, m'a dévisagé, l'air offusqué. Il avait sans doute interprété ma question comme un désir de le voir achever son exposé.

« Les animaux venimeux qui habitent dans des lieux petits, que, pour des raisons matérielles ou autres, la proie ne peut pas quitter, n'ont pas besoin de produire de venin coûteux, à action rapide. Ils peuvent se livrer à cette putain de torture lente. C'est l'évolution en pratique. Qu'en dis-tu, Opgard ? »

Opgard n'avait pas grand-chose à dire. Je comprenais qu'il parlait d'un animal venimeux humain, mais voulait-il dire le chasseur de dettes ? Willumsen ? Ou était-ce quelqu'un d'autre ?

« D'après les prévisions, le vent devrait se calmer dans la nuit », ai-je répondu.

Krane a levé les yeux au ciel et s'est tourné pour regarder par la fenêtre.

Ce n'est que quand nous nous sommes attablés que la conversation s'est orientée vers l'hôtel. Huit des douze convives étaient des associés.

« J'espère en tout cas que la construction est bien arrimée, a remarqué Simon en jetant un œil par la grande baie vitrée qui grinçait dans les rafales.

— Elle l'est, a affirmé quelqu'un d'un ton catégorique. Mon chalet s'envolera avant cet hôtel et il n'a pas bougé depuis cinquante ans. »

Incapable de me retenir plus longtemps, j'ai regardé ma montre.

Dans notre bourg, on avait pour tradition de tous se rassembler, petits et grands, sur la place centrale juste avant minuit. Il n'y avait pas de discours, de décompte ou autres solennités, c'était juste une occasion pour les gens de se retrouver, d'attendre les feux d'artifice, puis – pendant environ une demi-heure de chaos et d'anarchie carnavalesques – de profiter de la grande étreinte collective de minuit pour presser son membre et sa joue contre la ou les personnes qui pendant les neuf mille autres heures de l'année étaient interdites d'accès. Même la soirée de Willumsen allait se terminer pour que les convives puissent se mêler au peuple.

Quelqu'un a parlé de temps favorables pour le bourg.

« Et l'honneur en revient à Carl Opgard », a coupé Dan Krane. On avait l'habitude de l'entendre s'exprimer d'une voix légèrement nasale, mais calme, elle était maintenant dure, coléreuse. « Ou la faute, c'est selon.

— Selon quoi ? a demandé quelqu'un.

— Oui, son panégyrique du capitalisme à Årtun a fait danser tout le monde autour du veau d'or. Ce serait du reste un bon nom pour l'hôtel. Le Veau d'Or Spa. Quoique… » Krane a promené son regard dément autour de la table. « L'Os Spa, à la rigueur, c'est assez juste. Ospa, c'est le mot polonais pour la variole, à savoir donc une maladie qui a coûté la vie de villages entiers pas plus tard qu'au vingtième siècle. »

J'ai entendu Grete rire. Les propos de Krane étaient peut-être comme de coutume – vifs, pleins d'esprit – mais ils étaient prononcés avec une froideur et une agressivité telles que le silence s'est installé autour de la table.

Notant sans doute la mauvaise ambiance, Stanley a levé son verre en souriant. « Amusant, Dan, mais tu exagères, non ?

— Ah bon ? » Dan Krane a ricané et fixé son regard quelque part sur le mur au-dessus de nos têtes. « Cette construction avec tout un chacun qui peut investir sans argent pour le faire, c'est une copie conforme du krach d'octobre 1929. Les investisseurs ruinés qui sautaient de leurs gratte-ciel à Wall Street n'étaient que le sommet de l'iceberg. La véritable tragédie, c'était le petit peuple, les millions de petits investisseurs qui avaient cru aux boniments des courtiers en Bourse sur l'éternelle croissance et financé des achats d'actions en s'endettant jusqu'au cou.

— Soit, a répondu Stanley. Mais regarde autour de toi, l'optimisme est partout. Je ne vois pas franchement de grands signaux de danger.

— Mais c'est le propre du krach, justement. » Krane parlait de plus en plus fort. « On ne voit rien jusqu'à ce que soudain on voie tout. Le *Titanic* insubmersible avait fait naufrage dix-sept ans auparavant, mais on avait très peu appris. En septembre 1929, l'indice de la Bourse était plus haut que jamais. On pense que la sagesse de la majorité est insurpassable, que le marché a raison et quand tout le monde veut acheter, acheter, acheter, il n'y a bien sûr personne qui crie au loup. Nous sommes des animaux grégaires qui nous imaginons être plus en sécurité dans le troupeau de moutons, dans le banc de…

— C'est d'ailleurs le cas », ai-je glissé tout bas. Pourtant le silence a été si soudain que, même sans lever les yeux de mon assiette, je savais que tout le monde me regardait.

« C'est pour ça que les poissons forment des bancs et les moutons des troupeaux, ai-je poursuivi. C'est pour ça que nous créons des sociétés par actions et des consortiums. Parce que c'est effectivement plus sûr d'opérer en groupe. Pas cent pour cent sûr, à tout moment une baleine peut venir avaler le banc de poissons entier, mais *plus* sûr. Là, l'évolution a fait ses essais pour nous. »

J'ai enfourné mon saumon mariné et j'ai mastiqué en sentant les regards braqués sur moi, comme sur un sourd-muet qui aurait parlé.

« Buvons à cela ! » a lancé Stanley. Et quand j'ai enfin levé les yeux, j'ai vu qu'ils tendaient tous leurs verres vers moi. J'ai essayé de sourire et je les ai imités, même si mon verre était vide. Complètement vide.

Après le dessert, c'était l'heure du porto et je me suis assis sur le canapé, en face du tableau de Harland Miller.

Quelqu'un est venu s'installer à côté de moi. Grete. Elle avait une paille dans son porto. « *Death*, a-t-elle déclaré. *What's in it for me ?*

— Tu lis ou tu me poses la question ?

— Les deux », a-t-elle répondu en regardant autour d'elle. Les autres étaient occupés à d'autres conversations. « Tu n'aurais pas dû refuser.

— Refuser quoi ? » Je posais la question bien que je saisisse l'allusion, j'espérais que si elle comprenait que je faisais semblant de ne pas comprendre, elle laisserait tomber le sujet.

« J'ai dû m'en charger toute seule. »

Je l'ai dévisagée, incrédule. « Tu veux dire que tu as… »

Elle a hoché la tête gravement.

« Tu es allée cafter ce truc de Carl et de Mari ?

— J'ai *informé*.

— Tu mens ! » L'exclamation m'avait échappé et j'ai regardé autour de moi pour m'assurer que personne n'avait entendu.

« Ah oui ? a fait Grete, un sourire sardonique aux lèvres. Pourquoi crois-tu que Dan Krane est ici et pas Mari ? Ou plus exactement, pourquoi crois-tu qu'ils ne sont pas chez les Willumsen comme d'habitude ? Garde d'enfants ? Oui, c'est sans doute ce qu'ils veulent que les gens pensent. Quand je l'ai dit à Dan, il m'a remerciée et m'a demandé de lui promettre de n'en parler à personne. C'était sa première réaction, tu saisis ? Extérieurement, ils font comme si de rien n'était, tout pour la galerie, ces gens-là, hein ? Mais en interne, c'est la fracture totale, crois-moi. »

Mon cœur battait violemment et je sentais la sueur perler sous ma chemise étroite. « Et Shannon, tu es allée lui cafter aussi ?

— Ce n'est pas cafter, Roy, c'est une information que j'estime que tout conjoint est en droit de connaître en cas d'infidélité. Je lui ai dit à un dîner chez Rita Willumsen. Elle aussi m'a remerciée. Tu vois ?

— C'était quand ?

— Quand ? Voyons voir. On avait arrêté de se baigner dans la glace, donc ça devait être au printemps. »

Mon cerveau travaillait à cent à l'heure. Au printemps. Shannon était partie à Toronto au début de l'été, elle y était restée longtemps. Elle était revenue, m'avait contacté. Merde. Putain de merde ! J'enrageais tellement que ma main qui tenait le verre s'est mise à trembler. J'avais envie de verser le porto dans la putain de permanente de Grete, de voir si ça marchait comme liquide d'allumage quand je planterais sa face dans les bougies devant nous. J'ai serré les dents.

« Ça dû être une déconvenue pour toi que Carl et Shannon restent ensemble, alors. »

Elle a haussé les épaules. « Enfin, ils sont manifestement malheureux, c'est toujours une consolation.

— S'ils sont malheureux, pourquoi restent-ils ensemble ? Ils n'ont même pas d'enfants.

— Oh ! que si ! Leur enfant, c'est l'hôtel. Ça va être son chef-d'œuvre, et c'est pour ça qu'elle est dépendante de lui. Pour obtenir quelque chose qu'on aime, on est tributaire de quelqu'un qu'on déteste, tu la connais, celle-là ? »

Elle m'a regardé en sirotant son porto. Ses joues aspirées, sa bouche qui formait un baiser autour de la paille. Je me suis levé, je ne tenais plus en place, je suis parti enfiler ma veste dans l'entrée.

« Tu t'en vas ? » C'était Stanley.

« Je vais me diriger tranquillement vers la place. J'ai besoin de m'aérer un peu les méninges.

— Il reste encore une heure avant minuit.

— Je marche et je pense lentement, ai-je rétorqué. On se voit là-bas. »

Je marchais courbé en avant au bord de la nationale. Le vent soufflait à travers moi, soufflait tout. Les nuages dans le ciel. L'espoir dans mon cœur. Les brumes autour des événements.

Shannon était au courant de l'infidélité de Carl. Elle m'avait contacté avant d'aller à Notodden pour pouvoir lui rendre la monnaie de sa pièce. Comme Mari. Bien sûr. Redite. J'étais retombé sur mes traces, c'était le même putain de cercle. Un cercle impossible à rompre. Alors pourquoi se démener, pourquoi ne pas simplement s'asseoir par terre et se laisser glisser dans le sommeil ?

Une voiture m'a dépassé. C'était la Audi A1 neuve rouge qui était garée devant chez Stanley. Ce qui signifiait que le conducteur roulait avec de l'alcool dans le sang, tous les convives avaient bu de sa bouillasse verdâtre. J'ai vu les feux de freinage quand la voiture quittait la route principale pour s'engager dans les lacets, direction Nergard.

Sur la place, les gens commençaient à se rassembler, surtout des jeunes qui erraient sans but, par groupe de quatre ou cinq. Mais derrière le moindre geste, la moindre action se cachait une intention, un dessein : celait faisait partie de la traque. Les gens affluaient de toutes parts. Malgré le vent, on sentait l'odeur d'adrénaline, comme avant un match de foot. Ou de boxe. Ou une corrida. Oui, c'était ça. Quelqu'un allait mourir. Je m'étais posté dans le passage entre le magasin de sport et la boutique de vêtements pour enfants, d'où je voyais sans être vu. Croyais-je.

Une fille s'est séparée de son groupe, on aurait dit une cellule qui se divisait, sa démarche n'était pas très assurée, mais elle venait à peu près droit sur moi.

« Salut, Roy ! » C'était Julie. Sa voix était rauque, voilée par l'alcool. Elle a collé ses mains sur ma poitrine et m'a poussé dans le passage. Là, elle m'a enlacé. « Bonne année », a-t-elle chuchoté, et avant que j'aie pu réagir, elle a appuyé ses lèvres contre les miennes. J'ai senti sa langue contre mes dents.

« Julie, ai-je gémi, les mâchoires serrées.

— Roy, a-t-elle gémi à son tour, se méprenant de toute évidence.

— On ne peut pas.

— C'est un baiser de nouvel an. Tout le monde…

— Qu'est-ce qui se passe ici ? »

La voix venait de derrière Julie. Elle s'est retournée. Alex. Son petit ami. Un garçon qui allait hériter de la ferme de Ribu et – à quelques exceptions près, comme moi – les fils de ferme sont plutôt de solides gaillards. Il avait une de ces coupes pleines de gel, rasées, zébrées, comme si on lui avait peint le crâne, avec une raie sur le côté ; on aurait dit un joueur de foot italien. J'ai évalué la situation. Alex semblait lui aussi peu stable sur ses jambes et il avait toujours les mains dans ses poches. Il allait vouloir parler avant de cogner, annoncer son programme. J'ai repoussé Julie.

Elle a manifestement saisi ce qui se préparait.

« Non, a-t-elle crié. Non, Alex !

— Non quoi ? a-t-il demandé, affectant de tomber des nues. Je voulais juste remercier Opgard pour ce que son frère et lui ont fait pour le bourg. » Il m'a tendu sa main droite.

D'accord, pas d'annonce de programme, alors, mais sa posture – un pied devant l'autre – montrait très clairement ce qu'il prévoyait. Le vieux truc de la poignée de main qui se transforme en coup de boule. Il était sans doute trop jeune pour savoir combien j'en avais tabassé. Ou peut-être qu'il savait, mais était aussi conscient de n'avoir pas le choix, c'était un homme maintenant, il devait défendre son territoire. Tout ce que j'avais besoin de faire était de me positionner sur le côté de sa ligne de visée, de lui tendre la main et de tirer un coup sec pour lui faire perdre l'équilibre quand il rectifierait la position de ses pieds. J'ai serré sa main et j'ai alors vu de la peur dans son regard. Avait-il peur de moi quand même ? Ou avait-il simplement peur parce qu'il se disait qu'il était sur le point de perdre ce qu'il aimait, ce qu'il avait espéré jusqu'à maintenant lui appartenir. Eh bien, il allait bientôt être à terre et sentir la douleur d'une défaite de plus ; encore une humiliation, encore un rappel qu'il ne valait pas grand-chose, et le réconfort de Julie ne serait que du sel sur sa plaie. Bref, une redite de la nuit de Lund à Kristiansand. Une redite du matin dans la cuisine du couvreur-zingueur. Une redite de chaque putain de samedi soir à Årtun. J'allais repartir avec un scalp de plus à ma ceinture et être le perdant. Je ne voulais plus, il fallait rompre le cycle, disparaître. Alors j'ai laissé faire.

Il m'a attiré à lui et asséné un coup de boule. J'ai entendu un craquement quand son front a heurté mon nez. J'ai fait un pas en arrière et vu qu'il avait reculé son épaule droite pour cogner. J'aurais facilement pu esquiver d'un pas de côté. J'ai fait un pas en avant et je suis allé droit dans son coup. Il a crié quand sa main m'a heurté droit sous l'œil. Je me suis redressé pour prendre le coup suivant. Il avait dû se faire mal au poignet droit, mais ce garçon avait tout de même deux mains. À la place, il m'a donné un coup de pied. Dans le ventre. Je me suis plié en deux. Puis il s'est servi de son coude, m'a atteint à la tempe. Pendant un instant, je n'ai plus rien vu.

« Alex, arrête ! »

Mais Alex n'a pas arrêté, j'ai senti les ébranlements de mon cortex cérébral, la douleur m'a lacéré comme des éclairs lumineux dans l'obscurité, et puis enfin, tout s'est éteint.

Y a-t-il eu un instant où j'ai salué la fin ? Les rets, le filet qui me capturaient et m'entraînaient sous l'eau, savoir que j'allais enfin recevoir ma sanction, pour ce que j'avais fait et pour ce que je n'avais pas fait. Le péché par omission, comme on dit. Mon père devait brûler en enfer parce qu'il n'avait pas cessé de faire ce qu'il faisait à Carl. Il aurait pu. Moi aussi, j'aurais pu. J'allais donc brûler moi aussi. J'étais entraîné vers le fond, on m'y attendait.

« Roy ? »

Au fond, la vie est un truc simple, dont l'unique but est de maximiser le plaisir. Même notre curiosité tant glorifiée, notre penchant pour l'exploration de l'univers et de la nature humaine, trouve son fondement dans le désir d'approfondir et de prolonger le plaisir. Alors quand le résultat est négatif, quand la vie offre plus de douleur que de satisfaction et qu'il n'y a plus d'espoir que cela change, nous en finissons avec la vie. Nous buvons ou mangeons à en crever, nous nageons là où le courant est le plus fort, nous fumons au lit, nous conduisons bourrés, nous attendons d'aller chez le médecin bien que la grosseur qu'on a au cou se développe. Ou, tout bêtement, nous nous pendons dans la grange. Une fois qu'on se rend compte que c'est parfaitement réalisable, cette option paraît anodine, oui, on n'a même pas le sentiment que c'est la décision la plus importante de sa vie. Construire sa maison ou faire ses études semblaient de plus grosses décisions à prendre que choisir d'écourter sa vie.

Et j'ai décidé que, cette fois, je n'allais pas résister. J'allais mourir de froid.

« Roy. »

Mourir de froid, j'ai dit.

« Roy. »

La voix qui m'appelait était grave comme celle d'un homme, mais douce comme peut l'être seulement celle d'une femme, sans une once d'accent, et j'adorais l'entendre prononcer mon nom, rouler et caresser le *R*.

« Roy. »

Il y avait bien sûr un hic : ce garçon, Alex, risquait une condamnation qui ne correspondrait pas à son méfait. Ce n'était même pas un méfait, d'ailleurs, mais un acte tout à fait raisonnable, vu la façon dont il s'était mépris sur la situation.

« Tu ne peux pas rester ici, Roy. »

Une main m'a secoué. Une petite main. J'ai ouvert les yeux et les ai plongés dans ceux de Shannon, marron, soucieux. Était-elle réelle ou rêvais-je, peu importait.

« Tu ne peux pas rester ici, a-t-elle répété.

— Ah ? » J'ai à peine soulevé la tête. Nous étions seuls dans le passage, mais j'entendais les gens crier quelque chose en chœur. « J'ai pris la place de quelqu'un ? »

Shannon m'a longuement regardé. « Oui. Tu as pris la place de quelqu'un.

— Shannon, ai-je dit d'une voix pâteuse. Je t'ai… »

Le reste s'est noyé dans le vacarme du ciel qui explosait au-dessus de sa tête, dans un grésillement de lumières et de couleurs.

Elle m'a attrapé par la veste et aidé à me relever. La nausée formait une boule dans ma gorge et le paysage tournait. Shannon m'a soutenu pour sortir du passage par l'arrière du magasin de sport. Elle m'a emmené vers la nationale, probablement à l'abri des regards, vu que tout le monde était rassemblé sur la place pour admirer les feux d'artifice qui s'envolaient dans les rafales. Une fusée a rasé les toits, tandis qu'une autre – sûrement une des puissantes fusées de détresse de Willumsen – montait au ciel, où elle a dessiné une parabole blanche en se dirigeant vers la montagne à deux cents kilomètres à l'heure.

« Qu'est-ce que tu fais ici ? m'a-t-elle demandé alors que nous nous concentrions pour mettre un pied devant l'autre.

— Julie m'a embrassé et…

— Oui, elle me l'a raconté avant que son petit ami l'emmène. Je veux dire, qu'est-ce que tu fais ici, à Os ?

— Je fête le nouvel an. Chez Stanley.

— Carl me l'a dit, mais tu ne réponds pas à ma question.

— Tu veux savoir si je suis venu à cause de toi ? »

Elle est restée silencieuse. Alors j'ai répondu moi-même.

« Oui. Je suis venu pour te demander de venir avec moi.

— Tu es fou.

— Oui. Je suis fou parce que j'ai cru que tu voulais de moi. J'aurais dû comprendre. Tu voulais te venger de Carl. »

On a tiré brusquement sur mon bras et j'ai compris que c'était elle qui avait glissé et perdu un instant l'équilibre.

« Comment le sais-tu ?

— Grete. Elle m'a expliqué qu'elle t'avait dit pour Carl et Mari au printemps dernier. »

Shannon a hoché la tête lentement.

« Alors c'est vrai ? Toi et moi, c'était juste une vengeance ?

— C'est la moitié de la vérité.

— La moitié ?

— Mari n'est pas la première femme avec qui Carl m'a trompée, mais c'est la première pour qui je sais qu'il a eu des sentiments. C'est pour ça que ça devait être toi, Roy.

— Ah ?

— Si je voulais me venger de façon égalitaire, il fallait que je sois infidèle avec quelqu'un pour qui j'avais des sentiments. »

Je ne pouvais que rire. Un rire court et dur. « Foutaises. »

Elle a soupiré. « Oui, c'est des foutaises.

— Tu vois. »

D'un seul coup, Shannon a lâché mon bras et s'est postée devant moi. Derrière sa silhouette frêle la nationale s'étirait comme un cordon ombilical blanc dans la nuit.

« C'est des foutaises. Des foutaises de tomber amoureuse du frère de ton mari parce qu'il parle d'un oiseau que tu tiens dans ta main en lui caressant la poitrine. C'est des foutaises de tomber amoureuse de lui à cause des histoires que son frère t'a racontées à son sujet.

— Shannon, ne...

— C'est des foutaises ! a-t-elle crié. Des foutaises de tomber amoureuse d'un cœur dont tu comprends qu'il ne connaît pas la trahison. »

Elle a plaqué ses mains sur ma poitrine quand j'ai voulu passer devant elle.

« Et c'est des foutaises d'être incapable de penser à autre chose qu'à cet homme à cause de quelques heures dans une chambre d'hôtel à Notodden », a-t-elle ajouté tout bas.

Je suis resté à vaciller.

« On s'en va ? » ai-je chuchoté.

Sitôt la porte du garage franchie, elle m'a attiré à elle. J'ai respiré son odeur. Grisé, en proie au vertige, j'ai embrassé ses lèvres délicieuses, je l'ai sentie mordre les miennes au sang et de nouveau nous avons goûté mon sang sucré métallique pendant qu'elle ouvrait ma braguette en me chuchotant des mots furieux que je reconnaissais. Elle me tenait, tout en agitant ses pieds, me faisant perdre l'équilibre et tomber sur le béton. Je suis resté couché là, à la regarder pendant qu'elle dansait sur un pied en enlevant sa chaussure et sa jambe de collants. Puis elle a remonté sa robe et s'est assise sur moi. Elle n'était pas mouillée, mais elle a empoigné ma bite dure et l'a enfoncée de force en elle. J'ai eu l'impression que la peau de mon gland allait s'arracher, mais, par bonheur, Shannon n'a pas bougé, elle est restée comme ça, à m'observer d'un air dominateur.

« C'est bon ? a-t-elle demandé.

— Non. »

Nous avons éclaté de rire en même temps.

Son rire a fait se contracter son sexe autour du mien, et elle a dû le sentir aussi, parce qu'elle a ri encore plus.

« Il y a de l'huile de moteur là-bas sur l'étagère », ai-je annoncé en pointant l'index.

Elle a penché la tête sur le côté, m'a regardé avec tendresse, comme un enfant qui va s'endormir. Puis elle a fermé les yeux, elle ne bougeait toujours pas, mais j'ai senti son sexe devenir chaud et humide.

« Attends, a-t-elle chuchoté. Attends. »

J'ai pensé au compte à rebours de minuit sur la place. Je me suis dit que le cercle était enfin brisé, que nous étions arrivés de l'autre côté et que j'étais libre.

Elle a commencé à remuer.

Et quand elle a joui, ça a été dans un furieux cri de triomphe, comme si elle aussi venait de réussir à ouvrir la porte qui l'emprisonnait.

Enlacés sur le lit, nous écoutions. Le vent s'était apaisé et, de temps à autre, nous entendions une fusée retardataire. Et puis je lui ai posé la question que je me posais depuis le jour où Carl et Shannon étaient arrivés dans la cour d'Opgard.

« Pourquoi êtes-vous venus à Os ?

— Carl ne te l'a pas dit ?

— Rien, à part cette histoire de placer le bourg sur la carte de Norvège. Est-ce qu'il fuyait quelque chose ?

— Il ne te l'a pas raconté ?

— Non, il a simplement évoqué un litige dans le cadre d'un projet immobilier au Canada. »

Shannon a soupiré. « C'était un projet à Canmore, qui a dû être abandonné à cause de dépassements de budget et de manque de financement. Et il n'y a pas de litige. Plus maintenant.

— Comment ça ?

— L'affaire a été jugée. Carl a été condamné à verser des dommages et intérêts à ses partenaires.

— Et ?

— Et il n'était pas en mesure de le faire. Alors il s'est enfui. Ici. »

Je me suis hissé sur mes coudes. « Tu veux dire que Carl est… recherché ?

— Sur le papier, oui.

— C'est de ça qu'il s'agit avec l'hôtel ? De rembourser sa dette à Toronto ? »

Elle a eu un sourire vague. « Il n'a pas l'intention de retourner au Canada. »

J'ai essayé de digérer l'information. Le retour de Carl n'était-il que la fuite d'un simple escroc ?

« Et toi ? Pourquoi es-tu venue ici ?

— Parce que c'était moi qui avais dessiné le projet de Canmore.

— Et ?

— Cet ouvrage était mon grand œuvre. Ma tour IBM. Je n'ai pas pu le faire construire à Canmore, mais Carl m'a promis une nouvelle chance. »

Je commençais à y voir clair. « L'hôtel. Tu l'avais déjà dessiné par le passé.

— Avec quelques modifications, oui. Le paysage d'ici et celui de Canmore dans les Rocheuses ne sont pas si différents. Nous n'avions plus d'argent et nous n'avions personne qui veuille investir dans notre projet, alors Carl a proposé Os. Il a dit que c'était un endroit où les gens lui faisaient encore confiance, qu'ils le voyaient comme le wonderboy du bourg.

— Et vous êtes venus. Sans un sou en poche. Mais en Cadillac.

— Carl a dit que les apparences étaient cruciales pour vendre un projet pareil. »

J'en suis venu à penser à Armand, le prédicateur itinérant. Quand il était apparu qu'il s'était enrichi aux dépens de gens crédules désireux de guérir, en les empêchant de consulter pour obtenir les soins dont ils avaient cruellement besoin, il avait dû déménager dans le Nord. Là-bas, il avait fondé une secte, s'était fait construire une Église de la guérison et avait trois « épouses ». Lors de son procès pour fraude fiscale et escroquerie, on lui avait demandé pourquoi il avait poursuivi ses exactions alors même qu'il venait de sauver sa peau, il avait répondu : « Parce que c'est ce que je sais faire. »

« Pourquoi vous ne m'en avez pas parlé ? »

Shannon a souri.

« Hein ? ai-je fait.

— Il a dit que ce ne serait pas bien pour toi. J'essaie de me souvenir comment il l'avait formulé. Ah oui… il a dit que tu avais beau être dépourvu de tact et ne pas faire preuve de beaucoup d'empathie, tu étais un moraliste. Contrairement à lui, qui est un cynique délicat et plein de compassion. »

J'avais envie de jurer, mais je n'ai pu que rire. Quel enfoiré ! Ah çà, il maîtrisait le verbe, il savait nommer les choses. À l'époque où il corrigeait mes dissertations, il ne se contentait pas de l'orthographe, il lui arrivait aussi d'ajouter une ou deux phrases, de rehausser un peu le texte, de donner de l'élan au merdier. De l'élan au merdier. Oui, c'était ça, son don.

« Enfin, ce serait une erreur de croire que Carl n'a pas les meilleures intentions, a précisé Shannon. Il veut vraiment le bien de tous. Évidemment, il se veut encore un peu plus de bien à lui-même. Et regarde, il y arrive.

— Il reste quelques ombres au tableau. Comme le fait que Dan Krane prévoie un article. »

Shannon a secoué la tête. « Carl dit que le problème est résolu. Que ça va beaucoup mieux maintenant. On est revenu dans le calendrier prévisionnel. Dans quinze jours, il va signer un contrat avec un opérateur suédois qui va assurer la gestion de l'hôtel.

— Alors Carl Opgard va sauver le bourg… Se faire ériger un monument. Et devenir riche. Laquelle de ces trois propositions compte le plus pour lui, à ton avis ?

— Je crois que nos motivations sont d'une complexité telle qu'elles nous échappent en grande partie à nous-mêmes. »

J'ai caressé un bleu sous sa clavicule.

« Et ses motivations pour te frapper, elles sont complexes aussi ? »

Elle a haussé les épaules. « Avant que je le quitte pour aller à Toronto au printemps, il n'avait jamais levé ne serait-ce qu'un doigt sur moi. À mon retour, quelque chose avait changé. *Il* avait changé. Il buvait constamment. Il s'est mis à cogner. La première fois, il a été tellement effondré après coup que j'étais convaincue que ça ne se reproduirait plus. Mais c'est devenu régulier, comme une compulsion, comme quelque chose qu'il *devait* faire. Parfois, il pleurait avant même de commencer. »

J'ai pensé aux pleurs sur le lit du dessous, la fois où j'avais compris que ce n'était pas Carl, mais papa.

« Pourquoi tu n'es pas repartie ? Pourquoi même être revenue de Toronto ? Tu l'aimais tant que ça ? »

Elle a secoué la tête. « J'avais cessé de l'aimer.

— Tu es revenue à cause de moi ?

— Non, a-t-elle dit en me caressant la joue.

— Tu es revenue à cause de l'hôtel. »

Elle a hoché la tête.

« Tu adores cet hôtel.

— Non. Je le déteste. C'est ma prison, il ne me laisse pas sortir.

— En même temps, tu l'adores.

— Comme une mère aime l'enfant qui la tient en otage », a-t-elle dit, et j'ai songé aux paroles de Grete.

Shannon s'est tortillée. « Quand tu as créé quelque chose qui t'a coûté tant de temps, de douleur et d'amour, il devient une partie de toi. Non pas une partie, c'est plus grand que toi, plus important. L'enfant, le bâtiment, l'œuvre d'art, c'est ta seule occasion d'accéder à la vie éternelle, n'est-ce pas ? C'est plus important que tout ce que tu pourrais aimer d'autre. Tu comprends ?

— Comme un monument à ta gloire, aussi.

— Non ! a-t-elle glapi. Je ne dessine pas des monuments. J'ai dessiné un bâtiment utilitaire simple avec de la beauté. Parce que nous autres, êtres humains, nous avons besoin de beauté. La beauté de mes croquis réside dans leur simplicité, leur logique évidente, ils n'ont rien de monumental.

— Pourquoi dis-tu les croquis et pas l'hôtel ? Il est pourtant presque fini.

— Parce qu'ils sont en train de le détruire. Les concessions faites à la municipalité sur la façade. Les matériaux meilleur marché que Carl a consenti à utiliser pour rester dans le budget. Pendant que j'étais à Toronto, toute la réception et le restaurant ont été changés.

— Alors tu es revenue pour sauver ton enfant.

— Je suis arrivée trop tard. Un homme que je croyais connaître a essayé de me mater à la force de ses coups.

— Si tu as déjà perdu la lutte, pourquoi es-tu toujours ici ? »

Elle a eu un sourire amer. « Va savoir. Je suppose que les mères se sentent obligées d'assister à l'enterrement de leurs propres enfants. »

J'ai dégluti. « Le fait que tu sois restée n'a rien à voir avec autre chose ? »

Elle m'a longuement considéré. Puis elle a fermé les yeux en hochant la tête lentement.

J'ai respiré. « Il faut que je t'entende le dire, Shannon.

— Je t'en prie. Ne me demande pas ça.

— Pourquoi ? »

J'ai vu ses yeux s'embuer de larmes. « Parce que ce serait un sésame, Roy, et c'est pour ça que tu le demandes.

— Qu'est-ce que tu veux dire ?

— Si je m'entends le dire, j'ouvrirai mon cœur et je deviendrai faible. Or jusqu'à ce que tout soit terminé ici, il faut que je sois forte.

— Moi aussi, il faut que je sois fort. Et pour le devenir, je dois t'entendre le dire. Dis-le doucement, qu'il n'y ait que moi qui t'entende. » J'ai mis mes mains en cornet autour de ses oreilles, de petits coquillages blancs.

Elle m'a regardé, a pris son souffle, s'est arrêtée, a repris son élan. Et puis elle a chuchoté les mots magiques, plus puissants que n'importe quel slogan, credo ou exorcisme : « Je t'aime.

— Je t'aime aussi », lui ai-je chuchoté.

Je l'ai embrassée.

Elle m'a embrassé.

« Enfoiré, a-t-elle dit.

— Quand ce sera terminé. Quand l'hôtel sera construit, tu seras libre ? »

Elle a acquiescé.

« Je peux attendre. Mais à ce moment-là, on fera nos bagages et on s'en ira.

— Où ?

— À Barcelone, Cape Town, Sydney.

— Barcelone. Gaudí.

— Marché conclu. »

Nous nous sommes regardés dans les yeux, comme pour sceller cette promesse. Une note a résonné dans le noir. Le pluvier doré ? Qu'est-ce qui l'avait fait descendre de sa montagne ? Les feux d'artifice ?

Son visage s'est terni. L'angoisse.

« Qu'est-ce qu'il y a ? ai-je demandé.

— Écoute, a-t-elle chuchoté. Ce bruit ne me dit rien qui vaille. »

J'ai tendu l'oreille. Ce n'était pas un pluvier doré, le son était modulé.

« Merde, c'est le camion de pompiers ! »

Comme sur commande, nous avons bondi du lit et nous sommes élancés dans l'atelier de mécanique. J'ai ouvert la porte et nous avons eu le temps de voir l'ancien camion de pompiers disparaître vers le bourg. J'avais travaillé sur le moteur et changé certaines pièces, c'était un GMC que la municipalité avait acheté à la Défense nationale, qui l'avait affecté à un aéroport. L'argument pour l'acheter était qu'il était bon marché et déjà équipé d'une citerne pouvant contenir mille cinq cents litres d'eau. L'argument pour le mettre en vente un an plus tard était qu'il était tellement lent en terrain escarpé qu'en cas d'incendie un peu en hauteur le feu aurait le temps de s'amplifier et les mille cinq cents litres d'eau ne suffiraient pas à l'éteindre. Mais personne n'avait voulu racheter ce monstre et nous l'avions toujours.

« On n'aurait pas dû autoriser les feux d'artifice dans le centre par ce temps, ai-je observé.

— Ce n'est pas dans le centre que ça brûle. »

J'ai suivi le regard de Shannon. Vers la montagne, vers Opgard. Le ciel au-dessus était jaune sale.

« Oh ! merde... », ai-je murmuré.

J'ai garé la Volvo dans la cour. Shannon est arrivée juste derrière moi dans la Subaru.

Opgard était là, bancale, légèrement voûtée vers l'est et le clair de lune. Indemne. Nous sommes sortis, j'ai marché vers la grange, Shannon vers la maison.

À l'intérieur, j'ai vu que Carl était passé prendre ses skis. J'ai attrapé les miens, ainsi que mes bâtons, et j'ai couru vers la maison. Shannon était à la porte et me tendait mes chaussures de ski. Le vent s'était apaisé suffisamment pour que les traces de Carl ne soient pas recouvertes par la neige soufflée et je les aie suivies. J'estimais que le vent n'était maintenant plus qu'un force 6, en tout cas rien qui m'empêche d'entendre les cris et crépitements des flammes avant même d'arriver sur le relief. C'est pour ça que j'ai été stupéfait et soulagé, quand j'y suis enfin arrivé, de voir l'hôtel, la charpente, les modules. De la fumée, mais pas de flammes, ils avaient dû réussir à éteindre le feu. Ensuite seulement, j'ai aperçu l'éclat de la neige de l'autre côté du bâtiment, la carrosserie rouge du camion de pompiers et les visages luisants des gens qui se tenaient là, tournés vers moi. Quand il y a eu une seconde d'accalmie, j'ai vu les langues jaunes avides, partout, et j'ai compris que c'était seulement le vent qui écartait temporairement les flammes du côté abrité. J'ai aussi cerné le problème des pompiers : la route s'arrêtant à l'avant de l'hôtel, le camion restait relativement éloigné, d'autant plus que la neige n'était pas déblayée sur l'esplanade devant. Ce qui signifiait que, même entièrement déroulée, la lance n'était pas assez longue pour leur permettre de se positionner à l'arrière et de diriger le jet dans le sens du vent. À présent, même s'ils l'avaient sûrement mis au maximum, le jet s'étiolait contre le vent et retombait en pluie sur eux.

J'avais beau être à moins de cent mètres de distance, je ne ressentais aucune chaleur de l'incendie. Mais quand j'ai trouvé le visage de Carl parmi les autres, lui aussi baigné de sueur ou d'eau de la lance, j'ai vu que c'était sans espoir. Tout était perdu.

51

Le premier jour de l'année est venu avec une lumière grise. Elle rendait le paysage plat, sans contours, et quand je suis monté du garage au site de l'hôtel – enfin, de l'incendie – j'ai eu un instant de trouble, le sentiment de m'être perdu, d'être dans un territoire que je ne connaissais certainement pas comme ma poche, d'être dans l'inconnu, sur une planète étrangère.

En arrivant, j'ai vu Carl avec trois hommes devant les décombres fumants de ce qui était censé devenir la fierté du bourg. Qui pourrait encore le devenir, bien entendu, mais pas cette année. Des restes de bois calciné pointaient vers le ciel comme un index réprobateur nous disant, leur disant, disant à quelqu'un que non, putain, on ne construit pas d'hôtel spa en haute montagne, c'est contre-nature, ça réveille les esprits.

Je suis sorti de ma voiture, me suis dirigé vers eux et j'ai constaté que les trois autres étaient le lensmann Kurt Olsen, le maire Voss Gilbert et le commandant des pompiers, un certain Adler, qui, quand il n'était pas de garde à la caserne, était ingénieur de la municipalité. J'ignore s'ils l'ont bouclée parce que j'arrivais ou s'ils venaient de conclure leur conversation.

« Alors ? ai-je dit. Des théories ?

— Ils ont trouvé les débris d'une fusée de feu d'artifice », a répondu Carl si bas que c'est tout juste si j'entendais les mots. Son regard était braqué sur un point très, très lointain.

« Exact, a confirmé Kurt Olsen. Elle a pu être portée par le vent depuis le bourg et enflammer le bois, c'est clair. »

Clair, clair... J'entendais à l'accentuation de *pu* qu'il n'y croyait pas particulièrement.

« Mais ? »

Il a haussé les épaules. « *Mais* notre commandant des pompiers dit qu'ils ont trouvé deux séries d'empreintes de pas menant dans l'hôtel, à moitié couvertes de neige soufflée, vu le vent, tout porte à croire qu'elles sont fraîches.

— C'était impossible de déterminer si c'étaient les empreintes de deux personnes ou d'une seule, qui serait entrée et ressortie, a précisé le commandant des pompiers. On a donc envisagé le pire scénario possible, et on a essayé d'envoyer des hommes à l'intérieur pour voir s'il y avait quelqu'un dans les modules. Mais le bâtiment était déjà embrasé et il faisait trop chaud.

— Il n'y a pas de corps, a affirmé Olsen, mais on dirait qu'il y a eu du passage au milieu de la nuit. Donc on ne peut pas exclure l'incendie volontaire.

— Volontaire ? » ai-je presque crié.

Olsen a sans doute trouvé ma surprise exagérée, il m'a en tout cas adressé son regard de lensmann inquisiteur.

« Qui aurait pu avoir quelque chose à y gagner ? ai-je demandé.

— Oui, qui, Roy ? » a renchéri Olsen, et putain, je n'ai pas aimé sa façon de prononcer mon nom.

« Enfin, enfin. » Le maire a fait un geste de la tête vers le bourg à demi caché sous une couche de brouillard qui avait dérivé au-dessus des glaces du lac de Budal. « Les gens vont se réveiller avec une sacrée gueule de bois quand ils vont apprendre la nouvelle.

— Bon, ai-je dit. Quand on est dans la merde jusqu'au cou, il ne reste plus qu'à commencer à reconstruire. »

Les autres m'ont dévisagé comme si je venais de parler en latin.

« Peut-être, mais ça va demander beaucoup d'efforts pour arriver à construire un hôtel dans l'année, a observé Gilbert. Et dans ce cas, les gens ne pourront pas mettre en vente les terrains des chalets avant un certain temps.

— Ah ? » J'ai lancé un coup d'œil vers Carl. Il restait silencieux, n'avait même pas l'air de nous entendre, il regardait fixement le site de l'incendie, avec un visage comme figé dans le ciment.

« C'est le contrat avec la municipalité », a soupiré le maire. J'ai déduit de sa façon de le dire qu'il répétait une chose qu'il venait d'expliquer. « D'abord l'hôtel, puis les chalets. Malheureusement, je pense qu'on est dans une situation où la municipalité a vendu la peau de l'ours un peu trop tôt et est allée s'acheter une voiture au-dessus de ses moyens.

— Heureusement que l'hôtel est convenablement assuré en cas d'incendies, au moins, » a observé Kurt Olsen, les yeux braqués sur Carl.

Gilbert et le commandant des pompiers ont esquissé un petit sourire, comme pour exprimer qu'ils étaient d'accord même si, à cet instant précis, c'était une bien maigre consolation.

« Enfin, enfin. » Le maire a enfoncé ses mains dans les poches de son manteau, signe qu'il voulait partir. « Bonne année. »

Le lensmann et le commandant lui ont emboîté le pas.

« C'est le cas ? ai-je demandé doucement quand ils ont été hors de portée.

— Si c'est une bonne année ? a demandé Carl d'une voix de somnambule.

— Si l'hôtel est convenablement assuré. »

Carl s'est entièrement retourné pour me regarder, comme s'il était bel et bien figé dans le ciment. « Pourquoi diable l'hôtel ne serait-il pas bien assuré ? » Il parlait si lentement, si bas. Ce n'était pas l'alcool, avait-il pris des cachets quelconques ?

« Mais est-il trop bien assuré ? ai-je insisté.

— Qu'est-ce que tu veux dire ? »

Je sentais la fureur bouillonner en moi, mais je savais qu'il me fallait me contenir, maîtriser ma voix, jusqu'à ce qu'ils soient montés en voiture. « Kurt Olsen laisse entendre que l'incendie est volontaire et que l'hôtel est sur-assuré. Il t'accuse d'escroquerie à l'assurance, tu n'as pas compris ?

— Il m'accuse d'avoir mis le feu ?

— Tu l'as fait, Carl ?

— Pourquoi l'aurais-je fait ?

— L'hôtel partait en vrille, le budget avait explosé, mais jusqu'à présent tu as réussi à le garder caché. C'était peut-être la seule issue pour éviter aux habitants de ton bourg de payer la facture et pour t'éviter, à toi, de te couvrir de honte. Maintenant, tu peux recommencer à zéro et construire l'hôtel comme il faut, avec de bons matériaux et de l'argent tout frais de l'assurance. Tu vois, tu peux encore ériger une statue à Carl Opgard. »

Carl m'observait avec fascination, comme si je m'étais métamorphosé sous ses yeux. « Tu crois, toi, mon propre frère, que j'aurais vraiment pu faire une chose pareille ? » Puis il a incliné légèrement la tête. « Oui, tu le crois. Alors réponds-moi : pourquoi ai-je envie de me faire hara-kiri ? Pourquoi ne suis-je pas à la maison en train de sabrer le champagne ? »

Je l'ai regardé et j'ai commencé à comprendre. Carl savait mentir, mais pas jouer les affligés de façon à me faire tomber dans le panneau, jamais de la vie.

« Non, ai-je chuchoté. Pas ça, Carl.

— Pas quoi ?

— Je sais que tu es désespéré et que tu as rogné sur les coûts, mais pas ça ?

— Quoi ? a-t-il rugi, soudain enragé.

— L'assurance. Tu n'as pas arrêté de payer l'assurance de l'hôtel ? »

Il m'a regardé, sa rage semblait volatilisée. Ce devait être des cachets.

« Ce serait idiot, a-t-il murmuré. D'arrêter de payer l'assurance juste avant que ça brûle. Parce que alors… » Lentement, un grand sourire s'est étiré sur son visage, un de ces sourires que pourrait afficher un type sous acide sur le balcon juste avant de faire une démonstration de vol. « Oui, qu'est-ce qui se passe dans ces cas-là, Roy ? »

52

Dans des paysages montagneux comme le nôtre, la nuit ne tombe pas, elle monte. Elle s'élève des vallées, des forêts, du lac en bas, et pendant quelque temps, on voit que c'est le soir dans le bourg et la campagne, alors qu'il fait encore jour ici. Mais ce jour-là, le premier de l'année, c'était différent. C'était peut-être les nuages épais qui coloraient tout en gris, ou le site noir de l'incendie qui semblait aspirer toute lumière, ou le désespoir d'Opgard, ou le froid de l'espace intersidéral. Quoi qu'il en soit, la lumière du jour s'est éteinte comme une bougie consumée.

Carl, Shannon et moi avons dîné en silence en écoutant les murs claquer sous l'effet de la chute de la température. Mon repas terminé, j'ai attrapé une serviette, j'ai essuyé le gras et le cabillaud autour de ma bouche, et je l'ai ouverte.

« Sur le site d'*Os Blad*, Dan Krane écrit que l'incendie implique uniquement des retards.

— Oui, a répondu Carl. Il m'a téléphoné et je lui ai dit qu'on commençait la reconstruction la semaine prochaine.

— Alors il ne sait pas que l'hôtel n'était pas assuré ? »

Carl a placé ses avant-bras de part et d'autre de son assiette. « Il n'y a que nous autour de cette table qui le sachions, Roy, et on va continuer comme ça.

— J'aurais cru qu'un journaliste vérifierait ces histoires d'assurance plus soigneusement. On parle tout de même de l'avenir du bourg.

— Ne t'inquiète pas, je vais m'en occuper, tu entends ?

— J'entends. »

Carl a mangé une bouchée de cabillaud, m'a lancé un regard, s'est interrompu, a bu de l'eau. « Si Dan soupçonnait que l'hôtel n'est pas assuré contre les incendies, il n'aurait pas écrit que tout était sous contrôle, tu le comprends bien ?

— Si tu le dis. »

Il a reposé sa fourchette. « Qu'est-ce que tu insinues, Roy ? »

Et l'espace d'un instant, je l'ai vu. Ce langage corporel dominant, cette voix basse, mais néanmoins impérieuse, ce regard perçant. Pendant une seconde, on aurait dit que Carl était devenu papa.

J'ai haussé les épaules. « J'insinue qu'il pourrait sembler que quelqu'un a averti Dan Krane de ne rien écrire de négatif sur l'hôtel. Et ce, bien avant l'incendie.

— Comme qui ?

— Un chasseur de dettes danois qui est venu dans le bourg. Quelqu'un a vu sa Jaguar garée devant les locaux d'*Os Blad* juste avant Noël. Il paraît que depuis, Dan Krane est tout pâle et n'a pas l'air en forme.

Carl a ricané. « Le chasseur de dettes de Willumsen ? Dont on parlait quand on était gamins ?

— Je ne le croyais pas à l'époque, mais maintenant si.

— D'accord. Et pourquoi Willumsen voudrait-il que Dan Krane boucle sa gueule ?

— Pas sa gueule, juste ses recherches. Quand Dan Krane a parlé de l'hôtel à la soirée de Stanley hier, ce n'était pas précisément en termes élogieux. »

Quand j'ai prononcé ces mots, j'ai vu dans le regard de

Carl une lueur nouvelle. Dure, noire, comme le tranchant d'une hache.

« Dan Krane n'écrit pas ce qu'il pense, ai-je expliqué. Willumsen le censure. Alors je te demande à *toi* pourquoi. »

Carl a pris sa serviette, s'est essuyé le pourtour de la bouche. « Oh ! Willumsen pourrait bien avoir quelques millions de bonnes raisons de calmer les ardeurs de Dan.

— Il est inquiet pour le prêt qu'il t'a fait ?

— Ça se pourrait bien. Mais pourquoi me poses-tu la question ?

— Parce que le soir de Noël, j'ai remarqué des ornières larges, de pneus d'été, devant la ferme. »

Le visage de Carl s'est s'allongé, littéralement, comme si je l'avais regardé à travers un miroir déformant.

« Il a neigé deux jours avant Noël, ai-je précisé. Les ornières devaient dater du jour même ou de la veille. »

Il était inutile d'en dire davantage. Personne dans le bourg ne roulait avec des pneus d'été en décembre. Carl a lancé un regard faussement innocent à Shannon. Elle le lui a rendu. Dans les yeux de Shannon aussi brillait cette lueur dure que je n'avais jamais vue.

« Terminé ? a-t-elle demandé.

— Oui, a répondu Carl. Le sujet est clos.

— Je voulais dire le repas, on a fini ?

— Oui », a confirmé Carl et j'ai hoché la tête.

Elle s'est levée, a débarrassé les assiettes et les couverts, et est partie dans la cuisine. Nous l'avons entendue ouvrir le robinet.

« Ce n'est pas ce que tu crois, a dit Carl.

— Qu'est-ce que je crois ?

— Tu crois que c'est moi qui ai collé ce chasseur de dettes sur le dos de Dan Krane.

— Mais ce n'est pas le cas ? »

Il a secoué la tête. « Ce prêt de Willumsen était bien sûr

confidentiel et il ne figure pas dans la comptabilité, où nous avons l'air de tirer sur des facilités de caisse que nous n'avons pas, mais ce sont ces liquidités qui nous ont permis de mener à bien la dernière étape de construction. Maintenant le train est remis sur les rails, nous avons limité les coûts de façon drastique et malgré tout réussi à rattraper presque entièrement notre retard du printemps dernier. J'ai donc été assez surpris de voir le chasseur de dettes se pointer ici… » Carl s'est penché en avant et a sifflé entre ses dents. « Ici, dans ma propre maison, Roy ! Il est venu m'expliquer ce qui se passerait si je ne payais pas mon dû. Comme si j'avais besoin d'un rappel. » Carl a serré les paupières fort, s'est rassis sur sa chaise et a poussé un gros soupir. « Quoi qu'il en soit, il est apparu que ce rappel intervenait parce que Willumsen commençait à s'inquiéter.

— Pourquoi, si ça marche comme sur des roulettes ?

— Parce qu'il y a quelque temps, Dan a téléphoné à Willumsen pour l'interviewer et recueillir les impressions d'un des associés principaux sur le projet et sur moi. Au cours de l'entretien, Willumsen a compris que Dan disposait enfin de suffisamment d'éléments pour un article très critique, qui porterait atteinte à la confiance des associés et à la bonne volonté de la municipalité. Il s'agissait des comptes, ou plutôt de l'absence de comptes, mais aussi de gens de Toronto, à qui Dan avait parlé et qui lui avaient expliqué que j'avais laissé en plan une faillite, qu'il y avait plusieurs similitudes entre cette affaire et l'hôtel d'Os. Alors Willumsen s'inquiète à la fois à l'idée que je fuie de nouveau le pays et que Dan ruine le projet avec un article parlant d'escroquerie et de tromperies. Donc il est allé chercher son chasseur de dettes pour deux missions.

— Arrêter l'article de Dan et te dissuader de te soustraire à ta dette.

— Oui. »

J'ai regardé Carl. Aucun doute, il disait la vérité.

« Et maintenant que tout le merdier a brûlé, qu'est-ce que tu fais ?

— Je vais dormir, la nuit porte conseil. Ce serait sympa que tu dormes ici aussi. »

Je l'ai observé. Ce n'était pas de la politesse. Face à une crise, certains recherchent la solitude, d'autres – comme Carl – ont besoin d'avoir du monde autour d'eux.

« Avec plaisir. Je peux prendre deux jours et rester ici. Tu pourrais avoir besoin d'aide.

— Tu veux bien ? » a-t-il fait, me regardant d'un air reconnaissant.

Shannon a apporté du café. « Bonne nouvelle, Shannon, Roy va rester.

— Oh, c'est chouette », a-t-elle répondu, avec un enthousiasme qui paraissait authentique et elle m'a souri comme à un beau-frère bien-aimé. Je ne sais pas si ses talents de comédienne me plaisaient d'une manière générale, mais là, en tout cas, je les appréciais.

« C'est bon de savoir qu'on a une famille sur laquelle on peut compter, a observé Carl en reculant sa chaise, dont les pieds ont fait des bruits de toux sur le plancher brut. Je vais faire l'impasse sur le café, je n'ai pas dormi depuis trente-six heures, alors je monte me coucher. »

Carl est parti et Shannon s'est assise à sa place. Nous avons bu notre café en silence jusqu'à ce que nous entendions la chasse d'eau puis la porte de la chambre.

« Alors ? ai-je dit doucement. Quel effet ça te fait ?

— Quoi ? » Elle parlait d'une voix blanche, le visage inexpressif.

— Ton hôtel, brûlé. »

Elle a secoué la tête. « Ce n'était pas mon hôtel. Comme tu le sais, mon hôtel a disparu quelque part en chemin.

— D'accord, mais une fois qu'on saura que l'hôtel n'était

pas assuré, la SNC Hôtel Spa de Haute Montagne d'Os fera forcément faillite. Sans hôtel, il n'y aura pas non plus de terrains pour chalets et la valeur des terres sur le marché redeviendra proche de zéro. C'est foutu pour nous. Nous, Willumsen, le bourg. »

Elle n'a pas répondu.

« J'ai regardé un peu pour Barcelone. Je ne suis pas un citadin, j'aime la montagne. Il y en a beaucoup juste aux abords de Barcelone, et les maisons sont moins chères. »

Elle ne disait toujours rien, gardait le regard plongé sur son café.

« Il y a une montagne qui s'appelle Sant Llorenç qui a l'air vachement belle. Quarante minutes de Barcelone.

— Roy…

— Et on doit pouvoir y acheter une station-service. J'ai mis assez d'argent de côté, assez pour…

— Roy ! » Elle a levé les yeux de sa tasse et m'a regardé. « C'est ma chance, a-t-elle dit. Tu ne comprends pas ?

— Ta chance ?

— L'avorton difforme qui a brûlé. C'est ma chance de faire construire mon édifice, mon édifice tel qu'il *doit* être.

— Mais… »

Je me suis tu quand ses ongles se sont enfoncés dans mon avant-bras. Elle s'est penchée en avant. « Mon enfant, Roy. Tu ne comprends pas ? Il est né à nouveau.

— Shannon, il n'y a pas d'argent.

— La route, l'eau, les égouts, le terrain, tout est là.

— Tu ne comprends pas. Quelqu'un voudra peut-être y construire quelque chose dans cinq ou dix ans, mais personne ne voudra construire *ton* hôtel, Shannon.

— C'est *toi* qui ne comprends pas. » Dans ses yeux brillait un éclat singulier. « Willumsen a trop à perdre. Je connais les hommes comme lui. Ils *doivent* gagner, ils n'acceptent pas la défaite. Willumsen fera n'importe quoi pour ne pas perdre son prêt non remboursé et la plus-value sur les terrains pour chalets. »

J'ai pensé à Willumsen et à Rita. Shannon n'avait pas tort.

« Tu penses que Willumsen va miser encore une fois. Quitte ou double ?

— Il est *obligé*. Et moi, je dois rester jusqu'à ce que j'aie fait construire mon hôtel. Oh ! tu dois me prendre pour une folle ! » s'est-elle exclamée au désespoir, posant le front sur mon avant-bras. « Ce bâtiment, je suis née pour le voir construit, tu peux le comprendre ? Mais quand il sera là, toi et moi, on pourra partir à Barcelone. Je te le promets ! » Elle a appuyé ses lèvres sur ma main avant de se lever.

J'allais moi aussi me lever, la serrer dans mes bras, mais elle m'a renfoncé sur ma chaise.

« Il faut garder la tête et le cœur froids maintenant, a-t-elle chuchoté. Penser. Il faut qu'on pense, Roy. Pour pouvoir être insouciants plus tard. Bonne nuit. »

Elle m'a embrassé sur le front et m'a laissé.

Couché dans le lit superposé, je pensais à ce qu'elle avait dit.

C'était vrai que Willumsen détestait perdre. Mais c'était aussi un homme qui savait quand il fallait essuyer une perte pour la limiter. Croyait-elle elle-même à son hypothèse parce qu'elle le voulait si fort, parce qu'elle adorait cet hôtel et que l'amour rend aveugle ? Et est-ce aussi pourquoi je m'étais laissé convaincre d'y croire aussi ? De l'avidité ou de la peur, j'ignorais laquelle de ces forces contraires l'emporterait chez Willumsen quand il apprendrait que l'hôtel n'était pas assuré, mais Shannon avait probablement raison : il était le seul qui puisse sauver le projet.

Je me suis penché hors du lit et j'ai regardé le thermomètre de l'autre côté de la fenêtre. Moins vingt-cinq. Aucun être vivant n'était dehors maintenant. Et puis j'ai entendu le corbeau crier. Une mise en garde. Quelque chose venait. De vivant ou de mort.

J'ai tendu l'oreille. Pas un bruit dans la maison. Et soudain, j'étais redevenu enfant et je tentais de me persuader que les monstres n'existaient pas. Je me mentais. Les monstres existent.

Car le lendemain, c'est arrivé.

SIXIÈME PARTIE

53

Je me suis réveillé et j'ai aussitôt senti que le grand froid était arrivé. Ce n'était pas tant la température sur ma peau que mes autres impressions sensorielles. J'entendais mieux les bruits, j'étais plus sensible à la lumière, j'avais l'impression de respirer un air aux molécules resserrées, plus vivifiant.

Je percevais par exemple au crissement de la neige devant la maison que c'était quelqu'un de lourd et j'en ai déduit que Carl se levait tôt et sortait faire une course. J'ai écarté le rideau et vu la Cadillac rouler doucement et prudemment sur le verglas du virage des Chèvres, bien que nous ayons répandu du sable et que ce soit un verglas très froid, du papier de verre. Je suis allé dans la chambre de Shannon.

Elle était chaude de sommeil et sentait plus que d'habitude cette délicieuse odeur épicée.

Je l'ai réveillée en l'embrassant et je lui ai dit que même si Carl allait juste chercher le journal, nous avions au moins une demi-heure seuls.

« Roy, je t'ai dit que nous devions garder nos cœurs froids et nous servir de notre tête ! a-t-elle craché. Sors d'ici ! »

Je me suis levé. Elle m'a retenu.

C'était comme s'allonger sur un rocher chauffé par le soleil après un bain glacé dans le lac de Budal. Dur et doux à la fois, et un bien-être si intense que le corps chantait.

J'entendais son souffle dans mon oreille, des obscénités chuchotées dans un mélange de bajan, d'anglais et de norvégien. Elle a joui, bruyamment, tout arc-boutée. Quand j'ai moi-même joui, j'ai enfoncé ma tête dans l'oreiller pour ne pas crier dans son oreille, et j'ai senti l'odeur de Carl. Incontestablement Carl. Mais il y avait aussi autre chose. Un bruit. À la porte derrière nous. Je me suis immobilisé.

« Qu'est-ce qu'il y a ? » a demandé Shannon, le souffle court.

Je me suis tourné. La porte était entrebâillée, mais ce devait être moi qui n'avais pas fermé, non ? Si. J'ai retenu mon souffle, Shannon a fait pareil.

Silence.

Se pouvait-il que je n'aie pas entendu la Cadillac arriver ? Un peu, oui, nous n'avions pas précisément mis de sourdine. J'ai consulté la montre que j'avais gardée à mon poignet. Cela ne faisait que vingt-deux minutes qu'il était parti.

« Aucun danger », ai-je affirmé en me tournant sur le dos. Elle est venue contre moi.

« La Barbade, m'a-t-elle chuchoté à l'oreille.

— Hein ?

— On a dit Barcelone. Et la Barbade ?

— Ils ont des voitures à essence, là-bas ?

— Bien sûr.

— Marché conclu. »

Elle m'a embrassé. Sa langue était lisse et forte. Elle cherchait et montrait, prenait et donnait. Putain, ce que j'étais accro ! J'allais entrer de nouveau en elle quand j'ai entendu le grondement du moteur. La Cadillac. Son regard et ses mains étaient sur moi quand je me suis coulé hors du lit, ai pris mon caleçon et marché sur le plancher froid jusqu'à ma chambre. Je me suis couché sur le lit superposé et j'ai écouté.

La voiture s'est garée devant, la porte d'entrée s'est ouverte.

Carl a tapé la neige de ses chaussures dans le vestibule et j'ai entendu par le trou du tuyau de poêle qu'il pénétrait dans la cuisine.

« J'ai vu votre voiture devant, a dit Carl. Vous êtes entré comme ça, sans frapper ? »

Je me suis figé sur place.

« C'était ouvert. » Voix basse, râpeuse. Comme s'il avait les cordes vocales endommagées.

Je me suis redressé sur mes coudes et j'ai écarté les rideaux. La Jaguar était garée là où la neige était déblayée, près de la grange.

« En quoi puis-je vous aider ? » s'est enquis Carl. Maîtrisé, mais tendu.

« Vous pouvez payer mon client.

— Donc il vous a fait revenir parce que l'hôtel a brûlé ? Trente heures. Pas mal, le temps de réaction.

— Il veut l'argent tout de suite.

— Je paierai dès que j'aurai l'argent de l'assurance.

— Vous n'aurez pas d'argent de l'assurance. L'hôtel n'était pas assuré.

— Dixit ?

— Mon client a ses sources. Les conditions du prêt ne sont pas respectées et l'échéance est alors immédiate. Vous êtes au clair là-dessus, monsieur Opgard ? Bien. Vous avez deux jours. Soit quarante-huit heures à partir de... maintenant.

— Écoutez...

— La dernière fois, c'était un avertissement. Ceci n'est pas une pièce en trois actes, monsieur Opgard, donc ça, c'est le baisser de rideau.

— Le baisser de rideau ?

— La fin. La mort. »

Le silence s'est fait au rez-de-chaussée. Je les imaginais. Le Danois, et sa poussée d'acné, assis à la table. Langage corporel décontracté, ce qui le rendait encore plus menaçant. Carl qui transpirait, même s'il arrivait de l'extérieur, où il faisait moins trente.

« Pourquoi un tel affolement ? Willumsen a une hypothèque.

— Qu'il dit ne pas valoir grand-chose sans hôtel.

— Mais quel serait l'intérêt de me tuer ? » La voix de Carl n'était plus si maîtrisée, elle ressemblait plus au sifflement d'un aspirateur à présent. « Si je suis mort, Willumsen n'aura pas son argent, en tout cas.

— Ce n'est pas vous qui mourrez, Opgard. Du moins, pas dans un premier temps. »

Je savais déjà ce qui allait suivre, mais je doutais que ce soit le cas de Carl.

« Votre épouse.

— Sh… » Carl a avalé le *a*. « …nnon ?

— Joli prénom.

— Mais c'est un… meurtre.

— La réaction est à l'aune du montant à régler.

— Mais *deux* jours… Comment pensez-vous, Willumsen et vous, que je vais me procurer une somme pareille en si peu de temps ?

— Je n'exclus pas que vous deviez faire quelque chose de passablement drastique, peut-être même de désespéré. À part ça, je ne pense rien du tout, monsieur Opgard.

— Et si je n'y arrive pas…

— Alors vous serez veuf, avec deux jours de plus à votre disposition.

— Mais mon cher monsieur… »

J'étais déjà debout, m'efforçant de ne pas faire de bruit en enfilant mon pull et mon pantalon. Je n'ai pas entendu les détails de ce qui allait se passer quatre jours plus tard, mais ce n'était pas nécessaire.

Je me suis faufilé dans l'escalier. J'aurais peut-être – *peut-être* – pu prendre le Danois par surprise, mais j'en doutais. Je me souvenais de la rapidité de ses mouvements à la station-service, et j'avais compris à l'acoustique qu'il était assis le visage vers la porte et me verrait dès que j'entrerais.

J'ai enfoncé mes pieds dans mes chaussures et je suis sorti en catimini. Le froid pressait mes tempes. J'aurais pu faire un détour, courir en arc de cercle hors de vue de la cuisine, mais je n'avais pas beaucoup de temps devant moi, alors j'ai tablé sur le fait que j'avais raison, que le Danois tournait le dos à la fenêtre. La neige sèche gémissait sous mes pieds qui galopaient. La mission d'un recouvreur de dettes était sans doute surtout de faire peur, alors je partais du principe qu'il allait développer un peu sa menace, mais il devait tout de même y avoir des limites à ce qui pouvait être dit.

Je me suis précipité dans la grange et j'ai ouvert les robinets en plaçant deux seaux en zinc dessous. Ils se sont remplis en moins de dix secondes. J'ai saisi les anses et me suis élancé dehors vers le virage des Chèvres. Le clapot mouillait mon pantalon. Quand je suis arrivé au virage, j'ai posé un seau sur le verglas et lancé le contenu de l'autre devant moi. L'eau s'est écoulée par-dessus le sable épandu qui ressemblait à des grains de poivre enfoncés dans la glace dure, elle a lissé les aspérités en suivant la pente, vers le bord du précipice. J'ai fait pareil avec le second seau. L'eau s'est déposée en couche fine sur le verglas, il faisait bien sûr trop froid pour qu'elle le fasse fondre, et elle a commencé à s'infiltrer au-dessous. J'étais toujours à observer le verglas quand j'ai entendu la Jaguar démarrer. Et – comme si elles étaient synchronisées – j'ai entendu le timbre frêle des cloches de l'église dans le bourg. J'ai levé les yeux vers la maison et vu la voiture torpille arriver. Prudemment, doucement.

Il s'était peut-être étonné de constater qu'il gravissait les côtes verglacées sans peine, avec des pneus d'été, mais la plupart des Danois sont sans doute des Béotiens en la matière, ils ne savent pas que la glace se transforme en papier de verre quand il fait suffisamment froid.

Et en patinoire de hockey quand elle se réchauffe, à moins sept degrés par exemple.

Je n'ai pas bougé, je me tenais là, flanqué de mes seaux. Le Danois m'a dévisagé derrière son pare-brise, les yeux plissés dont je me souvenais à la pompe à essence étaient recouverts d'une paire de lunettes noires. La voiture a approché, m'a dépassé, et nos têtes ont tourné comme des planètes en rotation autour de leur propre axe et l'une autour de l'autre. Il se souvenait peut-être vaguement de mon visage, peut-être pas. Peut-être qu'il a trouvé une explication plausible à la présence de ce type aux deux seaux, peut-être pas. Peut-être qu'il l'a compris quand il a subitement perdu sa tenue de route et que, par réflexe, il a appuyé plus fort sur la pédale de frein, ou peut-être pas. Maintenant, sa voiture aussi était une planète en lente rotation sur la glace au son des cloches, comme une patineuse artistique. Je l'ai vu braquer désespérément, j'ai vu les roues avant aux larges pneus d'été se tordre dans un sens puis dans l'autre, comme si elles cherchaient à sortir d'une étreinte, mais la Jaguar était captive et sans direction. Quand la voiture a pivoté à environ cent quatre-vingts degrés et filé en arrière vers le bord du virage, j'ai regardé son visage, une planète rouge avec de petits volcans actifs. Ses lunettes de soleil avaient dégringolé sur son nez pendant qu'il se débattait avec le volant, les coudes levés. Il m'a vu et a cessé de se débattre. Car il avait compris. Compris à quoi servaient les seaux, compris que, s'il avait été moins long à la détente, il aurait peut-être eu une chance de sauter de sa voiture. Compris que, maintenant, il était trop tard.

Je suppose qu'il obéissait à un pur réflexe quand il a sorti son pistolet. La réponse automatique d'un recouvreur de dettes, d'un soldat, quand on l'attaque. J'ai moi-même sans doute obéi à un autre réflexe en levant la main pour lui dire au revoir. J'ai à peine entendu la détonation quand il a tiré, puis il y a eu un claquement cinglant quand la balle a traversé le seau en zinc, juste à côté de mon oreille. J'ai eu le temps de voir le trou dans le pare-brise, comme une rose de givre, et puis la Jaguar est tombée en arrière dans Huken.

J'ai retenu mon souffle.

Le seau en zinc balançait encore dans ma main levée.

Les cloches de l'église jouaient de plus en plus vite.

Puis enfin, un fracas sourd.

Je suis resté planté là, toujours immobile. Ce devait être un enterrement. Les cloches ont continué un certain temps, avec des coups de plus en plus espacés. J'ai contemplé le bourg, les montagnes, le lac de Budal au soleil qui surmontait maintenant la cime d'Ausdaltinden.

Puis les cloches se sont tues, et je me suis dit mon Dieu, ce que ma terre natale est belle.

C'est sans doute le genre de réflexions qu'on se fait quand on est amoureux.

54

« Tu as versé de l'eau sur la glace ? » Carl était incrédule.

« Pour remonter la température, ai-je répondu.

— Et faire une patinoire », a ajouté Shannon, qui était allée chercher le café sur la cuisinière. Elle nous a servis.

Elle a remarqué le regard que lui lançait Carl.

« Toronto Maple Leafs ! s'est-elle exclamée comme s'il y avait une accusation dans ce regard. Tu ne te souviens pas qu'ils arrosaient pendant les pauses ? »

Carl s'est tourné de nouveau vers moi. « Alors il y a un nouveau cadavre dans Huken.

— Espérons-le. » J'ai soufflé sur ma tasse.

« Qu'est-ce qu'on fait ? On prévient Kurt Olsen ?

— Non.

— Non ? Et s'ils le trouvent ?

— Eh bien, nous n'avons rien à voir avec ça. Nous n'avons ni vu ni entendu la voiture partir dans le décor, c'est pour ça que nous n'avons pas prévenu. »

Il m'a regardé. « Mon frère. » Ses dents blanches sont apparues, toutes scintillantes. « Je *savais* que tu élaborerais un plan.

— Écoute. Si personne ne sait ni ne suspecte que le chasseur de dettes est venu ici, on n'a pas de problème et on la boucle. Un siècle s'écoulera avant que quelqu'un trouve l'épave dans

Huken. Mais si jamais quelqu'un découvrait qu'il est venu ici ou apercevait la Jaguar, notre histoire serait la suivante… »

Carl et Shannon se sont rapprochés, comme si j'avais prévu de chuchoter dans notre propre cuisine. « En règle générale, il vaut mieux rester aussi près que possible de la vérité, alors on va dire les choses telles qu'elles étaient, à savoir que le chasseur de dettes est venu ici pour faire pression sur toi, Carl, à cause de l'argent que tu dois à Willumsen. On dira qu'aucun de nous ne l'a vu repartir sur la route, mais que c'était sacrément glissant dans le virage des Chèvres. Et quand la police descendra à Huken et verra les pneus d'été de la Jaguar, elle tirera elle-même ses conclusions.

« Les cloches, a suggéré Carl. On pourrait dire qu'on n'a pas entendu le bruit de la voiture qui s'écrasait à cause des cloches.

— Non, pas de cloches. Il n'y avait pas de cloches le jour où il est venu ici. »

Les deux autres m'ont considéré d'un air interrogateur.

« Pourquoi ? a demandé Carl.

— Mon plan n'est pas encore au point, mais ça n'est pas arrivé aujourd'hui, le Danois a vécu un peu plus longtemps.

— Pourquoi ?

— Ne t'inquiète pas pour le Danois. Je pars du principe qu'un chasseur de dettes reste à l'écart quand il travaille, alors il n'y a sûrement personne d'autre que nous qui sache qu'il est venu ici aujourd'hui. Si on le retrouve sans vie, c'est donc notre histoire qui déterminera quand il est mort. Notre problème maintenant, c'est Willumsen.

— Oui, parce que lui sait bien sûr que son chasseur de dettes est venu, et il va le dire à la police.

— Je ne crois pas. »

Il y a eu un blanc.

« Précisément, a renchéri Shannon, parce qu'il devrait alors expliquer à la police que c'est lui qui a loué ses services.

— Évidemment, a dit Carl. Hein, Roy ? »

Sans répondre, j'ai bruyamment aspiré une gorgée de café, reposé ma tasse.

« Oublions le Danois, ai-je dit. L'os, c'est Willumsen. Il ne va pas renoncer à réclamer son remboursement parce que le Danois a disparu. »

Shannon a grimacé. « Et il est prêt à tuer. Tu crois que le chasseur de dettes était vraiment sérieux, Roy ?

— Moi, j'ai seulement entendu par le trou du tuyau de poêle. Demande à Carl, qui était en face de lui.

— Je... je crois, a répondu Carl, mais j'étais tellement terrifié que j'aurais cru n'importe quoi. C'est Roy celui d'entre nous qui comprend comment fonctionne un... tel cerveau. »

Il avait été à deux doigts de le dire. *Cerveau d'assassin.*

De nouveau, c'était moi qu'ils regardaient.

« Oui, il voulait te tuer », ai-je déclaré en regardant Shannon.

Ses pupilles se sont dilatées et elle a hoché la tête lentement à la Os.

« Et ensuite, ç'aurait été ton tour, Carl », ai-je ajouté.

Il a baissé les yeux sur ses mains. « Je crois que j'ai besoin d'un verre.

— Non ! » me suis-je récrié. J'ai respiré, me suis apaisé. « J'ai besoin que tu sois sobre. Et j'ai besoin d'une corde pour me remorquer et d'un conducteur qui l'ait déjà fait. Shannon, est-ce que tu peux descendre sabler le virage ?

— Oui. » Elle a tendu la main et je me suis raidi une seconde, parce que je croyais qu'elle allait me caresser la joue, mais elle s'est contentée de la poser sur mon épaule. « Merci. »

Carl a eu l'air de se réveiller sur sa chaise. « Oui, bien sûr, merci ! Merci ! » Il s'est penché au-dessus de la table et m'a pris la main. « Tu nous as sauvés, Shannon et moi, et moi, je suis là à chouiner comme si cette histoire était ton problème à toi.

— C'*est* mon problème. » J'étais sur le point d'ajouter quelques paroles pompeuses sur le fait que nous étions une famille et que nous étions en guerre ensemble, mais ça pouvait attendre. Après tout, cela ne faisait guère qu'une demi-heure que j'avais baisé ma belle-sœur.

« Dan sort l'artillerie lourde dans son édito aujourd'hui », a observé Carl dans la cuisine quand j'étais en train de m'habiller dans le vestibule et que je me demandais quelles bottes étaient les plus adaptées pour descendre une falaise gelée. « Il considère que Voss Gilbert et le conseil municipal sont démagos et de vraies girouettes, et que c'est le maire Jo Aas qui a instauré cette tradition, simplement c'était un peu plus discret à l'époque.

— Il a envie de s'en prendre une, ai-je répondu en optant pour les godillots de papa.

— Est-ce que qui que ce soit a *envie* de s'en prendre une ? » a demandé Carl, mais j'étais déjà en train de passer la porte.

Je suis allé dans la grange, où Shannon pelletait du sable dans l'un des seaux en zinc.

« Rita Willumsen et toi, vous vous baignez toujours dans la glace trois fois par semaine ?

— Oui, m'a-t-elle répondu.

— Et il n'y a que vous deux ?

— Oui.

— Quelqu'un peut vous voir ?

— C'est à sept heures du matin et il fait noir, alors… non.

— C'est quand la prochaine fois ?

— Demain. »

Je me suis frotté le menton.

« À quoi tu penses ? » a-t-elle demandé.

J'ai contemplé le sable délicatement saupoudré par le trou du projectile. « Je pense à la façon de la tuer. »

Plus tard dans la soirée, quand j'avais récapitulé mon plan pour la sixième fois, Carl a hoché la tête et nous avons tous deux regardé Shannon. Elle a posé sa condition :

« Si je participe, si nous réussissons, l'hôtel sera reconstruit suivant mes dessins originaux. Jusqu'au moindre détail.

— D'accord, a répondu Carl après un petit temps de réflexion. Je vais faire de mon mieux.

— Tu n'auras pas besoin, a dit Shannon, parce que c'est moi qui dirigerai la construction, pas toi.

— Écoute…

— Ce n'est pas une suggestion, c'est un ultimatum. »

Carl avait sans doute vu la même chose que moi : elle ne plaisantait pas. Alors il s'est tourné vers moi. J'ai haussé les épaules pour lui indiquer que je ne pouvais pas l'aider.

Il a soupiré. « D'accord, nous les Opgard, on ne marchande pas. Si ça se passe bien, le boulot sera pour toi, mais j'espère que je pourrai contribuer.

— Oh ! on va bien arriver à te maintenir en activité, a déclaré Shannon.

— Bien, ai-je conclu. Alors on revoit le plan encore une fois. »

55

Il était sept heures du matin et il faisait toujours nuit dehors.

Je me suis faufilé dans l'obscurité de la chambre à coucher en écoutant la respiration régulière dans le grand lit. Je me suis figé sur place quand le plancher a grincé. Aucune rupture de rythme. La seule lumière provenait d'un jour entre les rideaux. J'ai continué d'avancer, placé mes genoux contre le matelas et me suis délicatement glissé dans le lit. Ce côté-ci avait encore la chaleur de la personne qui y avait dormi. Je n'ai pas pu m'en empêcher, j'ai enfoui mon visage dans le drap, respiré l'odeur de femme. Aussitôt – comme avec un projecteur de cinéma – les images d'elle et moi sont apparues. Nus et en sueur après l'amour, mais encore affamés, toujours.

« Bonjour, mon amour », ai-je chuchoté à la personne qui dormait.

En plaquant le pistolet contre sa tempe.

Son souffle s'est arrêté. Un ou deux ronflements furieux. Il a ouvert les yeux.

« Vous dormez silencieusement pour un homme si gros », ai-je observé.

Willum Willumsen a cligné des yeux deux fois dans l'obscurité, comme pour s'assurer qu'il ne rêvait pas.

« Qu'est-ce que c'est ? a-t-il demandé d'une voix grumeleuse.

— C'est le baisser de rideau, ai-je répondu. La fin. La mort.

— Qu'est-ce que tu fais, Roy ? Comment es-tu entré ?

— Par la porte du sous-sol.

— Elle est verrouillée.

— Oui », ai-je simplement dit.

Il s'est relevé sur son lit. « Roy, Roy, Roy. Je ne veux pas que tu te blesses. Dégage d'ici et je te promets d'oublier ça. »

Je lui ai frappé l'arête nasale avec le canon du pistolet. De la peau s'est arrachée et il s'est mis à saigner.

« Laissez vos mains sous la couette. Laissez le sang couler. »

Willumsen a dégluti. « C'est un pistolet ?

— Exact.

— Je vois. Donc c'est une espèce de redite de la dernière fois ?

— Oui. Sauf que, cette fois-là, on s'était séparés en vie.

— Et maintenant ?

— Maintenant, je n'en serais pas si sûr. Vous avez menacé de tuer ma famille.

— C'est la conséquence quand on a un si gros emprunt et qu'on manque à ses engagements, Roy.

— Oui, et ça, c'est la conséquence quand on met en œuvre cette conséquence.

— Tu penses que je devrais laisser mes débiteurs me ruiner sans rien faire ? Vraiment ? » La voix de Willum Willumsen trahissait davantage d'indignation que de peur, et je ne pouvais qu'admirer sa capacité à promptement regarder la vérité en face, comme on dit.

« Je n'ai pas tellement d'opinion sur le sujet, Willumsen. Vous faites ce que vous devez, je fais ce que je dois.

— Si tu crois que c'est la façon de sauver Carl, tu te trompes. Poul fera le travail de toute façon, son contrat ne peut pas être annulé, parce que je n'ai aucun moyen de le contacter maintenant.

— Non, en effet, ai-je dit, et j'ai bien entendu que ma phrase ressemblait à une citation de pop quand j'ai ajouté : Poul est mort. »

Willumsen a écarquillé ses lourds yeux de poulpe. Il voyait le pistolet maintenant. Et le reconnaissait manifestement.

« J'ai dû redescendre à Huken, ai-je expliqué. Sa Jaguar était sur la Cadillac, les deux sur le toit, les deux complètement écrasées, on dirait un putain de sandwich de voitures de collection. Et ce qui reste du Danois et sort de la ceinture de sécurité ressemble à une putain de roulade de porc. »

Willumsen a dégluti.

J'ai agité le pistolet. « Je l'ai trouvé coincé entre le levier de vitesse et le toit, j'ai dû donner un coup de pied pour le dégager.

— Qu'est-ce que tu veux, Roy ?

— Je veux que vous ne tuiez personne de ma famille, ma belle-sœur incluse.

— Marché conclu.

— Et je veux que nous effacions la dette de Carl envers vous, et ensuite que vous nous accordiez un nouveau prêt du même montant.

— Ça, je ne peux pas, Roy.

— Carl m'a montré le contrat d'emprunt que vous avez tous deux signé. On va tout de suite le déchirer et en signer un autre.

— Ça n'est pas possible, Roy, mon exemplaire est chez mon avocat. Carl a dû te dire qu'il a été signé en présence de témoins, donc il ne disparaîtra pas comme ça.

— Quand je dis déchirer, c'est au sens figuré. Voici un contrat qui remplace l'ancien. »

J'ai allumé la lampe de chevet de ma main libre, tiré de ma poche intérieure deux feuilles A4 au contenu identique et les ai posées devant Willumsen. « Il est indiqué ici que le montant de l'emprunt passe de trente millions de couronnes à une somme nettement moins élevée. Seulement deux couronnes, en l'occurrence. Il est aussi écrit que l'origine de cette réduction est que vous avez personnellement conseillé à Carl de limiter les frais d'assurance de l'hôtel, et que vous vous considérez donc tout autant responsable de la situation de Carl. Bref, son malheur est le vôtre. En plus, vous lui accordez un nouveau prêt de trente millions de couronnes. »

Willumsen a secoué la tête énergiquement. « Tu ne comprends pas. Je n'ai pas cet argent. J'ai emprunté pour pouvoir prêter à Carl. Je vais me casser les reins si je ne le récupère pas. » En effet, il avait l'air au bord des larmes. « Tout le monde s'imagine que je ramasse des paquets de fric maintenant, avec les gens du bourg qui se sont mis à dépenser sans compter, mais ils vont tous à Kongsberg et Notodden pour s'acheter des voitures *neuves*, Roy. Ils ne voudraient pas ne serait-ce qu'être vus dans mes voitures d'occasion. »

Son double menton, qui reposait sur le col d'un pyjama à rayures, tremblotait.

« Et cependant, vous devez signer », ai-je déclaré, lui tendant le stylo que j'avais emporté.

Il a parcouru le document avant de le prendre dans sa main, le regard interrogateur.

« On s'occupera des témoins et de la date une fois que vous aurez signé, ai-je précisé.

— Non !

— Non… quoi ?

— Je ne signe pas. Je n'ai pas peur de mourir.

— D'accord. Mais vous avez peur de faire faillite ? »

Willumsen a acquiescé sans rien dire. Puis il a ri brièvement. « Tu te souviens de la dernière fois qu'on était dans cette situation, Roy ? Et que je t'ai dit que mon cancer était revenu. Je mentais. Mais cette fois, c'est vrai. Mes jours sont comptés. C'est pour ça que je ne peux pas effacer une si grosse dette et encore moins prêter davantage. Je voudrais laisser un commerce sain à mon épouse et à mes autres héritiers, c'est tout ce qui compte désormais. »

J'ai hoché la tête lentement et longtemps pour qu'il comprenne que je réfléchissais sérieusement à la question. « C'est dommage, ai-je conclu. Vraiment dommage.

— Oui, n'est-ce pas ? » Willumsen m'a tendu l'avenant au contrat que Carl avait rédigé dans la nuit.

« Oui. » Je ne l'ai pas pris. J'ai sorti mon téléphone. « Parce que, dans ce cas, on va devoir faire quelque chose de bien plus douloureux.

— Après les thérapies que j'ai subies, j'ai bien peur de ne pas être sensible à la torture, Roy. »

Je ne lui ai pas répondu. J'ai tapé « Shannon » et appuyé sur FaceTime.

« Me tuer ? » Willumsen posait la question sur un ton qui soulignait la bêtise évidente de tuer quelqu'un à qui on voulait soutirer de l'argent.

« Pas vous », ai-je répondu en regardant mon écran.

Shannon est apparue. Il faisait sombre autour d'elle, mais la torche de son téléphone se réfléchissait sur la neige du lac de Budal gelé. Elle ne me parlait pas à moi, mais à quelqu'un derrière la caméra.

« Ça te va si je filme un peu, Rita ?

— Bien sûr », ai-je entendu répondre Rita.

Shannon a passé le téléphone en mode caméra arrière et Rita est apparue dans la lumière vive de la torche. Elle portait un manteau de fourrure et une toque avec un petit bonnet de bain blanc qui dépassait au-dessous. Son souffle était visible alors qu'elle sautillait devant un trou rectangulaire dans la glace, assez large pour descendre dans l'eau, assez étroit pour pouvoir ressortir en posant les mains de part et d'autre. À côté se trouvaient une scie à glace et la tranche de glace qu'elles avaient découpée.

« Tuer votre épouse. » J'ai présenté l'écran à Willumsen. « C'est Poul qui m'a donné l'idée. »

Je ne doutais pas qu'il ait un cancer. Et j'ai vu la douleur dans son regard quand il a compris qu'il pouvait perdre ce qu'il avait cru impossible à perdre, ce qu'il aimait sans doute plus que lui-même. Sa seule consolation était qu'elle allait lui survivre, vivre pour lui. J'avais mal pour Willumsen à cet instant précis, vraiment.

« Noyade, ai-je poursuivi. Un accident, évidemment. Votre femme saute à l'eau. Plouf. Et quand elle remonte à la surface, elle s'aperçoit que le trou n'y est plus. Sentant la glace mobile au-dessus d'elle, elle comprendra que c'est le rectangle qu'elles ont scié et cherchera à le repousser, mais Shannon n'aura qu'à garder son pied dessus pour maintenir le couvercle en place sur le trou. Votre femme n'aura aucun appui pour ses pieds, rien que de l'eau. De l'eau froide. »

Willumsen a émis un bref sanglot. Prenais-je du plaisir à cela ? J'espère que non, car cela signifierait que je suis un psychopathe, et ce n'est pas une chose qu'on a envie d'être.

« On commence par Rita. Ensuite, si vous ne signez pas, on enchaînera sur vos autres héritiers. Shannon, qui n'exclut pas que votre épouse ait participé à la condamner à mort, est très motivée. »

Sur l'écran, Rita Willumsen s'était déshabillée. Elle avait de toute évidence froid, c'était bien normal, et sa peau pâle hérissée était bleuâtre dans la lumière crue. J'ai remarqué qu'elle avait le même maillot de bain que quand nous avions ramé sur le lac cet été-là. Elle n'avait pas l'air plus vieille, mais plus jeune. Comme si le temps n'avançait même pas en boucle, mais carrément à reculons.

J'ai entendu le frottement de la mine sur le papier.

« Voilà ! » Willumsen a balancé les feuilles et le stylo sur la couette devant moi. « Maintenant arrête-la ! »

J'ai vu Rita Willumsen se placer devant le trou. Même position que dans la barque, comme si elle avait l'intention de plonger.

« Pas avant que vous ayez signé les deux exemplaires », ai-je dit sans quitter l'écran des yeux. J'ai entendu Willumsen attraper les feuilles et écrire.

J'ai examiné les signatures. Ça m'avait l'air bien.

Willumsen a poussé un cri et j'ai regardé l'écran. Je n'avais pas entendu le moindre plouf. Rita était douée. Le rectangle de glace sciée emplissait l'écran et nous avons vu une petite main claire le saisir et le soulever.

« Tu peux arrêter, Shannon. Il a signé. »

Un instant, on aurait dit qu'elle allait malgré tout laisser tomber la glace sur le trou, mais elle l'a lâchée à ses pieds et, l'instant suivant, Rita a émergé de l'eau noire, comme un phoque, les cheveux lisses et brillants autour de son visage rieur, son souffle émettant des signaux de fumée blancs dans la lumière de la caméra.

J'ai raccroché.

« Bon.

— Bon », a répété Willumsen.

Il faisait froid dans la pièce et j'avais peu à peu glissé sous la couette, pas de tout mon corps, mais suffisamment pour que la dénomination « camarades de lit » ne soit pas totalement usurpée.

« Tu vas peut-être y aller, a suggéré Willumsen.

— Si seulement c'était si facile.

— Comment ça ?

— Si je m'en vais, j'imagine bien quel sera votre premier réflexe. Vous allez appeler un autre chasseur de dettes ou un tueur à gages et essayer de buter la famille Opgard avant qu'on puisse apporter ce contrat chez votre avocat. Quand vous comprendrez que vous n'en avez pas le temps, vous nous dénoncerez à la police pour chantage et nierez la validité des documents que vous venez de signer. Vous nierez aussi connaître un quelconque chasseur de dettes, bien sûr.

— Tu crois ?

— Oui, Willumsen. À moins que vous puissiez me convaincre du contraire.

— Et si je ne peux pas ? »

J'ai haussé les épaules. « Ce serait bien de faire un effort. »

Willumsen m'a regardé. « C'est pour ça que tu portes des gants et un bonnet de bain ? »

Je n'ai pas répondu.

« Pour ne pas laisser d'empreintes digitales ni de cheveux ?

— Ne vous occupez pas de ça, Willumsen, essayez plutôt de nous trouver une autre façon de régler ça.

— Hmm. Voyons voir. » Willumsen a joint les mains au sommet de sa poitrine, où une forêt de poils noirs sortait de son pyjama.

Dans le silence qui a suivi, j'ai entendu la circulation sur la nationale. J'avais adoré les petits matins à la station-service, être là quand une bourgade s'éveillait à un jour nouveau, quand les gens venaient prendre leur place dans notre petite machinerie sociale. Avoir une vue d'ensemble, deviner la main invisible qui tirait les ficelles et faisait que tout fonctionnait à peu près.

Willumsen a toussoté. « Je ne contacterai ni de chasseur de dettes ni la police, parce que nous avons tous deux trop à y perdre.

— Vous avez déjà perdu. Vous avez juste tout à y gagner. Allez, vous êtes vendeur de voitures d'occasion, convainquez-moi.

— Hmm. »

De nouveau, le silence s'est fait dans la chambre.

« Le temps passe, Willumsen.

— *Acte de confiance.*

— Là, ça fait deux fois que vous essayez de me refiler la même voiture défectueuse. Allez, vous avez bien réussi à rouler mon père avec cette Cadillac, et vous nous avez vendu à Carl et moi un équipement de plongée usagé pour ce que nous avons découvert par la suite être le double de ce qu'on paie à Kongsberg.

— J'ai besoin d'un peu plus de temps pour réfléchir. Reviens cet après-midi.

— Désolé. Nous devons parvenir à une conclusion avant que je parte et je dois partir avant qu'il fasse suffisamment jour. » J'ai levé le pistolet, l'ai porté à sa tempe. « J'aurais vraiment voulu qu'il y ait une autre solution, Willumsen. Parce que je ne suis pas un meurtrier et que, d'une certaine manière, je vous aime bien. Oui, vraiment. Mais il faudrait alors que vous me montriez la voie, parce que moi, là, je ne la trouve pas. Vous avez dix secondes.

— Ceci est insensé, a observé Willumsen.

— Neuf. Est-ce insensé que je vous donne l'occasion de plaider pour votre vie alors même que Shannon n'a pas pu plaider pour la sienne ? Est-ce déraisonnable que je vous enlève vos derniers mois de vie plutôt que toutes les années de votre femme ? Huit.

— Peut-être pas, mais…

— Sept.

— J'abandonne.

— Six. Vous voulez que j'attende la fin du compte à rebours ou…

— Je suppose que tout le monde souhaite vivre aussi longtemps que possible.

— Cinq.

— Je n'aurais rien contre un cigare.

— Quatre.
— Laisse-moi avoir un cigare, allez.
— Trois.
— Ils sont dans le tiroir du bureau là-bas, laisse-moi... »

La détonation a été si forte que j'ai eu l'impression qu'on m'enfonçait un objet pointu dans les tympans.

Dans les films, les balles dans le crâne donnent lieu à des cascades de sang sur le mur, et j'ai été surpris de constater que c'était tout à fait le cas.

Willumsen est retombé en arrière sur le lit, avec ce qui ressemblait à un air lésé, peut-être parce que je lui avais volé deux secondes de vie. Aussitôt après, j'ai senti le matelas qui se mouillait sous moi et l'odeur de merde. Dans les films, on montre un peu moins ce relâchement de tous les sphincters.

J'ai enfoncé le pistolet dans la main de Willumsen et je me suis levé. Quand je travaillais à la station-service d'Os, je ne lisais pas seulement la science vulgarisée de *Populær Vitenskap*, mais aussi les faits divers de *True Crime*, donc en plus de mon bonnet de bain et de mes gants, j'avais scotché mes jambes de pantalon à mes chaussettes et les manches de ma veste à mes gants, de façon à ne laisser aucun poil qui pourrait fournir mon ADN à la police lorsqu'elle enquêterait sur la scène de crime.

J'ai dévalé l'escalier, attrapé une pelle dans le sous-sol et fermé la porte sans la verrouiller, avant de marcher à reculons dans le jardin tout en pelletant de la neige sur mes empreintes de pas. Je suis reparti par le chemin qui descendait vers le lac de Budal, les maisons n'étaient pas très nombreuses par ici. J'ai jeté la pelle dans une benne à ordures devant une maison cubique de construction récente. Percevant le froid sur mes oreilles, je me suis souvenu du bonnet de laine que j'avais dans ma poche et l'ai enfilé par-dessus mon bonnet de bain. J'ai suivi le sentier qui menait à l'un des petits pontons. J'avais garé ma Volvo à l'arrière d'une remise à bateaux. J'ai plissé les yeux vers la glace sur le lac. Là-bas quelque part se baignaient donc deux des trois femmes de ma vie. Et j'avais tué le mari de l'une d'entre elles. Curieux. La voiture était encore chaude, elle a démarré sans problème. Je suis remonté à Opgard. Il était sept heures et demie et il faisait toujours noir comme dans un four.

On en a parlé aux informations de la radio nationale l'après-midi même.

« Un homme a été découvert mort à son domicile d'Os, dans le Telemark. La police a ouvert une enquête. »

La nouvelle de la mort de Willumsen a frappé le bourg comme un coup de massue. Je crois que c'est une image adaptée. J'imagine que ça choquait davantage que l'incendie de l'hôtel, que la disparition de ce vendeur de voitures d'occasion rusé, affable, à la fois snob et sans façons, qui était là depuis toujours, touchait les gens en plein cœur. À coup sûr, on en parlait dans tous les magasins et cafés, à tous les coins de rue, entre les quatre murs des maisons. Même les gens qui étaient au courant que son cancer avait récidivé étaient blêmes de chagrin.

Les deux nuits suivantes, j'ai mal dormi. Non pas parce que j'avais mauvaise conscience. J'avais vraiment essayé d'aider Willumsen à sauver sa peau, mais comment aider un adversaire après l'avoir mis échec et mat ? On ne peut rien faire. Non, c'était pour une tout autre raison. J'avais le désagréable sentiment d'avoir oublié quelque chose, d'avoir négligé un élément essentiel en planifiant le meurtre. Simplement, je n'arrivais pas à mettre le doigt dessus.

Le troisième jour après la mort de Willumsen, deux jours avant son enterrement, j'ai su. J'ai trouvé où j'avais merdé.

56

Il était onze heures du matin quand Kurt Olsen s'est garé devant la maison.

Derrière lui suivaient deux autres voitures. Immatriculées à Oslo.

« Le virage est drôlement glissant, dis donc », a observé Kurt, qui était en train d'écraser un mégot fumant quand je lui ai ouvert la porte. « Vous allez ouvrir une patinoire ou quoi ?

— Non. On sable. Ça devrait être le travail de la municipalité, mais on le fait.

— On ne va pas avoir cette discussion maintenant. Voici Vera Martinsen et Jarle Sulesund de la police criminelle, Kripos. » Derrière lui se trouvait une femme portant un de ces pantalons noirs, là, avec une veste courte taillée dans le même tissu, et un homme d'apparence pakistanaise ou indienne. « Nous avons un certain nombre de questions, alors allons à l'intérieur.

— Nous nous demandions si nous pourrions vous poser quelques questions, a glissé Martinsen. Si ça ne vous dérange pas. Si vous nous permettez d'entrer. »

Elle a regardé Kurt, puis m'a regardé moi, elle a souri. Cheveux courts blonds nattés, visage large, épaules carrées. J'aurais parié hand ou ski de fond. Non pas parce qu'on peut voir sur les gens quel sport ils pratiquent, mais parce que ce sont les deux sports féminins les plus répandus et qu'on a plus de chance de tomber juste en tablant sur des statistiques que sur une intuition un peu surfaite. Voilà le genre de pensées décousues qui me traversaient. Et j'ai compris en regardant Martinsen qu'il fallait que je me secoue un peu si je ne voulais pas me faire dévorer tout cru au petit déjeuner, comme on dit. Mais bon, nous étions préparés, nous aussi.

Nous sommes allés dans la cuisine où se trouvaient déjà Carl et Shannon.

« Nous aimerions vous parler à tous les trois, a dit Martinsen, mais nous préférerions le faire individuellement.

— Vous n'avez qu'à monter dans la petite chambre », ai-je suggéré d'un ton léger et j'ai vu que Carl comprenait ce que je voulais. Qu'ils entendent les questions et les réponses, pour que nous soyons sûrs d'être aussi synchros que quand nous avions préparé un éventuel interrogatoire de police.

« Café ? ai-je proposé une fois Carl et Shannon sortis.

— Non merci », ont décliné Martinsen et Sulesund en même temps que Kurt acceptait.

Je l'ai servi.

« Kripos m'assiste dans l'enquête sur le meurtre de Willumsen », a-t-il expliqué et j'ai eu le temps de voir Martinsen regarder Sulesund d'un air agacé.

« Parce que ce n'est pas un suicide, mais un meurtre. » Olsen est descendu dans un registre de basse sur le mot « meurtre », l'a laissé en suspens, l'a laissé agir, a guetté ma réaction, avant de poursuivre. « Un meurtre qu'on a tenté de camoufler en suicide. C'est la plus vieille ruse du monde. »

Il me semblait avoir lu cette phrase mot pour mot dans un article de *True Crime*.

« Mais le tueur ne nous a pas bernés, nous. Willumsen tenait peut-être l'arme du crime à la main, mais il n'avait pas de poudre sur la main.

— De la poudre », ai-je répété, prétendant m'attarder sur ce mot.

Sulesund a toussoté. « Un peu plus que de la poudre, en fait. Ça s'appelle les RT, résidus de tir. De toutes petites particules de baryum, de plomb et d'autres éléments chimiques, qui viennent de munitions et qui se fixent sur presque tout ce qui se trouve à un rayon de cinquante centimètres quand une balle est tirée. Les RT se logent dans la peau et sur les vêtements et sont très difficiles à faire partir. Heureusement. » Il a eu un petit rire et a redressé ses lunettes à monture métallique. « Elles sont invisibles, mais par bonheur, nous sommes équipés d'instruments.

— Bref, a coupé Kurt. Sur Willumsen, on n'a trouvé *nada*. Tu comprends ?

— Je comprends.

— En plus, la porte du sous-sol était ouverte et Rita est tout à fait sûre qu'ils l'avaient verrouillée, donc nous supposons qu'elle a été crochetée. En partant, le tueur a aussi pelleté de la neige pour cacher ses empreintes dans le jardin. On a retrouvé la pelle – que Rita a identifiée – dans une benne à ordures juste à côté.

— Eh ben !

— Oui. Et nous avons quelqu'un dans notre ligne de mire. »

Je n'ai pas répondu.

« Tu n'es pas curieux de savoir qui c'est ? » Kurt m'a lancé son regard façon rayons X à la con.

« Bien sûr que si, mais vous êtes soumis au secret professionnel, non ? »

Il s'est retourné vers les enquêteurs de Kripos l'air goguenard. « C'est une enquête criminelle, Roy. Nous fournissons et nous taisons des informations selon ce qui sert l'enquête.

— Ah oui.

— Face au meurtre très pro qui nous intéresse aujourd'hui, nous nous focalisons sur une voiture. Plus précisément une vieille Jaguar immatriculée au Danemark, qui a été observée dans les parages et que je soupçonne d'avoir appartenu à un chasseur de dettes professionnel. »

Qui nous intéresse aujourd'hui. Nous nous focalisons. Putain, à l'entendre, on aurait cru qu'il croulait sous les affaires de meurtres. Et ce soupçon à propos du chasseur de dettes n'était bien sûr pas le sien, mais quelque chose dont tout le monde dans le bourg parlait depuis des années.

« Alors nous avons parlé avec la police criminelle danoise et nous leur avons envoyé l'arme et le projectile. Ils ont trouvé une correspondance avec un meurtre à Århus, il y a neuf ans. L'affaire n'a jamais été résolue, mais l'un des suspects possédait une Jaguar type E blanche, un modèle de collection. Son nom est Poul Hansen et c'est un fait connu qu'il opérait comme chasseur de dettes. » Kurt s'est tourné en ricanant vers les gens de Kripos. « Il a une Jaguar, mais il est trop radin pour se débarrasser de l'arme du meurtre, typiquement danois, non ?

— Je croyais que c'était typiquement suédois, moi, a répondu Martinsen, le visage de marbre.

— Ou islandais », a renchéri Sulesund.

Kurt est revenu vers moi : « Tu as vu cette Jaguar ces derniers temps, Roy ? » Il le disait d'un ton léger. Trop léger. Si léger que j'ai compris que c'était une ruse, c'était là qu'il voulait m'attirer, qu'il voulait que je commette une erreur. Ils en savaient plus long qu'ils ne prétendaient, mais suffisamment peu pour en être réduits à essayer de me piéger, il leur manquait donc un élément. J'avais bien sûr surtout envie de leur dire que je n'avais pas vu la voiture, de les entendre répondre merci et de les voir s'en aller, mais nous serions alors coincés. Car ils étaient ici pour une raison. Et cette raison, c'était la

Jaguar. Il fallait que je fasse attention maintenant, d'instinct je savais que la personne dont il fallait me méfier le plus était la nana, Martinsen.

« Oui, je l'ai vue. Elle est venue ici.

— Ici ? a demandé Martinsen tout bas, posant son téléphone sur la table devant moi. Cela ne vous ennuie pas qu'on enregistre, Opgard ? Juste histoire de ne rien oublier de ce que vous avez à nous raconter.

— Je vous en prie », ai-je répondu. Sa courtoisie était sans doute contagieuse.

« Alors ? » Kurt a posé les coudes sur la table et s'est approché de moi. « Que faisait Poul Hansen ici ?

— Il extorquait de l'argent à Carl.

— Ah ? » Kurt avait les yeux braqués sur moi.

Ceux de Martinsen, en revanche, parcouraient la pièce, comme si elle cherchait quelque chose. Autre chose que ce qui était évident, que ce qui se passait juste devant eux et était de toute façon enregistré. Son regard s'est arrêté sur le tuyau de poêle.

« Il disait que, cette fois, il venait à Os réclamer de l'argent non pas *pour*, mais *à* Willumsen. Il avait l'air relativement furieux pour dire les choses comme ça, Willumsen lui devait apparemment de l'argent pour plusieurs missions et il venait de lui annoncer qu'il était fauché comme les blés.

— Willumsen, *fauché comme les blés* ?

— Quand l'hôtel a brûlé, il a décidé de tirer un trait sur l'argent que Carl lui avait emprunté. C'était beaucoup d'argent, mais il se sentait complice de décisions qui ont entraîné des surcoûts au moment de l'incendie. »

Il fallait procéder avec délicatesse. Nous autres d'Opgard restions les seuls à savoir que l'hôtel n'était plus assuré contre les incendies. Personne de vivant, en tout cas, n'était au courant. Mais je disais vrai, les documents d'annulation de l'ancien prêt et les contrats du nouveau étaient déposés auprès de l'avocat de Willumsen et c'était du solide.

« En plus, Willumsen avait un cancer et il ne lui restait pas longtemps à vivre, alors il voulait sans doute laisser la réputation d'un homme qui avait généreusement contribué à la construction de l'hôtel et empêché qu'elle soit interrompue par des difficultés financières à cause de l'incendie.

— Attends, a dit Kurt. C'est Carl ou la société qui possède l'hôtel qui devait de l'argent à Willumsen ?

— C'est compliqué. Demande à Carl.

— Nous ne nous occupons pas de criminalité financière, a précisé Martinsen. Continuez. Poul Hansen a réclamé à Carl de lui payer l'argent que Willumsen lui devait ?

— Oui. Mais nous n'avions pas cet argent, juste une annulation de dette. Nous n'avons pas encore reçu les sommes du nouvel emprunt, ça ne se passera pas avant deux semaines.

— Eh ben, a conclu Kurt d'une voix morne.

— Alors qu'a fait Poul Hansen ensuite ? s'est enquise Martinsen.

— Il a laissé tomber et il est reparti.

— C'était quand ? »

Elle enchaînait les questions à toute allure pour aiguillonner mes réponses, de ce point de vue nous sommes facilement conditionnés. Je me suis humecté les lèvres.

« Était-ce avant ou après le meurtre de Willumsen ? » a lâché Kurt, perdant patience. Et quand Martinsen s'est tournée vers lui, j'ai pour la première fois vu autre chose que du calme et des sourires sur son visage. Si le regard avait pu tuer, Kurt aurait été foutu. Car il m'avait indiqué où le bât blessait, comme on dit. La chronologie. Ils étaient au courant de la visite de Poul Hansen à Opgard.

Dans l'histoire que nous avions fabriquée de toutes pièces, il n'était pas venu à Opgard la veille du meurtre, mais juste *après*, pour réclamer à Carl l'argent qu'il n'avait pas réussi à extraire de Willumsen. Parce que seul cet enchaînement des événements pouvait expliquer qu'il ait *à la fois* tué Willumsen et échoué dans Huken avec sa Jaguar. Mais la remarque de Kurt avait été le cri de corbeau dont j'avais besoin. J'ai pris une décision en espérant que Carl et Shannon écoutaient bien par le trou du tuyau de poêle et m'entendaient modifier notre histoire.

« C'était la veille », ai-je répondu.

Martinsen et Kurt ont échangé un regard.

« Ça correspond au moment où Simon Nergard nous a dit avoir vu une Jaguar type E passer devant sa ferme sur la route qui mène ici et nulle part ailleurs, a observé Martinsen.

— Et au chantier de l'hôtel, ai-je rappelé.

— Il est donc venu ici ?

— Oui.

— Alors, c'est curieux que Nergard n'ait jamais vu la Jaguar redescendre. »

J'ai haussé les épaules.

« Mais c'est clair, c'est une Jaguar blanche et il y a beaucoup de neige, a dit Martinsen. N'est-ce pas ?

— Peut-être.

— Aidez-nous, vous qui vous êtes spécialiste des voitures. Pourquoi Simon Nergard ne l'a-t-il ni vue ni entendue ? »

Elle connaissait son métier. Et elle ne lâchait pas l'affaire. « Une sportive comme ça, on l'entend bien quand elle monte une côte à un rapport de vitesse bas, n'est-ce pas ? Mais pas quand elle redescend en roulant au point mort. C'est ce que Hansen a fait, à votre avis ? Il est passé devant chez Nergard sans faire de bruit ?

— Non, ai-je répondu. Il faut trop freiner dans les virages et une Jaguar, c'est lourd. En plus, les gens qui conduisent ce genre de voitures ne se contentent pas de rouler au point mort, ils ne sont pas du genre à économiser l'essence. Ils *adorent* entendre leur moteur. Alors pour répondre à votre devinette, je dirais que Simon Nergard était en train de chier quand la Jaguar est passée. »

J'ai profité du silence qui a suivi pour me gratter l'oreille.

Puis Martinsen m'a adressé un signe de tête imperceptible, comme une boxeuse à l'adversaire qui a esquivé sa feinte. En l'occurrence, elle me poussait à me donner du mal pour expliquer pourquoi Simon n'avait pas vu la Jaguar et révéler ainsi que je tenais à ce qu'ils croient qu'elle était repassée devant chez lui et redescendue au bourg. Mais pourquoi ? Martinsen a vérifié que le téléphone enregistrait comme il fallait et Kurt a été prompt à intervenir :

« Quand tu as su que Willumsen était mort, pourquoi tu n'es pas venu parler du chasseur de dettes ?

— Parce que tout le monde disait que c'était un suicide.

— Et tu n'as pas trouvé ça surprenant, c'est quand même une sacrée coïncidence, que ça arrive pile au moment où tu le savais menacé de mort ?

— Le chasseur de dettes n'a jamais évoqué des menaces de mort. Willumsen avait un cancer. Il lui restait quoi, comme autre option, peut-être des mois de souffrances. J'ai vu mon oncle Bernard mourir d'un cancer, donc non, je n'ai pas trouvé ça très surprenant. »

Kurt a pris son souffle pour continuer, mais Martinsen lui a signalé de la main que ça suffisait et il s'est tu.

« Et Poul Hansen n'est pas revenu depuis ? a-t-elle demandé.

— Non. »

J'ai vu son regard suivre le mien, vers le tuyau de poêle.

« Sûr ?

— Oui. »

Ils tenaient autre chose, mais quoi ? Quoi ? J'ai remarqué que Kurt tripotait machinalement l'étui de téléphone à sa ceinture. En cuir, et même semblable à celui de son père. Le portable ! Encore. Ce qui m'avait empêché de dormir, ce que j'avais oublié, la faille dans mon plan.

« Parce que…, a commencé Martinsen et, au même instant, j'ai su.

— Enfin non ! l'ai-je coupée, esquissant ce que j'espérais ressembler à un sourire gêné. En fait, le matin de la mort de Willumsen, j'ai été réveillé par un bruit de Jaguar. La voiture, hein, pas l'animal. »

Martinsen a gardé le silence, m'a observé d'un air inexpressif. « Racontez.

— Quand le rapport de vitesse est bas, le moteur fait un bruit très caractéristique, il gronde comme un félin, comme… oui, un jaguar, je suppose. »

La patience de Martinsen semblait à bout, mais je prenais mon temps, je savais que dans ce champ de mines, le moindre faux pas serait fatal.

« Mais une fois vraiment réveillé, je n'ai plus rien entendu. J'ai écarté le rideau, m'attendant à moitié à voir la Jaguar. Il faisait toujours nuit dehors, mais il n'y avait pas de voiture, je l'aurais vue. Donc je me suis dit que j'avais dû rêver. »

Martinsen et Kurt ont échangé encore un regard. Ce Sulesund, là, ne participait manifestement pas à cette partie de l'enquête, c'était sans doute ce qu'on appelle un technicien en identification criminelle. Je ne comprenais pas ce qui motivait sa présence, mais j'avais le sentiment que j'allais bientôt le découvrir. Bon. Je leur avais en tout cas servi une histoire qui tenait la route même s'ils trouvaient la Jaguar dans Huken. Poul Hansen aurait l'air d'être monté ici le matin suivant le meurtre, en vue peut-être d'une nouvelle tentative pour nous soutirer de l'argent. Ses pneus d'été n'avaient pas trouvé prise dans le virage des Chèvres, il avait glissé et était tombé dans le précipice sans que personne ne s'en aperçoive. J'ai inspiré profondément. J'ai envisagé de me lever pour me servir un café, je sentais que j'en avais besoin, mais je suis resté assis.

« Si je vous pose la question, c'est parce que nous nous sommes intéressés au portable de Hansen. Il nous a fallu un certain temps pour trouver son numéro, a expliqué Martinsen. Il n'avait pas de téléphone à son nom, probablement à cause de sa profession, mais nous avons regardé les antennes-relais des alentours et il n'y a qu'un seul numéro danois qui ait borné ici ces derniers jours. Quand nous avons regardé quelles antennes avaient reçu des signaux de ce numéro, cela correspondait aux témoignages d'observation de la Jaguar. Ce qui est curieux, c'est que quand nous nous intéressons à la période du meurtre, c'est-à-dire à peu près à partir du moment où il vous a rendu visite, son téléphone est resté dans une même zone très délimitée. *Ici.* » Elle a tracé un cercle en l'air de son index. « Et il n'y a personne d'autre que vous, les gens d'Opgard, qui viviez dans cette zone. Comment l'expliquez-vous ? »

57

La fille de Kripos, qui avait sans doute un titre plus officiel, était enfin arrivée là où elle voulait en venir. Au portable. Bien sûr que le Danois avait eu un portable. Je n'y avais pas pensé quand nous avions élaboré notre plan et, maintenant, Martinsen avait remonté la piste jusqu'à une petite zone autour de notre ferme. Exactement comme pour Sigmund Olsen. Comment pouvais-je commettre la même erreur deux fois, bordel ? Ils avaient établi que le téléphone du chasseur de dettes s'était trouvé à proximité d'Opgard avant, pendant et après le meurtre de Willum Willumsen.

« Alors, comment l'expliquez-vous ? » a répété Martinsen.

C'était comme ces jeux vidéo où un tas d'objets vous volent dessus à des vitesses et dans des trajectoires différentes, et on *sait* que ce n'est qu'une question de temps avant d'en heurter au moins un et de voir la partie se terminer. Il m'en faut pas mal pour être stressé, mais là, j'avais le dos moite. Cherchant frénétiquement à avoir l'air détendu, j'ai haussé les épaules : « Comment est-ce que *vous*, vous l'expliquez ? »

Martinsen a dû croire à une question rhétorique, comme on dit, et elle l'a ignorée. Pour la première fois, elle s'est avancée sur sa chaise. « Poul Hansen serait-il resté ? A-t-il passé la nuit ici ? Parce que parmi les gens à qui nous avons parlé, personne ne l'a hébergé, ni la pension de famille ni d'autres, et les vieilles Jaguar ne sont pas très équipées en termes de chauffage, donc il faisait trop froid pour dormir dans la voiture cette nuit-là.

— Ben, il a dû aller à l'hôtel.

— L'hôtel ?

— Je blague. Je veux dire qu'il a dû monter dans les ruines et dormir dans une des baraques de chantier, elles sont vides maintenant. S'il est si doué que ça pour crocheter des serrures, il a dû y arriver sans problème.

— Mais son portable montre que…

— Le terrain de l'hôtel est juste de l'autre côté de cette butte que vous voyez, là. Dans la même zone d'antenne-relais que nous, non, Kurt ? Toi aussi, tu cherchais un portable à une époque. »

Kurt Olsen a aspiré sa moustache avec dans le regard ce qui ressemblait à de la haine. Il s'est tourné vers les deux agents de Kripos et leur a adressé un bref signe de tête.

« Le cas échéant, cela signifierait que, en partant tuer Willumsen, il a laissé son téléphone dans une baraque de chantier, a dit Martinsen sans me quitter des yeux. Et qu'il y est toujours. Vous pouvez faire venir du monde, Olsen ? J'ai l'impression qu'il va nous falloir un mandat pour perquisitionner ces baraques, et il me semble qu'on va avoir pas mal de pain sur la planche.

— Bonne chance, ai-je dit en me levant.

— Oh ! mais nous n'avons pas tout à fait terminé, a déclaré Kurt en souriant.

— D'accord. » Je me suis rassis.

Il s'est calé sur sa chaise, comme pour me montrer qu'il s'installait un peu plus. « Quand nous avons demandé à Rita s'il était concevable que Poul Hansen ait eu la clef du sous-sol, elle a dit non, mais j'ai vu un tressaillement sur son visage et je suis policier depuis suffisamment longtemps pour savoir *un peu* lire les visages, donc j'ai insisté et elle a avoué qu'autrefois elle t'en avait donné une, Roy.

— D'accord », me suis-je contenté de répondre. J'étais fatigué.

Kurt a remis ses coudes sur la table, s'est avancé. « Alors la question est de savoir si tu as donné cette clef à Poul Hansen ou si tu es toi-même entré chez Willumsen le matin de sa mort. »

J'ai dû réprimer un bâillement, non pas parce que j'avais sommeil, mais parce que mon cerveau avait besoin d'oxygène, je suppose. « Mais qu'est-ce qui vous fait penser une chose pareille, bon sang ?

— On ne fait que discuter.

— Pourquoi aurais-je tué Willumsen ? »

Kurt a aspiré sa moustache en regardant Martinsen, qui lui a donné le feu vert pour continuer.

« Grete Smitt m'a raconté que, à une époque, Rita Willumsen et toi fricotiez au chalet Willumsen. J'ai posé la question à Rita Willumsen. Après m'avoir parlé de la clef du sous-sol, elle l'a avoué aussi.

— Et alors ?

— Et alors ? Sexe et jalousie. Ce sont les deux mobiles de meurtre les plus répandus dans tous les pays industrialisés. »

Ça aussi, ça venait du magazine *True Crime*, si je ne m'abuse. Je n'ai plus pu retenir ce bâillement. « Non », ai-je déclaré, la bouche grande ouverte. « Bien sûr que je n'ai pas tué Willumsen.

— Non ? C'est vrai que tu viens de nous dire que tu étais dans ton lit ici en train de pioncer au moment où Willumsen a été tué, entre six heures et demie et sept heures et demie du matin… »

Kurt a tripoté son étui de téléphone. C'était comme d'avoir un souffleur. Et je venais de piger, ils avaient vérifié les mouvements de mon portable aussi.

« Non, je me suis levé et je suis descendu en voiture à un des pontons du lac.

— Oui, nous avons un témoin qui pense avoir vu ta Volvo remonter du lac juste avant huit heures. Qu'est-ce que tu allais y faire ?

— J'espionnais les naïades.

— Pardon ?

— Après m'être réveillé en croyant entendre cette Jaguar, je me suis souvenu que Shannon et Rita allaient se baigner dans la glace, mais je ne savais plus exactement où. Alors je suis parti du principe que c'était quelque part en ligne droite entre la maison des Willumsen et le lac. Je me suis garé à côté d'une des remises à bateaux et je les ai cherchées du regard, mais il faisait sombre et je ne les ai pas trouvées. »

J'ai vu le visage de Kurt imploser, un ballon de plage qui se dégonflait.

« Autre chose ? ai-je demandé.

— Par acquit de conscience, nous voudrions vérifier qu'il n'y a pas de RT sur votre main », a dit Martinsen, qui conservait un visage relativement imperturbable, mais dont le langage corporel avait changé. Elle avait abandonné le mode perception sensorielle exacerbée, chose qu'on ne remarque peut-être qu'en ayant pratiqué les sports de combat ou les bagarres de rue. Elle n'en avait peut-être pas conscience mais au fond d'elle, elle avait conclu que je n'étais pas l'ennemi et elle se détendait insensiblement.

Puis le technicien est entré en scène. Il a ouvert sa mallette, en a sorti un ordinateur et quelque chose qui ressemblait à un sèche-cheveux. « C'est un spectromètre SFX, a-t-il expliqué, ouvrant son ordinateur. Un simple scan de votre peau et on aura les résultats tout de suite. Je vais juste le connecter au logiciel d'analyse d'abord.

— OK. Vous voulez que je monte chercher Carl et Shannon

en attendant, pour que vous puissiez leur parler à eux aussi ? ai-je proposé.

— Pour que tu puisses te récurer les mains d'abord ? a demandé Kurt Olsen.

— Merci, mais nous n'avons pas besoin de parler aux autres, a dit Martinsen. Nous avons ce qu'il nous faut pour l'instant.

— Bon, je suis prêt », a annoncé Sulesund.

J'ai retroussé mes manches de chemise et levé mes mains devant lui pendant qu'il me scannait comme une marchandise.

Il a branché son sèche-cheveux sur son ordinateur avec un câble USB et pianoté sur le clavier. Kurt observait attentivement le visage du technicien. J'ai senti le regard de Martinsen sur moi alors que je laissais le mien couler par la fenêtre en me disant que c'était une bonne chose d'avoir brûlé les gants et les vêtements que j'avais portés ce matin-là. Et qu'il fallait que je pense à laver ma chemise ensanglantée du nouvel an pour l'enterrement, le lendemain.

« Il est clean », a déclaré Sulesund.

J'aurais cru entendre Kurt Olsen jurer intérieurement.

« Eh bien, a conclu Martinsen en se levant. Merci pour votre coopération, Opgard, j'espère que vous n'avez pas trouvé cela trop désagréable. On doit assurer un peu plus nos arrières quand on traite une affaire de meurtre, vous comprenez.

— Vous faites votre travail, ai-je répondu en baissant mes manches. Je le respecte. Et… » J'ai glissé du tabac sous ma lèvre, ai regardé Kurt Olsen et lui ai dit les choses avec sincérité. « … j'espère vraiment que vous retrouverez Poul Hansen. »

58

Curieusement, on aurait dit que les funérailles de Willum Willumsen étaient celles de la SNC Hôtel Spa de Haute Montagne d'Os.

Ça a commencé par l'oraison funèbre de Jo Aas.

« Ne nous soumets pas à la tentation, mais délivre-nous du mal », a-t-il dit. Il a raconté comment, pierre par pierre, le défunt avait construit une entreprise qui s'était révélée florissante parce qu'elle avait sa place dans la communauté locale, et répondait à un réel besoin.

« Nous connaissions tous Willum Willumsen comme un homme dur en affaires, mais droit. Il gagnait de l'argent là où il y avait de l'argent à gagner, et ne concluait jamais de marché s'il n'escomptait pas un profit, mais il respectait toujours sa part, y compris quand le vent tournait et que les gains se transformaient en pertes. Toujours. Cette intégrité aveugle, c'est ce qui définit un homme, c'est la preuve ultime qu'il a du cran. »

À ce moment, le regard bleu polaire de Jo Aas s'est fixé sur Carl, qui était assis à côté de moi au deuxième rang de l'église comble.

« Malheureusement, je constate que tous les hommes d'affaires du bourg ne vivent pas selon les principes auxquels obéissait Willum. »

Je n'ai pas regardé Carl, mais je sentais la chaleur de la honte qui brûlait son visage.

Je parie que Jo Aas avait choisi cette occasion précise pour anéantir la réputation de mon petit frère, parce qu'il savait que ces funérailles étaient la meilleure des tribunes pour ce qu'il voulait dire. Et il voulait le dire parce qu'il était toujours animé par cette motivation d'imposer l'ordre du jour. Deux jours auparavant, un éditorial de Dan Krane sur les conseils municipaux actuel et anciens avait décrit Jo Aas comme un homme politique dont le premier talent était de savoir plaquer l'oreille au sol. Il comprenait ce qu'il entendait et adaptait en conséquence ses déclarations, qui, comme par magie, étaient toujours un bon compromis entre les vues de toutes les parties. Ainsi, ses propositions étaient toujours adoptées et il donnait l'impression d'être un dirigeant puissant. Alors qu'en réalité il ne faisait que cerner son public ou tout simplement suivre le courant. « Est-ce le chien qui remue la queue ou la queue qui remue le chien ? » avait écrit Dan Krane.

L'éditorial avait bien sûr suscité de l'émoi. Car comment quelqu'un qui n'était pas d'ici osait-il attaquer son propre beau-père, leur ancien maire bien-aimé, leur père de la nation local ? Les tribunes sur papier et en ligne s'étaient multipliées, Dan Krane avait démenti toute intention de critiquer Jo Aas. Car représenter le peuple n'était-il pas l'idée même de la démocratie, et existait-il représentant et démocrate plus véritable qu'un politique qui percevait le sentiment général et retournait sa veste au gré du vent ? Et, dans un sens, Krane voyait maintenant l'illustration de son propos, puisque ce que nous entendions là, ce n'était pas Jo Aas, mais l'écho de tout un bourg, transmis par celui qui avait toujours interprété et véhiculé ce qu'eux, la majorité des habitants, pensaient. Même nous, les Opgard, qui étions concernés au premier chef, n'avions pas pu ignorer que les gens parlaient. Quelqu'un avait peut-être divulgué que, en virant les entrepreneurs qui coordonnaient le chantier, Carl avait perdu le contrôle de son projet d'hôtel. Qu'il avait des difficultés financières et l'avait masqué sous un prêt personnel qu'il avait tenu secret. Que la comptabilité n'était pas révélatrice de la situation réelle. Que l'incendie *pouvait* avoir été le coup de grâce. Pour l'instant, personne ne disposait d'éléments concrets, mais la somme des petites choses qu'on savait ici et là brossait un tableau qui ne plaisait pas. Carl avait pourtant été si optimiste à l'automne, à pérorer que tout marchait de nouveau comme sur des roulettes et, maintenant qu'ils étaient impliqués dans le projet, c'était ce que les gens du bourg voulaient entendre.

Et voilà que, si l'on en croyait les journalistes qui avaient envahi Os, Willum Willumsen avait été tué par un chasseur de dettes. Qu'est-ce que ça signifiait ? Certains pensaient qu'il devait beaucoup, beaucoup d'argent à quelqu'un. On racontait qu'il avait investi dans l'hôtel plus lourdement que tous les autres, qu'il avait accordé des prêts considérables. Fallait-il donc voir ce meurtre comme la première fissure dans les fondations, l'avertissement que tout allait tomber en ruine ? Carl Opgard, ce costard-cravate rusé, au charme de prédicateur, était-il revenu dans son bourg natal pour pigeonner tout le monde avec son château en Espagne ?

Quand nous sommes sortis de l'église, j'ai vu Mari Aas au bras de son père. Son visage habituellement si radieux avait perdu sa chaleur mate et était aujourd'hui livide contre son manteau noir.

Dan Krane n'était pas visible.

Le cercueil, porté par des cousins en costume trop grand, a été glissé dans le corbillard et emporté alors que nous restions à le regarder, dans un prétendu recueillement.

« Il ne va pas être incinéré maintenant », a commenté quelqu'un à voix basse. Grete Smitt m'avait soudain rejoint.

« La police veut garder le corps aussi longtemps que possible, au cas où elle aurait des éléments à vérifier, et elle l'a seulement prêté pour les funérailles, maintenant, il repart directement au frigo. »

J'ai continué de regarder le corbillard, qui roulait si lentement qu'il paraissait statique alors que le pot d'échappement crachait son panache blanc. Quand il a enfin disparu dans le virage menant à l'intérieur des terres, je me suis tourné vers Grete. Elle était partie.

La colonne d'endeuillés qui venaient présenter leurs condoléances à Rita Willumsen était longue et je n'étais pas certain qu'elle ait envie de voir ma tête à cet instant précis, je suis donc allé attendre au volant de la Cadillac.

Anton Moe en costume et sa femme sont passés devant la voiture. Ni l'un ni l'autre ne m'ont regardé.

« Putain ! s'est exclamé Carl quand Shannon et lui sont revenus dans la voiture et que j'ai démarré. Tu sais ce qu'a fait Rita Willumsen ?

— Quoi ? ai-je demandé en sortant du parking.

— Quand je lui ai présenté mes condoléances, elle m'a attiré à elle et j'ai cru qu'elle allait m'embrasser, mais elle m'a chuchoté “assassin” à l'oreille.

— “Assassin” ? Tu es sûr que tu as bien entendu.

— Oui. Elle souriait. Elle faisait comme si de rien n'était et tout, mais…

— Assassin…

— Oui.

— Elle a dû apprendre par l'avocat que son mari avait effacé trente millions de dette et accordé un prêt de trente autres juste avant de mourir, a commenté Shannon.

— Est-ce que ça fait de moi un *assassin* ? » s'est récrié Carl, indigné.

Je savais qu'il ne s'insurgeait pas parce qu'il était innocent, mais parce que les accusations n'avaient aucun sens vu que Rita Willumsen ne pouvait pas savoir. C'était comme ça que fonctionnait le cerveau de Carl. Il avait le sentiment d'être jugé non pas sur ses actes, mais sur sa personne, et ça le blessait.

« Ce n'est pas très étonnant qu'elle soit méfiante, a souligné Shannon. Si elle était au courant de la dette, elle doit trouver surprenant que son mari n'ait pas mentionné qu'il l'avait effacée. Et si elle n'était pas au courant, elle trouve que ça pue que l'avocat ait reçu le document après le meurtre, mais avec des signatures datant de plusieurs jours avant. »

Carl s'est contenté d'un grognement pour toute réponse. Même une logique aussi imparable ne pouvait justifier l'attitude de Rita.

J'ai levé les yeux sur le ciel devant nous. La météo avait annoncé du beau temps, mais voilà que des nuages sombres arrivaient de l'ouest. Ça change vite en montagne, comme on dit.

59

J'ai ouvert les yeux. Ça brûlait. Le lit superposé et les murs autour étaient embrasés, le feu hurlait face à moi. J'ai sauté par terre et vu de grandes flammes jaunes s'élever du matelas. Alors comment se pouvait-il que je n'aie rien senti ? J'ai baissé le regard sur moi-même : moi aussi, je brûlais. Entendant les voix de Carl et Shannon dans leur chambre, je me suis précipité à la porte, mais elle était verrouillée. J'ai couru à la fenêtre et écarté les rideaux enflammés. La vitre avait disparu, elle était remplacée par une grille. Dans la neige, devant, se trouvaient trois personnes. Pâles, immobiles, elles me dévisageaient. Anton Moe. Grete Smitt. Et Rita Willumsen. Le camion de pompiers sortait cahin-caha de l'obscurité du virage des Chèvres. Sans sirène ni gyrophare. Il rétrogradait encore et encore. Le moteur rugissait de plus en plus fort, mais le camion avançait de plus en plus lentement. Puis il s'est arrêté complètement et a glissé en arrière, dans l'obscurité d'où il venait. Un homme aux jambes arquées est arrivé de la grange de sa démarche dandinante. Kurt Olsen. Il portait les gants de boxe de papa.

J'ai ouvert les yeux. La pièce était sombre, ça ne brûlait pas. Mais le rugissement était là. Pas un rugissement, non, un bruit de moteur en surrégime. C'était le revenant de la Jaguar qui remontait du précipice. Puis, mieux réveillé, j'ai compris que ce bruit de tracteur, c'était un Land Rover.

J'ai enfilé mon pantalon et je suis descendu.

« Je te réveille ? »

Kurt Olsen était sur le perron, les pouces accrochés à sa ceinture.

« Il est tôt. » Je n'avais pas regardé ma montre, mais je ne voyais pas de signe de lever de soleil quand je me suis tourné vers l'est.

« Je n'arrivais pas à dormir. On a terminé la perquisition des baraques de chantier hier, et on n'a trouvé ni Poul Hansen ou sa voiture ni traces de passage. Maintenant, l'antenne-relais ne reçoit plus de signaux de son téléphone, soit il est éteint, soit la batterie est morte. Mais j'ai repensé à un truc cette nuit et je voudrais le vérifier aussi vite que possible. »

J'ai essayé de rassembler mes pensées. « Tu es seul ?

— Tu penses à Martinsen ? » Olsen m'a adressé un grand sourire dont le sens m'a échappé. « Je ne voyais aucune raison de réveiller Kripos, ce ne sera pas long. »

Derrière moi, quelqu'un dégringolait l'escalier. « Qu'est-ce qui se passe, Kurt ? » C'était Carl, tout endormi, mais avec cette bonne humeur agaçante, comme toujours le matin. « Assaut au point du jour ?

— Bonjour, Carl. Roy, la dernière fois que nous sommes venus, tu as dit que, le matin de la mort de Willumsen, tu avais été réveillé par ce que tu pensais être une Jaguar, mais qu'ensuite le bruit avait disparu et tu avais cru que tu avais rêvé.

— Oui ?

— J'ai repensé au virage des Chèvres qui était si glissant quand on est venus. Je me suis dit – et là, c'est juste mon cerveau qui ne sait pas s'arrêter de chercher des réponses possibles à cette énigme – mais enfin, je me suis dit qu'il se *pouvait* que tu n'aies pas rêvé, que tu aies bien entendu la Jaguar, mais qu'elle n'ait tout simplement pas gravi la dernière côte, qu'elle ait glissé en arrière et… »

Olsen a marqué une pause. Il a fait tomber la cendre de sa cigarette.

« Tu crois… » J'ai essayé de prendre un air stupéfait. « Tu crois que…

— Je voudrais en tout cas le vérifier. Quatre-vingt-dix pour cent du travail d'enquête…

— … c'est suivre des pistes qui ne mènent nulle part. *True Crime*. Moi aussi, j'ai lu cet article. Fascinant, hein ? Tu as regardé dans Huken ? »

Il a craché hors du perron, un geste traduisant un certain mécontentement. « J'ai essayé, mais il fait sombre et c'est escarpé, donc j'ai besoin d'être assuré pour aller assez loin pour voir.

— Bien sûr. Tu as besoin d'une torche ?

— J'en ai une. » Il a replacé sa cigarette au coin de sa bouche et brandi un truc noir qui ressemblait à un saucisson.

— Je vous accompagne », a annoncé Carl en traînant des pantoufles vers sa chambre pour s'habiller.

Nous sommes descendus à pied au virage des Chèvres où le Land Rover d'Olsen était garé avec ses phares orientés vers le précipice. Le changement de temps s'était accompagné d'une hausse des températures, il ne faisait que quelques degrés au-dessous de zéro. Kurt Olsen s'est attaché une corde qu'il avait dans son coffre autour de la taille.

« Si l'un de vous pouvait la tenir. » Il l'a tendue à Carl et a prudemment avancé vers le bord de la route. Une pente caillouteuse abrupte se transformait en falaise après deux ou trois mètres et disparaissait hors de vue. Et alors qu'il se tenait ainsi, penché en avant, nous tournant le dos, Carl a murmuré d'une voix sifflante.

« Il va trouver le corps. Et un détail lui mettra la puce à

l'oreille. » Le visage de Carl était luisant de sueur, et la panique dans sa voix m'a fait penser à ces histoires paradoxales, l'escroc qui dit qu'il avait tellement peur d'être démasqué qu'il a préféré mourir de faim. « Il faut que… » Il a désigné du menton le dos d'Olsen.

« Arrête tes conneries ! ai-je dit entre mes dents, aussi bas que je pouvais. Il va trouver le corps, et rien ne cloche. »

Kurt Olsen s'est tourné vers nous.

« Il vaudrait peut-être mieux nouer le bout de la corde autour du pare-chocs de la voiture. On aurait vite fait de glisser ici, tous. »

J'ai enlevé la corde des mains de Carl pour faire un nœud de chaise autour du pare-chocs, et j'ai donné le feu vert à Kurt avant de lancer à Carl un discret coup d'œil de mise en garde.

Kurt est descendu dans la pente et s'est avancé au-dessus du vide alors que je serrais la corde. Il a allumé sa torche, dirigé le faisceau vers le bas.

« Tu vois quelque chose ? ai-je demandé.

— *Oh yeah !* » a répondu Kurt Olsen.

Des nuages bas bleu acier filtraient une lumière terne tandis que Sulesund, vêtu d'une combinaison en doudoune et muni de son sèche-cheveux, descendait la paroi avec deux collègues. Martinsen observait la scène, les bras croisés.

« Vous êtes arrivés vite, ai-je observé.

— On annonce de la neige, a-t-elle répondu. Et les scènes de crime sous un mètre de neige, c'est une vraie saloperie.

— Vous êtes au courant que c'est dangereux d'être en bas ?

— Olsen nous l'a dit, mais il y a rarement des chutes de pierre quand les températures sont négatives. L'expansion de l'eau les fait sauter, c'est vrai, mais la glace agit comme de la colle et les retient. C'est quand elle fond que les pierres tombent. »

Elle avait l'air de savoir de quoi elle parlait.

« On est en bas, a annoncé Sulesund dans son talkie-walkie. À vous !

— On attend avec impatience. À vous ! »

Nous avons attendu.

« C'est pas un peu âge de pierre, les talkies-walkies ? ai-je demandé. Vous auriez pu juste prendre des téléphones portables, non ?

— Comment savez-vous qu'il y a du réseau en bas ? » m'a-t-elle répondu en me regardant.

Sous-entendait-elle que je venais de trahir que j'étais allé en bas ? Y avait-il un dernier reste de suspicion ?

— Eh bien, ai-je dit. Si l'antenne-relais a reçu des signaux du téléphone de Poul Hansen après qu'il avait échoué dans le précipice, cela indique sans doute qu'il y a du réseau.

— Voyons d'abord si son téléphone et lui sont en bas. »

En réponse, son talkie-walkie a crépité. « Il y a un cadavre, a bêlé Sulesund. Il est compressé, mais c'est Poul Hansen. En revanche, il est congelé, donc ce n'est même pas la peine d'essayer de déterminer le moment exact de la mort.

— Tu vois aussi son portable ?

— Non. Enfin si, Ålgård vient de le trouver dans la poche de sa veste. À vous !

— Tu scannes le corps, tu prends le portable et tu remontes ? À vous !

— OK. Terminé.

— La ferme est à vous ? a demandé Martinsen en remettant le talkie-walkie à sa ceinture.

— Mon frère et moi sommes copropriétaires, ai-je répondu.

— C'est beau ici. » Son regard coulait sur le paysage comme il avait coulé sur la cuisine la veille. Je parie qu'elle en avait intégré l'essentiel.

« Vous vous y connaissez en exploitation agricole ?

— Non, a-t-elle répondu. Et vous ?

— Non. »

Nous avons ri.

J'ai sorti ma boîte de tabac. J'en ai pris un sachet, lui en ai proposé.

« Non merci.

— Vous avez arrêté ?

— Ça se voit tant que ça ?

— Vous aviez le regard de quelqu'un qui prise quand j'ai ouvert la boîte, oui.

— D'accord, donnez-m'en un sachet, alors.

— Je ne veux pas être celui qui…

— Juste un. »

Je lui ai tendu la boîte. « Pourquoi Kurt Olsen n'est-il pas là ?

— Votre lensmann est déjà en train de résoudre de nouvelles affaires, a-t-elle observé, avec un sourire caustique, avant de prendre le tabac entre son index et son majeur raidis et de le glisser sous ses lèvres rouges humides. En perquisitionnant les préfas, nous avons trouvé un Letton, un ouvrier de l'hôtel.

— Je croyais qu'ils étaient fermés jusqu'à la reprise des travaux.

— Ils le sont, mais le Letton voulait économiser de l'argent, donc au lieu de rentrer pour Noël, il habitait dans un préfa du chantier sans autorisation. La première chose qu'il a dite quand la police est venue à sa porte était "*It wasn't me who started the fire*". Le soir du nouvel an, il est descendu dans le centre pour voir les feux d'artifice, et en chemin il a croisé une voiture, peu avant minuit. Quand il est remonté, l'hôtel était transformé en brasier. C'est lui qui a prévenu les pompiers. Anonymement, bien sûr. Et il n'a pas couru le risque d'aller trouver la police pour parler de la voiture, a-t-il dit, ç'aurait révélé qu'il avait occupé une baraque de chantier pendant toute la période des fêtes et il aurait perdu son emploi. En plus, il était ébloui par les phares et n'aurait rien pu dire à la police sur la marque de la voiture ou sa couleur, la seule chose qu'il ait pu voir était qu'il n'y avait qu'un seul feu de freinage qui fonctionnait. Quoi qu'il en soit, Olsen est en train de l'interroger.

— Vous pensez que ça a un rapport avec le meurtre de Willumsen ? »

Martinsen a haussé les épaules. « Nous n'excluons pas cette possibilité.

— Et le Letton…

— Est innocent. » Le calme l'avait gagnée. L'apaisement de la nicotine.

J'ai hoché la tête. « D'une manière générale, vous êtes assez sûre de qui est coupable et innocent, non ?

— Assez, oui. »

Elle allait développer, mais le visage de Sulesund est apparu au-dessus du précipice. Il avait remonté la corde à l'aide d'un bloqueur. Il a ôté son baudrier et s'est installé sur le siège passager de la voiture qu'utilisait Kripos. Il a branché son sèche-cheveux sur son ordinateur et tapé sur le clavier.

« RT ! s'est-il exclamé par la portière ouverte. Aucun doute. Quand il est mort, Poul avait récemment tiré. Pour l'instant, il y a correspondance avec l'arme du crime.

— Ça aussi, vous pouvez le voir ? ai-je demandé à Martinsen.

— On peut au moins voir si c'est le même type de munition et, avec un peu de chance, si les RT qu'on a trouvés sur Poul Hansen auraient pu provenir de ce genre de pistolet. Le déroulé des événements semble très clair.

— Et c'est ?

— Le matin, Poul Hansen a tiré sur Willum Willumsen dans sa chambre à coucher, ensuite il est monté ici pour essayer de soutirer à Carl l'argent que lui devait Willumsen, mais sa

Jaguar a dérapé sur le verglas dans le virage des Chèvres et… » Elle s'est tue, a souri. « Votre lensmann ne serait sans doute pas ravi de savoir que vous vous mêlez de l'enquête, Opgard.

— Je promets de ne pas vendre la mèche. »

Elle a ri. « Je crois tout de même qu'il vaudrait mieux pour la bonne marche de l'enquête et la collaboration de nos services que je puisse lui dire que vous êtes globalement resté chez vous pendant que nous travaillions ici.

— D'accord. » J'ai remonté la fermeture Éclair de ma veste. « De toute façon, il semblerait que l'affaire soit résolue. »

Elle a pincé les lèvres comme pour indiquer qu'elle ne répondait pas à ce genre de remarques, tout en acquiesçant de ses deux yeux fermés.

« Que diriez-vous d'un café ? » ai-je proposé.

J'ai vu un instant de confusion dans son regard.

« Il fait froid. Je peux vous en apporter un thermos.

— Merci, mais nous en avons.

— Bien sûr. » J'ai tourné les talons et je suis parti. J'avais la nette impression qu'elle me suivait du regard. Pas nécessairement qu'elle était intéressée, mais on mate les culs qu'on peut. J'ai repensé au trou dans le seau en zinc et à combien le Danois avait été près de me toucher à la tête. Tir professionnel d'une voiture en mouvement. Je me suis dit que c'était une bonne chose qu'il soit tombé de si haut, que la chute ait détruit le pare-brise et supprimé le trou de projectile qui aurait pu soulever des questions sur où et quand Poul Hansen avait tiré cette balle.

« Alors ? a demandé Carl, qui était à la table de la cuisine avec Shannon.

— Eh bien, on va dire comme Kurt Olsen, ai-je répondu en me dirigeant vers la cuisinière. *Oh yeah !* »

60

À quinze heures, il s'est mis à neiger.

« Regarde. » Shannon fixait l'extérieur par les vitres minces du jardin d'hiver. « Tout disparaît. »

De grands flocons veloutés se déposaient sur le paysage. Elle avait raison, deux heures plus tard, tout avait disparu.

« Je repars à Kristiansand ce soir, ai-je annoncé. Ces vacances sont arrivées un peu inopinément, alors le boulot s'est accumulé là-bas.

— Tu donnes des nouvelles ? a dit Carl.

— Oui, donne des nouvelles », a renchéri Shannon.

Son pied a touché le mien sous ma chaise.

Quand j'ai quitté Opgard à dix-neuf heures, la neige avait cessé de tomber. J'ai pensé que je pouvais faire le plein et me suis donc rendu à la station-service. J'ai vu le dos de Julie disparaître entre les portes coulissantes. Sur la place des tuneurs, il n'y avait qu'une seule voiture, la Ford Granada d'Alex. Je me suis garé aux pompes sous l'éclairage cru des projecteurs, je suis sorti de ma voiture et j'ai entrepris de faire le plein. La Granada n'était qu'à quelques mètres de distance et l'un des lampadaires éclairait le capot mordoré et le pare-brise avant, donc nous nous voyions bien. Il était seul dans son véhicule,

Julie avait dû aller acheter quelque chose, une pizza, peut-être. Ensuite, ils allaient rentrer et regarder un film, c'était souvent ce que faisaient les amoureux du bourg. Retirés de la circulation, comme on dit. Il a fait semblant de ne pas me voir. Sitôt le pistolet de la pompe enfoncé dans le réservoir, je me suis dirigé vers lui. Soudain pressé, il s'est alors redressé derrière son volant, a balancé d'une chiquenaude une cigarette qu'il venait d'allumer, laquelle a rebondi en grésillant sur l'asphalte sans neige sous le toit des pompes, et il a remonté sa vitre. On lui avait peut-être expliqué qu'il avait eu de la chance que Roy Opgard ne soit pas d'humeur bagarreuse le soir du nouvel an, et raconté quelques vieilles histoires d'Årtun. Il a même levé discrètement la main pour verrouiller sa portière.

Je me suis arrêté à côté et j'ai toqué à sa vitre.

Il l'a baissée de quelques centimètres. « Oui ?

— J'ai une proposition.

— Ah ? » Alex a semblé évaluer ma proposition : serait-il partant pour une deuxième manche.

« Julie t'a sûrement expliqué ce qui s'était passé le soir du nouvel an avant ton arrivée et dit que tu devrais me présenter tes excuses. Mais ce n'est pas si simple pour un type comme toi. Je le sais, parce que ce type-là, je l'ai moi-même été. Alors je n'ai pas l'intention de te demander de le faire pour moi ou pour toi. Pour Julie, en revanche, c'est important. T'es son mec et je suis le seul boss qu'elle ait eu qui l'ait traitée convenablement. »

Alex est resté comme deux ronds de flan, je sentais que j'avais tapé dans le mille ou pas très loin.

« Pour que ça ait l'air vrai, je vais maintenant retourner à ma voiture et continuer de faire le plein, lentement. Quand Julie sortira, tu viendras me rejoindre et, toi et moi, on réglera cette histoire devant elle. »

Il me dévisageait bouche bée. Je ne suis pas trop sûr du

degré d'intelligence d'Alex, mais quand il l'a enfin refermée, j'ai imaginé qu'il avait compris que ma proposition pouvait effectivement résoudre quelques problèmes. Pour commencer, Julie allait arrêter de le soûler en disant qu'il n'avait pas les couilles de demander pardon à Roy Opgard. Ensuite, il n'aurait plus besoin de regarder par-dessus son épaule en attendant la riposte.

Il a acquiescé.

« À tout à l'heure », ai-je dit en repartant vers la Volvo. Je me suis positionné derrière la pompe, si bien que Julie ne m'a pas vu quand elle est sortie, une minute plus tard. Je l'ai entendue s'asseoir dans la voiture, la portière s'est refermée. Puis, juste après, une autre s'est ouverte. Et Alex était devant moi.

« Pardon, a-t-il dit, me tendant la main.

— Des choses qui arrivent, ai-je répondu en apercevant par-dessus son épaule Julie, qui nous fixait les yeux écarquillés depuis la voiture. Mais, Alex ?

— Oui ?

— Deux remarques. Un. Sois gentil avec elle. Deux. Ne jette pas de cigarettes allumées quand tu es garé près des pompes. »

Il a dégluti et acquiescé encore. « Je vais la ramasser.

— Non. Maintenant tu vas aller t'asseoir avec Julie et je la ramasserai quand vous serez partis. OK ?

— OK », a dit Alex. Et ses yeux m'ont remercié.

Julie m'a salué avec allégresse quand ils sont passés devant moi.

Je me suis mis au volant et j'ai roulé. Tranquillement. Le redoux avait rendu la route glissante. J'ai dépassé le panneau de sortie d'agglomération. Je n'ai pas regardé dans mon rétroviseur.

SEPTIÈME PARTIE

61

La deuxième semaine de janvier, j'ai reçu une convocation à l'assemblée générale de la SNC Hôtel Spa de Haute Montagne d'Os, prévue la première semaine de février. L'ordre du jour était simple, un point unique. *Où allons-nous à partir d'ici ?*

C'était une formulation ouverte sur une multitude de possibilités. L'hôtel devait-il être abandonné ? Vendu à d'autres intéressés, en démantelant la SNC ? Ou le projet devait-il continuer en modifiant simplement l'échéancier ?

La réunion ne devait commencer qu'à dix-neuf heures, mais je suis arrivé à Opgard dès treize heures. Dans un ciel bleu sans nuages brillait un soleil blanc métallique, plus haut au-dessus des montagnes que la dernière fois que j'étais rentré à la maison. Je suis sorti de la voiture, Shannon était devant moi, si belle que j'en avais mal.

« J'ai appris à me déplacer là-dessus », a-t-elle fait en riant, levant d'un air radieux une paire de skis de fond. J'ai dû me contenir pour ne pas la prendre dans mes bras. Quatre jours plus tôt nous nous étions retrouvés dans le même lit à Notodden et je sentais encore son goût sur ma langue, sa chaleur sur ma peau.

« Elle est bonne ! a déclaré Carl, riant lui aussi, alors qu'il sortait de la maison avec mes chaussures de ski à la main. Allons faire un tour à l'hôtel. »

Nous avons pris nos skis dans la grange, les avons chaussés et nous nous sommes mis en route. Évidemment, j'ai constaté que Carl avait exagéré, Shannon parvenait à rester debout sur ses jambes, mais elle n'était pas *bonne*.

« Je crois que c'est grâce au surf que j'ai fait quand j'étais petite, a-t-elle observé, manifestement contente d'elle. Ça développe le sens de l'équilibre et… » Son ski a basculé devant elle et elle est tombée sur les fesses dans la neige fraîche en poussant un cri. Carl et moi nous bidonnions et, après avoir vainement tenté de s'offusquer, elle n'a pu que rire, elle aussi. Nous l'avons aidée à se relever, et j'ai senti la main de Carl dans mon dos, il a légèrement étreint ma nuque. Son regard bleu brillait vers moi. Il avait l'air plus en forme qu'à Noël. Un peu plus svelte, les mouvements moins ralentis, le blanc des yeux et la diction légèrement plus limpides. Shannon m'avait envoyé quelques mails, pas aussi longs que j'aurais voulu, ce qu'elle expliquait en disant qu'elle planchait jour et nuit sur les dessins de l'hôtel. Elle avait écrit que Carl buvait moins et qu'il faisait un peu de sport.

« Alors ? a-t-il dit en se penchant sur ses bâtons. Tu le vois ? »

Tout ce que je voyais, c'étaient les mêmes ruines calcinées qu'un mois plus tôt.

« Tu ne vois pas ? Le nouvel hôtel ?

— Non. »

Carl a ri. « Attends seulement. Quatorze mois. J'ai parlé avec mes gars et, putain, on va y arriver en quatorze mois. Dans un mois, nous allons inaugurer à nouveau le chantier, et cette inauguration sera plus grande que la première. Anna Falla a accepté de venir couper le ruban. »

J'ai fait un signe de tête. La députée qui dirigeait la commission des affaires économiques. Ce n'était pas rien.

« Et ensuite, il y aura une grande fête à Årtun, exactement comme au bon vieux temps.

— Rien ne peut être exactement comme au bon vieux temps, Carl.

— Attends de voir. J'ai convaincu Rod de remonter son groupe pour l'occasion.

— Tu déconnes ? » me suis-je exclamé en riant. Rod. Ma parole, c'était énorme, bien plus que la venue de quelque député.

Carl s'est retourné. « Shannon ? »

Elle avait péniblement remonté la côte derrière nous. « Mes skis sont reculants en montée, a-t-elle dit en souriant, essoufflée. Une jolie expression. C'est facile de reculer, mais pas d'avancer.

— Tu veux montrer à oncle Roy que tu as appris à descendre une pente ? » Carl a désigné celle qui était à l'abri du vent, où la neige fraîche scintillait comme un tapis de diamants.

Shannon lui a tiré la langue. « Je n'ai pas l'intention de vous divertir.

— Tu n'as qu'à imaginer que tu es à la Barbade et que tu surfes à Surfers Point », a-t-il ajouté pour la taquiner.

Elle a manqué de perdre encore l'équilibre en donnant un coup de bâton derrière Carl. Il a éclaté de rire.

« Tu veux lui montrer comment on skie ? m'a-t-il demandé.

— Non, ai-je dit en fermant les yeux, qui me brûlaient malgré mes lunettes de soleil. Je ne veux pas abîmer.

— Il veut dire qu'il ne veut pas abîmer la neige fraîche, ai-je entendu Carl expliquer à Shannon. Ça rendait papa fou. On arrive à une descente parfaite avec de la poudreuse intacte, et il demande à Roy de descendre parce que c'est lui qui skie le mieux d'entre nous, mais Roy refuse parce que c'est tellement beau, dit-il. Il ne veut pas abîmer la neige en faisant des traces.

— Je comprends, a répondu Shannon.

— Mais papa, non. Il disait que, sans abîmer, on n'arrivait nulle part. »

Nous avons ôté nos skis, nous sommes assis dessus et avons partagé une orange.

« Tu savais que l'oranger venait de la Barbade ? » Carl m'a regardé en plissant les yeux.

« C'est le pamplemoussier, pas l'oranger, a rectifié Shannon. Et l'histoire reste éminemment douteuse. Mais… » Elle m'a regardé. « … C'est tout ce que nous ne savons pas qui la rend vraie. »

Ses quartiers d'orange avalés, Shannon a déclaré vouloir partir devant, pour que nous n'ayons pas à l'attendre.

Carl et moi l'avons regardée jusqu'à ce qu'elle ait franchi la butte.

Puis Carl a poussé un gros soupir. « Ce putain d'incendie…

— En sait-on davantage ?

— Juste qu'il était volontaire et que cette fusée de feu d'artifice a été posée là pour avoir l'air d'être la cause de l'incendie. Ce Lituanien…

— Letton.

— … n'a même pas été capable de dire quel genre de voiture il avait vu, donc la police n'exclut pas que ce soit lui qui ait mis le feu.

— Pourquoi aurait-il fait une chose pareille ?

— Pyromanie. Ou alors quelqu'un l'avait payé. Il y a des envieux dans le bourg qui détestent cet hôtel, Roy.

— Nous détestent nous, tu veux dire.

— Aussi. »

Nous avons entendu un hurlement lointain. Un chien. Certains prétendaient avoir vu des empreintes de loups dans les montagnes. D'ours, même. Pas impossible, bien sûr, juste peu vraisemblable. Presque rien n'est impossible. C'est juste une question de temps, tout finit par arriver.

« Je le crois, ai-je affirmé.

— Le Lituanien ?

— Même un pyromane n'habite pas sur le terrain qu'il a brûlé. Et s'il a été payé pour mettre le feu, pourquoi compliquer les choses en allant raconter qu'il a vu une voiture avec un feu de freinage cassé monter au chantier ? Il aurait pu dire que l'incendie a commencé quand il est arrivé là, ou qu'il dormait dans son préfa, qu'il n'était au courant de rien. À la police ensuite, d'identifier si c'était la fusée ou autre chose.

— Tout le monde n'a pas une pensée aussi logique que toi, Roy. »

J'ai glissé un sachet de tabac sous ma lèvre. « Peut-être pas. Qui te hait assez pour brûler ton hôtel ?

— Voyons voir. Kurt Olsen, parce qu'il est persuadé que nous avons un rapport avec la mort de son père. Erik Nerell, depuis que nous l'avons humilié en lui faisant envoyer des photos de lui à poil. Simon Nergard parce qu'il… parce qu'il habite à Nergard, que tu l'as tabassé et qu'il nous a toujours détestés.

— Et Dan Krane ? ai-je demandé.

— Non, Mari et lui sont copropriétaires de l'hôtel.

— À quel nom est leur participation ?

— Celui de Mari.

— Connaissant Mari, ça doit être séparation de biens chez eux.

— Sûrement. Mais Dan ne ferait jamais de mal à Mari et…

— Non ? Imagine un mari cocu et toi, tu es l'homme avec qui sa femme l'a trompé. Il a été menacé, censuré et humilié par un chasseur de dettes parce qu'il voulait écrire quelque chose de négatif, mais vrai, sur l'hôtel. Il s'est fait jeter de la bonne société et doit maintenant se mêler à des gens comme moi le soir du nouvel an. Son mariage battait déjà de l'aile, et le soir du nouvel an, il avait prévu de l'achever avec son édito assassin contre le père de Mari. Tu crois vraiment qu'un homme pareil ne blesserait *jamais* celle qui est la cause de tous ses tourments ? Quand du même coup, il peut te ruiner toi ? À la soirée de nouvel an chez Stanley, j'ai rencontré un Dan Krane qui était passé de l'autre côté du mur.

— Du mur ?

— Tu sais, la peur qu'on a quand on est menacé de mort par quelqu'un qui sait exactement sur quels ressorts jouer ?

— Un peu. » Carl m'a regardé.

« Ça te bouffe l'âme, comme on dit.

— Oui, a-t-il répondu sans bruit.

— Et qu'est-ce qui se passe dans ces cas-là ?

— On finit par ne plus avoir la force d'avoir peur.

— Oui. On s'en fout, on préfère mourir. Se détruire ou détruire les autres. Brûler, assassiner. N'importe quoi pour ne plus continuer d'avoir peur. C'est ça, de traverser le mur.

— Oui, a dit Carl. C'est le mur. Et c'est mieux de l'autre côté. Malgré tout. »

Nous sommes restés silencieux. J'ai entendu de rapides battements d'ailes au-dessus de nous, une ombre a filé sur la neige. Un lagopède, peut-être. Je n'ai pas levé les yeux.

« Elle a l'air contente, ai-je observé. Shannon.

— Bien sûr. Elle croit qu'elle va avoir son hôtel tel qu'elle l'a dessiné.

— Croit ? »

Carl a hoché la tête. Il s'est insensiblement tassé, et son sourire, son sourire lumineux, s'est effacé.

« Je ne lui ai pas encore dit, mais il y a des fuites. Maintenant, les gens savent que l'hôtel n'était pas assuré, que c'était l'argent de Willumsen qui maintenait le projet à flot. C'est probablement Dan Krane la source.

— L'enfoiré !

— Les gens ont peur pour leur argent, même parmi les membres du conseil d'administration, on murmure qu'il faut savoir s'arrêter à temps. L'assemblée générale de ce soir pourrait être le début de la fin, Roy.

— Qu'est-ce que tu penses faire ?

— Il faut que je renverse la vapeur, mais avec la diatribe d'Aas à l'enterrement de Willumsen et ce que Dan a écrit et répand dans le bourg, je ne baigne pas précisément dans la confiance, là.

— Les gens te connaissent, Carl. En dernière analyse, c'est plus important que ce que dit et écrit un gratte-papier qui n'est pas d'ici. Les propos d'Aas, ils les oublieront quand ils verront que tu te relèves. Quand ils comprendront que cet Opgard n'abandonnerait pas même s'il était au tapis. »

Carl m'a regardé. « Tu crois ? »

Je lui ai boxé l'épaule. « Tu sais ce qu'on dit. *Everybody loves a comeback kid*. Et puis le gros des travaux sur le site de l'hôtel et les investissements les plus lourds sont déjà faits, il ne reste plus que le bâtiment. Laisser tomber maintenant serait une idiotie. Tu vas y arriver, frérot. »

Il a posé la main sur mon épaule. « Merci, Roy. Merci de croire en moi.

— Le problème, ça va sans doute être de convaincre tout le monde de suivre les dessins originaux de Shannon. La municipalité veut sûrement toujours son bois et ses trolls, et avec les solutions et matériaux coûteux de Shannon, tu dois faire approuver les budgets révisés par la SNC. »

Carl s'est redressé, je semblais lui avoir insufflé un petit regain d'optimisme. « On y a réfléchi, avec Shannon. Le problème quand on leur a montré les dessins à la première réunion d'investisseurs, c'est qu'on n'avait pas vraiment travaillé sur le visuel de la présentation, ça avait l'air trop sévère et triste. Cette fois, Shannon a fait des dessins avec de tout autres angles et éclairages. Et la différence majeure, c'est que c'est dans un paysage d'été et non d'hiver. La dernière fois, tout le béton se fondait dans la monotonie d'un paysage sans couleurs, l'hôtel avait l'air d'un prolongement de l'hiver que les gens d'ici détestent, tu vois ? Maintenant, on a une nature estivale éclatante, qui prête ses lumières et ses couleurs au béton, l'hôtel se découpe sur cet arrière-plan et il n'a plus l'air d'un bunker cherchant à disparaître dans le paysage.

— *Same shit, new wrapping ?*

— Et tout le monde n'y verra que du feu. Je te jure, ils vont être fous d'enthousiasme. » Le voilà qui était remonté en selle à présent, ses dents blanches scintillaient au soleil.

« Comme des indigènes à qui on propose des perles de verre, ai-je répondu, souriant à mon tour.

— Les perles sont véritables, c'est juste que, cette fois, nous les avons polies un peu au préalable.

— Relativement honnête, ai-je dit.

— Relativement honnête.

— Il faut ce qu'il faut.

— En effet. » Le regard de Carl a glissé vers l'ouest.

Je l'ai entendu inspirer, se recroqueviller sur lui-même. Était-il déjà retombé de cheval ?

« Même quand on sait que c'est très, très mal, a dit Carl.

— C'est vrai », ai-je dit, même si j'avais compris qu'il parlait d'autre chose à présent. Mon regard suivait la trace de Shannon.

« Et pourtant, on continue de le faire, a-t-il dit doucement de sa nouvelle diction plus articulée. Jour après jour. Nuit après nuit. On commet le même péché. »

J'ai retenu mon souffle. Il se pouvait bien sûr qu'il parle de papa, ou de lui-même et de Mari, mais, sauf erreur de ma part, il s'agissait ici de Shannon. Shannon et moi.

« Par exemple… » Il parlait d'une voix étranglée et a péniblement dégluti. Je me suis armé de courage.

« Quand Kurt Olsen était ici en train de regarder s'il voyait la Jaguar et que j'ai flippé et pensé que c'était une redite, qu'on allait se faire démasquer. C'était comme la fois où son père s'était tenu exactement au même endroit pour voir si les pneus de la Cadillac étaient crevés. »

Je n'ai pas répondu.

« Mais à l'époque, tu n'étais pas là pour m'arrêter. J'ai poussé Sigmund Olsen, Roy. »

J'avais la bouche sèche comme une putain de biscotte, mais au moins je respirais de nouveau.

« Mais tu le sais depuis le début », a-t-il ajouté.

J'ai gardé les yeux sur les traces des skis, à peine remué la tête, acquiescé.

« Alors pourquoi tu ne m'as jamais laissé te le raconter ? »

J'ai haussé les épaules.

« Tu ne voulais pas être complice de meurtre, a-t-il dit.

— Tu penses que ça me fait peur ? ai-je demandé avec un sourire en coin.

— Willumsen et le chasseur de dettes, c'est autre chose. Là, c'était un lensmann innocent.

— Tu as dû pousser fort, il était loin de l'aplomb.

— Je l'ai fait voler. » Il a fermé les yeux, le soleil était peut-être devenu trop fort, puis il les a rouverts. « Tu le savais déjà quand je t'ai appelé au garage, que ce n'était pas un accident. Mais tu ne m'as pas posé la question. Parce que c'est plus facile comme ça, de faire comme si le laid n'existait pas. Comme quand papa venait dans notre chambre la nuit et…

— Ferme-la ! »

Carl l'a fermée. Des battements d'ailes rapides, on aurait dit que c'était le même oiseau qui revenait.

« Je ne veux pas savoir, Carl. Je voulais croire que tu étais plus humain que moi, que tu n'étais pas en mesure de tuer de sang-froid. Mais tu es toujours mon frère. Et en le poussant, tu m'as peut-être évité d'être mis en examen pour le meurtre de papa et maman. »

Il a grimacé, a chaussé de nouveau ses lunettes de soleil et balancé la peau de l'orange dans la neige.

« *Everybody loves a comeback kid*. C'est un truc qui se dit, ou c'est juste une invention de ta part ? »

Au lieu de répondre, j'ai consulté ma montre. « À la station-service, ils galèrent un peu pour l'inventaire et ils se demandaient si je pouvais passer leur donner un coup de main. On se voit à Årtun à dix-neuf heures.

— Mais tu dors chez nous ce soir ?

— Merci, mais je vais rentrer directement après l'assemblée générale, il faut que je sois au boulot tôt demain matin. »

Bien que seuls les associés de la SNC aient le droit de vote, l'assemblée générale d'Årtun était annoncée comme ouverte à tous. Je suis arrivé tôt, je me suis assis au dernier rang et j'ai vu la salle se remplir peu à peu. Quand la réunion a commencé, tout le monde était présent. Au premier rang, Jo et Mari Aas avec Voss Gilbert. Quelques rangs plus loin, Stanley et Dan Krane. Grete Smitt était assise à côté de Simon Nergard, elle s'est penchée pour lui chuchoter quelque chose à l'oreille. Dieu sait quand ils étaient devenus si bons amis. Anton Moe avec sa femme. Julie et Alex. Markus avait pris sa soirée à la station-service, il ne m'a pas échappé qu'il échangeait des regards avec Rita Willumsen, deux rangs derrière. Erik Nerell et sa femme se sont assis à côté de Kurt Olsen, mais quand Erik a voulu faire la conversation, il était évident que Kurt n'était pas d'humeur, et il a sans doute regretté d'avoir choisi cette place, malheureusement il était assez délicat d'en changer maintenant. Quant au climat général, si on avait senti l'expectative à la réunion d'investissement initiale, dix-huit mois plus tôt, cette fois la tension était palpable. L'ambiance était au lynchage, comme on dit.

À dix-neuf heures pile, Carl a rejoint le pupitre. Le silence s'est fait. Il a levé les yeux. Je n'ai pas aimé ce que je voyais. Alors qu'il lui fallait être au mieux de ses performances, chasser la mauvaise humeur, partager les eaux tel un Moïse, il paraissait marqué par la gravité de la situation et fatigué avant même d'avoir commencé.

« Chers habitants d'Os », s'est-il lancé. Sa voix paraissait sans vigueur et son regard sautillait dans la salle, comme s'il cherchait un regard à soutenir, mais se faisait éconduire partout. « Nous sommes un peuple montagnard. Nous habitons un endroit où, traditionnellement, la vie a été dure. Nous avons dû nous débrouiller seuls. »

J'imagine que c'était une ouverture inhabituelle, mais pour la plupart, les gens de la salle ne devaient pas en savoir tellement plus long que moi sur les usages d'une assemblée générale.

« Pour survivre, nous avons donc dû obéir à cette règle de vie que notre père nous avait transmise, à mon frère et à moi. Faire ce qu'il faut faire. » Son regard m'a trouvé, a cessé de sautiller. Carl avait toujours l'air torturé, mais un faible sourire recourbait ses lèvres. « Alors c'est ce que nous faisons. Chaque jour, chaque fois. Pas parce que nous le pouvons, mais parce que nous le devons. Chaque fois qu'il y a de l'adversité, chaque fois que le troupeau tombe dans un précipice, qu'une récolte gèle ou que le bourg est bloqué par une avalanche, nous trouvons un chemin pour nous en sortir. Et quand la nationale change de tracé et qu'il n'y a plus de route pour faire entrer le monde chez nous, nous en créons une. Nous construisons un hôtel de haute montagne. » Il y avait plus de vie dans sa voix et il avait insensiblement redressé le dos. « Et quand cet hôtel brûle et que tout est en ruine, nous regardons ce qui est détruit et nous désespérons… » Il a levé un index et augmenté le volume de sa voix. « … pendant un jour ! »

Son regard s'est détaché de moi et a semblé trouver prise, être invité en d'autres lieux. « Quand nous avons fait un plan et que les choses ne se passent pas comme prévu, nous faisons ce qu'il faut faire. Nous formons un autre plan. Les choses ne se sont pas passées exactement comme on pensait ? Très bien. Alors pensons à autre chose. » Son regard a recroisé le mien. « Pour les montagnards comme nous, il n'y a pas de place pour la sentimentalité vaine, regarder derrière nous n'est pas une possibilité. Comme disait notre père : *kill your darlings and babies*. Regardons devant nous mes amis. Ensemble. »

Une longue pause a suivi. Voyais-je mal ou était-ce un mouvement de la tête de Jo Aas ? Oui, un hochement. Et comme s'il avait attendu ce signal, Carl a continué :

« Parce que nous *sommes* ensemble, que nous le voulions ou non. Comme une famille, vous, moi, nous tous qui sommes venus ici ce soir, nous sommes ensemble face à ce destin commun auquel nous ne pouvons nous soustraire. Nous, le peuple montagnard d'Os, nous allons sombrer ensemble. Ou nous relever ensemble. »

L'ambiance changeait. Lentement, mais je le sentais, il n'y avait plus de lynchage dans l'air. Toujours une réticence fraîche, c'est clair. Une exigence encore inexprimée que Carl réponde à un certain nombre de questions critiques, c'était la moindre des choses. Mais ils aimaient ce qu'ils entendaient. Et la langue dans laquelle il le disait : le dialecte d'Os. Je me suis alors rendu compte que c'était conscient, cette ouverture hésitante. Il avait noté ce que je lui avais dit. *Everybody loves a comeback kid.*

Puis, au moment précis où ils semblaient sur le point de mordre à l'hameçon, Carl a reculé en présentant ses paumes à l'assemblée.

« Je ne peux rien garantir, pour cela, l'avenir est trop incertain et je suis un piètre devin. La seule chose que je *puisse* garantir, c'est que, en tant qu'individus, nous sommes voués à l'échec, nous sommes la brebis qui s'égare loin du troupeau et va se faire dévorer ou mourir gelée. Mais ensemble, et seulement ensemble, nous avons au moins cette seule et unique *possibilité* de nous sortir du pétrin dans lequel nous nous trouvons indéniablement depuis l'incendie. »

Se tenant dans l'ombre, à l'écart du pupitre, il a marqué encore une pause. Je ne pouvais que l'admirer. Sa dernière phrase, putain… Quel chef-d'œuvre de rhétorique ! Avec cette seule phrase, il avait fait trois choses. Un. Paraître franc en admettant que pétrin, il y avait, mais tout en imputant la situation entière à l'incendie. Deux. Inciter à la solidarité avec une espèce de moralisme inspiré, tout en se défaussant de la responsabilité de sauver la situation sur tous ceux qui étaient assis devant lui. Trois. Conserver un vernis d'humilité et de sobriété quand il soulignait qu'un nouvel hôtel n'était pas une solution garantie, mais une simple *possibilité*, que cette possibilité était la seule dont ils disposent.

« Mais si nous faisons les choses comme il faut, nous ne ferons pas que sortir du pétrin », a-t-il ajouté dans la pénombre.

Je suis relativement certain qu'une des raisons pour lesquelles il était arrivé en avance, c'était pour régler l'éclairage. Parce que quand il est revenu dans la lumière qui tombait sur le pupitre, l'effet visuel était aussi puissant que les paroles. L'homme qui avait eu l'air à bout, accablé, quand il était arrivé sur scène était soudain métamorphosé en agitateur belliqueux.

« Nous allons faire fleurir Os ! Et ce, en construisant un hôtel sans concession, sans chichis qui alourdissent la facture comme des boiseries et des trolls, parce que nous croyons que du folklore norvégien, les touristes modernes en quête d'expériences mémorables en auront dès qu'ils commenceront à gravir la côte. Ce qu'ils veulent, c'est de la montagne sans concession elle aussi. Alors nous allons construire un hôtel qui se soumet à la montagne, qui s'y plie, qui suit ses règles impitoyables. Le matériau le plus approchant des conglomérats de la montagne est le béton. Nous le construirons ainsi, non seulement parce que c'est meilleur marché, mais parce que le béton, c'est beau. »

Il a observé l'assistance comme s'il la défiait, l'incitait à protester, mais le silence était total.

« Le béton, ce béton, *notre* béton… », scandait-il presque, psalmodiant comme un prédicateur, l'index battant la mesure sur le PC posé sur la table basse. « … est comme nous. Il est simple, il supporte les tempêtes d'automne, les tempêtes d'hiver, les avalanches, la foudre et le tonnerre, deux cents ans d'usure, des ouragans du siècle et des feux d'artifice du nouvel an. Bref, ce matériau est comme nous, il survit. Et parce qu'il est comme nous, mes amis, il est beau ! »

C'était de toute évidence le signal pour la personne au rétroprojecteur, puisque la musique s'est déversée des haut-parleurs. L'hôtel – le même que celui que j'avais vu sur les tout premiers dessins de Shannon – est apparu à l'écran. Forêt verte en contrebas. Soleil. Ruisseau. Des enfants qui jouaient, des promeneurs en vêtements d'été. Le bâtiment n'avait plus l'air impersonnel, on aurait dit une toile tranquille sur laquelle se dessinait la vie alentour, il semblait immuable comme la montagne elle-même. Il paraissait tout simplement aussi fabuleux que dans la description de Carl.

J'ai vu qu'il retenait son souffle. Putain, moi aussi, je retenais mon souffle. Puis les vivats ont éclaté.

Carl a laissé le tonnerre d'applaudissements résonner dans la pièce, faisant durer le plaisir, puis il s'est avancé et l'a fait taire en levant les mains.

« Comme, manifestement, cela vous plaît, que diriez-vous d'applaudir l'architecte ? Shannon Alleyne Opgard. »

Elle est sortie des coulisses, entrée sous les projecteurs. Les applaudissements ont repris.

Elle s'est arrêtée après quelques pas, a souri, salué, a ri joyeusement et est restée juste assez longtemps pour montrer qu'elle appréciait les réactions, mais suffisamment peu pour signifier qu'elle ne voulait pas détourner leur attention du héros du bourg.

Quand elle est repartie et que les applaudissements se sont tus, Carl s'est éclairci la voix et a empoigné le pupitre à deux mains.

« Merci, mes amis. Merci. Cette réunion ne doit pas traiter uniquement de l'apparence de l'hôtel, nous devons aussi parler de projections financières, d'échéanciers, de financement, de comptes et d'élection des représentants. »

Ils lui mangeaient dans la main à présent.

Il allait leur expliquer que la reconstruction de l'hôtel commencerait dans deux mois, en avril, ne prendrait que quatorze mois et que le cadre des dépenses augmenterait de vingt pour cent à peine, et qu'il avait signé un nouveau contrat avec l'opérateur suédois qui allait faire tourner l'hôtel.

Seize mois.

Dans seize mois, Shannon et moi partirions d'ici.

Elle m'a prévenu par message qu'elle ne pouvait pas venir à Notodden comme prévu, que désormais, et jusqu'à la reprise des travaux en avril, elle allait devoir se concentrer entièrement sur le projet en sa qualité de maître d'œuvre.

Je comprenais.

Je souffrais.

Je comptais les jours.

Mi-mars, alors qu'il pleuvait des cordes sur Søm et le pont, dans le soir obscur, on a sonné à ma porte. C'était elle. La pluie ruisselait de ses cheveux roux plaqués sur son crâne. J'ai cligné des yeux, il me semblait voir des traînées de rouille et de sang couler sur sa gorge blanche. Elle avait un sac. Et dans le regard, un mélange de désespoir et de détermination.

« Je peux entrer ? »

Je me suis écarté.

Ce n'est que le lendemain que j'ai su pourquoi elle était venue.

Pour m'annoncer les nouvelles.

Et me demander de tuer encore.

62

Le soleil venait de se lever, le sol était toujours mouillé par la pluie de la nuit précédente et les oiseaux gazouillaient à tout rompre alors que Shannon et moi marchions bras dessus, bras dessous, dans la forêt.

« C'est les oiseaux migrateurs, ai-je dit. Ils reviennent tôt ici, dans le Sørlandet.

— Ils ont l'air contents. » Shannon a collé sa tête contre mon bras. « Ils devaient avoir hâte de rentrer chez eux. Qui était quel oiseau, déjà ?

— Papa était une alouette hausse-col, maman un traquet motteux, oncle Bernard un bruant des roseaux et Carl…

— Ne le dis pas ! Un pipit farlouse.

— Exact.

— Moi, je suis un pluvier guignard et toi, un merle à plastron. »

J'ai acquiescé.

Nous n'avions presque pas parlé pendant la nuit.

« On peut voir ça demain ? » avait demandé Shannon quand je l'avais fait entrer et lui enlevais son manteau mouillé en la bombardant de questions.

« Il faut que je dorme », avait-elle dit, passant les bras autour de ma taille et enfouissant sa joue contre ma poitrine, et j'avais senti ma chemise se tremper. « Mais d'abord, il me faut toi. »

J'avais dû me lever tôt, nous avions une grosse livraison à la station-service le matin et je devais y être. Au petit déjeuner non plus, elle n'avait rien dit sur le motif de sa venue et je ne lui avais pas posé la question. Comme si je devinais qu'une fois que je saurais rien ne pourrait plus jamais être pareil. Alors maintenant, nous fermions les yeux et nous savourions le peu de temps dont nous disposions, cette brève chute libre avant de heurter le sol.

Je lui avais dit que je devais travailler au moins jusqu'à l'heure du déjeuner avant de pouvoir être remplacé, mais que, si elle m'accompagnait à la station-service, nous pourrions faire un tour après la livraison. Elle avait accepté d'un signe de tête et elle était restée dans la voiture pendant que je vérifiais et signais les palettes.

Nous marchions vers le nord. Derrière nous se trouvait l'autoroute et ses bretelles en anneaux de Saturne, devant, une forêt qui au début du mois de mars avait déjà des reflets verts. Nous avons trouvé un sentier qui s'enfonçait dans les bois. Je lui ai demandé si c'était toujours le plein hiver à Os.

« À Opgard, c'est l'hiver, a-t-elle répondu. Dans le bourg, il y a déjà eu deux faux départs du printemps. »

J'ai ri et lui ai embrassé les cheveux. Nous étions arrivés à une haute clôture qui barrait le chemin et nous nous sommes assis sur un gros rocher à côté du sentier.

« Et l'hôtel ? » me suis-je enquis en consultant ma montre. « Comment ça va ?

— Les travaux vont débuter officiellement dans deux semaines comme prévu. Donc ça va bien. En quelque sorte.

— Quelque sorte, ai-je corrigé. Qu'est-ce qui ne va *pas* bien ? »

Elle s'est redressée. « C'est l'une des choses dont je suis

venue te parler. Un problème imprévu, les ingénieurs ont découvert des faiblesses structurelles du sol, de la roche même.

— Découvert ? Carl sait pourtant que la roche est fragile, c'est pour ça qu'il y a des éboulements dans Huken, c'est pour ça que le tunnel de la nationale n'est pas creusé depuis belle lurette. » J'entendais l'agacement dans ma voix, peut-être était-ce l'idée qu'elle ait roulé jusqu'à Kristiansand, non pas pour moi, mais à cause d'une histoire concernant son hôtel.

« Carl n'a parlé de la qualité de la roche à personne. Tu sais bien qu'il refoule souvent les choses quand il voit que ça va être problématique.

— Et ? ai-je demandé avec impatience.

— Il faut régler le problème, mais ça requiert plus d'argent. Carl a décrété que nous n'en avions pas, il suggère de simplement la boucler. Son argument est que, le cas échéant, cela prendra au moins vingt ans avant que le bâtiment devienne bancal. Bien sûr, je n'ai pas pris ça pour argent comptant, je suis allée à la banque voir si nous avions de la marge pour emprunter encore. On m'a expliqué qu'il nous faudrait plus de garanties, et quand j'ai répondu que j'allais voir avec toi et Carl si vous seriez prêts à hypothéquer les terres non exploitables d'Opgard, le banquier m'a dit… » Elle s'est tue, a dégluti avant de reprendre. « … que d'après le fichier immobilier la succession de Willumsen détenait déjà une hypothèque sur toutes les terres non exploitables d'Opgard. Carl Opgard était du reste donné comme seul propriétaire depuis qu'il t'avait racheté ta part au début de l'automne. »

Je l'ai dévisagée. J'ai dû toussoter pour obtenir un son de mes cordes vocales. « C'est inexact. Il a dû y avoir une erreur.

— C'est aussi ce que j'ai dit. Alors on m'a montré une copie de l'acte de vente avec la signature de Carl et la tienne. »

Elle a levé son téléphone vers moi. Elle y était. Ma signature. Enfin, quelque chose qui *ressemblait* à ma signature, qui y ressemblait tellement qu'elle ne pouvait avoir qu'un seul auteur, celui qui avait appris à imiter l'écriture de son frère en corrigeant ses dissertations.

Je commençais à y voir plus clair. Carl, s'adressant au chasseur de dettes quand ils étaient dans la cuisine : *Willumsen a une hypothèque*. Le chasseur de dettes lui répondant : *Qu'il dit ne pas valoir grand-chose sans hôtel*. Willumsen, qui par ailleurs se contentait de se fier à la parole donnée, n'avait pas eu confiance dans celle de Carl et avait exigé les terres non exploitables comme hypothèque.

« Tu sais comment papa appelait notre misérable ferme ? ai-je demandé.

— Non.

— Le royaume. Opgard est notre royaume, disait-il toujours. Comme s'il s'inquiétait à l'idée que nous prenions trop à la légère le fait de posséder des terres. »

Shannon n'a rien répondu.

J'ai toussoté. « Carl a falsifié ma signature. Il savait que je refuserais d'hypothéquer nos terres non exploitables pour un prêt de Willumsen, donc il s'est octroyé la propriété dans mon dos.

— Et maintenant, Carl possède toutes les terres non exploitables.

— En théorie, oui. Je devrais pouvoir les récupérer.

— Tu crois ? Il aurait largement eu le temps de remettre la propriété à ton nom depuis que Willumsen a annulé la dette. Pourquoi ne l'a-t-il pas fait ?

— Il a été occupé.

— Réveille-toi, Roy. À moins que je ne connaisse ton frère mieux que toi ? Tant que les terres sont enregistrées à son nom, il en est le propriétaire. Nous parlons d'un homme qui n'a pas hésité à escroquer ses partenaires et amis au Canada pour ensuite filer à l'anglaise. Quand j'étais à Toronto au printemps, j'ai appris plus de détails sur ce qui s'était passé à l'époque. J'ai parlé à l'un de ses partenaires, qui était aussi un ami à moi. Il m'a raconté que, quand il a voulu avertir les investisseurs que le projet essuyait de grandes pertes, pour pouvoir tout arrêter avant que la situation ne se détériore encore plus, Carl l'a menacé de mort.

— Carl est une grande gueule.

— Il est allé trouver cet ami quand il était seul chez lui et il a pointé un pistolet sur lui, Roy. Il a dit qu'il le tuerait, ainsi que sa famille, s'il ne la bouclait pas.

— Il a paniqué.

— Et qu'est-ce que tu crois qu'il fait maintenant ?

— Carl ne me vole pas, Shannon, je suis son frère. » Sentant sa main sur moi, j'ai voulu retirer mon avant-bras, mais je m'en suis abstenu. « Et il ne tue personne, ai-je affirmé, entendant mon ton mal assuré. Pas comme ça. Pas à cause de l'argent.

— Peut-être pas. Peut-être pas à cause de l'argent.

— Qu'est-ce que tu veux dire ?

— Il ne me laissera pas partir. Pas maintenant, en tout cas.

— Pas maintenant ? Quelle différence entre maintenant et plus tard ? »

Elle m'a regardé dans les yeux. Il y a eu un craquement dans le bois derrière nous. Puis elle m'a enlacé.

« J'aurais voulu ne jamais l'avoir rencontré, m'a-t-elle chuchoté à l'oreille, mais dans ce cas, je ne t'aurais pas rencontré non plus, alors je ne sais pas. Mais là, nous avons besoin d'un miracle. Nous avons besoin d'une intervention divine, Roy. »

Elle a posé le menton sur mon épaule si bien que nous regardions chacun de notre côté, elle à travers la clôture, vers la forêt touffue, moi vers la clairière et l'autoroute qui menait dehors, loin, ailleurs.

Nouveau craquement, une ombre est tombée sur nous et

le concert d'oiseaux s'est tu abruptement, comme si un chef d'orchestre avait levé sa baguette.

« Roy… », a chuchoté Shannon. Elle avait levé le menton de mon épaule.

Je l'ai regardée, j'ai vu qu'elle regardait vers le haut, un œil écarquillé et le second presque fermé. Je me suis tourné et j'ai vu quatre pattes tout contre la clôture. J'ai suivi ces pattes vers le haut, le haut, encore le haut. Où, enfin, se trouvait un corps et, au-dessus, un cou. Qui continuait vers le haut, parallèlement aux troncs d'arbres.

C'était un miracle.

Une girafe.

Toute à sa rumination, elle a baissé un œil indifférent sur nous. Des cils comme ceux de Malcolm McDowell dans *Orange mécanique*.

« J'ai oublié de te dire que c'était un zoo.

— Oui, a répondu Shannon alors que les lèvres et la langue de la girafe tiraient sur une branche gracile, faisant scintiller le soleil sur sa tête relevée. On a oublié de nous dire que c'était un zoo. »

Après notre promenade dans les bois, Shannon et moi avons regagné la station-service.

Je lui ai dit qu'elle pouvait prendre la Volvo et que je l'appellerais pour qu'elle vienne me chercher quand j'aurais terminé. J'avais des comptes à examiner, mais je n'arrivais pas à me concentrer. Carl m'avait vendu, escroqué. Il avait volé mon héritage paternel, l'avait cédé au plus offrant. Il m'avait laissé tuer Willumsen pour lui sauver la peau. Comme d'habitude. Et malgré cela, il n'avait rien dit sur le fait qu'il m'avait trahi. Oui, il m'avait trahi. *Moi ! Lui !*

J'étais dans une telle fureur que j'en tremblais de tout mon être et j'étais incapable de me calmer. À la fin, j'ai dû aller dégueuler aux chiottes. Et ensuite, je suis resté à chialer en espérant que personne ne m'entendrait.

Que faire, bordel ?

Mon regard est tombé sur l'affiche devant moi. J'avais punaisé la même que dans les chiottes du personnel d'Os. FAIS CE QU'IL FAUT FAIRE. TOUT DÉPEND DE TOI. FAIS-LE TOUT DE SUITE.

Je crois que j'ai pris ma décision séance tenante. Je suis relativement certain que c'était à ce moment-là. Mais, oui, ça pourrait aussi avoir été plus tard dans la soirée. Quand j'ai su l'autre chose que Shannon était venue m'annoncer.

63

J'étais à la table de la cuisine, que Shannon et moi avions apportée dans le salon, je ne disais rien.

Elle avait fait des courses au centre commercial et préparé un cou-cou, qui, m'avait-elle expliqué, était le plat national de la Barbade, à base de farine de maïs, banane, tomate, oignon et piment. Elle avait dû troquer le poisson volant contre du cabillaud, mais elle était contente d'avoir trouvé des gombos et du fruit à pain.

« Quelque chose ne va pas ? » a-t-elle demandé.

J'ai secoué la tête. « Ça a l'air délicieux.

— Enfin des supermarchés avec un peu de choix, a-t-elle commenté, d'un ton légèrement fébrile. Vous avez le plus haut niveau de vie du monde, mais vous mangez comme des pauvres.

— C'est vrai.

— Et je crois que la raison pour laquelle vous avalez vos repas en quatrième vitesse, c'est que vous n'avez pas l'habitude de manger de la nourriture qui a du goût.

— C'est vrai. » Je nous ai servi du vin blanc que Pia Syse et le siège m'avaient envoyé deux semaines plus tôt, quand il était devenu évident que la station-service allait être classée troisième. J'ai reposé la bouteille sur la table, n'ai pas touché à mon verre.

« Tu penses toujours à Carl.

— Oui.

— Tu te demandes comment il a pu te trahir comme ça ? »

J'ai secoué la tête. « Je me demande comment moi, j'ai pu le trahir comme ça. »

Elle a soupiré. « On ne décide pas de qui on tombe amoureux, Roy. Tu disais que les montagnards étaient pragmatiques en amour, qu'ils tombaient amoureux utilement, mais là, tu vois que ce n'est pas le cas.

— Peut-être pas, mais ce n'est peut-être pas totalement un hasard non plus.

— Ah bon ?

— Stanley m'a parlé d'un Français de je ne sais plus quelle discipline universitaire qui pense que nous désirons ce que d'autres désirent. Que nous imitons.

— Le désir mimétique. René Girard.

— C'est ça.

— Il considère que penser qu'on peut suivre son cœur et ses désirs intimes est une illusion romantique, parce qu'à part satisfaire nos besoins primaires nous n'avons pas de désirs intimes. Nous désirons ce que nous voyons d'autres autour de nous désirer. Comme les chiens qui veulent à tout prix l'os dont ils s'étaient lassés quand ils voient d'autres chiens s'y intéresser. »

J'ai hoché la tête. « C'est ce qui fait qu'on a plus envie de posséder une station-service quand on apprend que d'autres ont des vues dessus.

— Et que des architectes veulent impérativement un projet quand ils savent que leurs plus grands confrères participent au concours.

— Et que le frère bête et laid veut la femme de son frère beau et talentueux. »

Shannon picorait sa nourriture. « Tu es en train de dire que tes sentiments pour moi concernent en fait Carl ?

— Non. Je ne dis rien. Parce que je ne sais rien. Nous sommes sans doute autant un mystère pour nous-mêmes que pour les autres. »

Shannon a effleuré son verre de vin du bout des doigts. « Ce ne serait pas triste de ne pouvoir aimer que ce que d'autres peuvent aimer ?

— Oncle Bernard disait que beaucoup de choses étaient tristes quand on les regardait trop longtemps et trop attentivement. Qu'il fallait garder un œil aveugle.

— Peut-être bien.

— On essaie d'être aveugles ? Au moins pendant une nuit.

— Oui », a-t-elle répondu, souriant tant bien que mal.

J'ai levé mon verre, elle le sien.

« Je t'aime », ai-je chuchoté.

Son sourire s'est élargi, ses yeux scintillaient comme le lac de Budal un jour d'été ensoleillé et, l'espace d'un instant, j'ai réussi à oublier tout le reste et me contenter de ce que nous aurions cette nuit, ensuite une bombe nucléaire pourrait tomber. Oui, je souhaitais même qu'une bombe nucléaire tombe. Parce que – crois-je me souvenir – j'avais pris ma décision. Je préférais la bombe nucléaire.

Quand j'ai reposé mon verre, j'ai vu que Shannon n'avait pas bu, et qu'elle se levait. Elle s'est penchée sur la table et a soufflé les bougies.

« Le temps nous est compté, a-t-elle dit. Trop compté pour que je ne sois pas nue contre toi. »

Il était trois heures cinquante-deux du matin quand Shannon s'est écroulée sur moi. Sa sueur s'était mêlée à la mienne, nous sentions la même chose, avions le même goût. J'ai levé la tête pour regarder l'heure sur le réveil.

« Trois heures cinquante-deux, a dit Shannon. Il nous reste trois heures. »

Je me suis affalé sur mon oreiller et j'ai tâtonné pour trouver ma boîte de tabac à côté du réveil.

« Je t'aime », a-t-elle dit. Elle l'avait dit chaque fois qu'elle s'était réveillée, avant que nous ne fassions de nouveau l'amour. Et qu'elle se rendorme.

« Je t'aime, pluvier guignard », ai-je répondu, avec la même intonation qu'elle, comme si le contenu profond de ces mots nous était maintenant si familier que nous n'avions plus besoin d'y mettre de sentiments, de sens ou de conviction, il suffisait de les prononcer, de les seriner, comme un mantra, une profession de foi.

« J'ai pleuré aujourd'hui, ai-je déclaré en glissant un sachet de tabac sous ma lèvre.

— Ça ne doit pas t'arriver souvent ?

— Non.

— Pour quoi pleurais-tu ?

— Tu sais bien. Pour tout.

— Oui, mais qu'est-ce que c'est exactement qui a fait venir tes larmes, à ton avis ? »

J'ai réfléchi. « J'ai pleuré pour ce que j'ai perdu aujourd'hui.

— La propriété familiale. »

J'ai eu un petit rire. « Non, pas la ferme.

— Moi.

— Je ne t'ai jamais eue. Je pleurais pour Carl. Aujourd'hui, j'ai perdu mon petit frère.

— Bien sûr, a chuchoté Shannon. Pardon. Pardon d'être si bête. »

Puis elle a posé la main sur ma poitrine. J'ai senti que cette caresse était différente des effleurements prétendument innocents que nous savions tous deux être le prélude de nouveaux jeux amoureux. J'ai eu comme un pressentiment. On aurait dit qu'elle essayait de saisir mon cœur. Enfin non, pas saisir, *sentir*. Elle essayait de sentir les battements, de voir comment il réagirait à ce qu'elle allait m'annoncer.

« Ce matin, j'ai mentionné que l'histoire de l'hôtel était l'une des deux choses que j'étais venue te dire. »

Elle a pris une inspiration, j'ai retenu la mienne.

« Je suis enceinte. »

J'ai continué de retenir mon souffle.

« De toi. Notodden. »

Ces six mots avaient beau contenir la réponse à toutes les questions que je pouvais vouloir poser sur comment c'était arrivé, j'ai eu dans le cerveau comme une avalanche de pensées, qui toutes se terminaient par un point d'interrogation.

« L'endométriose…, ai-je commencé.

— Rend difficile de tomber enceinte, pas impossible. J'ai fait un test de grossesse et d'abord je n'y croyais pas, mais je suis allé chez le médecin et c'est confirmé. »

J'ai recommencé à respirer, regardé au plafond.

Shannon s'est collée contre moi. « J'ai pensé à l'avortement, mais je ne peux pas, je ne veux pas. C'est peut-être la seule fois de ma vie que les planètes se seront alignées pour permettre une grossesse dans mon corps. Mais je t'aime et cet enfant est le tien autant que le mien. Qu'est-ce que tu veux ? »

Je suis resté sans rien dire dans le noir, à respirer, me demandant si mon cœur donnait à sa main les réponses qu'elle voulait.

« Je veux que tu aies ce que tu veux avoir, ai-je répondu.

— Tu as peur ?

— Oui.

— Tu es content ? »

Je me suis interrogé. « Oui. »

J'ai entendu à sa façon de respirer qu'elle était au bord des larmes.

« Mais tu es bien sûr déconcerté et tu te demandes ce

qu'on va faire maintenant. » Sa voix tremblait et elle parlait vite comme pour finir avant de craquer. « Je ne sais pas quoi répondre, Roy. Je dois rester à Os jusqu'à ce que l'hôtel soit construit. Tu te dis peut-être que cet enfant est plus important qu'un bâtiment, mais…

— Chut. » J'ai passé l'index sur ses lèvres douces. « Je sais. Tu te trompes. Je ne suis pas déconcerté, je sais exactement ce que je dois faire. »

J'ai vu au blanc de ses yeux qui disparaissait et réapparaissait qu'elle clignait des yeux dans l'obscurité.

FAIS CE QU'IL FAUT FAIRE, ai-je pensé. TOUT DÉPEND DE TOI. FAIS-LE TOUT DE SUITE.

Je le disais, je ne suis pas entièrement sûr d'avoir pris ma décision dans les toilettes du personnel, c'était peut-être ici, dans le lit, avec Shannon, après qu'elle m'avait annoncé qu'elle portait mon enfant. Ce n'est peut-être pas capital, c'est peut-être purement informatif, comme on dit.

Quoi qu'il en soit, je me suis baissé vers l'oreille de Shannon et je lui ai chuchoté ce qu'il fallait faire.

Elle a acquiescé.

J'ai passé le reste de la nuit éveillé.

Le coup d'envoi des travaux était quinze jours plus tard, l'invitation qui annonçait le concert de Rod après l'inauguration était punaisée dans ma cuisine, au-dessus du plan de travail.

Je comptais déjà les heures.

Je souffrais.

Le grand véhicule noir était en mouvement. Il roulait doucement, comme à contrecœur, le gravier crissait sous les pneus. Au bout des empennages brillait le rouge de feux verticaux étroits. Cadillac DeVille. Le soleil était couché mais, derrière le virage, un filet orange encadrait la cime d'Ottertind, soulignant une entaille de deux cents mètres de profondeur dans la roche, comme laissée par un coup de hache.

« Toi et moi, Roy, nous n'avons que nous-mêmes. » C'était ce que Carl avait l'habitude de dire. « Tous les autres que nous pensons aimer ou dont nous pensons être aimés ne sont que des mirages dans le désert. Mais toi et moi, nous ne faisons qu'un. Nous sommes frères. Deux frères dans le désert. Si l'un meurt, l'autre meurt. »

Oui, et la mort ne nous sépare pas. Elle nous unit.

Le véhicule roulait plus vite à présent. Vers l'enfer où nous allons tous, nous autres qui avons le goût du meurtre.

64

La cérémonie du nouveau coup d'envoi des travaux n'était qu'à dix-neuf heures ce soir-là.

Cependant, j'ai quitté Kristiansand à l'aube, et la lumière du matin brillait sur le panneau d'agglomération quand je suis entré dans Os.

À part des restes de déblaiement, désormais sales et gris, la neige avait disparu. La glace du lac de Budal avait l'air en décomposition, comme du sorbet, et je voyais çà et là de l'eau en surface.

J'avais appelé Carl deux jours plus tôt pour lui dire que je viendrais à l'inauguration, mais que je serais occupé toute la journée parce que la station-service avait un contrôle fiscal sur les cinq dernières années. Échantillonnage et pure routine, avais-je menti, mais j'allais les aider à expliquer les chiffres de l'époque où j'étais le patron. Je ne savais pas pour combien de temps j'en aurais, quelques heures ou plusieurs jours, mais, le cas échéant, je dormirais au garage. Carl avait répondu que ça ne faisait rien, que Shannon et lui seraient de toute façon occupés à préparer la cérémonie d'inauguration et la fête d'Årtun.

« Mais je voudrais te parler d'un truc, avait-il dit. Je pourrais descendre te retrouver à la station-service si c'est plus facile.

— Je te préviendrai si j'ai un créneau libre et on pourra aller prendre une bière au Chute Libre.

— Un café. Je ne bois plus du tout. Ma résolution du nouvel an était de devenir plan-plan, et, d'après Shannon, je suis en bonne voie. »

Il avait semblé si frais et dispos. Il riait, plaisantait. Un homme qui avait laissé le pire derrière lui.

Contrairement à moi.

Je me suis garé devant l'atelier de réparation et j'ai levé les yeux vers Opgard. Dans la lumière oblique du petit matin, on aurait dit que la montagne était peinte à la feuille d'or. Les pentes de l'adret étaient dégagées, mais il y avait encore de la neige dans les zones ombragées.

En allant vers la boutique, j'ai remarqué des ordures vers les pompes. Et, à l'intérieur, j'ai bel et bien trouvé Egil à la caisse. Il m'a fallu quelques secondes pour reconnaître le dos voûté du client qu'il servait. Moe. Le couvreur-zingueur. Je suis resté à la porte. Egil ne m'avait pas vu, il tendait la main vers une étagère derrière lui. Celle des pilules du lendemain. J'ai retenu mon souffle.

« Ce sera tout ? a demandé Egil en posant une boîte devant Moe.

— Oui, merci. » Moe a payé, tourné les talons et marché vers moi.

J'ai regardé fixement la boîte qu'il tenait à la main.

Du paracétamol.

« Roy Opgard », a-t-il déclaré. Il s'est arrêté devant moi avec un large sourire. « Dieu vous garde. »

Je ne savais pas quoi répondre. J'ai gardé un œil sur sa main quand il a glissé la boîte de comprimés contre le mal de tête dans la poche de son manteau, mais je connais le langage corporel des gens qui ont l'intention de nuire, et ce n'était pas la langue que parlait Moe à cet instant. Mon premier réflexe quand il a saisi ma main a été de vouloir la retirer, mais quelque chose m'a retenu, sans doute son attitude pacifique et la lueur dérangée, mais douce, de son regard. Il a serré ma main avec délicatesse entre les siennes.

« Grâce à vous, Roy Opgard, la brebis égarée a retrouvé le troupeau.

— Ah ? me suis-je contenté de demander.

— J'étais le prisonnier du diable, mais vous m'avez libéré. Moi et ma famille. Vous avez cogné et fait sortir le diable qui était en moi, Roy Opgard. »

Je l'ai regardé partir. Oncle Bernard disait que, quand on ne trouvait pas la solution d'un problème mécanique, il fallait parfois prendre un marteau et frapper de toutes ses forces. Parfois. C'était peut-être ce qui s'était passé là.

Moe est monté dans un pick-up Nissan Datsun et il est parti.

« Patron, a dit Egil derrière moi. Tu es de retour ?

— Comme tu le vois, ai-je répondu en me tournant vers lui. Comment vont les pertes de hot-dogs ? »

Il lui a fallu une seconde pour comprendre que je blaguais peut-être et il a eu un rire hésitant.

Au garage, j'ai ouvert le sac que j'avais rapporté de Kristiansand. Il contenait quelques pièces détachées qui étaient le fruit de plus d'une semaine de recherches dans diverses casses et cimetières de voitures, situés pour la plupart à l'ouest de la ville, dans des coins paumés, où l'on entretenait depuis un siècle un culte de tout ce qui était américain – surtout les voitures – aussi intense que celui de Jésus.

« Ces pièces-là sont défectueuses », avait observé l'employé de la dernière casse automobile en regardant les durites pourries et le câble d'accélérateur effiloché que j'avais dévissés sur deux de ses épaves, une Chevy El Camino et une Cadillac

Eldorado. Derrière lui était accroché un tableau aux couleurs très criardes d'un type aux cheveux longs avec un bâton de berger à la main et un tas de moutons autour de lui.

« Ça veut sans doute dire que je peux les avoir bon marché ? »

Il avait fermé un œil, annoncé un prix et j'avais compris que les Willumsen n'existaient pas seulement à Os. Je m'étais consolé en me disant que la majeure partie irait sûrement à la collecte de l'église et je lui avais tendu les billets de cent en confirmant que je n'avais pas besoin de facture.

J'ai pris le câble et l'ai examiné. Certes, il ne provenait pas d'une Cadillac DeVille, mais il était presque identique et ferait l'affaire. Il était effectivement défectueux. Effiloché de telle façon que, monté comme il fallait, il s'accrocherait à l'accélération, et, même si le conducteur relâchait la pédale d'accélérateur, la vitesse ne ferait qu'augmenter. Un mécanicien comprendrait sans doute ce qui arrivait, et avec un peu de vivacité d'esprit et du sang-froid, il couperait le contact et passerait au point mort. Mais Carl n'était pas mécanicien, il n'avait pas de sang-froid. La seule chose qu'il ferait, s'il en avait ne serait-ce que le temps, serait d'essayer de freiner.

J'ai pris les durites foutues, trouées. J'en avais parfois changé, mais jamais installé. Je les ai posées à côté du câble d'accélérateur.

Tout mécanicien qui examinerait ensuite l'épave expliquerait à la police qu'il ne s'agissait pas de sabotage, mais d'une usure naturelle des pièces et probablement d'infiltration d'eau sous la gaine du câble.

J'ai balancé l'outillage nécessaire dans mon sac, l'ai refermé et suis resté à respirer péniblement, avec l'impression que ma poitrine se repliait autour de mes poumons.

J'ai consulté ma montre. Dix heures et quart. J'avais tout mon temps.

D'après Shannon, Carl devait voir les gens du comité d'organisation de la fête sur le chantier à quatorze heures. Ensuite, ils allaient descendre décorer Årtun. Ça prendrait deux heures, probablement trois. J'avais besoin d'une heure maximum pour changer les pièces.

Et puisqu'il n'y avait pas de contrôle fiscal, j'avais du temps.

Bien trop.

Je suis allé m'asseoir sur mon lit. J'ai posé la main sur le matelas où Shannon et moi avions couché. J'ai regardé la plaque de la Barbade sur le mur au-dessus de la kitchenette. Je m'étais un peu renseigné. Il y avait plus de cent mille véhicules sur l'île, un nombre surprenant pour une si petite population. Le niveau de vie était élevé, le troisième d'Amérique du Nord, ils avaient de l'argent à dépenser. En plus, tout le monde parlait l'anglais. Il devait très certainement être possible d'y diriger une station-service. Ou un garage.

J'ai fermé les yeux et me suis propulsé deux ans plus tard. Je nous voyais, Shannon et moi, sur une plage, avec un enfant de dix-huit mois sous le parasol. Tous trois pâles, Shannon et moi avec des coups de soleil sur les jambes. *Redlegs*.

Je suis revenu en arrière, dans quatorze mois. Nos valises étaient prêtes dans l'entrée. Dans la chambre à l'étage, j'entendais des cris d'enfant et la voix rassurante de Shannon. Il ne restait plus que des bricoles à faire. Couper le courant et l'eau. Clouer des panneaux de bois devant les fenêtres. Régler les derniers détails avant de partir.

Les derniers détails.

J'ai consulté encore ma montre.

Ça n'avait plus grande importance, mais je n'aimais pas les détails non réglés, je n'aimais pas les ordures près des pompes.

Enfin, j'aurais dû laisser courir, là, il fallait que je me concentre sur l'autre chose. *Keep your eyes on the prize*, comme disait papa.

Des ordures près des pompes.

À onze heures, je me suis levé et je suis sorti.

« Roy ! » s'est exclamé Stanley en se levant de derrière son petit bureau du cabinet médical. Il est venu m'embrasser. « Tu as attendu longtemps ? » a-t-il demandé, désignant la salle d'attente d'un signe de tête.

« Seulement vingt minutes. Ton assistante m'a accordé une audience rapide, je ne vais pas te voler trop de ton temps.

— Assieds-toi. Tout va bien ? Ton doigt fonctionne ?

— Tout va bien, je venais simplement te poser une question.

— D'accord ?

— Au réveillon du nouvel an, quand je suis parti pour aller sur la place du centre, est-ce que tu te souviens si Dan Krane est parti aussi ? S'il était en voiture ? S'il est arrivé sur la place plus tard que les autres ? »

Stanley a secoué la tête.

« Et Kurt Olsen ?

— Pourquoi ces questions, Roy ?

— Je t'expliquerai tout à l'heure.

— Soit. Non, ils ne sont partis ni l'un ni l'autre. Ça soufflait tellement et on passait un bon moment, alors on est restés à discuter. Jusqu'à ce qu'on entende les pompiers. »

J'ai hoché la tête lentement. Vlan, hypothèse détruite.

« Les seuls qui soient partis avant minuit, ça devait être toi, Simon et Grete.

— Mais aucun de nous n'était en voiture.

— Si. Grete. Elle a dit qu'elle avait promis à ses parents d'être avec eux quand minuit sonnerait.

— D'accord. Quelle voiture conduisait-elle ? »

Stanley a ri. « Tu me connais, Roy, je suis nul en voitures.

Je sais juste qu'elle est relativement neuve et rouge. Ah si, en fait, c'est une Audi, apparemment. »

J'ai hoché la tête encore plus lentement.

J'imaginais une Audi A1 rouge prenant la route de Nergard le soir du nouvel an. Où ne se trouve, hormis Nergard et Opgard, que le site de l'hôtel.

« À propos de nouveauté, s'est écrié Stanley. J'ai complètement oublié de te féliciter.

— Me féliciter ? » Par réflexe, j'avais pensé à la troisième place au palmarès des stations-service, mais l'actualité des postes d'essence ne se diffusait évidemment pas au-delà du cercle des initiés.

« Ben, tu vas devenir oncle ! »

Une seconde s'est écoulée, puis une deuxième, et Stanley a éclaté de rire encore plus fort. « Vous êtes bien frères, vous deux. Carl a réagi exactement comme toi. Pâle comme un cadavre ! »

Je n'avais pas conscience d'avoir pâli, mais j'avais maintenant l'impression d'être en arrêt cardiaque. Je me suis ressaisi.

« C'est toi qui as examiné Shannon ?

— Combien de médecins crois-tu qu'il y ait ici ? » Stanley a ouvert les bras.

« Donc tu as informé Carl qu'il allait être papa ? »

Stanley a plissé le front. « Non, ça, je suppose que c'est Shannon qui l'a fait, mais on s'est rencontrés au supermarché, avec Carl, alors je l'ai félicité et j'ai mentionné un ou deux points auxquels Shannon et lui allaient devoir faire attention au fil de la grossesse. Il était exactement aussi pâle que toi maintenant. C'est compréhensible. Quand les gens viennent comme ça te rappeler que tu vas devenir papa, tu as sans doute toute cette responsabilité effrayante qui resurgit. Je ne savais pas que ça faisait le même effet de devenir oncle, mais on dirait bien. » Il a ri encore.

« Tu as informé d'autres gens que Carl et moi ?

— Non, non. Je suis soumis au secret médical. » Il s'est interrompu brusquement, a posé trois doigts à la naissance de ses cheveux. « Oups. Tu n'étais peut-être pas au courant ? Je suis parti du principe que… comme Carl et toi êtes si proches.

— Ils devaient vouloir le garder pour eux jusqu'à ce qu'ils soient relativement certains que tout se passe bien. Avec toutes les difficultés que Shannon a eues pour tomber enceinte…

— Zut, ce n'est vraiment pas professionnel de ma part. » Stanley avait l'air sincèrement désespéré.

« Ne t'en fais pas. » Je me suis levé. « Si tu n'en parles à personne, je n'en parlerai pas non plus. »

Je suis reparti avant que Stanley ait le temps de me rappeler que j'étais censé lui expliquer pourquoi je lui avais posé ces questions sur le réveillon du nouvel an. Je suis remonté dans ma Volvo et je suis resté le regard dans le vide.

Carl savait donc que Shannon était enceinte. Il le savait et il n'avait pas mis le sujet sur le tapis. Il ne me l'avait pas dit à moi non plus. Avait-il compris qu'il n'était pas le père ? Compris ce qui se passait ? Que c'était Shannon et moi contre lui. J'ai pris mon téléphone. J'hésitais. Shannon et moi avions tout planifié très soigneusement, notamment pour ne pas avoir besoin de nous téléphoner au-delà de ce qui est naturel entre un beau-frère et une belle-sœur. D'après *True Crime*, le premier point que la police vérifiait, c'était les derniers appels téléphoniques des proches de la victime et des autres suspects potentiels. Je me suis décidé, j'ai composé le numéro.

« Alors ? a-t-on répondu au bout du fil.

— J'ai une heure de libre maintenant, ai-je dit.

— Bien, a conclu Carl. Chute Libre dans vingt minutes. »

65

Au Chute Libre, il y avait l'habituelle clientèle de matinée ; des amateurs de trot et les gens qui maintiennent notre système de protection sociale en vie.

« Une bière », ai-je demandé à Erik Nerell.

Il m'a regardé froidement. Il était sur ma liste de suspects à propos de l'incendie de l'hôtel, mais cette liste se limitait désormais à une personne.

En me dirigeant vers une table libre près de la fenêtre, j'ai vu que Dan Krane en occupait une autre, en compagnie d'une pinte de bière. Dan regardait dans le vide. Il avait l'air, comment dire, légèrement négligé. Je l'ai laissé tranquille, imaginant qu'il me rendrait la politesse.

J'étais à la moitié de ma bière quand Carl est entré d'un pas alerte.

Il m'a pris dans ses bras et est allé chercher un café au comptoir, Erik lui a réservé le même accueil glacial qu'à moi. Dan Krane, en remarquant Carl, a fini sa bière et quitté les lieux d'un pas lourd appuyé.

« Oui, j'ai vu Dan », a répondu Carl avant que j'aie eu le temps de lui poser la question, il n'était même pas encore assis. « Apparemment, il n'habite plus au domaine des Aas. »

J'ai hoché la tête lentement. « Et à part ça ?

— Eh ben… » Carl a bu une gorgée de café. « Je me demande comment ça va se passer ce soir, bien sûr. Et à la maison, Shannon commande de plus en plus. Aujourd'hui, par exemple, elle a décidé de prendre la Cadillac jusqu'à ce que nous allions à la réunion, alors je dois conduire la voiture de ma femme. » Il a fait un signe de tête vers le parking, où se trouvait la Subaru.

« Le principal, c'est que tu fasses une entrée stylée.

— Bien sûr, bien sûr. » Il a bu une autre gorgée de café. Il attendait. On aurait presque dit qu'il appréhendait. Deux frères qui appréhendaient. Deux frères dans le lit superposé qui redoutaient que la porte s'ouvre.

« Je crois que je sais qui a mis le feu à l'hôtel. »

Carl a levé les yeux. « Ah ? »

Je ne voyais aucune raison de faire durer le plaisir, alors je l'ai dit carrément. « Grete Smitt. »

Il a éclaté de rire. « Grete est un peu dingue, Roy, mais pas à ce point-là. En plus, elle s'est calmée. Ça lui a fait du bien de se mettre en couple avec Simon. »

Je l'ai dévisagé. « Simon ? Tu veux dire, Simon *Nergard* ?

— Tu ne savais pas ? » Carl s'est marré sans conviction. « D'après la rumeur, Simon lui aurait demandé de le reconduire à Nergard le soir du nouvel an et elle aurait passé la nuit là-bas. Depuis, ils sont toujours fourrés ensemble, dis donc. »

Mon cerveau faisait son possible pour intégrer la nouvelle. Grete avait-elle pu mettre le feu à l'hôtel en *collaboration* avec Simon ? J'ai retourné cette possibilité dans ma tête. Elle me laissait un drôle d'arrière-goût. D'un autre côté, tout avait un drôle d'arrière-goût ces derniers temps. Mais il était inutile d'en parler à Carl. Ou à qui que ce soit d'autre, d'ailleurs, parce qu'on s'en foutait, de qui l'avait fait. Je me suis éclairci la voix. « Tu voulais me parler de quelque chose. »

Il a baissé les yeux sur son café, fait un signe de tête, levé les yeux, vérifié que les six autres clients étaient à une distance convenable, s'est avancé et a dit à voix basse : « Shannon est enceinte.

— Oh ! punaise ! » J'ai souri, m'efforçant de ne pas surjouer. « Félicitations, frère !

— Non, a répondu Carl en secouant la tête.

— Non ? Il y a un problème ? »

Il a arrêté de secouer la tête pour la hocher.

« Avec le bébé ? » ai-je demandé, sentant, même si j'étais en train de mentir, que la seule idée qu'il puisse y avoir un problème avec l'enfant que Shannon portait, *notre* enfant, me donnait la nausée.

Carl s'est remis à secouer la tête.

« Quoi, alors ?

— Je ne suis pas…

— Pas… ? »

La tête enfin immobile, il m'a lancé un regard de capitulation éloquent.

« Tu n'es pas le père ? »

Il a hoché la tête.

« Comment…

— Shannon et moi, on n'a pas couché ensemble depuis son retour de Toronto. Elle ne m'a pas laissé la toucher. Ce n'est pas elle qui m'a dit qu'elle était enceinte, c'est Stanley. Shannon ne sait même pas que je suis au courant.

— Oh ! putain, quel merdier !

— Oui. Quel merdier… » Son regard lourd ne me lâchait pas. « Et tu sais quoi, Roy ? »

Il attendait, mais je n'ai pas répondu.

« Je crois que je sais qui c'est. »

J'ai dégluti. « Ah ?

— Oui. Tout à coup, au début de l'automne, Shannon a dû aller à Notodden, tu vois. Un entretien pour un projet d'architecture, soi-disant. Quand elle est revenue, elle était complètement ailleurs pendant des jours. Elle ne mangeait pas, ne dormait pas. J'ai cru que c'était parce que son entretien n'avait rien donné. Quand j'ai su par Stanley qu'elle était enceinte, je me suis demandé comment elle avait bien pu avoir la possibilité de rencontrer un autre homme, Shannon et moi, on vit collés l'un à l'autre, ici. Alors, j'ai commencé à envisager cette virée à Notodden sous un autre jour. Shannon me raconte tout, ce qu'elle ne raconte pas, je le devine facilement, mais il y avait eu quelque chose que je n'arrivais pas à saisir. Qu'elle cachait. Comme si elle avait mauvaise conscience. Quand j'y réfléchissais, ça s'était passé après son séjour à Notodden. D'un seul coup, elle s'est mise à devoir passer des journées à Notodden, pour faire du shopping. Tu vois ? »

J'ai dû toussoter pour réussir à émettre un son. « Je crois.

— Alors l'autre jour, je lui ai demandé où elle était descendue quand elle avait passé la nuit à Notodden, et quand elle m'a dit que c'était au Brattrein, j'ai appelé pour vérifier. Le réceptionniste m'a dit que Shannon Alleyne Opgard avait effectivement pris une chambre le 3 septembre, mais quand je lui ai demandé avec qui, il m'a dit qu'elle avait loué la chambre seule.

— Il te l'a dit comme ça ?

— Il se *peut* que j'aie prétendu me nommer Kurt Olsen et appeler du poste de lensmann à Os.

— Jésus, ai-je fait, sentant le dos de ma chemise se mouiller.

— Alors je lui ai demandé de m'indiquer les noms des clients de ce jour-là, et un nom intéressant est apparu, Roy. »

J'avais la bouche sèche. Bordel, qu'est-ce qui s'était passé ? Ralf s'était-il rappelé que j'étais là, avait-il donné mon nom ? Une seconde, je me souvenais maintenant : en me voyant entrer dans le restaurant, il était parti du principe que j'allais passer la nuit à l'hôtel et m'avait réservé une chambre. M'avait-il inscrit sur la page de réservations pour ensuite oublier de m'effacer quand je n'avais pas pris la chambre ?

— Un nom intéressant et très *connu* », a poursuivi Carl.

Je me suis armé de courage.

« Dennis Quarry. »

J'ai dévisagé Roy. « Quoi ?

— L'acteur. Le metteur en scène. L'Américain qui est passé à la station-service. Il logeait à l'hôtel. »

Je n'ai compris que j'avais cessé de respirer que lorsque j'ai inspiré profondément. « Et alors ?

— Et alors ? Il a signé un autographe à Shannon à la station-service, tu ne te souviens pas ?

— Si. Mais...

— Shannon me l'a montré dans la voiture ensuite. Elle riait parce qu'il avait aussi ajouté son numéro de téléphone et son adresse mail. Il lui avait dit qu'il allait passer pas mal de temps en Norvège. Il allait... » Carl a fait des guillemets avec ses doigts. « ... *mettre en scène.* Je n'y ai plus pensé et je pensais qu'elle non plus. Jusqu'à ce truc de Mari et moi...

— Tu crois qu'elle l'a vu pour se venger ?

— N'est-ce pas évident ? »

J'ai haussé les épaules. « Peut-être qu'elle l'aime ? »

Carl m'a regardé fixement. « Shannon n'aime personne. Elle n'aime que son hôtel. Elle aurait mérité une bonne rossée.

— Et elle a dû s'en prendre une. »

Ça m'avait échappé. Les yeux exorbités, Carl a abattu son poing sur la table. « Elle t'a parlé de ça, cette salope ?

— Chut. »

J'ai attrapé ma bière comme une bouée de sauvetage. Dans le silence qui a suivi, j'ai remarqué que tout le monde avait les yeux braqués sur nous. Carl et moi sommes restés sans rien dire jusqu'à ce que les conversations reprennent et qu'Erik Nerell se penche de nouveau sur son téléphone.

« J'ai vu ses bleus quand je suis rentré à Noël, ai-je précisé à voix basse. Elle sortait de la salle de bains. »

Je voyais que le cerveau de Carl concoctait une explication. Pourquoi avait-il fallu que je lâche ça quand j'avais besoin qu'il me fasse confiance, putain ?

« Carl, je…

— C'est bon, a-t-il répondu d'une voix rocailleuse. Tu as raison. C'est arrivé quelques fois après son retour de Toronto. » Il a inspiré si profondément que j'ai vu sa cage thoracique se soulever. « J'étais tellement stressé par tout le merdier de l'hôtel, en plus, elle continuait de m'emmerder à cause de ce qui s'est passé avec Mari. Alors quand j'avais bu quelques verres, il m'arrivait de… de péter les plombs. Mais ça ne s'est pas reproduit depuis que j'ai cessé de boire. Merci, Roy.

— Merci ?

— Merci de m'y confronter. Ça fait longtemps que je me dis que je vais t'en parler. Je commençais à craindre d'avoir le même truc que papa. Ce truc de te mettre à faire des choses que tu ne veux pas faire, mais où tu n'arrives pas à t'arrêter, mais j'ai réussi. J'ai changé.

— La brebis égarée est revenue dans le troupeau.

— Hein ?

— Tu es sûr que tu as changé ?

— Juré, craché. Je persiste et signe.

— Tu signes, oui. Ça te connaît, les signatures. »

Il s'est contenté de m'observer comme si c'était un jeu de mots à deux balles qu'il ne saisissait pas. Là, je lâchais beaucoup de choses que je ne comprenais pas moi-même.

« Enfin, a-t-il dit en se passant la main sur le visage. Il fallait juste que je le dise à quelqu'un, pour le bébé. Et ce quelqu'un, c'est toujours toi, désolé.

— C'est bien normal, ai-je répondu, tournant le couteau dans ma propre plaie. Je suis ton frère.

— Oui, tu es celui qui est toujours là quand j'ai besoin de quelqu'un. Putain, ce que je suis content de t'avoir toi, au moins. »

Carl a posé sa main sur la mienne. La sienne était plus grande, plus douce, plus chaude que la mienne, glaciale.

« Toujours », ai-je dit d'une voix rauque.

Il a consulté sa montre. « Je m'occuperai de cette histoire avec Shannon plus tard, a-t-il conclu en se levant. L'histoire de paternité reste entre nous, d'accord ?

— Bien sûr. » Et si dément que ça puisse paraître, j'ai failli rire.

« Bon. L'inauguration des travaux ! On va leur montrer, Roy. » Il a pris une mine de combattant, la bouche et les yeux crispés, et a agité son poing serré vers moi. « Les gars d'Opgard l'emporteront ! »

J'ai souri en levant mon verre pour lui signifier que j'avais l'intention de finir ma bière.

Je l'ai suivi du regard alors qu'il regagnait la sortie. Je l'ai vu par la fenêtre monter dans la Subaru. Shannon avait fait en sorte d'avoir la Cadillac, mais Carl allait la prendre le soir pour aller au site de l'hôtel. Ou plus exactement, *vers* le site.

Un unique feu de freinage s'est allumé quand la Subaru s'est arrêtée pour laisser passer un camion avant de s'engager sur la route.

J'ai commandé une autre bière, je l'ai bue lentement en réfléchissant.

Je pensais à Shannon. À ce qui nous motive, nous autres, êtres humains. Je pensais à moi-même. À comment j'avais quasiment demandé à être démasqué, en racontant à Carl que je savais qu'il tapait Shannon, en faisant allusion au fait que je savais qu'il avait falsifié ma signature. Je demandais à être démasqué pour ne pas avoir à aller jusqu'au bout, pour ne pas avoir à continuer de remplir Huken d'épaves et de cadavres.

66

Après quatre pintes, j'ai quitté le Chute Libre.

Il n'était que treize heures trente, ce qui me laissait le temps de redevenir sobre comme un chameau, mais je savais que ces bières étaient un signe de faiblesse. Une réaction de fuite. Le moindre faux pas suffirait à ruiner le plan entier, alors pourquoi boire *maintenant* ? C'était encore une indication qu'une partie de moi souhaitait peut-être que je ne réussisse pas. Mon moi reptilien. Non, le cerveau reptilien n'avait rien à voir avec ça, voyez, j'avais une pensée confuse, je m'emmêlais déjà dans mes concepts. Quoi qu'il en soit, mon *moi*-moi savait pertinemment ce qu'il voulait : c'était prendre ce qui lui appartenait de droit, ce qu'il en restait. Dégager ceux qui y faisaient obstacle, ceux qui menaçaient ceux que je devais défendre. Parce que je n'étais plus grand frère. J'étais son homme. Et le père de l'enfant. C'était eux, ma famille, désormais.

Il n'y en avait pas moins quelque chose qui ne collait pas.

Laissant la Volvo à l'atelier, j'ai marché du centre vers le sud-est sur la piste cyclable piétonne qui borde la nationale. Arrivé au garage, je suis resté à regarder de l'autre côté de la route, la maison avec le placard publicitaire du salon de coiffure et de beauté de Grete.

J'ai encore consulté ma montre.

À la rigueur, j'avais le temps, mais j'aurais dû laisser tomber, ce n'était pas le bon moment pour m'occuper de ça. D'ailleurs, il n'y en aurait sans doute jamais.

Donc Dieu sait comment je me suis soudain retrouvé de l'autre côté de la maison à regarder dans le garage, l'Audi A1 rouge qui s'y trouvait.

« Salut ! » m'a lancé Grete depuis le fauteuil de coiffure. Elle avait la tête dans ce qui faisait sa fierté, le sèche-cheveux de salon des années cinquante. « Je ne t'ai pas entendu sonner !

— Je n'ai pas sonné », ai-je répondu, constatant que nous étions seuls. Le fait qu'elle travaillait sur sa propre permanente suggérait qu'elle n'avait pas de rendez-vous dans l'immédiat, mais j'ai tout de même verrouillé derrière moi.

« Je pourrai te couper les cheveux dans dix minutes, il faut juste que je mette un peu d'ordre dans ma propre chevelure d'abord. C'est important d'avoir une apparence à peu près correcte quand on est coiffeuse, tu sais. »

Elle avait l'air stressée. Parce que je débarquais à l'improviste, peut-être. Ou parce qu'elle le voyait sur moi. Je n'étais pas venu pour un petit coup de ciseaux. Ou alors c'était que, en son for intérieur, elle m'attendait depuis drôlement longtemps.

« Jolie voiture, ai-je fait.

— Comment ? Je n'entends pas très bien sous ce casque.

— Jolie voiture ! Je l'ai vue devant chez Stanley au réveillon du nouvel an, mais je ne savais pas que c'était la tienne.

— Si. Ça a été une bonne année pour la coiffure. Comme dans tous les secteurs ici.

— La même voiture, de la même couleur, m'a dépassé juste avant minuit quand j'allais vers la place du centre. Pas tellement d'Audi rouges dans le bourg, donc on aurait pu croire que c'était toi, pas vrai ? Mais ensuite, Stanley m'a dit que tu devais aller chez tes parents pour célébrer le passage à la nouvelle année, et c'est dans la direction opposée. En plus, la voiture a pris la route de Nergard et de l'hôtel. Pas grand-chose là-bas, à part Nergard, Opgard. Et l'hôtel. Alors j'ai commencé à gamberger… »

Je me suis penché pour regarder les ciseaux sur le plan de travail devant le miroir. Ils m'avaient tous l'air plus ou moins équivalents, mais celui qui était en exposition dans un étui ouvert devait être son célèbre Niigata 1000.

« Au réveillon, tu m'as dit que Shannon détestait Carl, mais qu'elle dépendait de lui pour avoir son hôtel. Est-ce que tu te disais que, si l'hôtel brûlait et que le projet était abandonné, elle n'aurait plus de raison de s'accrocher à lui et tu pourrais l'avoir ? »

Grete Smitt m'a regardé posément, sa nervosité semblait balayée. Les avant-bras immobiles sur les accoudoirs de ce fauteuil de coiffure lourd et imposant, le port de tête altier sous une couronne de plastique et de filaments, elle avait l'air d'une putain de reine sur son trône.

« Bien sûr que ça m'est venu à l'esprit, a-t-elle répondu, la voix plus basse. À toi aussi, Roy. C'est pourquoi je te soupçonne d'avoir mis le feu. Tu as complètement disparu un peu avant minuit.

— Ce n'était pas moi.

— Alors ça ne peut être qu'une seule personne. »

J'avais la bouche sèche. On n'en avait rien à foutre de qui avait mis le feu à ce putain d'hôtel. Il y a eu un faible bourdonnement, je ne sais pas si c'était le casque de séchage ou mon cerveau.

Elle s'est tue quand elle a vu que j'avais sorti les ciseaux de l'étui. Elle a dû voir quelque chose dans mon regard, parce qu'elle a levé les bras devant elle.

« Roy, tu n'as pas l'intention de… »

Je ne sais pas quelle était mon intention. Je ne sais pas, putain. Je sais juste que tout se bousculait, ce qui s'était passé, ce qui n'aurait pas dû se passer, ce qui allait se passer et ne devait pas se passer, mais n'était plus évitable. Ça montait en moi comme de la merde dans des chiottes bouchées – depuis longtemps –, et maintenant ça débordait. Les ciseaux étaient pointus, je n'avais qu'à les enfoncer dans sa gueule répugnante, découper ses joues blanches, découper les vilains mots.

Cependant, je me suis arrêté.

Je me suis arrêté, j'ai contemplé les ciseaux. Acier japonais. Le discours de papa sur le hara-kiri m'est revenu. N'étais-je pas sur le point d'échouer, n'était-ce pas moi – et non Grete – qu'on allait devoir extraire du corps social comme une tumeur cancéreuse ?

Non, les deux. Nous devions tous deux être sanctionnés. Brûlés.

J'ai saisi le vieux câble noir du séchoir, j'ai ouvert les ciseaux et je les ai refermés en serrant. L'acier tranchant a traversé l'isolant comme du beurre et quand il est entré en contact avec le cuivre, la décharge électrique m'a presque fait lâcher, mais j'étais préparé et j'ai réussi à maintenir une pression régulière des ciseaux sans sectionner le câble.

« Mais qu'est-ce que tu fais ? s'est écriée Grete. C'est un Niigata 1000 ! Et tu détruis un séchoir à cheveux des années cinquante… »

De ma main libre, j'ai saisi la sienne, et son débit de paroles s'est tari quand la boucle s'est refermée et que le courant s'est mis à circuler. Elle a essayé de se dégager, mais je n'ai pas lâché. Sous les crépitements du casque, son corps était secoué, ses yeux révulsés, et un cri continu, d'abord faible et suppliant, puis sauvage et impérieux, est sorti de sa gorge. Mon cœur battait la chamade, je savais bien qu'il ne pourrait pas supporter deux cents milliampères indéfiniment, mais je ne lâchais pas, putain. Car Grete Smitt et moi étions là où nous le méritions, unis dans un cercle de douleur. Je voyais maintenant les flammes bleues qui s'échappaient du casque. Bien que tenir les ciseaux requière toute ma concentration, j'ai senti l'odeur de cheveux roussis. J'ai fermé les yeux, serré des deux mains et murmuré des paroles muettes, comme j'avais vu le prédicateur le faire quand il guérissait ou convertissait à Årtun. Le cri de Grete était assourdissant, si fort que c'est à peine si j'ai entendu qu'une alarme incendie se mettait à hurler.

Alors j'ai lâché prise et j'ai ouvert les yeux.

Grete a arraché le casque et j'ai vu un mélange de bigoudis fondus et de cheveux enflammés. Elle s'est précipitée vers l'évier, sous l'eau de la douchette, pour éteindre le brasier.

Je me suis dirigé vers la porte. J'entendais dévaler l'escalier de l'autre côté, la névropathie semblait marquer une pause. Je me suis retourné, j'ai encore regardé Grete. Elle était sauvée. Une fumée grise s'élevait des décombres de sa permanente, qui n'était finalement pas si permanente que ça, mais ressemblait plutôt à un barbecue enflammé sur lequel on aurait balancé un seau d'eau.

Dans le vestibule, j'ai attendu que le père de Grete soit descendu suffisamment bas dans l'escalier pour bien voir ma gueule, je l'ai vu articuler quelque chose, mon nom, peut-être, mais c'était couvert par le hurlement de l'alarme incendie. Je suis sorti.

Une heure s'est écoulée. Il était quatorze heures quarante-cinq.

Dans le garage, je regardais fixement mon sac.

Kurt Olsen n'était pas venu m'arrêter, ruiner toute l'opération.

Il n'y avait aucune échappatoire. Il était temps de me mettre en route.

J'ai attrapé mon sac, je suis monté dans ma Volvo et j'ai roulé jusqu'à Opgard.

67

Je me suis extrait de sous la Cadillac. Shannon était au-dessus de moi, dans la grange glacée, elle grelottait dans un de ses pulls fins noirs, les bras croisés et le visage soucieux. Je n'ai rien dit, je me suis simplement levé et j'ai épousseté des copeaux de bois de ma combinaison.

« Alors ? a-t-elle demandé d'un ton impatient.

— C'est arrangé », ai-je répondu en actionnant le cric pour redescendre la voiture.

Ensuite, je l'ai aidée à la pousser dehors, devant le jardin d'hiver, l'avant pointé vers le virage des Chèvres.

J'ai consulté ma montre. Seize heures quinze. Un peu plus tard que prévu. Je suis retourné dans la grange pour chercher mes outils et j'avais commencé à les ranger dans mon sac sur l'établi quand Shannon s'est postée derrière moi et m'a enlacé.

« On a encore la possibilité d'arrêter, a-t-elle dit, plaquant sa joue contre mon dos.

— Tu veux ?

— Non. » Elle m'a caressé la poitrine. Nous ne nous étions pas touchés, à peine regardés depuis mon arrivée. Je m'étais attelé à la Cadillac tout de suite pour être sûr d'avoir le temps de changer les grosses pièces avant que Carl ne revienne de sa réunion, mais ce n'était pas la seule raison. C'était autre chose. Nous étions soudain devenus étrangers l'un à l'autre. Comme deux assassins aussi épouvantés par l'autre que par eux-mêmes. Mais ça allait passer. FAIS CE QU'IL FAUT FAIRE. FAIS-LE TOUT DE SUITE. C'était tout.

« Alors on suit le plan », ai-je déclaré.

Elle a acquiescé. « Le pluvier guignard est de retour, a-t-elle répondu. J'en ai vu un hier.

— Déjà ? » Je me suis tourné vers elle, ai encadré son beau visage de mes mains robustes et de mes gros doigts. « C'est chouette.

— Non. » Elle a secoué la tête avec un sourire triste. « Il n'aurait pas dû. Il était dans la neige devant la grange. Mort de froid. » Une larme est tombée de son œil à la paupière tombante.

Je l'ai attirée à moi.

« Redis-moi pourquoi nous faisons ça, a-t-elle chuchoté.

— Nous faisons ça parce qu'il n'y a qu'une alternative. Que je le tue. Ou qu'il me tue.

— Parce que…

— Parce qu'il a pris ce qui m'appartenait. Parce que j'ai pris ce qui lui appartenait. Parce que nous sommes tous deux des tueurs. »

Elle a acquiescé. « Sommes-nous sûrs que c'est la seule issue ?

— Toute autre solution intervient trop tard pour Carl et moi, je te l'ai expliqué, Shannon.

— Oui, a-t-elle reniflé dans ma chemise. Quand ce sera passé…

— Oui. Quand ce sera passé…

— Je crois que c'est un garçon. »

Je l'ai tenue dans mes bras quelque temps, mais j'ai alors entendu de nouveau l'égrènement des secondes, comme un putain de compte à rebours, un décompte vers la perte de tout sens du monde. Enfin, le monde n'allait pas perdre son sens, c'était maintenant que tout allait commencer, pas se finir. Une nouvelle vie. *Ma* nouvelle vie, aussi.

J'ai relâché Shannon et j'ai rangé ma combinaison, les durites et le câble d'accélérateur de Carl dans mon sac. Elle m'a regardé.

« Et si ça ne marche pas ?

— C'est *censé* ne pas marcher », ai-je répondu, même si je comprenais bien sûr ce qu'elle voulait dire, et elle a peut-être entendu l'irritation dans ma voix en se demandant d'où elle venait. Elle le comprenait sans doute. Stress. Nervosité. Peur. Remords ? Et elle, en avait-elle, des remords ? Sûrement. Mais à Kristiansand, quand nous avions établi notre plan, nous en avions parlé aussi. Du fait que le doute viendrait chuchoter à notre oreille, comme il chuchotait à l'oreille du couple de mariés le jour des noces. Le doute était comme de l'eau, qui trouvait toujours le trou dans le plafond, et gouttait maintenant sur ma tête, comme dans le supplice chinois. Grete qui déclarait qu'une seule personne avait pu faire flamber l'hôtel. L'un des feux de freinage de la Subaru qui ne marchait pas. La description que le Letton avait faite de la voiture montant au chantier de l'hôtel le soir du nouvel an.

« Le plan va marcher, ai-je affirmé. Il n'y a presque plus de liquide de frein dans le circuit et cette voiture pèse deux tonnes. Masse par vitesse. Un seul résultat possible.

— Et s'il s'en aperçoit avant le virage ?

— Je n'ai jamais vu Carl tester des freins avant d'en avoir besoin, ai-je assuré d'un ton calme et gentil, bien que j'aie déjà répété cette phrase *x* fois. La voiture est sur un terrain plat, il accélère, ensuite la pente arrive et il relâche la pédale d'accélérateur, la descente étant très raide, il ne se rend pas compte que l'accélération est aussi due au câble qui s'accroche. Avec tout ce poids, la voiture prend de l'élan, il arrive au virage en à peine deux secondes et il s'aperçoit alors que la vitesse est bien plus élevée que d'habitude à cet endroit. Paniqué, il freine, mais le frein ne répond pas. Il a peut-être le temps d'appuyer encore une fois sur la pédale, de braquer le volant, mais il n'a pas la moindre chance de s'en sortir. » Je me suis humecté la bouche, j'avais fait passer le message, j'aurais pu m'arrêter là, mais j'ai continué de remuer le couteau dans la plaie. La mienne, la sienne. « La vitesse est trop importante, la voiture trop lourde, le virage trop serré, ça n'aurait même pas servi d'avoir de l'asphalte au lieu de la terre gravillonnée. Ensuite la voiture part en vol plané, il est en apesanteur. Le capitaine d'une fusée spatiale, avec un cerveau tournant à une vitesse supraluminique qui a le temps de se demander comment, qui, pourquoi. Peut-être aussi de répondre à ces questions avant de…

— Assez ! » s'est écriée Shannon. Elle a croisé les bras et été traversée d'une secousse. « Et si… s'il s'aperçoit malgré tout que quelque chose cloche et ne prend pas la voiture ?

— Il s'apercevra que quelque chose cloche. Il fera bien sûr vérifier la voiture, et le garage constatera que le câble de l'accélérateur est effiloché, que les durites de frein sont pourries, fin du mystère. On devra élaborer un autre plan, on s'y prendra autrement. Rien de pire.

— Et si le plan fonctionne, mais que la police a des soupçons ?

— Eh bien, elle examinera l'épave et verra des pièces usées. On en a déjà parlé, Shannon. C'est un bon plan, OK ? »

Dans un sanglot, elle s'est jetée contre moi.

J'ai délicatement desserré son étreinte.

« J'y vais maintenant.

— Non ! a-t-elle hoqueté. Reste !

— Je vais regarder depuis le garage. Depuis là-bas, je vois le virage des Chèvres. Appelle-moi s'il y a un problème, d'accord ?

— Roy ! » Elle le criait comme si c'était la dernière fois qu'elle me voyait en vie, comme si je dérivais loin d'elle en pleine mer, comme un couple de jeunes mariés sur un voilier, qui avait bu du champagne et s'était laissé gagner par une délicieuse ivresse, mais était d'un seul coup ramené à la sobriété.

« On se voit tout à l'heure, ai-je dit. Souviens-toi que tu dois appeler le numéro d'urgence tout de suite après. Souviens-toi comment ça s'est passé, comment la voiture se comportait et décris-le à la police exactement comme c'était. »

Elle a acquiescé, s'est redressée, a arrangé sa robe. « Que... qu'est-ce qui va se passer après ça, tu crois ?

— Après ça, je pense qu'ils installeront une glissière de sécurité. »

68

Il était dix-huit heures deux et le crépuscule tombait.

J'étais assis à la fenêtre du bureau, les jumelles braquées sur le virage des Chèvres. J'avais calculé mentalement que, quand la Cadillac sortirait de la route, elle serait visible pendant assez précisément trois dixièmes de seconde, donc tout clignement d'œil devait être rapide.

Je m'étais figuré que je serais moins nerveux quand j'aurais fini ma partie et que le reste serait entre les mains de Shannon, c'était l'inverse. Maintenant que j'étais là sans rien faire, j'avais bien trop de temps pour penser à tout ce qui pouvait mal tourner et je trouvais sans cesse de nouvelles idées. Plus invraisemblables les unes que les autres, certes, mais elles ne favorisaient pas la sérénité.

Le plan était que, au moment de partir au chantier pour couper le ruban, Shannon se plaindrait de se sentir mal et dirait qu'elle avait besoin de s'allonger, que Carl n'avait qu'à partir seul. S'il prenait la Cadillac, elle n'aurait qu'à le rejoindre à la fête d'Årtun en Subaru si elle se sentait mieux.

J'ai consulté encore ma montre. Dix-huit heures trois. Trois dixièmes de seconde. J'ai levé de nouveau les jumelles, j'ai balayé du regard les fenêtres des Smitt, où je n'avais pas noté de mouvement des rideaux depuis l'incident du début d'après-midi, et j'ai trouvé la montagne derrière et le virage des Chèvres. Ça pouvait s'être produit. Il se *pouvait* que tout soit déjà terminé.

J'ai entendu une voiture se garer devant l'atelier et j'ai braqué les jumelles dessus, mais elle était floue. Baissant les jumelles, j'ai vu que c'était le Land Rover de Kurt Olsen.

Le moteur s'est éteint et il est sorti. Il ne pouvait pas me voir, parce que j'avais éteint la lumière dans la pièce, mais il regardait néanmoins dans ma direction, comme s'il savait que j'étais là. Il restait planté sur place, les jambes arquées et les pouces accrochés à sa ceinture, comme un cow-boy qui me provoquait en duel. Puis il s'est dirigé vers la porte du garage, il est sorti de mon champ de vision et, aussitôt après, on a sonné à la porte.

J'ai poussé un soupir et je me suis levé pour lui ouvrir.

« Bonsoir, lensmann. De quoi s'agit-il, cette fois ?

— Salut, Roy. Je peux entrer ?

— Là tout de suite, je... »

Il m'a poussé sur le côté et a pénétré dans le garage. Il a regardé autour de lui comme s'il n'était jamais venu, avant de se diriger vers l'étagère où se trouvait tout un tas de choses. Du détergent, par exemple.

« Je me demande en fait ce qui s'est passé là-dedans, Roy... »

Je me suis raidi. Avait-il enfin découvert le pot aux roses ? Que c'était ici que le corps de son père avait fini et s'était – littéralement – volatilisé dans le détergent Fritz ?

Mais je me suis ensuite aperçu qu'il tapotait son doigt sur sa tempe et j'ai compris qu'il parlait de ce qui s'était passé dans ma tête.

« ... quand tu es allé mettre le feu à Grete Smitt.

— C'est ce que dit Grete ? ai-je demandé.

— Pas Grete, mais son père. Il t'a vu partir alors que la fumée s'élevait encore de Grete, comme il a dit.

— Et que dit Grete ?

— Qu'est-ce que tu crois, Roy ? Qu'il y a eu un problème avec son sèche-cheveux de salon, une soudaine fuite de courant ou un truc dans ce genre, que tu l'as aidée, mais putain, je n'y crois pas une seconde, parce que ce câble était à moitié coupé. Alors la question que je te pose maintenant est – et réfléchis sacrément bien avant de répondre – de quoi as-tu bien pu la menacer pour qu'elle mente comme ça, bordel ? »

Kurt Olsen attendait ma réponse, tantôt aspirant sa moustache tantôt gonflant les joues comme une putain de grenouille-taureau.

« Tu refuses de répondre, Roy ?

— Mais non.

— Comment tu appelles ça, alors ?

— Faire ce que tu dis. Réfléchir sacrément bien. »

J'ai vu quelque chose se passer là-bas derrière le regard de Kurt Olsen et il a perdu pied. Il a fait deux pas vers moi, a armé son bras droit et s'apprêtait à frapper. Je le sais parce que je sais à quoi ressemblent les gens qui vont frapper, à des requins qui révulsent leurs yeux au moment de mordre. Il a suspendu son geste, arrêté sans doute par une pensée. Roy Opgard un samedi soir à Årtun. Des dents déchaussées et des saignements de nez, rien dont Sigmund Olsen ait besoin de s'occuper. Roy Opgard, un homme qui ne perdait pas la tête, mais qui froidement, avec calcul, humiliait ceux qui la perdaient. Alors au lieu de frapper, Kurt Olsen a libéré un index d'avertissement de son poing serré.

« Je sais que Grete sait des choses. Elle sait des choses sur toi, Roy Opgard. C'est quoi ? » Il s'est rapproché d'un pas et j'ai senti une pluie de postillons sur mon visage. « Elle sait pour Willum Willumsen ? »

Mon téléphone sonnait dans ma poche, mais Kurt Olsen parlait plus fort.

« Tu me prends pour un con ? Tu t'imagines que je vais avaler que – par une coïncidence – le type qui a tué Willumsen dérape sur le verglas juste devant chez Carl et toi ? Que Willumsen aurait effacé une dette de plusieurs millions de couronnes sans que qui que ce soit en entende parler ? Parce qu'il avait le sentiment que c'était son *devoir* ? »

Était-ce Shannon ? Il fallait que je voie qui appelait, il le fallait.

« Allons, Roy. Comme si Willum Willumsen avait jamais cédé la moindre couronne qu'on lui devait. »

J'ai sorti mon téléphone, regardé l'écran. Oh ! merde !

« Oui, je sais que ton frère et toi avez un rapport avec cette histoire. Comme avec la disparition de mon père. Parce que tu es un tueur, Roy Opgard. Tu l'es et tu l'as toujours été ! »

J'ai fait un signe de tête à Kurt. Un instant son flot de paroles s'est interrompu et il a écarquillé les yeux comme si je venais de confirmer ses allégations que j'étais un meurtrier. Puis j'ai compris qu'il me signifiait de répondre à l'appel. Il a alors repris :

« Si tu n'avais pas entendu des témoins venir, tu aurais tué Grete Smitt aujourd'hui ! Tu aurais… »

J'ai tourné le dos à demi, me suis bouché une oreille et ai plaqué le téléphone contre l'autre. « Oui, Carl ?

— Roy ? J'ai besoin d'aide ! »

C'était comme si la lumière s'éteignait et que j'étais projeté seize années en arrière.

Même endroit.

Même désespoir dans la voix de mon petit frère.

Même crime qui allait être commis, sauf que, cette fois, c'était lui-même qui allait être la victime.

Mais il était en vie. Et il avait besoin d'aide.

« Qu'est-ce qu'il y a ? » suis-je parvenu à articuler alors que le lensmann braillait sa litanie derrière moi.

Carl a hésité. « C'est Kurt Olsen que j'entends ?

— Oui. Qu'est-ce qu'il y a ?

— L'inauguration va bientôt commencer et le but, c'est un peu que j'arrive en Cadillac, mais quelque chose ne va pas. Sûrement une bagatelle, mais est-ce que tu pourrais venir voir si tu peux arranger le problème ?

— J'arrive tout de suite. »

J'ai raccroché et je me suis tourné vers Kurt Olsen.

« C'était sympa de te parler, mais à moins que tu n'aies un mandat d'amener, je vais filer. »

Sa bouche n'était toujours pas refermée quand je suis parti.

Une minute plus tard, j'étais dans la Volvo sur la nationale. J'avais mon sac d'outils à côté de moi, les phares du Land Rover dans mon rétro et, dans les oreilles, la promesse d'Olsen quand nous nous étions séparés de nous avoir, mon frère et moi. Je me suis demandé un instant s'il avait l'intention de me poursuivre jusqu'à la ferme, mais quand j'ai viré vers Nergard et Opgard, il a continué tout droit.

De toute façon, ce n'était pas Olsen qui m'inquiétait le plus.

Quelque chose n'allait pas avec la Cadillac ? Et quoi donc, bordel ? Carl avait-il pu s'installer dans la voiture et s'apercevoir que les freins et l'accélérateur ne fonctionnaient pas comme il fallait *avant* de commencer à rouler ? Non, il aurait alors fallu qu'il ait des soupçons. Ou que quelqu'un le lui ait dit. Était-ce ce qui s'était passé ? Shannon avait-elle échoué ? Avait-elle craqué et avoué toute l'histoire ? Ou pis, avait-elle changé de camp et raconté la vérité à Carl ? Ou sa version de la vérité. Oui, c'était ça. Elle lui avait dit que l'assassinat était mon plan à moi et moi seul, que je savais que Carl avait falsifié ma signature sur les documents fonciers, que je l'avais violée, que je l'avais mise enceinte et que j'avais menacé de les tuer elle, l'enfant et Carl, si elle parlait. Parce que je n'étais pas un merle à plastron farouche et craintif, j'étais papa, une alouette hausse-col, un oiseau de proie aux yeux barrés d'un masque noir de bandit. Et puis Shannon lui avait expliqué ce qu'ils devaient faire, elle et lui. M'attirer à la ferme et se débarrasser de moi comme Carl et moi nous étions débarrassés de papa. Car elle savait, elle savait que les frères Opgard étaient capables de tuer, elle savait que, d'une manière ou d'une autre, elle allait obtenir ce qu'elle voulait.

J'ai respiré un grand coup et réussi à repousser ces pensées indésirables. J'ai pris un virage, et un tunnel noir s'est ouvert devant moi là où il n'était pas censé y en avoir. Enfin, une obscurité impénétrable, un mur de pierre impossible à traverser, mais qui se trouvait cependant là où passait la route. Était-ce la dépression, celle dont l'ancien lensmann m'avait parlé ? Était-ce la mélancolie de papa qui montait finalement en moi, à l'instar de la nuit qui ne tombe pas, mais s'élève de nos vallées ? Peut-être. Et alors que j'enchaînais les virages en épingle à cheveux et arrivais de plus en plus haut, il s'est passé cette chose curieuse : ma respiration s'est apaisée.

Car ça m'allait. Que ça s'arrête ici. Ne pas vivre un jour de plus. Mon meurtre souderait sans doute Carl et Shannon. Carl était pragmatique, il pouvait vivre avec l'idée d'élever un enfant qui n'était pas tout à fait le sien, mais faisait tout de même partie de sa famille. Oui, ma chute était peut-être le seul moyen d'avoir un happy end à cette histoire.

J'ai accéléré légèrement au sortir du virage des Chèvres, faisant jaillir le gravier sous mes pneus. En bas, le soir était tombé sur le bourg, mais dans un dernier reliquat de lumière de l'après-midi, j'ai vu Carl qui m'attendait debout devant la Cadillac, les bras croisés.

Une autre idée m'a frappé. Pas une autre, la première.

Que c'était simplement ça : quelque chose n'allait pas avec la voiture.

Une bagatelle qui n'avait rien à voir avec des durites de frein ou des câbles d'accélérateur et qui pouvait facilement se réparer. Que, dans la lumière de la cuisine derrière les rideaux, Shannon attendait que je règle le problème, pour que nous puissions remettre notre plan sur les rails.

Je suis sorti de la voiture, Carl est venu, m'a enlacé. Il me serrait et je sentais son corps entier contre le mien, je le sentais trembler comme quand papa était venu dans notre chambre et que je descendais dans son lit pour le consoler.

Il m'a chuchoté quelques mots à l'oreille et j'ai compris.

Le plan n'était *pas* remis sur les rails.

69

Nous étions assis dans la Cadillac. Carl au volant, moi sur le siège passager.

Nous regardions au-delà du virage des Chèvres, les sommets au sud, ourlés d'orange et de bleu pâle.

« Au téléphone, j'ai dit que j'avais un problème avec la voiture parce que Olsen était là, a expliqué Carl d'une voix étranglée.

— Je vois », ai-je répondu, secouant mon pied qui s'était engourdi. Non, pas engourdi, paralysé, comme tout le reste de mon être. « Raconte-moi en détail ce qui s'est passé. » J'entendais et je ressentais ma voix comme si c'était un autre qui parlait.

« Donc. On s'apprête à monter au chantier, on est en train de s'habiller. Shannon est pomponnée, elle est splendide, je suis dans la cuisine en train de repasser ma chemise. D'un seul coup, elle dit qu'elle ne se sent pas bien. Je lui dis qu'on a du paracétamol, mais elle répond qu'elle a besoin de s'allonger, que je n'ai qu'à aller à l'inauguration seul, qu'elle prendra la Subaru pour me rejoindre à la fête si elle se sent mieux. Je suis choqué et je lui dis de se ressaisir, je lui rappelle que cette cérémonie est importante. Elle refuse, elle dit que la santé prime, tout ça. Et, enfin, oui, je me mets sans doute en colère, c'est des conneries, Shannon n'est jamais mal au point de ne pas pouvoir supporter de passer deux heures debout. En plus, c'est tout de même son heure de gloire autant que la mienne. Je perds mes esprits un instant et je lui balance…

— Lui balance, ai-je répété, sentant la paralysie gagner ma langue.

— Oui, je lui balance que si elle n'est pas bien, c'est sans doute parce qu'elle est en cloque et qu'elle attend un bâtard.

— Un bâtard », ai-je répété. Il faisait tellement froid dans la voiture. Si foutrement froid.

« Oui, elle aussi, elle m'a posé la question, comme si elle ne comprenait pas de quoi je parlais. Alors je lui dis que je suis au courant pour elle et l'acteur américain. Dennis Quarry. Elle répète son nom, je déteste rien que le fait de l'entendre le prononcer. *Denn-is Qu-arry*. Ensuite elle se met à rire. À *rire* ! Je suis là avec le fer à la main et je disjoncte.

— Disjoncte. » Voix blanche.

« Je frappe.

— Frappe. »

Je suis devenu une putain de chambre d'écho.

« Le fer à repasser l'atteint sur le côté de la tête, elle tombe à la renverse, sur le tuyau du poêle, qui se casse et il y a un tourbillon de suie. »

Je n'ai rien dit.

« Ensuite, je me penche sur elle, je tiens le fer bouillant juste devant son visage et je lui dis que si elle n'avoue pas, je vais la repasser, tout écraser, comme je viens de le faire avec ma chemise. Mais elle ne fait que continuer de rire. Et couchée par terre, hilare, avec le sang de son nez qui lui coule dans la bouche, sur les dents, elle a l'air d'une putain de sorcière et elle n'est plus si belle que ça, tu comprends ? Elle avoue. Pas seulement ce que j'ai demandé, elle remue le couteau dans la plaie en avouant tout. Elle avoue le pire. »

J'ai essayé de déglutir, mais il n'y avait plus de liquide.
« Et c'est quoi, le pire ?
— À ton avis, Roy ?
— Je ne sais pas.
— L'hôtel. C'est Shannon qui a foutu le feu.
— Shannon ? Comment...
— Quand on quittait la soirée des Willumsen pour aller voir les feux d'artifice sur la place, elle a dit qu'elle était fatiguée et qu'elle voulait rentrer, qu'elle prenait la voiture. J'étais toujours sur la place quand on a entendu le camion de pompiers. » Carl a fermé les yeux. « Shannon est assise là, à côté du poêle, et elle me raconte qu'elle a roulé jusqu'au chantier et allumé à un endroit où elle savait que le feu se répandrait lentement, en laissant une fusée de feu d'artifice pour que ça ait l'air d'être la cause de l'incendie. »

Je savais que je devais poser la question. Je savais que je devais la poser même si je connaissais la réponse. Je devais la poser pour ne pas révéler que j'avais compris, que je connaissais Shannon peut-être aussi bien que lui. Alors je l'ai fait. « Pourquoi ?
— Parce que... » Carl a dégluti. « Parce qu'elle est Dieu qui crée à son image. Elle ne pouvait pas vivre avec cet hôtel, il fallait qu'il soit comme elle l'avait dessiné. Ça ou rien. Elle ne savait pas qu'il n'était pas assuré, et elle s'imaginait que ce ne serait pas problématique de reconstruire, qu'à ce moment-là, à la seconde tentative, elle passerait les dessins originaux au forcing.
— Elle a dit ça ?
— Oui. Et quand je lui ai demandé si elle ne pensait pas à nous, toi, moi, les gens du bourg qui avaient travaillé et investi, elle a dit non.
— Non ?
— Elle a dit *fuck no*. Elle a ri. Et là, j'ai frappé encore.

— Avec le fer à repasser ?
— L'arrière. Le côté froid.
— Fort ?
— Fort. J'ai vu la lumière s'éteindre dans ses yeux. »
Je devais me concentrer pour respirer. « Elle était…
— J'ai pris son pouls, mais je n'ai rien senti.
— Et ensuite ?
— Ensuite je l'ai portée ici.
— Elle est dans le *trunk* ?
— Oui.
— Montre-moi. »

Nous sommes sortis de la voiture. Quand Carl a ouvert le coffre, j'ai levé les yeux et regardé vers l'ouest. L'orange mangeait le bleu pâle au-dessus des montagnes. J'ai songé que c'était peut-être la dernière fois que je serais en mesure de trouver quelque chose beau. Ensuite, pendant un dixième de seconde avant de baisser les yeux sur le coffre, je me suis dit que c'était juste une plaisanterie, qu'il n'allait y avoir personne.

Elle y était. Une belle au bois dormant blanche comme neige. Elle dormait comme elle l'avait fait les deux nuits où nous étions à Kristiansand. Sur le côté, les yeux fermés. Je n'ai pas pu m'empêcher de me faire la réflexion : dans la même position fœtale que l'enfant qu'elle portait.

Ses blessures à la tête ne laissaient aucun doute quant au fait qu'elle était morte. J'ai posé le bout de mes doigts contre son front fracturé.

« Ce n'est pas juste un coup de l'arrière du fer à repasser, ça, ai-je dit.

— Je… » Carl a dégluti. « Elle a bougé quand je l'ai allongée à côté de la voiture pour ouvrir le coffre et je… j'ai paniqué. »

Par réflexe, j'ai regardé par terre et là, sur le sol, à la lumière du coffre, j'ai vu briller une des grosses pierres que papa nous avait fait porter contre la maison un automne pluvieux, pour améliorer le drainage. Il y avait du sang dessus.

À côté de moi, le chuchotement étranglé de larmes de Carl faisait un bruit de bouillie mijotant sur le feu. « Tu peux m'aider à sortir de cette situation, Roy ? »

J'ai ramené mon regard sur Shannon. Je voulais l'en détacher, mais je n'y arrivais pas. Il l'avait tuée. Non, *assassinée*. De sang-froid. Et maintenant, il me demandait de l'aide. Je le haïssais, encore, encore, encore. Je sentais maintenant que mon cœur s'était remis à battre, avec le sang venait la douleur, enfin la douleur. J'ai serré les mâchoires si fort que j'ai cru que j'allais les briser. J'ai respiré et réussi à les décrisper assez pour articuler trois mots :

« T'aider comment ?

— On pourrait la conduire dans la forêt. La mettre quelque part où on sait qu'ils la retrouveront et laisser la Cadillac juste à côté. À l'inauguration, je dis qu'elle a pris la Cadillac plus tôt dans la journée pour aller faire une promenade et qu'elle n'était pas revenue à la maison quand je suis parti. Si on y va maintenant, j'aurai largement le temps d'aller à l'inauguration et, en rentrant, je pourrai la déclarer disparue parce qu'elle ne s'est pas présentée à la fête comme prévu. Ça te paraît bien ? »

Je l'ai frappé dans le ventre.

Il s'est plié en deux, il restait là comme un putain de L, le souffle coupé. Je l'ai renversé par terre et me suis assis sur lui pour verrouiller ses bras. Il allait mourir, il allait mourir comme elle. Ma main droite a trouvé la grosse pierre, mais le sang l'avait rendue poisseuse et glissante et elle m'a échappé. J'allais m'essuyer la main sur ma chemise, mais j'ai enfin réussi à penser assez clairement pour la passer plutôt deux fois dans la terre. J'ai repris la pierre et l'ai brandie au-dessus de ma tête. Carl ne respirait toujours pas et gardait les paupières closes.

Je voulais qu'il voie ça, alors je lui ai donné une chiquenaude dans le nez de la main gauche.

Il a ouvert les yeux.

Il pleurait.

Son regard était sur moi, il n'avait peut-être pas encore vu la pierre que je levais au ciel, ou pas encore compris ce que cela signifiait. Ou alors il en était arrivé au même point que moi : il s'en foutait. J'ai senti la gravité tirer sur la pierre, elle voulait descendre, elle voulait briser, je n'aurais même pas besoin de mettre de force, c'était quand je *cesserais* de mettre de la force, quand je ne la retiendrais plus à une longueur de bras de distance de mon frère qu'elle ferait le boulot prévu pour elle. Il a arrêté de pleurer et j'ai senti l'acide lactique me brûler le bras droit. J'ai cessé de résister. J'allais laisser cela se produire, mais j'ai alors vu comme un putain d'écho de notre enfance. Son regard. Cette espèce de regard de petit frère humilié, désemparé. La boule dans ma gorge. C'était moi qui allais pleurer. Encore. J'ai laissé la pierre descendre, lui ai donné encore de l'élan. Le contrecoup s'est propagé dans mon épaule. Je suis resté à panteler comme un foutu chien de chasse.

Après avoir repris mon souffle, je me suis dégagé de Carl, qui était immobile. Enfin silencieux. Les yeux écarquillés comme s'il avait tout vu et tout compris. Assis à côté de lui, j'ai regardé l'Ottertind. Notre témoin muet.

« C'est passé un peu près de ma tête, dis donc, a-t-il dit en dialecte d'Os.

— Pas assez.

— Bon, d'accord, j'ai merdé, a-t-il soupiré. C'est évacué, maintenant ? »

J'ai sorti la boîte de tabac de ma poche de pantalon.

« À propos de pierre dans la tête, ai-je dit en me contrefoutant qu'il entende le frémissement de ma voix. Quand ils la trouveront dans la forêt, qu'est-ce qu'ils vont penser en voyant ses blessures à la tête, à ton avis ?

— Que quelqu'un l'a tuée, je suppose.

— Qui est le premier soupçonné dans ces cas-là ?

— Le mari ?

— Qui, d'après *True Crime*, est coupable dans quatre-vingts pour cent des cas. A fortiori quand il n'a pas d'alibi à l'heure du crime. »

Carl s'est hissé sur ses coudes. « OK, grand frère. Alors que faisons-nous ? »

Nous. Évidemment.

« Donne-moi quelques secondes », ai-je dit.

J'ai regardé autour de moi. Qu'ai-je vu ?

Opgard. Une petite maison, une grange, un lopin de terre. Qu'était-ce, au juste ? Un nom en six lettres, une famille de deux survivants. Car tout le reste mis à part, c'était quoi, une famille ? Une histoire qu'on se racontait les uns aux autres parce que la famille était nécessaire, parce que, au cours de quelques millénaires, elle avait fonctionné comme unité de coopération. Oui, pourquoi pas ? Ou y avait-il quelque chose en plus du strictement pragmatique, quelque chose dans le sang qui nous unissait à nos parents et à nos frères et sœurs ? On dit qu'on ne peut pas vivre d'amour et d'eau fraîche, mais putain, on ne peut pas vivre sans non plus. Et s'il est une chose que nous voulons, c'est vivre. Je le sentais maintenant, sans doute encore plus fort parce que la mort était dans le coffre juste devant nous. Je voulais vivre. C'est pourquoi nous devions faire ce qu'il fallait faire. Tout dépendait de moi. Et il fallait le faire tout de suite.

« D'abord, ai-je dit, quand j'ai regardé la Cadillac l'automne dernier, j'ai recommandé à Shannon de changer les durites de frein et le câble d'accélérateur. Vous l'avez fait ?

— Quoi ? » a toussé Carl en tenant une main contre son ventre. « Shannon ne m'en a pas dit un mot.

— Bien, ça nous arrange. On va la déplacer sur le siège conducteur. Avant de laver la cuisine et le *trunk*, tu prends le sang qu'il y a et tu l'étales sur le volant, le siège et le tableau de bord. Compris ?

— Euh, oui. Mais...

— Shannon va être retrouvée au volant de cette Cadillac dans Huken et ça expliquera ses blessures à la tête.

— Mais... c'est la troisième bagnole qui atterrit dans ce précipice. La police va commencer à se demander ce qui se passe ?

— Sûrement. Mais quand ils regarderont le moteur et verront les pièces usées, ils comprendront que c'était effectivement un accident.

— Tu es sûr ?

— Absolument certain. »

Il restait un mince liseré orange autour de l'Ottertind quand Carl et moi avons mis le long véhicule noir en mouvement. Shannon avait l'air si petite derrière le grand volant. Nous avons relâché la voiture et elle a roulé lentement, comme à contrecœur, et les cailloux ont crissé sous les pneus. Au bout des empennages brillait le rouge de feux verticaux étroits. C'était une Cadillac DeVille. De l'époque où les Américains faisaient des bagnoles comme des vaisseaux spatiaux qui pouvaient vous emmener au ciel.

J'ai regardé la voiture, le câble d'accélérateur avait dû s'accrocher, parce qu'elle ne faisait qu'accélérer et je me suis dit que cette fois, ça allait arriver, elle allait monter au ciel.

Shannon avait dit qu'elle pensait que c'était un garçon. Je n'avais rien répondu, mais je n'avais bien sûr pas pu m'empêcher de penser au prénom. Non pas que je m'imaginais qu'elle accepterait Bernard, mais c'était le seul qui me soit venu.

Carl a passé un bras autour de mon épaule. « Je n'ai que toi, Roy. »

Et moi, je n'ai que toi, me suis-je dit. Deux frères dans un désert.

70

« Beaucoup d'entre nous sommes maintenant de retour là où tout a commencé », a déclaré Carl.

Il était sur la scène d'Årtun, devant un micro sur pied où allaient bientôt lui succéder Rod et son groupe.

« Et je ne pense pas à notre première réunion d'investissement, mais à l'époque où, avec beaucoup d'entre vous qui êtes ici ce soir, mon frère et moi avions l'habitude de nous retrouver pour danser. Souvent, après un verre ou deux, nous devenions suffisamment grandes gueules pour nous vanter de nos entreprises futures. Ou alors nous demandions à celui qui avait fanfaronné le plus au bal précédent comment allaient les affaires, s'il avait lancé son grand projet ? Il y avait alors des ricanements moqueurs d'un côté et des jurons de l'autre, suivis, s'il était du genre susceptible, d'un coup de tête. »

Rires du public debout dans la salle.

« Mais l'an prochain, quand quelqu'un nous demandera ce qu'il est advenu de cet hôtel à Os dont nous vantions les mérites, nous pourrons dire que oui, nous l'avons construit. Deux fois. »

Vivats. J'ai déplacé le poids de mon corps sur mon autre pied. La nausée me serrait la gorge dans une constriction molle, le mal de tête pulsait en rythme derrière mes yeux et j'avais un mal de chien à la poitrine, j'imaginais que c'était à peu près ce qu'on devait éprouver quand on faisait un infarctus. J'essayais toutefois de ne pas penser, de ne pas ressentir. Pour l'instant, Carl semblait y parvenir mieux que moi. J'aurais dû m'en douter. De nous deux, c'était lui le cœur sec. Maman, c'était lui. Un complice passif. Froid.

Il gesticulait là-haut, sur la scène, comme un Monsieur Loyal, un comédien.

« Ceux parmi vous qui étaient au coup d'envoi des travaux ce soir ont pu voir les dessins qui sont affichés sur le chantier. Vous savez comme ça va être formidable. Nous aurions dû avoir le maître architecte avec nous sur scène, ma femme, Shannon Alleyne Opgard. Elle nous rejoindra peut-être plus tard, mais là, elle est à la maison, parce que parfois, il n'y a pas que des hôtels qu'on porte en soi… »

Il y a eu une seconde de silence. Puis les vivats ont éclaté, suivis d'un tonnerre d'applaudissements.

Je n'en pouvais plus, je me suis précipité vers la sortie.

« Et maintenant, faites bon accueil à… »

Je me suis frayé un passage vers la porte et ai tout juste eu le temps d'arriver au coin du bâtiment avant que ma gorge ne se remplisse et que le dégueulis ne claque sur le sol devant moi. Ça venait par contractions, il fallait que ça sorte, comme un putain d'accouchement. Quand ça s'est enfin terminé, je suis tombé à genoux, vide, fini. À l'intérieur, j'entendais les clarines de vache battre la mesure de la chanson d'ouverture habituelle de Rod et son groupe, « Honky Tonk Women ». Le front appuyé contre la façade, je me suis mis à pleurer. Un écoulement incontrôlé de morve, de larmes, de bave empestant le vomi.

« Eh ben, ai-je entendu derrière moi. Quelqu'un en aurait-il enfin collé une à Roy Opgard ?

— Arrête, Simon ! a dit une femme, et j'ai senti une main sur mon épaule. Tout va bien, Roy ? »

Je me suis tourné à demi. Grete Smitt avait un foulard rouge autour de la tête. En l'occurrence, ça ne lui allait pas mal du tout.

« Juste de la mauvaise bistouille, ai-je répondu. Merci. »

Ils ont continué vers le parking, enlacés.

Je me suis relevé, j'ai mis le cap sur la forêt de bouleaux, je suis allé sur la pelouse moelleuse, saturée d'eau de fonte, qui tanguait sous mes pieds. Je me suis dégagé une narine, puis l'autre, j'ai craché, respiré. L'air du soir demeurait froid, mais il avait un autre goût, comme une promesse que les choses allaient changer, aller vers du nouveau et du meilleur. Je ne voyais pas ce que ça pourrait bien être.

Je me suis posté en haut de la pente, sous un arbre nu. La lune s'était levée et projetait une lumière enchanteresse sur le lac de Budal. Dans quelques jours, la glace fondrait. Le courant s'emparerait des dernières plaques. Quand ça commençait à se fissurer ici, tout disparaissait sans tarder.

Quelqu'un est venu à côté de moi.

« Que fait la perdrix des neiges quand le renard lui prend ses œufs ? » C'était Carl.

« Elle en pond d'autres, ai-je répondu.

— C'est drôle, ces trucs que tes parents te disent quand tu es jeune et tu penses que c'est du blablabla. Et puis un jour, tu comprends ce qu'ils voulaient dire. »

J'ai haussé les épaules.

« C'est beau, non ? Maintenant, le printemps est enfin arrivé chez nous aussi.

— Oui.

— Quand est-ce que tu vas rentrer ?

— Rentrer ?

— À Os.

— Pour l'enterrement, je pense.

— Il n'y aura pas d'enterrement ici, je vais l'envoyer dans un cercueil à la Barbade. Je voulais dire quand est-ce que tu reviendras t'installer ici ?

— Jamais. »

Carl a ri comme si j'avais fait une blague. « Tu ne le sais peut-être pas encore, mais tu reviendras avant que l'année soit écoulée, Roy Opgard. » Et puis il est parti.

Je suis resté là longtemps. À la fin, j'ai levé les yeux vers la lune. Il aurait fallu qu'elle soit encore un peu plus grande, comme une planète, quelque chose qui puisse vraiment me placer dans une perspective assez profonde ; moi, les autres, nos tragédies, nos vies vécues à la hâte. J'en avais besoin maintenant. Quelque chose qui puisse me dire que tout cela – Shannon, Carl et moi, papa et maman, oncle Bernard, Sigmund Olsen, Willumsen et un chasseur de dettes danois – était ici, disparu, oublié au même instant, à peine une étincelle dans la profusion de temps et d'espace de l'univers. C'est la seule consolation que nous ayons, le fait que strictement rien n'a d'importance. Pas de conserver ses terres. Pas d'avoir sa propre station-service. Pas de se réveiller avec l'être aimé. Pas de voir son enfant grandir.

C'était comme ça. Insignifiant.

Mais c'est clair, la lune était trop petite pour consoler.

71

« Merci », a dit Martinsen en prenant la tasse de café que je lui tendais. Elle s'est penchée vers le plan de travail de la cuisine et a regardé par la fenêtre. La voiture de Kripos et le Land Rover d'Olsen étaient toujours dans le virage des Chèvres.

« Donc vous n'avez rien trouvé ? ai-je demandé.

— Bien sûr que non, a-t-elle répondu.

— Ça vous paraît si évident que ça ? »

Martinsen a soupiré et regardé autour d'elle comme pour s'assurer que nous étions toujours seuls dans la cuisine. « Pour être honnête, en temps normal, nous aurions décliné la demande d'assistance dans une affaire qui est si clairement un accident. Quand votre lensmann nous a contactés, le problème mécanique – qui a manifestement provoqué la sortie de route – était déjà découvert. L'ampleur des lésions de la défunte correspond à une chute de haut. Le médecin local ne pouvait bien sûr pas dire exactement quand elle est morte puisqu'il n'a pu descendre à la voiture qu'un jour plus tard, mais son estimation cadre avec l'hypothèse qu'elle aurait roulé dans le précipice entre dix-huit heures et minuit.

— Alors pourquoi avez-vous fait le déplacement, finalement ?

— Eh bien, pour commencer, votre lensmann a insisté, il

se serait presque mis en colère. Il est persuadé que la femme de votre frère a été tuée, il a lu dans ce qu'il appelle une revue professionnelle que, dans quatre-vingts pour cent des cas, le mari est le coupable. À Kripos, on aime avoir de bonnes relations avec les lensmenn. » Elle a souri. « Le café est bon, au fait.

— Merci. Quelle était la deuxième raison ?

— La deuxième ?

— Vous avez dit que le lensmann Olsen était la première raison. »

Elle a souri, ses yeux bleus m'ont lancé un regard dont je n'arrivais pas à déterminer la part de pur professionnalisme. Ce regard, je ne l'ai pas soutenu. Je ne voulais pas. Je n'en étais pas là. Et puis je savais que si je la laissais me regarder dans les yeux trop directement et trop longtemps, elle risquait de découvrir la blessure.

« J'apprécie votre franchise avec moi, Martinsen.

— Vera.

— Mais n'êtes-vous pas au moins suspicieuse quand vous voyez que ça fait déjà trois voitures qui sont tombées dans le même précipice et que vous êtes maintenant en train de parler au frère de quelqu'un qui avait une relation proche avec tous ceux qui y sont morts ? »

Elle a acquiescé. « Je ne l'oublie pas une seconde, Roy. Et Olsen a souligné le nombre de sorties de route, encore et encore. Maintenant, il a une théorie selon laquelle le premier accident mortel pourrait avoir été un meurtre aussi, et il voulait que nous regardions si les durites de frein de la Cadillac du dessous avaient pu être sabotées.

— Celle de mon père, ai-je précisé, espérant que mon air impassible résistait. Vous avez regardé ? »

Vera Martinsen a ri. « D'abord, l'épave est écrasée sous deux autres voitures. Ensuite, *si* nous trouvions quelque chose, l'affaire remonte à dix-huit ans et il y a donc prescription. Et puis, il y a quelque chose qui s'appelle être logique et rationnel.

Vous savez combien de sorties de route il y a en Norvège chaque année ? Environ trois mille. Dans combien d'endroits ? Moins de deux mille. Près de la moitié de toutes les sorties de route se produisent donc à des endroits où il y en a déjà eu la même année. Alors, que sur une période de dix-huit ans, trois voitures sortent de la route à un endroit qui, de toute évidence, devrait être mieux sécurisé, ça ne me paraît pas déraisonnable, non, j'irais même jusqu'à dire que je trouve curieux qu'il n'y en ait pas eu d'autres. »

J'ai hoché la tête. « Vous pourriez peut-être avoir la gentillesse de parler de cette histoire de sécurisation à la municipalité ? »

Martinsen a souri en reposant sa tasse.

Je l'ai raccompagnée dans l'entrée.

« Comment va votre frère ? s'est-elle enquise en fermant sa veste.

— Pas bien. Il est allé accompagner le cercueil à la Barbade. Il va voir sa famille. Ensuite, il dit qu'il compte se noyer dans le travail de construction de l'hôtel.

— Et vous-même ?

— Ça va mieux, ai-je menti. C'était bien sûr un choc, mais la vie continue. Ces dix-huit mois où Shannon habitait ici, j'étais la plupart du temps ailleurs, alors on n'a pas eu le temps de faire assez connaissance pour… enfin, vous savez. Ce n'est pas comme perdre quelqu'un de sa propre famille.

— Je comprends.

— Enfin, enfin », ai-je dit en lui ouvrant la porte de la maison, puisqu'elle ne le faisait pas elle-même. Mais elle n'a pas bougé.

« Vous avez entendu ? a-t-elle chuchoté. Ce n'était pas un pluvier doré ? »

J'ai hoché la tête. Lentement. « Vous vous intéressez aux oiseaux ?

— Beaucoup. Je tiens ça de mon père. Et vous ?

— Pas mal.

— Vous avez beaucoup de spécimens intéressants dans le coin, paraît-il.

— En effet.

— Je pourrais peut-être venir un jour pour que vous me montriez ?

— Ç'aurait été sympa. Mais je n'habite pas ici. »

J'ai croisé son regard quand même, je l'ai laissée voir à quel point j'étais détruit.

« Bon, a-t-elle conclu. Prévenez-moi si vous revenez vous installer ici, alors. Vous trouverez mon numéro sur la carte de visite que j'ai glissée sous ma tasse. »

J'ai acquiescé.

Après son départ, je suis monté dans la chambre à coucher, je me suis allongé sur le grand lit, j'ai enfoui mon visage dans l'oreiller et respiré ce qui restait de Shannon. Une faible odeur épicée qui aurait disparu dans quelques jours. J'ai ouvert sa penderie à côté du lit. Elle était vide. Carl avait emporté l'essentiel de ses affaires à la Barbade, le reste, il l'avait jeté. Dans l'obscurité du fond de la penderie, j'ai toutefois vu quelque chose. Shannon avait dû les trouver dans la maison et les mettre ici. Une paire de chaussons de bébé, si risiblement petits qu'on ne pouvait pas s'empêcher de sourire. C'était ma grand-mère qui les avait faits au crochet et, aux dires de maman, ils avaient servi d'abord pour moi, puis pour Carl.

Je suis descendu dans la cuisine.

De la fenêtre, j'ai remarqué que la porte de la grange était grande ouverte. À l'intérieur rougeoyait une cigarette. C'était Kurt Olsen. Accroupi. Il examinait le sol.

J'ai pris les jumelles.

Il passait les doigts sur quelque chose. Et j'ai compris ce que c'était. Les traces du cric dans le bois tendre du plancher.

Kurt a avancé jusqu'au sac de boxe, il a fixé le visage qui était peint dessus, a donné un coup de poing hésitant dedans. Vera Martinsen lui avait sans doute annoncé que Kripos allait remballer ses affaires et rentrer à Oslo. Mais Olsen n'allait pas abandonner. J'ai lu quelque part qu'il faut sept ans au corps pour changer toutes ses cellules, y compris celles du cerveau, que sur le papier, au bout de sept ans, on est une nouvelle personne. En revanche, notre ADN, le programme selon lequel sont produites nos cellules, n'est pas remplacé. Si on se coupe les cheveux, les ongles ou le bout d'un doigt, ce qui repoussera sera identique, une répétition. Les nouvelles cellules cérébrales ne se distinguent pas des anciennes, elles reprennent même bon nombre de souvenirs et expériences. Nous ne changeons pas, nous faisons les mêmes choix, nous répétons les mêmes erreurs. Tel père, tel fils. Un chasseur comme Kurt Olsen continuera de chasser. Dans des circonstances répliquées, un tueur choisira de nouveau de tuer. C'est une danse sempiternelle, comme l'orbite prévisible des planètes, le changement des saisons.

Kurt Olsen sortait de la grange quand il s'est arrêté devant autre chose. Il l'a levé, tenu à la lumière. C'était l'un des seaux en zinc. J'ai réglé la focale des jumelles. Il examinait les trous laissés par la balle. D'abord d'un côté, puis de l'autre. Au bout de quelque temps, il a reposé le seau, est descendu à la voiture et s'en est allé.

La maison était vide. J'étais seul. Plus seul que jamais. Avait-ce été ainsi pour papa, seul avec nous tous autour de lui ?

J'ai entendu un grondement bas et menaçant à l'ouest et j'ai braqué les jumelles dans cette direction.

Une avalanche sur la face nord de l'Ottertind. De la neige lourde, mouillée, qui voulait impérativement descendre et traversait à présent la glace à grand fracas en faisant jaillir l'eau de l'autre côté du lac de Budal.

Oui, le printemps arrivait, inexorablement.

DU MÊME AUTEUR

Aux Éditions Gallimard

LE COUTEAU, Série Noire, 2019 (Folio Policier n° 940).

MACBETH, Série Noire, 2018 (Folio Policier n° 913 ; Écoutez-Lire, 2019).

LA SOIF, Série Noire, 2017 (Folio Policier n° 891 ; Écoutez-Lire, 2018).

SOLEIL DE NUIT, Série Noire, 2016 (Folio Policier n° 863).

L'INSPECTEUR HARRY HOLE. L'intégrale, 1 : L'homme chauve-souris – Les cafards, Folio Policier n° 770.

LE FILS, Série Noire, 2015 (Folio Policier n° 840 ; Écoutez-Lire, 2015).

DU SANG SUR LA GLACE, Série Noire, 2015 (Folio Policier n° 793).

POLICE, Série Noire, 2014 (Folio Policier n° 762 ; Écoutez-Lire, 2014).

FANTÔME, Série Noire, 2013 (Folio Policier n° 741 ; Écoutez-Lire, 2013).

LE LÉOPARD, Série Noire, 2011 (Folio Policier n° 659).

CHASSEURS DE TÊTES, Série Noire, 2009 (Folio Policier n° 608).

LE BONHOMME DE NEIGE, Série Noire, 2008 (Folio Policier n° 575 ; Écoutez-Lire, 2019).

LE SAUVEUR, Série Noire, 2007 (Folio Policier n° 552).

L'ÉTOILE DU DIABLE, Série Noire, 2006 (Folio Policier n° 527 ; Écoutez-Lire, 2019).

Aux Éditions Gaïa

RUE SANS-SOUCI, 2005 (Folio Policier n° 480 ; Écoutez-Lire, 2021).

ROUGE-GORGE, 2004 (Folio Policier n° 450 ; Écoutez-Lire, 2021).

LES CAFARDS, 2003 (Folio Policier n° 418).

L'HOMME CHAUVE-SOURIS, 2003 (Folio Policier n° 366 ; Écoutez-Lire, 2020).

Aux Éditions Bayard Jeunesse

LE PROFESSEUR SÉRAPHIN ET LA FIN DU MONDE (OU PRESQUE), 2012.
LA BAIGNOIRE À REMONTER LE TEMPS, 2010.
LA POUDRE À PROUT DU PROFESSEUR SÉRAPHIN, vol. 1, 2009.

Composition : Nord Compo.
Achevé d'imprimer
sur Roto-Page
par l'Imprimerie Floch
à Mayenne, le 6 juillet 2021.
Dépôt légal : juillet 2021.
Numéro d'imprimeur : 98642.

ISBN 978-2-07-289611-8 / Imprimé en France.

366675